# Die Rebellin der Rose

JANET PAISLEY

# *Die Rebellin der Rose*

HISTORISCHER ROMAN

Deutsch von Gabriele Weber-Jaric
und Anke Angela Grube

Weltbild

Die englische Originalausgabe erschien 2007 unter dem Titel
*White Rose Rebel* bei Viking/Penguin Group, New York.

Besuchen Sie uns im Internet:
*www.weltbild.de*

Genehmigte Lizenzausgabe für Verlagsgruppe Weltbild GmbH,
Steinerne Furt, 86167 Augsburg

Übersetzung: Kapitel 1–23 Gabriele Weber-Jaric,
Kapitel 24–Ende Anke Angela Grube. Karte S. 7 Peter Palm, Berlin.
Umschlaggestaltung: Hauptmann & Kompanie Werbeagentur,
München – Zürich
Umschlagmotiv: akg-images, Berlin
Gesamtherstellung: CPI Moravia Books, s.r.o., Pohorelice
Printed in the EU
ISBN 978-3-8289-8924-5

2011 2010 2009 2008
Die letzte Jahreszahl gibt die aktuelle Lizenzausgabe an.

Meinen *guid-dochters* Sarah und Melanie,
in Liebe

Edinburgh
Dublin
London
Orkney-Inseln
Pentland Firth
N
S
Hebriden
Isle of Lewis
MacLeod
North Minch
Nordsee
MacDonald
North Uist
MacQueen
Island of Skye
MacDonald
MacLeod
MacDonald of Clanranald
South Uist
Lochboisdale
Clan Ranald
Barra Head
Moray Firth
Lossiemouth
Elgin
Portsoy
Clan Hay
Fort George
MacBean
Nairn
Culloden
Inverness
Drummosie Moor
Moy Hall
Hochland
Loch Ness
MacGillivray
McIntosh
Shaw
Rothiemurchus
Gordon
Cairngorms
Aberdeen
Dee
MacDonald
Glengary
CHATTON-CLAN
Macpherson
Ruthven
Farquharson
Braemar
Achnacarry
Keppoch
Cameron
Clan Ranald
Glenfinnan
McThomas
Tay
Ogilvie
Invercauld
Angus
Stewart
MacDonald
Dundee
Clan Hay
MacGregor
Murray
Perth
Drummond
Earn
St. Andrews
Firth of Lorn
SCHOTTLAND
Stirling
Firth of Forth
Atlantischer Ozean
Livingstone
Edinburgh
North Berwick
Dunbar
Falkirk
Prestonpans
Musselburgh
Clan Hay
Stewart
Glasgow
Stuart
Mearns
Clyde
Tweed
MacDonald
Tiefland
Firth of Clyde
Fergusson
Johnstone
Galloway
Dumfries
Londonderry
Carlisle
0 25 50 km
ENGLAND
Belfast

«Damals existierte noch eine einzigartige Spezies alter schottischer Damen. Sie waren eine ganz prächtige Schar – eigenwillig, warmherzig und hochgemut –, selbst in der Einsamkeit frohen Sinnes, resolut und vollkommen gleichgültig, was die Sitten und Gebräuche moderner Zeiten betraf. Sie waren sich selbst treu, sodass sie wie urtümliche Felsen aus der normalen Gesellschaft herausragten. Ihre hervorstechenden Eigenschaften wie Verstand, Witz, Hingabe und Geist vermittelten sich in Form sonderbarer Darbietungen, denn sie kleideten sich, sprachen und taten Dinge gänzlich nach ihrer Façon.»

*Lord Cockburn, 1779–1854*

Frag nicht nach der wahren Geschichte;
denn wer braucht die schon?

Damit bin ich nicht losgezogen,
noch trage ich sie in mir.

Womit ich segele, ist
ein Messer, blaues Feuer,

Glück, ein paar gute Worte,
die noch wirken, und die Flut.

*Margaret Atwood*

Ich für meinen Teil will
nur die kleine weiße Rose Schottlands,
die scharf und süß riecht – und das Herz bricht.

*Hugh McDiarmid*

# Die Rebellin der Rose

# I

In der Ferne hörte man Trommelschläge und die klagenden Töne eines Dudelsacks. Die Trommeln verkündeten den Clans im Hochland die Nachricht, dass einer ihrer Anführer im Sterben lag. Zu solch einer Zeit vergaßen selbst die erbittertsten Feinde ihren Groll, legten das Schwert nieder und folgten dem Ruf.

Am Fuß der Cairngorms, dort, wo der felsige Boden allmählich in Heideland überging, äste ein Rehbock und ließ sich von den fernen Klängen nicht stören. Doch plötzlich krachte ein Schuss, dann ein zweiter, schneller, als ein Herzschlag dem nächsten folgt. Das Tier schwankte und fiel.

«*Trobhad!* Los, komm!» Mit diesem Ausruf kam ein Mädchen von zwölf oder dreizehn Jahren aus dem Unterholz hervor. Barfüßig rannte es zu dem verwundeten Tier, mit rauchender Flinte in der Hand und einem Ausdruck stolzer Freude auf dem schmutzigen Gesicht. Sein Haar war ein Gewirr ungebändigter Strähnen, doch sein Kleid, wenngleich es die Herkunft aus dem Hochland verriet, war aus Samt und Spitze.

«Anne, warte!» Ein junger Mann von etwa neunzehn Jahren, der einen Umhang und die Mütze eines Clanführers trug, tauchte hinter dem Mädchen auf und hielt ebenfalls eine Flinte in der Hand. Sein glänzendes blondes Haar war selbst in der hereinbrechenden Dunkelheit noch zu erkennen.

Anne beachtete ihn nicht. Noch im Lauf ließ sie die Flinte fallen, zog den Dolch aus dem Gürtel und wollte sich auf den Rehbock stürzen, doch das Tier wälzte sich panisch und traf in seinem Versuch, sich aufzuraffen, mit schlagenden Hufen Annes Bein. Anne taumelte und stürzte rücklings zu Boden. Zwei Schritte hinter ihr warf der Junge die Flinte zur Seite, zog seinen Dolch, fiel auf die Knie und riss den Kopf des Rehbocks zurück. Mit einem Satz war Anne wieder auf den Beinen, kniete in der nächsten Sekunde auf der Brust des Tieres und stieß ihre Klinge in seine Kehle.

«*Ich* habe ihn erlegt», rief sie, wobei in ihrer Stimme etwas Herausforderndes mitschwang. Der Junge warf ihr über den zuckenden Kadaver hinweg einen Blick zu, während erdiger Blutgeruch zwischen ihnen aufstieg. «Na gut, MacGillivray», räumte sie ein. «Wir beide haben ihn getroffen.» Dann tauchte Anne ihre Finger in das Blut, das nun aus dem Hals des Tieres zu strömen begann, und zog mit dem mittleren Finger einen senkrechten Strich über ihre Stirn. «Aber er ist *meine* Beute.»

Hochzufrieden, dass sie ihr Vorrecht behauptet hatte, sprang sie auf, doch der Schmerz in ihrem Bein schoss ihr bis in die Leiste, und sie konnte einen Aufschrei nicht unterdrücken. Anne raffte ihren langen Samtrock und betrachtete den anschwellenden Knöchel. Abermals versuchte sie, Gewicht darauf zu verlagern, und biss sich auf die Lippe, um nicht erneut aufzuschreien.

«Um Himmels willen, Anne, pass auf!» MacGillivray war besorgt. «Ich glaube, es ist besser, wenn ich dich heimtrage.»

«Und was wird aus dem Bock?»

«Der muss warten.»

«*Gu dearbh, fhèin, chan fhuirich!* Der kann nicht warten!» Sie durften ihre Beute nicht zurücklassen, das war ganz und gar ausgeschlossen. In den Bergen gab es kaum noch Wild, und sie hatten Glück gehabt, das Tier überhaupt zu entdecken. Denn außer den hungernden

Menschen durchstreiften noch andere Jäger die Gegend. «Die Wölfe würden sich über ihn hermachen, noch ehe wir halbwegs zu Hause wären.»

«Nicht, wenn ich ihn oben in einem Baum festbinde.»

«Du schaffst den Bock nach Invercauld. Dann müssen wir die Gäste auch nicht mit leeren Vorratskammern empfangen.»

«Du weißt doch, sie bringen ihre Verpflegung mit, wenn sie können. Es war für uns alle ein mageres Jahr.»

«Aber *er* wird davon essen.» Anne schnürte es die Kehle zusammen. «Und Kraft daraus schöpfen.» Ihre Stimme klang brüchig. «Vielleicht können dann alle wieder nach Hause gehen.»

Traurig schaute MacGillivray sie an. Er hätte sie daran erinnern können, dass der sterbende Häuptling nicht essen konnte, es seit Tagen nicht getan hatte. Stattdessen umschlang er Annes Taille, hob sie hoch und warf sie sich über die Schulter.

«Was tust du da?» Anne wehrte sich und strampelte.

«Ich setze dich in den Baum.» MacGillivray ging in Richtung des Unterholzes.

Während Anne ihr Gesäß in der Baumgabel zurechtrückte, in die er sie gesetzt hatte, lud MacGillivray ihre Flinte nach und reichte sie ihr hoch.

«Ich finde immer noch, wir sollten lieber den Rehbock im Baum einlagern.»

«Gehst du jetzt endlich, Alexander?»

MacGillivray hängte sein Gewehr über die Brust und warf sich den Kadaver über die Schulter. Die Aussicht, allein zurückzukehren, behagte ihm nicht. Was würden Annes Clansleute sagen, wenn er ohne sie erschien? Zudem musste er Land überqueren, das nicht das seine war.

«MacGillivray», rief Anne, als er sich in Marsch setzte. Er wandte sich um, noch immer versucht, den Rehbock in den Baum zu hieven und sie herunterzuholen. «Da lang», wies sie ihm den Weg. «Den Trommelschlägen entgegen.»

MacGillivray schnaubte, machte kehrt und folgte der angegebenen Richtung. Mit jedem Schritt schlug der schlaffe Kopf des Tieres gegen den Rücken und verspritzte Blut, das in den Boden sickerte.

«Sag ihnen, dass ich ihn geschossen habe», schrie Anne, bevor er aus ihrem Blickfeld verschwand.

Nun war sie allein. Zwischen den Felsen umkreisten sich zwei Wildkatzen, die einander jaulend umwarben. Eine Nachteule schrie. Über den Hängen ging der Mond auf. Sein Licht ließ die Lache aus Tierblut in der Dunkelheit schimmern. Im tiefer gelegenen Tal heulte ein Wolf. Beunruhigt rutschte Anne auf dem Ast herum. Falls das Rudel näher käme, würde es den Blutgeruch wittern und ihm folgen. MacGillivray hatte sich zuerst die Flinte umgelegt. Um sie zu laden, müsste er den Rehbock fallen lassen, und dann würden die Wölfe sich darauf stürzen, ausgehungert, wie sie waren. Gewiss würde MacGillivray einen der Wölfe mit der Flinte treffen, doch bis er nachgeladen hätte, hätte der nächste schon den Kadaver gepackt und würde ihn wegzerren. Zwar hatte Alexander auch noch den Dolch, um anzugreifen, doch bei mehr als zwei Wölfen nutzte der ihm wenig. Anne sah sich in der Baumkrone um, hängte ihre Flinte an einen Ast und zog ihren Dolch hervor.

Als der Mond am Himmel elf Uhr anzeigte, hatten drei Wölfe die geronnene Blutlache entdeckt; ebenso witterten sie den säuerlichen Geruch von Menschen. Doch sie waren ausgehungert, ihre Rippen durch ihr struppiges Fell hindurch zu erkennen, sodass der Hunger einen großen Teil Furcht überwinden half. Einer der Wölfe schnüffelte an der Blutlache. Ein zweiter hob seinen Kopf und heulte. Der dritte nahm die Fährte der verwundeten Jagdbeute auf, und gleich darauf folgten sie ihr. Die Baumgabel, in der Anne gesessen hatte, war leer. Am Ast daneben war die bleiche Wunde eines frischen Schnitts zu sehen.

Tropfen von Rehblut glänzten auf dem unwegsamen Pfad, über den MacGillivray verschwunden war. Schwer atmend humpelte Anne über Felsbrocken und Heide. Der Ast, den sie als Krücke benutzte, steckte unter ihrem linken Arm, der Schaft ihrer Flinte unter dem rechten. Den geschwollenen Knöchel hatte sie mehr schlecht als recht mit einem Stück Stoff aus dem Rock ihres Kleides bandagiert. Einen Teil des Weges nach Invercauld hatte sie bereits geschafft, doch ein gutes Stück lag noch vor ihr. Hinter ihr heulte ein Wolf. Anne blieb stehen, drehte sich um und horchte, während sie abzuschätzen versuchte, wie weit entfernt er und sein Rudel waren. Unter dem hellen Mond hoben sich Heidegestrüpp und die gebückten Bäume als schwarze Schatten ab. Auch Annes Kleid glänzte schwärzlich im Mondlicht.

Anne stützte sich auf den Schaft ihrer Flinte, beugte sich vor und berührte einen der Blutflecke auf dem Erdboden. Er war noch feucht. Normalerweise machten Wölfe ihr nichts aus, denn sie scheuten vor Menschen zurück, doch Hunger war ein Gefühl, das Mensch und Tier veränderte. Aus diesem Grund war sie schließlich auf dem Hang gewesen, wenngleich sie lieber zu Hause geblieben wäre, und deshalb hatte sie auch beschlossen, den sicheren Platz im Baum aufzugeben. Allerdings müsste MacGillivray inzwischen Invercauld erreicht haben und sich wieder auf dem Rückweg befinden, um ihr zu helfen. Sie hoffte, dass er rechtzeitig kam, denn es würde nicht mehr lange dauern, und die Wölfe, die der Blutspur folgten, hätten sie eingeholt.

Mit klopfendem Herzen wandte Anne sich erneut um und umklammerte ihre Stützen; um schneller voranzukommen, holte sie aus und stieß sich mit beiden Beinen ab. Dann prallte sie gegen etwas Hartes, rang nach Atem und stand angesichts des unerwarteten Hindernisses orientierungslos da. Es dauerte ein paar Sekunden, bis sie begriff, dass sie in einen Mann hineingelaufen war. Sein Gesicht war dunkel, sein langes schwarzes Haar reichte ihm bis auf die Schultern, und er war alt, womöglich schon dreißig. Außerdem war er ein Fremder. Wortlos streckte er den Arm aus, und obwohl sie sich wegduckte, hielt er ihren Kopf umklammert. Mit dem Daumen wischte er die siegreiche Blutspur von ihrer Stirn.

«*Seadh, a-nis.* Da bin ich wohl auf eine Kriegerin gestoßen.»

Anne hätte schwören können, dass in seiner Stimme ein Lächeln mitschwang, wenngleich auf seinem Gesicht nichts dergleichen zu entdecken war. An seiner Aussprache erkannte sie, dass er nicht aus diesem Tal war.

«Seid Ihr ein MacDonald?»

Die Frage schien er noch amüsanter zu finden als ihr Ruhmeszeichen. Er beugte sich vor und führte sein Gesicht dicht an das ihre.

«Und wenn dem so wäre?»

Die gesamte Länge und Kraft ihres Armes einsetzend, holte Anne mit der Flinte aus. Der Schaft schlug krachend gegen die Beine des Mannes. Er stieß einen kurzen Laut aus und zuckte zusammen. Die Wucht ihres Schlages hatte Anne jedoch aus dem Gleichgewicht gebracht und ihr die Flinte aus der Hand gerissen. Sie schwankte und wäre um ein Haar gestürzt. Der Mann packte sie an der Schulter und klemmte die behelfsmäßige Krücke wieder unter ihren Arm.

«Ein Krieger wüsste allerdings», begann er, doch dieses

Mal lag in seiner Stimme kein Lächeln verborgen, «dass man bei einem verletzten Bein mit dem Gegenarm attackiert.»

Anne ließ sich das nicht zweimal sagen und holte mit der hölzernen Krücke aus. Krachend schlug sie ein weiteres Mal gegen seine Beine. Abermals gab der Mann einen Laut von sich und trat einen Schritt zurück. Anne wankte, doch da sie inzwischen gewarnt war, gelang es ihr, das Gleichgewicht zu halten. Der Fremde erholte sich rasch. Seine dunklen Brauen zogen sich über zornigen Augen zusammen. Wütend entriss er Anne die Krücke, brach sie über seinem Knie wie einen dünnen Zweig entzwei und schleuderte die Teile ins Heidegras. Anschließend hob er Annes Flinte auf und zielte in ihre Richtung; während sie ihn trotzig anstarrte und um ihr Gleichgewicht kämpfte, feuerte er ab.

Hinter Anne heulte ein Wolf auf, und sie blickte sich um. Weiter unten auf dem Pfad war der Leitwolf getroffen worden und stahl sich hinkend und winselnd davon. Die beiden anderen Wölfe waren stehengeblieben und wichen nun langsam zurück. Anne blickte mit offenem Mund zu dem Mann empor. Seine Schnelligkeit und Treffsicherheit hatten sie beeindruckt. Doch ihre Bewunderung kam zu spät: Der Mann starrte sie finster an.

«Und nun zu dir», sagte er.

In Invercauld erklangen noch immer die klagenden Töne der Trommeln und Dudelsäcke. Das Licht der Fackeln schien wie Leuchtkäfer über die Hänge zu flackern. Um das niedrige Steinhaus des Häuptlings flammten in der Dunkelheit kleine Kochfeuer auf. Trauer lastete in der Luft, und die Stimmen zerflossen zu undeutlichem Gemurmel. Neben der Tür des Hauses blühte ein Strauch weißer Junirosen, dessen geisterhafte, duftende Blüten das Mondlicht widerspiegelten. Jean Forbes stand im Türrahmen und sah zu, wie die fackeltragenden Sucher von den Hängen zurückkehrten. Sie war angespannt, jedoch weniger aus Sorge als aus Verärgerung. Das kleine Mädchen, das sich an ihre Seite drückte, spürte die Stimmung seiner Mutter und schien sich in den Falten ihrer Röcke zu verkriechen. MacGillivray eilte auf sie zu.

«Sie war fort», sagte er atemlos. «Wir sind die ganze Strecke abgelaufen, über den kürzesten Weg. Aber sie war nicht da.»

«Ach! Und nun?»

MacGillivray hob ratlos die Schultern. Er trug die Verantwortung, eine schwere Bürde in dieser Zeit. «Ein paar Männer haben andere Wege abgesucht. Sie hat einen Ast abgehackt und als Krücke benutzt. Ein Fährtenleser hat ihre Spur entdeckt, doch es kann noch dauern.»

Jean, die Lady Farquharson, war um einiges jünger als ihr sterbender Gemahl; sie war seine vierte Ehefrau und Annes Stiefmutter. Ärgerlich blickte sie in die Runde. Das Mädchen tat nie das, was man ihm sagte, doch nun war beileibe nicht die Zeit, in der ein eigensinniges, närrisches Kind die Aufmerksamkeit des gesamten Clans auf sich ziehen sollte.

«Mein Mann wird nicht mehr lange durchhalten», erklärte sie ungehalten. «Ihr müsst Anne finden.»

MacGillivray wusste nicht, wie er auf ihren Unmut reagieren sollte, und suchte nach einer passenden Erklärung. Die Worte lagen ihm bereits auf der Zunge, als sie durch einen Flintenschuss hinter ihnen erstickt wurden. Erschreckt wandten sie sich um und blickten dahin, wo der Schuss gefallen war. Im nachfolgenden Geraune wurden Namen wie «McIntosh» und «Aeneas» laut, Namen, die nicht nur Erkennen bezeugten, sondern ebenso Ehrerbietung und Respekt. Dann trat Aeneas McIntosh in das Licht, das aus dem Türrahmen des Hauses fiel. Anne saß auf seinen Schultern.

Erleichtert drängte sich Annes Sippe um die Ankömmlinge. Lady Farquharson hatte das vermisste Mädchen noch vor den anderen erblickt. Endlich, dachte sie – und wie schön, dass auch Aeneas gekommen ist!

«Aeneas! *Fàilte.*»

«Lady Farquharson», entgegnete Aeneas. «Im Namen meines Onkels richte ich Euch sein Bedauern aus, doch bei seiner schlechten Gesundheit wäre der Bergpass eine zu große Anstrengung gewesen.»

Jean nickte stumm. Der McIntosh war das Oberhaupt des Chatton-Clans, des Clans der Katze, ein Zusammenschluss, zu dem ein jeder der Anwesenden zählte. McIntoshs Fernbleiben verletzte zweifellos die Ehre, die dem Sterbenden im Haus gebührte, doch andererseits waren sie und Aeneas etwa gleichen Alters, und wer weiß, vielleicht würden sich aus seinem Besuch später andere Vorteile ergeben. Jean ließ sich die Enttäuschung, die sie angesichts der Nachricht empfand, nicht anmerken.

«Es ehrt uns, dass er in Gedanken bei uns ist. Möchtet Ihr seinen Platz unter den Clanführern einnehmen?»

Aeneas war lediglich der Neffe eines Häuptlings, und eigentlich gehörte er nicht in diese Reihe. Gewiss, er war gekommen, um die Botschaft des McIntosh zu überbringen, doch mehr noch aus dem Wunsch, einen verdienstvollen Krieger zu würdigen. Was ihn betraf, hätte er ohne weiteres draußen bei den anderen gewartet; doch er fügte sich, nahm die Ehre an und ließ die sich windende Anne von seinen Schultern gleiten.

Lady Farquharson maß das schmutzige, blutverschmierte Mädchen mit verächtlichem Blick. «Dein Vater wartet.» Sie wandte sich ab und verschwand mit dem Kind, das an ihren Röcken hing, im Haus.

Anne starrte indessen MacGillivray an, zornig und die Hände zu Fäusten geballt. «Warum bist du nicht gekommen, um mich zu holen?»

«Wir konnten dich nicht finden.»

Anne warf sich auf ihn und schlug auf ihn ein. Unter der Wucht ihres Angriffs stürzten sie in den Rosenstrauch.

«Wir haben überall gesucht», wehrte er sich und versuchte, ihre Fäuste zu packen.

Gleich darauf wurde Anne in die Luft gehoben. Eine weiße Rose hatte sich in ihrem Haar verfangen. Aeneas hielt sie am Rücken ihres Kleides fest.

«Gehört sich das, wenn dein Clanführer im Sterben liegt?»

«*Na can sin*, das ist nicht wahr», schrie Anne. «Er ist krank, das ist alles.»

«Du jagst also ohne seine Erlaubnis und stiftest auch noch MacGillivray dazu an. Dann ziehst du dir eine Verletzung zu, sodass diejenigen, die einem tapferen Mann die Ehre erweisen möchten, loslaufen müssen, um ein dummes Mädchen zu suchen?» Aeneas hatte Anne fest im Griff, doch selbst in seinem Zorn war er noch auf seine Beine bedacht. «Ab sofort wirst du dich benehmen, oder du erhältst auf der Stelle die Tracht Prügel, die du verdienst.»

Anne befand sich vor ihrem Elternhaus und war von den Mitgliedern ihres Stammes umgeben. Sie wusste, dass er nicht so weit gehen würde. Mit kalter Verachtung spie sie ihm ihre Antwort ins Gesicht.

«Das werdet Ihr nicht wagen, Sir. Denn Ihr seid weder mein Vater noch ein Häuptling!»

Ohne ein Wort und in einer einzigen fließenden Bewegung ließ Aeneas sich auf ein Knie fallen, zog sie über das andere und versetzte ihrem Hinterteil einen schallenden

Schlag. Als er Anne wieder auf die Beine stellte, wirkte sie zwar ein wenig schockiert, starrte ihn jedoch wütend an. Als keiner der Umstehenden das Wort ergriff oder Anstalten machte, sie zu verteidigen, warf sie den Kopf in den Nacken und humpelte ins Haus.

Aeneas musterte MacGillivray. Der junge Häuptling blickte eigensinnig zu Boden. Aus einem Kratzer auf seiner Wange, den ein Rosenstachel hinterlassen hatte, sickerte Blut.

«Vielleicht sollte ich deine Ausbildung übernehmen», schlug Aeneas vor. Der leicht ironische Unterton blieb MacGillivray verborgen. Eifrig hob er den Kopf.

«Würdet Ihr das tun?»

«Wenn wir zurückkehren, spreche ich mit dem McIntosh.» Sein Onkel war MacGillivrays Vormund. Er wäre sicher einverstanden.

«Eigentlich wollte ich auf Euch warten», platzte der Junge heraus. «Wir hätten gemeinsam losziehen können. Doch niemand wusste, wohin Ihr gegangen wart. Ich bin gestern angekommen» – allmählich kehrte sein Stolz zurück –, «um meine Sippe zu vertreten.»

«Aye, wie es sich gehört», bemerkte Aeneas beifällig.

Im Haus des Häuptlings von Invercauld wurde der Hauptraum, der voller Menschen war, von Kerzen erleuchtet. Ein Torffeuer glühte im Kamin. Die Anführer des Chatton-Clans, ob männlich oder weiblich, waren mit ihren Ehemännern oder Ehefrauen versammelt, standen oder saßen und warteten. James Farquharson, ein Junge von sechzehn Jahren, schluchzte leise an der Seite der niedrigen Bettstatt, auf der sein Vater lag. Lady Farquharson und ihre kleine Tochter Elizabeth, die sich noch immer an die Röcke ihrer Mutter klammerte, wandten sich vom Bett ab, als Anne eintrat.

«Schau nur, wie du aussiehst», zischte die Lady.

Anne streifte sie achtlos, während sie sich auf ihren Vater zubewegte. Als sie auf ihn hinabblickte, veränderte sich ihr rebellisches Gehabe und verwandelte sich erstmals an diesem Abend zu dem eines verängstigten kleinen Mädchens.

«Vater?»

Die Lider des Sterbenden hoben sich langsam, und sein Kopf wandte sich zu ihr. Er richtete sich halb auf und ergriff ihre Schultern.

«Ich habe ein Reh für dich. Einen Bock! Jetzt kannst du essen und wieder gesund werden.»

Im Türrahmen stand Aeneas McIntosh neben MacGillivray. Er starrte betroffen zu Boden, denn er war davon ausgegangen, dass das Mädchen zu seinem Vergnügen gejagt hatte, ohne sich um den nahen Tod ihres Vaters zu scheren.

«Kein Essen», sagte Farquharson. Er siechte dahin, und offenbar konnte jeder außer seiner ältesten Tochter den Schatten des Todes auf ihm erkennen.

«Dann lasse ich jemanden Rehblut und Ale zusammengießen. Das wird dich stärken.» Anne drehte sich zu ihrer Halbschwester um, die sich immer noch hinter ihrer Mutter verbarg. «Elizabeth –», begann sie.

«Nein.» Ihr Vater verstärkte seinen Griff auf ihren Schultern. «Nein, Anne. Du und James seid diejenigen, die nun stark sein müssen. Meine Zeit ist abgelaufen.»

«*Chan eil! Chan eil idir!* Ich lasse dich nicht gehen –» Annes Stimme versagte. Angstvoll und mit glitzernden Tränen in den Augen blickte sie die Umstehenden an. Dann straffte sie die Schultern und sagte mit fester Stimme: «Warum steht ihr alle nur herum? Tut doch irgendetwas!» Keiner rührte sich oder sprach, wenngleich der eine oder andere unbehaglich mit den Füßen scharrte. Ihre Stiefmutter legte eine Hand auf Annes Schulter, doch

Anne schüttelte sie ab. «Bin ich denn die Einzige, die ihm helfen will?»

*«Isd, a ghràidh»*, sagte ihr Vater. «Sei still, Mädchen.» Dennoch erhellte ein schwaches Lächeln sein Gesicht. «Dein Bruder wird Häuptling werden, falls der Clan es wünscht, doch du, du wirst für immer meine Kriegerin bleiben.» Seine Hand zitterte ein wenig, als er die weiße Rose aus Annes Haar zog. «Meine Jakobitin. Wenn der Prinz zum Mann geworden ist, kommt er zu uns ... anstelle seines Vaters.»

Der Prinz, von dem er sprach, war ein Junge von siebzehn Jahren, der im Exil lebte. Sein Großvater hatte die drei unabhängigen Nationen Schottland, England und Irland regiert, doch er war 1689 entmachtet worden. Als sich Schottland 1707 mit England vereinte, wurde der Vater des Prinzen zum Angelpunkt, um den sich der Kampf gegen jene Union drehte. Acht Jahre später hatte Häuptling Farquharson sich dem Aufstand angeschlossen, um James Stuart zum schottischen König zu krönen und die schottische Unabhängigkeit wiederherzustellen. Doch der Aufstand wurde niedergeschlagen, und König James kehrte nach Frankreich zurück. Inzwischen hatte die jakobitische Bewegung ihre Hoffnung auf seinen jungen Sohn als Herrscher gesetzt.

«Wir werden kämpfen», versprach seine Tochter. «Wir kämpfen für den Prinzen. Du weißt, dass wir es tun.»

Farquharsons Atem rasselte in seiner Brust.

«Kämpft –», er sank in sein Kissen zurück, «– für eure Freiheit.»

«Das werden wir. Ich verspreche es.» Anne hob den Kopf, suchte nach den alten Worten des Trostes, und obgleich ihre Augen halb blind vor Tränen waren, klang ihre Stimme bestimmt. «Für Wohlstand und wider die Union!»

Und auch wenn ihr Vater dieses Bekenntnis nicht mehr hören konnte, würden die Menschen sich später daran erinnern, dass er mit der weißen Rose in der Hand gestorben war, dem Symbol ihres Kampfes, so wie es diejenigen, die in dem Raum waren, berichtet hatten.

«Für Wohlstand und wider die Union!»

# 2

Die Sonne, die über den schneebedeckten Gipfeln aufging, brachte den ersten Frühlingstag in die Berge. Das Licht ergoss sich über die felsigen Schluchten, in denen die großen Wasserfälle zu tauen begannen. Auf den grünen, tiefer gelegenen Hängen, nahe Braemar, grasten schwarze Rinder. Eine Gruppe von Schafen stob auseinander, als ein Junge ein paar Ziegen auftrieb. Die Gegend war von Torfkaten durchzogen. Aus den Abzugslöchern ihrer Dächer zog mit dem aufsteigenden Rauch der Geruch brennenden Torfes durch die Luft. Im Hof von Invercauld krähte ein Hahn zwischen den pickenden Hühnern und kündete den beginnenden Morgen an.

Sieben Jahre waren seit dem Tod des alten Clanführers verstrichen. Es hatte sich wenig und doch viel verändert. Die Wölfe waren verschwunden. Bis zum letzten waren sie gejagt worden, um das Wild zu erhalten und die Bergschafe zu schützen. Wälder waren gerodet worden. Auf dem gewonnenen Land waren Felder entstanden und Katen errichtet worden, aus dem Holz Ställe und Gehege gebaut worden. Als ein Pferd in den Hof getrabt kam, ging das Krähen des Hahnes im Geräusch klappernder Hufschläge unter. Der Reiter war mittlerweile noch ein Stück gewachsen und hatte die magere Schlaksigkeit seiner frühen Jugendjahre verloren, doch das lange goldblonde Haar war noch immer unverkennbar.

«Anne!», rief er, sobald er in Hörweite war. «Anne!»

Eine junge Frau wandte sich um. Sie war gerade dabei, in den von Raureif bedeckten Grasbüscheln rund um das Hühnerhaus Eier zu suchen. Sie war gertenschlank und bewegte sich mit leichter, geschmeidiger Anmut. Die einst wilde Mähne war gebändigt worden, und das volle kastanienbraune Haar war im Nacken lose zu einem Zopf gebunden. Sie hielt zwei Eier in der Hand. Als sie erkannte, dass es sich bei dem Reiter um MacGillivray handelte, breitete sich auf ihrem Gesicht ein strahlendes Lächeln aus.

«Alexander!» Sie winkte, als er auf sie zuritt. «Ich hätte nicht gedacht, dass der Pass schon schneefrei ist.»

«Ich bin den langen Weg um ihn herumgeritten.» MacGillivray sprang aus dem Sattel, umschlang und küsste sie. Seit vergangenem Frühjahr waren sie ein Liebespaar, doch sehen konnten sie sich nur dann und wann einmal.

Anne hätte längst einen anderen ehelichen können, doch ihr gefiel nur MacGillivray, der zu einer Heirat noch nicht in der Lage war. Die Clanführer aus dem Hochland nahmen sich spät eine Frau und erst dann, wenn der Clan für ihre Familie sorgen konnte. MacGillivrays Felltasche drückte sich in Annes Bauch. Sie stieß ihn kichernd zurück und wusste nicht, ob er erregt war oder aber ein Vorrat an Hafer in seiner Tasche steckte.

«Willst du wohl aufhören? *Sguir dheth!* Es ist eiskalt, und außerdem habe ich die Hände nicht frei.»

«Ach», stöhnte er. «Es war ein langer Winter.»

«Also bist du nur darauf aus.» Anne schaute ihn verschmitzt an. «Auf eine, die dich wärmt.»

«Nein. Doch, ja, das auch. Aber eigentlich bin ich geschickt worden, um euch alle nach Moy zu begleiten.»

«Dann ist der McIntosh gestorben.» Anne wurde sofort ernst. «Ich dachte schon, ich hätte in der Nacht die Totenklage gehört, doch es klang so schwach und weit entfernt, dass ich mir sicher war, ich hätte es nur geträumt.»

«Shaws Dudelsackspieler war krank und hat die Klage nicht anstimmen können. Inzwischen geht es ihm aber besser. Heute Nacht wirst du sie deutlicher hören. Aber warte erst, bis du das hier erfährst.» Mit einem Mal wirkte MacGillivray aufgeregt. «Die McIntosh haben einen neuen Clanführer gewählt. Den Neffen des alten Häuptlings. Aeneas.»

«Aeneas McIntosh?» Anne blieb vor Staunen der Mund offen stehen. «Haben sie den Verstand verloren?»

«Er ist ein großer Krieger.»

«Groß darin, kleine Kinder zu schlagen!»

«Das ist doch Jahre her.» MacGillivray lachte. «Es wird mir aber eine Lehre sein, dir niemals in die Quere zu kommen. Dein Gedächtnis kennt wirklich keine Gnade.»

«Und du hast kein Rückgrat. Kein Wunder, dass er nicht geheiratet hat, du hast dich ja wie ein Lustknabe an seine Fersen geheftet.»

MacGillivray wurde rot. «Er ist mein Vetter. Und mein Lehrer. Außerdem konnte Aeneas nicht heiraten, ehe nicht entschieden war, wer der Erbe des McIntosh wird.»

«Nun, jetzt kann er. Ich hoffe, dass ihr beide sehr glücklich miteinander werdet.» Wütend steuerte Anne den Hauseingang an. MacGillivray ließ sich zu leicht beeindrucken. Sicher bezwang Aeneas ihn auch im Schwertkampf.

«Anne», rief MacGillivray. «Du musst auch nach Moy mitkommen.»

Sie wandte ihm das Gesicht zu.

«Der McIntosh war nicht hier, als mein Vater gestorben ist.» Ihre Stimme klang trotzig, doch in ihr schwang eine tiefe Kränkung mit. MacGillivray lief ihr nach. Der Kummer, den er mitbekommen hatte, stimmte ihn mild, und er wollte sie trösten.

«Es geht nicht nur um das Begräbnis», erinnerte er sie sanft. Für einen Moment erwiderte sie seinen Blick und schaute ihn zärtlich an, doch dann war der Moment vorüber.

«Weiß ich», antwortete sie schroff. «Der Chatton-Clan wird ebenfalls ein neues Oberhaupt wählen. Bist du etwa derjenige, der den Bund anführen wird? Wohl eher nicht. Oder vielleicht mein Bruder oder MacBean, Macpherson, Davidson, Shaw, MacQueen? Nein! Keiner von ihnen. Aeneas McIntosh wird es sein! Deshalb hör mir jetzt zu. *Mein* Oberhaupt wird dieser Mann nicht! Ich wähle nicht, und ich gehe auch nicht hin!» Anne ergriff MacGillivrays Arm. «Hier, für dein Frühstück.» Dann drückte sie ihm die beiden Eier in die Hand und lief in Richtung des Waldes davon. MacGillivray verzog das Gesicht, als Eigelb und Eiweiß durch seine Finger rannen.

«Du hast McThomas vergessen!», rief er ihr nach.

Anne trat aus dem Wald und rannte über die Weide auf den Bach zu. Sie wollte seinem Lauf bis zu den großen Wasserfällen folgen, zu dem tiefen, torfigen Teich, wo einem der feine Nebel des herabstürzenden Wassers entgegenschwebte. Dann fiel ihr ein, dass die tauenden Fälle zurzeit nur wenig Dunst versprühten. Aber dort hatten sie und MacGillivray sich im vergangenen Jahr zum ersten Mal geliebt, am Morgen nach ihrem neunzehnten Geburtstag, einen Tag nachdem der letzte Wolf gestorben war …

Das Unwetter in der Nacht nach ihrem Geburtstag war damals noch vor der Morgendämmerung vorüber gewesen. Oben an den Wasserfällen war im Frühlingssonnenlicht der letzte Dampf aus dem feuchten Gras aufgestiegen. In dem Dunst über dem weiß schäumenden

Wasser standen Regenbögen. Sie watete in den Teich, das Kleid um die nackten Gesäßbacken gerafft, und folgte einem trägen Lachs. Er kreiste gemächlich und strich an ihrer Wade entlang. Sie ließ ihre Hand ins Wasser gleiten und fuhr sacht, ganz sacht an seinem langen, schweren Körper entlang. Am Ufer war ein Rascheln zu hören, knirschende Schritte auf den Kieselsteinen. Sie musste sich nicht umdrehen, sie wusste, wer dort war. Die Art, wie er sie unten im Haus angeschaut hatte, die Art, wie er sie jetzt beobachten würde. Sie wusste es, ohne sich umzudrehen, und zog ihre Hand von dem Lachs zurück. Dieser schlängelte sich um ihren Schenkel und schwamm davon. Anne wandte sich um, um MacGillivray entgegenzugehen, sie wusste, was sie in seinem Blick lesen und was sie tun würden …

Anne beschloss, doch nicht zu den Wasserfällen zu laufen, nicht in der Stimmung, in der sie war. Stattdessen folgte sie dem Bach abwärts und schritt dem schrillen Blöken, das aus dem Lammgehege kam, entgegen. Ihr Vetter lehnte träge an einem Pfosten und ließ seinen Blick wandern. Die meisten Krieger waren hochgewachsen, doch Francis Farquharson von Monaltrie war größer als die meisten. Im klaren Licht war sein weißblondes Haar noch auffälliger als sonst. Den weißen Baron nannten ihn die Leute wegen des Haares. Er war zehn Jahre älter als ihr Bruder, hatte ihn nach dem Tod ihres Vaters ausgebildet und Invercauld verwaltet.

«Gerade noch rechtzeitig, um nicht mehr gebraucht zu werden», bemerkte er, als Anne näher kam, mit einem Blick über die Schulter. Er und Annes Bruder hatten die Nacht durchgearbeitet. «Die Schafhirten sind seit Tagesanbruch zurück.»

«Ich kann immer noch beim Lammen helfen»,

schnaubte Anne. «Kleine Hände, siehst du?» Sie streckte ihre Hände aus. Francis' Hände waren riesig, bei schwierigen Geburten nicht zu gebrauchen.

Ihre missmutige Miene brachte Francis zum Lachen.

«Viel gibt es ohnehin nicht mehr zu helfen. Bis auf das, was wir verzehren, könnten wir die Schafe ebenso gut abschaffen. Seit die Engländer uns den Zugang zu den Märkten verweigern, hat es kaum noch einen Zweck, die Tiere zu scheren.»

Ein Mutterschaf zog seine Nachgeburt hinter sich her. Jenseits der trächtigen und säugenden Tiere versuchte ihr Bruder, ein steckengebliebenes Lamm aus dem Muttertier herauszuziehen. Der Gestank von Niederkunft und Tod vermischte sich in der kalten Luft. Bis zur Schur waren es noch einige Monate. Wenn der Clan seinen Bedarf an Wolle gedeckt hatte, wurde die restliche Schur sonst immer zu Ballen verpackt und nach Moy gesandt. Von dort aus wurde die gesamte Wolle des Chatton-Clans zur Ausfuhr in die Niederlande nach Aberdeen transportiert. Es war ein lebenswichtiger Handel, der sowohl Einfuhrgüter als auch Reisen nach Frankreich, Spanien und Italien finanzierte, Länder, die Schottlands Freunde und Englands Feinde waren. In diesem Jahr würde ein Großteil der Wolle auf den Schafen bleiben. Um den eigenen Textilhandel zu schützen, hatte das englische Parlament die Ausfuhr schottischer Wolle verboten.

«Welcher Wutanfall bringt dich denn dieses Mal her?», erkundigte sich Francis. «Geht es wieder um meine Tante?»

«Der alte McIntosh ist tot. Alexander hat die Nachricht überbracht.»

Francis nickte. Eine leichte Brise wirbelte seine weißblonden Haare auf. Seine blauen Augen blickten Anne unverwandt an.

«Dann ist es also MacGillivray, über den du dich geärgert hast.»

«Er ist zu geduldig», platzte Anne heraus.

«Das dauert noch Jahre, Anne. Er kann dir noch keinen Antrag machen.»

«Darum geht es nicht.» Anne ergriff seine Hand und legte sie auf ihre Brust, auf die Stelle über ihrem Herzen. «Wenn ich heiraten will, dann weiß ich es hier.» Danach steckte sie seine Hand in die Falten ihrer Röcke, zwischen ihre Schenkel. «Und nicht nur hier.»

Annes leidenschaftliche Gesten verstärkten Francis' Heiterkeit.

«Vielleicht solltest du es da wissen.» Mit dem freien Zeigefinger tippte er an Annes Schläfe. «Dann hättest du womöglich auch Louden in Betracht gezogen.»

Mit einem Ruck schüttelte Anne seine Hände ab.

«Als ob ich einen Lakaien der Regierung heiraten würde!»

«Nicht einmal einen Earl?»

«Ebenso wenig wie einen Baron.»

Francis hatte ihr an jenem Geburtstag im Scherz einen Antrag gemacht, dem Tag, an dem der letzte Wolf gestorben war. Anne hatte am Fenster gestanden, die Stirn an das beschlagene Glas gelegt, und dem trommelnden Regen gelauscht. Er schlug gegen die Fensterläden und spritzte draußen im Hof auf dem Kopfsteinpflaster hoch.

«Es heißt, dass er in diesem Jahr kommt», murmelte sie.

«Oder im nächsten», schnaubte Lady Farquharson hinter ihr. «Du solltest lieber an deine eigene Zukunft denken. Bei der Politik ist noch nie etwas Gutes herausgekommen, jedenfalls nicht, dass ich wüsste.»

Der Regen durchschnitt die Dunkelheit, silberne Klingen, die eine gelbe Pfütze aus Licht, das aus dem Fenster nach draußen schien, zerteilten. Es war Brauch, dass die Frauen frühzeitig eine Ehe eingingen. Wenn nicht, kämen die Kinder zu spät zur Welt, würde nicht mehr ausreichend für sie gesorgt. Die Männer dagegen heirateten spät, sie konnten erst eine Familie gründen, nachdem ihre jüngeren Geschwister herangewachsen waren.

«Neunzehn», sagte Lady Farquharson verdrießlich. «Zeit, dass du aus dem Haus kommst.» Die Ehemänner, die sie Anne vorgeschlagen hatte, waren allerdings nicht sehr beeindruckend gewesen: ein steinalter Witwer, ein zweimal geschiedener Rohling und der Earl, Lord Louden. Mit vierzig war Louden im richtigen Alter, doch ebenso war er ein überzeugter Verfechter der Union.

«Dir würde der Titel einer Gräfin besser stehen, Tante», bemerkte Francis mit unbewegter Miene. «An Anne wäre er verschwendet.» Danach trat er zu Anne und ergriff ihre Hände. «Was hältst du davon, wenn ich dir einen Antrag machte? Als Geschenk zu deinem Geburtstag.»

«Als Geschenk zu meinem Geburtstag würde ich deinen Antrag ausschlagen.» Anne war bewusst, dass Francis es einzig darauf anlegte, Lady Farquharson zu ärgern, nur deshalb gab er vor, ihre Kandidaten auszustechen zu wollen – mit vierunddreißig war ihr Vetter noch lange nicht heiratsfähig …

Das Lamm, das James hatte retten wollen, glitt leblos aus der Mutter. Einer der Schäfer band das Tier an einem Nährpfosten fest und zog los, um das beste Lamm unter den neugeborenen Waisen auszuwählen. James war bereits auf den Knien, hatte seinen Dolch gezückt und häutete den dampfenden Kadaver. Das Fell würde anschließend um ein mutterloses Tier gebunden, um das nun kinderlose Mutterschaf zum Säugen anzuregen, und der Kadaver dem süßlich riechenden Haufen von Tierleichen hinzugefügt. Francis ließ sich gegen den Pfosten sinken und musterte Anne.

«Vielleicht wäre es an der Zeit, dir die Sache zwischen Mann und Frau zu erklären», meinte er scherzend.

Anne schnaubte. Im Hochland waren die Kinder häufig Zeugen von Paarungen, ob tierischer oder menschlicher Natur. Schließlich stammten sie aus Bauernfamilien und wussten deshalb frühzeitig Bescheid. Und was eine gute Partie betraf, da hatte Anne alles Wissenswerte bereits von ihrer Stiefmutter vernommen.

«Was weißt du schon von Frauen?»

«Geh mal ein paar Schritte.»

Anne warf den Kopf zurück und stolzierte hochmütig vor ihm auf und ab.

«Das reicht aus», seufzte Francis. «Ich weiß Bescheid.»

James kam zu ihnen, blutverschmiert und müde, aber froh, das Mutterschaf gerettet zu haben. Er war schlank und mit seinem braunen Haar, den vollen Lippen und den großen Augen Anne ausgesprochen ähnlich; was jedoch sein Temperament anging, war er das genaue Gegenteil.

«Du kommst gerade rechtzeitig», bemerkte Anne. «Francis wollte mir eben erklären, wie man sich fortpflanzt.»

Da er in einer Familie redegewandter Frauen lebte, sparte James sich häufig seine Worte und äußerte sie wenn, dann mit Bedacht. Er warf einen Blick auf seinen Vetter.

«Mir hast du das noch nie erklärt.»

Anne prustete vor Vergnügen, und Francis johlte. James lächelte still und zufrieden. Als sie zu dritt den Weg über die Weide einschlugen, teilte Anne ihrem Bruder die Nachricht vom Tod des McIntosh mit. Er nahm sie mit feierlicher Miene auf, auch war ihm kein Zeichen von Überraschung anzumerken, als er erfuhr, Aeneas würde womöglich zum neuen Oberhaupt der Clans gewählt.

«Wir müssen ihn nicht wählen», betonte Anne und beharrte darauf, dass es klüger wäre, wenn Macpherson den Bund des Chatton-Clans anführte. «Zumindest könnte man von ihm erwarten, dass er versucht, Einfluss auf das Parlament zu nehmen.»

Cluny Macpherson war fraglos ein überzeugender Redner, doch im Parlament der Union hatten die Clanführer ihren Einfluss längst verloren, und ihre Forderungen, eine Föderation zu bilden, waren stets abgewiesen worden. Schottland wurden lediglich sechzehn Peers zugestanden und im Unterhaus fünfundvierzig Sitze gegenüber den mehr als fünfhundert, die England besaß. Seitdem pflegte der Chatton-Clan das Parlament und seine Beschlüsse zu ignorieren.

«Wir sind in der Unterzahl, Anne», erklärte Francis. «Ganz gleich, wie die Schotten wählen, es macht keinen Unterschied. Nur die englischen Stimmen zählen.»

«Kein Land kann ein anderes überstimmen», entgegnete Anne. «Und im Vereinigten Königreich von Großbritannien gibt es davon nur zwei. Größe sollte dabei keine Rolle spielen.»

Francis blieb stehen und richtete sich zu seiner vollen Größe auf. Das waren immerhin gute sechs Fuß.

«Du wirst schon noch feststellen, wie wichtig sie ist.»

Anne verschränkte die Arme vor der Brust und blickte ihn mit schräggelegtem Kopf an.

«Wichtig ist die Größe deiner Ideen», berichtigte sie und deutete auf die blökenden Tiere im Gehege. «Willst du die etwa einen Sommer lang schwitzen lassen und die Wolle einer Saison vergeuden, nur weil die Engländer sagen, wir dürfen keinen Handel treiben?»

«Was würdest du denn tun? Sie scheren und die Wolle verbrennen?»

«Ich würde die Wolle lagern. Die Dinge können sich ändern – oder geändert werden.»

«Sie würde verfaulen, Anne», bemerkte James.

«Nicht, wenn wir sie zuvor reinigen lassen.»

«Die Motten würden sich trotzdem darüber hermachen», sagte Francis.

Anne vergrub ihre kalten Hände unter dem dicken, warmen Wollumhang. Bald würde ihre Wintergarderobe weggelegt und durch Sommerkleidung ersetzt werden.

*«Peighinn rìoghail»*, erklärte sie triumphierend. «Packt die Wolle in doppelt gefütterte Leinensäcke und beschichtet die Lagen mit Flohkraut. Das hält die Motten ab.»

Schweigen entstand, während die beiden Männer sich ihre Idee durch den Kopf gehen ließen.

«Wir wären einen Schritt voraus.» Francis warf James einen nachdenklichen Blick zu. «Und sobald sich eine Möglichkeit auftut, könnten wir handeln.»

«Ohne die Wolle eines Jahres zu verlieren», meinte James.

«Du kluge Frau», lobte Francis. «Versprich mir, auf mich zu warten.»

«Erst musst du mich überzeugen, dass Größe eine Rolle spielt», erwiderte Anne schmunzelnd.

Sie steuerten den Weg nach Invercauld an und überlegten Möglichkeiten, die Wolle zu lagern. Sie brauchten eine Stelle, die trocken und kühl war, vielleicht eine Scheune unter Bäumen. Falls Säcke gewebt und die Wolle präpariert würde, müssten auch die Scherer, Spinner und Weber des Clans nicht länger untätig herumsitzen. Als sie den Hof zum Haus überquerten, dachte Anne an die Wölfe zurück und erinnerte sich an jene Begegnung aus ihrer Kindheit mit einem dunkelhaarigen Mann in einer Mondnacht – ihre Furcht, der Schuss, der in der Dunkelheit abgefeuert worden war, ihr sterbender Vater. Wölfe waren Rudeltiere, doch ihr Heulen, das sie seit langem nicht mehr gehört hatte, zeugte von Einsamkeit. Nun waren sie fort.

«Glaubt ihr, dass es tatsächlich der letzte Wolf gewesen ist?»

«Im vergangenen Jahr?» Francis zuckte mit den Schultern. «Wer weiß?» Er blickte zu ihr herab. «Was macht es, wenn noch einer übrig ist? Allein kann er nicht fortbestehen.»

Der verstorbene McIntosh hatte jene Jagd angeordnet. Ein Säugling war verschwunden, und die Bewohner von Moy hatten geschworen, dass ein Wolf dafür verantwortlich war. Der Tag, an dem der Wolf starb, war Annes Geburtstag, wenngleich sie da noch nichts von seinem Tod wusste. In der Nacht, als der Regen prasselte, stand Anne in ihrem Zimmer vor dem großen Spiegel. Im flackernden Kerzenschein wirkte ihre Haut zart wie Honig, doch bei Tageslicht war sie milchweiß. Sie schüttelte ihr Haar aus, bis es über ihren Rücken fiel und ihr Gesäß berührte. Dann legte sie die Hände unter ihre Brüste und spürte die Hitze ihres Bluts. Mit den Handflächen strich sie über ihren flachen Bauch. Indem sie Kinder gebaren, erschufen die Frauen die Zukunft. Doch das hatte seinen Preis. Ihre Mutter hatte es das Leben gekostet.

Für die Tiere war es einfach. Fruchtbarkeit, Trieb und Paarung, all das geschah zur gleichen Zeit. Ebenso war es für Frauen, wenngleich ihr Verlangen auch dann entstehen konnte, wenn sie nicht fruchtbar waren – die Qual, die sie in den vergangenen Tagen ausgestanden hatte, war dafür ein sicheres Zeichen. Während der fruchtbaren Tage galt es, Männer zu meiden, es sei denn, man wäre verheiratet.

Ehe bedeutete Kinder gebären. Vielleicht würde sie auch das vermeiden. Doch ihre Haut war heiß wie im Fieber, ihr Herz schlug heftig, und sie atmete stoßweise. Sie lehnte sich an den Spiegel, das Glas kühlte Wange und Brust. Dann fuhr sie mit dem Finger zwischen ihre Schenkel, in die feuchte Stelle, und sog scharf die Luft ein, als ihr Unterleib unter einem Schauer erbebte.

«Was machst du da?», fragte ihre Halbschwester schlaftrunken aus dem Bett.

«Nichts. Schlaf weiter.»

Doch Elizabeth war wach. Ihr helles Haar lugte unter ihrer Nachthaube hervor. Sie stemmte sich auf den Ellbogen.

«Ich weiß, was du machst. Ich mach das die ganze Zeit. Deshalb gehe ich auch so früh ins Bett.» Elizabeth war sechzehn und eine Nervensäge.

Anne streifte ihr Nachthemd über, stopfte ihr Haar unter die Haube, löschte die Kerze und schlüpfte ins Bett.

«Schlaf», sagte sie kurz angebunden, kehrte Elizabeth den Rücken zu und zog ihre Decke bis zum Kinn. In der Nacht träumte sie von Wölfen. Sie erwachte im leeren Bett, hörte Vogelgezwitscher und stellte fest, dass der Regen aufgehört hatte. Im Nachthemd und mit zerwühltem Haar betrat sie die Küche. MacGillivray war da, unerwartet. Er war vorbeigekommen, um die Farquharsons von der Wolfsjagd abzuhalten. Der Fährtenleser des MacQueen hatte den Wolf am Vortag getötet, an ihrem Geburtstag. Der Kopf war dem alten Häuptling in Moy bereits präsentiert worden.

Bis auf die Köchin war MacGillivray allein in der Küche, saß am Tisch, aß nicht mehr, sondern starrte Anne an, das lange goldblonde Haar im Nacken verknotet, die Schultern verkrampft. Es war das erste Mal, dass Anne ihn als Mann wahrnahm. Später wanderte sie zu den Wasserfällen und wusste, er würde ihr folgen. Oben am Teich, als das kühle Wasser ihre Schenkel umspülte, hatte sie nur noch die Hitze, die in ihr aufstieg, im Kopf und die Art, mit der er sie zuvor angesehen hatte – derselbe Blick, den sie in seinen Augen finden würde, wenn sie sich jetzt umdrehte.

Mittlerweile würde er wohl im Haus auf sie warten. Bei Sonnenuntergang nähme der Dudelsackspieler ihres Bruders das Klagelied der Shaws auf, und sie würden trauern. Doch zuvor musste sie noch ihre Überredungskunst einsetzen. Wahrscheinlich war ihr deshalb der Wolf wieder in den Sinn gekommen.

# 3

Der Tag, an dem die Farquharsons zum Begräbnis des McIntosh aufbrachen, war freundlich, hell und trocken, mit einem milden Westwind, der Wärme versprach. Getreu ihren Worten, blieb Anne mit Elizabeth zurück, bis die nächste Morgendämmerung sie zu ihrem Vorhaben trieb. Sie beschwatzte ihre verdutzte Schwester und führte sie über den Bergpass nach Rothiemurchus. Als die Nacht anbrach, kamen sie in einer Kate bei einer Familie unter. Das Gesetz der Gastfreundschaft verlangte, dass die Türen jedem Reisenden offen standen. In der wilden Umgebung, wo das Wetter in einem Moment freundlich und im nächsten mörderisch sein konnte, war dies ein lebensnotwendiges Gesetz.

Am anderen Tag, als die Cairngorms hinter ihnen lagen, zogen sie über das Heidemoor, das von den allgegenwärtigen Torfkaten gesprenkelt war, zu den Caledonian-Wäldern, die Loch Moy säumten. Elizabeth hatte ihr kindliches Gejammer noch immer nicht aufgegeben.

«*Tha mi shìth.* Wenn wir mit den anderen aufgebrochen wären, hätten wir uns die Pferde teilen können.»

«Außer dass wir gar nicht aufgebrochen sind», sagte Anne.

Elizabeth blieb ein wenig zurück und schnitt ihrer älteren Schwester eine Grimasse.

«Laufen wir deshalb meilenweit in die Richtung da? Um nicht anzukommen?»

Anne seufzte und blieb stehen. Sie mochte Elizabeth, doch bisweilen wünschte sie, ihre Halbschwester hätte mehr von ihrem gemeinsamen Vater als von ihrer Mutter geerbt.

«Der Mann ist ein Schurke, Elizabeth. Ich würde ihm nie die Ehre erweisen, anwesend zu sein, wenn er als Clanführer der McIntoshs bestätigt wird. Ob er auch das Oberhaupt des Chatton-Clans wird, muss sich jedoch noch erweisen. James und Francis werden gegen ihn stimmen, ich habe sie darum gebeten. Ebenso MacGillivray. Die Macphersons stimmen für sich, das tun sie immer. Das heißt, dass er vielleicht gar nicht gewählt wird. Und wenn das geschieht, will ich dabei sein. Dann will ich das Gesicht dieses Mannes sehen. Also, los.» Sie ergriff die Hand ihrer Schwester. «Es ist nicht mehr weit.»

In Moy Hall hatten sich Tausende Mitglieder des Chatton-Clans versammelt. Jeder Clan besaß einen Anführer, der gewöhnlich aus einer der ältesten Familien gewählt wurde, wenngleich das nicht zwingend war. Letztlich wurde die Person gewählt, die für das Amt am besten geeignet schien, ganz gleich, ob Mann oder Frau. Sollte sich diese Person als ungeeignet erweisen, wurde sie abgesetzt. Die Clanführer, die sich mit ihren Ehemännern oder Ehefrauen, Söhnen und Töchtern um den Eingang des zweistöckigen Hauses scharten, waren an dem Federpaar an ihrer Mütze zu erkennen.

Moy Hall war ein eindrucksvolles Gebäude, insbesondere wenn man bedachte, dass der Großteil der Clanführer ebenso wie all die anderen in Katen lebte. Allerdings war Moy Hall hochverschuldet. Die neuen Steuern, die seit dem Beginn der Union erhoben worden waren, hatten die Clans verarmen lassen. Aeneas würde seinen ganzen Verstand brauchen, um das Land seines Stammes zu erhalten.

Lady Farquharson stand neben Annes Bruder James.

Bis zur Heirat ihres Stiefsohnes konnte sie die Entscheidungen der Farquharsons mitbestimmen. Einige der Witwer oder Junggesellen unter den anwesenden Clanführern hatten eine Verbindung mit ihr in Erwägung gezogen. Sie konnte noch immer Kinder gebären und war eine gutaussehende Frau, wenn auch ein wenig scharfzüngig. Doch trotz ihres offensichtlichen Gefallens an männlicher Gesellschaft hatte sie bisher jeden abgewiesen. Es hieß, dass ihre Vorliebe Aeneas galt, sie jedoch niemanden unter dem Rang eines Häuptlings heiraten würde. Auch in diesem Punkt könnte der Tag womöglich die Entscheidung bringen.

Einige Dutzend der McIntoshs hatten innerhalb der Menge strategische Stellungen bezogen, um auf die anderen einzuwirken. Als sich die Tür von Moy Hall öffnete, trat Lady Anne Duff, die Lady McIntosh, hervor. Zurzeit war sie das mächtigste Mitglied des Bundes, die Ehefrau des verstorbenen Oberhauptes, das am Vortag begraben worden war. In der Hand trug sie die Mütze mit den beiden Adlerfedern. Aeneas stand barhäuptig hinter ihr und schien sich angesichts der Feierlichkeiten unwohl zu fühlen. MacGillivray nahm den Platz an seiner Seite ein. Er trug die dritte Adlerfeder, die einen der wartenden Häuptlinge wenig später als Oberhaupt des Bundes kennzeichnen würde. Die Witwe breitete ihre Arme aus.

*«Fàilte oirbh»*, hieß sie die Versammelten willkommen. Sie hob ihre Stimme, um jeden in der Menge zu erreichen. «Es ist meine Pflicht, die Federn dem neuen Clanführer der McIntoshs zu übergeben.»

Das Gebrüll, das Aeneas zu Ehren aus den Reihen der McIntoshs aufstieg, erschreckte etliche der Enten auf dem See, dem Loch Moy, die sich mit heftigem Geflatter in die Lüfte erhoben. Es klang wie Applaus.

«Doch da wäre noch die dritte Feder, die mein Mann

getragen hat», fuhr Lady McIntosh fort. «Und nur die Stämme des Chatton-Clans können entscheiden, wer sie als Nächster tragen soll.»

Weit hinter der Menge, am Ufer des Sees, zischelte Elizabeth: «Das hier ist doch lächerlich!»

Sie und Anne befanden sich oben in einem Baum, standen auf einem Ast und hielten sich an einem der darüberhängenden Zweige fest. Die auffliegenden Enten hatten sie nass gespritzt.

«Wenn du noch ein bisschen rutschen würdest, könnten wir besser sehen», flüsterte Anne und drängte ihre Schwester noch ein Stück weiter, während sie den Hals reckte, um das Geschehen auf den Stufen von Moy Hall zu verfolgen.

Vorn in der Menge fing Lady Farquharson Aeneas' Blick auf. Er nickte ihr zu, und sie senkte die Lider, wobei ein zufriedenes Lächeln über ihre Lippen huschte. Den ersten Ehemann wählte man aus gesundem Menschenverstand, doch der zweite konnte durchaus auch dem Vergnügen dienen. Aeneas' Erscheinung hatte ihr von jeher gefallen, ebenso wie sein Scharfsinn und sein körperliches Geschick. Nun war er zudem von Rang, und um diesen abermals zu erhöhen, hatte sie auf James eingewirkt. Und Anne, der einzige Mensch, der ihr einen Strich durch die Rechnung machen konnte, war nicht anwesend.

Neben Aeneas blickte Lady McIntosh auf die Versammelten. «Welcher der Clanführer soll Oberhaupt des Chatton-Clans werden?»

Als Anne sich erneut vorreckte, bog sich der Ast gefährlich nach unten.

«Ich falle gleich runter!», quiekte Elizabeth.

*«Isd!»*, befahl Anne. «Sei still!» Sie erkannte, dass die Macphersons ihre Fäuste hoben. Nach uraltem Gesetz zählte zur Wahl eines Clanführers jede Stimme seines

Stammes, doch wenn das Oberhaupt des Bundes gewählt wurde, besaß jeder Clan, ungeachtet seiner Größe, nur eine einzige Stimme. Sollte in einem Clan diesbezüglich Uneinigkeit herrschen, kam die Wahl durch Mehrheitsbeschluss zustande.

«Macpherson!», schallte es wie aus einem Munde.

Außer sich vor Freude, hieb Anne mit der Faust auf den Ast vor sich.

«Jawohl!», wisperte sie. Mittlerweile konnte sie Aeneas deutlich erkennen. Es war das erste Mal, dass sie ihn bei Tageslicht wahrnahm. Sein Haar war rabenschwarz, und dunkle Brauen zogen sich über noch dunklere Augen. Es war seidig, dieses Haar, entsann sie sich aus jener Nacht, als sie mit dreizehn auf seinen Schultern gesessen hatte. Im Wuchs stand er MacGillivrays sechs Fuß nicht nach, doch während Alexander einen ungezwungenen Eindruck machte, wirkte Aeneas steif und angespannt. Er schien vor sich hin zu brüten, wie ein Sturm kurz vor dem Ausbruch. In seinem Clan breiteten sich Unruhe und zorniges Gemurmel aus. Gut, dachte Anne.

Die MacBeans hoben ihre Fäuste und gaben ihre Stimme kund.

«McIntosh!»

Anne beobachtete Aeneas. Eine gefährliche Kraft ging von ihm aus, doch seltsamerweise auch reife Autorität. Das Warten behagte ihm zwar nicht, doch im Grunde fühlte er sich offenbar wohl in seiner Haut.

«McIntosh!», riefen die McThomas.

Wie alt war er überhaupt? Mittlerweile kam er ihr nicht mehr so alt vor wie damals, als sie dreizehn war. Sechsunddreißig, siebenunddreißig? Im gleichen Alter wie ihre Stiefmutter.

«McIntosh!», kam es von den MacQueens, mit Ausnahme von Lady MacQueen, die für Macpherson war. Doch etwas anderes hatte ohnehin keiner erwartet. Cluny Macphersons Bruder machte sie bereits seit Jahren glücklich, wohingegen die Leidenschaft ihres Mannes dank Alter und Whisky abgeklungen war.

Elizabeth blickte Anne stirnrunzelnd an. Ihre Schwester schien ganz vergessen zu haben, weshalb sie überhaupt hier waren und über dem See in einem Baum hockten. Die Stimmen wurden weiter abgerufen, eine nach der anderen.

«McIntosh!» Das kam von den Shaws.

Versunken beobachtete Anne den Mann, auf den sie so lange wütend gewesen war. Es lohnte sich, ihn zu betrachten. Mit einem Mal lief ein Kribbeln über ihren Unterleib. Wäre er ein anderer gewesen, hätte sie es für Erregung gehalten, doch bei diesem Mann musste es aufgrund ihrer Abneigung entstanden sein.

«McIntosh!» Die Davidsons.

«Anne!» Elizabeth stieß sie in die Seite. Als Nächste war ihre Familie an der Reihe.

«O nein», hauchte Anne. James würde sich nach ihren Worten richten. Wo war Francis? «Kannst du Francis irgendwo entdecken?» Was hatte sie bisher mitbekommen? Vier oder fünf Stimmen für McIntosh? Mit ihrer Gegenstimme würde ihre Familie gewiss lächerlich wirken. Sie entsann sich der amüsierten Miene, die Aeneas zur Schau tragen konnte und die einen rasend machte. Wahrscheinlich wüsste er, dass es an ihrem Einfluss gelegen hatte – falls er sich ihrer überhaupt noch entsann. Ihr Bruder und ihre Stiefmutter hoben die Fäuste, gemeinsam mit den restlichen Farquharsons.

«McIntosh!», riefen sie, ohne eine einzige Gegenstimme.

MacGillivray trat einen Schritt vor, blickte seine Leute

an und hob die Faust. Wenigstens er würde Anne nicht enttäuschen.

«McIntosh», rief er mit donnernder Stimme, und sein Clan fiel wie ein Echo ein. Es war vorüber. Aus vollen Kehlen wurde Beifall gebrüllt. MacGillivray steckte die dritte Feder zu den beiden anderen. Aeneas fiel auf ein Knie, um die Mütze aus den Händen seiner Tante entgegenzunehmen.

«Aeneas! Aeneas! Aeneas!», skandierte sein Clan euphorisch.

«Hast du das gehört?» Entsetzt drehte Anne sich zu Elizabeth um. Sie war wieder zu sich gekommen. «Sie haben ihn gewählt!» Die Baumkrone schwankte. «James hat für ihn gestimmt, ebenso MacGillivray!» Der Ast unter ihr gab abermals bedrohlich nach.

«Anne, beweg dich nicht!», kreischte Elizabeth, doch es war zu spät. Sie verlor den Halt. Anne versuchte noch, sie zu packen, doch Elizabeth stürzte bereits und schrie, als sie im seichten Ufergewässer landete. Zutiefst erschreckt blickte Anne zu ihrer Schwester hinab, die im Wasser um sich schlug. Dann entsann sie sich der Versammlung, schaute zum Haus hinüber und erschrak noch mehr. Aeneas war bereits losgelaufen. Es sah aus, als starrten er und MacGillivray sie an, doch zum Glück würde das Laub sie verbergen. Dann setzten die beiden sich in Trab und kamen auf den See zugerannt. Das Letzte, was Anne sich wünschte, war, wie ein unartiges Kind aus dem Geäst geklaubt zu werden. Rückwärts bewegte sie sich über den schwankenden Ast, glitt hinter den Stamm und zog ihr Kleid eng um sich.

MacGillivray und Aeneas erreichten gleichzeitig das Ufer. Elizabeths Kleid hatte sich wie ein Ballon aufgebläht, während sie in dem niedrigen Gewässer versuchte, auf die Beine zu kommen. Aeneas hatte sie ein einziges Mal gesehen, damals, als sie kaum zehn Jahre alt war; daher erkannte er sie nicht. MacGillivray wusste jedoch, wen er vor sich hatte.

«Elizabeth?» Er war verwirrt, denn er ging davon aus, dass sie mit Anne in Invercauld zurückgeblieben war. Gleich darauf watete er ins Wasser, um ihr herauszuhelfen.

Hinter Aeneas kamen andere herbeigeeilt, um den Grund für den Zwischenfall zu erfahren, und voller Sorge, dass es sich um den Vorstoß eines feindlichen Clans handeln könnte. Über kurz oder lang würde man auch Anne entdecken, die sich wie ein Dieb vor den Gesetzeshütern verbarg. Eigentlich blieb ihr unter den Umständen nur eine Möglichkeit: Sie musste sich stellen. Um nicht rücklings im Wasser zu landen, hielt sie sorgsam ihr Gleichgewicht und tastete sich vor. Danach ließ sie sich aus dem Baum fallen und traf leichtfüßig auf, nur einen Schritt entfernt von Aeneas, der sie verdutzt ansah. Hinter ihm zückten drei Männer ihre Dolche, doch er hielt den Blick auf Anne gerichtet und winkte seine Bewacher fort.

«Offenbar sind wir auf ein paar Nistvögel gestoßen», sagte er. Und da war es wieder, dieses halbe Lächeln, das einen rasend machte.

In ihrem Rücken vernahm Anne Elizabeths unwürdiges Geplapper und MacGillivrays schockiertes «Zu zweit?». Anne bedachte Aeneas mit einem frostigen Blick und versuchte, unbeteiligt zu klingen.

«Wir sind hier lediglich entlanggekommen.»

Allerdings waren sie dabei weit in das Gebiet der McIntosh vorgedrungen. Ungläubig machte Aeneas eine Geste mit der Hand, die den See, die Wälder und die entfernten Cairngorms umschloss, und musste hellauf lachen. Anne warf ihm einen Blick zu, der die meisten

Empfänger vernichtet hätte. In dem Moment erkannte sie, dass die Erinnerung in seinen Augen aufglomm. Es dauerte jedoch noch eine Weile, bis ihm in seiner Sprachlosigkeit ihr Name über die Lippen kam.

«Nun, Miss Farquharson. *Fàilte.*» Wie zum Gruß setzte er seine Mütze auf, doch Anne wusste, dass er sich über sie lustig machte. Jetzt müsste er nur noch sagen, sie sei inzwischen groß geworden, und im Nu brauchte er die drei Dolche, um sich zu schützen. Er tat es nicht. Denn Lady Farquharson bahnte sich einen Weg durch die Gäste, die sich zusammengedrängt hatten, und kam ihm zuvor. Sie wirkte sichtlich betreten, doch man erkannte auch den Zorn, der in ihren Augen aufzulodern begann.

«Elizabeth? Was soll das?», keifte sie. «Anne? Ich glaube, ich traue meinen Augen nicht!»

«Es war Annes Idee», wehrte sich Elizabeth.

Annes Hoffnung, Elizabeth würde sie nicht verraten, verdampfte wie Wasser auf einem heißen Stein.

«Wie konntet ihr nur ein solch einzigartiges Ereignis ruinieren?», herrschte Lady Farquharson sie an, ehe sie sich zu Aeneas umdrehte und entschuldigend seinen Arm berührte. «*Tha mi uamhasach duilich.* Es tut mir ausgesprochen leid, Aeneas.» Danach rief sie wütend nach James. MacGillivray trat zu Anne.

«Du wolltest doch nicht mitkommen. Was tust du denn hier?»

«Ich sehe zu, wie man mir in den Rücken fällt», erwiderte Anne und starrte Elizabeth grimmig an.

Nachdem sich die Aufregung gelegt hatte, zerstreute sich die Menge und begab sich zu den Tischen mit den Speisen und Getränken. Annes Bruder tauchte aus der Menge auf.

«James», befahl Lady Farquharson, «mach die Pferde und den Wagen bereit. Wir brechen auf.»

James wunderte sich über die Anwesenheit seiner Schwester und Halbschwester, beschloss jedoch, die Fragen auf später zu verschieben.

«Francis ist mit dem Wagen nach Inverness gefahren», erklärte er und warf Anne einen vielsagenden Blick zu. «Um Leinen zu besorgen.»

«Dann mach die Pferde fertig. Die anderen können entweder laufen oder auf ihn warten.»

James eilte auf die Ställe zu.

«Möchtet Ihr nicht bleiben?», erkundigte sich Aeneas. «Eure Tochter braucht trockene Kleidung.»

«In Anbetracht des Vorfalls ist das äußerst zuvorkommend von Euch.» Lady Farquharson war keineswegs gewillt, die Schande noch länger zu ertragen. «Sie kann sich auf dem Fußmarsch nach Hause trocknen.»

«Oh, Mutter», jammerte Elizabeth.

«Dann gestattet mir wenigstens, Euch Pferde zu leihen.»

Lady Farquharson fiel ein, dass Aeneas es sich ab sofort leisten konnte, Pferde zu verleihen, und setzte sich über ihre Demütigung hinweg.

«Oh, Aeneas», bemerkte sie liebenswürdig. «Ihr seid überaus freundlich. Ohne die Kraft und Weisheit eines Ehemanns an der Seite ist es tatsächlich nicht einfach, jungen Leuten ein Gefühl von Verantwortung beizubringen.»

Anne starrte finster vor sich hin. Zuweilen wünschte sie, sie könnte sich auf Kommando übergeben. MacGillivray, der wusste, dass sie nicht in Aeneas' Schuld stehen wollte, flüsterte ihr ins Ohr:

«Du kannst mein Pferd haben.»

Anne schaute zu ihm hoch. Sie wusste sein Angebot zu schätzen, doch der Wunsch, ihre Würde zu wahren, war stärker als der nach Bequemlichkeit.

«Nein, vielen Dank», sagte sie und dann lauter, sodass Aeneas es hörte: «Ich bin zu einer Wanderung aufgebrochen und habe vor, sie fortzusetzen.» Darauf machte sie auf dem Absatz kehrt und schlug hocherhobenen Hauptes den Weg in Richtung Berge und Heimat ein.

«Du schaffst doch nicht einmal die halbe Strecke, bevor es dunkel wird», rief MacGillivray.

«Die anderen holen sie bald ein», erklärte Aeneas und beobachtete Anne, die mit stocksteifem Rücken entschlossen davonmarschierte.

MacGillivray zuckte mit den Schultern. Wenn Anne sich etwas in den Kopf gesetzt hatte, konnte nichts und niemand sie daran hindern. Gewiss würde ihr Stolz schon bald nachlassen. Sie würde ihre Familie sicher nicht vorbeireiten lassen und auf dem Weg zurückbleiben.

Aeneas legte brüderlich die Hand auf MacGillivrays Schulter.

«Zeit, einen Schluck zu trinken», sagte er.

Sie steuerten das Haus an, im Gefolge einer verdrossenen Elizabeth und ihrer schimpfenden Mutter. Aeneas grinste MacGillivray an und deutete mit dem Kopf auf die beiden Frauen vor ihnen.

«Die deine ist ein wenig feucht geworden.»

# 4

«Für Wohlstand und wider die Union!», riefen helle Stimmen in Invercauld. Mit erhobenen Holzschwertern prallten auf dem Übungsgelände zwei Kindertruppen aufeinander und schlugen auf die gegnerischen Lederschilde ein. Ein kleines Mädchen kauerte sich hinter seinen Schild und versuchte vergeblich, an den Seiten vorbeizustechen, während der Junge, der mit ihm kämpfte, wie ein Wilder auf seinen Lederschild eindrosch.

«Nein, nein», rief Anne und gebot den beiden Einhalt. Sie hockte sich hinter die Kleine, legte ihren Arm um deren Rücken und schob ihn durch die Riemen des Schildes. Mit dem anderen packte sie den Schwertarm des Mädchens am Handgelenk. «So macht man das, Catríona.» Sie schob den Schild vor die Kleine, um ihr zu zeigen, wie man den Oberkörper schützte. Den Schwertarm ließ sie frei. Danach stieß sie den Schild vor und folgte mit dem Schwert. «Siehst du?» Anne wiederholte den Angriff. «Du schlägst seinen Schild zur Seite, und dann stichst du zu.» Das Mädchen seufzte.

«Wird der Prinz denn jemals kommen, Anne?»

«Natürlich wird er das.» Zur Bekräftigung drückte sie das Kind kurz an sich. Neun Jahre alt und schon so argwöhnisch. Anne kannte die Geschichte seit beinahe zwanzig Jahren und hatte nie aufgehört, sie weiterzugeben. Allerdings fragte auch sie sich zuweilen, ob es vielleicht nichts weiter als ein Märchen war, das man Kindern erzählte. Im endlosen Wiederholen waren die Konturen verschwommen, als wäre der Prinz eine Erfindung statt ein Mensch aus Fleisch und Blut. War eine falsche Hoffnung besser als gar keine Hoffnung? Für die Übungskämpfe spielte dergleichen keine Rolle. Jeder von ihnen lernte, sich zu verteidigen, und das, sobald er in der Lage war, eine Übungswaffe in der Hand zu halten. Die Kämpfe fanden einmal in der Woche nach der Schule statt.

Die Regierung hatte das Tragen von Waffen in der Öffentlichkeit verboten, doch der Status und die Sicherheit eines Clans beruhten nach wie vor auf der Anzahl der Schwerter, die er ins Feld führen konnte. Feinde gab es immer. Ein feindlich gesinnter Clan, dem sein Land nicht mehr ausreichte, konnte jederzeit beschließen, sich Invercauld oder Teile davon einzuverleiben, um seinen eigenen Leuten Wohnraum und Weideland zu verschaffen.

«Außerdem», erklärte Anne dem Mädchen, «Menschen, die nicht für ihr Land kämpfen, verdienen es, ihr Land zu verlieren.» Sie winkte den Jungen herbei. Er schützte seinen Körper und schwang sein Schwert. Anne führte Catríonas Schild und wehrte den Angriff ab. «Gut gemacht», lobte sie. «Beweg dich nicht», bat sie den Jungen. Indem sie den Schwertarm des Mädchens führte, wies sie auf die Angriffspunkte, die der Junge bot. «Wenn du flink bist, kannst du ihn hier treffen.» Sie berührte seinen freien rechten Oberarm mit der Schwertspitze. «Dann hast du seinen Schwertarm verletzt, und er gibt auf. Allerdings musst du warten, bis Blut fließt. Doch der beste Weg führt um seinen Schild herum. Du musst schnell denken und wendig sein. Also versuch es noch einmal.»

Anne erhob sich, und die Kinder nahmen ihren Kampf wieder auf. Anne bemerkte, dass sich oben auf dem Berg etwas bewegte. Im Geist musste sie irgendwelche Eindringlinge heraufbeschworen haben. Es sah aus wie eine weit entfernte Reihe Reiter, die über den Bergpass näher kamen.

«Ich hab ihn! Ich hab ihn!» Catríona schrie vor lauter

Aufregung. Anne beobachtete die Bergflanke und antwortete mechanisch: «Ausgezeichnet!» Da oben befanden sich tatsächlich Reiter und Menschen, die zu Fuß unterwegs waren. Wer waren sie? Was hatten sie hier zu suchen? Anne wandte sich zu den Kindern um. Eines Tages würden sie sicherlich geschickte, furchtlose Krieger sein, doch im Moment waren sie allenfalls Boten. Sie klatschte in die Hände, um ihre Aufmerksamkeit zu erringen. «Wir bekommen Besuch. Legt alles zur Seite, lauft nach Hause und sagt Bescheid. Los, beeilt euch.» Sie rannten los, warfen ihre Übungswaffen in die Holzkästen, stoben auseinander und verschwanden in ihren Katen. Anne beobachtete den Berghang und kniff die Augen zusammen, um irgendein Erkennungszeichen auszumachen.

Der Reiter an der Spitze war mit Tartanhose, Samtrock und den Amtszeichen eines Clanführers bekleidet. Trotz des Verbotes glänzte ein Schwert an seiner Seite. Hochländer, die mit einem ernsten Anliegen unterwegs waren, schloss Anne. Hinter dem Häuptling führte einer der Gefolgsleute einen reiterlosen Schimmel. Ob es das war, was es normalerweise bedeutete? Anne ließ ihren Blick über den Rest der Truppe wandern. Sie machte drei Rinder mit schwarzem Fell, ein paar Schafe, Ziegen und ein fettes Schwein aus, das ein Junge mit einem Stock antrieb. Andere wiederum achteten darauf, dass das Vieh nicht ausscherte. Am Ende befand sich ein zweiter Reiter, ebenfalls ein Clanführer. Einer mit goldblondem Haar.

«Oh, lieber Himmel!» Anne machte kehrt und rannte nach Hause. Im Haus stürmte sie an ihrer Stiefmutter vorbei und stieß in ihrer Hast, ans Fenster zu gelangen, einen Stuhl um. Dann spähte sie wieder hoch zu den Bergen.

«Was um alles in der Welt ist denn in dich gefahren?» Lady Farquharson stellte den Stuhl wieder auf.

Anne wandte sich zu ihrer Stiefmutter um, just in dem

Augenblick, in dem Elizabeth von draußen hereingestürzt kam.

«Mutter! Mutter! Oh, Anne, hast du das gesehen?»

«Ob sie was gesehen hat?»

Elizabeth war außer sich vor Aufregung.

«McIntosh. Es ist der McIntosh. Und er hat –» Sie wedelte mit den Händen und brachte kein Wort mehr heraus.

«Geschenke», vervollständigte Anne ihren Satz kalt und nüchtern. «Er bringt Geschenke.»

Elizabeth hatte ihre Sprache wiedergefunden. «Hochzeitsgeschenke, Mutter! Ein Brautpferd, Rinder, Schafe, oh, ich weiß nicht, was noch. James geht ihnen entgegen. Er kommt, um einen Antrag zu machen, Mutter!»

Lady Farquharson umklammerte die Lehne des Stuhls so fest, dass die Knöchel ihrer Hand weiß hervortraten.

«*O mo chreach*, liebe Güte. Wie es hier aussieht!» Sie raffte ihre Stickerei zusammen und reichte sie ihrer Tochter. «Beeil dich, *greas ort*. Herrje, mein Haar. Ich muss mich umziehen. Gott steh mir bei!»

«Du hast ja gesagt, dass er sich, jetzt wo er es sich leisten kann, eine Frau nehmen wird.» Elizabeth sprang auf und ab und hielt den bestickten Stoff an ihre Brust gedrückt. Mit ruhigem Schritt verließ Anne das Haus durch die Hintertür.

«Wohin gehst du?», fragte ihre Stiefmutter.

«Dahin, wo es still ist. Aus dem Weg.»

«Was?» Elizabeth glaubte ihren Ohren nicht zu trauen. «Wenn Mutter im Begriff steht, einen Antrag zu erhalten?»

«Sie ist nicht meine Mutter.» Anne huschte hinaus.

Lady Farquharson starrte auf die geschlossene Tür.

«Also, wirklich!» Dann besann sie sich. «Meine Güte, mein Haar!»

Draußen lief Anne einen Pfad hinunter, der sie zu einer Reihe abseits gelegener Bäume führte. Unterdessen zogen dahinter ein Pferd, Vieh und Menschen vorbei, die der entgegengesetzten Richtung folgten. Zwischen den dunklen Stämmen und niederhängenden Zweigen erhaschte Anne bisweilen einen Blick auf Aeneas, auf die blaue Mütze mit den drei Federn, das lange schwarze Haar, das ihm bis zu den Schultern reichte, den Tartanüberwurf, seine Leute, das fette rosige Schwein, einen ungewöhnlich ernst dreinschauenden MacGillivray.

Im Haus von Invercauld hatte Lady Farquharson glänzenden Silberschmuck angelegt und hakte mit fliegenden Fingern das hastig übergestreifte Seidengewand zu. Elizabeth stellte ein Tablett mit einer Kristallkaraffe und Weingläsern auf den Tisch und baute sich daneben auf. Mag sein, dass ihre Nahrung häufig nur aus Hafer und Kaninchenfleisch bestand, doch wenn es erforderlich war, konnten sie noch immer einiges hermachen.

James betrat das Haus durch die Vordertür und kündigte die Besucher an, doch Lady Farquharson winkte ihn aus dem Weg. Er durfte Aeneas nicht den Blick auf ihre prächtige Erscheinung verstellen. Und da war Aeneas, das Schwert mit dem silbernen Korbgriff an der linken, einen Dolch mit schwarz- und silbergemustertem Griff an der rechten Seite.

«*Fàilte*, McIntosh.» Lady Farquharson umarmte ihn. «Wie schön, Euch zu sehen.»

Aeneas sah verdrießlich drein und nickte nur knapp, während er den Raum mit schnellen Blicken durchmaß. Hinter ihm blieb MacGillivray im Türrahmen stehen. Auch er bot sich in der Ausstattung eines Clanführers dar. Neben der Karaffe setzte Elizabeth sich zurecht und warf ihm ein kokettes Lächeln zu. Seitdem er sie in Moy aus dem See gefischt hatte, malte sie sich alles Mögliche aus. Dass er Annes Liebhaber war, spielte dabei keine Rolle. Zudem schien ihre Schwester keineswegs von ihm besessen zu sein. Bei seinen letzten Besuchen hatte sie ihn sich mehr als einmal selbst überlassen. Und was sie, Elizabeth, betraf, nun, ihn von Anne wegzulotsen würde seine Eroberung umso reizvoller machen.

Da keiner der Männer etwas sagte, ergriff Lady Farquharson das Wort.

«Es hat ein paar Wochen länger gedauert, als wir erwartet haben.» Gleich darauf konnte sie kaum fassen, dass ihr ein solcher Schnitzer unterlaufen war. «Ich meine, ehe Ihr gekommen seid, um Eure Pferde abzuholen.»

«Ich hatte andere Dinge im Kopf», sagte Aeneas. Für einen Freier wirkte er ein wenig kurz angebunden.

«Natürlich, die Pflichten eines neuen Clanoberhauptes», räumte Lady Farquharson ein. «Ein Glas Wein?»

Elizabeth ergriff die Karaffe, doch Aeneas stand der Sinn nicht nach Förmlichkeiten.

«Lady Farquharson», begann er. «Ich bin hier, um einen Heiratsantrag zu machen.»

Wie unverblümt und direkt! Lady Farquharson sog scharf den Atem ein und fächelte sich mit dem Spitzentaschentuch Luft zu.

Auf der Lichtung zwischen den Bäumen kniete Anne vor einem Grabstein und wischte das Moos und den Schmutz von der Inschrift: «John Farquharson von Invercauld. Gestorben 1738». Darunter standen die Worte: «Margaret Murray, geliebte Ehefrau. Im Kindbett gestorben 1725».

Als sie noch sehr klein war, hatte ihr Vater ihr ein Pony von den Shetland-Inseln geschenkt. Es war kaum halb so groß wie sein Pferd, doch ihr erschien es riesig. Sobald sie reiten könne, sagte er, dürfe sie ihn auf seiner Runde über ihr Land begleiten. In ihrer Ungeduld versuchte sie, auf das Pony zu steigen. Ihre Versuche scheiterten gleich mehrmals hintereinander, bis sie sich aufgebracht auf die Erde warf und mit Fäusten und Füßen auf den Boden trommelte. Ihr Vater hob sie hoch und hielt sie am ausgestreckten Arm in die Luft.

«Es hat keinen Zweck, deinen Schatten zu bekämpfen», sagte er. «Lerne, damit zu leben.» Als Anne aufgehört hatte zu zappeln, setzte er sie in den Sattel. Anschließend begleitete sie ihn jedes Mal. Ihre Stiefmutter hielt das Pony für Verschwendung.

«Sie hätte bei dir im Sattel sitzen können», beschwerte sie sich. «Sie ist noch klein genug.»

«Und was würde sie dabei lernen?», fragte ihr Vater. «Wie man ein Anhängsel wird? Sie wird dir nicht im Wege sein.»

Es war nicht ungewöhnlich, dass Kinder einen, ja, selbst beide Elternteile verloren und von einem Stiefelternteil oder mitunter von einem Stiefelternpaar erzogen wurden. Anne hatte ihre Mutter zwar nie kennengelernt, aber für ihre Stiefmutter hatte sie sich dennoch nicht erwärmen können. Nur ihr Vater hatte sie in den Armen gehalten. Es war seine breite Brust, an die sie sich schmiegte oder auf die sie zornig mit den Fäusten einschlug. Er war ihr Beschützer, Lehrer, Tröster, der stets vergab und sie immer, immer liebte. Bis zu diesem Tag spürte sie in sich die Leere, die sein Tod hinterlassen hatte. Doch mit einem Mal fehlten ihr die Mutter und die ihr eigene Zärtlichkeit, jemand, der ihren Wunsch, ohne Schatten zu leben, verstand. Annes Finger fuhren über das Datum ihres eigenen Geburtstages, des letzten Tags im Leben ihrer Mutter. Auf dem Gras neben dem Grabstein gackerte ein Huhn und rannte davon. Anne trennte die Grasbüschel, die ein großes braunes Ei freigaben. Es war noch warm.

Vom Haus her wurden Stimmen laut, die nach ihr riefen. Das glückliche Paar verlangte offenbar ihre Zustimmung, um anschließend feiern zu können. Anne nahm das Ei und spürte, wie tröstliche Wärme sich in ihrer Hand ausbreitete. Dann stand sie entschlossen auf. Sie war eine Farquharson, die Tochter ihrer Mutter und ihres Vaters, und sie würde ihre Rolle angemessen spielen.

Die kleine Catríona, das Mädchen, das vorhin schließlich doch noch Schwert und Schild gemeistert hatte, kam über den Pfad auf die Gräber zu.

«Anne, Anne, du sollst nach Hause kommen.» Sie war außer Rand und Band. «Der Mann hat gesagt, vielleicht können wir die Sau bald braten.»

«Dann werden wir sie ja los sein», sagte Anne und lief an dem verblüfften Kind vorbei auf das Haus zu.

Aeneas drehte sich nervös um, als sich die Tür öffnete und Anne das Haus betrat. Vor dem Eingang drängten sich die Angehörigen der Clans McIntosh und Farquharson. Wie rasch doch eine Nachricht von Mund zu Mund weitergegeben wurde! Anne blieb neben MacGillivray stehen, schenkte ihm ihr strahlendstes Lächeln, ergriff seine Hand und legte das immer noch warme Ei hinein.

«Bewahr es sicher auf.» Anschließend ging sie auf ihre Mutter und Aeneas zu. Sie hatte ihre Glückwünsche bereits auf der Zunge, als sie die zerbrochene Kristallkaraffe entdeckte, die neben ihrer Halbschwester auf dem Boden in einer Rotweinlache lag. Elizabeths Miene wirkte wie gefroren, verriet jedoch nichts. Bekannte Gesichter spähten durch die Fenster herein, Menschen, die sich anrempelten, um besser sehen zu können. Lady Farquharson wirkte wächsern und steif wie eine Schürze, die zu lange gestärkt worden war. Anne blieb vor ihr stehen und wartete gespannt ab. Die ältere Frau schluckte.

«Aeneas –» Sie brach ab und musste abermals beginnen. «Aeneas möchte dir etwas sagen.»

Hinter Anne gab Elizabeth einen gepressten Laut von sich und nahm das Tablett mit den Gläsern vom Tisch. Anne schaute sich zu ihr um und stellte fest, dass ihre Schwester das Tablett in den Armen geborgen hielt. Was erwartete sie? Dass Anne vor Wut explodierte? Wie gut es wäre, Invercauld nur für sich und James zu haben! Mit funkelnden Augen schaute sie Aeneas an. Doch der starrte lediglich zurück. Und schwieg.

«Ich nehme an, Ihr wollt es laut sagen», ermunterte Anne ihn.

«Willst du meine Frau werden?» Es platzte aus ihm heraus, wie ein Niesen, das er seit einer Weile zu unterdrücken versucht hatte.

Damit hatte Anne nicht gerechnet. Doch sie hatte seine Worte erfasst und musste ihn nicht bitten, sie zu wiederholen. Jeder im Raum hatte sie vernommen. Die anderen hatten sie zuvor schon gehört und daher nichts anderes erwartet. Deshalb lag die Karaffe zerbrochen am Boden, deshalb waren ihre Stiefmutter und Schwester wie erstarrt. Nun warteten sie auf ihre Antwort und hielten den Atem an. Die Clansleute am Eingang hatten die Worte ebenfalls mitbekommen und gaben sie weiter, bis sie wie ein Wind klangen, der flüsternd ums Haus strich. Anne verlagerte ihr Gewicht und merkte, dass ihr ein wenig beklommen zumute war, ein Gefühl, das sich vertiefte. MacGillivray barg das Ei zur Sicherheit hinter seinem Rücken. Elizabeth hob einen Arm schützend vor die Weingläser und kniff die Augen zusammen. Anne stieß den Atem aus.

«Ja», antwortete sie. «Ich will.»

Das Ei in MacGillivrays Hand zerbrach. Elizabeths Tablett kippte, und die vier Weingläser fielen zu Boden und zerschellten, sodass es wie Glockengeläut klang. Lady Farquharsons Wirbelsäule gab nach. Wie eine Lumpenpuppe sackte sie auf dem Stuhl in sich zusammen.

Aeneas, der nicht wusste, was er sonst tun sollte, trat auf Anne zu, um sie zu küssen. Dann fiel ihm ein, dass Dolch und Schwert im Weg waren, woraufhin er stockte und beide nach hinten schob. Als er Anne umfasste, fiel ihm die Mütze ein. Er riss sie mit einer Hand herunter und warf sie auf den Tisch. Gleich würde er die Frau küssen, die ihm seit jenem Tag am See nicht aus dem Kopf gegangen war und deren blaue Augen sich verdunkelt hatten wie eine Flut, in der er ertrinken konnte, ertrinken wollte; und jetzt wartete sie, und er wusste, wenn er nicht innehielt, könnte er womöglich nie mehr von ihr lassen, und deshalb hielt er inne.

Anne gab das Warten auf, umfasste seinen Kopf und drückte ihre Lippen auf seinen Mund. Draußen brandete Beifall auf.

Um das Haus herum sprangen die Mitglieder beider Clans in die Luft, stießen Hochrufe aus und umarmten einander. Andere, die noch weiter entfernt waren, traten näher. Eine Frau holte einen kleinen Beutel aus ihrem Kleid, zog ihn auf und entnahm ihm eine Münze, als sei sie der größte Schatz der Welt. Sie warf ihrem Mann einen Blick zu. Geld war rar im Hochland, wo selbst die Clanführer in Naturalien zahlten. Stolz schritt die Frau auf den Eingang zu, an dem eine kleine Holztruhe neben der knospenden weißen Rose stand. Sie schlug den Deckel zurück und warf die Münze hinein.

Drinnen, wo die Stille lediglich durch den schockierten Aufschrei von Lady Farquharson unterbrochen worden war, endete der Kuss.

«Du hast mich überrascht, wieder einmal», sagte Aeneas. «Ich dachte, du würdest nein sagen.»

«Ich habe mich selbst überrascht», entgegnete Anne.

Um sich von der körperlichen Anspannung zu befreien, wandte Aeneas sich zu MacGillivray um, packte seine Schulter und bot ihm die rechte Hand dar. MacGillivray schluckte heftig. Bis auf Aeneas gab es niemanden im Raum, der nicht wusste, wie niedergeschlagen er war. Dennoch ergriff er die Hand und schüttelte sie beherzt.

Aeneas runzelte die Stirn, zog die Hand zurück, spreizte die Finger und begutachtete seinen Handteller, auf dem sich eine klebrige Masse ausgebreitet hatte. Anne prustete los, während Aeneas MacGillivrays entsetzte Miene betrachtete und ebenfalls zu lachen begann. MacGillivray, eben noch angespannt wie eine Bogensehne, löste sich aus seiner Starre und stimmte in das Gelächter ein. Es wirkte wie ein Band, das sie vereinte. Auch die anderen im Raum johlten – alle außer Lady Farquharson.

Draußen vor dem Eingang, wo die Jakobitenrose bald ihre weißen duftenden Blüten entfalten würde, füllte sich die kleine Holztruhe mit Münzen. Whisky und Ale waren auf geheimnisvolle Weise zum Vorschein gekommen, um das Paar hochleben zu lassen, ebenso wie die Verbindung zweier Clans. Und wie immer, wenn ein Toast unter ihnen ausgesprochen wurde, gab es einen, der dem Prinzen jenseits des Meeres galt.

Jenseits dieses Meeres, in weiter Ferne, am Hofe von Louis XV., dem König von Frankreich, wurde eine wesentlich größere Truhe mit Münzen gefüllt. Daneben beugte sich ein hochgewachsener, eleganter junger Mann über einen reich mit Schnitzereien verzierten Tisch und studierte mit seinen Flottenkommandeuren Landkarten und Tabellen.

# 5

Auf der anderen Seite des Flusses wartete die Ehrengarde der McIntoshs: sechs Fußkrieger, ein Mann zu Pferd und der Dudelsackspieler. Als Anne ihrer gewahr wurde, brachte sie Pibroch, das Brautpferd, das Aeneas ihr am Tag seines Antrages geschenkt hatte, zum Stehen. Die Männer ihres Clans hatten das Zaumzeug des Pferdes mit weißen Rosen geschmückt und sie in seinen Schweif geflochten. Die Frauen hatten sie auf Annes weißes Batistkleid genäht. Halbgeöffnete Blüten steckten in ihrem Haar. Jeder Atemzug, den Anne tat, war von ihrem Duft erfüllt, eine Erinnerung an das Erbe der Jakobiten und an ihren Vater.

Die Felder und Katen von Invercauld, die sie jenseits der Berge hinter sich gelassen hatten, waren wie ausgestorben zurückgeblieben, denn jeder, der dazu in der Lage war, hatte sich aufgemacht, um Annes Hochzeit beizuwohnen. Die Langsamen waren bereits Tage zuvor aufgebrochen, zu Fuß oder im Wagen. Die Krieger und solche, die mit dem Schritt der Pferde mithalten konnten, marschierten hinter der Brautgesellschaft her. An der Brücke von Carr, an der sie in der Nacht gerastet hatten, war ein wildes Gelage abgehalten worden, und das, obwohl sie sich dergleichen kaum leisten konnten. Selbst Annes Stiefmutter, die neben Elizabeth ritt, hatte schließlich ihren Frieden mit der Heirat gemacht; immerhin konnte sie ihren Haushalt ab sofort nach ihrem Gutdünken führen. Jeder Einzelne im Hochland schien diese Hochzeit gutzuheißen. Bis auf einen.

Als Anne am Ufer des Bergflusses zögerte, lenkte

Francis sein Pferd an ihre Seite. Er glaubte zu wissen, weshalb sie innehielt. Lord George Murray brachte sein Pferd auf der anderen Seite zum Stehen. Er war der Vetter von Annes verstorbener Mutter und der angesehenste Krieger des Murray-Clans. Seine Aufgabe war es, nach altem Brauch sicherzustellen, dass Anne das tat, was sie selbst wünschte, und sich nicht dem Willen anderer beugte. In der Stammesgesellschaft trafen die Frauen eigene Entscheidungen, und es war an den Männern, dafür Sorge zu tragen, dass sie befolgt wurden.

«Heißt es, bis hierher und nicht weiter, Anne?», fragte Lord Murray.

Hinter ihnen hatte James, der die Truhe mit Annes Mitgift an seinem Pferd befestigt hatte, die Reisegesellschaft angehalten. Auf der anderen Seite des Gewässers wartete noch immer die Eskorte. Das Haar des einen von ihnen schimmerte golden in der Sonne.

«Es geht um MacGillivray.»

Sie hatte ihn seit dem Tag, an dem Aeneas ihr die Ehe angetragen hatte, nicht mehr gesehen, doch hier an dieser Stelle hätte sie mit ihm rechnen müssen. Alexander hatte das Recht und die Pflicht, dem Oberhaupt des Chatton-Clans zur Seite zu stehen, und ebenso verlangte es die Pflicht, dass er die Braut jenes Oberhauptes schützte. Eigentlich müsste auch Aeneas inzwischen über sie Bescheid wissen. Wollte er sie herausfordern, oder wollte er sie prüfen?

«Du hast immer noch die Wahl», hielt Murray ihr vor Augen.

Anne schaute ihn an. Er war doppelt so alt wie sie, ernst und weise, doch er würde ihre Entscheidung respektieren, ganz gleich, wie tollkühn oder mutwillig sie ausfiel.

«Ich habe mich entschieden», sagte sie, trieb Pibroch

ins flache Wasser und durchquerte die klare Furt hinüber zur anderen Seite.

Nach der Begrüßung flankierte die Eskorte der McIntoshs die Brautgesellschaft. Die Sicherheitsmaßnahme war eigentlich überflüssig; der Clan der McIntoshs, dessen Land sie nun überquerten, wusste, dass die Farquharsons keine Räuberbande waren. Auch jenseits des Flusses waren die Katen leer, ihre Bewohner hatten sich bereits zum großen Haus begeben. Im Tross der Gäste lief der Dudelsackspieler ganz vorn, pumpte den Blasebalg auf und wies mit seinen Klängen den Weg. MacGillivray schwenkte sein Pferd herum und reihte sich hinter ihm ein. Ungeachtet jedweder Vorschrift, gab Anne ihrem Pferd die Sporen und holte zu ihm auf.

«Ich will neben dir ankommen», sagte sie, in der Hoffnung, dass er noch immer ihr Freund und Verbündeter war.

MacGillivray schaute sie kurz von der Seite an, doch lange genug, dass sie den Schmerz in dem einstmals so unbeschwerten Blick sah.

«Weiß er es nicht?», fragte Anne.

«Er hat sich nicht geäußert. Was sollte ich ihm auch sagen, wo ich es doch selbst nicht begreife.»

Anne blieb ihm die Antwort schuldig. MacGillivray war ihr teuer wie sonst kaum etwas im Leben. Ihr Schweigen wurde von dem Geräusch der stampfenden Hufe und dem Geplauder hinter ihnen erfüllt.

«Du und ich, wir gehören zusammen», sagte MacGillivray.

«Heute ist der Tag meiner Hochzeit, Alexander.»

«An jenem Tag, bei den Wasserfällen –»

«Da war ich neunzehn», verteidigte Anne sich. In einem Jahr konnte sich die Welt verändern.

«Du hattest dich zu weit vorgewagt. Die Röcke bis zur

Taille gerafft, das Wasser um die Schenkel. Du wolltest einen Fisch anlocken.»

«Ich hatte ihn. Mit einem einzigen Griff.»

«Du wusstest, dass ich da war und zugesehen habe. Ich habe gemerkt, wie sich dein Rückgrat versteifte und dein Kopf sich reckte. Da wusste ich, dass du zu mir kommen würdest.»

Anne würde die Lust, die sie beinahe gelähmt hatte, nicht leugnen.

«Oh, die Minuten sind mir wie Stunden erschienen. Ich habe gespürt, wie der Fisch um meine Beine glitt und davonschwamm.»

MacGillivray schaute sie abermals an. In seinen blauen Augen brannte die Gewissheit.

«Du willst mich noch immer.»

Anne begegnete seinem Blick, und ihre Augen verrieten ein ähnliches Gefühl.

«Ja, das tue ich.» Dann lachte sie, und die innere Anspannung wich. «Und falls Aeneas mich nicht zufriedenstellt, kehre ich zu dir zurück.»

MacGillivray deutete mit dem Arm auf das Land seines Clans bei Dunmaglas, das außerhalb ihres Blickfeldes im Westen lag.

«Im Herbst holen wir die Ernte ein und haben fettes Vieh.» Zu ihren Seiten wogten Felder mit hohem grünem Getreide. «Sieh nur, wie die Gerste wächst.»

«Was haben wir davon, wenn auf jedem Scheffel die englische Malzsteuer liegt?»

«Ein paar gute Jahre. Wenn unsere Speicher voll sind, wird mein Clan verlangen, dass ich heirate.»

«Es ist entschieden», sagte Anne fest, doch er konnte es nicht dabei belassen.

«Du würdest niemals nur wegen des Geldes heiraten oder weil es zu deinem Vorteil gereicht. Warum also?»

Es war eine Frage, die Anne noch nicht gewagt hatte, sich selbst zu stellen. Aeneas war ein Fremder, ein Buch mit sieben Siegeln. Seit sie ihn auf den Stufen von Moy erblickt hatte, an dem Tag, an dem er zum Oberhaupt gewählt worden war, hatte sie ihn begehrt und sich ihrer Gefühle immer mehr widersetzt. Er verfolgte sie im Geist, eine allumfassende Gegenwart, ein Mann, dem ihr Sehnen galt, ganz gleich ob sie wachte oder schlief. Hätte eine gemeinsame, leidenschaftliche Nacht sie erlöst und befreit, dann hätte sie eine solche Nacht mit ihm verbracht. Doch das, was sie empfand, reichte über die Stelle zwischen ihren Schenkeln hinaus und ging tiefer, wenngleich sie es weder erklären noch begreifen konnte.

«Wir wissen nicht immer, warum wir manche Dinge tun», sagte Anne. «Ich weiß nur, dass ich das hier tun muss.»

Um Moy Hall hatten sich die Hochländer in Scharen versammelt. An der großen Eingangstür und an den Fenstern blühte die weiße Junirose, die angepflanzt worden war, um das Haus mit ihrem Duft zu erfüllen. Überall herrschte geschäftiges Treiben. Männer und Frauen stellten Speisen und Getränke auf langen Tischen ab: ein gebratenes Schwein, Wild, Geflügel, Kaninchen, Fische, Hafermehlkuchen, Fässer mit Ale. Als sie aus der Ferne den Dudelsack vernahmen, beeilten sie sich, ihre Verrichtungen zu vollenden.

Drinnen in der großen Halle, mit zwei Kaminen, die einander gegenüberlagen, und einer breiten, geschwungenen Treppe, war ein junges Mädchen dabei, Fisch- und Fleischhäppchen neben randvoll mit Rotwein gefüllten Bechern bereitzustellen. Vom Türrahmen des Speisesaales her betrachtete Aeneas mit zusammengezogenen Brauen die restlichen Vorbereitungen, die eilig und in letzter Minute erledigt wurden. Dann vernahm auch er die fernen Dudelsackklänge, und seine Stirn glättete sich. Er trug einen feinplissierten Kilt, der speziell für diesen Tag vom besten Kiltschneider des Clans angefertigt worden war, und einen Tartanüberwurf, der an einer Schulter von einer Silberbrosche gehalten wurde. Seine Lieblingswaffen, das Schwert mit dem silbernen Korbgriff und der Dolch, hingen jeweils an seiner rechten und linken Seite. Neben ihm ließ sich Forbes von Culloden, der betagte oberste Richter Schottlands, vernehmen.

«Die Begräbniskosten sind noch nicht einmal beglichen. Fünfzehnhundert Gäste, und die Hypothek Eures Clans für dieses Haus noch nicht bereinigt. Und nun das! Hühner und Hafer sind keine Währung, Aeneas. Allein die Steuer –»

«Wir handeln mit dem, was das Land hervorbringt», schnitt Aeneas ihm das Wort ab. «Die Steuern sind eine Erfindung Eurer Regierung.»

«Und wohlgesetzte Worte könnten sie aufheben», entgegnete Forbes. «Allerdings eher im Parlament als hier und heute.»

Eines der Mädchen war aus der Halle hereingekommen, um auf dem überfüllten Tisch ein weiteres Tablett abzustellen. Aeneas streckte die Hand aus, als es vorbeikam, und schnappte sich eine Auster. Blitzschnell versetzte das Mädchen seiner Hand einen Schlag. Aeneas deutete auf einen Punkt am anderen Ende des Raumes. Als es sich umwandte, um seiner Geste zu folgen, schlürfte er die Auster und legte die leere Schale zurück aufs Tablett. Das Mädchen blickte ihn finster an. Er zwinkerte ihr grinsend zu.

«Du warst zu langsam, Jessie.» Aeneas hob sein Glas Wein.

«Eure Frau wird Euch bald Manieren beibringen», erwiderte Jessie streng, doch dann nahm die Aufregung überhand, und ein Strahlen erhellte ihr Gesicht. «Das ist alles so aufregend.» Und schon war sie wieder weg.

«Eine Frau könnte einiges regeln», bemerkte Forbes, als er den Dudelsack herannahen hörte. «Es heißt, dass sie eine ordentliche Mitgift bei sich hat. In Münzen, nicht in Getreide.»

Aeneas warf den Kopf in den Nacken und brach in schallendes Gelächter aus.

«Es ist noch früh am Hochzeitstag, Forbes, von der Nacht ganz zu schweigen. Doch wahrscheinlich würden die Banken mir mit Eurer Hilfe auch noch in die Tasche greifen, wenn ich schon als Leiche daläge.»

«Was bald der Fall sein könnte, wenn ich melde, dass Ihr eine Waffe tragt.» Forbes nickte in Richtung der Schwertscheide an Aeneas' Seite. «Bei der derzeitigen Lage könnte man Euch der Abtrünnigkeit bezichtigen.»

Aeneas lächelte ungerührt. In Europa kämpfte England gegen Frankreich. Im vergangenen Monat war die englische Armee geschlagen worden. Inzwischen verbreitete sich das Gerücht, dass eine französische Streitmacht unter der Führung des Jakobiten-Prinzen demnächst in England einmarschieren würde. Etliche der Clans hatten geschworen, sich zu erheben und sich zur Befreiung Schottlands anzuschließen. Forbes hegte den Verdacht, dass die McIntoshs einer davon waren.

«Das Land meines Clans zählt nicht zur Öffentlichkeit», betonte Aeneas gutgelaunt. «Und ich werde nicht halbbekleidet zu meiner Hochzeit erscheinen.» Abermals hob er sein Glas. *«Slàinte.»* Er leerte das Glas in einem Zug.

Aeneas' Tante, die Lady McIntosh, kam durch die Glastüren herbeigeeilt. Es war der letzte Tag, an dem sie

Moy Hall als ihr Heim betrachten würde, und dennoch konnte sie die Hochzeitsfeier kaum erwarten.

«Aeneas», drängte sie. «Sie sind da.»

«Wir regeln unsere Geschäfte nach meiner Hochzeit», sagte Aeneas zu Forbes, ehe er seiner Tante nach draußen folgte.

«Aber nicht mit weiteren Versprechen», erwiderte Forbes. «Dieses Mal nicht.»

Und doch war der Tag voller Versprechen. Für die Feier war ein Podest errichtet worden, sodass jeder das Geschehen verfolgen konnte. Es war mit Heidekraut, weißen Rosen und weißen Bändern geschmückt. Annes Familie nahm ihren Platz an der Spitze der zahlreichen Farquharsons ein, wohingegen Anne mit ihrem Vetter am Rand der Menge verharrte. Bis ihr Bruder fünfundzwanzig war, galt Francis als Familienältester und war derjenige, der die Rolle des Trauzeugen übernahm. Gemeinsam schritten Anne und er auf das Podest zu, wo Aeneas, mit MacGillivray zur Rechten, wartend vor dem Priester stand. Mit ihrer jeweiligen Tartantracht, den flatternden Federn an den Mützen und den verbotenen Waffen mit den glänzenden Silbergriffen boten die beiden ein prächtiges Bild.

Im Vergleich zu ihnen wirkte Anne mit ihrem gebauschten weißen Kleid aus Satin und Batist zerbrechlich und zart wie ein Schmetterling. Es war die Mittagsstunde des ersten Tages im Juni. Die Sonne stand hoch am Himmel und warf noch keine Schatten. In der Stille hob sich Annes Stimme klar und deutlich ab, als sie ihre Ehegelübde ablegte. Mit dem letzten wurde sie Teil von Aeneas' Clan.

«Wo du hingehst, will ich auch hingehen. Dein Haus wird mein Haus sein und dein Volk mein Volk.»

Aeneas war sich seiner Sache ebenso sicher. Er schaute

Anne in die Augen und schien zu niemandem außer ihr zu sprechen. Sie hätten ebenso gut allein sein können statt von Scharen von Hochländern umgeben.

«Und wo du bist, will auch ich sein», sagte er mit fester Stimme. «Mein Schwert und Clan werden dich schützen, denn nur der Tod kann uns scheiden.» Dann, als sie zu Mann und Frau erklärt worden waren, umfasste er das Gesicht seiner Braut, um sie zu küssen.

Laute Hochrufe erschollen, und unter Freudenjauchzern wurden blaue Mützen in die Luft geworfen. Als Ehefrau ihres Anführers war Anne Farquharson zur Lady McIntosh geworden, die fortan die Pflicht hatte, ihrem Clan zu dienen, ebenso wie dieser ihr, bis in den Tod, falls dies erforderlich war. Der Clan der McIntoshs nahm Anne mit offenen Armen auf. Aeneas' Tante, die nun die Witwe McIntosh war, trat als Erste herbei, um dem frischvermählten Paar zu gratulieren.

«Ihr bleibt doch bei uns wohnen, nicht wahr?», fragte Anne.

«Das ist sehr lieb von dir, *a ghràidh*», erwiderte Aeneas' Tante. «Doch ich freue mich schon auf das Stadtleben von Inverness. Für mich bedeutet das weniger Arbeit und mehr Vergnügen. Moy braucht nur eine einzige Herrin, und du wirst deine Sache gut machen.»

Francis drängte sich vor, um der Nächste zu sein. Er schob sein Schwert und seinen Dolch zurück, beugte sich vor, schloss Anne in die Arme und küsste sie innig.

«Du hast eine gute Wahl getroffen», lobte er. «Und Aeneas eine noch bessere.»

Die Mitglieder beider Familien kämpften sich vor, um dem Paar die Hand zu schütteln. Es dauerte eine Weile, bis Anne sich befreien konnte, um nach MacGillivray Ausschau zu halten. Er befand sich am äußersten Ende der Gratulanten, und wären nicht sein hoher Wuchs und seine auffallende Haarfarbe gewesen, hätte er es vielleicht geschafft, unsichtbar zu bleiben. Anne trat zu ihm und legte ihm die Hand auf den Arm.

«Du bist mir deshalb nicht weniger teuer», sagte sie. «Und du weißt, dass Aeneas dich wie einen Bruder liebt.»

Für einen Moment glaubte sie, MacGillivray wolle sich abwenden, ein Schritt, der sie für immer entzweit hätte, doch er verharrte. Seine Treue zu Aeneas und die Liebe zu ihr überdeckten das Gefühl seines Verlustes. Er holte tief Luft.

*«Co-dhiù»*, erwiderte er. «Wenigstens muss ich nun keine Berge mehr überqueren, um dich sehen zu können.»

Der besorgte Ausdruck auf Annes Gesicht wich einem Lächeln. Dann lachte sie glücklich auf und schlang die Arme um MacGillivrays Hals, um ihn zu küssen.

«Jetzt weißt du, wie lieb du mir bist.»

Hinter ihr stand Aeneas inmitten der dichtgedrängten Menge und beobachtete, wie der Clanführer, der seine rechte Hand war, Anne hochhob und im Kreis herumwirbelte. Seine Miene blieb reglos, unergründlich.

# 6

Als die Dudelsäcke gestimmt und die Getränke ausgeschenkt worden waren, begann das Fest. Aeneas ergriff Annes Hand, um den Tanz zu eröffnen. Unter seiner Berührung erfasste sie eine Woge der Begierde. Er war stark, bewegte sich selbstsicher und dennoch leichtfüßig, würde sie mitreißen, doch nie die Kontrolle verlieren. Sein Blick verbarg seine Absichten ebenso wenig wie ihr Blick die ihren.

«Nun», begann er mit seinem kaum merklichen Lächeln, «also hast du diesmal vor zu bleiben und bist nicht nur hier entlanggekommen.» Er zog sie mit den Worten auf, die sie am Tag seiner Wahl zum Clanoberhaupt geäußert hatte.

«Ein Gentleman würde eine Dame nicht an ihre Torheiten erinnern», erwiderte Anne.

Er drückte ihr die Hand ins Kreuz, zog sie an sich und legte die Lippen dicht an ihr Ohr. Anne spürte seinen warmen Atem an ihrem Hals.

«Ich bin eben kein Gentleman, Lady McIntosh», raunte er. «Wie Ihr bald noch erfahren werdet.»

Ein Schauer durchfuhr Anne. Wie sie sich danach sehnte, seinen Körper zu erkunden, seine Haut zu berühren, seine Hände zu spüren, und wie sehr sie sich gleichsam davor fürchtete! Er lehnte sich zurück und schaute ihr in die Augen.

«Außerdem», fuhr er fort, «war es deine Widerborstigkeit an jenem Tag, die mir klargemacht hat, dass ich keine andere heiraten könnte. Eine Ehefrau muss ein bisschen Feuer in sich haben.»

Die Musik wechselte und gab eine Quadrille vor. Aeneas wirbelte Anne herum, doch als er sie hätte loslassen sollen, hielt er sie eine Sekunde zu lange fest, sodass sie erregt und lachend auf ihren nächsten Partner stieß. Forbes umfasste sie und brachte sie, trotz seines Alters, mit flinken Hüpfern in den Tanzrhythmus zurück. Der betagte Richter war der Onkel ihrer Stiefmutter, doch Invercauld hatte er nur selten einen Besuch abgestattet.

«Ihr habt einen klugen Mann geheiratet, Lady McIntosh», begann er, während sie sich im Kreis drehten. «Es war auch eine treffliche Idee, eigenes Geld mitzubringen. Zweifellos werdet Ihr guten Gebrauch davon machen und Euren Ehemann damit vor dem Kerker bewahren.»

Anne blieb stehen, und die Vorfreude auf die Liebesnacht mit ihrem Mann verflog.

«Dem Kerker?»

Im Nu befanden sich Aeneas und MacGillivray an ihrer Seite. Aeneas packte Forbes beim Hemd, während ringsumher der Tanz unterbrochen wurde und die Musik verstummte.

«Sprecht Ihr davon, mich gefangen zu nehmen?» Aeneas' Stimme schlug Forbes wie ein Donnerhall entgegen. «Wen immer Ihr schickt, mich zu holen, wird in einem Sarg zu Euch zurückkehren.»

Die Männer zückten ihre Dolche. Um Anne und Forbes stellten sich aufgebrachte Clanmitglieder auf. Die Dolche, die sie als Arbeitsmesser getarnt hatten, konnten in ihren Händen ebenso tödlich wirken wie ein Schwert. Auf Forbes' Stirn bildeten sich Schweißperlen. Offenbar hatte er die Lage falsch eingeschätzt.

«Dazu muss es nicht kommen», sagte er gepresst.

Aeneas ließ ihn los. Forbes strich sein Hemd glatt, ehe er weitersprach.

«Das Geld Eurer Frau kann es verhindern.»

Die Anwesenden sogen zischend die Luft ein. In der Menge breitete sich Gemurmel aus, als die Worte weitergegeben wurden. Die Farquharsons drängten sich vor. Sie hatten ihre Münzen nicht zugunsten der McIntoshs geopfert. MacGillivray bedachte Aeneas mit finsterem Blick.

«Darum ging es also.»

Anne starrte ihren Ehemann an. Ihre Mitgift war eine Gabe ihres Clans, die sicherstellen sollte, dass sie in ihrer Ehe gut versorgt wäre. Aeneas hatte keinen Anspruch darauf.

«Aeneas, was geht hier vor?»

«Nichts, das ich nicht regeln könnte», versicherte er.

Ringsum taten die Farquharsons ihre Meinung kund und stießen Drohungen aus. Dann zückten auch sie ihre Dolche.

«Natürlich gäbe es noch eine Alternative.» Forbes zog ein Stück Papier aus seinem Rock. «Übereignet Euer Land der Bank.» Er hielt das Papier Aeneas hin.

«Unser bestes Weide- und Ackerland?» Aeneas wirkte benommen. «Ohne dieses Land würden meine Leute hungern.»

«Wir könnten es Euch verpachten.» Forbes zuckte mit den Schultern.

«Dann käme der Ertrag Euch zugute», sagte Anne. «Und der Clan würde immer noch hungern.»

«Das Gericht würde es so oder so verpachten», erklärte Forbes. «Doch da wäre ja noch das Geld.»

«Das werden wir sehen.» Aeneas machte kehrt und sprang auf das Podest. «Wir haben eine Schuld zu begleichen», rief er seinen Clansleuten zu. «Die Bank will unser bestes Land.» Gebrüll stieg aus der Menge auf. Die McIntoshs waren nicht gewillt, auf ihr Land zu verzichten. «Wollt ihr die Schuld mit dem Geld der Farquharsons begleichen?»

«Nein!», schrien seine Leute wie aus einer Kehle. Ringsumher schoben die Farquharsons erleichtert die Dolche in die Gürtel zurück.

«Es gibt dennoch eine Möglichkeit zu zahlen», verkündete Aeneas. «Wir könnten unsere Dienste der Schwarzen Garde anbieten.»

Ungläubige Stimmen erhoben sich. Die Schwarze Garde war ein neues Regiment, das aufgestellt worden war, um im Hochland einen zweiten Jakobitenaufstand zu verhindern. Forbes hatte seinen Einfluss im Parlament geltend gemacht, um die Einrichtung einer solchen Garde durchzusetzen. Die Gäste tauschten entrüstete Blicke. Ein stämmiger Katenbewohner aus den Reihen der McIntoshs trat vor.

«Wollt Ihr, dass wir für die Regierung kämpfen?»

Seine Frau gesellte sich zu ihm. «Wir werden den Engländern doch nicht helfen, uns zu berauben und Hunger leiden zu lassen!»

«Oder unsere Verbündeten zu töten!», rief der Nächste. Aus dem Hintergrund ließ sich ein Vierter vernehmen. «Welch ein Häuptling würde so etwas verlangen?»

Abermals lud sich die Stimmung auf.

«Es ist wahr», pflichtete Aeneas seinen Leuten bei. «Die Schwarze Garde kämpft für die Engländer gegen Frankreich. Doch jetzt, da sie fortgezogen sind, werden Truppen gebraucht, um im Hochland für Sicherheit zu sorgen. Und wer könnte dazu besser geeignet sein als unsere Clans der Jakobiten?»

Eine dünne, alte Frau, die sich mit einer Heugabel bewaffnet hatte, bahnte sich einen Weg nach vorn.

«Wir können selber für unsere Sicherheit sorgen», spie sie Aeneas entgegen.

«Aber ebenso könnten wir eine Truppe aufstellen», entgegnete Aeneas. «Und uns dafür bezahlen lassen.»

Sein Clan war nicht überzeugt. Es war noch keine vierzig Jahre her, dass das schottische Parlament bestochen worden war, um in die Union mit England einzuwilligen. Seit ihrem Beginn hatten die Clans die Union abgelehnt, und zuletzt hatte sie sich als ein Bündnis, in dem nur das Recht einer Seite galt, erwiesen. Die Clans hatten darunter am meisten gelitten. Ihr Stammesleben wurde von neuen Gesetzen und Steuern zerrüttet, ihr Brauchtum durch das Vordringen englischer Sitten bedroht. Vor dreißig Jahren hatten sie zu den Waffen gegriffen, um König James auf den Thron zu heben und für Schottlands Freiheit zu kämpfen, und selbst als der Aufstand niedergeschlagen worden war, hatten sie die Hoffnung nicht aufgegeben. Nun sah es aus, als würde ihr neues Oberhaupt diese Hoffnung, trotz der jüngsten Gerüchte, nicht teilen. Es machte sie zornig und aufrührerisch.

«Womöglich seid Ihr bereits Witwe, noch bevor Ihr Ehefrau geworden seid», flüsterte Forbes Anne zu.

Sie raffte ihre Röcke und lief die Stufen des Podestes empor, um an Aeneas' Seite zu stehen.

«Diese Regierung unterdrückt uns bei allem, was wir unternehmen», rief sie der Menge zu. «Sie besteuert unsere Ernte, unser Vieh und das Geld, das wir im Handel erwerben. Sie besteuert das Ale, das wir brauen, und verbietet uns, die Schafe zu scheren, auf dass die englischen Wollhändler reich werden. Nun möchte sie uns auch noch unser Land wegnehmen. Doch wenn ihr euch der Garde anschließt, könnt ihr einmal ihnen etwas wegnehmen. Und dazu müsst ihr nichts anderes tun als das, was ihr ohnehin schon tut, nämlich im Hochland für Ruhe und Ordnung sorgen.»

Allmählich begannen die anderen, die Ironie des Vorhabens zu begreifen, und das Murren verwandelte sich in Gemurmel.

«Drei Mahlzeiten pro Tag, die die Engländer bezahlen!», rief Aeneas.

In der Menge wurde gelacht.

«Aye, und für jeden einen Shilling vom Balg des Deutschen, den sie König nennen», fügte Anne hinzu.

Das Gelächter breitete sich aus. Die alte Frau mit der Heugabel meldete sich.

«Ich mache mit.»

«Das gilt nur für junge Männer, Meg», bemerkte Aeneas. «Dumm, wie sie sind, wollen die Engländer keine Frauen.»

*«Sasannaich!»* Meg spuckte aus.

Die Frau des Clansmannes, die ihren Einwand als eine der Ersten vorgetragen hatte, schob ihren ältesten Sohn nach vorn.

«Unser Calum schließt sich ihnen an.»

«Ich auch.» Der nächste Junge trat vor.

«Ich auch.»

«Und ich.» Von allen Seiten waren solche und ähnliche Rufe zu vernehmen.

Forbes blickte nachdenklich vor sich hin. Dass die McIntoshs die Schwarze Garde unterstützten, kam überraschend, war jedoch annehmbar, äußerst annehmbar – im Vergleich zu einer weiteren Revolte. Er konnte zufrieden sein. Aeneas lächelte Anne verschmitzt zu, hob sie auf seine Arme und trug sie unter den anfeuernden Rufen ihrer Clans durch die geöffnete Tür in ihr neues Heim.

Es war das erste Mal, dass Anne Moy Hall von innen sah, doch ihr Blick galt weder dem langgestreckten Speisesaal noch der weitläufigen quadratischen Halle. Das, was ihre Sinne gefangen hielt, war die Nähe des Mannes, der sie in seinen Armen trug. Mit jedem Schritt spürte sie seine muskulöse Brust, die Kraft seines Nackens in ihrer Armbeuge, das seidige schwarze Haar, das über ihre

Finger glitt, den Druck seiner Arme in ihrem Rücken und unter ihren Schenkeln. Er trug sie mit einer Leichtigkeit, als wöge sie nicht mehr als eine Feder.

«Eigentlich sollte ich dich zunächst einmal herumführen», sagte Aeneas, als er die breite Treppe ansteuerte. Es sah jedoch nicht aus, als hätte er vor, sie abzusetzen. Draußen begannen die Dudelsäcke wieder zum Tanz aufzuspielen.

«Das kann warten.» Anne schmiegte sich an seinen Hals, um seinen moschusartigen Duft einzuatmen, strich mit den Lippen über die glatte Haut und kostete ihren leicht salzigen Geschmack mit der Zunge.

«Weib», stöhnte er und beugte seinen Kopf ein Stück zu ihr herunter. «Auf die Weise schaffen wir es nie über die Treppe.»

Dann bedeckte er ihr Gesicht, ihre Wangen, Augen, die Stirn und das Haar mit kleinen Küssen, die sie erwiderte, und dabei stolperte er nicht ein einziges Mal. Oben an der Treppe befand sich eine Pforte, die er rücklings aufstieß. Sie öffnete sich zu einem Gang mit zahlreichen Türen. Er trug sie durch die erste in einen holzgetäfelten Raum, der von Sonnenlicht durchflutet wurde, schüttelte seine Mütze ab und ließ Anne aus seinen Armen gleiten. Ihr Mund traf auf seinen, noch bevor ihre Füße den Boden berührten. Sie wollte seine warmen Lippen spüren, seine Zunge, schlang die Arme um seinen Hals, wühlte in seinem langen Haar und war sich seiner Hände gewahr, die sie näher zogen. Es war ein hungriger, hitziger Kuss. Ihr Atem war heiß, und ihre Körper pressten sich aneinander, ihre Hände strichen über Kleidung, bis die Gier nach der Haut des anderen unerträglich wurde. Anne zog Aeneas' Gürtel auf, der mit dem Dolch auf dem Boden aufschlug. Anders als der gefältelte Umhang, der sich ohne den Gürtel löste, saß der Kilt weiterhin fest.

«Warte», sagte Aeneas schwer atmend, trat einen Schritt zurück, um sein Schwert abzulegen und die Brosche an seinem Umhang zu öffnen.

Nahezu betäubt vor Verlangen, sah Anne zu, wie Aeneas' Finger Schnallen öffneten, Kilt und Umhang zu Boden fielen, er die Hose von den Füßen zerrte, bis er im langen Hemd vor ihr stand und kurz verharrte, ehe er erneut Anstalten machte, sie in seine Arme zu schließen.

«Ich möchte dich ohne Hemd sehen», sagte sie.

Mit einer fließenden Geste hatte er es über den Kopf gestreift und stand nackt vor ihr, stark, kräftig, ein vollendeter männlicher Körper, die Muskeln entspannt und mit einem Glied, das sich steil und hart aufgerichtet hatte. Anne legte eine Hand auf seine Brust. Ihre Lider wurden schwer, ihre Beine drohten nachzugeben, sie wurde schwach vor Lust, die Lust, die ihn stärker machte, ganz so, wie die Natur es vorgesehen hatte. Dennoch wollte sie seinen Körper erforschen, ehe er sich mit dem ihren verband, bevor ihr Blick vor Erregung verschwamm. Sie ging dicht an ihm um ihn herum, fuhr mit Fingern und Lippen über seine Haut und sog seinen Geruch ein, während sie ihn zwischen den Schultern küsste, ganz leicht, sodass die Muskeln auf seinem Rücken und seinem Gesäß vibrierten.

Als sie erneut vor ihm stand, berührte sie mit den Fingerspitzen eine Narbe an seiner linken Schulter, eine alte Narbe, die bereits weiß geworden war, doch einstmals eine tiefe Wunde gewesen sein musste.

«Das war, bevor ich wusste, dass man stets auf der Hut sein muss», erklärte Aeneas und hielt ihren Blick fest.

Seine Augen waren braun, die Farbe des Torfes, und bei ihrem Anblick wollte sie seine Lippen wieder spüren, wollte, dass er in ihr war. Er erahnte ihr Verlangen und schüttelte den Kopf.

«Noch nicht.» Er ergriff ihre Schultern, drehte sie herum und begann, ihr Kleid aufzuhaken.

Die weißen Blüten der aufgenähten Rosen schwebten durch den Raum und fielen zu Boden, als ihr Gewand herunterglitt. Sie trat aus dem Kleid, er hob es auf und warf es auf einen Stuhl. Das Mieder über ihrem Hemd wurde vorn geschlossen. Er drehte sie zu sich um und begann die Schnürung zu lösen, wobei seine Knöchel ihre Brüste streiften. Anne atmete in kurzen Stößen durch die leicht geöffneten Lippen.

Als Aeneas sie aus dem Mieder befreit hatte, dachte sie, er würde die dünnen Träger des Hemdes über ihre Schultern streifen und das Hemd zu Boden fallen lassen. Stattdessen umschlang er sie mit einem Arm und griff mit der rechten Hand unter den Saum, um über ihren Schenkel zu streicheln, ihre Hüfte, ihren Bauch, glitt mit den Fingern in das feste, gekräuselte Haar und tiefer in die feuchte Hitze ihres Geschlechts.

«Du bist so weit», murmelte er und stieß so fest hinein, dass ihre Knie nachgaben.

Sie presste sich an ihn und packte seine Schulter mit einer Hand, um sich Halt zu geben. Mit der anderen griff sie nach seinem steifen Glied. Er jedoch trat zurück, die Augen dunkler als zuvor, das Licht aus dem Fenster im Rücken. Draußen wechselten die Dudelsäcke zu einem schnelleren Rhythmus, und man hörte die Tänzer jauchzen.

«Ich möchte auch dich ohne Hemd sehen», wiederholte er ihre Worte mit schwerer, schleppender Stimme, in der kein Lächeln mehr mitschwang.

Anne spürte das Beben, das ihren Unterleib durchlief. Sie streifte die Träger von den Schultern und schüttelte das Seidenhemd ab. Als sie sich nackt gegenüberstanden, hoben sich ihre Arme wie von allein und öffneten sich.

Wenn er jetzt nicht zu ihr käme, würde ihr angestautes Gefühl in Wut umschlagen.

«Lös dein Haar.»

«Es wird uns im Weg sein.»

«Mir nicht.»

Sie wurde zornig, warf mit einer Kopfbewegung den langen Zopf nach vorn und riss das weiße Band ab. Die letzten Rosenblüten fielen hinab, während sie die Flechten lockerte, das Haar zurückschleuderte und ausschüttelte. Die Strähnen ergossen sich über ihren Rücken und ihre Brust. Sie warf ihm einen grimmigen Blick zu. Er verharrte reglos und beherrscht, schien ihren Blick nicht wahrzunehmen. Doch im nächsten Augenblick spürte sie seine heiße Haut, seine Arme, die sie hochhoben und auf das Hochzeitsbett legten, seinen Körper, der ihren bedeckte.

Selbst da schien er es nicht eilig zu haben, sodass es zunächst nichts zu verbieten gab und nach einer Weile nichts mehr, das sie verboten hätte. Im Gegensatz zu Anne wusste Aeneas, dass die Haut zwischen Fingern und auf Handflächen empfindlicher auf Berührungen reagierte als die der Brüste, dass Worte, die an einem heißen Leib geflüstert wurden, ebenso erregten wie eine Liebkosung. Also gab sie sich hin und folgte dem, was er tat. Und er wehrte sich nur dann, wenn ihre Hände oder ihr Mund oder sein eigenes Verlangen dazu führen wollten, sie zu eilig zu seiner Frau zu machen.

Es war eine lange, langsame Paarung, bis er sie zuletzt in den Armen hielt, weil sie darum gefleht hatte, während letzte erlösende Schauer ihren Körper durchzuckten. Als ihr Beben verebbte, drang er wieder in sie ein, mit trägen Stößen, die rasch härter und schneller wurden. Sie klammerte sich an ihn, ließ sich von seinem Rhythmus tragen und schwelgte in der Art, in der er sie genoss.

«*Mo ghaoil*, meine Liebe», wisperte sie, als er ihren Namen ausstieß und erschauerte, während sein Samen sich in ihr ergoss. Tränen brannten in ihren Augen, als sie ihn hielt und seine Verletzlichkeit spürte, die Schutzlosigkeit seines ermatteten Körpers.

«Weinst du?» Aeneas stemmte sich ein wenig hoch, um ihr in die Augen zu sehen.

«Nein.» Und das tat sie auch nicht, denn ihr Bauch bebte, weil in ihr ein Lachen aufstieg.

Aeneas lächelte und rollte sich auf den Rücken. Draußen erklangen die Jauchzer der Tanzenden, als zur Gigue aufgespielt wurde. Annes Kopf lag auf Aeneas' schweißfeuchter Brust, ihre Finger folgten dem sanften Heben und Senken seines Bauches, während der Geruch nach ihrer Fleischeslust sie umgab.

«Woher kommt all dieses Wissen?», murmelte Anne.

Aeneas hob seinen Kopf und schaute sie mit gerunzelter Stirn an. Anschließend grinste er breit, warf sich ins Kissen zurück und fing an zu lachen. Es war ein tiefes, kehliges Lachen, das er sich weigerte zu erklären, wenngleich Anne ihre Faust in seine Rippen bohrte und ihm mit einer neuerlichen Umarmung drohte, doch dazu war es zu früh, darauf mussten sie noch eine Weile warten.

Da weder Aeneas noch Anne Lust verspürten, sich zu ihren Gästen zu gesellen, jedenfalls nicht vor dem Morgen oder dem folgenden Tag, ließen sie den Nachmittag verstreichen und in den Abend übergehen. Sie aßen und tranken von dem, was Jessie auf dem Tablett gebracht und vor der Tür abgestellt hatte. Und erst bei Anbruch der Dunkelheit, als die Dudelsäcke und Gäste allmählich stiller wurden, erfasste Anne die ungeheure Bedeutung der Ehe. «Wir werden in der Nacht nebeneinander schlafen und uns am nächsten Tag gemeinsam erheben», murmelte sie voller Glückseligkeit.

«Und uns beim Aufwachen lieben», sagte er lächelnd mit geschlossenen Augen, schon halb im Schlaf.

«Am Morgen?»

«Ich glaube nicht, dass die Engländer dagegen schon ein Gesetz erlassen haben.»

«Nun, dann wird sicherlich bald eine Steuer darauf erhoben.»

# 7

Grauer Nieselregen hing über London, nur hier und da einmal bahnten sich die bleichen Strahlen der aufgehenden Sonne einen Weg durch den Dunst. In einem Gemach in Kensington House spritzte der Duke von Cumberland sich kaltes Wasser ins Gesicht. Bereits im Alter von vierundzwanzig Jahren waren seine Züge, gleich denen einer englischen Bulldogge, aufgequollen und erschlafft. Er litt noch immer unter der Niederlage von Fontenoy und seinem unrühmlichen Rückzug, nachdem er Flandern den Franzosen hatte überlassen müssen. Hinter ihm hielt ein Bediensteter seinen roten Rock bereit. Cumberland trocknete sich ab, warf das Handtuch neben die Waschschüssel aus feinstem Porzellan und schlüpfte in die bereitgehaltenen Ärmel.

«Cope! Hawley!», rief er.

Die Tür öffnete sich, und General Hawley trat ein. Er war ein magerer älterer Mann, in untadeliger schwarzer Kleidung, der an eine Spinne erinnerte.

«Eure Hoheit.» Er verneigte sich. «Wie ist das Befinden des Königs?»

«Mein Vater ist –» Cumberland zögerte. «Er ist besorgt. Wo steckt Cope?»

«Es ist noch früh am Morgen.» Hawley zuckte mit den Schultern. Beinah jeder in der Armee wusste, wie gern General Cope die Morgenstunden im Bett verbrachte. Draußen im Gang wurden stampfende Schritte laut. Dann flog die Tür auf, und Cope erschien, ein rundlicher, rotgesichtiger Mann, mit halb zugeknöpftem Rock und schief aufgesetzter Perücke. Auf seiner scharlachroten

Uniform zeichneten sich Regentropfen ab. Er wedelte entschuldigend mit den Händen.

«Ähm, bedaure, ich komme –»

«Spät», herrschte Cumberland ihn an, und seine Kinnbacken zitterten. Er griff nach einem Papierstapel und fuchtelte damit vor den beiden herum. «In der vergangenen Woche hat die *Lion* Ihrer Majestät zwei französische Fregatten angegriffen. Die *Elizabeth* hat sich nach Brest zurückgeschleppt, die *Du Teillay* ist entkommen. Und nun erfahre ich von unseren Spitzeln, dass mein Vetter Frankreich verlassen hat.»

«Dennoch ist er nicht töricht genug, in England zu landen», erwiderte Cope. «Nicht mit einem einzigen Schiff.»

«Von dem wir wissen.» Cumberland ließ sich schwer in einen Sessel fallen und begann zu schreiben. «Cope, Ihr macht die Truppen zum Einmarsch nach Schottland bereit. Ihr, General Hawley, schließt Euch General Wade in Northumberland an.»

«Die englischen Jakobiten werden keinen Aufstand anzetteln», warf Hawley ein. «Das ist doch nur Gerede. Und im schottischen Hochland müssen wir lediglich ein paar Galgen aufstellen, dann sind uns Ruhe und Ordnung gewiss.»

«Oder nur einen einzigen für den Möchtegernkönig», betonte Cumberland. Er reichte Cope das Papier, das er beschrieben hatte. «Ein Kreditbrief, Johnny. Das sollte als Sold genügen. Findet ihn.»

In den ersten beiden Juliwochen hatte es in Strömen geregnet, ein heftiger, schneidender und andauernder Regen, der auf die Dächer trommelte, Felder in Teiche verwandelte und die Bäche über die Ufer treten ließ. Doch als er aufhörte, brach schlagartig der Sommer an, trocken und heiß. Es war, als ob man sich den Regen zuvor nur eingebildet hätte, als wäre er niemals gefallen. Lediglich die überfluteten Seen und die reißenden Flüsse zeugten von ihm – ebenso wie die Ernte. Anne und Aeneas saßen auf ihren Pferden und betrachteten die zerstörten Felder voll grimmiger Sorge. Die Gerste lag niedergedrückt auf der Erde.

«Beim Weizen wird es nicht viel anders aussehen.» Aeneas stieg vom Pferd, um die geknickten Halme zu begutachten.

«Können wir das denn überhaupt ernten?»

«Sicher», sagte Aeneas, als er zu Anne hochschaute und in die grelle Sonne blinzelte. «Aber nur als Spreu.» Es würde bedeuten, mehr Vieh durch den Winter zu bringen, um den Ernteertrag als Futter zu verwenden. Auf das, was ihnen das Vieh einbrachte, würden sie allerdings bis zum Frühjahr warten müssen.

«Zum Glück ist der Hafer geerntet.»

«Das gibt reichlich Haferbrei», bestätigte Aeneas und schwang sich wieder in den Sattel. «Aber kaum etwas, um ihn herunterzuspülen.»

«Dann stört dich also nur, dass du weder Ale noch *uisge beatha* trinken kannst», neckte Anne. «Oder dass wir dem deutschen Bastard nichts zum Unterhalt beisteuern können.»

Aeneas stützte den Arm auf den Nacken seines Pferdes und betrachtete Anne für einen Moment.

«Ein Gutes hat es», begann er nachdenklich und ernst, doch mit einem verräterischen Funkeln in den Augen. «Nun können die Ähren dich nicht mehr unter den Röcken kitzeln.»

Die Begierde, die in Anne aufflammte, kam immer noch überraschend, wenngleich sie ihr inzwischen eigentlich vertraut sein sollte. Während des gesamten Juni hatte Aeneas versucht, Anne das Land der McIntoshs zu zeigen, doch nur selten hatten sie es an einem Grasfleck in der Heide oder einer Baumgruppe vorbeigeschafft. Sie mussten einander lediglich die Hand reichen, und wenig später wurde ihr Rundgang unterbrochen. Falls Anne also jemals das ganze Ausmaß von Moy erfassen sollte, war es besser, sie überquerten das Land zu Pferde. Anne konnte ihr Lächeln nicht verbergen.

«Nun, unter einem Kilt sind sie gewiss auch nicht sehr angenehm», sagte sie.

«Ach», meinte er grinsend. «Ich bin ein Mann, ich kann den Kitzel vertragen.» Dann lachte er. «Zumindest für kurze Zeit.»

Das halbreife Korn zu ernten und zu binden dauerte länger als geplant. Aeneas schickte fünfzig Bauernfamilien nach Dunmaglas, um MacGillivray beim Mähen und Bündeln des Getreides zu helfen, denn wegen der zahlreichen Gerstenfelder, die er besaß, hatte MacGillivray einen noch größeren Verlust als Aeneas erlitten.

Als die Arbeit schließlich beendet war, fanden sich die Jungen, die sich der Schwarzen Garde anschließen wollten, in Moy Hall ein. Eigentlich waren sie für die Ernte, die es nicht mehr gab, vorgesehen gewesen, und nun wurde ihr Sold gebraucht. Es waren aufgeweckte Burschen, die sich eifrig und voller Abenteuerlust versammelt hatten. Bei den meisten handelte es sich um die ältesten Söhne armer Familien, oftmals solche, die an der Grenze des Clangebietes wohnten, zuweilen einem anderen Clan entstammten, aus dem sie vertrieben worden waren oder den sie wegen eines Zwistes verlassen hatten. In ihrem neuen Clan erhielten sie zunächst den magersten Boden und nur ein geringes Weiderecht, so lange, bis sie sich als ehrbar erwiesen hatten.

Anne hatte ein hübsches Kleid angelegt, um die Truppe der Freiwilligen zu inspizieren, und schritt mit Aeneas die Reihen ab. Diejenigen, denen die Einwilligung ihrer Mütter fehlte, wurden wieder nach Hause geschickt. Aeneas stellte Anne jeden Einzelnen vor, und sie küsste sie herzhaft auf den Mund, so wie es Brauch war, ehe man Männer ins Feld ziehen ließ. Allerdings standen vor Anne Knaben im herzerfrischenden Alter von sechzehn oder siebzehn Jahren, jünger als sie selbst. Sie würden zum ersten Mal fern ihrer Heimat leben.

«Calum MacKay», sagte Aeneas.

Anne erinnerte sich an Calum. An ihrem Hochzeitstag war er der Erste gewesen, den man nach vorn geschoben hatte.

«Duncan Shaw.» Er war der ältere zweier Brüder, und seine Mutter hatte nur einen ziehen lassen.

Der Nächste war ein schlaksiger Bursche mit breitem, schrägem Grinsen.

«Schamlos», sagte Aeneas. «Er hat sonst keinen Namen.»

«Schamlos McIntosh», verbesserte der Junge ihn stolz. «Ich bin mit dem Heulenden Robbie gekommen.» Voller Selbstvertrauen standen die beiden Jungen Seite an Seite, Hand in Hand.

«Dem Heulenden Robbie?», fragte Anne lächelnd.

«Erinnerst du dich nicht mehr an den Tanz», flüsterte ihr Aeneas ins Ohr. «Oder daran, wie er später in der Nacht gesungen hat?»

Nun fiel es Anne wieder ein, und sie entsann sich des Johlens und Gebrülls, das mehr aus Überschwang als Musikalität entstanden war. Sie gab den beiden einen Kuss.

«Schön, dass ihr gemeinsam loszieht.»

Fünfzig Freiwillige hatten sich gemeldet. Der Letzte in der Reihe war Lachlan Fraser, der Sohn des Schmiedes. Anne wunderte sich über seine Anwesenheit. Ein Schmiedegehilfe war eigentlich unentbehrlich und keiner, den man leichten Herzens entließ – und gewiss nicht in die Dienste der ungeliebten Regierung, zumal es jederzeit zum Aufstand kommen konnte.

Als sie Aeneas ihre Bedenken kundtat, hielt der jedoch dagegen. «Die Franzosen haben den Hafen nie verlassen, Anne. Nur zwei Schiffe haben die Blockade durchbrochen, und die englische Flotte hat sie zur Umkehr gezwungen.»

«Aber sie könnten es doch erneut versuchen, und falls der Prinz in England landet, würden die Jungen vielleicht dorthin entsandt und müssten auf der falschen Seite kämpfen.»

«Das ließe ich nicht zu.»

Anne drehte sich erneut zu Lachlan um, der mit gesenktem Kopf dastand und offenbar tausend Ängste ausstand, nicht aufgenommen zu werden. Ebenso wie die anderen war er darauf erpicht, die Waffen anzulegen und seiner Rolle als Krieger gerecht zu werden, für die er seit Kindertagen geprobt hatte.

«Gut, geh mit meinem Segen», erklärte Anne und küsste ihn. «Aber nur für sechs Monate. Ein angehender Schmied wird in Moy mehr gebraucht als in der Schwarzen Garde.»

Anschließend stieg Aeneas auf sein Pferd, um die Jungen in Fort George bei Inverness abzuliefern. Anne, die zurückblieb, um die Kornpuppen für die Verlobungsfeiern am morgigen Tag zu binden, blickte ihnen beunruhigt hinterher. Sie hatte Aeneas unterstützt, als die Freiwilligen aufgerufen wurden; zu dem Zeitpunkt war ihr das auch richtig erschienen. Doch nun, als sie die Jungen stolz und mit schwingenden Kilts davonmarschieren sah, kam es ihr vor, als zögen sie los, um sich dem Feind anzuschließen. Die Clanfamilien hatten sich zu Anfang instinktiv dagegen gewehrt, dass ihre Söhne Soldaten der Regierung würden. Vielleicht hätte sie auf sie hören sollen.

Am nächsten Morgen mussten zunächst die Streitigkeiten innerhalb des Clans geschlichtet werden, ehe man am Nachmittag zu den Festlichkeiten überginge. Moy Hall und das Land gehörten den Clansleuten, ebenso wie diese Anspruch auf die Dienste ihres Oberhauptes hatten, wenn sie einen Zwist nicht allein lösen konnten. Die beiden ersten Fälle waren einfacher Natur; es ging um Grenzkonflikte und darum, dass Vieh auf einem benachbarten Stück Land geweidet hatte. Es dauerte nicht lange, bis Aeneas sein Urteil fällte, schließlich wusste er genau, wo die jeweiligen Grenzen verliefen. Falls es abermals zu Überschreitungen käme, verkündete er, müsse die doppelte Fläche des fraglichen Gebietes an den Geschädigten abgetreten werden. Die Ausrede, das Vieh sei von allein auf die Nachbarweide gewandert, ließ er nicht gelten.

«Es ist an dir, darauf zu achten, dass es das nicht tut», erklärte er dem Besitzer und fügte hinzu, dass sein Nachbar im Wiederholungsfall darüber hinaus ein Tier aus seiner Herde zugesprochen bekäme. Anschließend erließ Aeneas einen Beschluss, der das Recht am gemeinschaftlichen Weideland ausdehnte.

Anne lauschte aufmerksam. Es würde eine Weile dauern, bis sie Moy und seine Menschen genügend kannte, um ebensolche Urteile fällen zu können. In Invercauld waren ihr jeder Baum und Grenzstein vertraut, jeder Name und jede Person. Sie musste sich zwingen, das Heimweh, das sie befiel, zu bekämpfen.

Die nächste Klage wurde von einer aufgebrachten

Menge vorgetragen, die sich in die Halle gedrängt hatte und einen Katenbauern, mit Prellungen im Gesicht, vor sich herschob. Allen voran die alte Frau namens Meg, die ihn mit der Heugabel anstieß. Alle redeten durcheinander.

«Nur einer von euch soll sprechen», befahl Aeneas und nickte einem stämmigen Bauern zu. «Ewan?»

«Dùghall hier hat seine Frau mit dem *torr-sgian* angegriffen», erklärte Ewan. «Sie trägt noch immer die Male auf dem Rücken.»

«Heißt das, dass es kein Unfall war?», wollte Aeneas wissen.

«Zu dieser Jahreszeit wird kein Torf gestochen», bemerkte Anne, die angesichts eines solch brutalen Angriffs erschüttert war.

«Und drinnen schon gar nicht», schnaubte Meg und begann, den Beschuldigten mit der Heugabel zu drangsalieren.

«Das reicht, Meg.» Aeneas runzelte die Stirn. «Konnte denn keiner von euch rechtzeitig eingreifen?»

«Oh, wir haben durchaus eingegriffen.» Ewan warf sich in die Brust. «Doch da war der Schaden schon angerichtet.»

Aeneas vergewisserte sich, dass die Frau genesen würde, und lauschte der Geschichte des Mannes, nach der es ein Unfall gewesen war; seine Frau eine scharfe Zunge besaß und undankbar war; dass er in Wut geraten war, ihr jedoch nichts Böses gewollt hatte.

«Und nun tut es mir ehrlich leid», beteuerte er kleinlaut und drückte seine Mütze an sich.

«Es ist an dir, deine Wut zu bezähmen, Dùghall», sagte Aeneas. «Du bist einst zu uns gekommen, weil du ein Zuhause gesucht hast, nachdem dein Clanführer dich verstoßen hatte. Geschah das damals aus demselben Grund?»

«Seine Frau sagt, sie hätten sich vor dem Zorn ihrer Familie in Sicherheit gebracht», warf Meg ein.

«Wird sie ein zweites Mal mit ihm gehen?», fragte Aeneas.

«Sie sagt nein», entgegnete Ewan.

«Sagen und handeln sind zweierlei.» Aeneas erhob sich. «Ich werde mich draußen darum kümmern.» Während die Bauern Dùghall hinausschleppten, rief Aeneas Jessie herbei und bat sie, ihm einen Stoffstreifen zu bringen. Als Anne Anstalten machte, ihn zu begleiten, drehte er sich zu ihr um. «Das brauchst du nicht zu sehen.»

«Aeneas», beharrte Anne. «Wenn du nicht da bist, muss ich mich um derlei Dinge kümmern.»

«Wenn ich nicht da bin», erwiderte Aeneas und gürtete sein Schwert um den Leib, «wird MacGillivray sich um derlei Dinge kümmern.»

«Ihn haben wir seit der Hochzeit nicht mehr gesehen», erinnerte Anne ihn und folgte ihm.

«Er kommt, sobald er gebraucht wird», sagte Aeneas, doch er trat zur Seite, um sie vorbeizulassen. Draußen rief er Will, seinen Stallknecht, herbei und trug ihm auf, einen Strick zu besorgen. Dùghall begann zu wimmern, als Aeneas seine rechte Hand an den Pflock vor der Eingangstür band.

«Halte ihn fest», bat Aeneas Ewan, wenngleich das überflüssig war, denn der hatte sein Opfer gnadenlos im Griff. Zu Dùghall sagte Aeneas: «Von nun an wirst du so leicht keinen Schaden mehr anrichten noch ein zweites Zuhause finden.» Als Nächstes zog er sein Schwert, holte aus und zerteilte das Handgelenk des Mannes mit einem einzigen glatten Hieb.

Dùghall fuhr zurück und brüllte auf, als das Blut aus seinem Arm spritzte. Aeneas steckte sein Schwert in die Scheide, während Jessie sich daranmachte, die Wunde abzubinden. Will ergriff den Strick und entfernte die abgetrennte Hand.

«Wenn ihr ihn zum Schmied schafft», teilte Aeneas den Bauern mit, «kann Donald die Wunde ausbrennen. Anschließend sorgt ihr dafür, dass Dùghall von unserem Land verschwindet.»

«Von nun an wird er ein Ausgestoßener sein», bemerkte Anne, während sie mit Aeneas die Stufen erklomm. Geächtet zu werden war bei weitem schlimmer als das Fehlen einer Hand. Nicht einer der Clanführer würde den Mann aufnehmen, sein Wert als Landarbeiter oder Krieger wäre dahin, seine Schuld offenkundig. Ihn zu hängen wäre womöglich barmherziger gewesen.

«Seine Frau wird nun gewiss weniger geneigt sein, ihm zu folgen», schloss Aeneas.

Am anderen Ende des Sees, wo im Sommerhaus das Festmahl zu den Verlobungsfeiern angerichtet worden war, hatten die Männer bereits mit dem Tanz begonnen. Im Hochland tanzten die Männer häufig allein oder in Gruppen und spielten dazu die Mundharmonika. Es waren komplizierte Tänze, die Geschick erforderten, ganz gleich, ob sie schnell oder langsam ausgeführt wurden. Zuweilen, wenn die Schwerter Teil der Darbietung waren, konnte es auch geschehen, dass sich der ein oder andere verletzte. An diesem Festtag wurde zu den Klängen des Dudelsacks getanzt, wild und ausgelassen. Aeneas wurde umgehend aufgefordert, sich der Gruppe anzuschließen, und nahm seinen Platz an ihrer Spitze ein.

Anne trat zu den Frauen, plauderte und lachte mit ihnen, während sie den Tanz der Männer verfolgten, die schwingenden Kilts und fliegenden Umhänge, die Füße, die gleich Messern vorschnellten. Die Verlobungsfeiern entsprachen einer alten Sitte, die etliche der Clans inzwischen aufgegeben hatten, doch die McIntoshs stammten von keltischen Priestern ab und hingen an ihren uralten Bräuchen. Die Männer und Frauen, die sich verlobten, versprachen einander, für ein Jahr und einen Tag wie Eheleute zusammenzuleben. An jenem letzten Tag wurde geheiratet, sofern es beide wünschten. Sollte sich einer anders entscheiden, war die Verbindung gelöst. Die Kirche sah über diese Sitte mehr hinweg, als dass sie dergleichen gutheißen mochte. Falls die Ehe nicht zustande kam, wurden die Kinder, die in dieser Zeit empfangen oder geboren worden waren, nach der Entwöhnung häufig der Familie des Vaters übergeben, doch letztlich handelte es sich dabei um die Entscheidung der Mutter. Als schwangerer oder stillender Frau standen ihr in der Regel noch andere Bewerber zur Verfügung, denn immerhin war nun ihre Fruchtbarkeit bezeugt.

Nachdem der Tanz unter Beifall und Hochrufen beendet worden war, reihten sich die Paare am Ufer des Sees unter den Bäumen auf. Eins nach dem anderen umfasste einander am Handgelenk, das Aeneas mit einem geflochtenen Band umwand. Anne überreichte jeder der jungen Frauen eine Kornpuppe, die ihr Glück bringen sollte. Im Allgemeinen fand die Feier nach der Heuernte statt, doch in diesem Jahr hatte sie sich aufgrund der Regenfälle und der Ernte, die in den ersten Sonnentagen gerettet werden musste, verzögert. Nachdem die Paare vereint worden waren, sangen die Frauen ein altes gälisches Liebeslied, und ihre Stimmen wurden über den See getragen. Aeneas stand hinter Anne, hatte seine Arme um ihre Taille geschlungen und wiegte sie, als sie in das Lied einstimmte. Danach verschwanden die Paare und suchten die versteckten Plätze auf, die sie sich zuvor unter den Bäumen ausgesucht hatten. Schließlich wollten sie die Sonne und den Sommer ausnutzen, denn wenn erst der Regen und der Winter kamen, konnten die meisten sich nur noch in dem überfüllten Raum ihrer Familienkate miteinander vergnügen.

Anne blickte den Paaren nach, lehnte sich an Aeneas, den Kopf unter seinem Kinn. Ihre Arme hatte sie vor der Brust mit den seinen verschränkt, ihre Finger waren ineinander verschlungen. Das Geräusch der Schritte zwischen den Bäumen verlor sich in der Ferne, die aufgeregten Stimmen versickerten. Für eine Weile standen sie da, spürten die warme Luft, den leichten Druck des Körpers des anderen und lauschten dem Summen der Insekten, dem Zwitschern der Vögel und den Wellen, die leise ans Seeufer schwappten. Aeneas bewegte sanft sein Kinn auf Annes Kopf. Sie wandte sich zu ihm um.

«Eigentlich könnten wir es ihnen nachtun», sagte sie.

Ein weißes Segel flatterte im Wind und drückte sich, als der Baum herumgeworfen wurde, gegen Taue und Mast. Von Moidart aus steuerte das Schiff Loch nan Uamh an und segelte anschließend Borrowdale entgegen. Der Bug hob sich, durchpflügte die Wellen und zog die weiße Schaumspur des Kielwassers hinter sich her. Die Besatzung umfasste sieben Mann, und an Deck stapelten sich Kisten mit Munition. Einer der Männer lehnte am Mast, eine hochgewachsene, schlanke Gestalt, mit feinen, aristokratischen Zügen, tiefbraunen Augen und klarem Teint. Er war nach höfischer Sitte gekleidet, die blaue Kniehose und der blaue Rock waren aus Seide. Dazu trug er weiße Strümpfe und ein Spitzenjabot. Als das Land vor ihm in grünen Hügeln anstieg und sich dahinter die violett schimmernden Berge erhoben, wurde er sichtlich aufgeregt. Er drehte sich zu dem hinter ihm Stehenden um.

«Schottland, O'Sullivan», verkündete er. «Ich bin zu Hause.»

Anne wachte abrupt auf und wusste im Morgenlicht nicht gleich, wo sie sich befand. Als sie den holzgetäfelten Raum erblickte, fiel es ihr wieder ein. Genüsslich räkelte sie sich in dem leeren Bett und strich die zerwühlten Laken mit den Beinen glatt. Im Geist kehrte sie zu dem Liebesspiel der vergangenen Nacht zurück. Auf dem Kissen neben ihr war noch der Abdruck von Aeneas' Kopf zu sehen. Sie zog das Kissen an sich, verbarg ihr Gesicht darin und atmete seinen Geruch ein. Wenn er nicht bald wieder ins Bett käme, würde sie aufstehen, um ihn zu suchen, oder aber sie würde sich mit sich selbst vergnügen. Anschließend überlegte sie, was er wohl täte, falls er unterdessen zurückkehrte. Würde er sie nehmen oder lieber zusehen? Da vernahm sie ein Geräusch, wie wenn Metall auf Metall trifft, und gleich darauf erkannte sie, dass es sich um Schwerter handelte, die heftig und gnadenlos aufeinanderschlugen.

Im Nu war Anne aus dem Bett, warf sich einen Morgenmantel über und rannte zum Fenster. Sie schob es hoch, lehnte sich hinaus und schaute nach unten. Wie eine Faust schloss sich die Furcht um ihr Herz. Unten im Hof standen sich Aeneas und MacGillivray gegenüber, deren Schwerter in der Augustsonne blitzten. Es war ein schneller Kampf, entschlossen und unbarmherzig. Aeneas stieß MacGillivray zurück, doch der parierte mit schwirrender Klinge.

«Ich hoffe, ihr tut das, um euch Appetit zu machen», rief Anne ihnen zu.

Die beiden Männer ließen die Schwerter sinken und blickten nach oben.

«Eher um ihn zu bekämpfen», rief Aeneas mit anzüglichem Grinsen. MacGillivray sprang mit gezogenem Schwert auf ihn zu. Aeneas hob das seine, um ihn abzublocken, und drückte den Arm seines Gegners hoch über dessen Kopf. Ihre Blicke trafen sich.

«Zu langsam», erklärte Aeneas. Mit der Linken hatte er seinen Dolch gezückt, dessen Spitze auf MacGillivrays Rippen zielte. MacGillivray grinste, und als Nächstes brachen die beiden Männer in Gelächter aus. MacGillivray löste sich und schob sein Schwert in die Scheide.

«Jedes Mal dasselbe», beklagte er sich.

«Seid froh, dass ihr auf ein und derselben Seite steht», rief Anne.

Aeneas steckte seinen Dolch in den Gürtel und verstaute sein Schwert. Anschließend legte er einen Arm um MacGillivray.

«Mach dir nichts daraus, Kleiner», sagte er liebevoll. «Eines schönen Tages wird es so weit sein.»

«Richtig», bekräftigte MacGillivray. «Schließlich wirst du vor mir alt werden.» Sie lachten erneut. Anne sah lächelnd auf das Paar hinab. Das Leben war schon schwer genug, ohne dass zwei Clanführer sich bekriegten.

«Ich dachte, du wärst zu Hause in Dunmaglas», rief sie MacGillivray zu.

«Das war ich, bis die MacDonalds letzte Nacht meine Herde überfallen haben.»

«Wir haben uns ein bisschen warm gemacht und gehofft, du wärst einverstanden, wenn wir sie unsererseits überfielen», rief Aeneas. «Komm herunter und lass uns essen.»

Als Anne sich ankleidete, übermannte sie ein Gefühl tiefster Zufriedenheit. Beide Männer waren geschickt. MacGillivray war tapfer und kühn, Aeneas klug, wendig und von tödlicher Treffsicherheit. Gemeinsam waren sie unschlagbar. Sie würde ihnen gestatten, die MacDonalds zu überfallen. Darauf schnappte Anne sich das weiße Kissen von ihrem Ehebett und tanzte damit durch den Raum.

# 8

Am Hals der Kuh klaffte ein frischer Schnitt, aus dem Blut sickerte, das in eine hölzerne Schale tropfte. Die alte Meg hielt sie mit einer Hand, während die andere auf dem Nacken des Tieres den Dolch umfasst hielt, mit dem sie den Schnitt ausgeführt hatte. Neben Meg lehnte die Heugabel an der Wand ihrer Kate, und hinter ihr schrie ein Säugling. Eine junge Frau mit gelöstem Mieder, die den weinenden Säugling in ihrem Tartanumhang trug, kam aus der Nachbarkate herbei.

«Was soll ich nur tun?» Sie drückte eine Hand auf ihre Brust. «Ich habe keine Milch mehr.»

«Besorg dir ein wenig Hafer, Cath», erwiderte Meg, ohne aufzuschauen. «Ich gebe dir etwas von dem Blut ab. Das kannst du daruntermischen.»

«Das darf er noch nicht essen.»

«Nicht er, sondern du.» Als die junge Frau verschwand, um eine Schüssel mit Hafer zu besorgen, rief Meg ihr nach: «Und du musst reichlich Wasser trinken.» Obwohl ihr Blick weiterhin auf die Schale gerichtet blieb, die sich allmählich füllte, nahm sie Anne wahr, die über den Hügel kam, dem Pfad um die Katen folgte und einen bedeckten Korb trug, der schwer in ihrem Arm hing. Die junge Frau ihres Clanführers war noch ein Stück entfernt, als Cath mit einer Schüssel voller Hafer zurückkehrte. Meg drückte die Schnittwunde zu. Vorsichtig goss sie etwas Blut in die Haferschüssel, während die junge Frau den Inhalt zu Brei verrührte. Als das Geräusch klappernder Hufschläge die Stille durchbrach, blickten die beiden Frauen in die Richtung, aus der es kam.

Am anderen Ende der Katen war ein Reiter aufgetaucht, der auf Anne zuritt und ein fremdländisches Gewand trug. Nicht weit hinter ihm lief eine Frau, die ihr Pferd am Zügel führte. Anne nickte einen Gruß, als der Reiter sie passierte, doch als sie die schweißgebadete Frau wahrnahm, blieb sie stehen, zog eine Feldflasche aus ihrem Korb und hielt sie ihr entgegen.

«*Uisge?*», fragte sie, erfasste, dass sie nicht verstanden wurde, und versuchte es auf Latein. «*Aqua?*»

Die erschöpfte Frau nahm die Flasche entgegen und begann, gierig zu trinken. Der Reiter hielt sein Pferd an und drehte sich im Sattel um.

«Helen!», befahl er, wobei Stimme und Sprache den Engländer verrieten. «Du sollst diesen Dreck nicht trinken.»

«Es ist nur Wasser», erklärte Anne in derselben Sprache.

Der Fremde schwenkte sein Pferd herum und hob die Peitsche. Anne ließ den Korb fallen, um sich mit den Armen zu schützen. Bei den Katen setzte Meg die Schale im Gras ab und schnappte sich ihre Heugabel. Der Mann schwang die Peitsche, zielte jedoch nicht auf Anne, sondern versuchte, seiner Begleiterin die Flasche aus den Händen zu schlagen.

«Ich habe gesagt, du sollst das nicht trinken.»

Als die Peitsche niedersauste, fing Anne das Ende auf und hielt es fest. Die alte Meg eilte herbei, ebenso wie Cath, die mit dem Säugling im Arm jedoch langsamer vorankam. Anne sah den Reiter zornig an.

«Man schlägt keinen Dienstboten, weil er Wasser trinkt.»

«Dienstbote?», brachte der Mann ungläubig hervor. «Sie ist meine Frau.»

Anne ließ die Peitsche los und konnte nicht fassen,

dass er sich nicht schämte. Inzwischen war Meg bei ihr. Die Engländerin gab Anne die Flasche zurück.

«Ich habe genug. Vielen Dank.»

Meg trat zu dem Pferd der Frau und strich mit kundiger Hand über Fesselgelenk und Hinterhand. Der Mann rutschte unruhig im Sattel herum.

«Beweg dich, Helen», sagte er barsch. «Die Stämme hier im Norden sind Barbaren.»

Als Cath sie erreichte, hatte Meg ihre Untersuchung beendet und blickte auf. *«Tha e crùbach»*, bemerkte sie. «Es lahmt.»

Anne packte das Pferd des Mannes beim Zaumzeug.

«Unter Barbaren», begann sie, «laufen die Frauen nicht, während ihre Männer reiten.»

«Lasst mein Pferd los», befahl der Mann. «Ich bin ein Diener Seiner Majestät, König Georges.»

«Ach was?» Anne lächelte und hielt die Zügel fest.

Der Mann griff nach der Pistole in seinem Gürtel. Zu spät. Seine Hand war noch nicht am Schaft, da zielte Megs Heugabel bereits auf seinen Bauch. Anne fand es erheiternd, dass einer annahm, die Treue gegenüber dem Usurpator könne irgendjemanden bei ihnen hoch im Norden beeindrucken.

«Habt Ihr einen Namen, Diener des Königs George?», erkundigte sie sich.

«James Ray», antwortete er verstimmt. «Ein Name, den Ihr Euch besser merken solltet.»

Anne beschloss, sein widerwärtiges Benehmen zu ignorieren, und blieb ebenso gelassen und freundlich wie zuvor. Doch ihre Neugier war geweckt. In ihrer Gegend waren Engländer eine Seltenheit.

«Und Ihr, meine Liebe», wandte sie sich an die Frau.

«Mistress James Ray», kam der Mann ihr zuvor. «Wie sonst?»

«Ihr tragt denselben Namen?» Anne runzelte die Stirn und konzentrierte sich auf die Frau. «Hält man Euch denn dann nicht für Bruder und Schwester?»

«Gewiss nicht. Wie anders als bei dem Namen ihres Mannes sollte eine Frau wohl genannt werden?»

«Ich war mir sicher, Ihr habt sie Helen gerufen.»

«Hat er», bekannte Helen. «So heiße ich auch. Doch um Mistress Helen Ray genannt zu werden, müsste ich Witwe sein.»

«Sicherlich hofft Ihr, dass der Tag bald kommt», meinte Anne lächelnd. «Helen Wer-immer-Ihr-seid.» Sie übersetzte den Witz für Meg und Cath, und die drei Hochlandfrauen lachten. Auch die Engländerin unterdrückte ein Lächeln, wohingegen ihr Mann sichtlich aufgebracht war.

«Ich kann meine Frau nennen, wie ich will», knurrte er. «Ihr werdet sie jedoch als Mistress Ray ansprechen.»

Anne wunderte sich erneut. In seiner Selbstherrlichkeit schien er seine Lage nicht zu begreifen. Megs zweizackige Heugabel hätte seinen Wanst mit einem einzigen Stoß durchbohrt.

«Und mich dürft Ihr als Anne Farquharson, die Lady McIntosh ansprechen», erklärte sie. «Ein Name, den Ihr besser vergesst.»

«Eine Lady?», spöttelte Ray. «Das möchte ich doch sehr bezweifeln.»

Anne zog ihren Dolch. Neben ihr verlagerte Cath den Säugling auf den linken Arm und tat das Gleiche.

«Solange Ihr Euch auf unserem Land befindet, rate ich Euch, auf Eure Manieren zu achten», teilte Anne Ray mit. «Würdet Ihr nun die Güte besitzen, aus dem Sattel zu steigen?» Die höfliche Bitte wurde allerdings von einer Geste mit dem Dolch unterstrichen.

Im Nu hatte Ray sich aus dem Sattel geschwungen,

doch seine Frau zögerte und schien nicht recht zu wissen, wie sie sich verhalten sollte.

«Ich muss meinem Mann gehorchen», sagte sie schließlich und warf ihm einen besorgten Blick zu.

«Wozu, um alles in der Welt?», fragte Anne.

«Weil ich mich dazu verpflichtet habe. Ihr müsst doch dasselbe Gelübde abgelegt haben.»

«Das würde keine schottische Frau jemals tun. Unsere Männer würden uns für töricht halten.» Anne wandte sich zu Meg und Cath um. «Könnt ihr euch vorstellen, einem Mann gegenüber gehorsam zu sein?»

Die beiden zuckten verständnislos mit den Schultern. Die Vorstellung war schlechterdings zu abwegig, als dass es sich lohnte, daran einen Gedanken zu verschwenden.

Anne winkte Helen mit dem Dolch, sie möge aufsitzen.

«Versucht Euch daran zu erinnern, wer Ihr tatsächlich seid», fügte sie noch hinzu, ehe sie Ray die Zügel des lahmenden Pferdes übergab. «Jetzt hat alles seine Richtigkeit», schloss sie. «Ihr könnt weiterziehen. Denkt jedoch daran, dass Ihr auf dem Weg nach Inverness unter Beobachtung steht. Und nun lebt wohl.»

Mit einem Schnalzen setzte Helen ihr Pferd in Bewegung. Sie wirkte etwas verwirrt, bemühte sich jedoch sichtlich, ihre Fassung zu bewahren. Anne, Meg und Cath sahen zu, wie ihr Mann mit dem lahmenden Pferd folgte.

«*Sasannaich!*», bemerkte Cath voller Abscheu gegenüber den Eindringlingen.

«Heiden!» Meg spuckte aus.

Anne schaute die beiden an und steckte ihren Dolch in den Gürtel. Es war das erste Mal, dass sie den Katen allein einen Besuch abstattete, doch offenbar hatte sie die

Anerkennung der Frauen errungen. Sie bückte sich, um den Korb aufzunehmen.

«Hier ist Essen, für das wir keine Verwendung haben», erklärte sie, während sie zu dritt auf die Katen zuschritten. «Der Clan ist überaus großzügig gewesen.»

«Ist es bei den Farquharsons nicht üblich, ihrem Häuptling Ehre zu erweisen?», fragte Meg spitz. Die eben geknüpften Bande schienen sich mit einem Mal wieder aufzulösen.

Anne nahm den Anblick des angepflockten Tieres wahr, die verkrusteten Narben auf seinem Nacken, die Schale mit dem Blut im Gras. Die Leute waren arm, aber auch stolz, und ein Clan bewies seinen Status durch die Gaben, mit denen er für seinen Anführer sorgte. Vielleicht war es beleidigend, ebendiese Gaben zurückzureichen.

«Doch, das ist auch bei den Farquharsons üblich», antwortete sie bedächtig. «Und ebenso würden sie um der Ehre willen hungern.»

Meg nahm die Worte mit befriedigtem Nicken entgegen.

«Dann habt Ihr also keinen Appetit auf das, was sich im Korb befindet?»

«O doch», erwiderte Anne freundlich. «Wir werden dermaßen gut versorgt, dass es bald heißen wird, ich sei schwanger. Aber etwas Gutes sollte nicht vergeudet werden. Man muss das Fleisch essen, ehe es verdirbt.»

Die beiden Frauen ließen sich Annes Worte durch den Kopf gehen, wobei sie weniger an ihre eigenen Bedürfnisse dachten.

«Der alte Tom in der letzten Kate ist krank», bemerkte Cath.

«Und er hat eine Menge Enkelkinder», fügte Meg hinzu.

Hinter ihnen wurden abermals Hufschläge laut. Die

drei Frauen drehten sich um und rechneten schon damit, einen wutentbrannten Engländer zu sehen, der mit der Pistole fuchtelnd Anstalten machte, sie zu attackieren. Es war jedoch MacGillivray, der über die Kuppe geritten kam. Hinter ihm trottete eine schwarze Kuh, die er an einem Strick mit sich führte.

«Treiben die MacGillivrays jetzt ihr Vieh über unser Land?», zog Anne ihn auf, als er bei ihr ankam. «Und dann nur eine einzige Kuh! Das muss ein schlechter Diebeszug gewesen sein.»

«Die anderen sind oben am Haus», entgegnete MacGillivray. «Die hier stellt die Zinszahlung von MacDonald dar.» Er warf Cath den Strick zu. «Die Kuh kommt von Aeneas. Die Milch wird euch gewiss willkommen sein.»

Caths Augen leuchteten, während Meg das Tier abtastete. MacGillivray bot Anne für den Rückweg einen Platz auf seinem Pferd an.

«Nun macht schon», sagte Cath, als Anne zögerte. «Ich sehe zu, dass das Essen zu denen gelangt, die es brauchen.» Anne reichte ihr den Korb, ergriff MacGillivrays ausgestreckte Hand und ließ sich in den Sattel heben. MacGillivray betrachtete Meg, die noch immer dabei war, die Kuh zu bestaunen.

«Denkt daran, der Kuh lediglich die Milch abzumelken», sagte er und wies mit einem Nicken zu der Schale im Gras. Anschließend setzte er sein Pferd in Trab. Anne schlang ihre Arme um MacGillivrays Taille, woraufhin Meg Cath einen vielsagenden Blick zuwarf.

«Lass das», sagte Cath. «Das ist vorbei, seit sie den McIntosh geheiratet hat.»

«Vorbei», kicherte Meg genüsslich. «Drinnen wäre mir bei dem lieber als vorbei.»

Während des Mittagessens im Speisesaal von Moy Hall unterhielten Aeneas und MacGillivray Anne mit der Geschichte von ihrem Überfall.

«Sie waren noch dabei, den Diebstahl von Alexanders Vieh zu feiern, und der Erfolg war ihnen zu Kopf gestiegen», erklärte Aeneas. Es war offensichtlich, dass er den Vergeltungsschlag genossen hatte. Viehdiebstähle zählten zu ihrem Alltag. Die zottigen, langhaarigen Tiere auf den Bergen entstammten dem Hochland, doch Vieh mit kurzem, glattem Fell wurde weiter im Süden Schottlands oder in England geraubt. Danach wurde es in den Tälern des Hochlands geweidet, bis es fett war, und den Leuten im Süden auf den Märkten zurückverkauft. Es war beinah schon eine Abmachung zwischen den beiden Gruppen. Die Preise, die für die Rinder der Clans bezahlt wurden, bezogen sich auch lediglich auf das gewonnene Gewicht, nicht auf die Tiere. Einem Nachbarn einen Teil seiner Herde zu rauben konnte insofern kaum als Diebstahl gelten. Dennoch war es eine Sache der Ehre, sich gestohlenes Vieh zurückzuholen.

«Die Wachen haben schnarchend im Heidegras gelegen», sagte MacGillivray. «Aeneas hat uns direkt an ihnen vorbeigeführt, und auf demselben Weg haben wir nachher auch das Vieh fortgetrieben.»

«Wir haben erst angefangen zu zählen, als wir außer Reichweite waren», fuhr Aeneas fort. «Und da verrät er mir», er versetzte MacGillivray einen Stoß in die Seite, «dass aus Dunmaglas nur zehn Rinder gestohlen wurden.»

«Wie viele habt ihr denn geraubt?», fragte Anne.

«Doppelt so viele», gestand Aeneas lachend. «MacDonald wird sich am Kopf kratzen, wenn er wieder nüchtern ist, und sich fragen, warum ihm seine Herde so klein vorkommt, wo er sie doch eben erst vergrößert hat.»

«Er wird eine Woche brauchen, bis er dahinterkommt», meinte MacGillivray feixend. «Er zählt ja alles an den Fingern ab, und da kommt er nur bis zehn.»

Aeneas füllte ihre Becher erneut mit Ale.

«Jetzt sind alle besser dran. MacDonalds Herde hat mehr Gras zur Verfügung und kann fetter werden, Alexanders Herde ist größer geworden, und wir haben fünf Tiere dazugewonnen. Und das alles dank der Arbeit eines einzigen Vormittages.» Er hob seinen Krug. «Auf MacDonald.»

Anne und MacGillivray stießen mit ihm an.

«Auf MacDonald!»

«Da wäre noch etwas, das wir tun könnten, um den Ernteverlust auszugleichen», überlegte Aeneas. «Wir könnten die Wolle, die wir gelagert haben, verkaufen.» Er machte eine Pause. «In aller Stille.»

Als er und MacGillivray erfahren hatten, dass die Farquharsons ihre Schafe geschoren und die Wolle auf Annes Ratschlag hin gelagert hatten, waren sie dem Beispiel gefolgt.

«Wir verladen sie heimlich auf Schiffe», griff MacGillivray Aeneas' Gedanken auf. «Mir jedenfalls müsste man das nicht zweimal sagen.»

«Und die Schwarze Garde drückt unterdessen ein Auge zu», bemerkte Anne.

Aeneas hob seinen Becher und prostete ihr zu. «Es geht doch nichts über eine Frau mit interessanten Ideen.»

Gleich darauf wurde die Tür aufgestoßen, und Jessie stürzte herein.

«Aeneas», keuchte sie. «Es gibt Ärger.»

Aeneas sprang auf.

«Wie? Etwa die MacDonalds?»

«Nein, nein – es ist die alte Lady McIntosh.»

Wenig später betrat Will den Raum, der die sichtlich

erschöpfte Witwe stützte. Aeneas und MacGillivray eilten zu den beiden und führten Aeneas' Tante zu einem Sessel, in den sie sich aufatmend fallen ließ.

«Sie hat das Pferd von Inverness bis hierher im Galopp geritten», sagte Will vorwurfsvoll.

«Dann kümmere dich um das Tier», trug Aeneas ihm auf.

Anne füllte einen Becher mit Ale und hielt ihn der Witwe an die Lippen.

«Hier», bat sie. «Trinkt.»

Die Witwe trank in großen Schlucken.

«Was um alles in der Welt treibt dich denn in einer solchen Hast hierher?», fragte Aeneas.

«Der Prinz», brachte seine Tante hervor.

«Aber seine Schiffe wurden doch zur Umkehr gezwungen», entgegnete Aeneas. «Ist er etwa gefangen genommen worden?»

«Nein.» Seine Tante schüttelte heftig den Kopf. «Er ist gekommen. Er ist hier.»

«Hier?» Anne blickte sich unwillkürlich um. «Wo?»

«Er ist in Borrowdale an Land gegangen und auf dem Weg nach Glenfinnan.»

«Er ist in Schottland?» MacGillivray hob zweifelnd die Brauen.

Die Witwe nickte. «Jawohl.» Ihr Atem hatte sich beruhigt, und ihre Stimme klang fester. «Endlich ist er da.»

Die anderen schwiegen, während sie die Nachricht verdauten. MacGillivray war der Erste, der das Wort ergriff.

«Nun können wir uns befreien», verkündete er, hob Anne hoch und wirbelte sie im Kreis herum. «Und leben, wie es uns gefällt.»

Als er sie absetzte, hielt Anne seine Arme fest.

«Er ist gekommen», rief sie und drehte sich mit glühenden Wangen zu ihrem Mann um. «Er ist gekommen, Aeneas. Er ist tatsächlich da. – Oh, Jessie!», wandte sie sich an das Mädchen, das mit weit aufgerissenen Augen dastand. «Bitte, hol Wein und Gläser herbei. Das muss gefeiert werden.»

Das Mädchen rannte los. Aeneas zog einen Stuhl neben seine Tante und ließ sich nieder.

«Was ist mit den französischen Truppen? Haben sie ihn begleitet?»

Die Witwe schüttelte erneut den Kopf, dieses Mal jedoch langsamer als zuvor. «Er hat sieben Mann, heißt es.»

«*Seachdnar!*», wiederholte Aeneas entgeistert. «Sieben Mann!»

«Dazu Gewehre und Munition.»

Aeneas stand dermaßen abrupt und wütend auf, dass sein Stuhl polternd zu Boden fiel. «Für sieben Mann werden sich die Clans nicht erheben!»

«Sie werden sich seinetwegen erheben», erklärte Anne.

«Ja, das fürchte ich auch», bemerkte Aeneas' Tante.

«Wir besorgen ihm die Truppen, die er braucht», sagte MacGillivray, der es offenbar kaum abwarten konnte, in den Kampf zu ziehen. «Wir sollten umgehend den Chatton-Clan zusammentrommeln, Aeneas. Andernfalls kommt dir womöglich Macpherson zuvor und schickt sich an, das Kommando zu übernehmen. Er hat noch immer nicht verwunden, dass du das Oberhaupt des Bundes geworden bist.»

Aeneas trat zum Fenster und blickte hinaus. Die Woge der Freude, die Anne durchflutet hatte, verebbte. Sie legte eine Hand auf Aeneas' Schulter und spürte seine Anspannung.

«Aeneas?»

Als er sich umdrehte, vermochte Anne in seinen Augen weder Wärme noch Begeisterung zu entdecken. Stattdessen erkannte sie etwas Kaltes, Entschlossenes, und ihr war, als betrachte sie einen Fremden.

«Ich führe den Clan nicht ins Feld.»

«Heißt das, du willst nicht kämpfen?» Anne glaubte, irgendetwas falsch verstanden zu haben, denn das konnte er unmöglich gesagt haben. «Aber das müssen wir. Wir waren uns alle einig: Wenn er kommt, werden wir uns erheben.»

«Worte sind leicht dahingesagt.»

«Wie diejenigen, die uns binden?», fragte Anne leise.

«Nein, natürlich nicht.»

«Es geht um unsere Sache, und er ist gekommen, uns anzuführen.»

«Ohne die Franzosen wird die Regierung die Sache im Keim ersticken. Ich setze meine Leute nicht für sieben Mann aufs Spiel. Wir warten ab, bis wir erfahren, wie sich die anderen Clans entscheiden.»

«Wir haben lange genug abgewartet», erinnerte ihn MacGillivray. «Unsere Leute sterben schon vor Ungeduld.»

«Er ist allein gekommen», gab Aeneas zurück. «Und England wird Schottland nicht kampflos aufgeben. Vertu dich nicht, Alexander. Falls es Krieg gibt, laufen wir Gefahr zu verlieren.»

«Der Krieg hat bereits begonnen», bemerkte seine Tante. «Lochiel hat das brennende Kreuz von Achnacarry aus auf den Weg geschickt. Die Camerons sind schon dabei loszumarschieren. Ich habe sie gesehen.»

«Siehst du.» Flehend legte Anne eine Hand auf Aeneas' Arm. «Wir müssen zusammenhalten.»

«Mit den Camerons?», fragte Aeneas. «Das ganz gewiss nicht.» Die beiden Clans waren seit Jahrhunderten verfeindet. «Und Lochiel ist ein närrischer alter Träumer.»

MacGillivray spürte, wie die Wut in ihm aufstieg.

«Aber er ist treu», entgegnete er zornig und ergriff den Dolch, mit dem er gegessen hatte. «Aeneas, fließt in deinen Adern denn Wasser statt Blut?» Gleich darauf rammte er die Klinge in die Tischplatte.

Im Nu hatte auch Aeneas seinen Dolch gezückt. «Wir können die Angelegenheit draußen austragen», forderte er MacGillivray auf.

Die Witwe sprang aus dem Sessel und stellte sich zwischen die beiden Männer.

«Die Angelegenheit ist bereits entschieden», erklärte sie mit Nachdruck. «Mit Aeneas hat der Chatton-Clan einen Krieger gewählt, der außer einem starken Arm auch einen klugen Kopf besitzt. Auch du hast für ihn gestimmt, Alexander. Möchtest du ihm gleich bei der ersten Prüfung die Treue versagen?»

MacGillivray hätte sich ohne weiteres auf die größere Treue zu seinem König berufen können, doch es fiel ihm schwer. Der Prinz hatte noch keine rechte Gestalt angenommen, und König James war lediglich eine ferne, verschwommene Figur. Aeneas dagegen befand sich vor ihm, ein Mann aus Fleisch und Blut, der seinen Leuten beistand und für sie kämpfte. Noch am Morgen hatte er den Stoßtrupp angeführt und sich für ihn auf das Abenteuer eines Viehdiebstahls eingelassen.

«Seit ich laufen kann, bist du mein Vorbild», wandte MacGillivray sich schließlich an Aeneas. «Und das soll auch weiterhin so bleiben.»

Aeneas schob seinen Dolch in den Gürtel.

«Ich werde es versuchen», entgegnete er. «Jeder Narr kann kämpfen, doch um zu siegen, braucht der Mensch auch Verstand. Ich werde mit den anderen Clanführern sprechen.»

Es gab keinen anderen Menschen, dem MacGillivray sich gebeugt hätte, und so befestigte er seinen Dolch wieder an seinem Gürtel.

«Dann reite ich mit dir.»

«Die Clanführer werden in den Kampf ziehen», sagte Anne. «Sie warten schon zu lange auf diesen Augenblick.»

Aeneas nahm sie in die Arme.

«Ich werde sie bitten zu warten, bis die Franzosen eintreffen.»

Wenig später brachen er und MacGillivray auf. Niedergeschlagen und verwirrt schaute Anne ihnen hinterher. Dann wandte sie sich zu Aeneas' Tante um.

«Und was ist, wenn die Franzosen unterdessen auf uns warten?»

«Ein paar Wochen länger können niemandem schaden», beschwichtigte die alte Dame sie.

Als Jessie mit dem Wein und den Gläsern kam und erkannte, dass die Männer fort und die Stimmung umgeschlagen war, wich die Freude aus ihrem Gesicht.

«Feiern wir jetzt nicht?»

«Ach was.» Die Witwe nahm das Tablett in Empfang. «Einen Grund zum Trinken gibt es immer.»

# 9

Tief in ihrem Inneren hatte sich die Furcht eingenistet, eine Furcht, die Anne niemals zugegeben hätte, nicht einmal sich selbst gegenüber. Sie hatte einen Mann geheiratet, den sie nicht kannte, und entdeckte nun Eigenschaften, die sie sich nie hätte träumen lassen. Aeneas war anders als MacGillivray, der ein offenes Buch für sie war und bei dem sie stets wusste, wie er reagieren würde. Mitunter wusste sie sogar, was er als Nächstes sagen würde, noch bevor er es zu wissen schien. Doch an Aeneas gab es verborgene Seiten, und das, was jüngst zutage getreten war, hatte sie überrascht und zutiefst beunruhigt. Sie wusste nicht mehr, wem seine Treue galt, ja, eigentlich kaum noch, was ihm überhaupt am Herzen lag, und diese Ungewissheit legte sich auf ihr Gemüt.

Um sich von ihren Grübeleien abzulenken, dachte Anne sich Beschäftigungen aus und stellte sich unterdessen vor, Aeneas kehre geläutert zurück, überzeugt und begeistert. Hoffentlich würden ihn die anderen Clanführer überreden. Sie bat Will, die vier Kreuze vorzubereiten, die Zeichen, die den Clans bedeuteten, dass es Zeit war, sich zu erheben. Als Nächstes verdoppelte sie die Zahl der Männer, die das Vieh bewachten, nur für den Fall, dass MacDonald Aeneas' Abwesenheit ausnutzte, um seine Rinder zurückzustehlen. Darüber hinaus kümmerte sie sich um Verwaltungsangelegenheiten, sprach einem älteren Bauernpaar namens MacBean, das an der Grenze zu Drumossie lebte, zusätzliches Weideland zu, und ließ sich fortwährend Neuigkeiten berichten. Der Prinz hatte seine Standarte in Glenfinnan aufgestellt und verkündet, sein Vater wolle erneut Schottlands Unabhängigkeit erringen und danach als König zurückkehren. In Angus hatten sich Margaret Johnstone und Lord Ogilvie gleich nach ihrer Hochzeit der Bewegung angeschlossen, ebenso Lochiel und der MacDonald mit seinen Leuten, die sich nun nicht länger mit Dingen wie Viehdiebstahl befassten.

Überall im Land wurden Stimmen laut, die diese und jene Meinung vertraten. Dann marschierten Regierungstruppen nach Norden, um die Garnison von Inverness zu verstärken, woraufhin Waffen, die seit Jahren kein Tageslicht mehr erblickt hatten, aus ihren Verstecken hervorgeholt, geschärft und poliert wurden, bis sie glänzten. Etliche der Clanführer zündeten das Kreuz an und sandten damit ihre Läufer los, um die Leute zu den Waffen zu rufen. Andere, wie Aeneas, taten es nicht. Dennoch kehrte er nicht zurück. Anne kümmerte sich um seine Tante, die geblieben war, um ihr Gesellschaft zu leisten.

Eines Tages, als sie es in den Wohnräumen nicht mehr aushielt, ging Anne zu Jessie in die Küche, zeigte ihr, wie man Hasenfleisch klein hackte, es mit Zwiebeln und Rüben ansetzte und daraus eine nahrhafte Brühe zubereitete. Am folgenden Tag füllte sie damit eine Flasche ab und schlug den Weg zu den Katen im Nordwesten ein. Selbst wenn sich die Welt ringsumher in Aufruhr befand, würde der alte, kranke Tom noch immer einer Mahlzeit aus frischen, kräftigen Zutaten bedürfen.

Es war Vormittag, als sie die Hügelkuppe erreichte und die Katen vor sich liegen sah. Sie erkannte Cath mit dem Säugling im Tartantuch, die die Kuh der MacDonalds festhielt, während Meg auf einem Schemel saß und das Tier melkte. Anne hatte eine herzliche Begrüßung erwartet, doch als die Frauen sie herannahen sahen, pflockte Cath die Milchkuh an und huschte zwischen den Katen davon. Meg hatte ihre Wange beim Melken in die schwarze Flanke der Kuh gedrückt und beobachtete Anne, als sie näher kam, während ihre Finger die rhythmischen Bewegungen fortsetzten. Ihre Miene war verschlossen, allenfalls lag leichter Argwohn darin.

«Ich habe für den alten Tom Fleischbrühe gebracht», sagte Anne.

Der Milchstrahl, der schäumend in die hölzerne Schale geschossen war, brach ab. Meg richtete sich auf und trocknete die Hände an ihren dicken Röcken ab.

«Cath ist losgelaufen, um ihm Euren Besuch anzukündigen.»

«Heißt das, ihr habt schon im Voraus gewusst, weshalb ich gekommen bin?»

Meg zuckte mit den Schultern.

«Wir legen keinen Wert auf Barmherzigkeit.»

«Es ist keine Barmherzigkeit», erwiderte Anne. «Wir sorgen füreinander.»

«Hm, kann schon sein.»

«Die Frau, die mit dem Torfspaten verletzt wurde», fuhr Anne fort. «Geht es ihr gut?»

«Ist vor einer Woche wieder zu ihrer Sippe zurückgekehrt.» Meg wandte sich erneut ihrer Arbeit zu. «Es ist die letzte Kate dahinten. Inzwischen werdet Ihr erwartet.»

Anne vermochte sich keinen Reim auf den Stimmungsumschwung zu machen. Sie lief an den Katen vorbei, die einen verlassenen Eindruck erweckten. Gewiss waren die meisten der Bewohner auf den Feldern, sahen nach dem Vieh, stachen Torf oder sammelten Holz für den Winter. Dennoch hätte sie mit Frauen und Kindern gerechnet, die entweder am Spinnrad saßen, Milch zu Butter schlugen oder Käse machten. Aus dem Augenwinkel bemerkte sie zwischen zwei Katen eine hastige Bewegung, einen Rocksaum, einen Fuß, der um die Ecke verschwand. Wer immer es war, suchte Anne zu meiden.

Anne seufzte. Das Vertrauen, das sie bei der letzten Begegnung errungen hatte, war offenbar dahin. Vermutlich hatte es mit Aeneas' Zögern zu tun. Die Menschen wussten nicht, wo sie standen. Zweifellos kämen sie hervor, um für die Sache zu kämpfen. Doch ebenso wie der Aufstand des Prinzen bedurfte, brauchten die Leute ihren Clanführer, um sie zu leiten. Vielleicht glaubten sie, Anne habe ihren Mann angestiftet, die Entscheidung hinauszuzögern. Es dauerte wohl länger als erwartet, bis die McIntoshs sie als eine der Ihren ansahen.

Als Anne die letzte der Katen erreichte, kam Cath heraus, bedeutete Anne mit einem Kopfnicken, sie könne eintreten, sagte jedoch nichts. Unter dem niedrigen Türsturz musste Anne den Kopf einziehen, um die Schwelle zu überqueren. Sie stellte fest, dass sie inzwischen noch um einiges bedrückter als bei ihrem Aufbruch war.

Anne war kaum verschwunden, als Meg von ihrem Melkschemel aufsprang und jemandem hinter der Kate winkte, er möge hervorkommen. Gleich darauf tauchte eine Frau auf, die ihren Arm um einen Jungen gelegt hatte. Meg schirmte sie mit ihrem Körper ab und führte sie in ihre Kate, verschloss die Tür, kehrte zu ihrem Schemel zurück und setzte ihre Arbeit fort.

In der dämmrigen, verräucherten Kate des alten Tom wärmte Anne indessen in einem Topf über dem niedrigen Torffeuer die Brühe auf. Der Alte hatte sich hustend auf seinem Strohlager aufgesetzt.

«Ich habe dir eine Brühe aus Hasenfleisch mitgebracht, Tom», sagte Anne. Hinter seinem Lager kauerten zwei schmutzige Kinder und starrten sie mit weit aufgerissenen Augen an. Es waren zwei Mädchen, doch ihr Alter ließ sich im Dämmerlicht nicht recht bestimmen.

«Sie ist eine Prinzessin», teilte das größere dem anderen mit.

Anne lächelte und erklärte ihnen, wer sie war. «Ich bin die Frau eures Clanführers», setzte sie hinzu, während sie die dampfende Fleischbrühe in eine Schale füllte. «Und vielleicht reicht das hier sogar für drei.» Sie kniete nieder, rührte die Fleischbrühe mit einem Hornlöffel um, vergewisserte sich, dass sie nicht zu heiß war, und führte den Löffel an die zitternden Lippen des Alten. An Appetit schien es ihm jedenfalls nicht zu mangeln, denn er schluckte gierig.

Hinter Anne öffnete sich die Tür. Ein stämmiger blonder Mann betrat den Raum. Anne erkannte ihn sofort. Er war derjenige, der sich Aeneas' Vorschlag, die Reihen der Schwarzen Garde zu verstärken, als Erster entgegengestellt hatte, derselbe, der Dùghall festgehalten hatte, als Aeneas dessen Hand abschlug.

«Ewan MacKay», stellte er sich vor. «Dies ist mein Haus, und ich heiße Euch darin willkommen, Lady McIntosh – was meint Ihr, wie geht es meinem Vater?»

«Er ist schwach», entgegnete Anne. Sie nickte in die Richtung der Kinder. «Wenn Ihr die Ältere der beiden jeden dritten Tag zum Haus hochschickt, wird Jessie zusehen, dass jedes Mal frische Fleischbrühe vorrätig ist.»

«Ich werde dafür sorgen, dass die Kleine kommt», sagte Ewan steif. «Vielen Dank für Eure Güte.»

Draußen wieherte ein Pferd. Angstrufe wurden laut, erhobene Stimmen und Schreie. Ewan lief zur Tür. Anne drückte die Schale in die Hand des größeren Kindes.

«Schau, dass dein Großvater weiterisst», trug sie ihm auf, ehe sie Ewan nach draußen folgte.

Als sie im Freien stand, wurde sie von der plötzlichen

Helligkeit geblendet, doch gleich darauf erfasste sie, was vorgefallen war. Megs Kate war von Mitgliedern der Schwarzen Garde umstellt. Zwei von ihnen hatten einen Jungen gepackt. Er war Ewans Ältester, der Junge, der sich als Freiwilliger gemeldet hatte. Sie schleiften ihn zu dem Pflock, an dem das Vieh angebunden wurde, dort wo Meg vor noch nicht allzu langer Zeit Blut aus einem Rind gezapft hatte. Die Milchkuh lief unterdessen frei umher und wurde aus dem Weg gescheucht, während andere Soldaten Meg und die Mutter des Jungen festhielten. Die beiden Frauen wehrten sich. Die Mutter rief den Namen ihres Sohnes.

«Calum! Calum! Ewan, sie haben Calum.»

Ewan stürzte los, um seinem Sohn zu Hilfe zu eilen. Der Offizier des Trupps warf sein Pferd so jäh herum, dass es laut aufwieherte, als die Trense in sein Maul schnitt.

«Haltet den Mann zurück», brüllte er. Es war eine englische Stimme, die sich in die gälischen Ausrufe mischte.

Ewan durchbrach den Kreis der Soldaten und stürzte zu Boden, als sein Kopf von dem Schaft einer Flinte getroffen wurde. Anne rannte durch die Lücke, erreichte den verängstigten Jungen und schlang die Arme um ihn. Die Hände der Soldaten, die ihn gepackt hatten, stieß sie zur Seite.

«Was tut ihr da?», schrie sie. «Er ist doch noch ein Junge. Lasst ihn los!»

Calum umklammerte ihre Taille. Sie war die Frau des Clanführers – bei ihr wähnte er sich in Sicherheit, und niemand würde wagen, Hand an ihn zu legen.

«Wir sind weggelaufen», wimmerte er. «Sie wollten, dass wir gegen den Prinzen kämpfen.»

«Das dürfen sie nicht. *Cha dèan iad sin*», beruhigte

Anne ihn und drückte seinen zitternden Körper an sich. «Nur dein Häuptling kann dir sagen, was du zu tun hast. Und das würde er niemals von dir verlangen.»

Um sie herum standen die Soldaten, die meisten mit dem Rücken zu ihnen, die Gewehre auf die Katenbewohner gerichtet, die in ihren Eingängen aufgetaucht waren. Der Offizier lenkte sein Pferd in den Kreis hinein. Es war James Ray, der Engländer, dem Anne vor ein paar Wochen eine Lektion erteilt hatte.

«Lasst den Deserteur los», befahl er.

Anne verstärkte ihren Griff.

«Er hat Angst», erklärte sie. «Und Ihr habt hier keine Befehle zu erteilen.»

Ray stieg vom Pferd, zog eine Pistole aus dem Sattelhalfter und trat auf Anne zu.

«Sein Clanführer wird sich um seinen Ungehorsam kümmern», beharrte Anne.

Ohne zu zögern, setzte Ray die Pistole an die Schläfe des Jungen und drückte ab. Der Hinterkopf des Jungen explodierte, Blut und Hirnmasse spritzten auf Annes Gesicht, ihren Hals und die Schultern. Der warme Körper in ihren Armen erschlaffte. Die Katenbauern schrien entsetzt auf. Die Mutter des Jungen befreite sich kreischend aus den Armen ihrer Bewacher und rannte zu ihrem Sohn.

Neben seinem Pferd zog Ray die zweite Pistole aus dem Sattelhalfter, zielte und schoss. Die Kugel traf die Mutter des Jungen in die Brust. Sie hatte eben die Arme ausgebreitet und brach über dem Leichnam zusammen. Wie gelähmt stand Anne da und starrte Ray an, während das Blut über ihren Hals rann, sich unter ihrer Brust sammelte und ihr Kleid durchtränkte.

«Sie würde nur noch mehr Verräter gebären», erklärte Ray, ehe er sich zu seinem Pferd umwandte und seine

Männer zusammenrief. «Kommt, hier sind wir fertig. Draußen laufen noch mehr herum, die wir uns vor Einbruch der Dunkelheit schnappen müssen.» Darauf gab er seinem Pferd die Sporen, und seine Soldaten schlossen sich ihm an.

Die Katenbewohner drängten sich um Anne und die beiden Toten. Einige von ihnen stöhnten, andere begannen zu weinen. Behutsam trennten sie die Toten, richteten ihre Glieder und glätteten ihre Kleidung. Ein Mann kümmerte sich um Ewan, der sich allmählich von dem Schlag mit dem Flintenschaft erholte. Ein paar Stimmen fragten Anne nach ihrem Befinden, doch sie hatte Schwierigkeiten, die Worte zu erfassen. Sie spürte Hände, die sie berührten, untersuchten, das Blut abwischten, sorgsam und liebevoll. Doch auch da war es Anne, als betasteten sie einen fremden Körper. Sie war dem Tod zuvor bereits begegnet, doch noch nie war er mit solcher Brutalität eingetreten, hatte nie auf derartige Weise Mutter und Sohn hinweggerafft, Menschen, die jeder Clan als sein kostbarstes Gut hegte. Ihr war, als könne sie weder sprechen noch fühlen.

Abermals hörte man Pferde nahen. In Annes Ohren klangen ihre Hufe wie Trommelschläge. Dann stand Aeneas vor ihr, berührte ihr Haar, ihr Gesicht, ihre Schultern, ihre Brust.

«Was ist mit dir? Bist du verletzt? Anne, sprich mit mir.» Seine Worte klangen wie ein Echo, das dumpf im Wasser widerhallte.

«Mir geht es gut», hörte Anne sich antworten.

«Dir geht es alles andere als gut», erwiderte Aeneas. «Zum Glück ist das Blut da nicht dein eigenes, dem Himmel sei Dank.» Als er erkannte, dass sie unverletzt war, wich seine Erleichterung grenzenloser Wut. «*Gonadh!*», brüllte er tief und drohend. «Zur Hölle mit ihnen! Sie sollen zur Hölle fahren!» Danach verstummte er und starrte brütend vor sich hin. Nach einer Weile befahl er MacGillivray, Anne nach Hause zu bringen. Einem anderen trug er auf, Anne aufs Pferd zu helfen, und zu Ewan sagte er: «Pass auf dich auf, sonst verlieren wir auch dich.»

Kurz darauf saß Anne im Sattel, spürte MacGillivrays starken Arm, der sie hielt, während der andere die Zügel führte und das Pferd in Richtung Moy Hall lenkte. Hinter sich hörte sie Aeneas, der vor Wut noch immer außer sich war, Anweisungen schrie und abwechselnd tröstete und fluchte.

In Moy übernahm die Witwe McIntosh das Kommando, stützte Anne auf dem Weg über die Treppe und wies Jessie an, Tücher, eine Schüssel und einen Krug mit warmem Wasser herbeizuschaffen. Als Anne sich wenig später, nur mit ihrem Hemd bekleidet, über die Schüssel beugte, betrachtete sie die Bläschen auf der Wasseroberfläche, wusch ihr Gesicht und stellte fest, dass sich das Wasser rot färbte. Immer wieder schöpfte sie Wasser und wusch ihr Gesicht. Das Rot wurde dunkler.

«Es ist jetzt gut», sprach Aeneas' Tante auf sie ein. «Will hat ein Feuer entfacht und Jessie den Zuber mit heißem Wasser gefüllt. Wir werden dir helfen, wieder sauber zu werden.»

Doch selbst als Anne sich tief in ihr warmes Bad sinken ließ und den Kopf zurückbeugte, sodass auch ihr Haar ausgespült wurde, färbte sich das Wasser noch rot. Sie hatte mitgeholfen, Calum in die Schwarze Garde zu entsenden, und unten bei den Katen war es ihr nicht gelungen, ihn zu beschützen. Aeneas würde den Clan zu den Waffen rufen, doch sie, Anne, würde sich nie wieder sauber fühlen.

Bei Fort George stieg Aeneas vor dem Hauptquartier des Kommandeurs vom Pferd. Er hatte ein Dutzend junger Burschen bei sich, die allesamt die Uniform der Schwarzen Garde trugen und ausnahmslos verängstigt waren. Sie hatten von Calums Hinrichtung gehört und fürchteten, nun stünde ihnen das gleiche Schicksal bevor.

«Ihr müsst nichts weiter tun, als auszuharren», sagte Aeneas. «Ob euch das dieses Mal gelingt?»

Die Jungen nickten, zitternd und verzagt.

«Seid jetzt stark», fügte Aeneas hinzu. «Wenn ich zurückkomme, sage ich euch, welchen Preis wir entrichten müssen, doch euer Leben müsst ihr nicht hingeben, das verspreche ich euch.»

Es war ein großes Versprechen, das wusste Aeneas, denn vor kurzem waren im Fort britische Truppen erschienen, die zudem unter dem Befehl der Engländer standen. Normalerweise bestand die Garnison aus Schotten, einschließlich ihres Befehlshabers Lord Louden. Doch der Earl von Louden war ein einsichtiger Mann; er würde beachten, dass in den Clans die Häuptlinge das Gesetz vertraten.

Drinnen im Hauptquartier war Forbes gerade dabei, in diesem Zusammenhang sein Anliegen vorzutragen. Als Schottlands oberster Richter hatte er für Ruhe und Ordnung zu sorgen, und bisher war es ihm gelungen, etliche der Clanführer zur Neutralität zu überreden, falls es zu dem drohenden Aufstand kam. Um seinem Ersuchen Nachdruck zu verleihen, hielt er Schuldurkunden bereit. Bei seinem Gesprächspartner handelte es sich indessen nicht um Louden, sondern um einen englischen General, rundlich und rotgesichtig – einen Mann mit einer Schwäche für Portwein und gutes Essen. Als Aeneas eintrat, erhob er sich, um ihn mit ausgestreckter Hand zu begrüßen.

«Ich bin General Cope», stellte er sich vor. «John Cope. Lord Louden befindet sich zurzeit nicht im Fort, aber vielleicht kann ich Euch helfen.»

Als Aeneas den Namen hörte, hätte er am liebsten kehrtgemacht. Cope hatte sich an der Spitze der Streitmacht befunden, die den Aufstand der Jakobiten niedergeschlagen hatte. Ein solcher Mann würde kaum Hemmungen haben, Deserteure aus der Schwarzen Garde vor ein Hinrichtungskommando zu stellen und erschießen zu lassen.

Dennoch war Aeneas klar, dass er jetzt nicht ohne ein Wort verschwinden konnte, denn das würde bedeuten, sich den Weg aus dem Fort freikämpfen zu müssen – und dies mit einer Handvoll Jungen, die sowohl den Wachen als auch ihren Musketen hoffnungslos unterlegen waren.

«Ich möchte Euch nicht belästigen», erklärte Aeneas so leichthin wie möglich. «Am besten kehre ich zurück, wenn Lord Louden wieder zur Verfügung steht.»

«Aber nicht doch, nicht doch», entgegnete Cope. «Ich bin sicher, wir können das, was Euch beschäftigt, untereinander regeln. Schließlich habt Ihr uns ein gutes Stück Arbeit erspart, indem Ihr die Burschen eingesammelt und zurückgebracht habt.»

«Sie gehören zu meinem Clan», antwortete Aeneas. «Sie haben meine Ehre verletzt, als sie desertiert sind.»

«Nun, das nenne ich eine noble Auffassung», sagte Cope. «Die Frage ist, wie wir jetzt verfahren sollen.»

«Ich glaube nicht, dass weitere Hinrichtungen von Nutzen sind», schaltete Forbes sich ein.

«Mag sein, mag sein», erwiderte Cope und ließ sich erneut auf seinem Sessel nieder. «Gewiss sollten wir dem Prätendenten nicht auf diese Weise zu größerem Zulauf verhelfen. Dennoch, Fahnenflucht ist eine ernstzunehmende Angelegenheit. – Oh, dürfte ich Euch vielleicht ein Glas Portwein anbieten?»

Die Frage war an Aeneas gerichtet. Der nickte und ließ sich Cope gegenüber nieder. Warum die Verhandlungen nicht in entspannter Atmosphäre führen?, dachte er sich. Davon abgesehen, musste er Zeit gewinnen, sich den Anschein der Neutralität geben – allerdings nicht auf Kosten der Jungen da draußen. Während Cope die Gläser füllte, kam Aeneas zu einem Entschluss und wusste plötzlich, wie er seine Karten auszuspielen hatte.

«Vielleicht sind es Worte mehr noch als Taten, die uns Kopfzerbrechen bereiten», begann er. «Dass auf Fahnenflucht die Todesstrafe steht, ist nichts weiter als gerecht … ein Gesetz, das ich voll und ganz unterstütze.»

«Es freut mich zutiefst, dergleichen zu hören.» Cope schob Aeneas das Glas zu, das er mit dem schweren Wein großzügig gefüllt hatte.

«Doch die Jungen, um die es geht, befanden sich nicht auf dem Schlachtfeld», fuhr Aeneas fort. «Sie sind nicht feige geflohen, als das Feuer eröffnet wurde.»

«Das ist wohl wahr», nickte Cope. «Unerlaubtes Entfernen von der Truppe ist etwas anderes, etwas vollkommen anderes. Ist es das, worauf Ihr hinauswollt?»

«Ist es nicht das, worum es eigentlich geht?», fragte Aeneas. «Die Jungen waren durcheinander. Überall brodeln Gerüchte. Sie sind lediglich nach Hause zurückgekehrt, um zu erfahren, was sie nun tun sollen.»

«Als Soldat des Königs erfährt man von seinem Ranghöheren, was man tun soll», sagte Cope.

«Sir, ich bitte um Verzeihung, doch hier handelt es sich um Freiwillige aus dem Hochland. Ihre oberste Pflicht bindet sie an den Clan, und dort bin ich ihr Anführer. Dass die Jungen in der Schwarzen Garde dienen, ersetzt die Abgaben meines Clans. Es ist mein Recht, eine solche Abmachung unter Umständen rückgängig zu machen.»

«Unter solchen Umständen müsstet Ihr womöglich Eure Schulden begleichen», hob Forbes hervor und wedelte mit den Papieren in seiner Hand. «Ihr wäret erneut im Verzug, und Eure Versprechen würden unzuverlässig erscheinen.» Dann setzte er einlenkend hinzu: «Dennoch ließe sich die Sache einvernehmlich regeln. Überschreibt das Land – Ihr werdet einsehen, dass es die beste Lösung ist.» Er legte die Papiere vor Aeneas auf den Tisch. «Nur eine Unterschrift, und dieses leidige Problem ist aus der Welt geschafft.»

Aeneas warf einen Blick auf die Unterlagen.

«Das ist doppelt so viel Land wie das, was Ihr zuvor verlangt habt.»

«Nun, dieses Mal kauft Ihr damit auch noch zwölf Leben frei.»

«Wagt es nicht, mir zu drohen, Forbes.»

«Immerhin würden Eure Burschen von ihrem Dienst befreit. Nicht nur die zwölf da draußen, sondern alle fünfzig», antwortete Forbes nervös. «Ich bin sicher, Ihr könnt sie andernorts gut gebrauchen.»

Aeneas bedachte ihn mit einem eisigen Blick, und instinktiv tastete er nach seinem Schwert.

«Die Zeiten sind zu gefährlich, um voreilige Schlüsse zu ziehen», sagte er warnend.

Unterdessen hatte Cope seinen Portwein getrunken, die beiden Männer dabei jedoch aufmerksam beäugt. Er stellte sein Glas ab und beugte sich über den Tisch.

«Vielleicht sollte keiner von uns dem anderen drohen, Häuptling McIntosh. Oder soll ich davon ausgehen, dass Ihr das Schwert an Eurer Seite nicht im Dienst des Königs und zur Verfolgung Fahnenflüchtiger tragt? In dem Fall müsste ich Euch nämlich unter Anklage stellen.»

«Ich kann dieses Land nicht überschreiben», entgegnete Aeneas. «Es würde bedeuten, auf Kosten vieler zwölf Menschenleben zu retten. Ohne dieses Land würde mein Clan nicht überleben.»

«Dann legt ein Angebot auf den Tisch.» Cope lehnte sich zurück.

«Ich habe bereits einen der Jungen verloren», sagte Aeneas, um abermals Zeit zu gewinnen. «Seine Mutter wurde ebenfalls getötet.»

«Das war bedauerlich», antwortete Cope.

«Höchst bedauerlich», fiel Forbes ein.

Aeneas zweifelte nicht einmal an seiner Aufrichtigkeit. Forbes verdiente an den Hochländern, und jeder Tote bedeutete einen finanziellen Verlust. Darüber hinaus war er Schotte, und wenngleich er die Regierung unterstützte, verstand er sowohl die Clans als auch ihre tiefverwurzelten Sitten und Bräuche.

«Ihr habt meine Entschuldigung», ergriff Cope wieder das Wort. «Dafür, dass ein Offizier sich vergessen und eine wehrlose Frau erschossen hat. Doch wie Ihr schon sagtet, wir leben in gefährlichen Zeiten. Ich finde, es ist auch zu begrüßen, dass Ihr die Zukunft im Auge habt. Wie ich höre, gibt es andere Clanführer, die weniger weitsichtig verfahren. Ich vermute, ihnen ist nicht bekannt, dass wir mit den Franzosen Frieden geschlossen haben.»

Es gelang Aeneas, seine Überraschung zu verbergen, sodass er auf Copes Blick gelassen reagieren konnte, während er sich bemühte, die Nachricht zu verkraften. Er konnte nicht umhin, den ersten Eindruck, den er von Cope gehabt hatte, zu korrigieren. Es mochte sein, dass der Mann genusssüchtig war, aber dennoch verstand er sich auf die Kunst der Diplomatie. Die Warnung war unmissverständlich. Die Franzosen würden den jakobitischen Aufstand vermutlich befürworten, und wenn auch nur, um Englands Ansehen zu schaden, doch dass sie Truppen entsandten, um ihn zu unterstützen, war nun so gut wie ausgeschlossen. Und ohne den Krieg auf dem Kontinent konnte die britische Armee ihre gesammelte Macht auf die Truppen der Jakobiten konzentrieren.

«Zweifellos erinnert Ihr Euch noch an das Ergebnis von 1715», bemerkte Cope.

Aeneas war sieben gewesen, als sich die ersten Aufständischen erhoben hatten. Sein Vater war in den Kämpfen gefallen. Eine einzige Schlacht hatte ausgereicht, um die Jakobiten zu bezwingen. Als König James Frankreich verließ und ohne die versprochene Streitmacht erschien, war der Aufstand bereits vorüber. Ein Großteil der Clanführer, die ihn unterstützt hatten, verlor ihr Land, denn weite Gebiete ihres Besitzes wurden an diejenigen abgetreten, die sich auf die Seite der Regierung gestellt hatten.

«Ich garantiere, dass die zwölf Jungen die Garde zukünftig nicht mehr verlassen», bot Aeneas an.

«Selbst wenn wir es als unerlaubtes Entfernen von der Truppe bezeichnen, darf ein solcher Akt nicht ungestraft bleiben», entgegnete Cope. «Das, was wir brauchen, sind zuverlässige Soldaten, die unter treuen Vorgesetzten dienen.»

«Ich erhöhe ihre Zahl auf eine Kompanie. Falls Ihr es wünscht, stelle ich mich als Captain zur Verfügung.»

Cope lächelte und beugte sich abermals vor.

«Abwesende Befehlshaber führen leicht dazu, Treueverhältnisse zu zerrütten. Und Neutralität kann verfliegen wie der Wind.»

Cope hatte seinen Preis genannt. Zwölf Leben blieben verschont, vorausgesetzt, McIntosh schlug sich auf die Seite der Regierung. Ebenso wie Forbes hegte er den

Verdacht, dass Aeneas zurzeit die Lage sondierte, sich letztlich jedoch für die Gegenseite entscheiden würde. Forbes wiederum behielt den Umstand, dass Aeneas mit den Jakobiten sympathisierte, für sich und zog es vor, seine eigenen Interessen zu verfolgen. Er nahm die Unterlagen vom Tisch und hielt sie in die Höhe. «Es gibt mehr als nur einen Weg, eine Katze zu häuten», bemerkte er mit sorgfältig gewählten Worten und in der Gewissheit, dass Cope sie nicht verstand. Nur er und Aeneas wussten, dass der Chatton-Clan für den Clan der Katze stand.

«In der Tat», entgegnete Aeneas. Forbes bot ihm also die Möglichkeit, sich neutral zu verhalten. Die Clanführer des Chatton-Clans hatten ihm die Treue geschworen, und auf einen Verstoß stand der Tod. Als ihr Oberhaupt sollte er garantieren, dass sich keiner dem Aufstand anschloss ... tat er es nicht, verlor er sein Land. Falls er Forbes sein Land überschriebe, wäre er seiner Verpflichtung gegenüber der Regierung und der Schwarzen Garde entbunden, doch sein Clan wäre ohne die Erträge seiner Felder. Fieberhaft begann Aeneas nach einem Ausweg zu suchen. Zuletzt fiel ihm ein Mittelweg ein, wobei er hoffte, dass Forbes den Mund hielt und das Ausmaß seiner Schulden verschwieg. «Die Jungen draußen bleiben in der Garde.»

«Habt Ihr es denn noch immer nicht begriffen?», rief Forbes. «Zwölf Jungen – das reicht nicht.»

«Nein», erwiderte Aeneas, den Blick unverwandt auf Cope gerichtet. «Ich selbst werde daher dienen.» Er wandte sich zu Forbes um. «Als ihr Captain. Ich entsende eine vollständige Kompanie.»

«Ihr bietet beileibe nicht viel, McIntosh», bemerkte Forbes abfällig. «Ein Schwert, einhundert Burschen und Eure Grundsätze.»

Im Nu war Aeneas auf den Füßen und hatte sein Schwert gezückt.

«Es ist immerhin dieses Schwert.»

Und ehe einer der beiden anderen sich rühren oder Luft zu einem Einwand holen konnte, halbierte er die Kerze auf dem Tisch exakt in der Mitte, riss das Schwert herum, vorbei an dem Hutständer des Generals, durchtrennte die Vorderbeine eines kleinen Holztisches, hieb im nächsten Schwung die Griffe einer Truhe ab, um mit einem letzten Niedersausen der Klinge die Unterlagen in Forbes' Händen zu zerteilen.

«Es freut mich, dass Ihr meinen Hut und den Hutständer verschont habt», sagte Cope in die nachfolgende Stille.

Aeneas streckte einen Arm nach hinten aus und tippte, ohne einen Blick darauf zu werfen, den obersten Haken des Hutständers an, der wie ein Apfel vom Baum fiel. Copes Hut fing er auf und legte ihn auf den Tisch.

«Nun, ich muss gestehen, dass ich beeindruckt bin», erklärte Cope. Er ergriff die halbierten Unterlagen, die auf seinem Tisch verstreut lagen, und riss sie abermals entzwei. «Ihr seid gerettet. Ebenso sind es Euer Land und die jungen Burschen da draußen. Ich gebe Euch den Befehl über Eure Kompanie, Captain McIntosh. Ich bin mir sicher, Ihr werdet sie zu schützen wissen.» Er läutete die Handglocke auf seinem Tisch.

«Ihr seid ein Mann, den man im Auge behalten muss», sagte Forbes mit finsterer Miene. «Und genau das werde ich tun.»

Aeneas hatte sein Ziel erreicht. Der Chatton-Clan blieb ungebunden. Die einzelnen Clanführer konnten entscheiden, wen sie unterstützten. Forbes hatte geschwiegen, statt weitere Zugeständnisse zu verlangen. Hinter ihm betrat ein Mann den Raum. Aeneas drehte sich um und erblickte einen englischen Offizier.

«Captain McIntosh», sagte Cope. «Dies ist Euer Lieutenant.» An den Lieutenant gewandt, fuhr er fort: «Lieutenant Ray, Eure Truppen unterstehen ab sofort dem Befehl von Captain McIntosh.»

James Ray schlug eifrig die Hacken zusammen und salutierte.

# 10

«Das ist nicht wahr!» Anne erhob sich abrupt von ihrem Platz am Mittagstisch. «Das kann ich einfach nicht glauben!» Bis in den frühen Nachmittag hatten sie auf Aeneas gewartet und zum letzten gemeinsamen Mahl vor Kriegsbeginn reichlich Speisen und Wein aufgetragen. «Du hast dich gegen uns mit der Regierung zusammengetan?»

«Ich bin nicht gegen euch», sagte Aeneas. «Wir sind auf einer Seite.»

«Das sind wir nicht.» Erregt begann Anne auf und ab zu laufen. «Nicht in dieser Sache.»

«Dahinter steckt gewiss eine List, die du dir ausgedacht hast», bemerkte MacGillivray benommen.

«Nein», entgegnete Aeneas. «Die Franzosen kommen nicht – das ist alles.»

«Sie kommen, sobald wir unsere Truppen ins Feld geführt haben», rief Anne aufgebracht. «Sobald sie erkennen, wie stark wir sind, und begreifen, dass wir vereint kämpfen und siegen werden!»

«Glaubst du denn, dass dieser englische General die Wahrheit gesagt hat?», erkundigte sich die Witwe.

Aeneas nickte, doch Anne war diejenige, die weitersprach.

«Nun wird sich die britische Armee in Bewegung setzen und hierhermarschieren. – Und du, Aeneas, hast das Blut, das eines unserer Clanskinder vergossen hat, vergeudet. Willst du auch noch das Blut von tausend anderen vergeuden?»

Sie unterbrach ihr Hin-und-her-Gelaufe und schaute Aeneas an.

«Zwei unserer Leute sind gestorben, Aeneas. Ein Junge und seine Mutter. Ist ihr Tod für dich denn gänzlich ohne Bedeutung?»

«Natürlich nicht. Ich wollte nur darauf hinweisen, dass –»

Anne fiel ihm ins Wort. «Wahrscheinlich wolltest du mir Schuldgefühle einreden. Ich habe versucht, dem Engländer Einhalt zu gebieten, doch er hat nicht auf mich gehört. Ich war für ihn ebenso wertlos wie Calums Mutter, einfach nur eine Frau. Nach seiner Auffassung habe ich überhaupt nichts zu sagen.»

«Die englischen Gesetze sind anders als die unseren. Er wird unsere Sitten und Gebräuche noch begreifen lernen.»

«Ach, wird er das? Oder erlernen wir nicht eher die seinen? Ohne mich zu fragen, hast du entschieden, was wir tun!» Zornig verließ Anne den Raum und rief nach Jessie.

«Anne!» Aeneas wollte Anne folgen, doch seine Tante hielt ihn am Arm zurück.

«Warte, bis sie sich beruhigt hat», bat sie. «Solange sie derart aufgebracht ist, wirst du nichts erreichen. – Außerdem hättest du tatsächlich ihren Rat suchen sollen.»

«Dazu war keine Zeit. Ich kann alles erklären.»

«Was immer du anführst, wird in ihren Ohren nur wie eine weitere Drohung oder Ausrede klingen. Warte, bis sie von sich aus zurückkehrt und sich wieder gefasst hat.»

MacGillivray war unterdessen sitzen geblieben und hatte versucht, die Vorgehensweise seines Oberhauptes zu ergründen. Nun schob er geräuschvoll seinen Stuhl zurück, stand auf und blickte Aeneas an.

«Vielleicht könntest du es *mir* erklären.»

Oben streifte Anne ihre Kleidung ab und ließ sie achtlos zu Boden fallen. Ihr Körper war steif und verkrampft. Als sie die Tür des Kleiderschranks aufriss, schlug diese krachend gegen die Wand.

«Mein blaues Reitkostüm», erklärte sie Jessie knapp. Es war aus Samt und mit einer karierten Borte abgesetzt. Darin fühlte sie sich wohl, es verlieh ihr Selbstvertrauen und Kraft. Jessie hielt es bereit, während Anne hineinschlüpfte. Anschließend richtete Jessie eilig und geschickt Annes Haar. Anne betrachtete sich im Spiegel und befand, dass sie gut aussah, sogar ausgezeichnet. So sollte er sie sehen.

«Irgendwo liegt noch die passende Kappe.»

Während Jessie die Schubladen durchsuchte, schlug Anne den Deckel ihrer Aussteuertruhe auf und entnahm ihr mehrere Handvoll Münzen. Einige davon stopfte sie in den Samtbeutel an ihrer Taille, andere in einen Beutel aus Leder, den sie in ihre Satteltasche stecken wollte. Aeneas hatte seine Wahl getroffen. Gut. Nun hatte sie das Gleiche getan.

Unten kam MacGillivray zu einem Entschluss.

«Dieses Mal folge ich dir nicht», teilte er Aeneas mit.

«Das verlange ich auch nicht», erwiderte Aeneas. «Ich habe lediglich mich zur Verfügung gestellt, und dieser Akt betrifft weder dich noch die anderen Clanführer. Dennoch bitte ich dich, abzuwarten, ehe du dich dem Aufstand anschließt. Aus voreiligen Entschlüssen ist noch nie etwas Gutes erwachsen.»

«Nur für ein paar Monate, Alexander», fügte die Witwe hinzu. «Bis sich die Lage geklärt hat.»

«Meine Leute brauchen jemanden, der sie anführt», sagte MacGillivray schwerfällig. «Ohne mich treten sie nicht an.»

«Dann musst du nichts weiter tun, als den Mund zu halten», bemerkte Aeneas.

«Falls das machbar ist.» MacGillivray lächelte bekümmert. «Ich kehre nach Dunmaglas zurück.» Er bot Aeneas die Hand dar. «Doch das nächste Mal, wenn wir uns begegnen, könnten wir uns als Feinde gegenüberstehen.»

Aeneas umschloss die Hand mit festem Druck.

«Wenigstens trennen wir uns als Freunde.» Er umarmte MacGillivray.

Hinter ihnen öffnete sich die Tür, und Anne kam in den Raum geschritten. Sie war bleich, aber gefasst, das Kinn vorgereckt und fest entschlossen. Der blaue Samt ihres Reitkostüms vertiefte die Farbe ihrer Augen zu einem dunklen Mitternachtsblau.

«Bitte warte auf mich, Alexander.»

In der Hand trug sie die blaue Kappe, an ihrer rechten Seite hing der Samtbeutel mit den Münzen. Daneben der Dolch, der zu jeder Reiseausstattung gehörte – im Gegensatz zu dem Schwert mit dem silbernen Korbgriff, das sie an ihrer linken Seite trug. Hinter ihr tauchte Jessie auf, die zwei silberne Pistolen mit sich führte.

«Sag Will, er soll die Pistolen an Pibrochs Sattel befestigen.»

Als Jessie den Raum verlassen hatte, erwachte Aeneas aus seiner Sprachlosigkeit.

«Hast du vor auszureiten?»

Anne stockte für den Bruchteil einer Sekunde, bevor sie die Schultern straffte, den Kopf hob und ihm direkt in die Augen sah.

«Ich rufe den Clan zusammen.»

Aeneas' Antwort kam schnell, zu schnell. «Und ich habe nein gesagt!»

«Und ich bin keine englische Ehefrau, die man besitzt

und herumkommandiert. Du hast für dich entschieden. Ich entscheide für mich.» Sie setzte die Kappe auf, die anstelle weißer Rosen mit einer weißen Kokarde geschmückt war, und drehte sich zu MacGillivray um. «Wie steht es mit dir, Alexander MacGillivray? Schließt du dich meiner Führung an?»

Der Anflug eines Lächelns breitete sich auf MacGillivrays Gesicht aus.

«Ganz gewiss, Colonel», erwiderte er, indem er ihr den Titel verlieh, der Aeneas zustand, wenn er den Chatton-Clan in Kriegszeiten anführte. «Und das Gleiche werden meine Krieger tun.»

«Ihr setzt euer Leben aufs Spiel – seid ihr euch dessen bewusst?», sagte Aeneas schroff.

Anne fuhr zu ihm herum.

«Es ist unser Leben», bemerkte sie. «Und wir entscheiden, wie wir es führen oder verlieren.» Damit trat sie zur Tür und verschwand, MacGillivray im Gefolge.

Aeneas rührte sich nicht und schwieg. Seine Tante beobachtete ihn, doch auch sie sagte kein Wort. Sie hörten, wie die Pferde draußen mit den Hufen stampften, als aufgestiegen wurde, und anschließend Hufschläge, als sie sich entfernten. Als das Geräusch schwächer wurde und schließlich verstummte, dehnte sich ihr Schweigen zu unerträglicher Leere aus.

«Ein Gutes hat die Sache», flüsterte die Witwe. «Wenn wir auf beiden Seiten vertreten sind, können wir eigentlich nicht verlieren.»

Aeneas zückte sein Schwert und fegte mit einem wilden Brüllen Speisen, Wein, Geschirr und Gläser vom Tisch, die auf dem Fußboden verspritzten und zerschellten.

Anne und MacGillivray ritten zunächst in Richtung Osten und sammelten die Freiwilligen aus dem Clan der McIntoshs um sich, ehe sie sich nach Norden und Westen wandten. Ihr Aufruf, aus jeder Familie möge sich ein erwachsenes männliches Mitglied melden, wurde ohne weiteres befolgt. Wann immer es ihnen möglich war, schlossen sich ihrem Marsch auch Frauen und ältere Kinder an. In den Truppen des Hochlands zählten sie ebenso viel wie die Männer.

«Ihr werdet einen Schmied brauchen», sagte Donald Fraser und legte seine Lederschürze zusammen.

«Das tut Moy auch, selbst wenn wir abwesend sind», hielt Anne ihm vor Augen. Das Land musste bis zu ihrer Wiederkehr bewirtschaftet werden.

«Dann sollen sie meinen Sohn aus der Schwarzen Garde holen», erwiderte Donald und betrat seine Schmiede, um das Feuer zu löschen.

Am Rand des Moors von Drumossie warteten die MacBeans vor ihrer Kate.

«Nun geh schon, wenn du musst», sagte die Frau und reichte ihrem Mann ein uraltes Schwert, das jedoch kürzlich geschärft worden war. «Wenn ich mitkäme, würdest du nur aufgehalten.»

MacBean nahm die Waffe in Empfang. Trotz seiner siebzig Jahre war er rüstig und immer noch in der Lage, das Schwert zu schwingen.

«Ich werde dir schreiben.»

«Willst du, dass ich ständig nach Inverness laufe, um nachzusehen, ob da ein Brief für mich liegt?»

«Du kannst ja den Postjungen abpassen, wenn er vorbeikommt.»

Anne beugte sich aus dem Sattel.

«Ihr seid nicht verpflichtet, Euch anzuschließen. Nicht, wenn Ihr hier gebraucht werdet.»

«Ich bin mir selbst verpflichtet», entgegnete MacBean und richtete sich zu voller Höhe auf. «Der Mensch soll dem Tod auf ehrenhafte Weise begegnen.»

«Er ist mir ohnehin nur im Wege», versicherte seine Frau und machte sich daran, MacBeans Überwurf in seinen Hosenbund zu stopfen. «Dass du nur darauf achtest, deine Brust immer warm zu halten.»

«Hör auf, dir Sorgen zu machen, Frau.» MacBean wehrte ihre Hände ab. «Ich bin schneller wieder unter deinen Fittichen, als du denkst.»

Als sie die nordwestlichen Katen erreichten, war es nahezu Abend, doch die Kunde war ihnen vorausgeeilt. Die Katenbewohner umstanden das frisch ausgehobene Grab für die zwei in Tücher eingeschlagenen Leichen, die daneben im Gras lagen. Ewan trat vor, um die ersten Worte zu sprechen. Auf seiner Stirn leuchtete im sinkenden Licht eine V-förmige Wunde, die der Schlag von dem Schaft der Flinte hinterlassen hatte.

«Ich muss Frau und Kind begraben», sagte er zu Anne. «Danach gehöre ich Euch.»

Anne schüttelte den Kopf.

«Ich werde Euch nicht bitten, mitzukommen, Ewan. Euer Vater braucht Euch, ebenso wie die anderen Kinder.»

«Cath wird sich um sie kümmern», antwortete er. Neben ihm drückte Cath ihren Säugling an sich.

«Wie um mein eigenes», erklärte sie.

Die alte Meg trat vor und spuckte aus.

«Ich hätte dem *Sasannaich* schon beim ersten Mal die Eingeweide herausreißen sollen», sagte sie mit drohender Heugabel. «Nun ist er überfällig. Ich komme mit, um zu kämpfen.»

Schließlich hatte Moy eine Streitmacht von knapp dreihundert beisammen, die Hälfte davon Frauen und Kinder. Annes Beutel war inzwischen um die Münzen, die sie den zurückbleibenden Familien hinterlassen hatte, leichter geworden. Als Nächstes würden sie sich nach Dunmaglas wenden und die MacGillivrays in ihren Reihen aufnehmen, ehe sie kreuz und quer über das Land zogen, um weitere Kämpfer aus dem Chatton-Clan um sich zu scharen. Auf dem Damm, der das Moor von Drumossie begrenzte, hielt Anne Pibroch an und ließ ihre Truppen an sich vorbeiziehen – eine lange Menschenschlange, Männer, Frauen und Kinder, die nur wenig an Vorrat, Waffen und zusätzlicher Kleidung bei sich trugen. Tief unten im Tal lag Moy Hall im Licht der untergehenden Sonne und schimmerte golden, während der See in leuchtendem Orangerot glühte.

MacGillivray lenkte sein Pferd an ihre Seite.

«Auch er wird sich uns anschließen», begann er. «Sobald er den Wunsch seiner Leute erkennt.»

«Er hat mich mit Missachtung gestraft», beharrte Anne. Dass ein Mann in solch einer Angelegenheit handelte, ohne sich mit seiner Frau zu beraten, war undenkbar, doch ebendies hatte Aeneas getan. «Komm», setzte sie hinzu und wendete Pibroch. «Wir müssen Dunmaglas erreichen, bevor ringsum finsterste Nacht herrscht.» Gleich darauf ritt sie los, um sich an die Spitze ihrer Truppe zu setzen. Als der glutrote Ball der Sonne sich dem Horizont zuneigte, färbte er den Himmel über dem Moor blutrot.

In Moy Hall hatte Aeneas inzwischen gepackt und war zum Aufbruch bereit. Will stand vor dem Eingang und hatte das Pferd gebracht. Die Witwe begleitete Aeneas nach draußen.

«Musst du tatsächlich aufbrechen? Es könnte doch sein, dass Anne die Truppen bei Alexander in Dunmaglas zurücklässt und morgen schon wieder hier ist. Ich denke, ihr solltet die Sache bereden.»

«Das habe ich versucht. Aber sie hat sich geweigert zuzuhören.» Aeneas stellte seinen Fuß in den Steigbügel und schwang sich in den Sattel. «Mittlerweile dürfte Louden wieder im Fort sein, und in dem Fall hat er vernommen, dass mein Clan auf dem Vormarsch ist. Wenn ich mich heute Abend nicht bei ihm blicken lasse, wird es ihn verwundern, wie rasch ich mein Wort gebrochen habe.» Er ergriff die Zügel, nickte Will zu und machte Anstalten, loszureiten.

«Denk daran, dass du nicht unter Freunden sein wirst», sagte seine Tante. «Halte deinen Zorn im Zaum.»

«Das werde ich tun», erwiderte Aeneas und dachte, von einem Feind war nichts anderes als Hass und Abneigung zu erwarten, doch bei einer Ehefrau sollte man eigentlich mit Unterstützung rechnen können. Er ließ die Zügel knallen und setzte sein Pferd in Trab, um Moy auf dem kürzesten Weg in Richtung Inverness zu durchqueren. Auf dem Ritt wurde ihm die leere Stelle an seiner Seite bewusst, an der sich sonst MacGillivray befand – wie eine zweite Hälfte stets da, wenn irgendwo ein Abenteuer rief, näher als ein Bruder. Doch die zwiespältigen Treuegefühle hatten ihm offenbar nicht lange zu schaffen gemacht. Anne hatte nur ihre Bitte äußern müssen, und schon war er ihr gefolgt. Wessen Verrat ihm tiefer in die Seele schnitt, Annes oder MacGillivrays, vermochte Aeneas nicht zu sagen, und über den Treubruch, der womöglich noch bevorstand, weigerte er sich nachzudenken. Die beiden würden für zwei Wochen zusammen sein, vielleicht sogar für länger, würden Freiwillige hinter sich scharen und sie nach Glenfinnan führen …

Doch gewiss wäre Annes Ehre wiederhergestellt, hätte

sie ihre Truppen erst einmal abgeliefert. In der Streitmacht des Hochlands marschierten die Frauen schließlich an der Seite ihrer Männer. Ohne ihren Mann würde Anne nicht länger verweilen. Stattdessen würde sie ihr Kommando an MacGillivray abtreten und sich auf den Heimweg begeben. Zwei Wochen. In zwei Wochen würde er die Angelegenheit mit ihr regeln. Als Aeneas nach einer Weile über das Kopfsteinpflaster im Innenhof des Forts trabte, hatte er sich gefasst. Er wusste, in dieser Umgebung brauchte er einen klaren Kopf.

Bei seinem Anblick konnte Louden seine Erleichterung nicht verhehlen. Aeneas' Einheit war bereits in Geiselhaft genommen worden und sollte dort bis zur Ankunft ihres Captains verbleiben. Die Vorstellung, sie vor ein Erschießungskommando zu stellen, hatte Louden nicht behagt.

«Ich bin sehr froh, dass Ihr auf unserer Seite steht, McIntosh», begrüßte er Aeneas. «Wenngleich ich vermute, dass General Cope davon ausgegangen ist, Euer Entschluss beziehe Euren gesamten Clan mit ein.»

«Ich habe mich an das gehalten, was ich zugesagt habe», antwortete Aeneas.

«Und mehr noch», sagte Louden. «MacDonald von Skye und MacLeod sind Eurem Beispiel gefolgt. Beide haben uns Kompanien zur Verfügung gestellt.» Dabei verschwieg er taktvoll, dass die Sippen anderer Clanführer, die sich für die Regierung ausgesprochen hatten, dem Befehl getrotzt und sich anders entschieden hatten. «Hier, Euer Befehl.» Er überreichte Aeneas die Papiere. «Eure Unterkunft befindet sich im südlichen Block der Offiziersquartiere. Eure Leute werden zurzeit auf dem Übungsplatz unterrichtet.»

Aeneas fragte, ob es sich dabei um eine Strafaktion handelte, denn es war schon spät am Tag, beinahe dunkel.

«Ich hielt es für besser, sie zu beschäftigen.» Louden öffnete die Tür. «Ihr könnt sie jetzt entlassen, Captain.»

Cope war gerade im Begriff, den Raum zu betreten, als Aeneas ihn verließ. Er verharrte, um den Clanführer vorbeizulassen, und grüßte mit einem Nicken, das Aeneas stumm erwiderte. Dass er nicht einmal salutierte, überging Cope ohne Kommentar. Ein wenig kannte er sich mit dem Verhalten der Hochländer inzwischen aus.

«Jeder Zoll ein Häuptling», sagte er zu Louden und beobachtete, wie Aeneas davonschritt. «Gut aussehend, stattlich und gänzlich ohne Benehmen.»

«Sie benehmen sich lediglich anders», verbesserte Louden. «Ich bin mir zwar noch nicht sicher, ob er sich tapfer oder feige verhält, doch sein Ehebett neide ich ihm nicht.»

«Habt Ihr denn zuvor danach getrachtet?», erkundigte sich Cope.

«Freilich», lachte Louden. «Anne Farquharson könnte dort einen jeden zum Leben erwecken. Und nicht nur da, wie wir erfahren haben. Seid Ihr auf einen Schlummertrunk vorbeigekommen?»

«Um Neuigkeiten zu verkünden», erwiderte Cope. «Doch mit einem Tropfen Portwein verbunden, würden sie noch besser aus der Kehle kommen.» Louden bat ihn herein und schloss die Tür, ehe er ihm folgte.

Die Kompanie, die sich beim Übungsschießen befand, entdeckte Aeneas, als er zu ihnen um die Ecke bog, und sogleich erschien Erleichterung auf den jugendlichen Gesichtern. Nun wussten sie, dass sie nicht hingerichtet würden. Vielleicht hätten sie sich gewehrt, doch nun war er da, und ihre Sorge und Furcht hatten ein Ende. Lieutenant Ray hörte auf, Befehle zu brüllen, und drehte sich um, um vor Aeneas zu salutieren.

«Captain!» Ray schlug die Hacken zusammen.

«Lieutenant», seufzte Aeneas. «Vielleicht könnten wir, solange ich noch keine Uniform trage, auf die Förmlichkeiten verzichten.»

«Bitte um Verzeihung, Captain.» Ray salutierte erneut. «Es heißt, dass Kriegsschiffe mit Verstärkung auf dem Weg zu uns sind. Glaubt Ihr, dass es bald zu Kampfhandlungen kommt?»

«Hoffentlich nicht.»

«Ich frage aus reinem Tatendrang, keineswegs aus Furcht», erklärte Ray schneidig.

«Dann seid Ihr offenbar ein Narr», erklärte Aeneas. «Kampf bedeutet, dass Männer sterben, Ray, darunter viele, die ich kenne. Mit einigen von ihnen habe ich gekämpft, mit anderen gejagt und wieder anderen ihr Vieh gestohlen oder mich mit ihren Frauen oder Töchtern vergnügt. Doch bei keinem werde ich über den Tod frohlocken. Lasst uns lieber hoffen, dass es nur um eine Machtdemonstration geht und der Aufstand, ohne dass ein Schuss abgefeuert wird, in sich zusammenfällt. Zu töten ist eine Pflicht, ihren Tatendrang sollten Männer woanders stillen.»

In der Kompanie wurden Beifall und Hochrufe laut. Als Ray herumfuhr, verstummten die Männer und nahmen hastig wieder ihre Habtachtstellung ein.

«Sollen sie etwa bis zum Umfallen dastehen?», erkundigte sich Aeneas.

«Captain!» Abermals entbot Ray ihm einen zackigen Gruß, registrierte nicht einmal, dass Aeneas das Gesicht verzog, drehte sich zu den Männern um und schrie: «Rührt euch!»

In seinem Rücken belächelte Aeneas den Engländer und schlug den Weg zu seiner Unterkunft ein. Als er sein Zimmer sah, fand er es angemessen. Stockbett, Tisch,

Stühle und eine Karaffe mit Whisky – welch aufmerksame Geste seitens der englischen Majestät! Er dachte an die nahenden Kriegsschiffe, doch andererseits – es war noch nichts entschieden. Die Jakobiten würden sich zurückziehen, sollte die Verstärkung übermächtig sein. Das Leben in den Clans wurde hart erkämpft und nie leichtfertig vergeudet. In ein paar Tagen wäre alles vorüber. Aeneas war dabei, sich das zweite Glas einzuschenken, als der Zapfenstreich ertönte. Gleich darauf klopfte es an seiner Tür, und Ray betrat den Raum.

«Alles in Ordnung, Sir», verkündete er.

Um ihn an neuerlichem Salutieren zu hindern, hob Aeneas warnend den Zeigefinger.

«Schön.» Er prostete mit dem leeren Glas. «Wie wäre es mit einem Schluck *uisge beatha*?»

«Oh, Ihr meint den Whisky. Gern, vielen Dank.» Ray sah zu, wie Aeneas ihm großzügig Whisky einschenkte. «Da fällt mir gleich diese Wahnsinnige ein, die mir auf dem Weg nach Inverness begegnet ist – um sie herum ein Stamm wilder Barbaren. Hat mich gezwungen, vom Pferd zu steigen und stattdessen meine Frau reiten zu lassen. Diese Verrückte hat auch Irisch gesprochen.»

Aeneas erkannte das Gehörte. Meg und Cath würde es gefallen, zu hören, dass sie mittlerweile zu einem Stamm angewachsen waren. Er überreichte Ray sein Getränk und trat zum Fenster. Draußen wurde die Nacht von einem hellen Vollmond erleuchtet.

«Eine Wahnsinnige», sagte Aeneas. «Eine Verrückte, fraglos.»

# 11

Charles Edward Stuart stand vor seinem Zelt im Lager von Glennfinnan. Ebenso wie sein Vetter, der Duke von Cumberland, war er vierundzwanzig Jahre alt und der Sohn eines Königs, doch das war auch schon alles, was die beiden verband. Charles hätte einem Kindermärchen entstammen können, war hochgewachsen, gutaussehend und elegant, mit feingeschnittenen Zügen und von schlanker Gestalt. An diesem Tag trug er einen roten Tartankilt, darüber einen scharlachroten Rock mit blauer Schärpe und eine weiß gepuderte Perücke. Einst, ehe Schottland sich mit England verbunden hatte, hatte sein Großvater als schottischer König die beiden Nationen und Irland regiert. Später wurde er von den Engländern zugunsten eines Holländers entmachtet. Als der Holländer ohne Erben blieb, stand sein Vater bereit, die englische Krone entgegenzunehmen, doch abermals zogen die Engländer einen Ausländer vor, dieses Mal einen Deutschen aus dem Hause Hannover, dessen Sohn George zurzeit regierte. Nun war Prinz Charles Edward gekommen, um den Thron seines Vater zurückzuerobern.

«Der Sieg ist uns gewiss, O'Sullivan», erklärte er dem irischen Generaladjutanten an seiner Seite. Dabei bezog er sich auf die eine Million Schotten, von denen die Hälfte im Hochland lebte. «Sechshunderttausend Kämpfer im schottischen Bergland, von denen mindestens fünfzigtausend ausgebildete Krieger sind.»

«Aber sie werden nicht alle antreten, Sir», schaltete sich Lord George Murray ein. «Und Copes Kriegsschiffe treffen demnächst in Aberdeen ein. Sobald diese Truppen in Inverness zu ihm aufschließen, greift er an.»

«Mit ein paar jämmerlichen Tausend?», fragte der Prinz pikiert. Er war in Italien geboren und aufgewachsen und sprach mit seinen schottischen Befehlshabern Französisch, eine Sprache, die beide Seiten beherrschten. «Cumberland scheint anzunehmen, dass wir Hasenfüße sind. Wir jedoch besitzen mindestens *deux armées*, Lord George. Und über kurz oder lang sind es fünf, wenn nicht gar zehn.»

In seine prahlerischen Worte mischten sich Hochrufe von der Ostseite des Lagers. Die drei Männer wandten sich um. Eine Frau in blauem Reitkostüm kam ihnen über den Hang auf einem Schimmel entgegen, an ihrer Seite ein Mann mit goldblondem Haar. Hinter ihnen marschierte eine Truppe von mehreren Hundertschaften, die in Beifallsrufe ausbrachen, als sie die Clans im Lager erblickten, und ihre Pistolen abfeuerten, sofern sie welche besaßen.

«Seht Ihr?» Lächelnd kehrte der Prinz sich zu Lord George um.

Unterdessen traten die Truppen des Chatton-Clans zurück, um den Neuankömmlingen Platz zu machen. Anne und MacGillivray ritten auf die Standarte das Lagers zu und salutierten. Danach stieg Anne von ihrem Pferd und entdeckte Lord George, der auf sie zueilte. Er hatte die Murrays, den Clan ihrer Mutter, bereitgestellt.

«Du bist gewiss erschöpft vom langen Ritt», begrüßte er Anne. «Trotzdem – wie schön, dich zu sehen. Allerdings war ich mir nicht sicher, ob wir mit alldem hier klug beraten sind, doch dann habe ich von deinem Vorgehen gehört und mich ebenfalls für die Sache entschieden.» Er führte Anne zu Charles Edward. «Meine Nichte, Sir. Colonel Anne Farquharson, die Lady McIntosh.»

Der Prinz ergriff Annes Hand und führte sie an seine Lippen, eine Geste, die Anne amüsierte.

*«La belle rebelle!»*, rief er aus. «Wie wir erfahren haben, habt Ihr die Herzen im Land entflammt, und nun weiß ich auch, warum.»

*«Sire, vous êtes trop généreux!»*, entgegnete Anne. «Ich glaube jedoch, dass es eher an Euch gelegen hat.» Sie stellte MacGillivray als Befehlshaber ihrer Truppen vor, als den Mann, der sie ins Feld führen würde. Wein wurde herbeigebracht, als sich die anderen Clanführer um Anne scharten und sie willkommen hießen. Anne erkannte Lochiel, Keppoch, Glengary, Ranald, MacGregor, Lord Elcho, Lord Tullibardine und die Ogilvies. Sie hob ihr Glas.

«Für Wohlstand und wider die Union», sagte sie, ein Ausspruch, den sie zuletzt am Sterbebett ihres Vaters getan hatte und nun freudig wiederholte. Die Antwort der anderen hallte im Lager wider und wurde von denen, die noch weiter entfernt waren, aufgegriffen.

«Für Wohlstand und wider die Union!»

O'Sullivan winkte MacGillivray zu sich und bat ihn, die Größe seines Regiments zu melden.

«Sechshundert Krieger», erklärte MacGillivray. «Zur Unterstützung zweihundert Frauen und Kinder.»

Ganz in der Nähe flüsterte der Prinz Lord George ins Ohr: «Mussten sie denn so viele Frauen mitschleppen?»

«Es ist anders, als Ihr denkt», bemerkte Lord George. «Die Frauen und Mütter sind diejenigen, die die Männer geboren haben und sie auch begraben werden. Sie entscheiden, ob ein Clan in den Kampf zieht oder nicht. Insofern bringen eher die Frauen die Männer mit.»

Margaret Johnstone, die Lady Ogilvie, zog Anne zur Seite, damit sie einige der anderen Frauen kennenlernte.

«Mit so vielen Kämpfern hatte ich nicht gerechnet»,

sagte Anne und ließ, während sie das Lager durchquerten, ihren Blick schweifen. Überall hatten sich Gruppen an Feuerstellen niedergelassen und kochten, während andere Schwerter und Dolche schärften oder Pistolen reinigten und polierten.

«Was bleibt uns denn anderes übrig? Falls wir der Union kein Ende bereiten, werden unsere Sitten und Bräuche zerstört.» Margaret Johnstone hakte Anne unter. «Was haltet Ihr denn von unserem Prinzen?»

«Oh, er sieht wundervoll aus, jedenfalls bekleidet», scherzte Anne. «Wenn er ebenso gut kämpft, wie er schmeichelt, haben wir die Schlacht bereits gewonnen.»

Margaret blieb stehen, um sie Margaret Ferguson vorzustellen, der Lady Broughton, einer auffallend schönen Frau mit federgeschmücktem Hut und pelzverbrämter Kleidung, deren ebenso fein herausgeputzter Mann, Sir John Murray von Broughton, gerade sein Schwert schärfte.

«Nennt mich einfach Greta», erklärte Lady Broughton. «Ich bin für die Rekrutierung und die Versorgung zuständig.»

«Sir John ist der Sekretär des Prinzen», bemerkte Margaret.

«Doch wenn wir in den Kampf ziehen», verkündete Greta, «wird er im Kavallerieregiment von Lord Elcho reiten.»

«Haben wir denn überhaupt genügend Pferde?», erkundigte sich Anne.

«Noch nicht», erwiderte Greta. «Doch diesen Mangel werden wir bald beheben. Wenn Ihr wollt, könnt Ihr dabei helfen.»

«Das würde ich gern», antwortete Anne. «Doch eigentlich habe ich vor, nach Hause zurückzukehren.»

«Ihr wart äußerst mutig», sagte Margaret. «Ich hätte

es nicht fertiggebracht, David zu verlassen.» Ebenso wie Anne war sie zwanzig – im gleichen Alter wie ihr Mann, ein wohlhabender Lord, der es sich hatte leisten können, früh zu heiraten. «Ich musste ihn überreden», fuhr sie fort. «Zuweilen begreifen die Männer nicht, was für uns auf dem Spiel steht. Sollten sich die englischen Gepflogenheiten durchsetzen, würden den Männern die Macht und die Rechte zugestanden, die wir zurzeit besitzen.» Tröstend drückte sie Annes Arm. «Ihr werdet Aeneas gewiss auch noch umstimmen. Denkt nur, wie viele Ihr bereits gewonnen habt.» Sie deutete auf eine Frau, die eine Hose trug und anderen zeigte, wie man ein Zelt errichtete. «Das da ist Jenny Cameron. Als sie von Euren Taten erfuhr, ist sie losgeritten und hat dreihundert für unsere Sache zusammengetrommelt. Oh, und Isabel hat Ardshiel gezwungen, sich uns anzuschließen, und zwar Euretwegen. Er müsste jeden Moment eintreffen.»

«Sie hat ihn gezwungen?»

«Jawohl.» Margaret lachte. «Sie hat damit gedroht, den Clan aufzurufen und zu befehligen, falls er zu Hause bleibt. Anschließend hat sie ihm eine Schürze überreicht und erklärt, wie der Haushalt zu führen ist.»

Die beiden Frauen kicherten, als sie sich den stämmigen Ardshiel vorstellten, wie er mit der Schürze bekleidet dasaß und die Haushaltsbücher studierte, während er die Dienstboten beim Staubwischen und Brotbacken überwachte. Dennoch wurde Anne nicht leichter ums Herz. Ardshiel hatte sich ihnen angeschlossen, wohingegen Aeneas die Gegenseite unterstützte. Hätte er nichts unternommen, hätte er abgewartet, so wie er es anfänglich versprochen hatte, wäre das zu ertragen gewesen. Doch was er getan hatte, war zu viel.

Nach einer Weile gelang es Anne, der Betriebsamkeit

im Lager zu entkommen, und sie wanderte hinaus bis zu den Palisaden, die es umgrenzten. Der Mond ging auf, eine runde Scheibe, über die purpurrote Wolkenfasern wie dünne Blutspuren zogen. Sie erinnerten Anne an die Wunde in ihrem Herzen und an ihre gespaltene Seele, die sowohl hier als auch bei Aeneas war. Doch ihr Mann hatte sich dem Feind angeschlossen; ein größeres Leid hätte er ihr kaum zufügen können.

Als MacGillivray Anne entdeckte, saß sie auf einem Felsen und betrachtete den höhersteigenden Mond.

«Dein Zelt ist fertig», sagte er und blieb hinter ihr stehen. «Und das Abendessen wird gleich aufgetragen.» Als Anne nichts erwiderte, drehte er sie zu sich um. In der Dunkelheit glänzten seine Augen und schimmerten wie von ungeweinten Tränen. «Nur Mut», murmelte er und zog sie tröstend an sich.

«Ich kann es nicht ertragen, so allein zu sein», schluchzte Anne. «Nicht jetzt und nicht hier. Er müsste doch hier bei uns sein. Er gehört an meine Seite.»

«Ich weiß.» MacGillivray zog sie enger an sich und spürte, dass sein Zorn auf den Mann, den er als Bruder ansah, wieder aufflammte. Für lange Zeit hielten sie sich eng umschlungen, bis Annes Tränen versiegten und ihr Körper sich des anderen entsann. Sie registrierten, wie nah sie einander waren, fast als wäre seit damals keinerlei Zeit vergangen, als habe sich nichts verändert.

«Ich bin nicht so stark, wie ich geglaubt habe», sagte Anne und schaute zu MacGillivray auf.

Er erkannte, dass sie im Begriff war, ihn zu küssen, und wusste, dass sie dann, zumindest für die Nacht, in vertrauter Leidenschaft verschmelzen würden. Dann dachte er an den Schmerz in seiner Brust, wenn sie am anderen Morgen verschwände, was sie zweifellos tun würde, denn sie begehrte ihn lediglich, um die Leere, die

Aeneas hinterlassen hatte, zu füllen – nicht seinetwegen. Deshalb legte er seine Hände auf Annes Schultern und trat einen Schritt zurück.

«Du bist stärker, als du glaubst. Du wirst ihn umstimmen. Aeneas ist kein Lakai der Regierung. Er will hier sein, hier bei uns.»

«Hat er dir das gesagt?»

«So gut wie. Er ist losgezogen, um die Jungen in der Garde zu schützen.»

«Er hätte sie mitbringen können.»

«Er geht davon aus, dass wir verlieren.»

«Und das werden wir auch, wenn wir gegeneinander kämpfen.» Anne war nicht bereit, sich beschwichtigen zu lassen. «Daran werde ich ihn erinnern, wenn ich wieder in Moy bin.»

Beim Abendessen saß MacGillivray zwischen Margaret und Greta und umgarnte sie alle beide. Anne saß ihm gegenüber, an der Seite von Lord George, den der Prinz zum Oberbefehlshaber ernannt hatte und der offenbar dabei war, seine Strategien abzuwägen.

«Morgen bauen wir das Lager ab», begann er. «Das Gelände wird bald zu klein sein, um unsere Truppen zu fassen.»

«Hast du vor, Cope anzugreifen?», erkundigte sich Anne.

«Nein, für den Moment ist es besser, um ihn herumzumarschieren. Er soll sich ruhig ins Hochland verziehen. Ich habe andere Pläne.» Er schenkte Anne einen mitfühlenden Blick. «Wie steht es mit dir? Margaret sagt, du kehrst nach Moy zurück.»

Anne nickte.

«Schon am Morgen. Ich habe getan, was ich tun musste.»

«In Moy brauchst du Schutz.»

«Aeneas lässt nicht zu, dass Moy etwas zustößt.»

«Sicher nicht – oder zumindest wird er versuchen, es zu verhindern. Dennoch liegt Moy gefährlich nah bei den Baracken von Ruthven, wo sich ein Teil der Regierungsarmee versammelt hat. Vielleicht möchte sich einer der Offiziere seine Sporen verdienen, indem er die Rebellin Lady McIntosh festnimmt.»

«Aber George!», sagte Anne erschrocken und fragte sich, ob außer ihrer Ehe auch ihr Zuhause gefährdet war. «Ich muss doch Aeneas beistehen.»

«Dann soll er sich herbegeben. Mittlerweile dürfte ihm ja wohl sein Gewissen zu schaffen machen, oder nicht? Komm mit uns, zumindest für eine Weile. Ich werde Cope aus Inverness herauslocken und, wenn es sein muss, schlagen. Und danach kehrst du, wenn du möchtest, stolz nach Moy zurück.»

~

«Es wird funktionieren, *vous verrez*», sagte Anne. «Niemand wird Schaden nehmen.»

«Ich finde auch, es ist ein großartiger Plan», kam Greta ihr zu Hilfe.

«Dem schließe ich mich an», sagte Margaret. «Ich wünschte, ich wäre selber darauf gekommen.»

Sie befanden sich im Staatsgemach von Holyrood, dem Palast am Fuße der Royal Mile in Edinburgh. Seit einer Woche logierten sie dort, denn die Tore der Stadt blieben ihnen verschlossen. Die Mauern zu stürmen hatte der Prinz verboten, da er weder Menschenleben opfern noch die Untertanen seines Vaters jenseits der Mauern erzürnen wollte. Die Zahl der Sympathisanten, die nach draußen kletterten oder die Wachen bestachen, um durchgelassen zu werden, erhöhte sich indessen täglich. Die Menschen wollten den Prinzen sehen und ihm den Treueid leisten, ehe sie sich zu Beginn der Ausgangssperre um zehn Uhr abends erneut zurückschlichen.

«Gut, ich sehe es ein», sagte der Prinz. «Wenn ich einen Ball gebe, lenkt die Musik die Wachen ab, und hinter ihrem Rücken gelangen wir in die Stadt.»

«Eine prächtige Idee, Sir, fraglos», pflichtete O'Sullivan bei. «Ganz vortrefflich.»

«Vorausgesetzt, meine Männer dringen als Erste ein», erklärte Lochiel.

«Dieses Vorrecht wird Euch keiner nehmen», versicherte Lord George. «Anne, wir überlassen es dir, MacGillivray zu überreden.»

Sogleich machten sich die drei Frauen an die Arbeit. Margaret und Greta verrichteten sie mit Hilfe von Stoffen und Nähnadeln, Anne musste ihren Charme einsetzen.

«Ich brauche lediglich ein Seil, und schon bin ich über die Mauer», hielt MacGillivray Anne entgegen.

«Und als Nächstes wird die ganze Stadt in Alarmbereitschaft versetzt.»

«Dann verkleide ich mich als Anwalt.»

«Hast du jemals einen Anwalt gesehen, der sechs Fuß misst und solche Schenkel hat wie du?» Anne lächelte. «Außerdem wird das, was wir vorhaben, jedermann erheitern und einen harmlosen Eindruck erwecken.»

«Mich wird es nicht erheitern», beklagte sich MacGillivray. «Die Leute werden mich auslachen.»

«Nur die, die dich kennen», kicherte Anne. «Die Edinburgher würden das niemals wagen. Grüne Seide», konnte sie sich nicht verkneifen hinzuzufügen. «Die Farbe passt hervorragend zu deinem Haar.»

«Aber keine Lockenperücke», betonte MacGillivray. «Eher würde ich sterben.»

Anne hatte gewonnen.

«Nur ein niedliches Häubchen», versprach sie. «Und einen hübschen Fächer.»

Am Abend spähte ein Mann namens Duff aus seinem Wachhaus in der Stadtmauer. Er war korpulent, ein Schuhmacher, der sich lieber über seinen Leisten beugte, als dass er das Tor von Netherbow mit einer Flinte in der Hand bewachte. Durch das kleine Fenster konnte er in der Dunkelheit außer den nächstgelegenen Gebäuden kaum etwas erkennen. Allerdings hörte er die Musik, die weiter unten am Canongate von Holyrood kam. Da waren die Jakobiten mit ihrem Rebellenlied «The Auld Stuarts back Again» zugange. Nacht für Nacht unterhielten sie die Stadt mit ihren Gigues, Strathspeys und Reels, doch wie es sich anhörte, kamen sie allmählich zum Ende. Nicht mehr lange, und die Turmglocke über ihm würde den Beginn der Ausgangssperre einläuten.

Duffs Kamerad war bereits hinuntergelaufen, um eine Gruppe Frauen einzulassen und die Bestechungsgelder einzusammeln. Über die Summe waren sie sich einig und verlangten sowohl beim Verlassen als auch Betreten der Stadt die doppelte Gebühr, eine Hälfte für sie, die andere für die Stadt. Duff war für die Gelder derjenigen zuständig, die Edinburgh verließen. Aus Gründen der Vorsicht wurden Männer nur selten eingelassen, und wenn, dann wurden sie sorgfältig durchsucht. In der Gruppe, die eben zurückkehrte, waren fast nur Frauen. Sein Kamerad hatte bereits den Rückweg eingeschlagen. Duff hörte, wie er die Wendeltreppe hochstapfte.

«Holla», ertönte eine Stimme von unten. «Mich habt ihr wohl vergessen.»

Duff stieß das Fenster auf und schaute nach unten. Er entdeckte eine weitere Frau, die Hände in die Hüften gestemmt. Sie machte einen wohlhabenden Eindruck, mit federgeschmücktem Hut und pelzverbrämter Kleidung.

«Name?», rief Duff, ohne zu wissen, weshalb er überhaupt danach fragte. Eine einzelne Frau war gewiss keine Gefahr, selbst wenn sie wie die Menschen aus dem Hochland sprechen sollte.

«Ihr wagt es, nach meinem Namen zu fragen?» Die Frau klang pikiert. «Dann nennt mir doch erst einmal den Euren.»

«Duff», antwortete er, gleichermaßen pikiert. «Duff, der Schuhmacher.»

«Ich bin deine Frau, du Idiot», rief sie hoch.

Ich habe keine Frau, dachte Duff triumphierend. Sie versuchte offenbar, ihn reinzulegen. Inzwischen hatte sein Kamerad die oberste Stufe erreicht. Duff wandte sich zu ihm um.

«Als ob ich eine Frau hätte», sagte Duff noch, ehe er den Dolch entdeckte, der auf seine Kehle wies. Statt seines Kameraden hatte eine Frau im grünen Seidengewand die Wache betreten, eine ziemlich groß gewachsene Frau, die ein Häubchen trug.

«Eigentlich schade», sagte sie mit tiefer Stimme und dem Akzent der Hochländer. «Doch wenn du dich ruhig verhältst, während wir die Dame da unten einlassen, lebst du womöglich noch lange genug, um eine zu finden.»

Duff dachte nicht im Traum daran, einen Ton von sich zu geben, dazu war die Dolchspitze, die seine Kehle berührte, zu bedrohlich. Allerdings vermochte er durch das Seitenfenster nach unten zu schielen. Dort lag sein Kamerad reglos auf dem Boden, während eine Frau das Innentor entriegelte – eine schlanke junge Frau mit dunklem Haar. Sie hatte sich in der letzten Gruppe befunden, aus der die anderen über die King's High Street verschwunden waren.

Als sich das Tor öffnete, tauchten aus den Schatten verlassener Gebäude Lochiels Männer auf und stürmten an Greta vorbei in die Stadt. Jenseits der Mauer machten sie sich daran, die großen metallenen Wagentore zu entriegeln, und zogen sie weit auf, um die Scharen der Jakobiten einströmen zu lassen. Während die Netherbow-Glocke den Beginn der Ausgangssperre ankündigte, rannten etliche von ihnen los, um die Wachen an den restlichen drei Übergängen ihres Postens zu entheben. In der Burg auf dem Hügel zogen Regierungssoldaten die Zugbrücke hoch, sowie sie begriffen, was sich zu ihren Füßen abspielte. Als Lord George wenig später den Toren entgegenritt, war Edinburgh eingenommen. Verletzte gab es nicht, außer einem Wachsoldaten, der mit einem brummenden Schädel zu sich kam.

«Es hat funktioniert», begrüßte Anne Lord George, als er auf sie zukam. Sie hatte sich am Tor niedergelassen und war dabei, sich mit Greta eine Flasche Ale zu teilen. Im Eingang zum Wachhaus hockte ein verwirrter Duff, der sich eine ähnliche Flasche mit MacGillivray teilte. Der hatte sein Häubchen zur Seite geworfen, sodass sein blondes Haar wie Gold im Mondschein glänzte.

«Das Kleid gefällt mir», rief Lord George. «Grün steht Euch ganz vortrefflich.»

## 12

Am nächsten Morgen sah Anne zu, wie Charles Edward Stuart seinen triumphalen Einzug in die schottische Hauptstadt hielt. Er hatte das Tageslicht abgewartet, sodass die Menschen seinen Anblick genießen konnten. Die Glocke von Netherbow kündigte sein Erscheinen an, als er in der Tracht der Hochländer mit einer Gruppe Dudelsackspieler und seinem Gefolge von Holyrood heranritt. Anne stellte fest, dass auch sie ein Gefühl des Triumphes befiel, denn auf dem Weg nach Süden hatten sie Perth eingenommen, und nun gehörte ihnen auch Edinburgh, wo die Straßen von Menschen gesäumt wurden, die herbeigeströmt waren, um Prinz Charles Edward Stuart zu sehen.

Edinburgh hatte einen großen Teil seines Reichtums eingebüßt, nachdem das Parlament nach London verlegt worden war; auch Adlige waren dort inzwischen kaum noch anzutreffen. Stattdessen bestand die neue Führungsschicht aus Kaufleuten, Juristen und Gelehrten der Universität, Menschen, die den Armen gegenüber knauserig waren und den eigenen Geldbeutel krampfhaft zusammenhielten. Ihre Frauen hatten sich vor der Menge der Fleischer, Bäcker, Kupferschmiede und Händler aufgebaut und sich in ihr bestes Gewand gehüllt. Sie wedelten mit den Fächern, als der Prinz vorbeiritt und huldvoll nach allen Seiten nickte.

Als Charles Edward das Rathaus der Stadt erreichte, beugte er sich zu O'Sullivan, der neben ihm gefolgt war.

«Gibt es hier etwa nur schmachtende alte Jungfern?», fragte er.

«Ihr solltet Euch den Damen gegenüber liebenswürdig zeigen», erwiderte O'Sullivan. «Wer weiß, ob sie nicht ein hübsches Sümmchen zur Verfügung haben, das uns von Nutzen sein kann.»

Wenig später stiegen sie vom Pferd, und der Prinz trat auf Anne zu, um ihr seine Hand zum Kuss darzubieten.

«*Ma belle rebelle*», begann er. «Ihr seid so viel wert wie zehn Mann.» Anschließend warf er einen Blick auf Provost Stewart, der darauf wartete, dass Anne ihn vorstellte, bemerkte die schiefe Perücke unter dessen Hut und die panische Angst, die in seinen Augen flackerte. «Wie überaus freundlich, mich in Eurer schönen Stadt willkommen zu heißen», begrüßte er ihn.

Stewart wusste nicht, ob die Worte herzlich oder sarkastisch gemeint waren, und vergaß in seiner Verwirrung sogar die Angst, er könne geköpft werden, da er es gewesen war, der den Rebellen den Zugang zur Stadt untersagt hatte. Er hielt sich vor Augen, dass Edinburgh weder die Union noch die Regierung der Whigs befürwortet hatte, was gewiss für ihn spräche, nun, da in den Straßen die Jakobiten mit ihren Schwertern vorherrschten. Lediglich in der Burg hatte sich ein Überrest der Regierungstruppen verschanzt.

«Ihr seid uns höchst willkommen, Sir», brachte er schließlich hervor, indem er sich mehrmals verneigte. «Bedauerlicherweise besitzen wir nicht viel – und Ihr habt eine beträchtliche Anzahl Truppen mitgebracht.»

«*Ma foi*», antwortete der Prinz. «Haltet Ihr uns etwa für Strauchdiebe, die gekommen sind, Euch auszuplündern? Dort, wo Platz ist, suchen wir Unterkunft, und das, was wir verzehren, bezahlen wir auch. – Und nun, *mon ami*, falls Ihr die Güte hättet, vorauszugehen, ich möchte gern mit Euren Ratsmitgliedern sprechen.»

Anne sah den beiden hinterher. Wie seltsam fehl am

Platz der Prinz mit seinem selbstverständlichen Charme und noblen Auftreten wirkte! Die Stadt war überfüllt, verdreckt und roch nach menschlichen Ausscheidungen, die hohen Gebäude säumten enge Gassen und dunkle Höfe und Plätze. Lediglich dort, wo sie stand, auf der breiten King's High Street, konnte das Tageslicht durchdringen. Annes Gedanken wanderten zu MacGillivray, der – ohne sein grünes Seidengewand – dabei war, für ihr Regiment Proviant aufzutreiben. Lochiels Männer hatten einen Ring um die Burg gebildet, für den Fall, dass die dort eingeschlossene kleine Einheit tollkühn wurde und sich auf ihre Pflicht besann. Mit einem Mal spürte Anne eine Hand, die an ihren Röcken zupfte.

«Missus, Missus – Lady.»

Anne erblickte ein schmutziges Mädchen von vielleicht zwölf Jahren, das sich an ihrem Gewand festklammerte. Sie sah auf die bloßen Füße, das strähnige Haar und das Kleid aus Sackleinen.

«Gebt mir einen Penny für Brot», bat die Kleine. «Dann wird mein Vater für Euch kämpfen.»

Der schottische Dialekt, den die Kleine sprach, war Anne nicht geläufig. Sie verstand zwar die Sprache der Menschen aus Aberdeenshire, doch die der Südschotten hatte sie nur dann einmal vernommen, wenn Bettler aus Edinburgh im Winter bei armen Katenbauern Unterschlupf suchten und das Gesetz der Gastfreundschaft ausnutzten, das jedem in Not zugute kam. Wie der Großteil der Clanführer sprach Anne Gälisch, Französisch und Englisch – allenfalls die Viehdiebe aus dem Hochland waren in der Lage, das eine oder andere Wort der Tiefländer zu verstehen. Sie konnte jedoch erahnen, was die Kleine ihr sagen wollte, und lächelte unwillkürlich angesichts des hilflosen Vorschlags. Denn wollte man nach ihrer Statur und ihrem Zustand gehen, dürfte der

Vater kaum fähig sein, ein Schwert zu halten, geschweige denn zu schwingen.

«Wie heißt du?», erkundigte sich Anne.

«Clementina. Bitte, Missus – Lady. Wir verhungern, wenn uns keiner was gibt.»

Das war gewiss nicht übertrieben, dachte Anne und kramte aus ihrem Beutel zwei Pennystücke. Vermutlich würden sie nun gleich jede Menge Bettler und Straßenkinder umringen, doch das wollte sie hinnehmen, denn die Kleine brauchte dringend etwas zu essen. Auch eine Wäsche wäre nicht verkehrt. Anne gab dem Mädchen die Münzen.

«Hier. Und sieh zu, dass man dir auch ein wenig Fleischbrühe gibt, um das Brot einzutunken.» Die Kleine schnappte sich das Geld und war im nächsten Augenblick in der Menge verschwunden. Mit ihrer bleichen, durchscheinenden Haut hätte sie ebenso gut ein Geist sein können, einer der vielen, von denen die Stadt heimgesucht wurde. Gleich darauf entdeckte Anne fünf Frauen, die über die Straße auf sie zukamen und alles andere als Geister waren, nämlich quicklebendige Wesen aus Fleisch und Blut. Es waren Margaret und Greta, und auch die anderen drei gehörten zu ihrer Armee.

«Eine List kommt selten allein», sagte Greta zur Begrüßung. «Dieses Mal brauche ich Eure Unterstützung.»

Sie führten Anne zu den Stallungen der Stadt. Als die Stallburschen sie erblickten, schienen sie angesichts der weiblichen Schönheit schier überwältigt, wohingegen der Hufschmied sich in Gedanken an ein einträgliches Geschäft die Hände rieb – bis er erfuhr, worum es ging.

«Wie kann ich Euch denn die Pferde verkaufen?», rief er aufgebracht. «Sie sind hier lediglich untergebracht und keineswegs mein Eigentum, sodass ich sie nicht verkaufen *kann.*»

«Aber Ihr vermietet doch Pferde, oder etwa nicht?», beharrte Greta. «Außerdem bliebe ja ein Teil für Eure Kunden zurück, und es erführe auch niemand, wie Ihr mit dem Geld, das wir zahlen, umgeht.»

Doch der Mann wollte nichts davon hören und bestand darauf, ohne Pferde sei er ruiniert.

«Wie schade», bemerkte Greta und wandte sich an ihre Begleiterinnen.

«Findet ihr nicht auch, dass es schade ist?» Sie waren sich ausnahmslos einig, dass es äußerst schade sei. Greta zog ihr Schwert. «Und wie schade ich es finde, an einem solch schönen Tag Blut vergießen zu müssen.»

Blitzschnell fuhr der Mann herum und riss ein Eisen aus dem Feuer, doch als er sich umwandte, deutete Gretas Schwert auf seine Brust und Annes Pistole auf seine Schläfe. Die anderen Frauen hielten mit ihren Schwertern die Stallburschen in Schach.

«Dürfen wir das überhaupt?», fragte Anne.

«Was denn? Den Schmied erschießen?», gab Greta zurück. «Nur wenn er den deutschen Wicht und die Whig-Regierung unterstützt.»

«Das tue ich nicht», protestierte der Schmied. «Nie im Leben.»

«Oder falls er die Streitmacht des rechtmäßigen Königs angreift», ergänzte Margaret.

«Niemals», erklärte der Mann und warf das Eisen ins Feuer zurück. Dann rief er: «Für Wohlstand und wider die Union!» Und um keinen Zweifel aufkommen zu lassen, fügte er «Lang lebe König James» hinzu.

«Nun, meine Damen», lächelte Greta. «Wie mir scheint, haben wir es hier mit einem aufrechten Patrioten zu tun.» Sie wandte sich an den Schmied. «Prinz Charles Edward wird sich freuen, wenn er von Eurer löblichen Tat erfährt, mein Guter. Wenn Ihr und Eure Burschen nun auch noch so freundlich wärt, die Pferde zu satteln …»

Wenig später ritten die fünf Frauen über die Canongate und führten noch zwanzig weitere Pferde hinter sich her. Als sie in Holyrood ankamen und Sir John Murray die Kavallerie erblickte, konnte er es vor Freude kaum fassen.

«Fünfundzwanzig neue Pferde», rief er aufgeregt. «Greta, du bist ein Genie.» Er war zu galant, seine Frau im Kreis herumzuwirbeln und dadurch ihre Hutfedern in Unordnung zu bringen. Stattdessen ergriff er ihre Hände und führte ein paar Tanzschritte aus.

Anne musste sich abwenden, so sehr schmerzte sie Murrays Begeisterung angesichts der Errungenschaften seiner Frau. Wenn sie doch nur von Aeneas etwas Ähnliches erwarten könnte! Doch bald würde sie zu ihm zurückkehren, es gab keinen Grund, noch länger zu verweilen. Nachdem Cope begriffen hatte, dass Lord George ihm ausgewichen war und nach Süden marschierte, hatte er seine Truppen in Aberdeen eingeschifft und die Segel in Richtung Edinburgh gesetzt. In Moy wäre sie nun sicher, zumindest vor Copes Regimentern – wenn auch nicht vor dem Zorn ihres Mannes. Anne begab sich in das Zimmer, das sie im Palast bewohnte. Es war ein prächtiger Raum, prunkvoll eingerichtet, mit reichverzierten Stuckdecken und schweren, kostbaren Vorhängen an den Fenstern – doch es war nicht ihr Zuhause.

Durch die Fenster konnte Anne den grasbewachsenen Hang von King Arthur's Seat erkennen, wo ein Großteil ihrer Truppen nach alter Manier im Freien ihr Lager aufgeschlagen hatte. Wenn sie den Kopf ein Stück zur Seite wandte, blickte sie auf die Canongate und die heruntergekommenen Stadthäuser, die das Ufer säumten und ihnen ebenfalls als Unterkünfte dienten. Dahinter lag der Übergang von Netherbow, dessen Tore inzwischen weit offen standen und von Jakobiten bewacht wurden. Sie sah einen Reiter, der den Hang herunterpreschte. Selbst aus der Entfernung konnte man erkennen, dass er aufgeregt war und den Umstehenden offenbar eine Neuigkeit verkündete. Anne verstand zwar kein Wort, aber es musste sich um eine wichtige Nachricht handeln, denn überall drehten sich Köpfe, um sie weiterzugeben, während andere herbeigelaufen kamen. Der Reiter war MacGillivray.

Als Anne über die breite Treppe hinunter nach draußen eilte, war er bereits vom Pferd gesprungen und band das Tier an einem Pfosten an.

«Anne», rief MacGillivray, als er sie entdeckte. «George schickt mich. Cope hat Dunbar erreicht. Wir brechen in Kürze auf und ziehen in den Kampf.»

«Dann glaubt er offenbar, dass wir siegen können.»

«Das möchte ich doch meinen. Aber im Grunde ist es fast einerlei, ob wir dabei gewinnen oder verlieren, denn irgendwann einmal müssen wir uns dem Feind stellen. Jetzt ist es so weit. Bleibst du, um uns zu verabschieden?»

Anne blickte ihn verwundert an. Es war nicht einerlei, wie der Kampf ausging. Falls sie verlören, würde sie wie ein geprügelter Hund nach Hause zurückkehren. Doch im Falle eines Sieges ...

«Nein, ich verabschiede euch nicht», antwortete sie entschlossen. «Ich komme mit.» Weit mehr noch als die Einnahme von Perth und Edinburgh würde eine siegreiche Schlacht die Richtigkeit ihres Vorgehens beweisen. Erst ein solcher Sieg würde Aeneas vor Augen führen, wie groß sein Irrtum gewesen war.

Cope hatte das ebene Gelände von Prestonpans zum Schlachtfeld bestimmt. Dort standen im hellen Septembersonnenlicht über zweitausend Mann bereit, hinter ihnen das Meer, das ihnen Schutz gewährte. Zu ihrer Linken machte ein weites, unzugängliches Sumpfland einen Angriff unmöglich. Lediglich frontal und von rechts konnten sich ihre Feinde nähern, und dort hatte Cope seine Artillerie aufgestellt.

«Sieh dir die Kanonen an, Alexander.» Auf einem Damm im Westen saßen Anne und MacGillivray auf ihren Pferden und betrachteten das feindliche Gelände zu ihren Füßen. «Dagegen kommen wir nicht an.»

«Wir sind im Nu an ihnen vorbei, noch ehe sie einen Schuss abgeben können.»

Anne wusste, dass er sich Mut zuredete. Keiner von ihnen hatte jemals in einer Schlacht gekämpft, doch dass bei einem Frontalangriff ein Teil ihrer Leute, noch bevor sie die feindlichen Linien erreichten, getötet würde, war für jedermann ersichtlich. Und MacGillivray, der wie die anderen Clanführer auch an der Spitze seiner Leute ritt, würde geradewegs in ein Höllenfeuer geraten.

Unweit entfernt erkannte Anne Lord George, der aussah, als kämpfte er mit dem gleichen Dilemma. Er war in eine Diskussion mit dem Prinzen, O'Sullivan, dem Duke von Perth und dem jüngst eingetroffenen Earl von Kilmarnock vertieft. Ihre Truppen beliefen sich mittlerweile auf dreitausend Mann. Zahlenmäßig waren sie ihrem Gegner also überlegen, doch was ihre Ausrüstung betraf, um die war es eindeutig weniger gut bestellt. Folglich wäre es Selbstmord, sich an diesem Ort auf einen Kampf einzulassen.

«Ich sage George, dass wir nicht kämpfen.» Anne gab Pibrochs Zügel frei, doch MacGillivray hob plötzlich die Hand und zeigte erregt auf die gegnerischen Reihen.

«Anne, schau nur!»

Anne folgte seiner Geste mit den Augen, nahm zunächst jedoch nichts außer englischen Rotröcken und Dragonern wahr – bis sie in ihrer Mitte einen dunklen Fleck aus Tartanröcken entdeckte: die Schwarze Garde mit der Standarte von Loudens Regiment aus Inverness. Anne spürte, wie sich ihr Herz zusammenkrampfte. Ließen sie es denn tatsächlich zu, dass die Schwarze Garde gegen die eigenen Leute kämpfte? Danach wurde ihre Aufmerksamkeit von zwei Gestalten abgelenkt. Zwei Offiziere schritten die Reihen der Schwarzen Garde ab, hielten inne, gingen weiter ... den Schritt des einen hätte Anne überall erkannt.

Aeneas blieb vor Lachlan Fraser stehen. Der Junge war gerade siebzehn geworden und schien zu frieren, obgleich es beileibe nicht kalt war.

«Du musst die Nerven behalten, Junge», sagte Aeneas sanft. «Vor dem Morgen wird nichts geschehen, was bedeutet, dass du in Ruhe schlafen kannst. Und sollten sie morgen tatsächlich kommen, stehen immer noch die Kanonen zwischen ihnen und dir.»

«Mein Vater ist bei ihnen», erwiderte Lachlan kaum hörbar.

Aeneas drückte seine Schulter, denn eine andere Antwort gab es darauf nicht.

«Vielleicht ist er es nicht», beschwichtige er leise. «Denk an unsere Position – sie könnte kaum besser sein. Womöglich machen sie kehrt und ziehen nach Hause. Es wäre keine Schande.» Er machte indessen niemandem etwas vor, am wenigsten sich selbst. Die Reihen der Jakobiten waren beträchtlich angewachsen. Vielleicht entschieden sie sich dieses Mal tatsächlich gegen einen Kampf, doch nicht mehr lange, und sie würden ihn suchen. Im Grunde wäre ein Sieg der Regierung am nächsten Tag wünschenswert – ein harter Schlag zwar, doch danach könnten die Aufständischen sich zurückziehen und zu Hause ihre Wunden lecken.

«Captain McIntosh!» Ray salutierte. «Wir haben zusätzliche Gesellschaft bekommen.» Mit einem Nicken wies er hoch zum Damm.

Aeneas ließ seinen Blick den Hang hochwandern. Charles Edward Stuart hatte er zuvor schon entdeckt, ebenso George Murray und die anderen Befehlshaber. Beim ersten Anblick war ihm sogar durch den Kopf geschossen, er könne sich ihnen immer noch anschließen …

«Die Frau da», sagte Ray und wedelte mit dem Finger. «Seht Ihr die Frau nicht, Sir?»

Es war Anne, trotz der Entfernung unverkennbar. Anne, die auf dem Brautpferd thronte, das er ihr geschenkt hatte – und neben ihr MacGillivray. Aeneas spürte die Wut in sich aufsteigen, die gleiche verzweifelte Wut, die er bei Annes Aufbruch empfunden hatte, nur dass sie nun noch um einiges heftiger war. Seit einem Monat war sie fort und nicht zurückgekehrt, obwohl sie ihre Truppen längst abgeliefert hatte. Offenbar war ihr nicht eingefallen, wie andere Frauen auch zu ihrem Mann zurückzukehren; nein, lieber hatte sie sich einer gegnerischen Armee angeschlossen, lieber war sie bei MacGillivray geblieben.

«Das ist die Hexe, von der ich Euch erzählt habe, Captain. Zweimal stand ich kurz davor, ihr eine Kugel zu verpassen, doch dieses Mal kenne ich kein Pardon.»

Aeneas fuhr herum und packte Ray beim Kragen. «O nein, mein Lieber», zischte er. «Ihr seht zu, dass ihr kein Haar gekrümmt wird, oder Ihr verantwortet Euch vor mir. Sie gehört mir, mir allein.»

Anne stieg vom Pferd.

«Was tut er da nur, Alexander?», fragte sie bedrückt. «Und dazu noch mit dem Mann, der Calum und seine Mutter auf dem Gewissen hat. Dabei hast du gesagt, er wolle lediglich –»

«Ich weiß es nicht», fiel MacGillivray ihr ins Wort. «Dennoch wird er die Waffe nicht auf seine eigenen Leute richten.»

«Aber er steht doch kurz davor. Er wird zusehen, wie sie von den Kanonen niedergestreckt werden. Glaubt er denn, er kann uns demütigen, indem er uns zum Rückzug zwingt? Ist er denn dermaßen entschlossen, seinen Willen durchzusetzen, so sehr, dass er sogar seine eigenen Leute umbringt?»

Lord George hatte begonnen, ihre Truppen in Richtung der feindlichen Stellungen zu führen, und verteilte sie auf strategische Posten. Der Prinz folgte ihm, um aufmunternde Worte an die Clanführer zu richten.

«Solange ihr auf meiner Seite steht», hörte Anne ihn rufen, «und mit Gottes Hilfe, seid ihr nach dem Kampf ein freies, glückliches Volk.»

Wenn dem nur so wäre, dachte Anne. Sofort kehrten ihre Gedanken zu Aeneas zurück. Wie konnte er dies nur tun? Lag ihm denn nichts mehr an seinen Leuten, nichts mehr an ihr? In dem Moment spürte sie eine Hand, die an ihren Röcken zupfte, und erkannte jenes verwahrloste Mädchen, dem sie in Edinburgh zwei Pennys gegeben hatte.

«Clementina! Was tust du denn hier?»

«Mein Vater ist hier, um zu kämpfen. Wie ich es Euch gesagt habe. Er hat mir befohlen, bei den Frauen zu bleiben.»

«Die sind da drüben.» Anne wies ihr die Richtung. Sie hatte keine Zeit, sich um das Kind zu kümmern, denn als

Nächstes würde MacGillivray ihre Truppen den Hang hinunterführen.

«Ich weiß, wo sie sind», sagte Clementina. «Ich war ja bei ihnen. Aber die Lady dahinten hat gesagt, der Mann da», sie deutete auf Lord George, «will wissen, ob es einen Weg durch das Sumpfland gibt.»

Anne blickte über das Gelände. Das Sumpfland dehnte sich zur Linken der Regierungstruppen aus, und mit Sicherheit gab es dort auch irgendwo Flecken mit festem Boden, aber sie sah keinerlei Möglichkeiten, zu ihnen zu gelangen. Das Sumpfland war bekanntlich tückisch und durchsetzt von stehenden Gewässern. Sie drehte sich zu Clementina um. «Was weißt du über den Sumpf?»

«Wir haben da drüben gewohnt, auf der anderen Seite. Bis meine Mutter gestorben ist. Da hat mein Vater gedacht, in Edinburgh würde es uns bessergehen. Aber dann haben wir keine Arbeit gefunden und hatten kein Torgeld, um wieder aus der Stadt zu kommen – bis Ihr sie geöffnet habt.»

Der Clan der McIntoshs wurde aufgerufen.

MacGillivray saß ab und übergab Anne die Zügel seines Pferdes. «Ich muss gehen, Anne.»

«Nein, nicht – warte noch einen Moment. Lass uns erst hören, was die Kleine hier sagt.»

«Ich kenne den Weg», erklärte Clementina. «Ich weiß, wie man durchs Moor gelangt.»

# 13

Als die Nacht anbrach, suchten die feindlichen Armeen ihr Lager auf. Cope hatte Anweisungen für den folgenden Tag erteilt und zog sich in ein Gasthaus nahe Musselburgh zurück. Unterdessen wurde Aeneas von einer quälenden Rastlosigkeit befallen. Unentwegt kreisten seine Gedanken um den nächsten Morgen und die Art, in der sich die Hochländer gewöhnlich formierten. MacGillivray würde sich im mittleren Feld befinden und an dessen Spitze die Angriffsposition übernehmen. Auf ihn wären die englischen Geschütze gerichtet. Selbst wenn Lord George zunächst gegen die linke Flanke der Regierung die MacDonalds (die sich im Gegensatz zu den MacDonalds von Skye den Rebellen angeschlossen hatten) vorschickte, ließen die englischen Kanonen sich nicht gleich umschwenken und blieben weiterhin auf die feindliche Mittelfront konzentriert. Das Gleiche träfe zu, falls die Camerons als Erste vorstießen, um die rechte Flanke der Regierungstruppen zu attackierten. Die einzige Möglichkeit, das Mittelfeld aufzureißen, hieße, Keppoch und Lochiel zur selben Zeit den Angriff zu befehlen. Oder würde George Murray doch eher das Regiment der McIntoshs vorschicken, um auf diesem Weg die Geschütze von seinen beiden Flügeln abzulenken?

Aeneas wusste, was er an MacGillivrays Stelle täte, die schließlich die seine gewesen wäre, hätte Anne ihren Willen durchgesetzt. Er würde sich weigern anzugreifen – anders als MacGillivray, der aus übermäßiger Tapferkeit dazu neigte, tollkühn zu werden; er würde vorpreschen und glauben, seine Schnelligkeit und Kraft reichten aus, ihn über jedes Hindernis hinweg in die feindlichen Reihen zu katapultieren. Er käme erst wieder zur Vernunft, wenn es gefallene Soldaten zuhauf gäbe, die seinen Vorstoß bremsen würden.

«Viel Glück, Alexander», murmelte Aeneas. «Möge es dir gelingen, mein Junge.» Er wusste jedoch, dass es eine törichte Hoffnung war, denn selbst wenn MacGillivray die feindlichen Reihen durchbräche, stieße er ja auf Aeneas und die verängstigten Jungen der Schwarzen Garde. Dann stünde Vater gegen Sohn, Bruder gegen Bruder, Onkel gegen Neffe – und Freund gegen Freund. Aeneas hatte in seinem Leben häufiger unter freiem Himmel als unter einem Dach geschlafen, in struppigem Heidegras, auf felsigem Boden und, wenn es sein musste, sich auch im Geäst eines Baumes verborgen, und das ungeachtet des Wetters. Doch nie war ihm ein Lager so unbehaglich gewesen wie das in dieser Nacht. Irgendwann zog er seinen Umhang fester um sich, drehte sich auf die Seite und versuchte, seinen Gedanken Einhalt zu gebieten, für ein paar Stunden Ruhe zu finden und zu schlafen.

Die Nacht war sternenlos, und vom Meer her wälzten sich Nebelfelder heran, die sich über das Land legten und seine Konturen verschluckten. Stillschweigend löschten die Jakobiten die Feuer und banden die Waffen und jedes weitere Stück Metall, das sie mit seinem Geklirr verraten konnte, sorgsam an ihrem Körper fest. Bei denen, die voll bewaffnet waren, handelte es sich dabei um Schwert, Dolch und Pistolen, bei anderen um Streitaxt und Zweihänder, die sie am Lederschild auf ihrem Rücken festmachten, bei wieder anderen waren es die Flinte und das kurze, scharfe *sgian dhubh*. Vor ihnen führte sie ein barfüßiges zwölfjähriges Mädchen durch das Sumpfland. Kräftige, vollbewaffnete Hochländer traten vorsichtig, einer nach dem anderen, von einem Büschel Sumpfgras zum nächsten, umgingen Schlamm- und Wassertümpel, stapften am Schilf entlang und folgten einem Kind.

Nach einer Weile erreichten die Ersten festen Boden, legten sich auf einem abgeernteten Weizenfeld nieder und betteten sich auf den Stoppeln zum Schlaf. Bis zur Ankunft der Letzten dauerte es mehrere Stunden: Sie waren diejenigen, die auch für die letzte Angriffswelle vorgesehen und nur mit dem bewaffnet waren, was sie besaßen oder aufgetrieben hatten, eine Hippe, Heugabel oder einen Knüppel. Ihre Hoffnung war, am nächsten Tag unter den feindlichen Gefallenen bessere Waffen zu finden und sich damit vernünftig ausrüsten zu können. Als jeder von ihnen an Ort und Stelle war, wurde Clementina, die sich am Rand des Sumpflandes zum Schlafen eingerollt hatte, zurück zu den Frauen auf der anderen Seite des Dammes geschickt. Auf dem Weg erblickte sie geduckte Gestalten, die sich aus den Reihen der schlafenden Hochländer lösten und dahin huschten, wo die Regierungstruppen lagen.

Auf der linken Flanke der Regierungstruppen schliefen zwei Soldaten im Schutz ihrer Lafetten. Als sich eine Hand auf den Mund des einen legte, zuckten seine Lider und hoben sich kurz, ehe der Dolch seine Kehle durchtrennte. Seinem Kameraden war das gleiche Schicksal beschieden. Zwei Männer aus dem Clan der Camerons schoben die Leichen tief unter die Gestelle mit den Kanonenrohren, hüllten sich in ihre Umhänge, legten sich nieder und schliefen ein, während unweit entfernt mit den nächsten Schützen ebenso lautlos verfahren wurde.

Im frühen grauen Nebeldunst kroch ein Soldat der englischen Infanterie unter seiner Decke hervor, tat ein paar stolpernde Schritte zur Seite und nestelte an seiner Kleidung, um gähnend seine Blase zu entleeren. Er erstarrte mit offenem Mund. Auf dem flachen Feld vor ihm befand sich, in Nebel eingehüllt und nur in Umrissen erkennbar, eine Geisterschar, offenbar zu Truppen aufgestellt und bereit vorzurücken. Der Soldat spürte, wie sich seine Nackenhaare sträubten. Langsam wandte er sich ab und versuchte, sich einen Reim auf das Trugbild zu machen. Die letzten Tropfen seines Wassers trafen einen schlafenden Kameraden, der mit einem lauten Fluch auf den Lippen erwachte.

Aeneas, der lediglich gedöst hatte, schrak auf und spähte in die Richtung, in der rumort und geflucht worden war. Zwischen den milchig weißen, schwebenden Nebelschleiern erkannte er dicht an dicht Reihen von Jakobiten, die wie reglose Geister auf den Anbruch des Tages zu warten schienen. Er warf sich herum und blickte nach Westen, dorthin, wo die Jakobiten sich noch am vergangenen Abend befunden hatten, entdeckte jedoch nichts außer aufsteigenden Nebelschwaden. Er schaute zurück. Sie waren noch immer da, wie Spukgestalten im Nebel. Aeneas beugte sich vor, um Ray wach zu rütteln, befahl ihm, die Männer zu wecken und kampfbereit zu machen. Anschließend sprang er auf und stürmte los, um Louden Bescheid zu geben. Auf der linken Flanke erwachten nach und nach die Soldaten, standen auf und suchten, wie die anderen vor ihnen, die Bedeutung der bedrohlichen Geisterreihen zu ergründen. Kurz darauf wurden die ersten Ausrufe laut, die wirr durcheinanderhallten.

«Jakobiten!»

«Wo?»

«An die Waffen!»

«Hier – an unserer Flanke!»

«Aufwachen! Los, auf die Beine!»

MacGillivray konnte sie hören und beobachtete die Schattengestalten, die durch den Nebel zuckten, während er reglos vor dem Chatton-Clan stand und ringsumher die Streitkräfte der Regierung zu sich kamen.

Auf dem Damm warteten Charles Stuart und Lord George auf ihren Pferden. Es war noch dunkel, sodass sie vom Kampfgelände her lediglich die erschreckten Rufe vernahmen. Der Prinz lächelte seinen Oberbefehlshaber an.

«Kein schönes Erwachen, nicht wahr?»

Weiter hinten saß Anne reglos auf Pibroch, neben ihr Margaret und Greta, ebenfalls zu Pferde. Jede von ihnen hatte ein Schwert umgegürtet und eine Pistole ins Sattelhalfter gesteckt. Auch Clementina war bei ihnen. Zum Lohn hatte Anne sie auf MacGillivrays Pferd gesetzt, sodass sie das Geschehen, das sich in Kürze abspielen würde, verfolgen konnte. Hinter ihnen hatten sich die Frauen und Kinder versammelt, stumm und starr vor Anspannung und Furcht. Dann durchbrachen die ersten Sonnenstrahlen den Nebel und warfen einen zarten Glanz über die Wartenden auf dem Damm.

Aeneas stand mit Louden vor dessen Zelt. «Sie haben uns überrumpelt, wir brauchen General Cope.»

«Er hat die Nacht in einem Gasthaus verbracht», murmelte Louden verwirrt.

«In dem Fall müsst Ihr den Oberbefehl übernehmen. Es dauert nicht mehr lange, bis die Sonne aufgeht.»

Louden packte den jungen Lord Boyd, den Sohn des Earl von Kilmarnock. «Befehlt den Dragonern aufzusitzen.» Dann wandte er sich zu Aeneas um. «Lasst die Geschütze drehen und schafft Eure Kompanie herbei. Sie muss der linken Flanke Deckung geben.»

«Sie sind zu unerfahren – das ist unmöglich.»

«Versucht es», herrschte Louden ihn an.

Die Nebel begannen sich zu lichten, und hinter ihren dünner werdenden Schleiern tauchten die gegnerischen Truppen auf. Als Aeneas seine Männer erreichte, fiel sein Blick auf Duncan Shaw, der dastand und zu Boden starrte.

«Es hat keinen Zweck, ihrem Anblick auszuweichen», rief Aeneas ihm zu.

Shaw blickte auf. «Da drüben steht mein Bruder, Sir. Ich war zehn, als ich zuletzt mit ihm gekämpft habe. Damals hat er mir die Nase blutig geschlagen.»

«Dann kannst du dich heute revanchieren», gab Aeneas zurück und machte sich im Laufschritt auf zu James Ray. «Lieutenant, gebt den Befehl, die Geschütze in Richtung Sumpfland zu drehen.»

«Ja, aber –»

«Tut es!», sagte Aeneas scharf und dachte, kein Wunder, dass die Engländer ihre Befehle stets bellten. Auf eine simple Aufforderung schienen sie nicht zu reagieren.

Ray rannte auf die nächste Kanone zu. «Wendet das Geschütz!», rief er und stürmte weiter. Der Schütze rührte sich nicht.

MacGillivray studierte die feindlichen Kräfte, während sich die Nebelschwaden verzogen. Zwischen den englischen Rotröcken erkannte er die Jungen der Schwarzen Garde.

«Ist das da drüben nicht Euer Sohn?», wandte er sich an Fraser.

«Das ist er», erwiderte der stolz. «Mein Ältester. Der einzige Sohn.»

«Dann tretet zurück und stellt Euch hinten bei Ewan auf.»

«Mein Platz ist hier», beharrte Fraser. «An vorderster Front.»

«Ich lasse nicht zu, dass sich Vater und Sohn bekriegen. Nicht unter meinem Befehl. Also ab nach hinten!»

Verstimmt trat Fraser zurück, und sein Platz wurde von seinem Hintermann eingenommen.

Ray hatte das letzte Geschütz erreicht, machte kehrt und bemerkte, dass seine Befehle unbeachtet geblieben waren.

«Schlaft ihr etwa alle noch?», brüllte er. «Ich habe gesagt, ihr sollt die Kanonen umschwenken.»

An seiner Seite erhoben sich drei Schützen, die bislang reglos dagehockt hatten, warfen den Umhang über ihren Waffen zurück und zückten ihre Pistolen. Das Gleiche taten ihre Kameraden am nächsten Geschütz. Gleich darauf sah Ray sich zwölf Pistolenmündungen gegenüber, wedelte hilflos mit den Armen, machte kehrt und stürzte davon.

Aeneas war noch dabei, den wirren Haufen der Schwarzen Garde aufzustellen, als er erfasste, dass ihre Geschütze eingenommen worden waren und die Clansleute, die sie besetzt hielten, die Kanonen in Richtung der Regierungstruppen zu schwenken begannen. Neben ihm bekreuzigte sich einer der Soldaten – und wenig später kam Ray an ihm vorbeigeschossen.

«Rückzug», sagte Aeneas vor sich hin. «Wir müssen zum Rückzug trommeln.»

Er trug seinem Sergeanten auf, sich um die Schwarze Garde zu kümmern, und machte sich eilends auf die Suche nach Louden.

Auf dem Damm beugte Anne sich über Pibrochs Nacken und reckte den Hals, um Cope zu entdecken und zu sehen, wie er auf die veränderte Lage reagierte. Hinter ihr tauchten langsam Menschen aus der Umgebung und Edinburgh auf und suchten sich Plätze, um die bevorstehende Schlacht zu verfolgen.

«Worauf warten wir denn noch?», erkundigte sich Clementina.

«Darauf, dass es heller wird und wir die eigenen Leute erkennen.» Anne zuckte zusammen, als sie in den feindlichen Reihen Aeneas erspähte, der offenbar seinem Lieutenant nachsetzte. Sie fragte sich, weshalb er sein Kommando verließ, doch dann sah sie, wie er bei den Offizieren, die Louden umstanden, anhielt und zu deuten und gestikulieren begann. Anne verfolgte seine Bewegungen, vermochte jedoch nichts von Bedeutung zu erkennen – mit Ausnahme des Trommlers. Die Trommel! Sie setzte Pibroch in Trab und ritt zu Lord George.

«George», begann sie aufgeregt. «Ich glaube, sie sind kurz davor, sich zurückzuziehen.»

«Wie das?», erwiderte er. «Sie haben ja noch nicht einmal angefangen.»

«Wir sollten ihnen erlauben, sich zu entfernen», ließ sich Charles Stuart vernehmen.

«Nein», beharrte Lord George. «Eine derartige Chance bietet sich so leicht kein zweites Mal.»

«Wo ist General Cope?», fragte der Prinz. «Ich kann ihn nirgends entdecken.»

«Er scheint nicht da zu sein», entgegnete Anne.

«In dem Fall wäre der Rückzug womöglich eine List», bemerkte der Prinz nachdenklich. «Vielleicht hat er vor, seine Truppen in unserem Rücken zusammenzuziehen. Dann wären wir eingekeilt.»

«Bei allem Respekt, Sir», sagte Lord George. «Doch dazu fehlt es ihm an Leuten.»

«Ich frage mich dennoch, wo er steckt.»

Im Gasthaus von Musselburgh betrat die Wirtin das Gästezimmer und bemerkte eine rote Nachtmütze, die unter der Bettdecke hervorlugte.

«Sir», begann sie sachte. «Sir – General Cope.»

Sie betrachtete den sich auf und ab bewegenden Hügel, aus dem ein Schnarchen drang.

«General – Sir. Wolltet Ihr nicht schon aufgestanden sein?»

Sie vernahm ein Schnaufen und einen Seufzer. Gleich darauf spähte General Cope unter der Decke hervor.

«Wie spät ist es?»

«Der Tag hat kaum begonnen, doch die anderen sind vor einer halben Stunde losgezogen.»

Mit einem Satz war Cope aus dem Bett. Die Wirtin wandte den Blick von seinen entblößten Beinen ab und verschwand. In der Gaststube stellte sie sein Frühstück auf den Tisch. Kurz darauf kam General Cope die Treppe heruntergepoltert, den Uniformrock falsch geknöpft und darum bemüht, gleichzeitig die Perücke zu richten und das Schwert umzugürten.

«Sir, Ihr mögt doch gewiss noch etwas essen.» Mit einladender Geste wies die Wirtin auf den dampfenden Teller. «Auf leeren Magen stirbt es sich doch schlecht.»

«Keine Zeit, keine Zeit.» Cope steuerte den Ausgang an.

«Aber ohne Euch würde man doch niemals beginnen.» Hinter Cope fiel die Tür ins Schloss. «Oder doch?»

# 14

MacGillivray schaute zum Damm hinauf. Die Sonne war zur Hälfte über den Horizont gestiegen, der Nebel nur noch ein Gespinst aus dünnen Schleiern – der Angriff konnte beginnen. Er sah, dass Lord George sein Schwert hob, damit für einen Moment in der Luft verharrte, ehe er es jäh nach unten sausen ließ. MacGillivray griff nach hinten, zog seinen Zweihänder hervor und reckte ihn hoch über den Kopf.

«An die Waffen!», brüllte er.

Nacheinander rief er die Clanführer auf, von Lochiel zu seiner linken bis zu Keppoch an seiner rechten Front. Die Männer, die die Angriffslinie bildeten, zogen ihre Mützen fest.

MacGillivrays Schwert zeigte nach vorn.

«Loch Moy!»

Sein Schrei wurde von den McIntoshs aufgenommen, die sich in Bewegung setzten und als wilde Meute vorwärts stürmten. MacGillivray rannte voran und setzte sich an die Spitze. Für einen Moment schienen die englischen Infanteristen wie erstarrt. Dann feuerten sie in panischer Hast aus den Flinten, kopflose Schüsse, deren Munition vorzeitig verpuffte. MacGillivray hielt seine Krieger an, als sie in Schussweite waren.

«Legt die Waffen an!», schrie er. «Feuer!»

Als die ersten Engländer getroffen zu Boden sanken, ließen die Clansmänner ihre Pistolen fallen, rissen die Schilde vom Rücken und liefen mit gezogenem Schwert über das Feld.

«Loch Moy!», wiederholte MacGillivray dröhnend,

und abermals setzte sich der Kriegsschrei in den Reihen der Hochländer fort. Die nachrückenden Engländer schauten ihnen mit schreckgeweiteten Augen entgegen.

Bei den Jakobiten rückte sich die zweite Angriffsreihe die Mützen zurecht. Jenny Cameron, die sich geweigert hatte, ihr Kommando abzutreten, zog ihr Schwert.

«An die Waffen!»

«An die Waffen!», gab Ewan MacKay den Kampfbefehl weiter. Die Trommel schlug den Rhythmus, als die Nächsten aus dem Chatton-Clan vorwärts stürmten.

«Loch Moy!», riefen die McIntoshs unter ihnen.

In den sich auflösenden Reihen der Engländer wurde nach dem Bajonett gegriffen. Mit einem harten, raschen Schlag durchtrennte MacGillivray einem von ihnen die Kehle. Ein stumpfer weißer Knochen trat hervor, während der Mann unter einem Blutschwall zusammenbrach. MacGillivray warf sich auf den Nächsten.

Oben auf dem Damm wurde Anne übel. Sie würgte und wandte sich ab.

«Vielleicht sollten wir lieber nicht zuschauen», sagte Clementina, deren Gesicht noch blasser als sonst geworden war. «Mein Vater ist da unten.»

«Ich muss zusehen», entgegnete Anne. «Ich habe sie hierhergebracht. Kehr du nur zurück zu den McIntosh-Frauen. Sag ihnen, dass ich dich geschickt und dir aufgetragen habe, bei ihnen zu bleiben.»

Das Mädchen ließ sich das nicht zweimal sagen, schwenkte MacGillivrays Pferd herum und ritt dahin, wo die Frauen waren. Anne zwang ihren Blick auf das Schlachtfeld zurück.

Die Camerons schlugen eine Bresche in die linke Flanke der englischen Infanterie, und auch die MacDonalds bahnten sich metzelnd einen Weg bis tief in die feindlichen Reihen hinein. Unterdessen fällten MacGillivray und die McIntoshs jeden, der es wagte, sich ihnen entgegenzustellen. Bajonette, Schilde und Schwerter trafen aufeinander, wobei die Engländer in den ausgedünnten Reihen unschlüssig wirkten, nicht zu wissen schienen, ob sie die Vorhut des Feindes von hinten oder die nachrückenden Hochländer von vorn angreifen sollten. Letztendlich entschieden sie sich weder für das eine noch das andere, sondern ergriffen die Flucht und stürzten in einem heillosen Durcheinander an den Kämpfenden vorbei, bis die eigenen Reihen und das Schlachtfeld in ihrem Rücken lagen.

Aeneas lief an die Spitze der Schwarzen Garde und stellte sich einem Hochländer entgegen, dessen Angriff er mit schwirrender Klinge parierte. Nicht weit von ihm entfernt kämpften die Shaw-Brüder mit Schild und Schwert verbissen gegeneinander. Louden versuchte vergebens, seine Kavallerie dazu zu bewegen, vorzurücken und die englische Infanterie zu decken.

«Rückzug! Zieht euch zurück», brüllte er die Infanteristen an und versuchte verzweifelt, eine Lücke zu schaffen, um die Pferde hindurchzutreiben.

Um ihn herum flüchteten Rotröcke, wurde aus den eroberten Kanonen geschossen, wieherten die Pferde, ehe sie getroffen zusammenbrachen. Andere Tiere scheuten, wurden brutal herumgerissen und im Galopp vom Schlachtfeld geritten.

Louden packte den Trommler. «Schlag die Trommel zum Rückzug!», schrie er. «Sofort!» Zur Sicherheit hielt er den Jungen fest, sodass er nicht gleich mit den anderen verschwand.

Als Aeneas die Trommel vernahm, ließ er von dem MacGregor ab, den er mit der Faust attackiert hatte, und war mit einem Satz bei den Shaw-Brüdern, die inzwischen mit bloßen Händen miteinander rangen.

«Ich hab's getan, er liegt am Boden», rief Duncan Shaw mit schriller Stimme. *«Rinn mi al' chùis!»*

Aus der Nase des am Boden Liegenden strömte Blut.

«Das reicht jetzt», herrschte Aeneas Duncan an. «Sieh zu, dass du wegkommst!» Er drehte ihn grob herum und schob ihn fort in die Richtung der zurückweichenden Soldaten. In dem Augenblick preschte einer der Hochländer heran und durchbohrte Duncan mit dem Zweihänder. Aeneas brüllte auf, und noch ehe der Mann seine Waffe befreien konnte, hatte er ihm sein Schwert in die Brust gerammt und riss es heraus, während der andere fiel. Dann streckte Aeneas Duncan auf dem Boden aus und zog ihm den Zweihänder aus dem noch zuckenden Körper. Sein Bruder hatte sich aufgerafft, wischte sich über die Nase und betrachtete Duncan mit wildem Entsetzen.

«Duncan», murmelte er benommen und beugte sich vor, als erwarte er noch immer eine Antwort von dem Sterbenden.

Mit markerschütterndem Gebrüll hob Aeneas den Zweihänder hoch und stieß die Klinge tief in den Boden. Dann fuhr er sich über die Stirn und stand für eine Sekunde regungslos da.

«Nimm deinen Bruder und bring ihn heim», sagte er schließlich und blickte über das Schlachtfeld, während der Junge sich den toten Bruder auf die Schulter lud. Die Kämpfe hatten nachgelassen, allein die Hochländer setzten den fliehenden Soldaten nach. Aeneas erkannte MacGillivray, der sich auf einen der Schwarzen Garde stürzte, ihm mit einem Hieb den Arm an der Schulter abtrennte und, ohne innezuhalten, zwei Engländer attackierte. Hinter ihm wälzte sich ein verwundeter Rotrock am Boden. Aeneas umschloss sein Schwert fester und steuerte MacGillivray an.

Auf dem Damm zog Anne eine ihrer Pistolen, gab Pibroch die Sporen und ritt den Hang hinunter auf das Schlachtfeld zu. Margaret versuchte, sie zurückzuhalten, doch ihr Ruf verhallte ungehört oder unbeachtet.

Inzwischen hatte die dritte Angriffswelle der Hochländer die Waffen gezückt und stürmte mit anfeuernden Schlachtrufen den versprengten Regierungstruppen hinterher. Die zweite Welle hatte unterdessen die Schwarze Garde erreicht, rannte jedoch vorbei – sie wollte Engländer und keine Schotten töten. Allerdings standen auch die Gardisten kaum noch zusammen, sondern liefen los, um sich den fliehenden Engländern anzuschließen. Ewan sah, wie Lachlan Fraser, der Sohn des Schmiedes, mit einem Schwerthieb niedergestreckt wurde.

Unterdessen trieb Anne ihr Pferd in scharfem Galopp an den Geschützen vorbei, den Blick fest auf den verwundeten Engländer hinter MacGillivray gerichtet, der im Begriff war, sich schwankend zu erheben, die Streitaxt eines Hochländers in der Hand. Abrupt brachte Anne Pibroch zum Stehen, hob die Pistole und legte an. Die Axt fuhr hernieder; gleichzeitig donnerte ein Pistolenschuss. Blut spritzte über Annes Rock, als der Engländer stürzte und die Axt aus seinen Händen glitt. Erst da entdeckte Anne Aeneas, seinen ausgestreckten Arm und die Pistole, aus der er geschossen hatte. Für einen Moment sah es aus, als ziele er damit auf Anne.

MacGillivray hatte sich umgedreht, erblickte Anne, den gefallenen Rotrock – und dann Aeneas und Anne, die sich anstarrten, während die Engländer noch immer in alle Richtungen stoben, Hochländer ihnen folgten, Pferde wieherten und Verwundete stöhnten, wimmerten und vor Schmerzen brüllten. Ringsum war das Schlachtfeld blutgetränkt und übersät von abgetrennten Gliedmaßen. Darüber lag ein süßlich-fauliger Geruch. Anne blieb stumm, denn ihr kam kein Wort in den Sinn, das sie hätte sagen können. Aeneas war derjenige, der den Bann brach, seine Pistole in den Gürtel steckte, das Schwert in seiner Rechten hob und seinen Blick zu MacGillivray wandern ließ, wo er verharrte. Der Blick schien eine Frage zu enthalten. MacGillivray ließ seinen Zweihänder sinken. Aeneas machte kehrt und stapfte davon.

«Aeneas!», rief Anne.

Ihr Mann schritt weiter. In diesem Moment kam Charles Stuart auf sie zugaloppiert.

«Hört auf zu kämpfen!», rief er den Hochländern zu. «Tötet nicht die Untertanen meines Vaters!»

Anne verstaute ihre Pistole im Sattelhalfter und ritt über den Hang zurück.

Als die dritte Welle der Clansmänner die feindlichen Reihen erreichte, wurde ihr Vormarsch von den Gefallenen unterbrochen. Dennoch folgten einige den Flüchtenden, allen voran Meg, die, mit der Heugabel bewaffnet, nach einem Überlebenden suchte, einem, der noch Mumm in den Knochen und trotzigen Widerstandsgeist besaß. Die meisten der Hochländer blieben jedoch stehen und sahen ein, dass niemand mehr da war, der einen Angriff wert gewesen wäre. Der karge Überrest der Engländer ließ die Waffen fallen und hob die Hände zum Zeichen, dass man sich ergab. Der entscheidende Kampf hatte kaum eine halbe Stunde gedauert.

Auf dem Hang kamen Anne die Kinder und Frauen entgegen. Wenig später waren die Kinder bereits dabei, die Flinten und Pistolen einzusammeln, die die Hochländer zu Beginn des Nahkampfes hatten fallen lassen. Die Älteren unter ihnen mischten sich unter die Sterbenden und Toten und lasen die feindlichen Waffen auf. Die Frauen machten sich daran, die Verwundeten notdürftig zu versorgen, ganz gleich, ob es Feinde oder eigene Leute waren. Anschließend würden sie zu den Ärzten aus Edinburgh geschafft, die auf der anderen Dammseite warteten. Die Toten aus den eigenen Reihen wurden vom Schlachtfeld getragen und begraben – die feindlichen Toten erbarmungslos geplündert.

Auch Donald Fraser durchkämmte die Reihen der Gefallenen auf der Suche nach seinem Sohn, betrachtete Leichen ohne Kopf, Leichen mit gespaltenem Schädel und solche, deren Leib aufgerissen war. Die Engländer beachtete er nicht, sondern konzentrierte sich allein auf die Niedergestreckten in dunklen Tartanuniformen. Er wollte die Suche schon beinahe aufgeben, als er einen Körper umdrehte, bei dem sich eine tiefe, klaffende Wunde über den Rücken zog, und er in das vertraute Jungengesicht blickte.

Fraser kniete sich in den tiefen, blutigen Morast und barg den Kopf in den Händen. In dem Gram, der ihn überfiel, wurde ihm schmerzhaft die Liebe für den verlorenen Sohn bewusst, die Liebe für den Säugling, der einst um seine Füße gekrabbelt war, das Kind, das ein ums andere Mal versucht hatte, den schweren Blasebalg zu bedienen, den Jüngling, der so geschickt wie sein Vater die Nägel in die Hufeisen treiben wollte. Tränen rannen über seine Wangen, während er dem Jungen über Gesicht und Arme strich, bis der, wie zur Antwort, kaum merklich zuckte. Fraser vernahm Megs Stimme hinter sich, die sagte: «In dem ist noch Leben, pass auf sein Messer auf», und die Heugabel schwang.

«Halt ein», keuchte Fraser und starrte auf die Brust des Jungen, die sich sachte hob, auf die Lider, die flatternd aufgeschlagen wurden.

«Du lebst», brachte er mit heiserer Stimme hervor, blickte sich hilflos um und begann zu rufen. «Er lebt. Mein Junge ist am Leben. Er ist nicht tot.»

# 15

Dreihundert englische Soldaten waren gefallen. Die Jakobiten hatten dreißig Mann verloren, siebzig waren verwundet; darüber hinaus hatten sie fünfzehnhundert Gefangene gemacht, von denen ein Drittel verwundet war, denn die Flucht war letztlich nur wenigen geglückt. Auf dem Weg zurück nach Edinburgh ritten Anne und MacGillivray Seite an Seite, beide blutverschmiert und erschöpft. Annes Pferd zog an Stricken eine behelfsmäßige Trage hinter sich her, auf der sie Lachlan Fraser festgebunden hatten. In ihrem unmittelbaren Gefolge marschierten Donald Fraser, Ewan MacKay, Meg und MacBean. Clementina und ihr Vater befanden sich weiter hinten in dem Tross, der sich über die Straße von Prestonpans vorwärts kämpfte. Charles Stuart, der sich darüber beklagt hatte, dass keiner von ihnen bereit gewesen war, die gefallenen Engländer zu begraben, hatten sie auf dem Schlachtfeld zurückgelassen.

«Beinahe hätte ich einen Menschen getötet», sagte Anne leise.

«Das weißt du doch gar nicht», erwiderte MacGillivray und versuchte im Stillen das, was sich zwischen Anne und Aeneas abgespielt hatte, zu ergründen. «Eher hast du einem oder gar zweien das Leben gerettet.»

Noch bevor Anne antworten konnte, entdeckten sie einen Reiter, der ihnen in wildem Galopp entgegengeritten kam und sich mit einer Hand Hut und Perücke auf den Schädel drückte. Als er den blutbespritzten, langsam voranschreitenden Menschentross wahrnahm, zog er die Zügel an und ritt im Schritt weiter. Anne sah einen rundlichen Körper, einen falsch geknöpften Rock und die Litzen am Kragen, die einen hohen englischen Offiziersrang bezeugten. Als der Reiter MacGillivray passierte, tippte dieser grüßend an seine Mütze.

«Prächtiger Morgen für einen Ausritt, findet Ihr nicht, General Cope?»

«Müssten wir ihn nicht gefangen nehmen?», erkundigte Anne sich im Flüsterton.

MacGillivray zuckte mit den Schultern.

«Irgendwer wird ihm schon noch beibringen, wie die Schlacht für die Engländer ausgegangen ist.» Anschließend drehte er sich im Sattel um und rief dem Davonreitenden nach: «Wenn Ihr dem Pferd die Sporen gebt, könnt Ihr in einer guten Stunde über die Grenze sein.»

Anne schaute MacGillivray an, und dann brachen beide in Gelächter aus. Einige hinter ihnen stimmten erleichtert ein. Es war vorüber. Sie hatten gesiegt.

Angewidert betrachtete der Duke von Cumberland eine grobe Zeichnung, auf der eine mächtige Amazone abgebildet war, mit muskulösen Armen, monströsen Schenkeln und böse verzerrtem Mund, in der Faust ein erhobenes Schwert und offenbar im Begriff, einen Hang hinunterzureiten, zu dessen Füßen sich verängstigt aussehende Engländer verbargen. Er schleuderte die Zeichnung Cope entgegen.

«Von einer Frau geschlagen!», schnaubte er. «Von einer Frau und nacktarschigen Banditen.»

Cope blieb stumm. Eine solche Frau hatte er nicht gesehen, doch wenn man es genau nahm, hatte er auch von der Schlacht nicht viel gesehen.

«Anne Farquharson», las er den Untertitel. «Die Lady McIntosh.»

General Hawley, der vergebens darum gebeten hatte,

ihm die Schotten zu überlassen, lächelte mit schmalen Lippen und beäugte das Bild.

«Nicht unbedingt eine Lady, würde ich sagen.»

Cumberland schlug aufgebracht auf das Blatt Papier. «Das da», sagte er gepresst und mit anschwellenden Adern an der Schläfe, «das da wird in den Gassen von London verteilt. Wir sind das Gespött der Nation. Hörst du den Lärm in deinen Ohren, Johnny? Das sind die Franzosen, die losmarschieren, denn sie können sich vor Lachen nicht mehr halten.»

«Das ist doch Unfug», wagte Cope einzuwenden. «Eine derartige Frau kann es unmöglich geben.» Er legte die Zeichnung beiseite. Der Anblick verursachte ihm Übelkeit.

«Das steht zu hoffen», spöttelte Hawley.

Cumberland schlug mit der Faust auf den Tisch.

«Ein paar ungehobelte Schotten», zischte er wütend. «Ich will, dass meinem Vetter Einhalt geboten wird. Ich will, dass dieser ... *Lady* Einhalt geboten wird.»

«Der Gerechtigkeit halber –», begann Cope.

Hawley lachte meckernd auf.

«Gerechtigkeit für den ersten Oberbefehlshaber in der Geschichte unserer Armee, der ohne seine Truppen erscheint, um von seiner Niederlage zu künden?»

«Der Gerechtigkeit halber möchte ich auf den Mut und die Tapferkeit dieser Leute hinweisen», fuhr Cope unbeirrt fort. «Der Nächste, der gegen sie antritt, wird die gleiche Niederlage erleiden.»

«Darauf würde ich nicht wetten», stichelte Hawley.

«Ich schon», erwiderte Cope und blickte aus dem Fenster auf die Dächer von London. Draußen schien die Septembersonne, Barken zogen über die Themse, die Welt schien friedlich zu sein. Dennoch – er hatte die panischen Überreste seiner Armee gesehen und ihre entsetzten Berichte vernommen. Er wusste, welch ein Gemetzel angerichtet worden war und welche Verluste er im Vergleich zum Feind hatte hinnehmen müssen. «Ich wette zehntausend Pfund.»

«Du scheinst eine hohe Meinung von diesen halbnackten Wilden zu haben», sagte Cumberland. Die Summe war gewaltig, beinahe so gewaltig wie die Schenkel dieser Teufelin.

«In der Tat», bekannte Cope. «Und eine noch höhere, was ihre Anführer betrifft.»

«Wie bitte?» Cumberlands Kinnbacken begannen zu zittern.

«Lord Murray kennt die Fähigkeiten seiner Krieger», beharrte Cope. «Und er weiß sie einzusetzen. Darüber hinaus ist ihm jedes Gelände in Schottland vertraut, und auch diesen Vorteil nutzt er aus.»

«Ich nehme die Wette an», sagte Cumberland. «Nicht mehr lange, und du wirst sie bereuen. Hawley, Ihr macht Euch auf den Weg nach Fort George und übernehmt dort das Kommando.» Er ließ sich in den Sessel fallen und begann, die Order auszustellen. «Sobald Ihr Eure Armee zusammenhabt, macht Ihr Euch zum Angriff bereit. Euch stehen die Truppen in Schottland und die, die ich hier aufstelle, zur Verfügung.» Er übergab Hawley den Befehl. «Insgesamt wären das siebentausend Mann. Werden Euch die genügen?»

Hawley ergriff das Schriftstück mit gierig glänzenden Augen.

«Das werden sie, Hoheit», erwiderte er schneidig. Dann betrachtete er Cope abschätzig. «Wenn du keinen Rückzieher machst, Johnny, nehme ich die Wette gleichermaßen an.»

Cope musterte ihn feindselig. Er hasste diesen tückischen, giftigen Spinnenmann mit dem halbverhungerten

Körper; und einen Einsatz von zwanzigtausend Pfund konnte er sich zudem nur schwerlich leisten. Falls er die Wette verlöre, so wäre das sein Ruin.

«Hast du es dir anders überlegt?», fragte Cumberland.

Cope verzog gequält das Gesicht.

«Aber woher denn?» Cope dachte an die englischen Einheiten. Trotz ihrer Stärke würden sich darunter abermals frisch ausgehobene Rekruten befinden, Männer ohne Erfahrung, ebenso wie bei ihm. Sein Blick streifte erneut die Zeichnung auf dem Tisch. Gebe Gott, dass diese Frau existierte. Sie würde Hawley das Fürchten lehren, denn im Grunde war sie das Sinnbild jener wildentschlossenen Meute, auf die seine Leute gestoßen waren. «Die Wette gilt, Henry. Und viel Glück auf deinem Weg.»

Tagelang läuteten in Edinburgh die Glocken zum Zeichen des Sieges. Die Gegner der Union traten inzwischen offen hervor, die Unschlüssigen hörten auf zu zaudern, und die Anhänger der Union verspürten die ersten Zweifel in ihrer Brust. Am Mercat Cross, im Zentrum der Stadt, ließ Charles Stuart das Manifest von Glenfinnan, das sein Vater aufgesetzt hatte, verlesen.

«Wir erblicken eine Nation, die von jeher für ihren Heldenmut bekannt war, geschätzt von den erlauchtesten ausländischen Potentaten. Dann wurde sie Teil eines Gebildes, das sich Union zu nennen wagte, und erhielt einen machthungrigen Partner, der ihr das Schicksal einer Provinz auferlegte ...»

Anschließend wurden die Folgen jenes schmählichen Bündnisses aufgezählt: die maßlosen Steuern, die bittere Armut, das Waffenverbot, die Einrichtung von Garnisonen, die Einführung einer Militärregierung, die man für gewöhnlich einem eroberten Land aufzwang.

James Stuart versprach, die inhaftierten Gegner zu begnadigen, dazu die Freiheit des Glaubens und den Schutz des schottischen Handels. Darüber hinaus rief er zur Gründung eines schottischen Parlamentes auf, auf dass die Nation die Ehre, Freiheit und Unabhängigkeit zurückerhalte, die sie in der Vergangenheit genossen habe. Ferner erklärte der Prinz seinen Vater James VII. zum rechtmäßigen König der Schotten und widerrief das Gesetz, das zuvor die Union bestätigt hatte. Mit Ausnahme der Garnisonen in den Burgen von Edinburgh und Stirling und in drei Forts, die sich im schottischen Hochland befanden, gehörte das Land nunmehr den Jakobiten. Die Nation war frei.

In den düsteren Gassen Edinburghs wurden Fackeln und Kohlepfannen angezündet, und wo immer Platz zum Tanzen war, tauchten Musikanten auf, Trommeln, Fideln und Dudelsäcke. Ein Bauer aus Haddington hatte ein Lied verfasst, das überall im Land die Runde machte.

*Hey, Johnny Cope, bist du schon wach?*
*Schlagen da nicht die Trommeln für dich?*
*Falls du wach bist,*
*hör gut hin,*
*denn es trommelt zum Jüngsten Gericht.*

Die Edinburgher, die eher einen strengen Lebenswandel pflegten, als dass sie sich Vergnügungen hingaben, staunten, als sie die ausgelassenen Feste der Hochländer sahen. Donald Fraser lag selig auf dem Boden, über ihm eine Frau, die Bier in seinen Mund strömen ließ. Unweit entfernt führten MacBean und Ewan einen Schwertertanz auf, und Meg lachte einem stämmigen Edinburgher zu und forderte ihn mit einem Wink auf, mit ihr zu tanzen.

«Lieber nicht.» Duff, der Schuhmacher, wedelte abwehrend mit den Händen. «Ich glaube, ich bin nicht mehr so wendig, wie ich einmal war.»

Darauf schoss eine dürre Hand vor, packte ihn im Schritt und schob ihn in den Kreis der Tanzenden. Greta entfernte sich hüpfend von ihrem Mann, bückte sich und wirbelte einen Verkrüppelten auf seinem Rollbrett herum.

Anne und MacGillivray schlenderten vorbei, blieben stehen, um den Tänzern zuzuschauen, und begaben sich weiter zu der Stelle, an der sich Jenny Cameron und Provost Stewart im Armdrücken maßen. Stewart schlug sich recht ordentlich, bis Jenny sich vorbeugte und ihn leidenschaftlich küsste. Unterdessen warf sie seinen Arm herum, löste sich und betrachtete ihn mit spitzbübischem Gesicht. Die Zuschauer brachen in Beifallsrufe aus, während ein paar Männer vorsprangen, um sich Jenny zur nächsten Runde anzubieten.

Duff kam aus der Gruppe der Tänzer gestolpert und prallte gegen MacGillivray, der ihm einen Arm um die Schultern legte.

«Duff, alter Freund, was sehe ich da? Hast du nicht gehört, was der Prinz gesagt hat? Die Toten waren Untertanen seines Vaters, und deshalb darf nicht getanzt und gefeiert werden.» Doch dann schob er Duff in die Menge zurück, wo Meg bereits mit ausgestreckten Armen wartete.

Anne ergriff MacGillivrays Hand.

«Vielleicht ist es an der Zeit, dass auch wir tanzen und feiern.»

Also gesellten sie sich zu den Tänzern, drehten sich zur Musik und schauten einander in die Augen. Der Schein der Kohlepfannen ließ MacGillivrays Haar rotglühend aufleuchten, und auf seinen Lippen lag ein sanftes Lächeln. Als sie es sah, stockte Anne der Atem, und ihr Herzschlag beschleunigte sich. Sie zog MacGillivray an sich, bis sie seine muskulöse Brust spürte und sie sich eng umschlungen weiterdrehten. So versunken waren sie in den Anblick des anderen, dass sie nicht bemerkten, wie sie Feiernden aus dem Kreis der heraustanzten – bis sie sich im Schatten der Dunkelheit befanden und Anne eine Mauer im Rücken spürte. Sie griff in MacGillivrays Haar, bot ihm die Lippen zum Kuss dar und wusste, dass sie ihn ebenso begehrte, wie sie es früher getan hatte, dass sie ihn jetzt und an diesem Ort haben wollte.

Mit zwei Schritten führte MacGillivray sie in eine Mauernische. Sie küssten sich immer noch, mit Zungen, die einander schmeckten, bis die Küsse nicht mehr ausreichten. Anne war diejenige, die den ersten Schritt tat, ihr Mieder löste, sein Hemd hochschob und ihre Brüste an MacGillivrays Haut rieb. Sie war es auch, die seinen Kilt hochstreifte und sein steifes Glied ergriff, während MacGillivray mit der Hand unter ihren Rock und zwischen ihre Schenkel glitt, seine Finger in ihr feuchtes Geschlecht führte und sie sich liebkosten, bis ihre Erregung überhandnahm. Und wieder war Anne diejenige, die ihren Arm um seinen Nacken legte, sodass es ihm leichterfiel, sie hochzuheben ... doch dann war sie es auch, die innehielt und sich des Blickes entsann, den Aeneas ihr auf dem Schlachtfeld über den Leichnam des erschossenen Engländers hinweg zugeworfen hatte.

MacGillivray spürte die Veränderung sofort.

«Was ist?», fragte er mit einer Stimme, die vor Erregung rau und schleppend klang, seine Lippen dicht an ihrem Ohr.

Anne umklammerte seine Arme und lehnte sich zurück. MacGillivray ließ sie zu Boden gleiten, während sie sich weiterhin umfasst hielten. Fragend legte MacGillivray den Kopf zur Seite. Seine Augen waren zwei schwarze Schatten.

«Ich habe meine Pistole nicht abgefeuert», sagte Anne. «Er war es. Aeneas hat dein Leben gerettet, nicht ich.»

MacGillivray berührte ihre Stirn mit der seinen.

«Aber du hättest es getan.»

«Ja, das hätte ich. Doch ich war es nicht. Es war Aeneas.»

Mit einem Seufzer schaute MacGillivray hoch in den sternenlosen Himmel. Er stützte seine Hände an der Mauerwand ab und blickte zu Anne hinunter.

«Ich habe noch nie eine Frau im Stehen in einer Stadt geliebt», sagte er. «Und mir scheint, jetzt ist nicht der richtige Moment, um damit anzufangen.» Er löste sich von Anne und trat einen Schritt zurück.

# 16

Die Sonne war gerade untergegangen, als Aeneas mit den Resten seiner Kompanie Fort George erreichte. Es war ein elender Marsch von einer Woche gewesen, der sie durch Teile des Landes geführt hatte, in denen die Menschen ihnen keineswegs wohlgesinnt waren. Es hatte etliche Zwischenfälle gegeben, wo sie bespuckt, beschimpft, mit Exkrementen und anderen Geschossen beworfen worden waren. Sie hatten sich kaum gewehrt, denn sie wussten, dass die Anhänger der Jakobiten sie verachteten, weil sie Regierungstruppen waren, und die Anhänger der Regierung, weil sie besiegt worden waren. Dann und wann trafen sie auch auf Unbeteiligte, die ihnen mitleidig Nahrung, Ale und Stoff zum Verbinden der Wunden gaben.

Selbst in Inverness wurden sie mit Schimpf und Schande überhäuft. Erst als sie sich auf dem letzten Stück Weg dem Eingang des Forts entgegenschleppten, vernahmen sie plötzlich Dudelsäcke und merkten, dass man sie willkommen hieß. Dann schwangen die Tore auf, ein Trommelwirbel erklang, eine Ehrengarde salutierte – zwei schnurgerade Reihen schottischer Soldaten würdigten die Überlebenden von Prestonpans.

Hinter Aeneas brachen die jungen Männer in Tränen aus, und auch Aeneas' Augen brannten, sodass er verharrte und sich sammeln musste, ehe er sich zu seinen Soldaten umwandte.

«Ihr seid jetzt keine Muttersöhnchen mehr», begann er. «Ihr seid Krieger. Tapfere Soldaten, Männer, die ich mit Stolz anführen kann.» Für einen Moment hielt er inne und gedachte der einhundert, mit denen er aufgebrochen war, der eifrigen jungen Burschen, noch Knaben, die selbst eine Katzenzunge hätte rasieren können. Neunundreißig waren übrig geblieben, einige von ihnen verwundet und bandagiert. Ihnen hatten sich Versprengte aus anderen Einheiten zugesellt oder waren unterwegs aufgelesen worden. Das, was sie erlebt hatten, hatte sie verändert. Nun lagen ihre Augen tief in den Höhlen, mit stumpfem Blick, der wie versteinert ins Leere gerichtet war.

«Ihr seid voller Stolz losgezogen», fuhr Aeneas fort. «Doch es war ein Stolz, den ihr euch nicht verdient hattet. Nun steht er euch zu, nun dürft ihr euch aufrichten, erhobenen Hauptes und mutig dastehen.»

Einige reagierten und richteten sich auf, und hier und da ertönte ein: «Jawohl, Häuptling McIntosh, zu Befehl.»

«So, und nun noch einmal und dieses Mal richtig», rief Aeneas und lächelte aufmunternd. «Achtung! Stillgestanden!»

«Zu Befehl, Captain», kam es wie aus einem Munde.

«Das klingt schon besser.» Aeneas machte kehrt und marschierte an ihrer Spitze durch das Spalier der Ehrengarde, vorbei an den Trommlern und Dudelsackspielern und hinein ins Fort. Einundsechzig Mann, dachte er, einundsechzig, die er zu beklagen hatte, Tote, Verwundete, Gefangene und solche, die geflohen waren. Morgen würde er sich mit den Verbliebenen zusammensetzen und die Geschehnisse mit ihnen besprechen, herausfinden, wen sie hatten fallen sehen, wer von den Verwundeten noch gelebt hatte, als sie das Schlachtfeld verließen. An diesem Abend hatte er sie lediglich in Sicherheit gebracht.

Nach dem Abschreiten der Ehrengarde führte Aeneas

seinen Tross geradewegs zum Speiseraum und hämmerte gegen die verschlossene Tür.

Als sie sich öffnete, strömten ihnen verlockende Düfte entgegen, und einer der Köche blickte sie fragend an.

«Abendbrot gibt es erst in einer Stunde, Sir.»

«Abendbrot gibt es jetzt», erwiderte Aeneas ruhig und bestimmt. «Sie essen, was da ist. Es muss nichts mehr großartig abgeschmeckt werden.»

Der Koch musterte ihn kurz, nahm den blutverkrusteten Umhang wahr, das reglose Gesicht und die hart blickenden Augen.

«Jawohl, Sir. Wir werden uns sputen.»

Gleich darauf fielen die jungen Männer über hastig ausgeteilte Suppen her und stopften sich Brot in die hungrigen Münder.

Aeneas verschwand und verspürte unendliche Erleichterung, als er sein Quartier erreichte. Doch als er die Tür aufstieß, schaute ihm Forbes entgegen. Er sah aus, als habe er bereits seit einer Weile dagesessen und gewartet.

«Ich war mir nicht sicher, ob Ihr zurückkehren würdet», begrüßte er Aeneas. «Doch nun, wo Ihr da seid, könnt Ihr das hier vielleicht gebrauchen.» Er schob eine gefüllte Karaffe Whisky über den Tisch.

«Was tut Ihr in meinem Quartier, Forbes? Ich bin müde, seht Ihr das nicht?»

«Die letzte hattet Ihr ausgetrunken.» Forbes wies auf die Karaffe.

Aeneas lehnte sich an die Wand. «Was wollt Ihr von mir?»

Schwerfällig erhob Forbes sich von seinem Sitz, und mit einem Mal bemerkte Aeneas, dass die Augen des anderen wässrig waren, dass ihm ein gebückter alter Mann gegenüberstand.

«Ich glaube an die Union», begann Forbes mit leicht brüchiger Stimme. «Sie ist nicht perfekt, doch sie stellt den einzigen Weg in die Zukunft dar.»

«Erzählt das lieber den Jakobiten.» Aeneas setzte sich und schenkte sich ein Glas Whisky ein. «Wir wurden von ihnen besiegt, wie sich inzwischen herumgesprochen haben dürfte.»

«Dennoch solltet Ihr sorgfältig nachdenken, denn hinter unseren Grenzen befindet sich eine Welt, die einiges zu bieten hat. Neue Kolonien, die Handelspartner brauchen. Mit England können wir viel erreichen. Doch Schottland allein? Oder England allein? Frankreich und Spanien würden uns wie einen Apfel verspeisen und allenfalls ein paar Kerne ausspucken.»

«Seid Ihr hier, um über Politik zu reden?»

«Gemeinsam gelingt uns mehr.»

Aeneas trank einen Schluck Whisky. Was immer der alte Fuchs da im Schilde führen mochte, er war an den Falschen geraten. Denn das Schicksal irgendeiner Nation lag Aeneas zurzeit weiß Gott nicht am Herzen. Er hatte eine Frau, die, wie er glaubte, eine geladene Pistole auf ihn gerichtet hatte, und das, um einen anderen Mann zu schützen.

«Ich bin jetzt nicht in Stimmung, um über Gemeinsamkeiten nachzudenken, Forbes. *Tha mi sgìth*, morgen muss ich mich mit dem Rest meiner Kompanie zusammensetzen und versuchen, eine Liste der Gefallenen aufzustellen. Wenn Ihr mich also entschuldigen würdet ...» Aeneas erhob sich und öffnete die Tür.

«Verzeiht mir.» Forbes stand auf und ergriff seinen Hut. «Ich weiß, Ihr seid müde und wollt schlafen.» Er zog einen Umschlag aus dem Rock. «Dennoch – ich habe Euch etwas mitgebracht. Ich lasse es auf dem Tisch zurück.» Im Türrahmen hielt er inne. «Es tut mir sehr leid,

Aeneas.» Dann setzte Forbes seinen Hut auf und verschwand in die Nacht.

Aeneas drückte die Tür ins Schloss, drehte sich um, betrachtete den Umschlag und entschied, dass es müßig wäre, über das, was sich darin befand, erst lange zu grübeln. Also setzte er sich an den Tisch, zog die Lampe näher, schlitzte den Umschlag auf und entnahm ihm einen Satz Unterlagen. Sein Blick wanderte über die zuoberst liegende Seite. Dann stutzte er, und er begann noch einmal von vorn zu lesen. Es handelte sich um eine Urkunde, die ihn als Besitzer von Moy Hall auswies und, wie er auf der zweiten Seite erfuhr, ebenso des dazugehörigen Landes. Demnach war der Clan seiner Verpflichtungen enthoben, die Schulden waren erlassen, die Hypothek getilgt. Eigentlich ein Grund zu feiern – doch nicht in dieser Stunde und sicherlich nicht allein. Nichtsdestotrotz würde er die Überlebenden der Schwarzen Garde am nächsten Tag leichteren Herzens nach Hause zu ihren Familien führen und in Moy tröstlichere Worte für die Hinterbliebenen finden. Im Grunde könnte auch er zurückkehren, wenn er wollte, und abermals ihr Clanführer sein.

Ob das der Grund war, weshalb Forbes sein Bedauern ausgedrückt hatte? Tat es ihm leid, dass er ihn nun ziehen lassen musste, oder bedrückte ihn der Preis, den Aeneas gezahlt hatte, der Verlust an jungen Menschenleben – diesen vergeblichen Verlust, der hätte vermieden werden können? Oder nahm er sich womöglich zu Herzen, dass Aeneas die Achtung seiner Leute verloren hatte und die Treue seiner Frau? Sorgsam faltete Aeneas die Seiten zusammen und steckte sie wieder zurück in den Umschlag. Dann leerte er sein Glas, erhob sich mit bleiernen Gliedern, legte sich auf sein Lager und schlief.

Am Morgen versammelte er seine Soldaten, bat sie, sich möglichst genau zu erinnern, und ging mit ihnen das Kampfgeschehen durch. Dass Duncan Shaw umgekommen war, konnte Aeneas bezeugen. Vermutlich war er inzwischen in Prestonpans begraben worden, denn dass sein Bruder ihn bis Moy getragen hatte, war eher unwahrscheinlich.

«Lachlan Fraser hat es im Rücken erwischt», erklärte einer der Jungen. «Ich wollte gerade nachschauen, ob er mir folgt, und da ist es passiert.»

«Wie schlimm?» Falls der Sohn des Schmiedes gefallen war, beträfe sein Verlust den gesamten Clan.

«Von der Schulter bis zur Hüfte aufgeschlitzt.»

Aeneas seufzte und wandte sich erneut seiner Liste zu. McThomas, Schuss ins Gesicht; Robbie, abgetrennter Arm; Schamlos, vom Schlachtfeld geflohen; MacDonald, Unterleib durchbohrt. Als die Aufzählung beendet war, umfasste die Liste neunzehn Personen, von denen einige vermutlich als Verwundete gefangen genommen worden waren. Über die fehlenden zweiundvierzig wusste keiner Bescheid. Aeneas beschloss, den betroffenen Familien unterschiedliche Briefe zu schreiben und die Opfer entweder als Verwundete oder Vermisste zu bezeichnen. Das wollte er noch am Abend erledigen. Mit den Briefen, in denen es um die Toten ging, würde er sich später befassen.

Am Nachmittag besorgte Aeneas sich ein Pferd aus den Stallungen und machte sich auf den Weg nach Moy. Doch erst als er Drummossie erreichte, atmete er auf. Vor ihm breitete sich das Land aus: Heide und Wälder, durchsetzt von Torfkaten, aus deren Dächern Rauchfahnen stiegen, Bäche, die aus den Bergen kamen und sich über Felsen ergossen, bisweilen kleine Wasserfälle bildeten – und schließlich Loch Moy, der See, der in der Ferne im Herbstlicht glitzerte. Aeneas beschloss, zukünftig Steinkaten errichten zu lassen, einen Teil des

Heidelandes zu roden und die besten Bauern des Clans dort Felder anlegen zu lassen. Selbstversorgung, das war der Weg, den er beschreiten wollte, denn abhängig zu sein hatte auf Dauer noch niemandem Glück gebracht. So jedenfalls stellte er sich die Zukunft seiner Clanmitglieder vor – eine Zukunft ohne Anne, die daran keinen Anteil mehr haben würde.

Er ritt an der verlassen wirkenden Schmiede vorbei. Wäre Donald da gewesen, hätte er ihm sein Beileid ausgesprochen. Doch das Schmiedefeuer war erloschen, der Besitzer vermutlich in Edinburgh, falls er die Schlacht überlebt hatte. Màiri, der Frau des Schmiedes, mochte Aeneas nicht gegenübertreten, ebenso wenig Lachlans jüngeren Geschwistern, nicht ohne offizielles Schreiben, an dem er sich festhalten konnte, ehe er die schreckliche Nachricht überbrachte.

In Moy Hall kamen ihm Will und Jessie entgegengelaufen.

«Gut, dass Ihr wieder da seid», begrüßte Will ihn.

«Und dazu noch in einem Stück», setzte Jessie hinzu.

«Es tut auch gut, wieder zu Hause zu sein», erwiderte Aeneas und stellte fest, dass er tatsächlich so empfand, jedenfalls solange er vergaß, dass Anne dort nicht mehr wohnte – Anne, die ihm aus dem Schlafzimmerfenster einen Gruß entgegenrief oder herbeistürzte, um ihn in die Arme zu schließen.

Seine Tante war überglücklich, ihn unverletzt zu sehen, und voller Erstaunen, als sie die Urkunde las, die Aeneas ihr überreicht hatte.

«Dem Himmel sei Dank», murmelte sie. «Dann bist du endlich wieder frei.»

Aeneas nickte stumm. Allein das Wort war bereits ein Geschenk, vergleichbar mit der Sonne, die am Himmel schien, dem Wind, der den Regen über die Hänge trieb, oder dem Schnee, der die Berggipfel krönte. Ein Geschenk, das sowohl forderte als auch entlohnte, das aus Schlechtem Gutes erwachsen ließ, aus Leid den ersehnten Frieden.

«Hast du die Jungen wieder gut nach Hause gebracht?», erkundigte sich Aeneas' Tante.

«Nein», entgegnete Aeneas knapp, denn in dem Augenblick wurde ihm bewusst, weshalb Forbes sein Bedauern ausgesprochen hatte. Gewiss, er war frei von Schulden, doch seelenruhig dasitzen und das weitere Geschehen abwarten konnte er nicht.

«Das verstehe ich nicht», sagte seine Tante. «Nun müssen sie doch nicht mehr in der Schwarzen Garde dienen. Die Schulden sind beglichen.»

«Ich habe mit ihnen gesprochen und ihnen die Rückkehr angeboten. Sie haben beschlossen, bei mir zu bleiben.» Aeneas dachte an sein Gespräch mit Forbes zurück. Er war zu müde gewesen, um seinen Standpunkt zu vertreten, doch er wusste, dass die Union für Schottland keine Lösung war. Eine Union bedeutete, sich die Macht zu teilen, statt sie demjenigen zu überlassen, der die größere Bevölkerung oder die lautere Stimme besaß. England hatte Schottland überrollt und ihm Sitten aufgenötigt, die das alte Brauchtum verdrängten, bis die Schotten irgendwann unsicher wurden und sich ihrer Bräuche zu schämen begannen. Vielleicht war nicht einmal Charles Stuart die Lösung, dem an den alten Lebensformen ebenso wenig gelegen war. Auf dem Schlachtfeld hatte Aeneas seine Worte vernommen, als er den Jakobiten verbot, seine Untertanen zu töten. Der Prinz würde Schottland benutzen, um England zu erobern, und ganz gleich, was er versprechen mochte, das Weiterbestehen der Union war Teil seines Planes. Ihm würde man allenfalls ein neues Gesicht auf den Münzen verdanken.

«Mit der einen Niederlage wird die Sache nicht ausgestanden sein», erklärte Aeneas schließlich. «Die Schulden, die wir beglichen haben, beziehen sich lediglich auf uns. Auf diese Weise haben wir uns Moy bewahrt und die Zukunft des Clans gesichert. Doch der Kampf, den die Rebellen führen, ist dadurch noch lange nicht entschieden.»

«Wenn du dich aus ihm heraushältst, wird man dich als neutral betrachten. Anhaben könnte man dir nichts.»

«Man würde mir meine Neutralität nicht glauben, sondern mir unterstellen, ich hätte mich stillschweigend mit meiner Frau verbündet.»

«Ich glaube, ich kann dir nicht folgen, Aeneas. Du hast deinen Entschluss doch schon einmal ohne Rücksicht auf deine Frau gefasst. Was ist denn inzwischen anders geworden? Hast du Anne gesehen und mit ihr gesprochen?»

«Oh, und wie ich sie gesehen habe! Leider ohne mit ihr zu sprechen. Sie hat ihren Standpunkt mit einer Pistole, die sie auf mich gerichtet hat, erklärt. Unser Bruch ist offenkundig. Wir haben uns nichts mehr zu sagen.»

«In dem Fall werdet ihr beide verlieren.»

«Tante», begann Aeneas zornig. «Sie hat sich für MacGillivray entschieden. Mit ihm ist sie zusammen –»

«Liebe Güte, Aeneas», fiel die Witwe ihm ins Wort. «Anne ist eine junge Frau – mit einem gesunden Verlangen. Was macht denn MacGillivray für einen Unterschied? Sie kommt bestimmt wieder nach Hause. Wohin sollte sie denn sonst gehen?»

«Falls sie glaubt, sie könnte mir in meinem eigenen Haus Hörner aufsetzen, wird sie sich wundern. Ich fürchte, sie wird sich in Dunmaglas ein neues Zuhause suchen müssen.»

«Willst du damit sagen, du würdest sie verstoßen? Bei

allem Respekt, Aeneas, aber das kannst du nicht. Anne führt mittlerweile den Clan an, und nur der Clan kann entscheiden, ob sie verstoßen wird oder nicht. Du hast dazu kein Recht.»

«Nun, das werden wir sehen. Vielleicht bin ja auch ich dabei, etwas von den Engländern zu lernen.»

Er war noch immer aufgebracht, als er seine Tante bat, die Besitzurkunde aufzubewahren. Danach rief er Will, ihm sein Pferd zu bringen, saß auf und ritt grußlos davon.

In der Zwischenzeit war Louden ins Fort zurückgekehrt, mit Truppen, die noch um einiges mehr geschwächt worden waren als Aeneas' Schwarze Garde. Beim Eintreffen war Aeneas jedoch überrascht über die Vielzahl neu hinzugekommener englischer Soldaten, und überhaupt nahm er im Fort frisches, geschäftiges Treiben wahr. Dennoch begab er sich zunächst in sein Quartier, um endlich die Briefe an die Hinterbliebenen der Kämpfer aus der Schwarzen Garde zu verfassen. Als er den letzten Brief unterschrieb, brannte bereits die Lampe auf seinem Tisch, und draußen waren die Fackeln angezündet worden. Aeneas setzte sich zurück und betrachtete die zuckenden Schatten, die das flackernde Talglicht an die Wände warf, dachte darüber nach, was ihn an diesen Ort geführt hatte, und daran, was vor ihm lag, wenn er auf derselben Seite weiterkämpfte.

Wenig später klopfte es, und als die Tür aufgestoßen wurde, hob sich vor dem bläulichen Rauch, der draußen aus den Fackeln stieg, die dunkle Silhouette eines mageren Mannes in schwarzem Rock und Dreispitz ab. Zwei dünne Arme hielten sich an den Türpfosten fest, wie eine Riesenspinne in ihrem Netz. Der Tod ist gekommen, fuhr es Aeneas durch den Sinn. Und wenn nicht er selbst, dann hat er einen Gesandten geschickt, um mir einen ersten Besuch abzustatten. Sein Gast betrat den Raum und verschränkte die Hände auf dem Rücken. Dahinter folgte Louden, der Aeneas mit seiner mächtigen Statur beinahe tröstlich erschien. Doch auch der schwarze Gast war offenbar aus Fleisch und Blut und keineswegs eine übernatürliche Erscheinung. Er blickte stumm in die Runde, so als wäre Aeneas nicht da.

«Tut Euch keinen Zwang an», sagte Aeneas nach einer Weile und klappte sein Tintenfass zu. «Glas und Whisky stehen dort hinten.»

«Entschuldigt, Aeneas», bemerkte Louden. «Aber dies ist General Hawley.»

«Ich glaube nicht, dass mir Eure schottischen Manieren gefallen, Captain McIntosh», sagte Hawley, indem er Aeneas' Rang missbilligend betonte.

«Ich wiederum könnte nicht behaupten, dass mir die englische Kriegsplanung gefällt», gab Aeneas zurück. «Wir haben gut und gern fünfhundert Mann verloren und fünfzehnhundert Gefangene zu beklagen.»

«Ich hoffe, Ihr wollt damit nicht sagen, die Schwarze Garde hätte sich den Jakobiten mutig entgegengestellt. Die Rebellen haben kaum einen Kratzer davongetragen», bemerkte Hawley mit spöttisch verzogenem Mund.

Louden wedelte beschwichtigend mit den Händen. «General Hawley wird General Cope ersetzen», sagte er, zu Aeneas gewandt.

«Dann ist er zweihundert Meilen zu weit nach Norden gereist», entgegnete Aeneas. «Denn wenn mich nicht alles täuscht, ist Cope auf dem Weg nach England.»

«Das tut jetzt nichts zur Sache.» Hawley zog ein Blatt Papier hervor und schob es über den Tisch. «Was wisst Ihr über diese Frau? Sie treibt sich bei den Rebellen herum.»

Die Zeichnung sagte Aeneas nichts, erst als er den Untertitel las, zuckte er kaum merklich zusammen. Also war Anne der Grund, weshalb der General ihn mit seiner Anwesenheit beehrte. Er schaute auf und sah Hawley direkt in die Augen.

«Eine solche Frau ist mir noch nicht untergekommen.»

Hawley nahm das Bild mit spitzen Fingern, überreichte es Louden und hob eine Braue.

«Anne Farquharson», las Louden laut, doch ehe er weiterlesen konnte, fiel Hawley ihm ins Wort.

«Wahrscheinlich das jüngste Spielzeug des Prätendenten.»

Louden räusperte sich nervös.

«Colonel Anne ist, wie es hier heißt –»

«Colonel?», unterbrach General Hawley erneut. «Ein ziemlich hoher Rang, den die Rebellen an ihre Huren vergeben.»

Aeneas stieß seinen Stuhl zurück und sprang auf.

«Colonel Anne ist die Lady McIntosh», erklärte er gepresst. «Mit anderen Worten: meine Frau.»

Auf Hawleys Miene zeichnete sich Genugtuung ab.

«Frau oder nicht», bemerkte er. «Selbst Eure Treue gegenüber der Regierung wird sie nicht vor dem Strick bewahren.»

«Wir hängen unsere Gegner nicht», entgegnete Louden.

«Nicht einmal, wenn wir sie besiegt haben, sollte es jemals dazu kommen», setzte Aeneas hinzu.

«Wir hängen jeden Verräter», sagte Hawley.

Loudens Unbehagen wuchs sichtlich. Er war Soldat, folglich waren ihm sowohl Brutalität als auch der Tod vertraut, doch die Vorstellung, Menschen zu hängen – und überdies eine Frau –, war ihm zuwider. Er trat auf

Aeneas zu und legte ihm eine Hand auf die Schulter. «Kommt», sagte er versöhnlich. «Kommt, wir speisen in meinem Quartier.»

Hawley lehnte mit gekreuzten Beinen am Tisch und wartete, bis Louden und Aeneas im Türrahmen standen.

«Die Rebellen scheinen ihren Sieg auf überaus lüsterne Weise zu feiern.»

Aeneas versteifte sich und verspürte die vertraute, glühende Eifersucht in seiner Brust. Er umklammerte den Türpfosten – kurz davor, sich auf Hawley zu stürzen und dem Mann jeden Knochen einzeln zu brechen.

«Seid kein Narr», raunte Louden ihm ins Ohr.

Mit erzwungener Ruhe schaute Aeneas Hawley ins Gesicht.

«Sebstverständlich tun sie das», sagte er. «Dazu haben sie ja auch allen Grund.»

Draußen versuchte Louden mit Aeneas Schritt zu halten.

«Tut mir leid», murmelte er betreten. «Die Engländer scheinen nach jedem Strohhalm zu greifen.»

«Ich muss meine Frau warnen», sagte Aeneas und betrachtete Louden von der Seite. Er hatte gehofft, Anne kümmere ihn nicht mehr, doch offenbar war dem nicht so, offenbar wollte er zumindest, dass sie überlebte.

«Erstaunlich, wie taub man mit der Zeit wird», entgegnete Louden. «Muss am Reiten hinter den Dudelsackspielern liegen. Doch falls Ihr auf zwei Hochzeiten tanzt, Aeneas, denkt daran, dass Ihr Euch auch zweimal die Beine brechen könnt. Hawley hat den Befehl gegeben, Eure Post abzufangen und zu lesen. Riskiert nicht, dass man Euch vor ein Erschießungskommando stellt.» Sie kamen an den Kerkerzellen vorbei. «Wobei mir einfällt –» Er wandte sich an den Wachhabenden und trug ihm auf, eine der Zellentüren zu öffnen. «Auf dem Rückweg haben wir den Burschen da drinnen aufgegriffen. Ein Fahnenflüchtiger, nehme ich an. Wollte zunächst nicht mit uns kommen, doch dann erklärte er, dass Ihr Euch für ihn verbürgt.»

Der Mann, den der Wachhabende ins Licht der Fackel zog, war Lieutenant Ray. Aeneas betrachtete ihn erstaunt, seinen zitternden Körper, den flehenden Blick. Fraglos hatte Ray das Schlachtfeld verlassen, noch ehe der offizielle Rückzug begonnen hatte.

«Das ist mein Lieutenant», erklärte Aeneas schließlich. «Der Mann ist kein Deserteur.»

Ray trat vor und salutierte.

«Ich danke Euch, Captain. Ihr werdet es nicht bereuen.»

Abermals ließ Aeneas seinen Blick über ihn wandern. Zweimal hatte Ray Anne erschießen wollen, und Calum MacKay und seine Mutter hatte er eiskalt getötet. Aeneas hatte die Angelegenheit eigentlich schon in der Nacht vor der Schlacht regeln wollen, jedoch beschlossen, dies aufzuschieben. Nun war der Zeitpunkt gekommen. Er ballte die Faust und versetzte Ray einen Schlag ins Gesicht.

«Das ist für Calum.»

Ray versuchte taumelnd, sein Gleichgewicht nicht zu verlieren.

Aeneas hielt ihn fest. «Alles in Ordnung, Lieutenant?»

«Alles bestens.» Ray wischte sich das Blut vom Mund.

«Gut», sagte Aeneas. «Und das ist für Seonag, seine Mutter.» Mit einem gewaltigen Kinnhaken streckte er den Lieutenant nieder.

Louden beugte sich zu ihm hinab. Dann bedeutete er der Wache, ihn zum Krankenlager zu bringen.

«Möchtet Ihr, dass er einer anderen Kompanie zugewiesen wird?»

Aeneas schüttelte den Kopf. Einen Feind behielt man besser im Auge.

«Nein. Ich glaube, er hat die Botschaft verstanden.»

# 17

Die Stadt erwachte zum Leben, wenn bei Tagesanbruch der Postreiter erschien. Eine Weile später zogen die Kaufleute die Läden vor ihren Geschäften hoch, Schweine, die im Haus genächtigt hatten, wurden zur Futtersuche nach draußen gelassen, Menschen liefen zum Frühstück in die Taverne. Edinburgh begann sich langsam an die Hochländer zu gewöhnen, nicht zuletzt auch wegen der Gelder, die einige der Camerons während der Schlacht zusammen mit einem englischen Proviantwagen erbeutet hatten. Auf die Weise erhielten die jakobitischen Truppen ihren Sold, was sich belebend auf die Geschäfte in der schottischen Hauptstadt auswirkte, die schließlich florierte wie in ihren besten Zeiten.

Ein Teil des Geldes stand Anne zur Verfügung. Seit Wochen verbrachte sie ihre Tage in einer Stube des Zollhauses und fertigte die Gefangenen ab. Es war eine ermüdende Arbeit, die letztendlich dazu führte, dass ihre anfängliche Euphorie allmählich zu verfliegen begann. Auf dem Holztisch türmten sich Unterlagen neben Tintenfass, Feder und einer Holztruhe mit Münzen. Die Männer, die Anne vorgeführt wurden, waren meistens unverletzt, andere jedoch trugen blutige Bandagen.

Anne stellte jeden vor die Wahl: Sie konnten sich den jakobitischen Truppen anschließen oder ein Dokument unterschreiben, das ihnen Gnade gewährte, vorausgesetzt, sie schworen, nie wieder die Waffen gegen die Soldaten des Stuart-Prinzen zu erheben. Auf einen Verstoß stand die Todesstrafe. Eine beträchtliche Zahl der schottischen Gefangenen entschied sich für die Rebellen. Denjenigen, die den Begnadigungsbrief unterschrieben, wurde eine kleine Verpflegungssumme für die Heimreise ausgehändigt. Es waren hauptsächlich die englischen Rotröcke, die eine Begnadigung ablehnten, denn sie fürchteten die Sanktionen ihrer Regierung. Sie wurden daraufhin in winzigen Einzelzellen untergebracht, woraufhin sich etliche dazu entschlossen, doch eine der dargebotenen Alternativen zu wählen.

Der Zahlmeister, der Anne zur Seite stand, hieß Robert Nairn. Er notierte Namen, Herkunft, Regiment und die Summe, die ausbezahlt wurde. Robert war ein feingliedriger Mann um die zwanzig, mit einer Vorliebe für männliche Bettgefährten und zurzeit einer der Favoriten des Prinzen. Anfänglich wand er sich unbehaglich, sobald er einen Verwundeten erblickte, doch nach einer Weile schien er sich an den Anblick gewöhnt zu haben und pflegte Anne anzügliche Kommentare über die Männer, die ihm gefielen, zuzuflüstern. Er besaß ein sanftes Gemüt, weigerte sich, bei der Arbeit eine Waffe zu tragen, und war insgesamt so wenig kriegerisch gesinnt, dass Anne sich zuweilen fragte, was ihn – außer seiner Neigung – überhaupt dazu bewogen hatte, sich den Soldaten anzuschließen.

Beinahe fünfzehnhundert Fälle hatten sie inzwischen abgehandelt, und es fehlten nur noch diejenigen, die sich in den Hospitälern befanden. Lediglich Margaret und Greta hatten ihnen geholfen; sie saßen neben ihnen in einer ähnlichen Stube. Am letzten Tag schaute MacGillivray bei ihnen vorbei.

«Nur noch zwei», sagte er zur Begrüßung. «Dann habt ihr es geschafft.»

Anne lehnte sich zurück und streckte sich.

«Nicht einer heute, für den ich die Hose runtergelassen hätte», bemerkte Robert Nairn verdrießlich.

*«Sguir dheth!»* Anne stieß ihn in die Seite. «Du sollst dich auf unsere Fälle konzentrieren.»

«Nichts anderes habe ich getan», gab Robert zurück.

Als Nächster wurde ein Soldat der Schwarzen Garde hereingeführt.

«Schamlos!», rief Anne.

«So weit würde ich nicht gehen», protestierte Robert Nairn.

«Nicht du, sondern er.»

Schamlos strahlte über das ganze Gesicht.

«Lady Anne», sagte er überglücklich. «Ich wusste von Anfang an, wir würden gewinnen.» Seine Miene drückte eine gewisse Bekümmerung aus. «Ich weiß, ich war auf der anderen Seite – also, nur zu, macht mit mir, was Ihr wollt.»

«Das ließe ich mir nicht zweimal sagen», flüsterte Robert.

«Benimm dich», murmelte Anne. «Zumindest bis wir hier fertig sind.» Sodann erklärte sie Schamlos seine Optionen.

«Mir ist einerlei, für wen ich kämpfe», entgegnete der Junge. «Wenn nur der Heulende Robbie mit mir kommt. Seit wir laufen können, sind wir zusammen.»

«Robbie? Kommt er als Nächster an die Reihe?»

«Der liegt noch im Hospital. Hat einen Arm ab. Den linken oder den rechten – einer ist jedenfalls ab.»

«In dem Fall kann er für niemanden mehr kämpfen», meinte Anne sanft.

Schamlos warf Robert Nairn einen Blick zu. «Robbie steht auch mit nur einem Arm seinen Mann.»

Anne ließ ihn den Begnadigungsbrief unterschreiben, in zwei Ausfertigungen, eine für ihn als Beweis, dass er sich nicht mehr der Schwarzen Garde anschließen durfte.

«Schamlos von den McIntoshs» lautete die Unterschrift, die der Junge unter das Begnadigungsschreiben setzte. Mit einem wehmütigen Seufzer entsann sich Anne der Gesetze des alten Parlaments, von denen eines vorgesehen hatte, dass alle Kinder Schulunterricht erhielten. Die Anführer des Chatton-Clans hatten die Maßnahme unterstützt, und Aeneas hatte dafür gesorgt, dass ihr auch unter der neuen Regierung entsprochen wurde. Aeneas, Aeneas, Aeneas … Anne ergriff einen weiteren Satz Dokumente.

«Am besten, wir füllen die Papiere auch für Robbie aus. Dann kannst du ihn mit nach Hause nehmen.»

«Dieser Robbie, oder wie er heißt, muss eigenhändig unterschreiben», warf Robert ein. «Doch da wir nur noch einen Fall zu bearbeiten haben, könnte Schamlos unterdessen draußen warten.» Er schenkte dem Jungen ein vielsagendes Lächeln. «Anschließend begleite ich ihn zum Hospital – und wir erledigen die Angelegenheit vor Ort.»

Anne zuckte mit den Schultern und gab Schamlos seinen Brief, dazu ein Handgeld für den einwöchigen Fußmarsch nach Moy. Danach rief sie den nächsten und letzten Gefangenen auf, einen verschüchterten englischen Infanteristen, der aussah, als erwarte er sein Todesurteil. Da er weder lesen noch schreiben konnte, übertrug Robert Nairn Annes Worte geduldig in einfachsten Sätzen und erklärte die Situation mit freundlichen Worten ein ums andere Mal. Nach einer Weile schlug die Glocke der St.-Giles-Kathedrale zur Mittagsstunde und rief die Einwohner Edinburghs zur Einkehr in die Wirtshäuser auf, doch der englische Soldat saß noch immer verstockt und furchtsam da. Anne setzte zu einer neuerlichen Erklärung an, wohingegen Robert unruhig zu werden begann. Mit einem Mal stand er auf und zog Annes Schwert aus der Scheide.

«Mal dein Zeichen», sagte er ungehalten. «Wenn nicht, wirst du geköpft.»

Anne blickte ihn verwundert an, doch der Engländer ergriff eilends die Feder, malte sein Zeichen auf die Unterlagen und betrachtete Robert Nairn mit ängstlich verzogenem Gesicht.

Mit einem entschuldigenden Blick gab dieser Anne das Schwert zurück, warf das unterschriebene Dokument auf den Stapel und verschwand. Anne schob dem Soldaten ein paar Münzen zu.

Danach war die Arbeit getan. Anne reinigte die Feder und klappte den Deckel des Tintenfasses zu. Für eine Weile hing sie ihren Gedanken nach. Robbie hatte einen Arm verloren. Aeneas hatte gegen sie gekämpft – Aeneas, immer wieder Aeneas. Abrupt schlug sie die Geldtruhe zu, erhob sich und trug sie zu MacGillivray, der auf sie wartete und den restlichen Inhalt später der Kriegskasse zuführen würde. Anschließend machten sie sich auf den Weg zum Rathaus, um am Kriegsrat teilzunehmen, den Charles Stuart für Mittag einberufen hatte. Unten an der Treppe trafen sie auf MacBean, der gerade einen Brief las.

«Ist er von Eurer Frau?», erkundigte sich Anne. «Kommt sie ohne Euch zurecht?»

«Sie findet sogar noch die Zeit, mir gute Ratschläge zu erteilen. Dass ich nur ja gegen die Kälte die Brust mit Gänseschmalz einreibe, abends heißen Whisky mit Zucker trinke und vor allem keinen jungen Frauen nachlaufe.» Mit einem Augenzwinkern fuhr er fort: «Die älteren hat sie vergessen zu erwähnen. Was meint Ihr, ab welchem Alter sind Frauen nicht mehr als jung zu bezeichnen?»

«Wenn sie älter als Eure Frau sind.»

«In dem Fall blieben mir noch immer die Siebzigjährigen», sagte MacBean vergnügt, betrachtete den Brief liebevoll, ehe er ihn sorgsam gefaltet in seinen Umhang steckte und sich verabschiedete, um in einem der nächstgelegenen Wirtshäuser seine Mittagsmahlzeit einzunehmen.

«Für Männer wie MacBean gibt es ohnehin nur eine Frau im Leben», sagte MacGillivray. «Wie es heißt, ist er ihr seit vierzig Jahren treu.»

Eine lange Zeit, ging es Anne durch den Sinn, als sie den Weg zum Rathaus einschlugen. Eine lange Zeit, wenn man bedachte, dass der Tod die meisten Eheleute um einiges früher auseinanderriss. Eine lange Zeit auch für ein Leben mit ein und demselben Gefährten. Ein Frösteln überlief sie, als vor ihrem geistigen Auge Aeneas auftauchte und sie sich des Blickes entsann, der sie auf dem Schlachtfeld getroffen hatte. Da war keine Liebe zu erkennen gewesen, nicht einmal Verständnis, eigentlich nichts, das man hätte als Wohlwollen deuten können – allenfalls Zorn, oder war da nicht ein Anflug von Verzweiflung gewesen? Sie hoffte täglich, dass er sie aufsuchen würde, und immer wieder wurde sie enttäuscht. Gewiss, Aeneas war kein Mann, dem es leichtfiel, einen Irrtum einzusehen, geschweige denn, sich dazu zu bekennen. Vielleicht sollte sie ihm entgegenkommen, einen Brief schreiben, ehe sie sich mit ihm traf.

«MacBean wird bald wieder zu Hause sein», sagte sie leise. «Wie wir alle.»

Mittlerweile verfügten sie über genügend Truppen, um Schottlands Grenze zu sichern. Macpherson hatte kürzlich weitere sechshundert aus seinem Clan zu ihnen geführt – sie konnten den Süden bewachen. Anne würde mit ihrem Clan nach Inverness marschieren, die geschwächte Garnison der Regierung auflösen und schließlich ihren Mann für die Sache der Jakobiten gewinnen.

Die Canongate, über die Anne und MacGillivray schritten, wirkte wie ausgestorben, die Läden waren geschlossen, die Kaufleute in den Tavernen. Lediglich in der Einmündung einer Gasse gab es einen Tumult; eine Auseinandersetzung hatte offenbar ein Handgemenge ausgelöst. Anne erkannte Robert Nairn und einen Soldaten der Stadtmiliz, der die Flinte auf Nairn gerichtet hatte. Ein anderer hatte Schamlos am Genick gepackt und zerrte ihn zu den Pfosten am Mercat Cross, wo die öffentlichen Auspeitschungen stattfanden. Die laute Stimme schien einem Pfarrer der Edinburgher Kirche zu gehören. Anne und MacGillivray beschleunigten ihren Schritt.

«Sofort aufhören!», rief Anne noch im Gehen. «Was fällt euch ein, unsere Leute anzugreifen?»

«Gottlose Kreaturen!» Der Geistliche kam auf sie zugeeilt. «Sie wollten sich abscheulichen Verrichtungen hingeben.» Mit vor Wut bebenden Fingern deutete er auf Robert Nairn. «Der Mann dort gehört offenbar zu Euch. Bringt ihn zu Eurem Prinzen, der mit ihm verfahren möge, wie er will. Doch der da –», er wies auf Schamlos, der schreiend um sich trat, «– um den kümmern wir uns selbst.»

«Anne», rief Robert flehend. «Wir haben nichts getan, wir haben uns lediglich geküsst.»

«Fünfzig Hiebe!» In den Mundwinkeln des Geistlichen hatten sich Speichelbläschen gebildet. «Und sollte er danach noch bei Besinnung sein, setzt es noch einmal fünfzig.»

Anne zog ihr Schwert und setzte es ihm an die Kehle. MacGillivray stellte die Geldtruhe ab und stürzte mit gezücktem Schwert auf die Soldaten zu. «Beim nächsten Mal widmest du dich zuerst denen, die eine Waffe tragen», rief er über die Schulter nach hinten.

«Ich habe mich darauf verlassen, dass du sie im Auge behältst», gab Anne kleinlaut zurück.

Die Soldaten hoben die Hände.

«Wenn Ihr mich fragt», begann der eine. «Meinetwegen hätten sie sich ruhig weiterküssen können.»

«Was ist mit Euch?», wandte Anne sich an den Geistlichen und stieß ihn mit der Schwertspitze an. «Hat einer von den beiden Euch etwas getan?»

«Sie waren ein beleidigender, widernatürlicher Anblick.»

«Dann hättet Ihr den Blick abwenden sollen. Ihr Vergnügen geht Euch nichts an. Schließlich haben sie ja nicht Euch geküsst.»

MacGillivray durchschnitt die Fesseln, die Schamlos an die Pfosten banden.

«Ihr werdet in der Hölle schmoren», schäumte der Pfarrer. «Vor dem Herrn werden die Sünder zur Rechenschaft gezogen –»

«Wenn Ihr nicht sofort schweigt», zischte Anne, «steht Ihr schneller dort am Pfosten, als Ihr denkt.»

Ihr Gegenüber verstummte.

«Verschwindet zurück in Eure Kirche», befahl Anne ungeduldig und sah zu, wie der Mann von dannen eilte. Falls er vorhatte, sich Verstärkung zu besorgen, müsste er sie aus den Wirtshäusern holen. Dennoch beschloss Anne, es nicht darauf ankommen zu lassen, bat MacGillivray, Schamlos zum Hospital zu führen und dafür zu sorgen, dass er und Robbie die Stadt verlassen konnten. «Wir treffen uns am Rathaus», rief sie ihm nach.

«Und du», sagte sie, an Robert gewandt, «du kommst jetzt schön mit mir.»

Robert lud sich die Truhe mit den Münzen auf.

«Bin ich froh, dass ihr vorbeigekommen seid», gestand er bedrückt. «*Tapadh leat.*»

«Geküsst», erwiderte Anne gereizt. «Seit wann küsst man denn Menschen, die man gerade erst kennengelernt hat? Was hast du dir bloß dabei gedacht?»

«Gedacht, gedacht», erwiderte Robert. «Seit wann denkt man denn, wenn man küsst?»

«Ab sofort trägst du ein Schwert. Das scheinst du in Edinburgh zu brauchen, wenn du es darauf anlegst, ohne zu denken fremde Männer zu küssen.»

Im Rathaus der Stadt beugte sich O'Sullivan über den Tisch. Darauf ausgebreitet lagen eine Landkarte und darauf eingekerbte Runenhölzer, in deren Muster sich der Ire vertiefte. Charles Stuart betrachtete sie erfreut und wurde sichtlich aufgeregt.

«Seht Ihr, Lord George», wandte er sich um. «Das Glück ist auf unserer Seite.»

Margaret Johnstone und ihr Mann tauschten einen Blick. Margaret schien etwas äußern zu wollen, doch in diesem Augenblick ging die Tür auf, und Anne und MacGillivray betraten den Raum.

«Wie schön, dass wir nunmehr vollständig sind», bemerkte der Prinz und bedachte die zu spät Gekommenen mit vorwurfsvollem Blick, ehe er die Lippen spitzte und schalkhaft bemerkte: «Inzwischen haben wir erfahren, dass mein Vetter, der Duke von Cumberland, ein Preisgeld von dreißigtausend Pfund für meine Gefangennahme offeriert.» Er lachte in sich hinein. «Folglich habe ich dieselbe Summe für die Gefangennahme meines Vetters ausgesetzt.»

Einige der Umstehenden brachen in höfliches Gelächter aus. Als Nächstes stellte der Prinz die Neuankömmlinge an seiner Seite vor: die Countess von Erroll, die als Hochkommissar Schottlands eine einflussreiche Verbündete war, Lady Nithsdale und ihre Schwestern, Lord Balmerino und Lord Lovat.

Anne blickte Lovat entgeistert an – den Mann, den die Murrays, die Familie ihrer Mutter, wie kaum einen anderen hassten. Wie jedermann wusste, hatte er sich den Titel der Lovats anzueignen versucht, indem er die verwitwete Lady Lovat, eine geborene Murray, vergewaltigte, um sie zur Heirat mit ihm zu zwingen. Lady Lovat hatte ihn jedoch vor ein schottisches Gericht gebracht, das über ihn die Todesstrafe verhängte. Doch irgendwie war Lovat die Flucht nach Frankreich geglückt. Später, während des schottischen Aufstands von 1715, hatte er an der Seite der Engländer gekämpft, woraufhin König George ihn begnadigte und ihm den Titel der Lovats verlieh. Anne fragte sich, was er bei ihnen zu suchen hatte. Warum warf der Prinz ihn nicht in den Kerker und gestand den Titel den rechtmäßigen Erben zu? In ihrer Verwirrung gelang es ihr kaum, dem Gespräch zu folgen. Sie horchte erst wieder auf, als Charles Stuart die Stimme erhob.

«Lady Naime und Lady Lude haben uns ebenfalls Truppen übersandt. Liebe Freunde», der Prinz legte eine bedeutsame Pause ein. «Wir haben es geschafft, wir haben Schottland errungen!» Dieses Mal erscholl beifälliges Gelächter, und erregtes Gemurmel wurde laut. Der Prinz wartete ab, bis erneut Stille einkehrte. «Nun sind wir endlich in der Lage, den nächsten Schritt zu tun. Nun brechen wir auf, um England zu erobern.»

Für einen Moment herrschte absolutes Schweigen.

«Wie kommt Ihr denn auf England?», fragte Lord George. «Wir sollten eher die schottische Grenze sichern.»

«Ach, und wie wäre es dann um die schottische Küste bestellt?», fragte O'Sullivan mit unverhohlenem Spott. «Seit wann pflegt die englische Marine denn über Land zu reisen?»

«Die Küste können wir Hochländer übernehmen», meldete sich Lochiel zu Wort. «Auf England hatten wir es nicht abgesehen.» Er drehte sich zu Charles Stuart um. «Ihr greift nach den Sternen, junger Mann. Die Schotten haben nicht vor, die Grenze zu überqueren.»

«Außer, um Vieh zu stehlen», sagte Lord Kilmarnock leise.

Nun wurde Stimmengewirr laut. Anne zwang sich, ihren Blick von Lord Lovat abzuwenden. Ungeduldig wischte der Prinz die Einwände fort.

«Gentlemen», begann er mit einem Unterton leichter Empörung. «Vergesst nicht, dass ich gekommen bin, um meinem Vater zu seinen drei Königreichen zu verhelfen.»

«Dann sollen gefälligst die Iren und Engländer ihm zu den zwei, die noch fehlen, verhelfen», brummte Lord George verstimmt.

O'Sullivan schaltete sich ein und wies mit großem Nachdruck auf eine irische Söldnertruppe hin, die vom französischen König für sie bereitgestellt worden sei. Charles Stuart rieb sich übertrieben die Hände und erklärte, darüber hinaus sei die Unterstützung der englischen Jakobiten gewiss, die sich unter seiner Fahne versammeln würden, sobald sich die Gelegenheit bot. Bei diesen Worten schwenkte er einen Stapel Papiere, die ihre schriftlichen Zusagen enthielten.

«Die Interessen der englischen Jakobiten sind deren Sache», bemerkte Margaret und verzog das Gesicht.

Der Prinz lächelte unangefochten.

«Ist unserem König Beistand zu leisten nicht unser aller Sache?»

In dem Punkt herrschte offenbar Einvernehmen. O'Sullivan, der spürte, dass seine Gegner unschlüssig wurden, ergriff einen Brief, den ein aufwendiges Siegel schmückte.

«Eine Botschaft des französischen Königs. Er schließt sich unserem Ansinnen an und garantiert mit diesem Schreiben, dass die französische Armee uns bei der Eroberung Londons unterstützt.»

«Ich habe euch Schottland gegeben», erklärte Charles Stuart mit ausgebreiteten Armen. «Wollt ihr mir eurerseits nicht helfen, England einzunehmen?»

Etliche im Kreis nickten. Die Forderung erschien gerecht. Lord Lovat stimmte für den Einmarsch nach England und betonte, dass England sich unter der Herrschaft eines schottischen Königs als friedlicher Nachbar erweisen würde. Andere schlossen sich ihm an. Anne war über die plötzliche Wendung der Dinge verwirrt.

«Wir haben für unsere Freiheit gekämpft», stellte sie schließlich fest. «Das, was wir nun brauchen, ist ein eigenes, unabhängiges Parlament.»

Der Prinz schenkte ihr einen Blick, mit dem man unartige Kinder bedenkt.

«Ach, und für wie lange könntet Ihr das wohl erhalten, wenn auf der anderen Seite mein Vetter steht und unentwegt mit gierigem Blick auf die Grenze späht?»

# 18

MacBean saß am Ufer des Esk und verfasste einen Brief. «Außer Dir fehlt mir nichts», bekannte er, ehe er die jüngsten Begebenheiten schilderte. Die Hänge von Dumfries und Galloway waren übersät mit Soldaten, von denen etliche vor dem Aufbruch nach England einen letzten Brief nach Hause schrieben. Andere standen um Tinte, Papier und Feder an. Wieder andere waren bereits in Truppen aufgeteilt und machten sich bereit, den Weg in Richtung Carlisle einzuschlagen. An ihrer Seite stellten sich die Trommler auf, die den Marschschritt angeben würden. Bei den Truppen der Clans fanden sich die Dudelsackspieler ein. Auch die Freiwilligen aus dem schottischen Süden begannen sich zu formieren, ein wenig verlegen in ihren Tartanuniformen, die sie auf Geheiß des Prinzen trugen, um den Einmarsch nach England eindrucksvoll zu gestalten. Ebenso hatte er angeordnet, dass Frauen und Kinder in Schottland zurückzubleiben hatten, doch den Befehl hatten die Clans mehrheitlich ignoriert.

Mit einem Stapel Post in der Hand trat Anne zu Ewan MacKay, der auf dem Boden saß und schrieb.

«Für Euch steht ein Pferd bereit», begann Anne. «Ihr könnt Euren Leuten das, was Ihr schreibt, in Kürze persönlich mitteilen. Ich habe dafür gesorgt, dass Ihr Euch mit unserer Post auf den Heimweg begebt.»

Ewan betrachtete sie erstaunt.

«Ich bleibe, Lady Anne. Ich habe noch eine Rechnung mit den Engländern zu begleichen.»

«Das habt Ihr bereits getan, und zwar über alle Maßen ehrenhaft. Aber wir brauchen jemanden, dem wir die Schreiben hier anvertrauen können.» Anne hielt Ewan den Stapel entgegen. «Glaubt Ihr nicht, dass es in Moy Menschen gibt, die sich nach Euch sehnen?»

Ewan erhob sich und schien zu zögern. «Gewiss, der Winter wird hart, wenn da kein Mann ist, der für sie sorgt.» Er starrte auf das Bündel Briefe.

Anne berührte seinen Arm. Sie wusste, Ewan war ein guter Mann, der seinen Gram im Krieg zu vergessen suchte.

«Lasst die Toten ruhen», sagte sie leise. «Euer Vater und Eure Töchter haben Euch nötiger.» Sie zögerte. «Vielleicht solltet Ihr auch an Cath denken – und an das Kind.»

Abrupt hob Ewan den Kopf und blickte sie forschend an.

«Säuglinge sehen ihrem Vater ähnlich», bemerkte Anne. «Mitunter wissen die Frauen erst dann, wer der Erzeuger ist.»

«Seonag und Calum waren mir alles im Leben», erwiderte Ewan langsam. «Cath jedoch, sie ist –» Er stockte. «Glaubt Ihr, dass sie sich etwas aus mir macht?»

«Ich habe den Blick gesehen, mit dem sie Euch ansieht. Darin liegt mehr, als es nach einer kurzen Umarmung im Heidegras üblich ist. Ihr habt wieder einen Sohn, Ewan, den es nun aufzuziehen gilt. Was meint Ihr, ob Ihr nicht doch mit den Briefen losreiten wollt?»

«Vielleicht – doch, ja, ich werde es tun.» Seine Miene hellte sich ein wenig auf. «*Tapadh leat.* Wahrscheinlich wird es guttun, wieder zu Hause zu sein.»

«Ich lasse Euch auch die Briefe der anderen Männer bringen.»

Ewan nahm den Stapel entgegen.

«Oh, und da wäre auch noch dieses Schreiben.» Der

gefaltete und versiegelte Bogen, den Anne hervorzog, war an Aeneas gerichtet.

«Ich sehe zu, dass er ihn erhält», sagte Ewan sanft. «Selbst wenn es mich das Leben kosten sollte.»

Dankbar nickte Anne ihm zum Abschied zu und begab sich zu der Stelle, an der MacGillivray mit seinem Pferd und Pibroch wartete. Anne hatte beschlossen, ins Hochland zu reiten, um neue Truppen zur Verstärkung zu sammeln. Nun, da die Hälfte ihrer Streitmacht zur Invasion Englands abkommandiert war, bedurfte es zusätzlicher Einheiten, um Schottlands Grenze zu bewachen. Sie hatte auch vor, Invercauld einen Besuch abzustatten und ihren Bruder zu bewegen, den Clan der Farquharsons zu den Waffen zu rufen. Davon abgesehen, wollte sie James wiedersehen, ebenso Elizabeth – und für ein paar Tage ließe sich auch ihre Stiefmutter ertragen.

Als Anne sich bei MacGillivray einfand, deutete er mit einem Nicken auf ein Paar, das Hand in Hand vorbeilief. Es waren Meg und Duff, der Schuhmacher, der stolz einen weiten Tartanumhang trug.

«Die beiden sind ein Paar geworden», sagte MacGillivray. «Was der Krieg nicht alles bewirkt ...»

Anne ging über die Bemerkung hinweg. «Glaube nicht, es gefällt mir, dass du nach England ziehst, Alexander. Genau genommen erfüllt mich die ganze Angelegenheit mit Sorge. Ich wünschte, ich hätte mich doch nicht der Mehrheit angeschlossen. Der Chatton-Clan ist nur mit halbem Herzen dabei, und das ist eine gefährliche Einstellung, wenn es ums Kämpfen geht.»

«Wenn ich nicht losziehe, erhebt Macpherson Anspruch auf die Führung des Chatton-Clans. Und das wäre ebenso gefährlich.» Cluny Macpherson war ein gerissener Stratege, der sich geschickt um die Gunst des Prinzen bemühte. Seinen Clan hatte er erst ins Feld geführt, als feststand, dass Aeneas an der Seite der Schwarzen Garde kämpfte. Dem Chatton-Clan hatte Macpherson sich dennoch nicht angeschlossen, sondern darauf bestanden, seinen Clan als selbständige Einheit anzuführen, die ausschließlich seinem Befehl unterstand.

«Was hat England uns überhaupt zu bieten? Wir werden die Engländer gegen uns aufbringen, weiter nichts. Bald werden sie uns noch mehr hassen als zuvor.»

«Dann wollen wir hoffen, dass sie uns zurück nach Hause jagen.»

«Darüber solltest du keine Witze machen.»

«Anne, wenn die Engländer Charles Stuart bitten, sie von dem Hannoveraner zu erlösen, dann mögen sie ihre Regierung ebenso wenig wie wir. Wir rütteln sie auf, das ist alles. Zu etwas zwingen werden wir sie nicht.»

«Willst du behaupten, für die Engländer wären wir eher eine Befreiung anstelle einer Belagerung?» Anne stellte einen Fuß in den Steigbügel. «Ich wünschte, das könnte ich glauben.»

«Glaub es ruhig», erwiderte MacGillivray. «Sieh aber trotzdem zu, dass du Verstärkung bekommst.» Er half Anne in den Sattel und ließ eine Hand auf ihrem Schenkel ruhen. «Triffst du dich mit Aeneas?»

«Das muss ich.» Sie musste endlich erfahren, was sich hinter jenem Blick verborgen und weshalb er MacGillivrays Leben gerettet hatte. «Ich habe ihm geschrieben, dass ich nach Hause komme.»

«Ich sollte dir Glück wünschen, doch ich fürchte, dann wäre ich ein Lügner.»

«Lass gut sein, Alexander.» Anne beugte sich hinab und legte ihm eine Hand auf die Wange. «Mach es nicht schwieriger, als es ist.»

MacGillivray umschloss ihre Hand. Dann führte er sie an seinen Mund und küsste sie.

«Allzu oft werde ich dich wohl nicht mehr verlieren.» MacGillivray ließ Annes Hand los, wandte sich ab und sprang auf sein Pferd.

Gleich darauf kam Greta Fergusson an ihnen vorbeigeritten, mit Federhut, pelzverbrämtem Mantel und geschniegeltem Ehemann im Gefolge.

«Du solltest mit uns kommen, Anne», rief sie. «In London können wir uns Kleider nach der derzeitigen Mode besorgen.»

Anne winkte ihnen nach. Als Nächstes sah sie Margaret und David Ogilvie – auch sie Seite an Seite –, die ihre Truppen durch den Fluss führten. Dann spürte sie eine Hand, die an ihrem Rocksaum zupfte.

«Wir sind auch weg», erklärte Clementina. «Mein Vater und ich ziehen los. Wir wollen den König sehen.»

«Alles Gute, mein Schatz», murmelte Anne schweren Herzens. Ihr Blick traf den von MacGillivray, und in seinen Augen lag ein Schmerz, als sollten sie sich nie wiedersehen.

«Pass auf meine Leute auf», sagte Anne. «Und auf dich.»

Anschließend schwenkte sie ihr Pferd herum und ritt zu den dreihundert Mitgliedern ihrer Truppe hinüber, die sie auf dem Rückweg begleiten sollten. Die Männer würden ihr als Leibwache dienen und sie in Moy vor Loudens Regierungstruppen schützen. Sie setzte sich an die Spitze ihres Trosses und zwang sich, nicht zurückzublicken, nicht zu sehen, wie MacGillivray ihr nachstarrte, bis sie außer Sichtweite war. Sie musste einfach losreiten, es gab ohnehin keine andere Wahl.

Als Anne am Abend die Anweisung gab, am Rande eines Waldes das Nachtlager aufzuschlagen, trennten sie und MacGillivray bereits vierzig Meilen. Zwanzig Meilen war sie von ihrem Zuhause und Aeneas entfernt. Um sich von ihrem Kummer abzulenken, half sie den anderen, Brennholz zu sammeln, und lief unzählige Male zwischen dem Lager und dem Bach hin und her, um Wasser zu holen. Dann war auch das getan, und Anne beschloss, sich um die Kinder zu kümmern, ob sie auch alles Nötige hatten. Anschließend setzte sie sich ans Feuer zu den Frauen.

Die meisten von ihnen zogen nach Hause, um nach dem Rechten zu sehen, nach den Kindern, die zurückgeblieben waren, nach alten Eltern oder um die Tiere sicher in die Unterkünfte für den Winter zu schaffen. Einige von ihnen sangen schwermütige gälische Lieder, doch die meisten zogen es vor, schweigend dazusitzen – vor allem diejenigen, die einen Mann im Süden zurückgelassen hatten, der nun in ein fremdes Land marschierte, sodass niemand wusste, ob sie einander je wiedersehen würden. Anne wollte ihnen Mut zusprechen, merkte jedoch, dass sie im Begriff war, falsche Hoffnungen zu wecken. Also begnügte sie sich damit, dann und wann eine Hand oder einen Arm zu drücken, zuzuhören, zu nicken und ebenfalls zu schweigen.

Lediglich die Frauen, deren Männer zu Annes Leibwache gehörten, wirkten fröhlich und unbeschwert, denn sie wussten, weder sie noch ihre Männer kämen in der Fremde ums Leben. Ihnen zuzuhören bedrückte Anne nur noch mehr. Sie zog sich zurück, hüllte sich in ihren Umhang, legte sich hin und starrte in die Dunkelheit. Die Kuppen der Hügel wirkten zunächst beruhigend auf sie, doch dann schienen sie das Land mit einem Mal dem Himmel entgegenzuheben, in das endlose Gewölbe, das übersät von Sternen war, zwischen denen der Mond kalt und teilnahmslos herabblickte. Anne lag da und fühlte sich seltsam hilflos.

England – schoss es ihr durch den Kopf. Das hatten sie

niemals im Sinn gehabt. Wie wenig die Befreiung Schottlands dem Prinzen bedeutet hatte! Und dann Lord Lovat, der in seinem Gefolge aufgetaucht war. Hatte ihr Vater nicht stets erklärt, dass man den Menschen an seiner Gesellschaft erkenne?

«Sieh zu, dass du nur gute Menschen um dich hast, Mädchen», hatte er gesagt. «Ganz gleich, in welcher Not du dich befindest.»

Aeneas. MacGillivray war sein treuester Gefährte, bis sie dazwischengekommen war. In Annes Inneren herrschte schmerzhafte Leere. Wusste sie eigentlich, was sie wollte? Und wen? Wohin war sie unterwegs? Und warum?

Als sie aufwachte, hatten die anderen sich bereits erhoben, und über den Feuern wurden Fladen aus Hafermehl gebacken. Neun oder zehn Tage würde es dauern, bis sie Braemar erreichten. Wäre sie wie Ewan allein geritten, hätte sie weniger als die Hälfte der Zeit gebraucht. Doch sie würde Invercauld besuchen, ihren Bruder und ihre Schwester wiedersehen. Daran wollte sie sich festhalten, das musste für den Moment genügen.

Als in der Ferne die schneebedeckten Gipfel aufragten, kam mit der vertrauten Landschaft auch die Erinnerung. Jener Gipfel, dieser See, jener Hang und dieser Fluss – keiner von ihnen hatte sich verändert. Wälder mit knorrigen Bäumen zogen sich an den Berghängen hoch, ihr Laub in leuchtendem Rot, Gelb und Violett. Dann erkannte sie mit einem Mal schon einzelne Bäume, Hügel, Felsen – wie alte Freunde tauchten sie auf, unbeirrt und zuverlässig, mit ausgebreiteten Armen. Anne trieb Pibroch an und begann schneller zu reiten. Ein Teil ihrer Leibwache würde sich ihr anschließen, der andere langsam weiterreiten, um Frauen und Kinder nach Hause zu geleiten, ehe sie sich in Moy erneut versammelten. Und dann war Anne an ihrem Ziel angelangt und brachte Pibroch im Hof von Invercauld zum Stehen, vor dem Heim, in dem sie aufgewachsen war.

Im Nu flog die Eingangstür auf, und Elizabeth stürzte heraus.

«Anne, Anne!»

Anne sprang ab, schlang die Arme um ihre Schwester, drückte sie an sich, weinte und küsste sie, strich ihr über das Haar und sog den vertrauten Duft in sich ein.

«Lass dich anschauen! Bist du etwa gewachsen? Ist es so lange her?» Sechs Monate waren seit ihrem Aufbruch vergangen, doch Anne kamen sie vor wie Jahre.

Und dann stand James vor ihr, ihr schweigsamer Bruder, der nicht zu wissen schien, ob er ihr die Hand schütteln oder sie an sich drücken sollte. Anne warf sich ihm in die Arme und schmiegte ihre Wange an seine Brust. Sie wollte ihn nicht in Verlegenheit bringen, indem sie ihn küsste. Seine Freude vermittelte sich ohnehin auf andere Weise, denn James, der sonst so zurückhaltend war, hielt sie an sich gepresst und ließ sie lange nicht los.

«Was soll das?», ließ sich vom Hauseingang her eine nörgelnde Stimme vernehmen. «Falls ihr lieber draußen herumsteht, schließe ich die Tür, ehe im Haus die Wärme verlorengeht.»

Anne wandte sich um, sprang über die Stufen zu ihrer Stiefmutter hoch und umarmte sie stürmisch.

«Es tut so gut, dich wiederzusehen», murmelte sie ihr überschwänglich ins Ohr.

Lady Farquharson befreite sich und trat einen Schritt zurück. «Deine Manieren lassen wie immer zu wünschen übrig. Und was soll dieser Aufzug, in dem du hier erscheinst?»

Anne blickte an dem schlichten, dicken Bauernumhang

herunter, der in der Taille mit einem einfachen Lederriemen gegürtet war. Er hielt die Kälte ab, und falls man im Freien schlief, leistete er seinen Dienst als Decke.

«Ich liebe dich», sagte Anne zu Lady Farquharson. «Auch du hast dich kein bisschen verändert.»

«Warum kannst du dich nicht weiblicher kleiden und so, wie es sich für deinen Rang geziemt?» Falls Lady Farquharson sich über Annes Besuch freute, wusste sie es geschickt zu verbergen.

Im Haus ließ Lady Farquharson eine Mahlzeit und heißen Whisky zubereiten. Anne sank in einen Sessel, streckte die Beine von sich und blickte verträumt in die Runde.

Ihre Stiefmutter deutete auf ihre Füße. «Setz dich anständig hin. Man könnte meinen, du wärst ein Seemann.»

«Seit wann kennst du dich denn mit Seemännern aus?», fragte Elizabeth mit unschuldiger Miene.

«Nun, immerhin habe ich schon welche gesehen. Ich habe mein Leben ja nicht nur in Invercauld verbracht.»

Anne und Elizabeth prusteten los, wohingegen Lady Farquharson verstimmt erklärte, sie wisse beim besten Willen nicht, was es da zu lachen gebe. Mit einem stillen Lächeln auf den sonst so ernsten Zügen ging James in die Küche, um den Whisky zu holen.

Zum Abendbrot gesellte sich Francis zu ihnen. Er, James und Anne tauschten sich über das aus, was sich in der Zwischenzeit zugetragen hatte, und berieten die Schritte, die sie zu unternehmen gedachten. Die Regierungstruppen in Fort George waren verstärkt worden, doch die Farquharsons hatten vor, zwei Bataillone zu stellen, Clansleute aus Invercauld und Monaltrie. Anne ging davon aus, dass sie Inverness einnehmen konnten, denn die dort stationierten Regierungstruppen zogen vermutlich nach Süden, wenn England dank des kommenden Aufstandes in zwei Lager zerfiel.

«Bei Ruthven liegen Truppen von mehreren tausend Soldaten», bemerkte Francis.

«Und was tun die dort?», fragte Anne.

«Noch ruhen sie sich aus», antwortete James. «Doch offenbar haben sie vor, Edinburgh zurückzuerobern.»

«Sie glauben vermutlich, dass sich der Prinz noch dort befindet», ergänzte Francis.

«Wenn er einen Funken Verstand besäße, wäre er auch dort geblieben», sagte Lady Farquharson.

Anne stellte beunruhigt fest, dass sie und ihre Stiefmutter in diesem Punkt einer Meinung waren.

«Nun», begann sie. «Vielleicht kehrt er um, wenn wir doch nur das Land erhalten, auf dem wir leben.» Anne wusste, den Jakobiten waren die Dinge aus den Händen geglitten, seitdem sich die Truppen auf England zubewegten. Ihr Erfolg hing nun vom Beistand der englischen Bevölkerung ab.

«Oh, Schottland können wir sicherlich halten», sagte Francis. «Und sollten wir London einnehmen, stürzt die englische Regierung und somit diejenigen, die die englische Armee bezahlen, die wiederum gewiss nicht ohne Sold weiterkämpft.»

«Ach, dann glaubst du, es war doch richtig, nach England zu marschieren?»

«Wer spricht denn so gern davon, dass die Größe einer Idee eine Rolle spielt?», fragte Francis augenzwinkernd. «Doch falls wir von anderen Größen sprechen, wären da sieben Millionen Engländer zu bedenken. Mag sein, dass sie sich eine neue Regierung wünschen, doch gewiss keine, die aus Schottland stammt. Du kannst es drehen und wenden, wie du willst, doch letztlich kommen wir nicht ohne die Unterstützung der Franzosen aus. Es sei denn, die Engländer würden sich schlichtweg ergeben und aus unerfindlichen Gründen beschließen, James Stuart auf den Thron zu heben.»

Anne schaute bedrückt zu Boden. Auch Aeneas hatte darauf hingewiesen, dass allein die Hilfe der französischen Armee ihren Erfolg garantiere. Aeneas. Wie gegenwärtig die Vergangenheit ihr war, seit sie in Invercauld verweilte! Nicht weit entfernt lag der Wald, in dem sie einander erstmals begegnet waren. Sie, das trotzige Kind, er, der fremde Krieger. Und hier in diesem Raum hatte er ihr den Antrag gemacht. Sie hatte ihn nie anders als kraftvoll und mutig erlebt. Vielleicht folgten seine Gedanken größeren Mustern, vielleicht war er weitsichtiger als sie. Mit einem Mal lösten sich ihre Anspannung und der Knoten, der sich in ihrem Magen gebildet hatte. Es gab keinen Grund, länger zu grübeln, sie konnte einfach zu ihm reiten. Ein Tag nur, und sie wäre bei ihm.

Als Anne und Elizabeth sich zu Bett begaben, war es, als wären sie beide wieder kleine Mädchen. Frierend entkleideten sie sich bis aufs Hemd, schlüpften unter die Decke, kichernd wie in alten Zeiten und dankbar für die Wärme, die die andere bot. Doch als sie die Kerze gelöscht hatten, fing Elizabeth an zu reden, und Anne stellte fest, dass ihre Schwester offenbar nur einen einzigen Gesprächsstoff kannte.

«Ist MacGillivray wieder dein Liebhaber?»

«Nein.»

«Wie schaffst du das? Du bist seit Monaten allein!»

«Wir hatten anderes zu tun.»

«Gibt es sonst jemanden in deinem Leben?»

«Nein.»

«Hör mal, mir kannst du es doch erzählen. Irgendeinen Liebhaber musst du doch haben.»

«Nein. Ich habe keinen.»

«Ich schon.»

«Wen?»

«Du darfst aber nicht lachen.»

«Tue ich nicht. Ich will nur wissen, wer meine kleine Schwester verführt hat.»

«Ich habe ihn verführt.»

«Gut.» Anne fing an zu lachen.

«Du lachst ja doch.»

«Tue ich nicht. Wer ist es?»

«Wenn ich es sage, lachst du mich aus.»

«Niemals.»

«Dauvit.»

«Dauvit, der Wahrsager?», fragte Anne ungläubig.

«Sprich leiser, oder willst du, dass es alle hören?»

Anne begann erneut zu lachen. Zunächst leise, doch dann laut und anhaltend, bis ihr die Tränen kamen. Nach einer Weile wurde Elizabeth von ihrem Gelächter angesteckt.

«Dauvit», schniefte Anne. «Ausgerechnet.»

«Du hast gesagt, du würdest nicht lachen», gluckste Elizabeth. «Wenn du so weitermachst, steht gleich Mutter in der Tür.»

«Die würde das sicher nicht lustig finden. Der Mann ist unter deinem Stand.» Anne verbarg das Gesicht in ihrem Kissen, um das Kichern, das in ihrer Kehle aufstieg, zu ersticken.

«Er sieht gut aus», bemerkte Elizabeth.

«Das mag sein», erwiderte Anne gedämpft. «Aber ist er nicht ein wenig – zurückgeblieben?»

«Er ist ja nur zum Üben. Und dass er ein bisschen langsam ist, schadet nicht. So tut er alles, was ich sage – und er ist dabei keineswegs ungeschickt.»

«Das glaube ich dir aufs Wort. So gut wie jede Frau im Clan hat ihn gehabt.»

«Das ist nicht wahr!»

«Doch.» Anne hob den Kopf und versuchte, ernst zu bleiben. «Es muss an der Art liegen, wie er sie anstarrt und sich dabei die langen, schlanken Finger knetet. Die Frauen nehmen ihn gern, insbesondere dann, wenn sie es noch nicht besser wissen.»

Wieder brach Anne in Gelächter aus.

«Hast du es auch mit ihm getan?»

«Das sage ich nicht.» Anne konnte sich nicht beruhigen und prustete wieder los.

In diesem Moment wurde an der Tür geklopft, laut und gebieterisch.

«Ich hoffe, ihr habt die Kerze gelöscht und verschwendet bei eurem Getöse kein Licht», rief Lady Farquharson, verzichtete jedoch darauf, ins Zimmer zu kommen.

Anne und Elizabeth zogen sich kichernd die Decke über den Kopf.

# 19

«Außer Dir fehlt mir nichts», las Hawleys Adjutant und ließ verwundert den Briefbogen sinken.

«Noch so ein verworrener Schwätzer.» Hawley riss die Seite an sich und warf sie auf den Stapel, der dem Postsack entnommen worden war. In ihm befanden sich sämtliche Schreiben der Jakobiten, geöffnet, gelesen und ausgewertet. Am anderen Ende des Raumes traf eine Peitsche in rhythmischen Abständen auf einen nackten Leib.

Üblicherweise bestand die neunschwänzige Katze aus einfachen Stricken, doch bei der, die hier geschwungen wurde, hatte man Dornen aus Draht in die Spitzen geknüpft. Auf jeden Hieb folgten ein Schrei und danach unterdrücktes Stöhnen.

«Ebenso wie das Geschmiere da.» Hawley ergriff einen weiteren Brief mit aufgebrochenem Siegel; dieser war an Captain Aeneas McIntosh gerichtet.

Der Raum, in dem sie sich befanden, war eine Zelle mit dicken Steinwänden im Gefängnis von Inverness. Ewan MacKay hing nackt zwischen zwei Holzpfosten, sein Rücken, in den die Katze wieder und wieder schnitt, war blutüberströmt. Mit einem Mal verstummten seine Schreie. Hawley trat zu ihm und musterte den erschlafften Körper. Annes Brief hielt er wie einen übelriechenden Gegenstand vor sich. Hinter ihm betupfte Hawleys Adjutant seine Schläfe. Er hatte Annes Schreiben aus dem Gälischen übersetzt, ein paar dürftige Zeilen, die nichts weiter besagten, als dass jene Anne bald zu Hause wäre und sich ein Gespräch mit dem Angeschriebenen erhoffe.

Daraufhin hatte Hawley ihm einen Schlag mit der Pistole versetzt.

Ungeduldig winkte Hawley den Wärter mit der Peitsche fort, packte Ewans Haar und riss seinen Kopf zurück, doch sein Opfer hatte das Bewusstsein verloren. Auf einen zweiten herrischen Wink schüttete der Wärter Ewan Wasser ins Gesicht. Hawley beschloss, eine Pause einzulegen. Der Postreiter war an der Burg von Stirling aufgegriffen worden. Hawley schwollen die Zornesadern, wenn er daran dachte, dass die Wachen in Stirling diesen jakobitischen Bauern für Tage bei sich behalten und darüber gegrübelt hatten, was sie mit ihm anstellen sollten, ehe sie auf die Idee kamen, dass Hawley vielleicht Verwendung für ihn hatte.

Ewans Lider flatterten, sein Blick war stumpf. Hawley beugte sich vor.

«Die Hure der Jakobiten», zischte er. «Wo steckt sie?»

Ewan bewegte lautlos die Lippen. Hawley beugte sich tiefer herunter.

«Wie war das?»

*«Pòg»*, flüsterte Ewan und hustete. *«Mo thòn.»*

«Auf Englisch!» Hawley schüttelte Ewans Kopf.

«Fahr», keuchte Ewan.

«Schon besser. Fahr, wohin?»

«Zur Hölle.»

Hawley ließ den Kopf fallen. Der Wärter hob die Peitsche, doch Hawley hielt seine Hand zurück.

«Reib Salz in seine Wunden. Und achte darauf, dass er nicht stirbt. Jedenfalls noch nicht. Ich möchte wetten, dass er bald redet. Es ist nur eine Frage der Zeit.»

Anne bot Lady Farquharson eine Silberschatulle dar.

«Das ist für dich. Die Damen in Edinburgh benutzen dergleichen ständig.»

Die Beschenkte schlug den Deckel zurück und betrachtete das braune Pulver.

«Was ist das? Flintenpulver?»

«Nein, das ist Schnupftabak. Du nimmst eine Prise.» Anne führte es vor und streute eine kleine Portion auf ihren Daumen. «Und anschließend ziehst du es in die Nase.»

«Tatsächlich?» Annes Stiefmutter schien zu zweifeln und runzelte die Stirn, als Anne ihre Prise ungeschnupft zurückrieseln ließ.

«Nur Mut», sagte Anne. «Versuch es einfach.»

Lady Farquharson nahm eine Prise, streute sie auf den Daumen und sog sie ein.

Anne schloss die Schatulle und trat einen Schritt zurück. «Allerdings brauchst du dazu ein Taschentuch.»

«Wozu?» Ihre Stiefmutter nieste.

«Dazu.»

«Und das tun sie in Edinburgh zu ihrem Vergnügen?» Lady Farquharson nieste mehrmals hintereinander und betupfte ihre tränenden Augen.

«O ja. Du wirst es gleich merken.» Anne und ihre Familie standen vor dem Haus, Pibroch war bereits gesattelt. Am Vortag war Anne rastlos geworden und hatte beschlossen, am nächsten Morgen gleich bei Tagesanbruch nach Moy aufzubrechen. Ihre Leibwache war schon auf dem Weg. Anne wandte sich zu Elizabeth um.

«Pass gut auf dich auf.»

«Warum kann ich nicht mit dir kommen? Wenigstens bis Moy.»

«Dieses Mal nicht, Elizabeth.» Anne umarmte ihre Schwester. «Üb weiter mit Dauvit», flüsterte sie ihr ins Ohr. «Von ihm kann man eine Menge lernen.» Dann verabschiedete sie sich von James und lächelte ihrer Stiefmutter, die inzwischen mit dem Taschentuch hantierte, aufmunternd zu. Schließlich saß sie auf und ritt davon.

Vierhundert Meilen entfernt machten sich MacGillivray und Lochiel auf den Weg, um an der nächsten Lagebesprechung teilzunehmen. Mittlerweile befanden sie sich in Derby. Nach London waren es nur noch wenige Tagesritte, und eigentlich hätten sie Grund zur Freude gehabt. Der Marsch nach Süden war ereignislos verlaufen, denn der Armee von General Wade waren sie, dank Lord Murrays Geschick, stets erfolgreich ausgewichen. Von ihren Spitzeln hatten sie erfahren, dass es in London vielfach zu Aufständen gekommen war und eilig Milizen angeworben wurden, die allerdings außerstande wären, die Truppen aus dem Hochland zu schlagen. König George schien sich zur Flucht bereit zu machen, zumindest hatte er einen Teil seiner Habe auf ein Themseschiff verladen lassen. Folglich hätten sie allen Grund zum Frohlocken gehabt, doch die Mienen derer, die sich zur Lagebesprechung einfanden, wirkten angespannt. Einige beäugten argwöhnisch die Landkarte auf dem Tisch, auf der wahllos verstreut die Runenhölzer lagen. Charles Stuart betrachtete sie wie gebannt.

«Ihr habt es vernommen, vermute ich», begann Lord Balmerino. «Cumberland hat seine Veteranentruppen vom Kontinent abgezogen. Zehntausend kampferprobte Soldaten nähern sich uns in diesem Moment.»

«Und was ist, wenn unser Informant ein feindlicher Spitzel ist?», erkundigte sich der Prinz. «Ein Spion der englischen Regierung, der uns mit Absicht belügt?»

«Er wäre nicht der Erste, der uns belügt», entgegnete Margaret Johnstone leise und doch vernehmlich. «Was ist denn aus den Zusagen hinsichtlich des englischen Beistands geworden?»

«In Preston waren es lediglich eine Handvoll», bemerkte MacGillivray. «In Manchester zweihundert.»

Das englische Volk hatte auf den Einmarsch auf unterschiedliche Weise reagiert: manche furchtsam, andere neugierig, einige beifällig, doch dem Marsch angeschlossen hatte sich so gut wie keiner.

«Die Engländer waren ein Reinfall», murmelte David Ogilvie.

«Und wir sind nicht gewillt, die Schlacht für diese Leute zu schlagen.» Lochiel machte ein missmutiges Gesicht.

«Von welcher Schlacht soll denn da überhaupt die Rede sein?», fragte Kilmarnock höhnisch. «Seit wann kämpfen denn die Engländer, außer sie kämpfen gegen uns?»

«Sie werden sich niemals gegen den wahren Thronfolger erheben», verkündete der Prinz und legte die Hand auf seine Brust.

«Mag sein, aber für *Euch* kämpfen sie offenbar auch nicht», sagte Jenny Cameron bissig.

«Die französische Armee steht bereits bei Dünkirchen», betonte O'Sullivan. «Sie kann jeden Augenblick die Schiffe besteigen.»

«Die möchte ich gern sehen», sagte George Murray.

«Wen?»

«Die Briefe der Franzosen, in denen sie ihre Truppen ankündigen.»

«Nun ja.» O'Sullivian wirkte verlegen. «Ich fürchte, dass sie im Moment nicht verfügbar sind.»

«Sir John?» Murray drehte sich zu dem Sekretär des Prinzen um.

Der Angesprochene vertiefte sich in den Anblick seiner Schuhe. «Wir sind im Besitz früherer Korrespondenz. Die jüngste Bestätigung steht noch aus.»

MacGillivray beugte sich vor.

«Dann zeigt uns wenigstens die Zusagen der englischen Jakobiten.»

Sir Johns Blick haftete weiterhin am Boden. Greta legte einen tröstenden Arm um ihn.

«Es gibt keine», bekannte sie.

George Murray starrte Charles Stuart an.

«Ihr habt uns getäuscht, gebt es zu.»

«Es war notwendig, denn anderenfalls wäret Ihr auf meine Pläne nie eingegangen, wäret nie mit Euren Truppen nach Süden gezogen. Und nun sind wir kurz davor, London einzunehmen. Wenn wir wollen, gehört uns schon morgen die Stadt.»

«Keine englische Unterstützung?» Lord Balmerino wirkte benommen. «Und was den französischen König anbelangt, nichts weiter als leere Worte?»

«Die französische Armee steht uns zur Seite», rief der Prinz aufgebracht und hob beschwörend die Hände. «Warum vertraut Ihr mir nicht?»

«Wir haben Euch vertraut, als es um die Unterstützung der englischen Jakobiten ging», sagte MacGillivray schroff.

«König Louis lässt mich nicht im Stich.» Der Prinz war sichtlich erregt. «Und die Runenhölzer irren sich nicht.»

Wutschnaubend beugte Lochiel sich vor und fegte die Hölzer vom Tisch.

«George!» Der Prinz ergriff Murrays Arme. «So glaubt mir doch, wir können London einnehmen. Ihr wisst, dass es so ist! So sagt es ihnen doch!»

Murray schüttelte seine Hände ab. «Wir kehren nach Hause zurück. Dort warten wir auf die Franzosen. Wer schließt sich dem Vorschlag an?»

Bis auf Charles Stuart und O'Sullivan hob ein jeder die Hand. Die schottischen Kommandeure machten kehrt und verließen den Raum.

Langsam ritt Anne auf Pibroch den Weg entlang, den sie einst mit ihrer Brautgesellschaft eingeschlagen hatte. Damals waren sie gemächlich über sommerliche Berge gezogen, mit nächtlicher Rast und festlich gestimmt. Nun legte sie die Strecke in schnellem Trab zurück, spritzte das Wasser der Bäche, die sie durchquerte, zu Fontänen auf, galoppierte über offenes Land, vorbei an Wäldern mit winterlich kahlen Bäumen. Nur zweimal legte sie eine Rast ein, um Wasser zu trinken und ein Stück zu Fuß zu laufen.

Das Dezemberlicht verblasste bereits, als Anne Moy erreichte, doch die anbrechende Dämmerung war ihr lieb. Sie hüllte sie wie eine Decke ein und löschte die Umgebung aus, deren Anblick sie kaum zu ertragen vermochte: den Baum am See, in dessen Krone sie sich versteckt hatte, den Platz, auf dem zu ihrer Hochzeit das Podest errichtet worden war, das Fenster, hinter dem das Zimmer ihrer Hochzeitsnacht lag, aus dem sie sich gelehnt hatte, als Aeneas und MacGillivray sich mit den Schwertern maßen.

Als Will aus dem Haus kam, um Annes Pferd in Empfang zu nehmen, blickte er sie stumm und zaghaft an. Drinnen saß die Witwe McIntosh am Kamin, ließ die Zeitung sinken und schaute Anne verwundert entgegen.

Dann sprang sie auf, hielt Anne kurz mit ausgestreckten Armen von sich und umarmte sie.

«Ich habe das Pferd gehört und gedacht, es könnte Aeneas sein.»

«Ich hoffe, ich störe nicht.»

«Aber nein, ich bitte dich. Doch dir ist gewiss bekannt, dass Aeneas nicht im Hause ist. Er befindet sich im Fort …» Die Witwe ergriff Annes Hände. «Doch all das kann noch warten. Glaub mir, es ist schön, dich wiederzusehen.» Sie rief nach Jessie und trug ihr auf, Ale herbeizubringen.

«Kein Ale», sagte Anne. «Ich habe etwas Besseres dabei.» Sie stellte die kleine Kiste, die sie bei sich getragen hatte, ab und schlug den Deckel auf. «Das ist Tee.»

«Davon habe ich schon gehört.» Aeneas' Tante betrachtete die schwarzen Krümel.

«Ist das ein Gewürz?» Jessie legte einen Krümel auf ihre Zunge und spuckte ihn umgehend aus. «Das schmeckt nach nichts.»

«Daraus macht man ein Getränk», erklärte Anne. «Die Damen in Edinburgh trinken es statt Ale am Nachmittag. Damit vertreiben sie sich die Zeit bis zum Abend.»

«Sie trinken stundenlang diesen Tee?» Die Witwe war sichtlich beeindruckt.

«Von vier Uhr am Nachmittag bis acht Uhr abends. In dieser Zeit kommen sie in ihren Salons zusammen. Die Pfarrer predigen gegen den Teegenuss und verlangen, dass sie zum Ale zurückkehren, doch das ficht die Damen nicht an. Ich glaube, wenn sich die Kirche dagegen empört, ist es bestimmt ein wundervolles Getränk.»

Schweigend vertieften sie sich in den Anblick der schwarzen Blättchen. Auch Anne war sich nicht gänzlich sicher, wie der Tee zuzubereiten war, doch sie unterwies Jessie nach dem, was sie sich zusammengereimt hatte.

Kurz darauf trug Jessie einen dampfenden Kessel herein, ebenso drei der Krüge, aus denen sonst Ale getrunken wurde, eine Dose mit Zucker und eine Kanne Milch.

«Ich habe ein Teeservice bestellt, das man uns schicken wird», sagte Anne. «Doch für den Moment tun es die Krüge.»

Jessie schaute sie unsicher an und deutete auf die Karaffe mit Ale, die sie zur Vorsicht gleichfalls mitgebracht hatte.

«Die ist für alle Fälle.»

Die Teerunde verlief wenig erfolgreich. Der Geschmack war zwar nicht unangenehm, vielleicht ein wenig schwach und fade, doch die schwarzen Blättchen, die in den Krügen schwammen, setzten sich auf der Zunge und an den Zähnen fest, und sie loszuwerden war beschwerlich. Nach einer Weile resignierten die drei und griffen zu der Karaffe mit Ale.

«So, nachdem wir uns so vornehm wie die Edinburgher Damen benommen haben», begann die Witwe und spuckte ein Teeblatt aus, «musst du uns alles über deine Abenteuer erzählen.»

Jessie trug Teller zum Tisch am Kamin und brachte aus der Küche eine Schüssel mit weichen Kartoffeln und Hackfleisch. Wenig später gesellte sich auch Will zu ihnen. Zunächst berichtete Anne von ihrer Begegnung mit dem Stuart-Prinzen, und da die anderen ihn nie gesehen hatten, bestanden sie darauf, sämtliche Einzelheiten zu erfahren: Augenfarbe, Haarfarbe, Kleidung, Wuchs und ob er tatsächlich so schön war, wie jedermann sagte. Auch als es um Annes Ankunft in Perth ging, beharrten sie darauf, jedes Detail zu erfahren, das Gleiche galt für die Einnahme Edinburghs, die Schlacht von Prestonpans und den Marsch durch Schottlands Süden. Es war eine lange Geschichte, die ein viermonatiges Abenteuer umschloss, eine Geschichte, die weitererzählt und im Clan ihre Runde machen würde – eine Geschichte, um die langen, kalten Winterabende auszufüllen.

«Ob sie jetzt wohl in London sind?», fragte Will schließlich mit glänzenden Augen und glühenden Wangen.

«Ich glaube schon», erwiderte Anne. «Wer weiß, vielleicht sitzt der Prinz heute Abend schon in einem der Paläste.» Eine derartige Nachricht würde sich wie ein Lauffeuer verbreiten, doch bis sie Moy erreichte, brauchte es

Tage – selbst wenn unterwegs Pferde und Boten gewechselt wurden.

«Erzählt uns noch einmal, wie Ihr MacGillivray in das grüne Kleid gesteckt habt», bat Jessie.

Die Witwe schüttelte jedoch den Kopf und trug Will und Jessie auf, sich schleunigst zu Bett zu begeben, immerhin mussten sie am nächsten Tag wieder in aller Herrgottsfrühe auf den Beinen sein. Doch anstatt das Kaminfeuer für die Nacht mit nassem Torf einzudämmen, stocherte Aeneas' Tante in der Glut, legte ein Holzscheit nach und füllte abermals die Gläser.

«Ich glaube, einen kleinen Abschnitt hast du in deiner Geschichte ausgelassen», sagte sie leise. «Den, wo du Aeneas auf dem Schlachtfeld getroffen hast.»

«Woher weißt du das? Hat er es dir erzählt?»

«Ja, das hat er. Doch nun möchte ich es gern von deiner Warte aus hören.»

Also berichtete Anne auch von dem, was sich in Prestonpans zugetragen hatte: von der Gefahr, in der MacGillivray geschwebt hatte, dem Rotrock mit der Streitaxt in der Hand, dem Schuss aus der Pistole und dass sie wie erstarrt auf dem Pferd gesessen hatte, als sie mit einem Mal Aeneas erkannte, so nah, ja so nah, dass sie hätte zu ihm laufen und ihn umarmen können, doch dann war da dieser Blick … Einer von ihnen hätte etwas sagen können, nur tat es keiner, und dann ritt er ohne ein Wort davon.

«Und warum hast du das vorhin ausgelassen?»

«Weil ich nicht wollte –», Annes Augen füllten sich mit Tränen, «weil sie nicht wissen sollen, wie tief ihr Clanführer mich verachtet, dass er MacGillivrays Leben rettet, aber sich mir gegenüber verhält, als wäre ich Luft.»

«Oh, Anne, *a ghràidh*.» Aeneas' Tante beugte sich vor und ergriff Annes Hände. «Nun wein doch nicht, mein Liebes. Du bist so stark gewesen ... Komm, nimm das.» Sie zog ihr Taschentuch aus dem Gürtel. «Und jetzt trockne deine Tränen.»

«Ich kann es nicht ertragen, dass er mich dermaßen hasst.»

«Weil du ihn liebst.»

«Das weiß ich nicht.» Anne schnäuzte sich die Nase. «Nicht einmal das weiß ich mehr.»

«Warum sollte es dich sonst kümmern, was er empfindet oder denkt.»

«Aber ich weiß ja gar nicht, was er empfindet oder denkt. Er spricht ja nicht mit mir.»

Die Witwe stand auf und drückte Anne an sich.

«Er glaubt, du bist auf das Schlachtfeld geritten, um ihn zu erschießen.»

«Das ist nicht wahr.»

«Weil du dachtest, er wolle MacGillivray töten.»

«Aber das ist doch Irrsinn.»

«Deine Pistole war auf Aeneas gerichtet.»

«Doch nur, weil der Rotrock gefallen war. Zuvor hatte ich Aeneas gar nicht gesehen.» Im Geist kehrte Anne zu jener Begegnung zurück: Pistolenrauch, dahinter Aeneas. Ihr Finger am Abzug – oh, und dann dieser Ausdruck auf seinem Gesicht, der Blick, dieser Blick, der nicht zu deuten war.

## 20

Als Anne aufwachte, vernahm sie vielstimmigen Vogelgesang, Gezwitscher, Trillern, Gurren, Pfeifen und hier und da das Gekrächze eines Raben. Durch die Fensterläden drang helles Wintersonnenlicht herein, sodass Anne sich genüsslich räkelte und sich wohlig an die Wölbung in ihrem Rücken schmiegte. Aeneas. Also war es doch keine Einbildung gewesen, dass er in der Nacht zu ihr gekommen war. Sie drehte sich zu ihm um und spürte, wie ihr vor Enttäuschung elend wurde. Da lag nur das große Kissen, das sie im Schlaf offenbar hervorgewühlt hatte, um die Leere im Bett zu füllen. Im Geist hörte sie plötzlich wieder das Geräusch von Metall, das auf Metall klirrt, doch auch diese Episode zählte zur Vergangenheit … Sie stand auf und kleidete sich an.

Unten hatte Jessie Feuer in den Kaminen entfacht und war dabei, im Speisesaal eine Schüssel mit heißem Haferbrei aufzutragen.

«Ich habe auch noch geräucherten Lachs und Salzhering», sagte sie, als Anne den Raum betrat. «Der Clan hat nicht viel gebracht, die meisten sind ja fort, und hier lebt niemand außer der Witwe.»

«Mir reicht der Haferbrei. Der Fisch wird sich noch eine Weile halten.»

Aeneas' Tante saß bereits am Tisch und streute Salz über ihren Brei, um sie herum die Zeitungen, die sie für gewöhnlich beim Frühstück las. Anne entsann sich, dass die Witwe den *Caledonian Mercury* regelmäßig bezog, doch, da der nur alle drei Wochen erschien, überdies den *Edinburgh Courant* studierte. Mittlerweile hatten sich englische Zeitungen dazugesellt. Anne erkannte den *Spectator* und die *London Evening Post*, die, aufgrund des langen Transportweges, vermutlich alle ein paar Wochen alt waren.

Die Witwe schaute auf. «Die englischen Blätter zeigen sich verwundert über die Art und Weise, wie sich unsere Truppen auf dem Weg nach Süden verhalten.»

«Wie verhalten sie sich denn?»

Die Witwe spitzte die Lippen. «Nun, sie lassen die Bevölkerung in Frieden. Offenbar haben sie mit Vergewaltigungen und Plünderungen gerechnet. Schließlich sind wir für sie nur Barbaren.»

«Barbaren, die für das, was sie unterwegs benötigen, bezahlen, die Freunde gewinnen möchten, statt sich Feinde zu schaffen. Das muss den Engländern in der Tat Kopfzerbrechen bereiten.»

Die Witwe deutete auf den dampfenden Kessel, der über dem Feuer hing.

«Wir dachten, du hättest vielleicht Lust auf einen Schluck Tee.»

«Ich glaube, ich warte lieber, bis das Teeservice kommt. Bis dahin bleibe ich beim Ale.»

«Das wird die Kirche in Edinburgh freuen.»

«Für die bin ich verloren. Ich muss nur daran denken, wie ich Schamlos aus den Klauen dieses verbohrten Geistlichen gerettet habe.»

Nach einer Weile begann die Witwe zu erzählen, was sich während Annes Abwesenheit in Moy zugetragen hatte: Die Shaws hatten einen Jungen verloren, den Leichnam hatte der ältere Bruder zurückgebracht, verschnürt in einen Umhang der Schwarzen Garde, den ein Tiefländer freundlicherweise zusammengenäht hatte. Der Leichnam war auf zusammengenagelten Holzbohlen transportiert worden; die Reise hatte zwei Wochen gedauert.

«Und Màiri hat eine Nachricht von Aeneas erhalten, nach der ihr Lachlan gefallen ist.»

«Aber das ist nicht wahr! Lachlan ist bei uns. Sein Vater hat ihn vom Schlachtfeld getragen, der Junge hatte am Rücken eine Fleischwunde. Aber er lebt, zweifellos, läuft munter umher und zeigt jedermann die Narbe.»

«Dem Himmel sei Dank!» Aeneas' Tante schlug die Hände zusammen. «Dann kann Will später gleich zu Màiri hinüberlaufen. Im Moment wird er auf dem Rückweg sein. Er war in Inverness, um bei mir im Haus die Kamine zu entfachen. Das Haus muss hin und wieder durchgeheizt werden, sonst wird alles klamm. Das tut einem Haus nicht gut, wenn es im Winter für lange Zeit einsam und leer steht.»

Doch Anne war mit ihren guten Nachrichten noch nicht zu Ende und berichtete über die jungen McIntoshs aus der Schwarzen Garde, die sich den jakobitischen Truppen angeschlossen hatten – immerhin fünfzig an der Zahl, wenngleich sie sich nicht sämtliche Namen hatte merken können. Die Witwe wusste von einigen, die aus Edinburgh nach Hause geschrieben hatten, allerdings seien das beileibe keine fünfzig gewesen. Verwundert runzelte Anne die Stirn. Selbst wenn die restlichen Jungen sich erst kurz vor dem Überqueren der englischen Grenze gemeldet hätten, müsste die Post inzwischen eingetroffen sein.

«Ist Schamlos wohlbehalten zu Hause eingetroffen?»

Wie Anne erfuhr, waren sowohl er als auch Robbie angekommen, Letzterer jedoch mit nur einem Arm, dem linken, obgleich er doch Rechtshänder gewesen sei. Allerdings habe er kein Begnadigungsschreiben bei sich getragen und erklärt, der Aufbruch aus Edinburgh sei dazu ein wenig zu hastig vonstatten gegangen.

«Das heißt, dass er nun als fahnenflüchtig gilt.»

«Nicht ganz. Schamlos hat seinen eigenen Namen auf dem Schreiben durchgestrichen und dafür Robbies Namen eingesetzt. Danach ist er anstelle seines Freundes zur Garde zurückgekehrt.»

«Welch ein Durcheinander», sagte Anne. «Nun steht Schamlos auf unserer Liste und kämpft womöglich mit den anderen weiter, und darauf steht die Todesstrafe.»

«Falls er gefasst wird», erwiderte die Witwe, «bürgen wir für ihn. Man kann ihn ja schlecht nur wegen seiner Dummheit sterben lassen.»

Bei den restlichen Neuigkeiten aus Moy handelte es sich um alltägliche Begebenheiten. Megs Kuh hatte sich prächtig erholt, seitdem ihr das Blut nicht mehr abgezapft wurde, Toms Zustand war unverändert, trotz oder dank der Fleischbrühe, die er regelmäßig erhielt, und Caths Säugling hatte zu krabbeln begonnen.

«Sind Cath und Ewan inzwischen ein Paar?»

«Aber Ewan ist doch mit euch fortgezogen.»

«Schon. An der Grenze habe ich ihn allerdings mit der Post nach Hause geschickt.»

«Damit erklärt sich wohl alles. Vermutlich trägt er jedes Briefchen einzeln aus. Irgendwann wird er schon auftauchen. Weißt du übrigens, dass er der Vater von Caths Kind ist?»

Anne nickte zerstreut und versuchte, die Tage zusammenzuzählen, doch ganz gleich, wie sie rechnete, war Ewan eindeutig zu lange unterwegs.

«Seonag wusste es auch», setzte die Witwe ihr Geplauder fort. «Doch sie hat das Kind geliebt. Wieso auch nicht? Die Lebenden sind ein Schatz, den man hüten muss. Freilich hat sie Ewan gehörig gescholten. Weißt du, wir Frauen sind seltsame Wesen. Da erwarten wir, dass unsere Männer uns mit anderen teilen, doch sobald sie es uns nachtun, ist der Teufel los. Dabei liegt es in der weiblichen Natur, mehr als nur einem Mann zu gehören. Aber Männer sind anders und möchten im Grunde nur einer Frau die Treue halten. Sie haben ja auch genug damit zu tun, diese eine glücklich zu machen, wenn überhaupt. Ich sage immer –»

«Das ist zu lange», fiel Anne ihr ins Wort. «Ewan hätte längst zurück sein müssen.»

Sie horchte auf, als vom Eingang her polternde Schritte zu vernehmen waren, doch es war Will, der den Raum betrat, Jessie dicht auf den Fersen.

«Sie kommen heim!», rief der Junge. «Unsere Truppen, sie kehren um und kommen nach Hause.»

*«Dè bha siud?»* Aeneas' Tante fuhr herum.

«Was sagst du da?» Anne war aufgesprungen. «Etwa aus London?»

«Sie waren nicht in London, sie waren in ... in ... nun, irgendwo in der Nähe. Lord George hat dem Prinzen erklärt, es wäre genug, sie kehrten lieber wieder um.»

Anne und die Witwe starrten sich an, als könnten sie die Antworten auf die Fragen, die ihnen durch den Kopf schossen, in den Augen der anderen lesen.

«George wird gewiss seine Gründe haben», brachte die Witwe schließlich hervor.

«Das ist noch nicht alles.» Will wedelte ungeduldig mit den Armen. «Die Armee der Regierung verlässt die Baracken in Ruthven. Wie es heißt, werden die Truppen nach Edinburgh verlegt.»

«Um unseren Leuten den Weg abzuschneiden», murmelte Anne. «Um den Kampf gegen uns aufzunehmen.»

«Ich hoffe, du irrst dich», bemerkte die Witwe. «Denn falls du recht hast, haben wir General Wades Armee im Rücken und laufen den anderen direkt in die Arme.»

Anne packte Wills Schulter.

«Nimm ein Pferd und reite Moy ab. Sag den Soldaten, wir brechen auf, und weise die anderen darauf hin, dass wir jeden Krieger brauchen, der bereit ist anzutreten. Sie sollen sich nach Invercauld begeben und dort die anderen aus dem Chatton-Clan treffen.»

«Mach ich.» Will nickte aufgeregt. «Sobald Ihr meinen Arm freigebt.»

Anne ließ von ihm ab, und der Junge rannte los. Hinter ihm fiel die Tür mit einem Knall ins Schloss.

«Herrje», kam es Anne mit einem Mal in den Sinn. «Ich habe die Leute in Dunmaglas vergessen.»

«Dahin kann ich reiten», erbot sich Jessie. «Und an der ersten Siedlung schicke ich ein paar Boten los, die können die Nachricht unter den anderen Clans verbreiten.»

«Du kluges Mädchen!» Anne gab ihr einen Kuss.

Wenig später war auch Jessie verschwunden. Anne hüllte sich in ihren Umhang und band den Lederriemen um.

«Musst du jetzt nach Braemar zurück?», fragte Aeneas' Tante.

«Das ist nicht notwendig, der Clan meines Bruders ist bereits dabei, sich zu versammeln, und James wird rechtzeitig erfahren, dass seine Truppen nicht mehr zur Sicherung der Grenze vorgesehen sind. Ich muss mich mit Aeneas besprechen, das ist jetzt dringender als zuvor. Ich reite nach Inverness. Den anderen schließe ich mich später an.»

«Aber du wirst doch gesucht! Man wird dich überall erkennen.» Aeneas' Tante hielt eine der Londoner Zeitungen hoch.

Anne starrte auf die abgebildete Karikatur. «Wie soll mich denn danach einer erkennen? Das Bild ist aberwitzig.» Ihr Blick fiel auf eine Zeichnung daneben. «Meine

Güte, soll das etwa Jenny Cameron sein? Die sieht ja aus wie ein Mann.»

Die Witwe blieb jedoch hartnäckig. «Jeder in unserer Gegend weiß, welches Gesicht zu diesem Namen gehört. Was du vorhast, ist gefährlich.»

Anne zog ein Stück des Umhangs über den Kopf.

«Die meisten Frauen tragen zurzeit eine Kapuze, um sich gegen die Kälte zu schützen. Mit dem Umhang sehe ich ohnehin wie eine Katenbäuerin aus.»

«Und wie gedenkst du ins Fort zu gelangen?»

«Darüber denke ich nach, wenn es so weit ist.»

Kurz darauf war auch Anne davongeritten.

«Jessie», rief die Witwe, ehe ihr einfiel, dass sie ins Leere sprach. Sie trug ihren Becher Ale zum Kamin und ließ sich in ihren Sessel sinken.

«Tja, liebes Haus», prostete sie in die Runde. «Sieht aus, als müsstest du für eine Weile mit mir vorliebnehmen.»

Am Rande von Inverness brachte Anne Pibroch bei einer Frau unter, die sie für vertrauenswürdig hielt. Auch ihr Schwert und den Dolch ließ sie zurück, wenngleich sie sich ohne die gewohnten Waffen nackt vorkam. Sie zu tragen wäre jedoch viel zu gefährlich gewesen. Allein die Pistole versteckte sie in ihrem Gewand.

«Seid nur ja vorsichtig», mahnte die Frau, als Anne sich zu Fuß auf den Weg in die Stadt machte. «Sie hängen jeden Verdächtigen auf dem Marktplatz auf. Erst gestern ist es Struan Davidson so ergangen.»

«Dem Schildermaler?» Davidson hatte für die Jakobiten Gelder gesammelt, und Anne glaubte sich zu entsinnen, dass einer der Briefe, die Ewan bei sich hatte, an ihn gerichtet gewesen war. Sie verbarg die Pistole tiefer in den Falten ihres Umhangs. Falls man sie entdeckte, wäre sie zwar ein Grund für eine Festnahme, doch zumindest würde sie sich dann nicht kampflos ergeben müssen. Als Anne den Marktplatz erreichte, gewahrte sie eine Menschentraube vor dem Galgen, der am anderen Ende des Platzes errichtet worden war. Allerdings herrschte auch rund um die Marktstände reges Treiben, sodass es ihr leichtfiel unterzutauchen. Die Tore des Forts standen offen. Anne erkannte Lord Loudens Standarte, die von einem der Masten wehte. Wahrscheinlich hielt sich hinter den Toren auch die Schwarze Garde auf.

Mit gesenktem Kopf schob sie sich durch das Gedränge und blieb mitunter stehen, um, wie jede andere Katenbäuerin auch, die Auslagen zu beäugen. Schließlich erstand sie eine Flasche Ale und überlegte, damit zum Eingang des Forts zu marschieren und sich als Händlerin auszugeben, die mit einer kleinen Aufmerksamkeit für Captain Aeneas – nein, vielleicht doch besser für Lord Louden – viel Glück für die nächste Schlacht wünschen wollte. Auf die Weise müsste es gelingen, schließlich schafften es ja auch die anderen Frauen, die sie das Fort betreten oder verlassen sah.

Entschlossen bahnte Anne sich einen Weg durch die Menschenmenge, bis ihr Blick auf das Podest unter dem Galgen fiel, wo ein Mann mit blutigem Rücken und herabhängendem Kopf unter den Achseln gepackt und hochgestemmt wurde. Anne zwang sich, den Blick abzuwenden und sich stattdessen auf das Fort zu konzentrieren – und verharrte, als sie Aeneas sah, der in der Uniform eines Captain der Schwarzen Garde durch das Tor kam und an den Galgen trat.

Aeneas schaute zu dem Verurteilten empor, auf das blutüberströmte Gesicht und die Schlinge um den Hals des Mannes. Sein Blick wurde starr. James Ray, der mit seiner

Frau im Gefolge erschienen war, blieb stehen und wartete auf seinen Captain. Unterdessen wandte er sich um und ließ seinen Blick über den Marktplatz schweifen, bis er auf eine Katenbäuerin stieß, die ihm irgendwie bekannt vorkam und ihn offensichtlich fixierte. Ray drehte sich wieder um, als er hörte, wie am Galgen die Falltür aufklappte. Der Verurteilte fiel herunter und strampelte mit den Beinen, als sich die Schlinge um seinen Hals zuzog.

Aeneas fuhr herum und packte Ray am Arm. «Zieht sofort den Mann da runter», zischte er.

In kopflosem Gehorsam war Ray sogleich auf dem Podest, umschlang die wild zuckenden Beine des Verurteilten und hängte sich mit seinem ganzen Gewicht an den Mann. Aeneas hörte das Knacken des Genicks, als Ray den Gehenkten mit sich riss. Dessen Beine zuckten ein letztes Mal und erschlafften.

Anne hatte das Geschehen schaudernd verfolgt. Ebenso wie Aeneas hatte sie den Gefangenen erkannt und betrachtete Ewans zerschlagenes Gesicht. *Aeneas*, dachte sie. Aeneas hat Ray befohlen, ihm das Genick zu brechen. Sie hatte Ewan nach Hause geschickt, damit er ein neues Leben beginne, hatte ihm einen Brief mitgegeben, in dem sie Aeneas um eine Unterredung bat, und das war offenbar die Antwort, die ihr Mann darauf gab.

Ein magerer General in schwarzer Uniform tauchte vor Aeneas auf und begann, wie wild zu gestikulieren. Anne vernahm seine hohe, kreischende Stimme.

«Was habt Ihr angerichtet? Ich wollte den Mann lebend haben. Ich wollte, dass er –»

Eine Hand berührte Annes Schulter, und sie fuhr herum.

«Ihr holt Euch noch den Tod, meine Liebe», murmelte Helen Ray und zog Anne die heruntergerutschte Kapuze über. «Im Grunde dürftet Ihr gar nicht an der frischen Luft sein.» Darauf schob sie Anne tiefer in die Reihen der Marktstände hinein.

Hawley war noch immer außer sich und schrie sowohl Aeneas als auch Ray mit unverminderter Lautstärke an.

«Dafür werdet ihr mir büßen, das kommt euch teuer zu stehen!» Dann fuhr er herum, um seine Wut gegen den Henker zu richten. «Schneidet den Mann ab. Ich will ihn nicht mehr sehen. Macht, dass er verschwindet!»

Ewans Körper sackte zu Boden, wodurch der zerfleischte Rücken des Toten sichtbar wurde.

«Der hätte noch geredet», kreischte Hawley. «Spätestens auf der Streckbank hätte er den Mund aufgemacht!»

Aeneas betrachtete die tiefen, klaffenden Wunden mit den schwarz verkrusteten Rändern, in denen man die Knochen hervorschimmern sah.

«Das möchte ich bezweifeln», sagte er. «Er war nur ein einfacher Katenbauer. Er hatte nichts zu berichten.»

«Haltet Ihr mich für einen Narren?» Hawley trat dicht an Aeneas heran. «Er wusste, wo sich Eure Frau versteckt.»

In diesem Moment bemerkte Ray die Abwesenheit seiner Frau und glaubte am anderen Ende des Marktes ein Stück von ihrem Kleid zu entdecken. Es sah aus, als wäre sie dabei, sich in Begleitung einer zweiten Frau zu entfernen. Hastig stieß er die Umstehenden zur Seite und setzte sich in Trab.

«Kommt mir noch einmal in die Quere, Captain McIntosh», zischte Hawley, «und Ihr seid der Nächste, der da oben am Galgen tanzt.»

Aeneas zwang sich, tief durchzuatmen. Anne war diejenige, die für Ewans Tod die Verantwortung trug. Um ihren Aufenthaltsort war es gegangen, deshalb war der Mann gefoltert worden. Hawley war lediglich ein Geschwür, ein Symptom dessen, was ringsum geschah. Mit eisiger Ruhe starrte er sein Gegenüber an.

«Sollten wir nicht alle noch einmal tanzen, bevor es für uns zu Ende geht?»

Helen drückte Anne hastig an sich. «Wir, die Frauen der Offiziere, bewundern Euch.» Sie wies auf die Einmündung einer Gasse. «Geht jetzt und seht zu, dass Euch kein anderer erkennt.»

Anne schenkte ihr einen Blick voller Dankbarkeit, überreichte ihr die Flasche Ale, für die sie nun keine Verwendung mehr hatte, und lief davon.

«Und bleibt am Leben», flüsterte Helen ihr nach. Sie machte kehrt und stieß mit ihrem Mann zusammen.

«Wer war die Frau?»

«Welche Frau?» Helen deutete auf die Flasche. «Ich habe dir eine Flasche Ale besorgt. Dabei bin ich aufgehalten worden.»

«Ich möchte wetten, dass ich diese Frau schon einmal gesehen habe.» Ray spähte in die Gasse, in die Anne verschwunden war, doch da war niemand mehr zu sehen.

«Da ist niemand, Liebster.» Helen hakte sich bei ihm ein und führte ihn auf den Markt zurück. «Ich bin nur ein Stück zur Seite gegangen, um meine Blase zu entleeren.»

## 21

MacGillivray blickte zur Burg von Stirling empor. Er hatte sie früher schon einmal gesehen, als Junge beim Viehdiebstahl. Die Burg markierte den Schnittpunkt zwischen Hochland und Tiefland. Das mächtige Gebäude stand da, als wäre es den Felsen entwachsen, die inmitten des Brachlandes seinen Sockel formten. Ebenso wie die Burg von Edinburgh und die drei Forts im Hochland hatte die Burg von Stirling den englischen Truppen seit Beginn der Union als Garnison gedient. Während des Aufstandes hatten sie sich hinter den Mauern verschanzt. Aus der Burg von Stirling sollten sie jedoch vertrieben werden, und das auf Befehl des Prinzen. Zur Unterstützung hatte der französische König schließlich eine Kompanie der Écossais Royaux bereitgestellt, mit Geschützen, die auf die Mauern der Burg gerichtet waren. Seit ein paar Tagen wurden von drinnen dann und wann ziellos Schüsse abgegeben, die jedoch verpufften, da sich die Jakobiten außerhalb ihrer Reichweite befanden.

«Man möchte meinen, allmählich müsste ihnen die Munition ausgehen», sagte Donald Fraser an MacGillivrays Seite. Sie hatten mit der Belagerung begonnen, nachdem sie auf dem Rückweg aus England Glasgow eingenommen hatten. Zweimal hatten sich die Bewohner von Glasgow gegen die Union erhoben, einmal im Jahre 1707 und dann erneut zwanzig Jahre später. Danach hatten sie sich offenbar ganz dem Handel gewidmet, und langsam war die Stadt zu Wohlstand gelangt. Ihre Handelsschiffe verkehrten zwischen Schottland und den Kolonien der Neuen Welt, und seit die englische Marine sie nicht mehr verfolgte, brachten sie unbehelligt Ladungen mit Tabak, Tee oder Zucker herbei und machten Glasgow zu einem Ort, der von dem Bündnis mit England profitierte. Auf Menschen, die sich gegen die Union auflehnten, traf man dort inzwischen nur noch selten. Die Jakobiten hatten in der Stadt einen Aufsichtsposten eingesetzt, sich mit frischem Proviant versorgt und waren anschließend weitergezogen. Nun saßen sie vor der Burg von Stirling fest.

«Ich glaube, die schnitzen die Kugeln aus ihrem Felsen heraus», sagte MacGillivray. «Wir müssen nur lange genug warten, und das gesamte Gebäude sackt in sich zusammen.» Er zwinkerte Fraser zu. «Und dann können wir endlich wieder nach Hause.»

Es war ein früher Januarmorgen, das Wetter war feucht, doch für die Jahreszeit ungewöhnlich mild. Von Anne hatte MacGillivray seit dem vergangenen November nichts mehr gehört. Er ging davon aus, dass sie sich in Moy aufhielt – an der Seite von Aeneas, am trauten Kaminfeuer, einen Becher mit heißem Whisky in der Hand und dabei, ihre Ehe wieder zu beleben. Aeneas war ein Mann, dem großes Glück beschieden war, doch das war ihm inzwischen sicher selbst bewusst geworden.

«Anne hätte längst einen Weg gefunden, um in die Burg zu gelangen», bemerkte er nachdenklich.

«Oder die da drinnen herausgelockt.»

MacGillivray war überzeugt, dass die Belagerung von Stirling Zeitverschwendung war, eine der vielen Entschlüsse des Prinzen, die er nicht nachvollziehen konnte. So hatten sie Carlisle mit einer Einheit gehalten, um Charles Stuart einen Stützpunkt in England zu sichern, doch wie zu erwarten war, hatte Cumberlands Armee sie daraufhin angegriffen, und vor zwei Wochen war die Stadt gefallen. Nun hielten sie sich mit der Belagerung von Stirling auf, schnitten die Versorgungswege ab, als ob es sich für Krieger ziemte, den Gegner aushungern zu wollen. Männer brauchten Taten, wenn sie vermeiden wollten, dass ihre Kräfte langsam schwanden. Dabei hielten Hawleys Truppen, nur fünfundzwanzig Meilen entfernt, Edinburgh besetzt, und aus dem Süden rückten Cumberlands Soldaten heran. Warum machten sie nicht kehrt, um ihnen entgegenzutreten? Warum zogen sie sich nicht ins Hochland zurück, um im Frühjahr mit einem Großangriff zu beginnen?

Stattdessen zwang sie der Prinz, untätig in Stirling zu verharren, während er sich entweder mit seinem französischen Ingenieur über den Bau neuer Geschütze beriet oder mit O'Sullivan in seinem Quartier hockte, wo die beiden vor sich hin brüteten und tranken. Von der Einheit der Écossais Royaux hatten sie erfahren, dass deren Truppenverband tatsächlich in Dünkirchen gestanden hatte, sich jedoch auflöste, als man erfuhr, dass sich die Schotten zurückzögen, ohne London einzunehmen. Seitdem war George Murray verschlossen und schien nicht gewillt, dem Prinzen neue Pläne zu unterbreiten. Dennoch stieg die Zahl der Jakobiten aus dem Hochland weiterhin an, ein Umstand, den wiederum die Tiefländer beunruhigend fanden. Und unter den Clans waren alte Streitigkeiten ausgebrochen, sodass sie sich als Nächstes womöglich untereinander den Kampf ansagten.

MacGillivray ergriff einen Felsbrocken und schleuderte ihn in Richtung der Festung; er durchbrach krachend die kahlen Äste eines Baumes.

«Soll Charles Stuart doch auf die Burg warten», sagte er. «Ich gehe jetzt zu meinem Regiment und frage, ob wir nicht packen und nach Hause ziehen wollen.»

«Die Antwort dürfte ziemlich eindeutig ausfallen», entgegnete Fraser. «Die Leute sehnen sich nach ihren

Familien. Sie möchten zu Hause sein, ehe das Wetter umschlägt und der Winter anbricht.»

Gleich darauf traten die beiden den Rückweg zu ihrem Lager an.

«Wartet.» MacGillivray hob die Hand und deutete auf den Saum des Waldes im Norden. «Seht Ihr nicht, dass sich da etwas bewegt?»

Angestrengt spähten die beiden in die Ferne.

«Könnten das Hawleys Truppen aus Edinburgh sein?»

MacGillivray schüttelte den Kopf. «Die kämen niemals aus dieser Richtung. Außerdem hätten unsere Späher uns längst gewarnt.»

Es waren jedoch zweifellos Truppen, die aus dem Wald heraustraten und über den karstigen Boden auf sie zumarschierten, zudem begleitet von Dudelsäcken. MacGillivray fing an zu lachen, als er die Melodie erkannte.

«Die spielen ‹The Auld Stuarts back Again›, ein Lied, das ich von Hawleys Truppen eher nicht erwarten würde.»

Kurz darauf erblickten sie Männer und Frauen in Tartanumhängen und mit Kindern an der Seite. Und dann traten auch schon die Dudelsackspieler hervor, hinter ihnen drei Gestalten zu Pferd. Jede von ihnen trug eine blaue Mütze, einer war ein besonders auffälliger, hochgewachsener Mann mit strahlend goldblondem Haar. MacGillivray blinzelte, um die anderen zu erkennen. Der andere Mann war kleiner, und zwischen den beiden … nein, das konnte nicht sein, das war unmöglich.

«Anne!» MacGillivray begann zu laufen, während Anne ihm entgegengaloppierte, Pibroch schließlich anhielt, aus dem Sattel glitt und in MacGillivrays Arme stürzte. Dann küsste sie ihn, hielt ihn umschlungen und flüsterte ein ums andere Mal seinen Namen.

«Bleibst du jetzt bei uns?» MacGillivray lehnte sich ein wenig zurück und schaute ihr in die Augen.

«Aye, es gibt keinen Ort, an dem ich lieber sein möchte.»

MacGillivray bedeckte Annes Gesicht mit Küssen, hielt sie an sich gedrückt und spürte die Wärme ihres Körpers.

Als die anderen sie erreichten, hob er Anne in den Sattel zurück. Sie klopfte einladend auf den Rücken des Pferdes, woraufhin MacGillivray aufsaß und Annes Taille umfing, als wäre er ein unerfahrener Reiter, der des Halts seines Vordermannes bedurfte.

«Warum hast du mir keine Nachricht zukommen lassen?», fragte er sie.

«George hat uns mittels eines Boten um Stillschweigen gebeten.»

Sie ritten zwischen James und Francis ins Lager ein, in ihrem Gefolge siebenhundert Farquharsons, McIntoshs und andere aus den Reihen des Chatton-Clans. Im Lager erwartete sie George Murray.

«Einen besseren Zeitpunkt hättest du dir nicht aussuchen können», begrüßte er Anne sichtlich erleichtert.

«Deine Nachricht war ziemlich eindeutig.»

Murray führte sie zu dem großen Zelt, in dem sich das Hauptquartier befand. Drinnen hatten sich alle anderen Kommandeure versammelt, mit Ausnahme des Prinzen. Selbst O'Sullivan hatte sich eingefunden, blickte jedoch nicht auf.

«Also», begann Lord George. «Fassen wir zusammen: Hawley und seine Armee haben Edinburgh vor einigen Tagen verlassen und bei Falkirk, also nicht weit von hier, ihr Lager aufgeschlagen. Ich vermute, morgen oder übermorgen eröffnen sie den Kampf. Wir sollten folgendermaßen vorgehen ...»

Später erklärte er MacGillivray, die Belagerung von Stirling sei lediglich ein Ablenkungsmanöver gewesen, mit dem Ziel, Hawley aus der Hauptstadt auf ein Gelände zu locken, das den Kriegern aus dem Hochland zum Vorteil gereichte. Danach, so Lord George, stehe ihrer Heimkehr nichts mehr im Wege. Als MacGillivray ihn zweifelnd anschaute, wies Murray darauf hin, dass die englischen Generäle bislang meistens das getan hätten, was die Schotten erwartet hätten, und zudem gebe es Doppelspione, die zur Förderung ihrer Pläne eingesetzt worden seien. Mit einem Achselzucken gab MacGillivray sich zufrieden.

Nach der Besprechung begleitete er Anne zu ihrem Pferd zurück.

«Ich wünschte, du hättest diesen Vorschlag nicht gemacht», sagte er, während er ihr in den Sattel half.

«Findest du denn nicht, dass er hilfreich sein könnte? Außerdem möchte ich Hawley endlich einmal persönlich kennenlernen.» Hawleys Ruf als brutaler Mann war inzwischen allseits bekannt. Selbst in Edinburgh, der Stadt, die seinen Einmarsch widerstandslos hingenommen hatte, wurden auf sein Geheiß Galgen errichtet und Bürger gehängt – wie es schien, lediglich um seine Macht zu demonstrieren. Provost Stewart saß mittlerweile im Kerker. Hawleys Truppen standen ihrem General in nichts nach. Sie schlugen die Fenster ein, die zur Feier ihrer Ankunft nicht erleuchtet wurden, führten Raubzüge durch und plünderten die Wohnungen vermeintlicher Jakobiten.

«Dann versprich mir wenigstens, dass du mit allergrößter Vorsicht vorgehen wirst. Vergiss nicht, Hawley könnte dich erkennen.»

«Wie denn? Er hält die Lady McIntosh für ein Ungeheuer, eine Amazone mit Riesenschenkeln.» Anne lachte auf, wurde jedoch sogleich wieder ernst. «Glaub mir, Alexander, ich weiß, was ich tue. Du bist derjenige, der vorsichtig sein muss. Du darfst nicht sterben, denn das könnte ich nicht ertragen.»

«Solange du bei mir bist, kann mir nichts passieren.»

«Denk an den Rotrock in Prestonpans: Sieh dich einfach vor – und um.» Anne ließ die Zügel knallen und ritt los.

MacGillivray schaute ihr hinterher. Auch Anne durfte nichts passieren – ein Leben ohne sie war für ihn undenkbar. Er wandte sich ab und kehrte zu seinen Truppen zurück.

~

Vom Lager in Stirling kommend, ritt man zehn Meilen nach Südosten, um Falkirk zu erreichen, einen Marktflecken, der sich zwischen Edinburgh und Glasgow im Hochmoor befand und jeweils fünfundzwanzig Meilen von jeder der beiden Städte entfernt lag. Lord Kilmarnock hatte Anne geraten, das Moor auf der Südseite zu umreiten, und nun erblickte sie zu ihren Füßen die Zelte, in denen Hawleys Armee auf einem flachen Gelände kampierte, flankiert von einem Hang und dem dahinterliegenden Ort. Sie sah den Bach, den Kilmarnock beschrieben hatte, und ritt im Schutz der Bäume an seinem Ufer entlang ins Tal, bis sie den Landsitz Callendar House erreichte, der im Osten Falkirks lag. Auf einer Lichtung band sie Pibroch an einem Baum fest und ließ ihm eine lange Leine, sodass er grasen und das Wasser erreichen konnte. Auf dem Weg durch das Wäldchen entdeckte sie den Pfad, der zu dem Hintereingang des Gebäudes führte, wo sich die Küche des Hauses befand. Sie bot die beste Möglichkeit, sich Zugang zu verschaffen, denn bei dem ständigen Kommen und Gehen fiele ein Fremder nicht sofort auf. Tatsächlich schenkte ihr der Koch, der, mit den Füßen auf dem Herd, offenbar ein Mittagsschläfchen hielt, keine Beachtung – im Gegensatz zu der Haushälterin, die ihr Einhalt gebot, als sie Anne beim Verlassen der Küche entdeckte.

«Was kann ich für Euch tun?», erkundigte sie sich argwöhnisch und winkte Anne herbei.

«Ich bringe eine Nachricht von Lord Kilmarnock.» Anne legte die Finger auf die Lippen, zum Zeichen, dass sie kein Aufsehen wünschte. «Vielleicht könntet Ihr einen Vorwand finden, um Eure Herrin zu mir zu bitten.»

Die andere musterte sie von oben bis unten, doch nach einigem Nachdenken lenkte sie ein. «Ich könnte ihr sagen, dass etwas vorgefallen ist – dass ich nicht weiß, wie ich damit umgehen soll.»

Als sie fort war, stellte Anne sich vorsichtshalber am Küchenausgang auf. Falls erforderlich, wäre sie im Handumdrehen wieder verschwunden. Es dauerte jedoch nicht lange, bis die Dame des Hauses erschien, mit bleicher Miene die Küche durchquerte und Annes Arm ergriff.

«Was habt Ihr zu berichten? Was wisst Ihr von meinem Mann?»

«Es ist alles in Ordnung», beruhigte Anne sie. «Lord Kilmarnock geht es gut. Er sendet Euch Grüße und bittet darum, dass Ihr noch heute Mittag ein Mahl zubereiten lasst, großzügig und reichlich soll es sein –»

«Zu Mittag nehmen wir nur wenig zu uns», unterbrach Lady Kilmarnock Anne verwundert. Dann runzelte sie die Stirn. «Und warum schickt er Euch mit seinem Wunsch? Ihr stammt eindeutig aus dem Hochland. Wisst Ihr nicht, in welcher Gefahr Ihr schwebt?»

«Oh, ich weiß durchaus, dass General Hawley und

seine Adjutanten bei Euch logieren. Deshalb bin ich ja hier.»

«Habt Ihr denn auch einen Namen?»

«Anne Farquharson, die Lady McIntosh.»

Lady Kilmarnock starrte sie sprachlos an. Die Haushälterin schlug die Hand vor den Mund. Selbst der Koch sprang auf, als dieser Name fiel, und betrachtete Anne mit geweiteten Augen.

«Dann seid Ihr also Colonel Anne!», stieß Lady Kilmarnock hervor. «Ihr befindet Euch noch in weitaus größerer Gefahr, als ich dachte. Der General und seine Leute sind nicht einmal in ihrem Lager – sie sind bei uns im Haus.»

«Er kennt mich nicht.»

«Eure Sprache wird Euch verraten, verlasst Euch darauf.»

«Wie denn, wenn er doch Engländer ist? Für einen Engländer klingen wir allesamt gleich.» Anne beugte sich vor. «Ich möchte gern einen Blick auf Euren Gast werfen. Wie wäre es, wenn ich beim Festmahl servierte? Doch wenn Ihr glaubt, ich gefährde Euch, kehre ich um und reite zurück.»

«Nein, Ihr könnt bleiben und tun, was Ihr Euch vorgenommen habt. Ich wüsste nur gern, wie dieses Festmahl, das Ihr im Sinne habt, zustande kommen soll.»

Wie andere Familien auch waren die Kilmarnocks verarmt, seitdem sie Abgaben an die Regierung entrichteten. Und ihre Vorratskammer war tatsächlich karg bestückt. Lady Kilmarnock sandte ihre Bediensteten aus, um aus dem Garten Gemüse zu holen, Tauben aus dem Taubenschlag, Fische aus dem See und weitere Zutaten von den Bauern. Einer begab sich in den Ort, um Lebensmittel zu erbitten, zu borgen oder sie schlimmstenfalls auch zu bezahlen. Als sie zurückkehrten, übernahm der Koch das Kommando, und Anne ließ sich am Küchentisch nieder, um den Mägden beim Häuten und Schnetzeln zu helfen. Selbst Lady Kilmarnock schlug ihre Ärmel hoch und machte sich daran, die Füllungen zuzubereiten.

«Nun», wandte sie sich schließlich an Anne. «Ich glaube, nach so viel Arbeit habt Ihr Euch das Festmahl redlich verdient.» Anschließend führte sie Anne nach oben zu ihren Gemächern, um aus ihrem Bestand ein passendes Kleid für Anne auszuwählen.

Lady Anne Livingstone, von Hause aus Countess von Linlithgow und Callendar, war nach ihrer Ehe Countess von Kilmarnock geworden. Ihre Tante, die Countess von Erroll, führte den Hay-Clan an. Als Hochkommissar Schottlands und damit Oberbefehlshaber der Armee besaß sie den höchsten Rang, den das Land zu vergeben hatte und der direkt der Krone unterstand. Lady Livingstone war ihre Erbin und ebenso wie ihre Tante, die mit ihren Truppen die Rebellen unterstützte, eine überzeugte Jakobitin. Lady Livingstone war es auch gewesen, die ihren Mann überredet hatte, sich dem Aufstand anzuschließen. Dass Lord Boyd, ihr ältester Sohn, sich für die Gegenseite entschieden hatte, nahm sie nur mit Widerwillen hin.

«Wenn wir nach unten gehen, redet so wenig wie möglich», trug sie Anne auf und begann, Annes Haar zu richten. «Ich möchte wetten, dass selbst ein Mann wie Hawley hört, woher Ihr kommt.»

Als die beiden Frauen sich in den Speisesaal begaben, standen die Adjutanten des Generals bereits wartend in einer Gruppe beisammen. Hawley hatte den eintretenden Frauen den Rücken zugekehrt und war in die Betrachtung eines Porträts von Lord Kilmarnock an der Wand vertieft. Anne erkannte ihn sogleich. Das war der Mann, der vor Wut schäumte, als Aeneas die Anweisung gab, Ewan zu hängen. Es wunderte sie lediglich, dass dessen Tod Hawley erzürnt hatte; das passte nicht in das Bild, das man allgemein von ihm hatte. Auch Aeneas' Verhalten war ihr im Grunde unverständlich, doch wie es schien, kämpfte er nicht mehr nur auf der Seite des Feindes, sondern war selbst zum Feind geworden, ebenso unmenschlich und brutal. Eigentlich hatten Hawley und er einander verdient.

«Euer Gemahl zählt zu den Rebellen», sagte Hawley über die Schulter zu seiner Gastgeberin.

«Das ist wohl wahr», erwiderte Lady Kilmarnock ruhig. «Dafür zählt mein Sohn zu den Truppen der Regierung.»

Lord Boyd trat auf seine Mutter zu, um sie zu begrüßen, und warf einen fragenden Blick auf Anne.

«Lady Forbes», stellte die Gräfin sie vor, indem sie sich auf den Namen von Annes Stiefmutter besann. «Jean Forbes. Sie ist heute erst eingetroffen.» Sie drehte sich zu Anne um. «Das ist mein Sohn James.»

Lord Boyd verneigte sich. Als er sich aufrichtete, betrachtete er Anne, wie es ihr schien, mit leisem Zweifel. Doch dann beschloss er offenbar, zu schweigen und die beiden Frauen bei dem, was sie vorhatten, gewähren zu lassen.

Lady Kilmarnock bat ihre Gäste zu Tisch. Die englischen Adjutanten betrachteten Anne mit unbeteiligter Miene, und auch Hawley würdigte sie kaum eines Blickes, vielmehr schienen ihn die angerichteten Speisen zu interessieren. Anerkennend beäugte er die Platten und Schüsseln, in denen sich Haferbrei, Hühnersuppe mit Lauch und in Butter gebackene Forellen mit Schalotten befanden, Lachs in Sahnesoße mit Petersilie, Wildragout, Waldhuhn mit einem Gelee aus Preiselbeeren, glasierte Steckrüben, Rote Bete, eingelegte Artischocken, Zwiebeln mit Leberfüllung, dünne Fladen aus Gerstenmehl, Hafermehlkuchen, saftiger Frischkäse, gebratene Äpfel in Sirup und mit Mandeln gespickt, Marmeladen, Ingwerbrot, Gewürzkuchen und eine Auswahl süßer Törtchen.

«In Falkirk scheint man recht gut zu leben», bemerkte Hawley schließlich.

«In der Tat», erwiderte die Gräfin. «Wir haben ja auch nur selten die Armee zu Gast.»

Anne beugte ihren Kopf tief über die Suppe, um ihr Lächeln zu verbergen.

«Nicht mehr lange», sagte Hawley. «Wir brechen in Kürze nach Stirling auf. Die Rebellen sind damit beschäftigt, die Burg zu belagern. Das wird ihr letzter Kraftakt sein.»

Dann widmete sich die Gesellschaft ihrem Mahl. Anne kam nur selten zu Wort, doch sobald sie es tat, warf Lord Boyd ihr einen Seitenblick zu und errötete. Darauf schenkte Anne ihm ihr schönstes Lächeln, was ihn jedes Mal in noch größere Verlegenheit brachte. Eines Tages würde er die Position seiner Großtante übernehmen; er würde nicht nur Hochkommissar von Schottland, sondern auch Erbe dreier Grafentitel sein. Anne fragte sich, ob er die Regierung aus Überzeugung unterstützte oder ob nicht Vater und Sohn beschlossen hatten, zur Sicherheit auf beiden Seiten zu kämpfen.

Wie Anne feststellte, aß Hawley gierig für einen mageren Mann, schlang die Speisen schmatzend hinunter und trank das Ale in geräuschvollen Zügen. Sie überlegte, ob die Tücke und Bösartigkeit dieses Menschen seinen Körper daran hinderten, Fett anzusetzen. Ein unterhaltsamer Plauderer war Hawley jedenfalls nicht, allenfalls gab er dann und wann ein paar grunzende oder brummende Laute von sich.

Nach zwei Stunden hob die Gräfin die Tafel auf und

beendete damit den formellen Teil des Empfangs. Anne nahm ihr Glas, trat zu Hawley ans Fenster und spähte hinaus. Draußen hatte der Himmel sich zugezogen, schwere, dunkle Regenwolken ballten sich vor dem trüben Grau. Der Wind rüttelte an den Fensterscheiben, hier und da schlugen die ersten Tropfen gegen das Glas.

«Die Soldaten draußen am Hang sind wohl die Euren», begann Anne.

«Wie bitte?»

«Ich wusste gar nicht, dass so viele von ihnen Tartanröcke tragen.»

Am liebsten hätte sie sich die Zunge abgebissen – um ein Haar hätte sie sich verplappert. Hinter ihr räusperte sich Lord Boyd, als wolle er etwas sagen, doch gleich darauf hörte Anne, dass er sich entschuldigte und verschwand.

«Meine Armee liegt auf dem flachen Gelände von Bantaskin», erklärte Hawley hochnäsig. «Ganz wie es sich gehört. Wie käme ich auch dazu, meine Artillerie grundlos auf einen Hang zu schaffen?» Er warf einen kurzen Blick durch das Fenster, gegen das der Regen prasselte. «Vermutlich waren die Leute, die Ihr gesehen habt, Landarbeiter.»

«Darf ich Euch vielleicht etwas Tee anbieten, General?», erkundigte sich die Gräfin, die sich zu ihnen gesellt hatte. «Wie ich höre, schwärmt man in London von diesem Getränk.»

«Ich nicht», gab Hawley zurück. «Mir wäre ein Glas Brandy lieber, falls Ihr dergleichen im Haus habt.»

In dem Augenblick kam Lord Boyd wieder herein.

«General, Sir – ich bitte Euch, umgehend mit mir zu kommen.» Er bedachte die beiden Frauen mit einem kühlen Blick. «Oben am Moor befinden sich Truppen der Jakobiten.»

Die Adjutanten stürmten an ihm vorbei aus dem Haus, doch Hawley reagierte gereizt und ungehalten.

«Ihr habt dieselben Bauern wie diese Dame da gesehen», erklärte er mit einer abfälligen Geste in Annes Richtung. «Die Rebellen rücken nicht vor. Sie stellen sich keiner Streitmacht, die ihnen weit überlegen ist.» Er ergriff das Brandyglas, das Lady Kilmarnock ihm reichte. «In den Fragen der Kriegskunst hat Euer Sohn noch einiges zu lernen.»

«Wie gut, dass er einen solch vorzüglichen Lehrmeister hat», erwiderte die Gräfin spitz.

Einer der Adjutanten kehrte mit nasser Uniform und kreideweißem Gesicht zurück.

«General!» Er salutierte. «Draußen auf dem Hang haben sich aufständische Truppen eingefunden. Unser Gelände liegt ungeschützt zu ihren Füßen.»

Anne wandte sich ab, um das Fenster zu öffnen, und vernahm den Klang der Dudelsäcke, deren Melodie das Geräusch von Wind und Regen durchdrang.

# 22

Hawley galoppierte mit seinen Adjutanten zurück zu seinem Lager und befahl der Artillerie, umgehend die Geschütze auf den Hang zu rollen. Allerdings hatte der Regen mittlerweile den Boden aufgeweicht, sodass die schweren Lafetten im Morast einsanken und die Räder schon nach kurzer Strecke stecken blieben. Daraufhin rief Hawley Dragoner und Infanterie auf und trieb sie, Befehle brüllend, den Hang hinauf zum Hochmoor, wo die Rebellen warteten.

Gegen den schneidenden Wind kämpften die Rotröcke sich hoch und stellten sich schließlich in einer flachen Senke östlich ihrer Feinde auf, sodass die beiden Heere einander gegenüberstanden, beide ohne Artillerie; denn die wenigen Geschütze, die die Rebellen besaßen, hatten sie vor der Burg von Stirling zurückgelassen. Dennoch hatten sie einen Vorteil, denn für sie kam der Wind von hinten, den Engländern blies er ins Gesicht.

Hawley riss einem Adjutanten das Fernrohr aus den Händen und schwenkte es über die gegnerischen Reihen. Er erkannte Lord George, der die rechte Flanke befehligte, die linke schien dagegen ohne Kommandeur zu sein, und dazwischen, inmitten irischer Söldner und der Einheit der Écossais Royaux, befand sich der Prätendent. Nach einer wilden Kriegsamazone im Sattel eines Schimmels suchte Hawley vergebens. Den Umstand empfand er seltsam beruhigend, und auf seinem Gesicht breitete sich ein zufriedenes Lächeln aus. Sein Selbstvertrauen kehrte zurück, ebenso wie das Gefühl der Überlegenheit, das beim ersten Anblick des Feindes ins Wanken geraten war.

Immerhin besaß er die größere Streitmacht und übertraf die Rebellen um eintausend ausgebildete Soldaten. Gewiss, es war ein Nachteil, dass die anderen sich oberhalb von ihnen befanden – doch die Fußsoldaten der Hochländer an der Spitze der rechten Flanke würden staunen, wenn die englischen Dragoner mit gezückten Waffen auf sie zugeritten kämen. Mit einem einzigen Vorstoß würde er sie vernichten und den Schotten eine Lektion erteilen, von der sie sich so rasch nicht wieder erholten. Er gab der Kavallerie ein Zeichen.

Lord George erkannte Hawleys Absicht und befahl seinen Leuten standzuhalten. Seine Truppenstärke war geringer, als er erhofft hatte; der Prinz hatte darauf beharrt, dass zweitausend Soldaten die Belagerung von Stirling aufrechterhielten, und auch O'Sullivan war nicht aufgetaucht, um das Kommando über die linke Flanke zu übernehmen. Aus den feindlichen Reihen wurden die ersten Schüsse abgefeuert, außer Reichweite und offenbar nur zu dem Zweck, den Vorstoß der Schotten abzuwehren, ehe sich die englische Kavallerie vollends aufgestellt hatte.

«Standhalten! Reihen geschlossen!», schrie Lord George, spürte jedoch seine Erleichterung, als er trotz des Heulens des Windes klickende Geräusche wahrnahm – die ersten Fehlzündungen, die von nassgeregneten Musketen zeugten. Das Wetter war zweifellos aufseiten der Jakobiten, die ihre Pistolen noch immer unter ihren Umhängen bargen.

Der Befehl standzuhalten wurde nach hinten weitergegeben, und so verharrten die Hochländer auf der Stelle, angespannt und bereit, jeden Augenblick loszuschlagen.

«Warum stürmen wir nicht?», erkundigte sich Fraser bei MacGillivray. «Lord Murray weiß doch, wie begierig wir auf den Kampf mit denen sind.»

«George weiß, was er tut.» Grimmig beobachtete er, wie sich die Dragoner formierten. Sie hatten zwar den Vorteil, Fußkämpfer von oben angreifen zu können; aber sie waren insofern im Nachteil, als ein Schwerthieb, der von unten gegen einen berittenen Feind ausgeführt wurde, von vornherein eine geringere Schlagkraft besaß. MacGillivray warf einen Blick zurück über die dichtgeschlossenen Reihen: Gerade einmal ein Mann passte dazwischen, doch um auszuholen und die Waffe zu schwingen, fehlte es ihnen zweifellos an Platz.

Lord George zog seine Pistole. Die Hochländer drückten ihre Mützen fest und taten es ihm nach.

«Vorwärts! Marsch!»

MacGillivray stutzte, als er Murrays Absicht erkannte. Er wollte offenbar, dass sie ihre Formation beibehielten und mit der Pistole angriffen, statt wie sonst dem Feind mit erhobenem Schwert entgegenzustürmen – was MacGillivray bei weitem klüger gefunden hätte. Brüllende Hochländer, die sich in den Angriff stürzten, brachten die Pferde des Gegners auf, ließen sie scheuen und die Flucht ergreifen. Nun liefen sie Gefahr, zu Boden getrampelt zu werden. Überdies hätte MacGillivray lieber mit dem Zweihänder als mit der Pistole angegriffen und so die Möglichkeit gehabt, sich zunächst mit dem Pferd und danach mit dem Reiter zu befassen. Trotzdem gehorchte er dem Befehl, spürte jedoch die Unruhe und Unsicherheit der Krieger. Sie marschierten wie ein Mann den Dragonern entgegen, die ihren Pferden die Sporen gaben und in ebenso dichter Formation näher rückten.

Neben MacGillivray zog MacBean den Umhang enger um sich. «Es geht los», raunte er.

Als sich der Abstand zwischen den beiden Kampftruppen verringerte, gab Lord George den Befehl, die Pistolen abzufeuern, und sogleich sank ein Teil der Dragoner getroffen zu Boden. Nach einem Moment starren Entsetzens scherten ihre Kameraden aus den Reihen aus, rissen laut schreiend ihre Pferde herum, zwängten sich aneinander vorbei und preschten davon, gefolgt von herrenlosen Tieren. Sie durchbrachen die nachrückende Welle ihrer Kameraden und behinderten sie bei dem Versuch, ihre Pferde anzutreiben und zu galoppieren.

«Dolche!», brüllte MacGillivray, zog den seinen aus dem Gürtel und reckte ihn hoch, sodass die Männer hinter ihm die Waffe trotz des starken Regens erkennen konnten. «Zu Boden!», schrie er und warf sich auf die nasse Erde. Die Männer hinter ihm ließen sich fallen, rollten sich ein und warteten auf die Pferde der englischen Kavallerie. Mit dumpfen Hufschlägen kamen die Reiter näher und setzten zum Sprung an, als sie die zusammengekauerten Männer erreichten. Unter den gestreckten Pferdeleibern schnellten die Schotten hoch, rammten den Tieren den Dolch in den Leib und rollten sich seitwärts von ihnen weg. Im Nu waren sie wieder auf den Beinen, wichen den fliegenden Hufen und stürzenden Pferdeleibern aus, um sich sodann an die Reiter zu machen, die taumelnd dastanden oder benommen am Boden lagen. MacGillivray packte einen, dessen Pferd er aufgeschlitzt hatte, und durchschnitt ihm die Kehle. Er wollte sich gerade umdrehen, um den Nächsten anzugreifen, als er den Pferdekörper spürte, der ihn von hinten zu Boden warf, über ihm zusammenbrach und ihm die Luft aus den Lungen drückte. Mit strampelnden Beinen suchte er nach Widerstand, um sich unter der Last hervorzuschieben, doch er schaffte es nicht, den Körper, der sich im Todeskampf wälzte, hochzustemmen. Fraser und MacBean erkannten seine Lage, stürzten herbei, um ihn hervorzuziehen und MacGillivray

Deckung zu geben, bis der auf den Knien lag und hechelnd die Luft einsog, die ihm nie süßer gewesen war. Inzwischen näherte sich auch der zweite Angriff der englischen Kavallerie einem Ende: Ebenso wie ihre Kameraden zuvor machten die Überlebenden kehrt und suchten verzweifelt einen Fluchtweg. Die Jakobiten zückten ihre Schwerter. MacGillivray richtete sich auf.

Wildes Kriegsgeschrei ertönte, als die Hochländer mit hochgereckten Schwertern die Verfolgung aufnahmen.

Lord George hätte seine Truppen lieber in Reih und Glied gehalten, doch ohne den Kommandeur der linken Flanke war es ein aussichtsloses Unterfangen. Die MacDonalds, Camerons, McIntoshs und Farquharsons hatten bereits die nachrückenden englischen Fußsoldaten erreicht und in einen erbarmungslosen Kampf verwickelt, andere setzten den Dragonern nach, über den Hang hinweg und vorbei an den Einheimischen, die herbeigeeilt waren, um im Schutz der Bäume das Kampfgeschehen zu verfolgen.

Der Chatton-Clan kämpfte verbissen gegen die englischen Infanteristen, wehrte die Bajonette mit ihren Schilden ab und bahnte sich mit den Schwertern einen Weg durch die feindlichen Reihen. Inmitten des Chatton-Clans befand sich Duff, der Schuhmacher. Er verstand selbst nicht ganz, wie er dorthin geraten war, wich aber tapfer links und rechts Bajonetten aus, während Meg ihn mit gezückter Heugabel deckte. Dann gaben die Regierungstruppen auf, ganze Kompanien machten kehrt, verließen im Laufschritt das Schlachtfeld und versuchten panisch, sicheren Boden zu erreichen. Lord George beobachtete seinen linken Flügel, den heillosen Haufen wild gewordener Krieger, die erbarmungslos die fliehenden Engländer überfielen.

«Die Verfolgung einstellen!», schrie Lord George und

gab Kilmarnock das Zeichen, die Hochländer zurückzurufen.

«Wir sollten zum Rückzug blasen», sagte Lord Boyd bereits zum zweiten Mal. Sie hatten sich von dem Hang zurückgezogen, als die Dragoner flüchteten. «Nur dann werden die Hochländer den Kampf einstellen.»

Hawley weigerte sich jedoch, den Befehl zu geben. Er saß auf seinem Rappen, das Fernrohr im Schoß, und beobachtete mit grimmiger Miene, wie seine Truppen niedergemetzelt wurden. Die Schlacht war zu Ende, innerhalb von zwanzig Minuten verloren. Hawley dachte an Cope und wie der sich freuen würde, wenn er davon erfuhr. Cope wäre bald ein reicher Mann, hohnlachend würde er die Wettschulden einstreichen. Er, Henry Hawley, wäre hingegen ruiniert, entehrt, das Gespött der Nation. Aber zumindest konnte man ihm nicht vorwerfen, dass es eine Frau war, der er seine Niederlage verdankte, diese Art des Spottes bliebe ihm erspart.

Verbittert führte Hawley seine Offiziere zurück ins Lager und gab den Befehl, es niederzubrennen, ehe sie den Rückzug antraten. Er wusste, dass Hunderte seiner Soldaten gefangen genommen worden waren oder sich ergeben hatten, wohingegen er nur einen einzigen Gefangenen vorzuweisen hatte. Es war Lord Kilmarnock, dessen Pferd gestrauchelt war, als er unter die triumphierenden Jakobiten geraten war und ihrem Vormarsch hatte Einhalt gebieten wollte. Hawley musterte den Mann, der ohne Hut vor ihm stand. Trotz der schmutzigen Uniform und des zerzausten Haars erkannte er ihn von dem Porträt in Callendar House.

«Ich hoffe, Ihr habt die Gastfreundschaft in meinem Haus genossen», unterbrach Kilmarnock Hawleys Gedanken.

Hawley betrachtete den Lord argwöhnisch. Irgendetwas schien den Mann zu erheitern, beinahe als wisse er bereits, dass allein das ausgiebige Mahl in seinem Haus die rechtzeitige Entdeckung der anrückenden Jakobiten verhindert hatte.

«Eure Frau ist mir Rechenschaft schuldig», entgegnete Hawley eisig.

«Meine Frau ist äußerst großzügig gewesen», sagte Kilmarnock. «Immerhin hat sie Euch Anne Farquharson als Tischdame gegeben.»

«Farquharson», murmelte Hawley und hob die Brauen. «Neben mir hat keine Farquharson gesessen. Lediglich eine Forbes, wenn ich mich recht entsinne.»

«In dem Fall müsst Ihr den Namen falsch verstanden haben. An Eurer Seite saß Colonel Anne, die Lady McIntosh.»

Die Adjutanten sogen hörbar die Luft ein, während dunkelrote Flecken auf Hawleys bleichen Wangen erschienen. Im nächsten Augenblick hatte er das Fernrohr gepackt, holte aus und schlug es Kilmarnock an den Schädel. Kilmarnock schwankte und betastete das Blut, das aus seiner Schläfe rann.

Lord Boyd ließ sich in diesem Moment aus dem Sattel gleiten, nahm seinen Hut ab und trat zu dem Gefangenen.

«Vater!» Er bot ihm seinen Hut dar und legte ihm eine Hand auf den Arm, ehe er sich entfernte.

Bis zur Brust stand MacGillivray im See von Callendar und wusch das Blut und die Fleischfetzen, die seine Gegner hinterlassen hatten, von seinem Körper. Die Wolken hatten sich verzogen und der Wind den Regen weitergetrieben, sodass die Wintersonne am Horizont ihre letzten Strahlen aussandte und den Himmel im Westen rosenrot färbte. Die kleinen Wunden und Schnitte, die MacGillivray davongetragen hatte, zogen sich im kalten Wasser zusammen, lediglich die Prellungen auf den Rippen machten ihm noch ein wenig zu schaffen. Er legte den Kopf in den Nacken, um sein Haar auszuspülen. Dann richtete er sich auf und begann laut, wenn auch nicht melodiös zu singen. «Deine Zeit ist um, Hawley ... lalala, zieh von dannen, Hawley, lalala ...»

Lord George war inzwischen nach Falkirk geritten und hatte Charles Stuart in Sicherheit gebracht, während eine Einheit der Hochländer nach versprengten Regierungssoldaten suchte. Doch Falkirk war erobert, die englischen Waffen, Gepäck- und Versorgungswagen in der Hand der Rebellen, selbst Hawleys Versuch, sein Lager niederbrennen zu lassen, war letztendlich wegen des Regens gescheitert.

MacGillivray hatte seine Krieger zu einem Lagerplatz geführt, wo sie die Nacht zubringen würden, doch noch immer verspürte er die Euphorie, die, wie nach jeder erfolgreichen Schlacht, prickelnd durch seine Adern rauschte. Er entsann sich der Worte, die die Soldaten aus dem Tiefland auf dem Hang gesungen hatten.

«Der Hochlanddolch zeigt auf dein Hinterteil, so will es das Hochlandgesetz ...», sang er aus voller Brust, spritzte dazu Wasser in die Luft, tauchte in den See, sprang übermütig hoch und tauchte wieder unter.

In diesem Augenblick wurde am Ufer ein Schwert gezückt. Als MacGillivray erneut auftauchte, wies die glänzende Spitze auf seinen Rücken.

«Die Hochlandburschen jagen dich, aus Drummond und Perth musst du fliehen», schmetterte MacGillivray, planschend wie ein Kind.

Die Schwertspitze hob sich und zeigte auf seinen Nacken.

«Wärt ihr doch bei den Mädchen geblieben, eine Stunde oder zwei, dann –»

Die Schwertspitze tippte auf seine Schulter. MacGillivray fuhr herum. Dann legte sich die Schwertspitze unter sein Kinn.

Er grinste, als er Anne erblickte, die das Schwert lachend und mit ausgestrecktem Arm von sich hielt. Gewiss, er hätte zwar nur einen Schritt zurücktreten müssen und wäre in Sicherheit, doch wäre sie ein Feind mit einer Streitaxt gewesen, wäre sein Schicksal hier und jetzt besiegelt gewesen.

«Habe ich dir nicht gesagt, du sollst auch hinter dich sehen? Ist das die Art, wie du meine Ratschläge befolgst?»

«Irgendwann muss ich meinen Rücken ja auch einmal waschen, oder nicht? Warum kommst du nicht ins Wasser? Du könntest mir dabei behilflich sein.»

«Nicht im Traum würde ich daran denken. Das Wasser ist eiskalt.»

«Nicht da, wo ich stehe.» Sein Grinsen wurde breiter. «Hier ist es höllisch heiß.»

Annes Augen funkelten. Sie rammte die Schwertklinge ins Ufergras, öffnete den Gürtel und ließ ihren Umhang fallen. Dann bückte sie sich und klopfte einladend auf den Berg aus Stoff.

«Los, komm, setz dich zu mir ins Trockene.»

MacGillivray machte zwei Schritte auf sie zu und blieb stehen, als das Wasser seinen Nabel umspielte.

«Reich mir meinen Umhang.»

«Niemals, den fasse ich nicht an. Der ist voller Blut und Schmutz.»

«Er ist frisch und trocken», widersprach MacGillivray. «Ich habe ihn mir vorhin erst besorgt.»

«Ach, dann bist du also mit einem Mal schüchtern

geworden.» Anne streckte die Hand aus. «Nun mach schon, komm endlich raus.»

MacGillivray ergriff ihre Hand. Dann zog er ruckartig daran und ließ los. Mit einem lauten Platschen fiel Anne hinter ihm ins Wasser, kreischte und schlug prustend um sich.

«Lass dir das eine Lehre sein», lachte MacGillivray, als er sich zu ihr umdrehte und auf sie wartete.

Er griff nach dem Stoff, der sich auf der Oberfläche blähte, tastete nach ihr und hielt verblüfft inne. Der Stoffballon schien leer zu sein. Er ließ ihn fallen und schaute sich suchend um, bis er die Luftblasen aufsteigen sah. Als Nächstes spürte er einen leichten Biss an seinem Gesäß und gleich darauf einen Tritt in die Knie, der ihn nach hinten warf. Nackt durchbrach Anne die Wasseroberfläche und hielt nach ihm Ausschau, als er vor ihr auftauchte und ihr eine Wasserfontäne entgegenspie.

«Es ist tatsächlich eiskalt», kicherte Anne und fing an, MacGillivray zu bespritzen. Er tauchte abermals unter und kam hinter ihr wieder hoch.

«Welch entzückender Anblick», sagte er und ließ seine Finger über Annes Wirbelsäule gleiten. Als sie sich umwandte, berührten ihn ihre nassen Brüste. Dann trafen sich ihre Blicke, und ihr Lachen verstummte. Anne schlang ihre Arme um MacGillivrays Nacken, schmiegte sich an ihn und küsste ihn hingebungsvoll.

Ohne den Kuss zu unterbrechen, hob MacGillivray Anne auf seine Arme und trug sie an Land. Auf dem Ufer strich er den Stoffhaufen mit den Füßen glatt, sank mit ihr darauf nieder und tastete nach seinem Umhang, um sie zuzudecken. Sie küssten einander auf die kalte, nasse Haut, bis ihre Hände sich im Körper des anderen verkrallten und ihre Sehnsucht nach dem anderen sich ins Unermessliche steigerte. Unentwegt flüsterten sie Worte der Begierde und der Liebe, während Hände und Zungen den Körper des anderen wiederentdeckten. Die Welt ringsumher versank, als Anne sich rittlings auf MacGillivray setzte, seine Hände sich um ihr Gesäß schlangen und Anne die Hüften anhob, um für einen köstlichen Moment zu warten, ehe sie sich auf ihm niederließ und sich stöhnend wieder aufbäumte. Unzählige Male hatte MacGillivray Annes Namen ausgesprochen, doch nie mit einem solchen Schrei, sie nie mit solch schmerzhaftem Glück umfangen. Denn es war, als wären nicht allein ihre Körper, sondern auch ihre Herzen, Hoffnungen und Leben miteinander verbunden – bis er sich schließlich auf sie rollte und sie mit leidenschaftlichen Stößen zur Erfüllung trieb.

«Alexander», murmelte Anne, als sie ermattet dalagen. «*Mo cridhe*, meine Liebe.»

In Edinburgh läuteten die Glocken zur Feier des Sieges, wenn sich auch niemand gänzlich sicher war, um wessen Sieg es sich eigentlich handelte. Der erste Reiter, ein vom Schrecken gezeichneter englischer Dragoner, behauptete, die Jakobiten hätten die Schlacht gewonnen, der zweite hatte geschworen, die Regierungstruppen hätten gesiegt, der nächste glaubte, es sei mit einem Waffenstillstand ausgegangen. Die Bewohner Edinburghs hatten ihre Lektion jedoch gelernt und entsannen sich der Galgen, die den Unentschlossenen gedroht hatten, als Hawley und seine Marodeure in die Stadt einmarschiert waren. Eine derartige Situation wollten sie kein zweites Mal riskieren, woraufhin sie beschlossen, sich auf die Seite jedweden Siegers zu schlagen. Ganz gleich, ob er Hawley oder Charles Stuart hieß, sie stünden bereit, ihm zuzujubeln. Provost Stewart entschied dennoch, zur Sicherheit im Kerker zu bleiben und die Belange der Stadt fortan von seiner Zelle aus zu regeln. Im Türrahmen drängten sich die Mitglieder des Magistrats, die die widersprüchlichen Nachrichten austauschten und diskutierten.

«Falls die Jakobiten gewonnen haben», wandte sich einer an Stewart, «seid Ihr demnächst ein freier Mann, und wir können die Geschäfte im Rathaus weiterführen.»

«Eigentlich spielt es keine Rolle, wer gewonnen hat», erwiderte Stewart. «Sollte nämlich die Regierung siegreich gewesen sein, werden wir Hawley erzählen, dass wir seinen Sieg gefeiert haben, und dann lässt auch er mich vielleicht wieder frei.»

«Solange nur nicht wieder unsere Fenster eingeschlagen werden», brummte ein anderer.

«Dann lasst uns hoffen, dass die Rebellen die Schlacht gewonnen haben», entgegnete Stewart.

«Falls es der Stuart ist», bemerkte einer händereibend, «bleibt er vielleicht in der Stadt, um die Gelder, die sie den anderen abgenommen haben, bei uns auszugeben. Immerhin haben wir unsere Treue deutlicher als die in Glasgow unter Beweis gestellt, oder etwa nicht?»

Gleich darauf flog die Tür am Ende des Ganges auf, und Hawley kam auf die Zelle zu. Stewart schrak zurück und wunderte sich erneut, wie ein Mann von solch zierlicher Statur dermaßen furchteinflößend sein konnte.

«Wer hat das Läuten der Glocken befohlen?», fragte Hawley scharf.

Die Magistraten blickten sich mit bleicher Miene an, wichen zur Seite und taten ihr Bestes, keine Aufmerksamkeit auf sich zu lenken. Stewart richtete sich ein wenig auf, spürte jedoch, dass er zitterte.

«Wir wollten sie Eurem Triumph zu Ehren erklingen lassen», sagte er mit unsteter Stimme, während seine Blicke über Hawley huschten, der seiner Ansicht nach mitnichten dem Bild eines siegreichen Kriegshelden entsprach.

«Mag sein, dass wir ein wenig vorschnell gehandelt haben. Vielleicht hätten wir –»

Hawleys Hand umschloss seine Kehle.

«Vorschnell? Was soll das heißen?»

Das Gesicht des Provosts begann sich langsam rot zu färben. «Falls Euch der Lärm stört», sagte er heiser, «wird Magistrat Jamieson loseilen, um ihn zu beenden.»

Hastig drückte Magistrat Jamieson sich an den anderen vorbei, huschte aus der Tür und verschwand. Hawley löste seine Hand.

«Raus mit euch», sagte er. «Alle. Verschwindet, alle miteinander.»

Gerangel entstand, als die beleibten Herren sich durch den engen Flur zum Ausgang bewegten und sich draußen zügig über die High Street entfernten.

«Was ist dort wohl geschehen?», fragte einer.

«Haben sie nun gewonnen oder nicht?»

«Wen kümmert das?», ließ sich Provost Stewart vernehmen. «Wir sind draußen, ohne dass man uns die Hälse langgezogen hat.»

Die Glocken von Edinburgh verstummten eine nach der anderen. Hawley ließ Kilmarnock ins Verlies von Edinburgh werfen, stellte einen Mann ab, um den Provost am Verlassen der Stadt zu hindern, und füllte den Kerker mit seinen eigenen Leuten. Fahnenflüchtige, die erkannt worden waren, wurden vor ein Kriegsgericht gestellt und zum Tode durch den Strang verurteilt. Dasselbe Schicksal erwartete die Offiziere, denen es nicht gelungen war, die Schlachtordnung aufrechtzuerhalten und den Regierungstruppen zum Sieg zu verhelfen. In den folgenden zwei Wochen ließ Hawley sechzig Soldaten hängen. Dann wurde sein Vorgehen unterbunden.

# 23

Als der Duke von Cumberland, umgeben von rot bekleideter, goldbetresster Kavallerie, Trommlern und Bläsern, in Edinburgh einritt, glich er Zoll für Zoll dem Eroberungshelden, den er zu repräsentieren gedachte. Sämtliche Glocken der Stadt läuteten, um seinen Einzug zu begleiten, und die Edinburgher versammelten sich eilig an den Straßen, um den Sohn von König George zu beäugen und mit dem gutaussehenden Stuart-Prinzen zu vergleichen, den sie während des letzten Einmarsches kennengelernt hatten. Cumberland nickte nach allen Seiten, doch es war allgemein bekannt, dass ihm die Schotten nicht am Herzen lagen. Er war lediglich dem Auftrag seines Vaters gefolgt, der beabsichtigte, das benachbarte Volk endgültig zu unterwerfen.

Cumberland war zuversichtlich. Die Fehler, die sein Vetter begangen hatte – kindische Fehler, nahezu unverzeihlich –, würde er zwar nicht noch einmal machen: Der erste war, sich in Derby zurückzuziehen und London ungeschoren zu lassen; der zweite war die Belagerung Stirlings, als er besser die englische Armee zurückgeschlagen hätte. Immerhin hätte er anschließend Edinburgh einnehmen und so zumindest Schottland halten können. Stattdessen hatte er dem Feind mit Edinburgh einen Stützpunkt in Schottland überlassen. Offenbar besaßen also auch die jakobitischen Kommandeure bedauerliche strategische Schwächen, selbst wenn sie sich bislang als siegreich erwiesen hatten. Diese Schwächen galt es auszunutzen. Im nächsten Schritt mussten die Hochländer verleitet werden, ihren dritten und entscheidenden Fehler zu machen.

Nach der Parade betrat Cumberland das Rathaus von Edinburgh; hier war die Begegnung mit Hawley anberaumt worden.

«Ihr habt mich enttäuscht, Henry», begrüßte Cumberland den General mit nur mühsam unterdrücktem Groll, schließlich zählte Hawley noch immer zu den Favoriten seines Vaters. «Darüber hinaus kommen mir wirklich feine Gerüchte zu Ohren, Gerüchte, bei denen ich nur hoffen kann, dass es sich um die seltsamen Hirngespinste dieser schottischen Bauernburschen handelt.»

Hawley blickte ihn mürrisch an. An seiner Seite befand sich Cope, der am Tisch Platz genommen hatte und mit der Karikatur von Colonel Anne spielte, die er liebevoll zusammen- und wieder auseinanderfaltete. Sein Vermögen war mittlerweile um zwanzigtausend Pfund gewachsen, und seine Vorhersagen hatten sich als gerechtfertigt erwiesen. Behäbig lehnte er sich zurück und entsann sich wohlig der Gerüchte, die er Cumberland zugetragen hatte.

Hawley deutete auf die Zeichnung in Copes Händen. «Jedenfalls hatte diese Frau, diese verfluchte Rebellin, nichts damit zu tun. Unsere Position wurde beim Angriff durch Regen und Wind beeinträchtigt. Überdies hat die Nässe zu Fehlzündungen geführt, von dem Geländevorteil, den die anderen besaßen, ganz zu schweigen.»

«Oh, ich verstehe», bemerkte Cumberland spöttisch. «Wir müssen künftig dem Wind befehlen, uns von hinten anzublasen, das Gelände drehen, sodass wir diejenigen sind, die den Vorteil haben, und anschließend können wir die Halbnackten ohne großes Federlassen besiegen.»

Cope legte die Zeichnung nieder und betrachtete Hawley mit gönnerhaftem Lächeln aus halb geschlossenen Augen. «Freilich ist es eine schöne Regel, sich zunächst auf die Geschütze zu verlassen, doch sie im Regen auf dem falschen Gelände umherzurollen kostet Zeit und Kraft.»

Cumberland hob warnend den Zeigefinger. «Komm bloß nicht auf die Idee, abermals eine Wette vorzuschlagen, Johnny, den Ausgang der letzten spüre ich immer noch schmerzlich. Im Moment beschäftigt mich allein die Frage, wie wir die Rebellen schlagen können. Bislang haben wir uns nämlich verrechnet und dazu den Fehler begangen, sie zu unterschätzen. Diese ungehobelten Wilden verstehen es offenbar zu kämpfen, sind diszipliniert und doch von seltenem Wagemut.» Cumberland ließ sich in einen Sessel sinken.

«Von welcher Disziplin soll denn da die Rede sein?», brach es aus Hawley hervor.

«Nun, ich dachte da an die Art, wie sie Eure Leute von den Pferden heruntergeholt haben», sagte Cumberland. «Oder wollt Ihr das als Kopflosigkeit bezeichnen?» Er dachte daran, dass Hawley als Bastard seines Vaters galt, und wünschte sich nicht zum ersten Mal, sein Halbbruder hätte mehr Verstand. Doch außer seiner Boshaftigkeit schien den anderen nichts auszuzeichnen, und selbst die zielte nicht immer in die richtige Richtung. «Ich möchte ausführlich über die Stärken und Schwächen der Rebellen unterrichtet werden. Ich will wissen, wer die Befehlshaber sind, wen von ihnen man kaufen, wen ignorieren kann. Dieses Mal lassen wir uns Zeit.» Cumberland machte eine Pause und verschränkte die Arme vor der Brust. «Mit anderen Worten, wir brauchen einen Plan, und zwar einen, der sämtliche Möglichkeiten bedenkt.»

In Invercauld kniete Anne vor dem Grab ihrer Eltern, kratzte das vereiste Moos von dem Stein und legte eine getrocknete weiße Rose nieder.

«Wir haben fast gewonnen», flüsterte sie. «Ich wünschte, ihr könntet davon erfahren und sehen, dass ich alles tue, was in meiner Macht steht.»

Sie entsann sich ihres letzten Besuches in Invercauld. Damals war sie noch voller Zweifel und dachte, Aeneas sei womöglich klüger als sie, die sie nicht gewusst hatte, ob der Einmarsch in England die richtige Entscheidung gewesen war. Diese Zweifel hatten nun ein Ende. Mit einem leisen Lächeln auf den Lippen bemerkte sie das Huhn, das gackernd den Grasfleck neben dem Grabstein verließ. Anne teilte die vereisten Halme und holte ein großes braunes Ei hervor. Nach einem letzten Blick auf das Grab stand sie auf und ging zurück zum Haus.

Als sie den Hof überquerte, erklangen Hufschläge. Anne erkannte MacGillivray, der gleich darauf aus dem Sattel glitt und sie in die Arme nahm.

«Der Pass ist zu gefährlich», sagte er. «Wir müssen ihn umrunden, und zwar bald, ehe der Schnee kommt.»

«Dann sollten wir am besten gleich aufbrechen.» Zärtlich wanderten ihre Blicke über sein Gesicht; MacGillivray quälten niemals Zweifel, dachte sie. Nicht ein einziges Mal hatte sie ihn unentschlossen erlebt. Es war, als weise sein geradliniger Verstand ihm stets den Weg, dem er zu folgen hatte. «Weißt du, warum du kämpfst, Alexander?»

«Wie sonst sollten wir überleben können?»

«Nun, es hätte ja auch sein können, dass du einer bestimmten Hoffnung nachjagst, irgendwelchen Träumen – oder dass du die anderer zu verwirklichen suchst.»

«Glaubst du, ich kämpfe, weil du mich darum gebeten hast?»

«Nein. Ich denke eher, wir kämpfen, weil wir im Glauben daran aufgewachsen sind. Ich weiß nicht, was wir glauben und tun würden, wenn es anders gewesen wäre.»

«Wir würden das Gleiche tun. Unsere Vorfahren haben die Freiheit über das Leben gestellt, über König und Gott. Die Männer, die uns an die Union verkauft haben, hat dieser Gedanke nicht geschert. Sie haben ihn herabgesetzt und entwürdigt. Wir würden uns beschämen, wenn wir wie Sklaven weiterlebten.»

«Und dennoch denkt nicht jeder so.»

«Hast du dabei Aeneas im Sinn?»

«Nein.» Anne legte ihm die Hand auf den Mund. «Sprich den Namen nicht mehr aus. Nie wieder.»

MacGillivray küsste ihre Fingerspitzen und führte ihre Hand auf seine Brust, unmittelbar über seinem Herzen.

«Falls du dich auf die Schotten beziehst, die gegen uns sind, sie fürchten um das, was sie verlieren können. Um ihr Leben, ihr Land, ihre Geschäfte.» MacGillivray zuckte mit den Schultern. «Doch was immer England gibt, kann es einem auch wieder nehmen.»

«Und dennoch verstehe ich ihre Haltung nicht», murmelte Anne. «Der Mensch verliert seinen Stolz, seine Würde, wenn er sich unterwirft.» Sie dachte an die Armut des Volkes, eine Armut, die auch das Innere eines Menschen erfasste, wenn er keinerlei Selbstachtung besaß. Im Grunde hatten die Menschen außer ihrer Armut nichts zu verlieren, doch offenkundig fehlte etlichen der Mut, auf die eigene Kraft zu bauen. «Doch andererseits», schloss Anne mit einem Seufzer, «droht die schottische Kirche damit, dass sie die Unsterblichkeit ihrer Seele verlieren, wenn sie sich uns anschließen.» Sie nahm MacGillivrays Herzschlag wahr und schob ihre Hand unter seinen Umhang, um ihn deutlicher zu fühlen. Wenn sie bei ihm war, so nah, dass sie seine Stärke und den Pulsschlag seines Lebens spürte, begann die Einsamkeit zu schwinden.

«Sollen sie ihre Unsterblichkeit haben», sagte MacGillivray. «Schließlich ist es ein hoher Preis, den sie dafür bezahlen: keine Lieder, kein Tanzen, keine Liebe.» Er zog sie enger an sich. «Mir ist unsere Art zu leben lieber, mag sie auch noch so sterblich sein.»

«Gib acht, Alexander. Ich habe wieder ein Ei in der Hand.»

Er küsste sie auf den Hals.

«Ob du es wohl schaffst, es dieses Mal nicht zu zerbrechen?»

«Nun weiß ich, weshalb du kämpfst», neckte Anne ihn. «Du willst singen, tanzen und dich mit den Mädchen vergnügen.»

«Eigentlich will ich mich voller Verlangen zwischen deine Schenkel begeben.» Er begann, an ihrem Ohrläppchen zu knabbern. «Ist das nicht der Grund, weshalb die Welt erschaffen wurde? Sag nicht, dir fiele ein besserer ein!»

«Sei ernst, Alexander. Und außerdem ist es kalt hier draußen.»

MacGillivray lehnte sich zurück und schaute ihr in die Augen. «Wie ernst ich es meine, würdest du merken, wenn es hier draußen nicht so kalt wäre. Es kommt mir nämlich so vor, als hätte sich an mir ein Eiszapfen gebildet.»

Lachend liefen sie über die Stufen und stießen die Eingangstür auf.

Lady Farquharson starrte sie vorwurfsvoll an.

«Wollt ihr beide eigentlich nie erwachsen werden?»

«Eines Tages schon», erwiderte Anne und legte die Hände auf ihre geröteten Wangen.

«Wir weigern uns lediglich, alt zu werden», bemerkte MacGillivray mit einem dreisten Grinsen, stellte sich vor den Kamin und hob den Kilt, um sich das kalte Hinterteil zu wärmen.

«Ich weiß nicht, ob ich Elizabeth mit euch gehen lassen soll.» Lady Farquharson wirkte seltsam bedrückt.

«Aber sie hat doch so sehr darum gebettelt, als ich das letzte Mal zu Hause war. Wo steckt sie überhaupt?»

«Hinter dem Haus. Sie schafft ihre sämtlichen Habseligkeiten in den Wagen.»

«Das ist gut. Wir müssen nämlich aufbrechen, ehe es zu schneien anfängt.»

«Du bist doch eben erst gekommen und willst schon wieder fort?»

«Wir haben hier nur haltgemacht, um Elizabeth mitzunehmen.»

«Was ist mit Francis und deinem Bruder? Sind sie bald wieder da?»

«Ganz bestimmt», entgegnete Anne. «Ebenso wie der Rest unserer Truppen.»

Charles Stuart hatte sich letztlich doch dazu überreden lassen, die Belagerung Stirlings aufzugeben, und war in Richtung Norden gezogen, als Cumberland Edinburgh erreichte. Anne war eine Woche nach der Schlacht losgezogen. Die Hälfte ihre Kompanie hatte sie als Leibwache mitgenommen, inzwischen jedoch nach Auchterblair vorausgeschickt. Im dortigen Lager würden sie und MacGillivray die Nacht verbringen. Erst am Tag darauf, vermutete Anne, wenn sie in Moy wären, drohte ihr Gefahr. Lord Louden hielt Inverness noch immer besetzt, und Hawley hatte die Kompanie der Schwarzen Garde dort zurückgelassen. Bei ihrer Rückkehr würden sie daher auf Loudens Truppen stoßen – und auf diejenige, die Aeneas' Befehl unterstand.

Lady Farquharson ließ die weiße Kokarde sinken, an der sie genäht hatte, und sah Anne beiläufig an. «Du hast nicht zufällig wieder etwas von dem Schnupftabak dabei?»

Anne unterdrückte ein Lächeln. «Nein, leider nicht. Dieses Mal bin ich nicht in Edinburgh gewesen.»

Enttäuscht sah Lady Farquharson auf ihre Näharbeit. «Die kleine Schatulle ist schon fast leer.»

«Beim nächsten Mal. Ich verspreche es dir.»

«Es ist ein wirklich hervorragendes Mittel – schafft einen klaren Verstand.» Mit einer leichten Geste deutete sie auf MacGillivray. «Könnte nicht schaden, wenn du es selbst einmal probierst.»

In der darauffolgenden Nacht fiel der erste Schnee, und am Morgen war die Umgebung in ein Winterkleid gehüllt. Anne brach mit ihren Leuten früh aus Auchterblair auf. Trotz ihres dicken Umhanges bat Elizabeth darum, mit MacGillivray auf dessen Pferd reiten zu dürfen. Sie wollte sich so, wie sie sagte, besser gegen die Kälte schützen.

«Er hält den Wind ab», fügte sie hinzu und kletterte eilig hinter ihn, als er seine Zustimmung mit einem Nicken bedeutete. Die Frau, die den freien Platz im Wagen nahm, war dankbar, dass sie sich mit ihrem kleinen Kind auf dem Schoß an den anderen Insassen wärmen durfte. Elizabeth rückte dagegen dicht an MacGillivray, umschlang seine Taille und legte die Wange an seinen Rücken. Sie war sich sicher, ab sofort würde er sie nicht mehr übersehen. Schließlich zählte er zu den Clanführern im heiratsfähigen Alter; gewiss war er dabei, sich nach einer Ehefrau umzusehen, und für sie war es an der Zeit, ein eigenes Heim zu gründen.

Endlich ritten sie los. Der Atem bildete feuchtweiße Wolken, die vor ihnen in der klaren, kalten Luft aufstiegen. Die Pferdehufe zerdrückten knirschend den Schnee, ebenso wie die Wagenräder und die stapfenden Schritte derjenigen, die ihnen in langen Reihen folgten. Dann und wann hielten sie an, um den Schnee aus den Hufeisen oder von den Stiefeln zu kratzen und die Wagenräder von ihrer weißen Last zu befreien.

Elizabeth begann sich zu langweilen, schmiegte sich enger an MacGillivray und dachte über sein Liebesleben nach. Dabei fragte sie sich, wann er wohl das letzte Mal bei einer Frau gelegen hatte. Gewiss war es noch nicht lang her, denn MacGillivray war ein Mann, der die Lust des weiblichen Geschlechts weckte.

Ihre Gedanken kehrten zu Dauvit zurück. Er hatte ihr gezeigt, wie man einen Mann beglückte, aber auch, wie sie sich selbst größtmögliche Befriedigung verschaffte. Anne hatte recht gehabt: Der Wahrsager hatte sich als begabter Lehrer erwiesen. Insofern war es ganz gleich, bei wie vielen englischen Frauen MacGillivray gelegen hatte, sie hätte ihm bestimmt noch einige Überraschungen zu bieten. Sie legte ihre Wange zwischen seine Schulterblätter und genoss den breiten, kräftigen Rücken, dessen Muskeln sich geschmeidig bewegten, ebenso wie seinen festen Bauch, den sie durch ihre Handschuhe spürte.

Mit halbem Ohr vernahm Elizabeth die Sätze, die Anne mit MacGillivray tauschte, während sie neben ihm ritt. Mochten die beiden ruhig über Schlachten, Truppen und die anstehenden Kriegsvorbereitungen sprechen, Elizabeth gab sich lieber ihren Träumen hin, dachte an die Liebe, warme Haut und zerwühlte weiße Laken. Sie rückte ein Stück vor, rieb ihre Hüften an MacGillivrays Gesäß und spürte, wie er sich versteifte. Fraglos war er sich ihrer Nähe bewusst, trotz der dicken Umhänge, die sie trennten. Sie presste ihre Brüste an seinen Rücken und merkte, dass ihr Atem sich beschleunigte, in raschen, kurzen Stößen kam. Wie von allein bewegten sich ihre Hände über MacGillivrays Bauch und verschränkten sich erneut in der Höhe seiner Taille. Vielleicht, dachte sie, sollte sie ihre Handschuhe abstreifen und die Hände unter seinem Umhang wärmen …

«Wir machen Rast!», rief MacGillivray nach hinten und zog die Zügel an.

Verwundert blickte Elizabeth in die Runde, denn eigentlich hatten sie vor nicht allzu langer Zeit eine Pause eingelegt. Sie wischte sich den nassen Schnee vom Gesicht, der auf ihrer heißen Haut schmolz. MacGillivray saß ab, zog seinen Dolch und machte sich daran, die Hufe von Annes Pferd zu reinigen. Anschließend wandte er sich seinem Pferd zu, doch statt die Hufe anzuheben, stieß er den Dolch in den Schnee, richtete sich auf und umschlang Elizabeths Taille. Mit einem Schwung hob er sie vom Pferd und stellte sie auf den Boden. Elizabeth legte den Kopf in den Nacken, senkte die Lider und wartete darauf, dass er sie küsste. Doch da wurde sie abermals gepackt und hinter Anne auf deren Pferd gesetzt.

«Deine Schwester scheint etwas missverstanden zu haben», sagte MacGillivray zu Anne. «Reite du mit ihr los, wir folgen gleich hinterher.»

Anne setzte Pibroch in Trab. Ihr Körper bebte, als Elizabeth die Arme um ihre Taille schlang.

«Was hat MacGillivray? Und warum zitterst du trotz der warmen Kleidung?»

«Oh, Elizabeth», brachte Anne lachend hervor. «Kannst du dich denn nicht ein Mal benehmen?»

«Jetzt klingst du wie Mutter. Was stimmt denn mit MacGillivray nicht? Mag er inzwischen lieber Männer? Hat er sich deshalb so eigentümlich verhalten?»

«Du lieber Himmel, errätst du es nicht? MacGillivray und ich sind wieder ein Paar.»

«Was willst du damit sagen? Das ist doch gar nicht möglich.» Aufgebracht schlug sie mit der Faust gegen Annes Rücken. «Du hast gesagt, dass du nicht mit ihm schläfst.»

«Wann soll das gewesen sein?»

«Als du das letzte Mal in Invercauld warst. Ich habe nachgefragt, und du hast es verneint.»

«Das war damals. Heute verhält es sich anders.»

«Oh. Habt ihr auch die vergangene Nacht miteinander verbracht?»

«Ja, natürlich.»

Elizabeth ließ sich gegen Annes Rücken sinken und dachte über die Ungerechtigkeit des Lebens nach. Nicht nur dass ihre Schwester einen Ehemann besaß, nein, sie musste auch noch MacGillivray für sich in Anspruch nehmen.

«Ich hoffe, dass es nichts Ernstes ist», sagte sie verstimmt.

«Jetzt hörst *du* dich wie Mutter an.»

Als sie im verschneiten Hof von Moy ankamen, blickte Anne sich suchend um und hämmerte dann an die Tür, bis Will aus der Küche trat; entschuldigend wies er darauf hin, dass der tiefe Schnee die Hufschläge verschluckt habe, sonst wäre er rechtzeitig zur Stelle gewesen.

Anne wehrte seine Entschuldigungen ab. «Ist schon gut, mein Junge. Bist du allein im Haus?»

«Jessie und die alte Lady McIntosh sind noch da. Es ist genau wie beim letzten Mal», erwiderte er sichtlich bekümmert.

Auf dem Weg ins Haus warf Elizabeth Anne giftige Seitenblicke zu. «Du bist noch immer eine verheiratete Frau», zischte sie. «Das macht MacGillivray zu einem freien Mann.»

Anne lachte leise vor sich hin.

«Ich glaube, du verschwendest deine Zeit, wenn du dich um MacGillivray bemühst. Doch ich wäre die Letzte, die dir dabei Einhalt gebietet.»

Elizabeth blieb stehen und ergriff Annes Arm. «Meinst du das ehrlich?»

Anne drehte sich zu ihr um. «Wie könnte ich dir im Weg stehen, wenn Alexander dich haben will? Eher würde ich mich für euch freuen.» Sie streifte ihren Umhang ab und hängte ihn an einen Haken. «Ich kann mir nur nicht vorstellen, dass er dich will, das ist alles.»

In diesem Augenblick kam die Witwe die Treppe herunter, blieb stehen, als sie ihren Besuch bemerkte, und nahm dann die letzten Stufen mit eilenden Schritten. «Anne, *a ghràidh!*», rief sie aus und öffnete die Arme.

Elizabeth nahm ihren Umhang ab und lächelte vergnügt vor sich hin. Anne hatte ihr MacGillivray nicht verboten. Sie konnte ihn haben, man musste ihm lediglich noch ein wenig auf die Sprünge helfen.

# 24

Die Witwe McIntosh hielt Moy für sicher. Aeneas wurde zwar von seinen militärischen Pflichten in Fort George festgehalten, und Loudens Truppen drangsalierten alle, die als Jakobiten bekannt waren, aber in Moy würden sie kaum brandschatzen und plündern – schließlich gehörte das Clanoberhaupt zu Loudens Offizieren. Annes Leibwächter kehrten nach Hause zurück oder quartierten sich bei Freunden und Familienangehörigen in den umliegenden Katen ein. Die Abende gehörten den Geschichtenerzählern.

Heute waren sie vor dem Kamin versammelt, Anne und MacGillivray erzählten. Es hatte aufgehört zu schneien. Die Scheite im Kamin sprühten Funken, Platten mit dampfenden Speisen standen auf dem niedrigen Tisch vor dem Feuer, und die Krüge wurden mit immer neuem Ale gefüllt. Es galt über den Zug nach Derby und eine zweite Schlacht zu berichten, aber sie fingen am Anfang an: kurz hinter der Grenze, in Carlisle, als sie zum ersten Mal versuchten, Freundschaft mit den Engländern zu schließen. MacGillivray hatte Donald Fraser bei einem Schmied einquartiert, in der Annahme, die beiden würden vieles gemeinsam haben.

«Donald betritt also das Haus des Schmieds, den Dolch in der Hand, für den Fall, dass er auf Widerstand stößt. Aber der Schmied ist geflohen. Im Haus sind nur die Frau und ihre erwachsene Tochter, die in der Ecke kauern und aus Leibeskräften schreien. Er versucht, mit ihnen zu reden, aber natürlich spricht er nur Gälisch.»

«Was sie nicht verstehen», fügte Anne hinzu.

«Kein einziges Wort. Also, um zu zeigen, dass er ihnen nichts Böses will, rammt er seinen Dolch in den Tisch. Aber die beiden Frauen kreischen umso lauter.»

«Und was hat Donald dann getan?» Jessies Augen leuchteten.

«Das Freundlichste, was ihm einfiel.» MacGillivray lachte. «Da es in Edinburgh so gut geklappt hatte, dachte er wohl, damit könne er nichts verkehrt machen. Er begann zu tanzen.»

«Zu tanzen?» Die Witwe McIntosh schnaubte.

«Ja, den Hochlandtanz. Er summt eine Melodie, streckt die Hände in die Luft und vollführt die wildesten Sprünge.»

«Und das hat geholfen?», fragte Will erwartungsvoll.

«Überhaupt nicht», antwortete MacGillivray lachend. «Die Mutter fiel auf die Knie und betete, rief Gott um Hilfe an, so laut sie konnte. Die Tochter schluchzte, weinte und kreischte.»

«Also hat er aufgehört?», wollte Elizabeth wissen.

MacGillivray, der sich vor Lachen die Seiten hielt, schüttelte den Kopf.

«Nein, er springt noch höher, denn er denkt, seine guten Absichten sind wohl einfach noch nicht zu ihnen durchgedrungen, und dann packt er das Mädchen bei der Hand, damit es mittanzt.» MacGillivray holte tief Luft, um das Lachen zu dämpfen. «Wir waren noch draußen und teilten den übrigen Leuten ihre Quartiere zu. Der Lärm war erbarmungswürdig, also ging ich hinein und musste ihn schließlich *rauszerren*, weil er immer noch tanzte.»

Er ließ seiner Belustigung freien Lauf, Tränen liefen ihm über das Gesicht, während die anderen sich vor Lachen die Seiten hielten.

«Sie haben wahrscheinlich gedacht», meinte Anne

lachend, «dass es eine Art Stammesritual war. Da ja sein Dolch im Tisch steckte!»

«Und er darum herumtanzte», fügte Elizabeth kichernd hinzu.

«Dass er sie aufschneiden wollte wie einen Braten», prustete Jessie los.

«Und zum Abendessen verspeisen!», grölte Will.

«Ach du meine Güte.» Die Witwe trocknete sich die Augen. «Ich brauche mehr Ale.»

Aber nicht alle Geschichten, die an diesem Abend erzählt wurden, waren komisch. Es hatte schwere Verluste gegeben, und der mangelnde Heldenmut und die Launenhaftigkeit des Prinzen stimmten die Zuhörer nachdenklich. Nichtsdestotrotz endete der Abend mit einem Sieg. Alle stießen auf Falkirk und die gemeinsame Sache an.

«Ich habe Clementina dort gar nicht gesehen.» Stirnrunzelnd sah Anne MacGillivray an. «Na, du weißt schon, das Mädchen aus Edinburgh.» Er schien immer noch nicht zu begreifen, wen sie meinte. «Das Mädchen, das uns bei Prestonpans den Weg durch das Sumpfland gezeigt hat!» Jetzt erinnerte er sich.

«Sie ist mit ihrem Vater in Carlisle zurückgeblieben. Er hatte sich den Fuß verletzt und konnte nicht weitermarschieren. Aber ich glaube, er hat sich in Wahrheit in die Witwe verguckt, bei der er einquartiert war.»

«Dann hat Cumberland sie gefangen genommen.» Anne machte sich Vorwürfe. «Wenn ich dem Mädchen damals kein Geld gegeben hätte, wären die beiden nie mit dem Heer mitgezogen.»

«Wegen eines Akts der Freundlichkeit sollte niemand sich tadeln.» MacGillivray nahm ihre Hand und drückte sie. «Cumberland wird keine Kinder ins Gefängnis werfen, und Frauen auch nicht. Vielleicht werden die meisten Männer sogar auf Ehrenwort entlassen.»

«Also könnte sie mittlerweile wieder daheim sein?»

«Oder noch in Carlisle, bei einer neuen Mutter.»

Am liebsten hätte Anne ihm einen Kuss gegeben, weil er sie so beherzt tröstete, aber sie hielt sich zurück, schließlich war Aeneas' Tante anwesend. Anne war noch nicht so weit, ihren Bruch mit Aeneas öffentlich zu machen, nicht vor so vielen Zeugen. Sie ließ MacGillivrays Hand los und nahm einen Schluck Ale aus ihrem Krug. Es entstand eine Pause, ehe endlich jemand etwas sagte.

«Der Verlust Kilmarnocks wiegt schwer», meinte die Witwe.

«Er lebt und ist unverletzt», versicherte Anne. «Sie haben ihn nach Edinburgh in die Burg gebracht, das ist alles.»

«Wenn wir sie nächstes Mal schlagen», sagte MacGillivray, griff nach dem Ale und schenkte sich nach, «wird er wieder ein freier Mann sein.»

«Nächstes Mal?», fragte die Witwe.

«Im Frühjahr. Wir sind heimgekommen, um uns von unseren Verlusten zu erholen und auszuruhen. Jetzt, da Cumberland das Kommando hat, werden sie alles auf eine Karte setzen. Wenn wir gewinnen, bleibt ihnen nichts mehr.»

«Werden wir irgendwann den Prinzen sehen?», erkundigte sich Jessie gespannt.

«Ich habe ihn zum Essen eingeladen», erwiderte Anne. «Wenn der Rest des Heeres hier eintrifft.»

«Ich soll für den Prinzen kochen?», rief Jessie entsetzt.

«Du bekommst alle Hilfe, die du brauchst. Aber sag es noch niemandem. Loudens Truppen in Inverness wären vorgewarnt, wenn sie es erführen.»

Elizabeth, die sich auf ihrem Stuhl zurückgelehnt hatte und MacGillivrays Haar bewunderte, das im Schein des

Feuers wie Gold glänzte, beugte sich vor und schob ihm ihren Krug hin. Er schenkte ihr nach und schaute ihr dabei in die Augen.

«Setzt dir die Hitze zu?» Er musste lächeln.

Sie senkte den Blick und sah dann wieder zu ihm auf. «Überhaupt nicht», sagte sie. «Ich genieße sie.»

«Erzählt doch nochmal von Megs Schuhmacher», bat Will. «Der Teil, wo er sich bei dem Rotrock entschuldigt, den Meg gerade mit der Heugabel aufgespießt hat, der gefällt mir am besten.»

Die Witwe McIntosh saß bereits mit Haferbrei und den Zeitungen am Frühstückstisch, als Anne herunterkam.

«Dein Teeservice ist eingetroffen, während du fort warst», sagte sie, ohne von ihrer Lektüre aufzublicken. «Jessie hätte dir eine Kanne heraufgebracht, aber du warst nicht in deinem Zimmer.»

«Nein.» Anne blickte aus dem Fenster auf die weiße, friedliche Landschaft draußen. Der Schnee hatte alle Konturen verwischt, alles war ruhig und weich. «Ich fand es nicht richtig, unser Schlafzimmer zu benutzen, denn ich kann nicht länger mit Aeneas verheiratet bleiben. Jetzt nicht mehr.»

Aeneas' Tante sah sie nachdenklich an. «Übereile nichts, *a ghràidh*. Das ist ein großer Schritt, die Zeit wird dir dabei helfen.»

Anne setzte sich an den Tisch, froh, dass es ausgesprochen war. Die Witwe hatte altmodische Ansichten; Frauen, seien sie nun verheiratet oder nicht, sollten sich ihrer Meinung nach einfach einen anderen Mann nehmen, wenn sie dies wollten. Die alten keltischen Bräuche verurteilten die Fleischeslust nicht. Sie sorgten für klare Verhältnisse: Früher hatten sich die Frauen, ohne zu zögern, von ihren Männern scheiden lassen, wenn diese sie nicht versorgen konnten oder es an Respekt fehlen ließen, wenn sie schnarchten, klatschten, keine Manneskraft hatten oder schlichtweg abstoßend waren. Mittlerweile waren Scheidungen selten geworden, man musste vor Gericht, aber in ihrem Fall war es die einzige Lösung. Aeneas hatte sie verlassen, und sie hatte sich einem anderen Mann zugewandt. Ihre Entscheidung war gefallen.

MacGillivray trat ein, begrüßte fröhlich alle Anwesenden und zwinkerte Jessie zu, die Anne gerade Haferbrei brachte. Die Witwe schlug verärgert auf die Seiten ihrer Zeitung.

«Hört euch das an! Sie bezeichnen uns alle als Papisten, von Rom gesteuert.»

«Weil der Prinz Katholik ist?», fragte Anne. «Er hat Religionsfreiheit garantiert, und unser Parlament wird genauso unabhängig von allen Kirchen sein, wie es das immer war.» Der Großteil der jakobitischen Truppen bestand schließlich aus Protestanten, so wie der Großteil der Bevölkerung beider Nationen, obwohl viele Hochlandclans der Episkopalkirche angehörten und nicht der presbyterianischen Kirche, der lustfeindlichen Staatskirche, die im Süden vorherrschte. Die presbyterianische Kirche war gegen den Aufstand, die katholische dafür, und die schottische Episkopalkirche hielt sich heraus. Anhänger der Jakobiten fanden sich gleichermaßen in allen drei Konfessionen. «In England, wo der Monarch das Oberhaupt der anglikanischen Kirche ist und der König keiner anderen Glaubensrichtung angehören darf, ist die Religionsfrage hingegen von entscheidender Bedeutung», überlegte Anne laut.

«Die Hannoveraner werden alles Erdenkliche behaupten, um das Volk gegen uns einzunehmen», fügte MacGillivray hinzu. «Sogar dass wir kleine Kinder fressen.» Er knurrte und tat so, als wolle er sich auf Jessie stürzen. «Also pass bloß auf», warnte er.

«Jessie?» Verdutzt schaute Anne das Mädchen an.

«Seit einer Woche ist ihr jeden Morgen schlecht», bemerkte die Witwe knapp.

«Nur gleich nach dem Aufstehen», verteidigte Jessie sich. «Mir geht's schon wieder gut.»

«Also du bist schwanger!» Anne war entzückt. «Das ist mir überhaupt nicht aufgefallen. Jessie, nun ist deine schlanke Figur dahin. Wer ist denn der Vater?» Sie hielt inne. «Will? Doch nicht etwa Will?»

Jessie nickte etwas verlegen, weil sie im Mittelpunkt stand.

«Im Winter ist es wärmer im Bett, wenn man zu zweit ist», sagte sie mit einem raschen Blick auf MacGillivray.

«Das ist wohl wahr», sagte der lächelnd. «Will ist ein Glückspilz.»

«Wollt ihr heiraten?», fragte Anne.

«Nein!», versetzte Jessie schnell. «So weit bin ich noch lange nicht. Er will, dass wir uns während der Heuernte durch Handschlag binden, auf ein Jahr. Damit liegt er mir ständig in den Ohren, aber ich weiß noch nicht.»

Anne wünschte mittlerweile, auch sie hätte den Weg der Verlobung gewählt. Im Juni hätte man sich dann einfach getrennt, ohne dass es ein weiteres Wort bedurft hätte. So konnte sie zwar nach Lust und Laune bestimmen, wer das Bett mit ihr teilen sollte, aber bis sie geschieden oder verwitwet war, lag ihre Verantwortung hier in Moy.

«Und soll das Kind zu Wills Leuten kommen, wenn es entwöhnt ist, oder willst du es behalten?»

«Das weiß ich noch nicht.» Jessie geriet etwas durcheinander. «Ich hole Euch frischen Haferbrei.»

Sie eilte aus dem Raum. MacGillivray zog sein *sgian dhubh* und schnitt sich damit ein Stück Entenbrust ab.

«Es wäre schön, ein Kind hier zu haben», sagte Anne.

«Aeneas weiß es noch nicht», erinnerte die Witwe sie.

«Ach, ich bin sicher, er –» Sie hielt inne. Sie konnte nicht für Aeneas sprechen. Und da Moy vielleicht schon ein neues Clanoberhaupt haben würde, wenn Jessies Kind geboren war, spielte es auch keine große Rolle, was er dachte.

Jessie kehrte mit MacGillivrays Haferbrei zurück. Will sei dabei, das Pferd zu satteln, meldete sie der Witwe. «Er verstaut, so viel er kann, in den Satteltaschen, den Rest bringt er ein andermal nach Inverness.»

«Bei dem Wetter willst du nach Hause reiten?», fragte Anne.

«Die Straße wird passierbar sein», meinte MacGillivray. «Heute Nacht hat es nicht mehr geschneit.»

«Aber es wird noch mehr Schnee fallen. Und ich ziehe es vor, in meinem eigenen Haus zu sein, jetzt, da dies wieder möglich ist. Wenn der Prinz Inverness einnehmen sollte, findet er bei mir eine Unterkunft. Ich werde für alle Fälle Vorbereitungen treffen.»

«Will kann mein Pferd nehmen», bot MacGillivray an. «Und als Geleitschutz mitkommen.»

«Du bist ein guter Mann, Alexander.» Die Witwe erhob sich. «Also, ich verabschiede mich.»

Anne begleitete sie in die Halle und half ihr in den Umhang.

«Ihr geht doch nicht etwa unseretwegen?», fragte sie, obwohl sie den Grund kannte.

Die Witwe tätschelte ihr die Wange.

«Meine liebe Anne, ich habe gesagt, warum ich gehe. Wenn ich etwas zu sagen habe, sage ich es offen heraus. Alexander ist wirklich ein guter Mann. Und zweifellos ist er gleichermaßen anziehend. Freuden sind flüchtig und rar, deshalb sollte man sie genießen.» Sie band ihren Hut fest und war bereits an der Tür, als sie noch einmal das Wort ergriff. «Aber ich glaube nicht, dass deine Entscheidung schon gefallen ist. Auch Aeneas ist ein guter Mann.»

«Nein, *na can sin*, das ist er nicht.» Anne schüttelte den Kopf. «Er hat Ewan hängen lassen, auf dem Marktplatz. Ich habe es selbst gesehen, an dem Tag, an dem ich zu ihm wollte.»

«Ewan?» Die Witwe war erstaunt. «Es ist mir neu, dass Aeneas etwas damit zu tun hatte. Das sieht ihm überhaupt nicht ähnlich.»

«Habt Ihr ihm gesagt, dass ich nicht vorhatte, auf ihn zu schießen? Bei Prestonpans?»

«Dazu hatte ich gar keine Gelegenheit – ich war doch hier. Und er war beschäftigt.»

«Dann tut es nicht, denn heute würde ich vielleicht auf ihn schießen.»

«Anne, wenn Aeneas tatsächlich befohlen hat, Ewan zu hängen, muss er einen guten Grund gehabt haben. Ich werde ihn fragen, wenn ich ihn sehe.»

Die Witwe küsste Anne auf beide Wangen und ging zu Will, der die Pferde gebracht hatte.

Anne sah den beiden Reitern nach, die in das endlose Weiß zogen – eine weiße Leere, unterbrochen nur durch die kahlen schwarzen Äste der Bäume. Einen guten Grund sollte er gehabt haben? Um mit seiner Frau zu brechen, das war der Grund; um ihre Ehe einfach wegzuwerfen. Er hatte seine Wut an Ewan ausgelassen und dadurch bewiesen, dass er ihr Feind war. Jetzt bewachte er mit einer kleinen Truppe Inverness, während eine Armee von zehntausend Jakobiten auf die Stadt zumarschierte. Seine Tante würde ihn warnen: Deshalb war sie so plötzlich aufgebrochen. Anne hatte ihr diese Information absichtlich gegeben. Sie wollte Aeneas wissen lassen, dass seine Tage gezählt waren.

Als Will am Nachmittag aus Inverness zurückkehrte, musste er sich durch einen Schneesturm kämpfen. Weiße Flocken wirbelten durch die Luft, die Erde war weiß, der Himmel weiß, überall nichts als blendendes Weiß. Da er jeden Baum und jeden Busch auf dem Weg kannte, bewahrte ihn dies davor, sich zu verlaufen. Glücklicherweise verstand er sich auf Pferde, und MacGillivrays Ross vertraute ihm schon bald. Er war siebzehn Jahre alt, geboren für ein Leben in den Ställen. Er ließ die Zügel locker, redete sanft mit dem Tier oder sang ihm ein gälisches Schlaflied in die gespitzten Ohren.

Manchmal antwortete das Pferd mit einem leisen Wiehern, einem Schnauben oder indem es den Kopf zur Seite drehte. Es wollte unter den Bäumen stehen bleiben, das dichte, blendende Schneegestöber gefiel ihm nicht, ebenso wenig wie die Eisklumpen, die sich in seinen Hufen bildeten. Dann stieg Will ab, watete knietief durch den Schnee, säuberte die Hufe des Tieres und ging neben ihm her, hielt es am Zaumzeug, atmete dicht neben seinem Kopf und erzählte ihm vom Schnee, von den Menschen, vom Krieg und von der Liebe, von Jessie und ihrem Kind, redete ihm gut zu, redete ihnen beiden gut zu, bis sie wieder zu Hause waren.

Es wieherte noch einmal leise und beinahe erleichtert, als sie über den Hof zum Pferdestall stapften. Will führte es hinein, und die weichen, feuchten Nüstern drängten sich gegen seine Wange und stießen ihn gegen die Schulter. Er nahm dem Pferd das Geschirr ab, rieb es trocken und gab ihm frisches Futter. Dann kämpfte er sich durch die hohen Schneewehen auf das Haus zu, zum Kücheneingang. Jessie hatte ihn kommen sehen, während sie das Fenster vom Schnee befreit hatte. Jetzt war sie über den glühend heißen Ofen gebeugt, auf dem ein Topf mit heißer Brühe stand. Ihr Gesicht war gerötet.

«Du hast dir aber Zeit gelassen», beschwerte sie sich und schaute sich kaum nach ihm um, als er eintrat und den Schnee von den Stiefeln stampfte.

«Aye», sagte er. «Es schneit.» Offenbar hatte sie sich Sorgen gemacht. Er setzte sich an den Tisch, löffelte schweigend seine Brühe, hörte das Feuer im Ofen knistern und schaute zu, wie Jessie das Essen für die Hausbewohner zubereitete.

Der Schnee brachte Frieden über das Land, das in Winterruhe erstarrte, wochenlang rührte sich nichts. Am Morgen nach Wills Rückkehr schaute Elizabeth aus ihrem Schlafzimmerfenster und sah am Rand des Hofes einen Schneemann stehen, die blaue Hochlandmütze keck auf dem runden, dicken Kopf. MacGillivray krönte gerade sein Werk mit einem Ast, der das Schwert darstellen sollte. Anne, in Umhang und Kapuze, lief lachend auf ihn zu. Elizabeth konnte nicht verstehen, was gesagt wurde, aber die weißen Atemwölkchen, die Art, wie ihre Schwester sich bewegte, verrieten ihr, dass sie heiter und aufgeregt sprach. MacGillivray entdeckte Elizabeth am Fenster und winkte ihr herunterzukommen. Obwohl sie es ziemlich erregend fand, ihn zu beobachten, schlüpfte sie in wärmere Sachen.

Draußen in der klaren, bitterkalten Luft betrachtete Anne ihren neuen Hochlandkrieger.

«Küss mich», flüsterte MacGillivray ihr ins Ohr, und sein Atem streifte ihre geröteten Wangen. «Bevor deine Schwester herunterkommt.»

«Du kannst mich auch in ihrer Gegenwart küssen.»

«Dann denkt sie, dass ich dich vorziehe, und was würde dann aus meinem Ruf als draufgängerischer Hochländer?»

«Ich werde was für deinen Ruf tun.» Anne formte einen Schneeball und bewarf ihn damit. «Graukopf», rief sie kichernd.

«Wir beide werden aber gemeinsam alt», konterte er und bewarf sie ebenfalls.

Anne zielte erneut, als MacGillivray geschickt auswich.

«He, *trobhad an-seo*, erst einen Kuss», sagte sie, als er sie mit einer riesigen Schneeladung bewerfen wollte, und streckte die Arme aus. Er kam angesprungen, legte die Arme um sie und küsste sie. Sie schlang die Arme um seinen Nacken und ließ den Schneeball, den sie in der Hand versteckt hielt, hinten in seinen Kragen gleiten. Das war zu viel: Er schüttelte sich, als ihm der kalte Schnee den Rücken hinunterrutschte, kämpfte Anne zu Boden und hielt sie fest.

«Ich könnte dich hier draußen nehmen», drohte er. «Und für immer an dir festgefroren bleiben.»

«Oh, da bekomme ich aber Angst», sagte sie lachend und stopfte ihm noch mehr Schnee in den Kragen.

Ein Schneeball traf MacGillivray am Kopf. Er blickte hoch: Elizabeth. Sofort sprang er auf, um sich zu bewaffnen, doch Elizabeth hielt den zweiten Schneeball schon bereit, warf allerdings daneben. MacGillivrays Schneeball hingegen prallte mit voller Wucht gegen ihre Brust. Anne rollte sich inzwischen zur Seite, stand auf und eilte ihrer Schwester zu Hilfe: Die beiden jungen Frauen stürzten sich auf den Krieger. Rufe, Gelächter und Schreie hallten durch die stille weiße Luft. Schließlich kehrten sie erschöpft ins Haus zurück, MacGillivray zwischen den beiden Schwestern, um die er je einen Arm gelegt hatte.

«Danke für den Schneekrieger», sagte Anne und gab ihm einen sanften Kuss auf die Wange, als sie ihre Schuhe vom Schnee befreiten. «Solange er da draußen steht, sind wir in Sicherheit.»

«Mylady», versprach MacGillivray, «ich werde Euch eine Armee schenken, die Euch bewacht.»

Am nächsten Morgen standen drei Schnee-Hochländer im Hof, am übernächsten fünf, und schließlich sieben.

«Sieben – die magische Zahl», erklärte er. «Das ist aller Schutz, den du je brauchen wirst.»

«*Tapadh leith*, Mylord.» Anne lächelte. «Ich danke Euch.»

«Ich werde dich immer beschützen», sagte er, plötzlich ganz ernst.

Das wusste sie. Er würde immer da sein, wenn sie ihn brauchte. Wenn er bei ihr war, kam es ihr vor, als sei ihre tiefe Wunde fast verheilt. Sie genoss seine Gegenwart, und sie freute sich über den Schnee, über den Frieden und die Ruhe, die er brachte. Wenn nur all ihre künftigen Tage so unbeschwert sein könnten. Die Schneemassen, die die Truppen bei ihrer Heimkehr begrüßten, waren sicherlich ein Omen – die Welt trug Weiß, die Farbe der Jakobiten.

# 25

Das Eis, das sich an der Innenseite der Steinmauern gebildet hatte, begann zu schmelzen. Tropfen liefen herunter, und es war beinahe unmöglich, sie mit der Zunge aufzufangen. Aber in einer kleinen Mulde in einem der Steinblöcke sammelten sie sich. Die zerlumpten und ausgehungerten Gefangenen waren am Verdursten und drängten sich um die kostbaren Tropfen. Der eiskalte Kerker der Festung von Carlisle hätte ausreichend Platz für fünfzig Menschen geboten, nun waren dreihundert hineingezwängt worden, Männer, Frauen und Kinder.

Clementina klammerte sich an ihren Vater, der Wärme wegen, während sie langsam näher rückten, auf das einzige Wasser zu, das den Gefangenen zur Verfügung stand. Durch die Gitterstäbe des kleinen Fensters über ihnen war zu sehen, dass immer noch Schnee fiel; vor dem grauweißen Himmel wirbelten die Flocken. Manchmal wurde ein Laib Brot zwischen den Stäben hindurchgezwängt, eine Gabe mitleidiger Bürger, die das Risiko in Kauf nahmen. Durch die dicke Kerkertür wurde so gut wie keine Nahrung gereicht. Die Wachen waren Rotröcke, die Befehl hatten, die Gefangenen möglichst spärlich zu versorgen. Hunger war nichts Neues für Clementina, aber in Edinburgh hatte es immer irgendeine Möglichkeit gegeben, sich etwas zu essen zu beschaffen. Hier nicht. Nicht innerhalb dieser harten, kalten Mauern, in denen so viele Menschen mit leeren Mägen zusammengepfercht waren.

Sogar durch den Umhang hindurch konnte sie die scharfen, kantigen Knochen ihres Vaters spüren. Er zitterte und hustete. Sie drückte sich enger an ihn, als sie noch einen Schritt auf die Steinmauer und die kleine Wasserlache zu taten.

«Colonel Anne kommt uns holen», sagte sie. «Ganz bestimmt tut sie das.»

«Aye, *lassie.*» Ihr Vater hustete. «Aye.»

In der hinteren Ecke gebar eine Frau ein Kind, sie stöhnte und schrie. Die Umstehenden versuchten Platz zu machen, so gut es ging, und ein nasser Lappen wurde zu ihr durchgereicht. Eine der Frauen, die ihr beistanden, hielt ihn ihr an den Mund, damit sie daran saugen konnte. Eine andere begann leise zu summen und dann auf Gälisch zu singen.

*Bheir me ò, horo bhan o;*
*Bheir me ò, horo bhan i.*

Andere stimmten ein, sogar die englischen Jakobiten. Das Lied war ihre Hymne geworden; in den langen Wochen, die ihre Gefangenschaft jetzt schon dauerte, hatten sie es übersetzt und auswendig gelernt.

Du bist die Musik meines Herzens,
meine Harfe der Freude, *o cruit mo chridh'*,
mein Mond, der mich leitet in der Nacht,
Kraft und Licht bist du für mich.
*Bheir me ò, o horo ho;*
Traurig bin ich ohne dich.

Blitze zuckten über den Nachthimmel, erhellten die Gewitterwolken. Dazwischen grollte krachend der Donner. Regen prasselte auf das Kopfsteinpflaster und überflutete die Rinnsteine. Aeneas stand am Fenster seines Quartiers in Fort George und starrte hinaus. Auf das plötzliche

Tauwetter war dieses Unwetter gefolgt. Gegenüber, vor der Kommandantur von Lord Louden, stand ein tropfnasses Pferd angebunden. Es konnte noch nicht lange da sein; Aeneas war nur einen Moment zu spät ans Fenster getreten, um zu sehen, wer der Reiter war.

Die jakobitische Armee hatte bei den Ruthven-Baracken ihr Lager aufgeschlagen, einer alten Garnison der Engländer. Cumberland marschierte nordwärts, auf Aberdeen zu. Die nächste Schlacht würde hier stattfinden, im Norden, sobald der Winter vorüber war. Alles sprach für einen Sieg der bislang ungeschlagenen Jakobiten, auch wenn keine weiteren französischen Regimenter eingetroffen waren. Hier, auf heimatlichem Boden, waren die Jakobiten den Regierungstruppen zahlenmäßig weit überlegen. Trotz seiner holländischen und hessischen Hilfstruppen hatte Cumberland lediglich achttausend Mann aufgebracht. Wenn der Prinz sämtliche Truppen aus allen Gebieten zusammenzog, die von den Jakobiten gehalten wurden, konnte er leicht fünfzehntausend Mann befehligen.

Aber wer auch immer den Sieg davontragen mochte, es gab wenig Hoffnung für Schottland. Wenn Aeneas glauben könnte, dass sein Land in der Lage wäre, sich seine Freiheit zu nehmen und zu nutzen, würde er sofort seine Männer nach Ruthven bringen und sich dem Aufstand anschließen. Aber selbst wenn der Prinz siegreich blieb, würde auch er bald ein wiedervereinigtes Königreich erzwingen. Er wollte einen Thron und Untertanen, keine freien Völker, die ihre Angelegenheiten selbst regelten. Aeneas legte die Hände auf den Fensterrahmen und presste die Stirn gegen die Glasscheibe. Vielleicht machte er sich ja nur etwas vor. Vielleicht war er gar nicht hier, um Moy für seinen Clan zu bewahren. Vielleicht war es nur Stolz, und er war nicht Manns genug, seinen Irrtum einzugestehen. Vielleicht mied er es, Anne gegenüberzutreten, gedemütigt zu werden und klein beigeben zu müssen. Nicht gegenüber der Frau, die er liebte, seiner Frau, die jetzt einem anderen Mann gehörte.

Ein Lichtstrahl aus Lord Loudens Kommandantur fiel auf das nasse Kopfsteinpflaster und erhellte die Regenwand. Die Tür war aufgegangen. Eine Frau mit Umhang und Kapuze schlüpfte heraus und stieg eilends auf das wartende Pferd. Ein Stelldichein, bei diesem Wetter? Die Gestalt kam ihm vage bekannt vor, die Art, wie sie sich bewegte, aber es wollte ihm nicht einfallen, wo er sie schon einmal gesehen hatte. Aeneas schob das Fenster hoch und blickte hinaus. Regen schlug ihm ins Gesicht. Louden stand noch in der Tür seiner Schreibstube, als die Frau die Zügel aufnahm, bereit zum Aufbruch.

«Die Belohnung gehört Euch», rief sie. «Und MacGillivray gehört mir.» Der tosende Wind trug ihre Stimme davon, ein Blitz zuckte, Donner grollte. Sie gab dem Pferd die Sporen und ritt davon. War das Anne? Kannte er seine eigene Frau nicht mehr, oder hatte er sich die Worte nur eingebildet? Aeneas schloss das Fenster wieder.

Er trocknete sich gerade das Gesicht, als die Tür aufgerissen wurde und eine eisige Böe hereinwehte. James Ray stand in der Tür.

«Wir sollen uns sofort sammeln», stieß der Lieutenant hervor. «Der Prinz ist ohne Schutz, und wir wissen, wo er steckt!»

Im großen Schlafzimmer von Moy Hall saß Anne vor dem Spiegel, richtete mit flinken Fingern ihr Haar und zupfte das Mieder ihres weißen Kleides zurecht. Blitze erhellten den Raum, Donner grollte – laut genug, um die festliche Musik zu übertönen. Sie war schon zu lange fortgeblieben, man würde sie vermissen. Anne erhob sich, breitete die weiten Röcke aus, strich die blaue Schärpe über der Hüfte glatt und wandte sich zum Gehen. Der Anblick des ordentlichen Doppelbettes, in dem niemand geschlafen hatte – ihres Ehebettes –, ließ sie innehalten, und ein Gefühl von schmerzlichem Verlust durchfuhr sie. Rasch schüttelte sie die törichten Gedanken ab. Das Vergangene lag hinter ihr. Sie hatte jetzt MacGillivray, und der bereitete ihr keinen Kummer.

Sie schloss die Schlafzimmertür hinter sich und kehrte in den großen Saal zurück, der von Lärm, Musik und Geplauder erfüllt war. MacGillivray wartete unmittelbar hinter der Tür auf sie.

«Es läuft gut», sagte er. «Er wirkt fast heiter.»

Anne schaute sich prüfend um. Jessie und Will, dem Anlass entsprechend fein gekleidet, gingen mit Tabletts umher und boten Getränke und kleine Leckereien an. Nach den Strapazen der Schlacht und dem anstrengenden Heimmarsch genossen alle die Gelegenheit, sich auf so angenehme Weise zu entspannen. Seide, Satin und Spitzen raschelten. Robert Nairn scharwenzelte um einen Musiker herum. Margaret tanzte mit Lord George, ihr Mann mit Greta. Sir John plauderte mit O'Sullivan und dem Prinzen. Der schien tatsächlich zufriedener, sein königliches Antlitz wirkte nicht mehr ganz so verdrießlich.

«Wo ist denn Elizabeth?», fragte Anne.

«Hat sich nach dem Essen hingelegt. Sie hatte Kopfschmerzen.»

«Und ich dachte, sie würde ganz in ihrem Element sein und mit all den jungen Kerlen tanzen und poussieren. Ich werde mal nach ihr sehen.»

Doch bevor sie sich zur Tür wenden konnte, nahm MacGillivray ihren Arm und zog sie an sich.

«Erst tanz mit mir.»

Im selben Moment bemerkte sie der Prinz. Er winkte und rief: «Anne!»

«Zu spät.» Sie sah MacGillivray mit hochgezogenen Augenbrauen an und rauschte zu der Gruppe um den Prinzen.

Der Hochländer lehnte sich wieder an die Holztäfelung und schlug mit dem Fuß den Takt. Er ließ den Blick über den Saal schweifen, als Jessie auf dem Weg zur Tür an ihm vorbeikam. Ihre blütenweiße Schürze spannte bereits über dem sanft anschwellenden Bauch.

«Tanz du mit mir, Jessie», sagte er und zwinkerte ihr zu.

«Ich kann nicht.» Sie errötete. «Ich muss noch mehr Essen holen. Die sind hungrig wie die Wölfe.»

Schwungvoll öffnete MacGillivray ihr daraufhin die Tür, und sie kicherte.

Auf der anderen Seite des Saals machte der Prinz Anne Komplimente.

«Ihr seid das einzig Erträgliche an unserem Rückzug, *ma chère* Anne», gestand er. «Wärt Ihr mit mir in Derby gewesen, nur noch hundertdreißig Meilen von London entfernt, hätte die Stadt uns bestimmt die Tore geöffnet.»

«Besser der Sieger von Schottland sein als ein Lord im Tower», sagte Anne lächelnd.

«Nicht solange Cumberland alles zurückerobert, was wir schon gewonnen hatten.» Sein Verdruss drohte wiederzukehren.

«*Au contraire*, es scheint nur so. Er kann gar nicht mehr gewinnen», versuchte Anne ihn zu beschwichtigen. «Die englische Bevölkerung wird unseren Sieg längst nicht so fürchten, wenn er hier oben errungen wird.»

«Vielleicht wird sie sogar jubeln», sagte er nachdenklich.

«Aber natürlich werden sie jubeln, *cela va sans dire*. Insbesondere, wenn Euch das ohne französische Hilfe gelingt. Die Anwesenheit des alten Erbfeinds hätte Beunruhigung ausgelöst, vielleicht sogar Widerstand. Eure Taktik war höchst lobenswert.» Anne war es leid, diesem arroganten, kleingeistigen Mann zu schmeicheln. Würde er ihre Heuchelei durchschauen?

Doch das war nicht der Fall. Charles Edward nickte, voller Stolz auf seine eigenen vermeintlichen Talente.

«Wenn der Sturm sich gelegt hat», erklärte er, «werde ich die Truppen aus Ruthven holen und Inverness einnehmen.»

Anne hob ihr Glas. «Darauf trinken wir!», sagte sie. Unter Umständen schlief Aeneas heute die letzte Nacht im Bett des Feindes. Schon morgen würde er vielleicht gezwungen sein, sich zu ergeben.

MacGillivray beobachtete sie aus der Ferne. Er war beeindruckt. Sogar von der anderen Seite des Raums aus war zu erkennen, dass Anne den Prinzen um den kleinen Finger wickelte. Es überraschte ihn, dass sie sich überhaupt die Mühe machte. Der Mann war zu einer Belastung für sie alle geworden: Statt die Armeeführung zu übernehmen, brauchte er Schmeichler. Sein jugendlich gutes Aussehen und sein Charme – wenn er sich denn bequemte, beides einzusetzen – brachten der Sache zwar Geld und Unterstützung, aber ein Anführer brauchte mehr als das. Seine Gedanken wurden unterbrochen, als die Tür aufflog und Elizabeth eintrat. MacGillivray löste sich von der Wand und ging auf sie zu.

«Ich dachte, du hättest dich hingelegt», sagte er.

«Ein Wunder, dass dir meine Abwesenheit überhaupt aufgefallen ist. Du kannst ja den Blick keine Sekunde von meiner Schwester wenden.»

«Nun, jetzt hast du meine ungeteilte Aufmerksamkeit», sagte er lächelnd. «Du hast dich umgezogen.» Sie trug ein sehr tief ausgeschnittenes Kleid mit Reifrock und einem engen Mieder, das ihre Brüste emporhob. «Wäre mein Herz nicht schon vergeben, Elizabeth, es gehörte dir.» Dann runzelte er die Stirn und legte ihr die Hand auf die Stirn. «Aber du musst Fieber haben. Dein Haar ...» Er nahm eine feuchte Locke und drehte sie spielerisch zwischen den Fingern.

«Ich war kurz draußen, um frische Luft zu schnappen», antwortete Elizabeth, den Blick abgewandt.

MacGillivray schaute zum Fenster. Regen trommelte dagegen, und ein Blitz zuckte am Himmel.

«Bei dem Wetter?»

«Ich muss schon sagen, Alexander –» Elizabeth blickte auf und schaute ihm in die Augen. «Du hast doch nicht etwa Angst vor einem kleinen Gewitter?»

MacGillivray blieb eine Antwort auf die Frage erspart, denn in diesem Moment stürmte Jessie zur Tür herein, Bestürzung zeichnete sich auf ihrem Gesicht ab.

«Anne!», rief sie. «Kommt schnell!»

MacGillivray verschwand die Treppe hinunter. Anne eilte zur Tür, allerdings nicht, ohne beruhigende Worte an die Anwesenden zu richten.

«Sicher nur ein kleines Missgeschick in der Küche. Bitte tanzt weiter, amüsiert Euch.» Als sie Elizabeth entdeckte, sagte sie im Vorbeigehen: «Kümmere du dich um die Gäste.» MacGillivray war bereits unten in der Halle, als Donald Fraser eine durchnässte Reiterin hereintrug. Er half ihm, die erschöpfte Frau, die durch das Unwetter geritten war, zu einem Stuhl zu geleiten. Anne schob ihr die triefnasse Kapuze vom Kopf und erkannte die Witwe McIntosh, die ganz grau im Gesicht war und leicht keuchte.

«Louden ist auf dem Weg hierher», brachte die ältere Frau heraus. «Er weiß, dass der Prinz in Moy ist.»

Sprachlos drehte Anne sich zu MacGillivray um. Dann machte sie auf dem Absatz kehrt und rannte die Treppe hinauf.

«George! Margaret!», rief sie.

Die beiden erschienen am obersten Treppenabsatz, begleitet von Lord Ogilvie.

«Ihr müsst den Prinzen wegbringen», schrie Anne ihnen entgegen. «Sofort!»

Die drei verschwanden wieder im großen Saal.

«Jessie, räum den Saal! Schaff alle fort!» Anne drehte sich um und lief zurück zu MacGillivray.

Bevor Jessie sich rühren konnte, trat der Prinz schon aus der Halle, O'Sullivan neben ihm.

«*Mon Dieu!* Aus dem Weg, Mädchen!» Charles Edward schob Jessie beiseite und rannte die Treppe hinunter, gefolgt von den übrigen Gästen. Die Musik erstarb.

«Bring sie runter zum See», sagte Anne zu MacGillivray, «ins Sommerhaus. Da können sie sich verstecken.»

«Ich gehe nirgendwohin», erwiderte er. «Besser, sie erwischen ihn als dich!»

«Wir brauchen ihn», fuhr Anne ihn an. «Ein Körper ohne Kopf lebt nicht mehr lange. Du bist der Einzige, der den Weg kennt. Los jetzt, raus hier, durch die Küche. Geh schon, geh!»

Musiker kamen mit ihren Instrumenten die Treppe heruntergepoltert, MacGillivray führte die bestürzten Gäste durch das Esszimmer zum Hinterausgang. Rasch drehte Anne sich zu Fraser um.

«Die Musketen, Donald. Hol alle Waffen, die wir haben. Jessie, hilf ihm.» Die beiden hasteten davon. «Elizabeth –» Anne wandte sich an ihre Schwester, die allein oben an der Treppe stand. «Du holst meine Pistolen.»

«Du kannst nicht allein gegen eine Armee kämpfen!»

«Red nicht, beweg dich!», schrie Anne.

Will stand verwirrt am Fuße der Treppe. Fraser und Jessie kamen mit Musketen, Pistolen sowie Pulverhörnern und Kugeltaschen und warfen alles auf den Tisch in der Halle. Anne griff sich eine Waffe und warf sie dem Jungen zu. Verdutzt schaute er sie an, als hätte er keine Ahnung, was er damit anfangen sollte.

«Kannst du laden, Will?»

«Laden?»

«Schau einfach zu, wie Donald es macht.» Anne fing an, Pulver auf die Zündpfanne der Muskete zu schütten, als die Witwe hustete und sich vorbeugte.

«Ich kann laden», sagte sie und übernahm.

«Ist noch jemand hier, Donald?», fragte Anne.

«Meg und dieser Duff waren vorhin in den Stallungen. Sie sind schon auf dem Weg. Und ich habe Lachlan gerufen, er war in der Schmiede.»

Elizabeth kam mit Annes Pistolen, und Anne machte sich daran, die Waffen zu laden. «Sechs Leute, das ist gut.»

«Sieben», berichtigte Jessie, die mit einer Muskete beschäftigt war.

Anne zögerte, aber das Mädchen warf ihr einen Blick zu, der keinen Widerspruch duldete.

«Sieben ist besser», räumte Anne ein.

«Du musst verrückt sein!», rief Elizabeth. «Louden kommt mit zweitausend Mann!»

«Sieben ist die magische Zahl», versetzte Anne, die Wills ungeschickte Bemühungen besorgt verfolgte. «Kannst du schießen, Will?»

«Auf einen Menschen?» Der Junge blickte entsetzt auf. Seine Waffe war auf Anne gerichtet.

«Wir wollen sie nur aufhalten, nicht gegen sie kämpfen.» Sie schob den Lauf seiner Waffe hoch. «Schieß in die Luft.»

Will betätigte den Abzug. Die Kugel durchdrang krachend die Decke.

«Doch nicht jetzt, du Nichtsnutz!», brüllte Jessie.

«Gib ein bisschen auf ihn acht, Jessie», sagte Anne. Nachdem sich alle Pulverhörner und Kugeltaschen um den Hals geschlungen hatten, rief Anne zum Aufbruch. «Gut, es geht los. Die anderen treffen wir draußen.»

Im Nu waren sie bei der Vordertür. Als sie sie aufrissen, fegte eine Windböe herein.

«Du nicht.» Die Witwe packte Elizabeth, die ihnen folgen wollte, am Handgelenk.

Elizabeth sah sie an. Der Griff der Frau war eisern.

«Ich wollte nur die Tür hinter ihnen schließen», sagte sie. «Ich rechne nicht damit, dass sie so bald zurückkehren, Ihr etwa?»

Die sieben rannten zur Straße nach Inverness, leicht gebeugt zum Schutz gegen Wind und Regen. Mit zusammengekniffenen Augen schaute Anne, die bereits völlig durchnässt war, sich um. Wenn sie Louden verwirren konnten, ihn dazu bringen, kurz anhalten zu lassen, wären schon kostbare Minuten gewonnen. Ein Blitz erhellte die Szenerie. Die Torfhaufen an der Straße ragten vor ihnen auf und warfen große Schatten in der Dunkelheit.

«Die Torfhaufen!», schrie sie. «Nehmt die Torfhaufen!»

Donald rannte mit seinem Sohn zu einem Torfhaufen direkt neben der Straße, Anne zu dem dahinter. Auch die Übrigen nahmen Stellung.

«Bleibt im Schutz der Torfhaufen», rief Anne. «Will, hast du gehört?»

«Aye», rief er und duckte sich neben Jessie.

«Wenn sie zu nah rankommen», brüllte Anne und hielt inne, bis ein Donnerschlag verhallt war, «werft ihr die

Waffen weg und lauft. Ihr kennt die Gegend, sie nicht!» Die dunkle Farbe der Tartanumhänge, die ihre Leute trugen, würde sie in der schwarzgrauen Nacht gut tarnen. Anne würde in ihrem weißen Kleid dagegen schon beim geringsten Lichtschein zu sehen sein. Wie zum Hohn erhellte ein gewaltiger Blitz die tiefhängenden Wolken. Sie biss die Zähne zusammen.

Die Witwe war wieder zu Atem gekommen. Elizabeth schaute zu, wie die ältere Frau ihren durchweichten Umhang ablegte und zum Trocknen aufhängte.

«Bei dem Wetter solltet Ihr aber nicht mehr vor die Tür gehen – in Eurem Alter.»

«Ach, und wieso nicht? Du warst doch auch draußen.»

«Ich?»

«Du hast mich schließlich gezwungen, hier rauszureiten. Niemand kennt die Straße so gut wie ich. Und niemand, den ich hätte schicken können, hat die Autorität, sich mit dir zu befassen.» Sie griff nach einem der Umhänge, die am Haken hingen; auch der war ganz feucht. «Du hast Louden gesagt, wo der Prinz ist», stellte sie fest.

«Nein!»

«Hast du denn überhaupt keine Ehre im Leib?», sagte die Witwe schroff. «Aeneas hat dich gesehen.»

«Also gut, ich war's!», jammerte Elizabeth. «Und Ihr habt jetzt alles ruiniert.»

«Du hast den Prinzen verraten! Was für ein Mensch bist du nur?»

«Er ist nur ein Popanz», versuchte Elizabeth zu erklären. «Wenn sie ihn gefangen nehmen, ist der Krieg zu Ende, und alles wird wieder so wie vorher.»

«Also hast du deine eigene Schwester verraten.»

«Schaut sie Euch doch an, sie und MacGillivray. Sie sollte an Aeneas' Seite sein!»

«Und du glaubst, dafür sollte sie hängen?»

Direkt über dem Haus grollte der Donner wie ein Kanonenschlag.

«Nein, *cha dèan iad sin!*», protestierte Elizabeth. «Das würden sie nicht machen! Niemand wird Anne etwas antun. Louden sagte, sie würden sie einsperren und wieder gehen lassen, wenn alles vorbei ist.»

«Du bist wirklich ein törichtes Kind», sagte die Witwe verächtlich. «Die, gegen die wir kämpfen, sind keine ehrenwerten Gegner. Deine Intrige könnte Annes Todesurteil sein.»

Elizabeth biss sich auf die Lippen. Panischer Schrecken hatte sie erfasst, als alles schiefging, als Anne nach Feuerwaffen rief und in die Nacht hinausrannte.

«Ich konnte ja nicht ahnen, dass sie so etwas Törichtes tun würde ...»

# 26

Anne horchte angestrengt. Ein weiterer Donnerschlag verklang langsam, und der Regen prasselte nieder. Nein – das waren Dudelsackklänge und marschierende Männer. Einen Moment der Unsicherheit schaffen, das war alles, was gelingen konnte: Loudens Vormarsch kurz zum Stillstand zu bringen, um dem Prinzen einen kleinen Vorsprung zu verschaffen.

«Wartet noch, wartet.» Sie atmete tief und schnell. Es war entscheidend, den richtigen Zeitpunkt abzupassen. Der Gegner musste nahe genug sein, um sie zu hören, aber noch weit genug weg, um sie nicht genau sehen zu können.

«Anne», zischte Fraser, der sich hinter den Torfhaufen neben ihr duckte. «Hört Ihr sie?»

Auf der Straße war in der Dunkelheit nichts zu sehen. Ein Blitz erhellte den Himmel. Weiter vorn bewegte sich eine schattenhafte Gestalt, die um die Kurve bog. Hatte sie zu lange gewartet? Anne hob den Arm.

«Jetzt!», schrie sie.

Donald Fraser schoss zuerst; das Aufblitzen seiner Waffe zerriss die Dunkelheit.

«Loch Moy!», brüllte er.

«Lochiel! Lochiel!», rief Lachlan und gab Feuer.

Vereinzelte Schüsse folgten, begleitet von Getöse und Schlachtrufen.

Louden, der hinter dem Dudelsackspieler ritt, sah das Feuer aus der Waffe weiter unten an der Straße und hörte Rufe.

«Ruhe, McCrimmon», befahl er, und während die letzte Luft aus dem Dudelsack gepresst wurde, rief er über die Schulter zurück: «Aeneas, könnt Ihr etwas erkennen?»

Aeneas horchte und spähte durch den Regen, aber er sah nichts außer dem gelegentlichen Aufblitzen von Gewehren in der Dunkelheit, hörte Schlachtrufe und Kommandos. James Ray, der neben ihm ritt, strengte ebenfalls seine Ohren an.

«Sind das die Jakobiten?», fragte er.

Die Männer hinter ihnen hörten nur ein Wort: Jakobiten. Die Nachricht verbreitete sich wie ein Lauffeuer.

Annes Siebenerschar hinter den Torfhaufen brüllte aus Leibeskräften, feuerte die Waffen ab und lief von Torfhaufen zu Torfhaufen, um nachzuladen, laut zu rufen und zu feuern.

«Macpherson!», schrie Fraser aus vollem Halse, schoss und rannte los.

«Vorwärts, Drummond», rief Jessie, gab Feuer und rannte gebückt in Deckung.

«MacBean! MacBean!», schmetterte Will, kniff die Augen fest zusammen und betätigte den Abzug seiner Waffe.

*«Creag Dhub!»* Mit Cluny Macphersons Schlachtruf auf den Lippen feuerte Anne eine ihrer Pistolen ab, rannte zum nächsten Torfhaufen, feuerte die zweite ab und lud nach.

Duff, zwei Haufen weiter, gab Feuer; dann fiel ihm ein, dass er noch rufen musste. «Folgt mir», brüllte er und sprang zu dem Torfhaufen, wo Meg stand.

Sie gab ebenfalls einen Schuss ab und lief zu dem Platz, den er gerade verlassen hatte.

Die Regierungstruppen machten halt. Sie fürchteten, in einen Hinterhalt geraten zu sein. Ein Kampf in der Dunkelheit, wo man nicht Freund von Feind unterscheiden konnte, war eine grauenerregende Aussicht. Ein Blitz erhellte das Gelände vor ihnen. Schemenhafte Gestalten wuchsen in Sekundenschnelle aus dem Boden, Hunderte von Männern, die ihre Gewehre in ihre Richtung abfeuerten. Weiter hinten an der Straße waren noch mehr zu erkennen. Reihe um Reihe von Hochländern, zum Kampf aufgestellt. Die Schwarze Garde geriet ins Stocken. Die Vorhut machte kehrt, die hinteren Reihen drängten weiter vorwärts.

«Ruhig Blut! Nur ruhig Blut», rief Louden. Donner krachte um sie herum. «Spielt auf, McGrimmon!»

«Aber da vorn steht die jakobitische Armee, Sir», schrie Ray durch den prasselnden Regen. «Sie sind zahlenmäßig überlegen. Es ist eine Falle!»

Den meisten der Männer in Hörweite reichte das. Sie machten kehrt und liefen den Weg zurück, den sie gekommen waren. Im Vorbeilaufen riefen sie ihren Kameraden zu, dass sie in einen Hinterhalt geraten waren.

«MacLeod!» Der Ruf kam aus der Dunkelheit vor ihnen. Aeneas runzelte die Stirn. Ein Gewehrschuss krachte. Der Dudelsackspieler stöhnte und taumelte. Aeneas trieb sein Pferd vorwärts und fing den Mann auf, als er zusammenbrach.

«*Och*, McCrimmon.» Er zog den Angeschossenen zu sich aufs Pferd. Blut floss aus seinem Hals und einem noch größeren Loch im Nacken – der Mann in seinem Arm war tot. Schuldgefühle erfassten Aeneas, während der Regen ihm in Strömen über Haar und Gesicht lief.

Das Gewitter war abgezogen. Elizabeth, die unruhig hin und her gegangen war, hörte Schritte auf das Haus zurennen, Wasser spritzte auf.

«Wenn du weißt, wie man betet, Kind», sagte die Witwe, «dann tu es jetzt besser.» Sie saß am Feuer, einen Krug Ale neben sich.

«Ihr meint, ich soll Eurem Beispiel folgen?»

«Ich habe meine eigene Art, mit den Göttern umzugehen.»

Die Vordertür flog auf. Anne, Fraser, Lachlan, Jessie, Will, Meg und Duff kamen herein, lachend, sich umarmend, ganz außer sich und triefnass. Die Witwe sprang auf.

«Ihr lebt und seid wohlauf! Alle!»

«Sie sind weggelaufen!», verkündete Anne; sie konnte ihr Glück noch immer nicht ganz fassen. «Sie sind fort!»

«Oh, Anne», stieß Elizabeth hervor. «Ich hatte solche Angst.»

«Sie haben die Torfhaufen für Truppen gehalten», fügte die alte Meg lachend hinzu.

Und Donald Fraser erklärte: «Sie dachten, wir wären ein Hinterhalt.»

Elizabeth blieb der Mund offen stehen. Die Witwe nahm es mit grimmiger Befriedigung zur Kenntnis.

«*Rinn mi a' chùis!*», rief Will aufgeregt. «Ich hab's geschafft! Wir haben gefeuert, sind weitergelaufen und haben Schlachtrufe ausgestoßen.» Er machte es vor: «McIntosh! Fraser! MacLeod!»

«Die MacLeods stehen auf Regierungsseite», sagte Anne freundlich.

Jessie starrte Will entgeistert an. «Dann warst du es, der McCrimmon erschossen hat!»

«O weh», stöhnte die Witwe. «Er war ein guter Dudelsackspieler und ein Jakobit zudem – trotz allem, was sein Clanoberhaupt sagt.»

«Derjenige, der ‹MacLeod› gerufen hat, hat ihn erschossen», beharrte Jessie. «Der Schuss ging haarscharf an meinem Ohr vorbei.»

«Aber ich doch nicht, Jessie», protestierte Will. «Das würde ich nie tun. Ich hatte die Augen zu!» Er versuchte, ihre Hände zu fassen, sie zu überzeugen, aber sie schob ihn von sich und entriss ihm die Waffe.

«Geh weg! Dich darf man nicht unter Leute lassen!» Damit stampfte sie in Richtung Küche davon.

«Schon gut, Will», beruhigte Anne den jungen Mann. «Es war ein Unfall. Ihr habt euch alle sehr tapfer geschlagen, besser, als ich zu hoffen gewagt hätte. Und nun in die Küche, ihr alle. Zieht die nassen Sachen aus. Jessie macht euch einen heißen Whisky.»

Fraser und Lachlan sammelten die Musketen und Kugeltaschen ein, bevor sie gingen. Als die beiden draußen waren, legte Elizabeth Anne die Hand auf den Arm.

«Du solltest dich auch umziehen», sagte sie. «Du bist vollkommen durchnässt. Komm, ich helfe dir.»

Die Witwe war zu ihrem Platz am Feuer und ihrem Ale zurückgekehrt.

«Bevor du gehst –» Sie hielt inne. «Wurde sonst noch jemand verletzt?»

Wütend wirbelte Anne herum. «Als ob ich darauf geachtet hätte! Das ist mir doch egal!»

«Anne, bitte. Aeneas hat mich geschickt, um euch zu warnen.»

Anne suchte am Arm ihrer Schwester nach Halt. «Warum sollte er den Prinzen retten wollen, wenn er nicht für ihn kämpfen will?»

«Ich glaube, er wollte dich retten.» Die Witwe warf einen Blick auf Elizabeth. Das junge Mädchen sah sie flehend an.

Anne lachte bitter auf.

«Wofür? Für den Galgen, wie Ewan?»

Die Witwe schüttelte den Kopf, setzte den Krug ab und sah Anne ernst an.

«Er hat Ewan nicht hängen lassen. Hawley hatte ihm den Strick um den Hals gelegt, mit der Absicht, ihn halb erwürgt wieder abzuschneiden, um ihn auf der Streckbank zum Reden zu bringen. Aeneas konnte nichts tun, außer Ewans Leiden ein Ende zu machen. In dem Moment bist du dazugekommen.»

Anne blinzelte Regentropfen von ihren Wimpern und wischte sich mit der Hand die Nase ab. In der Wärme des Feuers begannen ihre nassen Kleider zu dampfen. Aeneas hatte auf den am Galgen zappelnden Ewan gewiesen. Ray war vorgesprungen, um ihm das Genick zu brechen, und Hawley hatte gebrüllt, dass er den Mann lebend haben wollte. Ja, es stimmte wohl, was die Witwe sagte.

«Sonst wurde niemand verletzt», antwortete Anne bedrückt. Es war kein angenehmes Gefühl, im Unrecht zu sein. «Habt Ihr ihm gesagt, dass ich damals nicht auf ihn schießen wollte?»

Die Witwe nickte. «Die Wahrheit ist schwer genug zu ertragen.» Sie warf einen raschen Blick auf Elizabeth, aber die starrte unverwandt ins Feuer. «Geh dich lieber umziehen.» Sie lehnte sich zurück. «Du hinterlässt ja richtige Pfützen auf dem Boden.»

Am nächsten Tag säumte eine jubelnde Menschenmenge die Straßen von Inverness. Die verhasste Besatzung war über Nacht verschwunden, und der Prinz ritt mit seinem Gefolge in die Stadt ein; die halbe jakobitische Armee folgte ihm. Die Geschichte von der verheerenden Niederlage Lord Loudens bei Moy, dessen Truppen von Colonel Anne und einer Handvoll Leute in die Flucht geschlagen worden waren, war Stadtgespräch. Überall wurde sie als Heldin gefeiert.

«*La Heroïne* hat mir Inverness geschenkt.» Der Prinz strahlte O'Sullivan an.

«Ohne dass ein Schuss gefallen ist, ohne Verluste», bestätigte der.

Der Prinz drehte sich im Sattel um und funkelte den Oberbefehlshaber seiner Armee böse an.

«Da seht Ihr, was ein bisschen Glauben bewirken kann, Lord George.»

MacGillivray kam herangaloppiert und zügelte sein Pferd, um sich dem langsamen, feierlichen Schritt der einziehenden Armee anzupassen.

«Das Fort ist verlassen. Die Einwohner von Inverness sind dabei, es niederzureißen», berichtete er. «Keine Spur von Louden, aber Hunderte von Deserteuren haben sich uns angeschlossen.»

Der Prinz nickte und winkte huldvoll der begeisterten Menge zu.

«Sendet Spähtrupps aus», antwortete Lord George an seiner Statt. «Erkundet, ob die Umgebung wirklich sicher ist.»

Der Prinz, nicht gewillt, sich bevormunden zu lassen, schaute sich um.

«Und wenn Ihr auf einen von Loudens feigen Offizieren stoßt», sagte er, «bringt ihn zu mir. Wir werden großmütig sein in unserem Sieg.» Er erblickte Robert Nairn, der vor dem Eingang eines großen Hauses wartete, und lenkte sein Pferd dorthin.

Die Witwe war bei Tagesanbruch nach Inverness zurückgeritten. Sie stand neben Robert vor der offenen Tür ihres Hauses und wartete, bis der Prinz abgesessen war. Dann trat sie einen Schritt vor.

«Mein Heim steht ganz zu Eurer Verfügung, Sir.»

Er streckte die Hand zum Kuss aus und rauschte an ihr vorbei ins Haus.

Aeneas kniete am Flussufer, schöpfte Wasser in die hohle Hand und trank. Es war eisig, und seine Finger wurden starr vor Kälte. Er hatte den toten McCrimmon zum Leichenbestatter gebracht, das Clanoberhaupt des Dudelsackspielers, MacLeod, benachrichtigt und sich dann auf die Suche nach seinen Leuten gemacht, die in alle Himmelsrichtungen versprengt waren. Zwei Dutzend lagerten mit ihm am Flussufer, verwahrlost, erschöpft und entmutigt. Seit einer Woche lebten sie wie Geächtete, fanden Unterschlupf in Scheunen und im Wald, mieden die jakobitischen Patrouillen. Louden war zu Cumberland geflohen, aber der Gedanke, sich den vorrückenden Engländern anzuschließen, widerstrebte Aeneas. Er spritzte sich kaltes Wasser ins Gesicht. Seine Truppe war müde und hungrig, das Wetter stürmisch und nass. Höchste Zeit, aufzugeben, seinen Stolz herunterzuschlucken und sie nach Hause zu bringen. Er blickte auf, als er hörte, wie ein Schwert gezogen wurde.

Ein Trupp Jakobiten hatte seine Männer umstellt. Auf jeden von ihnen war eine geladene Muskete gerichtet. MacGillivray stand nur ein paar Schritte entfernt, das Schwert in der Hand. Aeneas sprang auf und griff nach seinem.

«Das würde ich lassen», sagte MacGillivray.

«Ich nicht», antwortete Aeneas und zog blank. Unvermittelt hieb er auf MacGillivray ein, der den Schlag abfing.

Mehrere der jakobitischen Gewehre richteten sich auf ihn.

«Nicht schießen!», befahl MacGillivray.

Mit lautem Kriegsgebrüll schlug Aeneas los. Wieder wehrte MacGillivray den Hieb ab.

«Sei kein Narr, Aeneas», rief er. «Du bist umstellt.»

Doch Aeneas holte erneut aus und schrie: «Willst du mir endlich einen Kampf liefern!»

«Ergibst du dich?» MacGillivray parierte den Hieb.

«Dir nicht», knurrte Aeneas. «Nicht, solange noch Atem in mir ist.»

«Dann ergib dich MacBean», schlug sein einstiger Freund vor, trat einen Schritt zurück und wich dem nächsten Stoß aus.

Erneut schwenkte der Lauf der Musketen auf Aeneas, aber niemand feuerte. Die Loyalität der Männer wurde auf eine harte Probe gestellt: Schließlich war Aeneas ihr Clanoberhaupt.

«Haltet die Garde in Schach», herrschte MacGillivray seine Leute an.

Die Waffen wurden wieder auf die Gefangenen gerichtet. Auch sie gehörten sämtlich zum Chatton-Clan. Der alte MacBean nickte mehrmals grüßend, während er ihre Waffen einsammelte.

Aeneas griff an, führte eine Finte aus, hob das Schwert hoch und zielte mit einem furchtbaren Hieb auf MacGillivrays Kehle. Der parierte jedoch.

«Bitte ergib dich», bat er, als ihre Klingen sich klirrend kreuzten.

«Erst wenn ich dich getötet habe.» Er drängte MacGillivray zurück und holte aus, wieder und wieder. Doch MacGillivray parierte jedes Mal.

«Ich werde nicht gegen dich kämpfen», schrie er.

«Dann stirb», brüllte Aeneas. Erneut machte er einen Angriff, schwang das Schwert, das gegen den Schild krachte, dann griff er von der anderen Seite an, und als MacGillivray auch diesen Hieb mit seinem Schwert abfing, hob er das Schwert und ließ es niedersausen.

Erneut parierte MacGillivray, sodass die Schwerter sich über ihren Köpfen kreuzten. Gleichzeitig ließ er seinen Schild fallen. Sie standen sich gegenüber, kaum eine Handbreit voneinander entfernt, Auge in Auge. Aeneas hob eine Braue.

«Du hast Fortschritte gemacht.»

«Übungssache.» MacGillivray grinste. Die Spitze seines Dolchs, den er mit der Linken gezogen hatte, drückte gegen einen Punkt gerade unterhalb von Aeneas' Rippen. Er brauchte nur noch zuzustechen, dann wäre es vorbei.

«Du wirst es tun müssen», sagte Aeneas. «Solange ich lebe, wird sie dir nie gehören.»

MacGillivray zuckte leicht zusammen, sein Blick flackerte. Er holte tief Luft, dann steckte er den Dolch wieder in den Gürtel und schob Aeneas von sich weg. Der führte einen erbitterten Hieb. MacGillivray schrie auf; sein linker Arm war verletzt, die Wunde blutete. Er starrte sein Clanoberhaupt an, und Aeneas erwiderte den Blick voller Grimm, angespannt und zum Sprung bereit. MacGillivray schob sein Schwert in die Scheide.

«Du hast einen Treffer gelandet, und es ist Blut geflossen», sagte er. «Wenn deiner Ehre damit noch nicht Genüge getan ist, dann töte mich.»

Aeneas stieß einen schmerzerfüllten Schrei aus, hob das Schwert auf Schulterhöhe und holte mit der ganzen Wucht seiner Seelenqual zu einen Stoß gegen MacGillivrays Kehle aus. Kurz bevor er die Haut berührt hätte, hielt er inne; Muskeln und Klinge bebten.

«Habe ich dir denn gar nichts beigebracht?», tobte er.

«Es hat nicht funktioniert – und was nun?», fragte MacGillivray mit einem ironischen Achselzucken. Es war keine Kriegslist gewesen, dass er sich ergeben hatte, aber er konnte einfach der Versuchung nicht widerstehen, den Scherz zu machen. Aeneas lachte nicht.

«Befiehl ihnen, meine Männer zu erschießen», verlangte er tonlos.

Die Mitglieder der Schwarzen Garde, die den Kampf verfolgt hatten, schauten angstvoll zu ihrem Anführer. Die jakobitischen Wachen runzelten verwirrt die Stirn.

MacGillivray warf ihnen einen Blick zu. «Ihr habt das Clanoberhaupt gehört», sagte er. «Schießt!»

«Nein!», brüllte Aeneas. «Du drohst, sie erschießen zu lassen, und im Gegenzug ergebe ich mich.» Zornig rammte er das Schwert in den Boden. «Aber fordere nie mehr einen Mann auf, dich umzubringen, der dich tot sehen will!»

«Verstehe», sagte MacGillivray und versetzte Aeneas einen heftigen Faustschlag ins Gesicht.

Der taumelte rückwärts, und sein Griff um das Schwert löste sich. MacGillivray zog es aus dem Boden.

«Eine gute List», meinte er. «Werde ich mir merken.»

# 27

«Zum dritten Mal sind wir zur Zielscheibe des Spottes geworden», tobte Cumberland, «und zwar wegen der Machenschaften dieser Frau!»

«Sie ist eine Hexe», schnaubte Hawley verächtlich.

«Königliche Hoheit, Sir –» Der vorsichtige Louden ignorierte Hawley. «Colonel Anne ist erst einundzwanzig Jahre alt, hat kaum Erfahrung und war zu der Zeit zu Hause.»

«Und hexte», höhnte Hawley.

«Vielleicht war der Spion von ihr geschickt», warf Cumberland ein.

«Es war ihre Schwester», räumte Louden ein. «Aber sie schien trotzdem ein echter Spion zu sein.»

«Jedenfalls reichte es, um die Falle zuschnappen zu lassen!», schrie Hawley.

Die nördliche Stadt Aberdeen, die den Herzog und seine Truppen beherbergte, war ein bitterkaltes, ungastliches Winterquartier. Durch die umliegenden Berge und Täler abgeschirmt, waren Schnee und Eis hier zwar selten, aber nordöstliche Stürme peitschten die graue See hoch, sodass die Wellen gegen den Hafen mit seinen Granitbauten schlugen. Der Herzog und seine Generäle hatten im Stadtteil Guestrow Quartier bezogen, im Haus eines ehemaligen Provosts. Hier waren sie zwar sicher vor Gischt und Schaum, aber offenbar nicht vor schlechten Nachrichten.

«Jung oder nicht», sagte Cope, der wahrlich beeindruckt schien. «Sie muss eine ernstzunehmende Befehlshaberin sein, wenn es ihr gelungen ist, eine zweitausend

Mann starke Truppe mit einer Handvoll Männer in die Flucht zu schlagen.»

«Das stimmt nicht», protestierte Louden. «Es müssen hundertmal so viele gewesen sein.»

«Trotzdem.» Cope lächelte.

«Unsinn», schnaubte Hawley. «Wenn man unseren Spitzeln glauben kann, waren es höchstens fünf, und zwar Bedienstete, keine Soldaten!»

«Bei den Hochländern gibt es da keinen großen Unterschied», stellte Louden richtig. «Sogar Frauen und Kinder können kämpfen.»

Cumberland schaute seine Generäle grimmig an.

«Dieses Land ist so sehr unser Feind, dass die wenigen Nachrichten, die uns erreichen, erfunden oder widersprüchlich sind; das soll unseren Vormarsch bremsen. Aber wir werden uns nicht aufhalten lassen, Gentlemen. Eines Tages werde ich dieser verdammten Rebellenhure die Rechnung präsentieren.»

Der Februar, in dem ein tückischer Sturm den nächsten jagte, ging dem Ende entgegen. Der Wind entwurzelte Bäume und ließ Felsen und Geröll von den Bergen herunterstürzen. Regen prasselte nieder, Seen, Flüsse und Bäche schwollen an, bis es zu Überschwemmungen kam. Kaum Nachrichten erreichten Moy, und es bestand wenig Aussicht, über die überflutete Straße nach Inverness zu gelangen, um neue Vorräte zu beschaffen. Als das Wetter sich endlich besserte, war der Himmel klar wie ein Spiegel und der Tag kalt und frostig. Anne trug die kleine Truhe mit dem Rest ihrer Mitgift in die Halle hinunter, stellte sie auf den Tisch und öffnete den Deckel. Die Truhe war halb leer. Im Winter war es schon schwer, die Bevölkerung zu ernähren. Und jetzt waren überall Truppen einquartiert, die es zu verpflegen galt.

«König Louis hat Gelder geschickt», sagte sie. «Aber das Schiff wurde gekapert.»

«Wie interessant», erwiderte Elizabeth gleichgültig. «Warum schickst du sie nicht alle nach Hause? Soll man sie doch dort durchfüttern.» Sie saß am Feuer und nähte weiße Kokarden für die Truppen. Jessie brachte einen Stapel Holzscheite herein.

«Einige sind ja bereits nach Hause gegangen», erwiderte Anne. «Aber die Tiefländer können nicht gehen, selbst wenn sie wollten.» Stirnrunzelnd beobachtete sie Jessie, während die geschäftig das Holz aufstapelte. «Jessie, lass das doch Will machen.»

«Den lass ich nicht mehr in die Nähe von irgendwas, das Funken schlägt.» Jessie schob ein Scheit in den Kamin. «Kann ich Euch etwas bringen, eine Kanne von dem Tee vielleicht?»

Elizabeth schüttelte den Kopf.

«Nein», sagte Anne. «Danke. Geh nur und leg die Füße hoch.»

Als Jessie die Halle verlassen hatte, blickte Elizabeth von ihrer Näharbeit auf. «Ist etwas mit ihr? Sie wirkt ein wenig blass, und vorhin habe ich gehört, wie sie sich übergeben hat.»

«Ihr geht es gut.» Anne lächelte. «Sie hat sich nur etwas von Will eingefangen.»

«Ich bin so froh, dass es dir gutgeht», brach es aus Elizabeth heraus.

«Es ist nicht ansteckend.»

«Nein, ich meine wegen neulich. Als die Truppen kamen.»

Das Abenteuer ihrer kleinen Schar in jener stürmischen Nacht war ein waghalsiges Unterfangen gewesen – aber dadurch war Inverness befreit worden. Überall wurde sie nun eine Heldin genannt. Doch sie wollte nicht darüber sprechen. Zu vieles hatte sich in dieser Nacht verändert.

«Es ist ja alles gutgegangen, Elizabeth», sagte sie. «Wir hatten Glück, wir alle miteinander.» Sie klappte den Deckel der Truhe zu. «Ich werde mich später hierum kümmern. Du könntest Hilfe beim Nähen gebrauchen.»

«Aber ich muss ständig daran denken. Ich war sehr töricht.»

«Lass mich raten», neckte Anne sie. «Du hast die Kokarde an deinen Rock genäht?»

Noch ehe Elizabeth antworten konnte, wurde die Vordertür geöffnet und wieder geschlossen, sodass ein kalter Windhauch hereinwehte. Vor ihnen stand MacGillivray. Anne hatte sich nie mehr gefreut, ihn zu sehen. Sie lief zu ihm und schlang die Arme um seinen Hals.

«Oh, du hast mir so gefehlt.» Sie bedeckte seine kalten Lippen und die eisigen Wangen mit Küssen. «Wo bist du gewesen?»

Er packte sie, presste seinen Mund auf den ihren und küsste sie, lange, heftig und verzweifelt, aber als sie den Kuss erwiderte und er sanfter wurde, löste er sich von ihrem Mund, drückte sie an sich, vergrub sein Gesicht in ihrem Haar und flüsterte ihren Namen, als wäre er eine Ewigkeit fort gewesen.

«Was ist denn los?», fragte sie, erhielt aber keine Antwort. «Du bist ja völlig durchgefroren.» Sie ergriff seinen Arm. «Komm ans Feuer.»

Er zuckte zusammen und legte schützend die rechte Hand auf den Arm.

«Du bist verletzt!»

«Nein, es ist nichts», wehrte er ab und straffte seinen Rücken. Er sah sie nicht an, sondern an ihr vorbei. «Ich komme mit einem Befehl des Prinzen.»

«Einem Befehl?»

Elizabeth hatte sich tief über ihre Näharbeit gebeugt, um die Umarmung der beiden nicht mit ansehen zu müssen, aber sein strenger Ton erregte ihre Aufmerksamkeit.

«Letzte Woche haben wir eine Abteilung der Schwarzen Garde gefangen genommen. Alle haben entschieden, sich uns anzuschließen – alle außer ihrem Offizier. Eine Entlassung auf Ehrenwort hat er ebenfalls verweigert. Ich bin gekommen, um ihn in deine Obhut zu geben.» Er hielt ihr ein Dokument hin. Anne rührte sich nicht, und er legte es auf den Tisch.

«*Ciod e?* Was soll das, Alexander?» Sie lächelte. «Erlaubst du dir einen Scherz mit mir?»

Endlich schaute er sie mit traurigem Blick an.

«Der Prinz ist der Ansicht, dass du am besten geeignet bist, ihn in Gewahrsam zu nehmen.» Er trat einen Schritt zurück und rief über die Schulter: «Bringt den Gefangenen herein!»

«Den Gefangenen?» Elizabeth war ganz aufgeregt, als MacBean die Tür öffnete und seinem Schützling mit einem Nicken bedeutete, ins Haus zu kommen.

Der Anblick von Aeneas traf Anne ins Herz, verschlug ihr den Atem. Sie starrte ihn ungläubig an, als er auf sie zutrat und auf einer Höhe mit MacGillivray stehenblieb: Aeneas in Fleisch und Blut, stark, geschmeidig, das Haar so schwarz wie eh und je, die Brauen zusammengezogen. Er stand da und schaute sie an, fest und ruhig, mit einem höchst seltsamen Blick, kalt wie das Eis, das während der Schneewochen den See bedeckt hatte; dennoch brannte Zorn darin. Er schwieg. Es war an ihr, etwas zu sagen.

Elizabeth hatte unwillkürlich nach Luft geschnappt, als sie sah, wen man da gebracht hatte. Wie gebannt stand sie da und gaffte. MacGillivrays Miene war hingegen undurchdringlich, und sein Blick war immer noch auf die Wand hinter Elizabeth gerichtet.

Auf Anne stürmten verworrene Gedanken und Gefühle ein. Seit dem Tag, an dem Ewan gehängt worden war, hatte sie Aeneas nicht mehr gesehen; elf Wochen, in denen ihr Leben sich radikal verändert hatte. Seit dem Tag, an dem sie gegangen war, um den Clan zu den Waffen zu rufen, hatte sie nicht mehr mit ihm gesprochen; sechs Monate, in denen sie so vieles erlebt hatte, ohne ihn. Und nun stand er vor ihr, verschlossen, kalt, aber voll von brennendem Zorn. Und es war nicht sein Wunsch, hier zu sein: Er war ihr Gefangener. Sie neigte den Kopf und zwang sich zu lächeln. Wenn alles andere versagte, konnte man immer noch auf die guten Manieren zurückgreifen.

«Euer Diener, Captain», sagte sie.

Das kurze Aufblitzen in seinen Augen war höchst befriedigend, obwohl es rasch wieder verschwand. Er erwiderte ihren Gruß mit einem knappen Nicken. «Euer Diener, Colonel.»

Ein Augenblick verging – lange genug, um Luft zu holen –, dann machte MacGillivray auf dem Absatz kehrt und strebte mit großen Schritten zur Tür.

«Alexander, *fuirich*! Warte!», rief Anne.

Er aber blieb nicht stehen. Sie raffte die Röcke, drängte sich an Aeneas vorbei und lief hinter MacGillivray her, zog die großen Doppeltüren auf, die hinter ihm zugefallen waren, und folgte ihm nach draußen.

Sobald sie außer Hörweite waren, eilte Elizabeth zu Aeneas.

«Bitte erzähl es Anne nicht, das mit Louden. Sie weiß nicht, dass ich es war.»

Er betrachtete sie mit Widerwillen.

«Dann sollte sie es erfahren. Sie sollte wissen, dass sie denen nicht vertrauen kann, die ihr so nahe stehen.»

«Ich war dumm, ich habe nicht nachgedacht. Ich wollte doch nur, dass MacGillivray und dieser alberne Prinz gefangen genommen werden. Wir sind auf derselben Seite, du und ich.»

«Sind wir das?»

MacGillivray saß bereits auf seinem Pferd, als Anne ihn erreichte.

«Wo willst du hin?», fragte sie. «Du kannst doch nicht einfach so gehen.»

«Ich kann jedenfalls nicht bleiben, jetzt nicht mehr», sagte er. Seine Augen glänzten hell.

«Dann komme ich mit dir.» Die trotzige Herausforderung in ihrer Stimme sollte ihn nötigen, aber sie wussten beide, dass es zwecklos war.

«Falls du mich brauchen solltest, ich bin in Inverness.» Er riss den Kopf des Pferdes herum.

«Was soll ich denn mit ihm anfangen?», fragte sie mit kläglicher Stimme.

MacGillivray schüttelte den Kopf, nahm die Zügel auf und ritt davon, gefolgt von seinem kleinen Trupp. Am liebsten hätte Anne ihn zurückgezerrt, voller Zorn, dass er sie so einfach zurücklassen konnte, und auch noch vor Aeneas' Augen. Sie kämpfte gegen die Tränen an, während sie ihm nachsah, wie er die Straße hinunterritt, über die Hügelkuppe, so lange, bis er nur noch ein ferner dunkler Punkt war. Schmerz stieg in ihrer Kehle auf. Er liebte sie, bedingungslos, und dennoch hatte er sie verlassen.

Aeneas brauchte nur aufzutauchen, und schon räumte MacGillivray das Feld, aus Achtung vor ihm. Der Mann, an den sie sich wandte, an den sie sich klammerte, wenn alles andere fehlschlug, der Mann, der ihr immer zur Seite gestanden hatte, war von ihr fortgeritten, als sie ihn am meisten brauchte. Wegen Aeneas. Sogar entwaffnet, geschlagen und gefangen schaffte er es noch, ihr Schmerz zuzufügen.

Sie wandte sich ab und lief ins Haus zurück.

Elizabeth reichte Whisky und schien zufrieden mit sich. Aeneas stand vor dem Feuer, mit wachsamer Miene und einem Glas in der Hand. Jessie, die offenbar durch Will von ihrem Besuch erfahren hatte, hatte etwas zu essen gebracht, und als sie an der Tür mit Anne zusammenstieß, teilte sie ihr strahlend und überflüssigerweise mit, dass das Clanoberhaupt wieder zu Hause sei.

«Was soll das?», sagte Anne scharf zu Elizabeth. «Er ist ein Gefangener, kein Gast!»

«Ich wollte nur gastfreundlich sein», protestierte ihre Schwester.

«Lass es», herrschte Anne sie an, während sie Aeneas wütend fixierte. Er schien beinahe amüsiert; da war wieder dieses eigentümliche Lächeln, das sie fast vergessen hatte. «Ich verlange eine Erklärung, Aeneas. Du hast deine Tante hergeschickt, um uns zu warnen. Warum hast du das getan?»

«Warum beschäftigt dich das?»

Auch den Klang seiner Stimme hatte sie vergessen, diese tiefe, kehlige Stimme, die wie eine Liebkosung war. «Weil ich dadurch womöglich einem Feind zu Dank verpflichtet bin.»

«Ich bezweifele, dass du deine Schuld einem Gegner gegenüber anerkennst –», Zorn funkelte in seinen Augen –, «wenn du nicht einmal weißt, was du deinem Ehemann schuldig bist.»

«Anne», warf Elizabeth hastig ein, «er wollte doch nur helfen.»

«Er wollte sich selbst helfen», schnaubte Anne. «Und sich beim Prinzen einschmeicheln, bevor es zu spät ist!»

Aeneas fuhr zusammen, als er das hörte, und ein Muskel in seinem Gesicht zuckte.

«So viel Falschheit entspricht *meinem* Handeln nicht», versetzte er. «Ich habe nur mein Heim beschützt.»

Moy hatte er also schützen wollen. Nicht sie. Warum um alles in der Welt hatte sie gehofft, dass es anders gewesen war?

«Dein Heim, das jetzt dein Gefängnis ist.» Sie holte tief Luft, um den Schmerz in ihrer Brust zu überwinden. Ihre eigene Schwäche war das, wovor sie sich am meisten hüten musste. «Du hältst dich ausschließlich in deinem Zimmer auf und schläfst in der Abstellkammer.» Das war der kleinste Raum im Haus. «Jessie wird dir die Mahlzeiten hochbringen.»

«Anne, das kannst du nicht tun», mischte Elizabeth sich ein. «Er ist dein Mann.»

«Nein», fuhr Anne sie an. «Er ist mein Gefangener, und ich kann mit ihm machen, was ich will.»

«Diese Regelung passt mir sehr gut», entgegnete Aeneas kühl.

«Dann geh mir aus den Augen», befahl sie und kehrte ihm den Rücken zu. Er stellte sein Glas ab und verließ den Raum.

Die Schwestern schwiegen, bis die Tür oben hinter ihm zufiel.

«Was soll das?», fragte Elizabeth.

«Ich will ihn hier nicht.»

«Aber das ist sein Haus. Er gehört hierher.»

«Das Haus gehört dem Clan, und der ist auf meiner Seite», berichtigte Anne. «Und *er* ist auf der falschen Seite. Höchste Zeit, dass er das begreift.»

«Er wird dich bestimmt dafür lieben.»

«Ich will seine Liebe nicht. Nur seinen Respekt.»

«Indem du ihn kleinmachst, wirst du ihm keinen Respekt abnötigen.» Elizabeth seufzte, schenkte ein Glas Whisky ein und reichte es ihrer Schwester. «Du solltest großmütiger sein.»

«Er hat mich beleidigt», schimpfte Anne. «Vor allen Leuten. Er hat sich dem Feind angeschlossen, ohne mich vorher um Rat zu fragen.»

«Bei jedem anderen würdest du großmütig sein.» Elizabeth setzte sich und fügte betont beiläufig hinzu: «Weißt du, wenn du gewinnst und es dem Gegner dann unter die Nase reibst, war es kein Sieg.»

«Nur dass dies hier kein Spiel ist.» Anne setzte sich ebenfalls. «Wir befinden uns im Krieg, und ich bin die einzige Frau, deren Mann nicht an ihrer Seite steht. Er hat mich beschämt.»

«Ein Grund mehr, ihn gut zu behandeln. Dann wird es ihn beschämen. Außerdem kannst du ihm schlecht deine Geringschätzung beweisen, wenn er weggesperrt ist.»

«Aber was soll ich dann mit ihm anfangen?»

Elizabeth schenkte sich nach und bemühte sich, ein Lächeln zu verbergen.

«Lass ihn mit uns essen», schlug sie vor.

«Auf gar keinen Fall», sagte Anne. «Ich kann es kaum ertragen, ihn anzusehen!»

«Er wird annehmen, dass du es nicht wagst.»

«*'s coma leam.* Das ist mir einerlei.»

Elizabeth dachte nach. Die Ankunft von Aeneas war eine unerwartete Belohnung für ihren Verrat an dem Prinzen. Schon durch seine bloße Anwesenheit war es ihm gelungen, MacGillivray und Anne auseinanderzubringen. Irgendwie musste sie dafür sorgen, dass Mann und Frau einander nicht vollständig ignorierten.

«In den Räumen wird es sehr eng werden. Die Abstellkammer ist kaum mehr als ein Schrank, und mehr als sechs Schritte hintereinander kann man in seinem Zimmer auch nicht tun.» Sie zuckte mit den Schultern. «Du könntest ihm jeden Tag einen Spaziergang gestatten.»

«Aber dann könnte er fliehen!»

«Ach, Unsinn. Er wird es nicht ausnutzen, dass du ihm einen Gefallen tust, das wäre gegen seine Ehre. Und außerdem stehen draußen jetzt Wachen.» Sie hielt inne. «Ich könnte ihn begleiten.» Elizabeth kicherte. «Wie gefällt dir das? Deine kleine Schwester führt deinen Mann spazieren, als wäre er ein unartiges Kind.»

«Aber du hasst doch Spaziergänge.»

«Ach, das macht mir nichts aus, solange man dadurch einen guten Eindruck macht. Jedenfalls besser, als ewig diese Kokarden zu nähen.»

Sobald sie zum ersten Mal mit Aeneas im Freien war, fing Elizabeth an, ihn zu bearbeiten.

«Du könntest ruhig netter zu meiner Schwester sein», begann sie. Sie gingen um den See herum. Die Märzluft war frisch und trocken, Raureif bedeckte das gefallene Laub, sodass es unter ihren Füßen knirschte.

«Sollst du mich von eurer Sache überzeugen?», fragte er.

«Wie misstrauisch du bist, Aeneas. Ich langweile mich, so ganz ohne Gesellschaft, das ist alles. Wenn ihr zwei wieder miteinander sprecht, lässt Anne vielleicht zu, dass du dich abends zu uns gesellst.»

«In meinem Zimmer gefällt es mir sehr gut. Ich bezweifle stark, dass es mir in ihrer Gegenwart gelingen würde, mich zu beherrschen.»

Elizabeth blieb stehen und legte ihm mitfühlend die Hand auf den Arm.

«Das verstehe ich. Bestimmt meinst du, dass sie dich im Stich gelassen hat.»

«Im Stich gelassen trifft es nicht annähernd.»

Sie tätschelte seinen Arm und ging weiter.

«Es wäre einfacher», fuhr sie beiläufig fort, «wenn ihr nicht so viel füreinander empfändet.»

«Wie viel Anne für mich empfindet, habe ich gesehen. Meine Meinungen werden abgetan, meine Gründe will sie nicht hören. Sie zieht in den Krieg, gegen meinen Wunsch, und macht mich überall zum Gespött. Sie geht davon aus, ich sei töricht und rachsüchtig, und dann benutzt sie das als Ausrede dafür, sich gegen mich zu stellen. Ein Feind wäre mir nicht übler gesinnt!»

Elizabeth ließ diese Tirade über sich ergehen. Wenigstens hatte er nicht geleugnet, dass er etwas für Anne empfand. Und es war immer besser, die Wut herauszulassen. Wehmütig beobachtete Elizabeth die Graugänse auf dem See; jeden Abend wurden es weniger. In einem Monat würden diejenigen, die bis dahin nicht geschossen worden waren, nach Island zurückkehren. Der Winter wäre vorbei, und der Krieg würde wieder beginnen. Sie musste die Sache beschleunigen.

«Anne ist ein sehr stolzer Mensch», sagte sie. «Entschuldigen konnte sie sich noch nie, schon nicht, als wir klein waren. Einmal hat sie mir auf dem Übungsplatz einen Finger gebrochen und behauptet, es wäre meine eigene Schuld gewesen.»

«Ich erinnere mich an den Schlag gegen das Schienbein, den sie mir versetzt hat an dem Tag, als euer Vater starb – obwohl ich ihr nur helfen wollte.»

«Und hat sie sich für die Hilfe bedankt?»

«Kein bisschen. Irgendwann war ich gezwungen, sie übers Knie zu legen.»

«Und hat sie das zur Vernunft gebracht?»

Er lachte. «Nein, sie wurde nur noch wütender. Ich glaube, sie erwartete, dass der Clan zu ihrer Verteidigung herbeigeeilt käme.»

«Wahrscheinlich hätte sie dich am liebsten an die Hunde verfüttert. Wenn man sie bekämpft, wehrt sie sich. Aber wenn du dich entschuldigst, wird sie von Gewissensbissen geplagt. Füge dich ihren Wünschen, und sie bringt sich fast um bei dem Versuch, dir einen Gefallen zu tun. Schmeichele ihr, rede ihr gut zu – und sie frisst dir schon bald aus der Hand.»

«Wirklich?» Aeneas musste lächeln.

«Ja», bestätigte sie. Tatsächlich schluckte er den Köder; es lief besser, als sie gehofft hatte. «Es wird bald dunkel. Wollen wir umkehren?»

# 28

Anne ignorierte den Umstand, dass ihre Schwester stets gerade dann von ihrem Spaziergang mit Aeneas zurückkehrte, wenn sie sich in der Halle niedergelassen hatte, um ihre Schreibarbeiten zu erledigen. Sie beachtete die beiden nicht, wenn sie eintraten, er ihrer Schwester behilflich war, Umhang und Handschuhe abzulegen, und dann wortlos an ihr vorbei die Treppe hochging. Sie hielt den Kopf gesenkt und beantwortete weiter die Briefe von Margaret, Greta oder George Murray. Nicht alle Nachrichten waren gut: Jenny Cameron war gefangen genommen und nach Edinburgh gebracht worden, als sie Verwundete aus der Schlacht von Falkirk besuchen wollte. Anne hoffte, Provost Stewart und andere Freunde dort würden sie aufmuntern, bis ihre Freilassung bewirkt werden konnte. Im Übrigen verwaltete sie die Ländereien, hielt die Bücher auf dem neuesten Stand und ließ Elizabeth und Aeneas ihre täglichen Spaziergänge machen.

Tagsüber sah sie nach den einquartierten Truppen, regelte Geldangelegenheiten oder beauftragte Donald und Lachlan in der Schmiede mit Arbeiten. Oft traf sie Ewans älteste Tochter, die kam, um die Fleischbrühe für den alten Tom abzuholen. Irgendwann, als sie es nicht länger hinausschieben konnte, begleitete sie das Mädchen zurück zu ihrer Kate. Bislang war sie davor zurückgescheut, Cath in die Augen zu sehen, die den Vater ihres Kindes verloren hatte.

«Er war ein tapferer Mann, der dem Tod mutig entgegengetreten ist», sagte sie zu der jungen Mutter. Cath hatte die Verantwortung für Ewans kranken Vater und seine beiden kleinen Töchter übernommen und war mit ihrem Kind in die Kate der Familie gezogen. Drinnen war es warm, aber düster wie eh und je; das einzige Licht kam von dem Torffeuer. Das Kleine spielte mit seinen Zehen, zog sich an allem hoch, was es erreichen konnte, und fiel glucksend wieder um. Die Mädchen passten auf, dass es dem Feuer nicht zu nahe kam.

«Ich weiß, was sie Ewan angetan haben», erwiderte Cath. «Aeneas hat es mir gesagt.»

«Aeneas?»

«Er selbst hat mir die Nachricht überbracht, zusammen mit Ewans Umhang und seinem Dolch. Als er mir erzählte, wie sie ihn gefoltert haben, schnürte es mir die Kehle zu. Bis auf die Knochen ausgepeitscht haben sie ihn. Aber er hat nichts gesagt.»

Anne starrte zu Boden. Ihretwegen war Ewan gefoltert worden, ihretwegen war er gestorben. Weil er sie hatte schützen wollen.

«Es tut mir so leid, Cath», sagte sie.

«Wenn er Euch mit seinem Tod dienen konnte, ist er als stolzer Mann gestorben.» Cath hob ihren kleinen Sohn hoch, der nach der Brust verlangte, und öffnete ihr Kleid, um ihn zu stillen. «Aber Ihr habt versucht, Calum zu retten. Wie ich gehört habe, hat Ewan es den *Sasannaich* heimgezahlt für das, was sie dem Jungen und Seonag angetan haben.»

«Ja, das hat er, und Meg hat dem englischen Lieutenant persönlich Rache geschworen.»

«Ich weiß. Sogar wenn Ihr sie schlagt und Frieden schließt, wird sie keine Ruhe geben, bis sie ihn gefunden hat. So hat es Meg ihrem neuen Mann gesagt. Schaut nur –», sie streckte die Füße aus, – «er hat Schuhe für uns alle gemacht.»

Nachdenklich kehrte Anne von den Katen zurück nach Moy. Eine Zukunft, das war es, was die Leute brauchten, Schuhe an den Füßen, Steinkaten mit Fenstern, die das Licht hereinließen, die Möglichkeit, sich selbst zu versorgen, genug Lebensmittel. Was sie nicht brauchten, waren Steuern, die sie aussaugten, oder Gesetze, die ihre Lebensform zerstörten – ihre Bräuche und Gewohnheiten, die gegenseitige Unterstützung, ihre Art, das Land zu bewohnen und zu bebauen, ihr gleiches Mitspracherecht in allem, was sie anbelangte. Das alles sollte ihnen von einer Nation geraubt werden, deren oberstes Gebot der Besitz war – der Besitz von Menschen, Land, Bodenschätzen und Reichtümern.

Sie war umgeben von Bäumen, Bergen, Flüssen, Seen. Die konnte niemand besitzen, weder sie noch die Tiere, die dort lebten – ebenso wenig, wie man den Regen besitzen konnte, das Meer, den Himmel oder einen anderen Menschen. All diese Dinge gehörten sich selbst. Aeneas wusste das. Es war unmöglich, Hochländer zu sein und dies nicht zu respektieren. Als Clanoberhaupt gaben ihm seine Leute alles, nicht seinetwillen – er war ein Mann wie jeder andere –, sondern um deswillen, wofür er stand: für den Clan. Und der Clan repräsentierte das, was sie waren: ein freies Volk, Menschen, die aus freier Entscheidung zusammenlebten, zum Besten aller. Aeneas hatte um Ewan geweint, um dessen Schmerzen und um seinen Verlust, aber nicht um sich selbst. Vielleicht hatte ihre Schwester recht, und sie sollte großmütiger sein.

Als er und Elizabeth am Nachmittag von ihrem Spaziergang zurückkehrten, war Anne wieder mit der Korrespondenz beschäftigt, aber sie musterte ihn verstohlen, als er eintrat, ihrer Schwester den Umhang abnahm und ihn aufhängte. Es waren jetzt vier Wochen, dass Aeneas bei ihnen weilte, und er sah nicht aus wie ein Mann, der

Angst hatte zu verlieren. Er war im Einklang mit sich selbst, kraftvoll, vor Leben sprühend und gefährlich, immer noch; ein Mann, der sich vor nichts und niemandem fürchtete. Als er auf die Treppe und folglich auf Anne zukam, senkte sie den Blick wieder auf ihre Briefe. Sie wartete, bis er am Fuße der Treppe angelangt war, dann fragte sie, ohne aufzusehen: «Würdest du heute Abend mit uns essen?»

Als keine Antwort kam, blickte sie auf. Er hatte sich halb zu ihr umgewandt und schaute sie an. Das schwarze Haar fiel ihm in die Stirn, und die Augen waren klar und dunkel. Ein Gefühl der Beklommenheit überfiel sie, und rasch sah sie auf die vor ihr liegenden Briefe.

«Nun, wenn du nicht willst, dann eben nicht.»

Die Buchstaben vor ihren Augen verschwammen, ergaben keinen Sinn mehr.

«Nein, ich würde gern mit euch essen», sagte er. «*Tapadh leat.* Danke.» Damit stieg er die Treppe hinauf. Sie starrte auf das unverständliche Geschreibsel und lauschte dabei auf jeden seiner Schritte. Dann kam Elizabeth herbeigeeilt, die offensichtlich entzückt von dem eben Gehörten war und sich ihr gegenüber auf einen Stuhl setzte.

«Woher der Sinneswandel? Wie klug von dir!»

«Klug?» Verzweiflung breitete sich in ihr aus. «Ich weiß überhaupt nicht, was ich mir dabei gedacht habe. Das stehe ich nie durch!»

«Doch, das wirst du. Ich bin ja da. Du kennst mich, ich kann reden wie ein Wasserfall. Ich sage gleich Jessie Bescheid, dann gehen wir hoch, und ich helfe dir beim Ankleiden.» Mit einem verschmitzten Lächeln eilte Elizabeth in die Küche.

Oben im großen Schlafzimmer setzte Anne sich an den Frisiertisch, und Elizabeth schminkte ihr das Gesicht und Dekolleté weiß und verteilte Karmesinot auf ihren Wangen und Lippen. Nachdem MacGillivray Moy verlassen hatte, hatte Anne das Zimmer wieder bezogen, um Aeneas gegenüber ihre Stellung als Hausherrin zu unterstreichen. Das Ehebett mit den leicht zerknitterten Decken schien mehr Raum einzunehmen als sonst.

«Ich verstehe nicht, wieso du einen solchen Aufstand machst», beschwerte Anne sich. Vor lauter Aufregung hatte sie Magenschmerzen. Elizabeth frisierte ihr das Haar zu Ringellöckchen, die ihr auf die Schläfen fielen.

«Mit Pistolen und Schwertern fängt man weder Herzen noch Köpfe», sagte Elizabeth. «Und du willst ihn doch für die Sache gewinnen, oder?»

«Ich will sein Herz nicht, und wenn er Verstand hätte, wäre er an meiner Seite.»

«Er will dich noch immer, er will bei dir liegen.»

«Wirklich?» Das war erfreulich. Es bedeutete, dass sie wenigstens ein bisschen Macht über ihn hatte.

«Immer wenn wir die Halle betreten, kann er den Blick nicht von dir abwenden. Er ist wie ein Fisch mit weit geöffnetem Maul, der nur darauf wartet, gefangen zu werden. Aber du bist ja so beschäftigt damit, ihn zu ignorieren, dass du es gar nicht merkst.»

«Er bildet sich doch nicht etwa ein, dass ich ihn zurückwill?» Ihre Magenschmerzen wurden stärker. Warum nur fühlte sie sich so bedroht?

Elizabeth legte die Brennschere beiseite.

«Kein Mann weiß je genau, was eine Frau will. Nicht bevor er sich in ihrem Bett wiederfindet oder draußen vor der Tür. Und sogar dann wird er nur glauben, was ihm gerade gefällt. Also, welches Kleid willst du anziehen?» Sie ging Annes Garderobe durch. «Kein weißes, wir wollen schließlich keine Konfrontation. Blau vielleicht. Was hältst du von dem blauen?» Sie hielt das Kleid hoch.

«Ich trage Weiß», entschied Anne. Die Farbe der Jakobiten würde ihre Entschlusskraft stärken. Das Duftwasser auf dem Frisiertisch roch nach weißen Junirosen. Sie ließ sich ein paar Tropfen auf die Hände träufeln und verrieb sie auf ihrem Hals.

«Vielleicht hast du recht.» Elizabeth schürzte die Lippen. «Das wird ihn an euren Hochzeitstag erinnern», meinte sie und musste lächeln. «Und die Hochzeitsnacht.»

«Das war keinesfalls meine Absicht!», protestierte Anne.

«Es hat eben eine Wirkung auf dich und auf ihn eine ganz andere.» Elizabeth traf ihre Wahl und hielt Anne das Kleid hin, damit sie hineinschlüpfen konnte.

Als Elizabeth ihr das Mieder schnürte, schaute Anne auf ihren Busen hinab. Ihre Brüste waren fast vollständig entblößt.

«Das kann ich nicht tragen», sagte sie. «Ebenso gut könnte ich nackt gehen!»

«Hör auf, wie ein Soldat zu denken.» Elizabeth betrachtete sie prüfend. «Du willst doch, dass er seinen Irrtum einsieht, oder nicht?»

«Du hast mich zu eng geschnürt. Meine Brustwarzen sind ja kaum bedeckt.»

Als sie das Kleid hochziehen wollte, gab ihr Elizabeth einen Klaps auf die Hand. «*Sguir dheth!* Lass das. Wenn du unbedingt denken musst wie ein Krieger, stell dir vor, es sei ein Feldzug, der ihn bereuen lassen wird, was er getan hat.»

«Du meinst, er bereut nichts?» Anne runzelte die Stirn.

«Doch, natürlich tut er das», versicherte Elizabeth hastig. «Er weiß es nur noch nicht, schließlich ist er ein Mann.»

«Dann sollte er es besser bald herausfinden!» Anne stürmte aus dem Schlafzimmer und rauschte die Treppe hinunter, die bauschigen weißen Röcke gerafft. Elizabeth hastete hinterher.

Aeneas war bereits im Esszimmer und studierte das Etikett einer geöffneten Weinflasche, als sei es von großem Interesse für ihn. Er blickte auf, als die Schwestern eintraten.

«Colonel», sagte er, «ich traue meinen Augen nicht.» Sein Blick wanderte an ihr hinunter, und dann zeichnete sich wieder das vertraute, halb spöttische Lächeln in seinem Gesicht ab. «Unglaublich», bekräftigte er. «Ich fühle mich geehrt.»

«Und ich habe Hunger.» Anne ging direkt zu ihrem Platz und setzte sich. Er sollte auf gar keinen Fall glauben, dass sie für Schmeicheleien anfällig war. Außerdem hatte er sich selbst offenbar ziemliche Mühe gegeben, ansehnlich zu erscheinen. Sein langes schwarzes Haar, noch feucht vom Waschen, glänzte, und er hatte ein Spitzenjabot angelegt. Das Tragen von Waffen war ihm untersagt, aber seine Gürtelschnalle war aus Silber, und eine silberne Spange hielt seinen Tartanumhang zusammen.

Elizabeth erinnerte alle an die guten Manieren, indem sie wartete, bis Aeneas ihr einen Stuhl hervorgezogen hatte, ehe sie sich setzte. Anne sah den strafenden Blick, den die Schwester ihr zuwarf, beachtete ihn aber nicht. Andere Dinge waren dagegen nicht so leicht zu ignorieren. Als Aeneas hinter sie trat, um ihr Wein einzuschenken, streifte sein Umhang ihre Schulter, und als er sich vorbeugte, spürte sie die Wärme seines Körpers. Er zögerte kurz, bevor er ihr Glas füllte. War ihm ihr Parfüm in die Nase gestiegen, oder lag es an ihrer Nähe?

Sie hielt den Kopf gesenkt, denn sie wusste, auch er würde daran denken, dass sie früher aufgeblickt hatte, wenn er ihr einschenkte, und er sich herabgebeugt hatte, um sie auf den Mund zu küssen, sie mit seiner Zunge zu reizen – und oft hatten sie sich auf der Stelle geliebt, statt sich zu Tisch zu setzen. Er war ihr Gefangener, rief sie sich ins Gedächtnis, aber als er ihr gegenüber Platz nahm, sie anlächelte und das Glas zu einem Trinkspruch erhob, fragte sie sich, wer hier wen gefangen hielt.

«Auf die Rebellen», sagte er. Wenn das Spott sein sollte, würde sie ihm mit ihrer Erwiderung keinerlei Genugtuung gönnen.

«Auf den Sieg.» Sie erwiderte das Lächeln. *«Slàinte.»*

Jessie hatte sich selbst übertroffen. Die Hauptmahlzeit wurde für gewöhnlich mittags eingenommen, abends gab es nur leichte Kost. Anders an diesem Tag. Austern – was hatte Jessie sich nur dabei gedacht? Sie musste Will extra danach geschickt haben. Rehkeule, Gans, geräucherter Käse und ein halbes Dutzend Sorten eingemachte Früchte mit Haferküchlein und gezuckertem Buttergebäck türmten sich auf der Tafel.

Das Tischgespräch war mühsam, denn es galt zu viele Themen zu vermeiden: den Krieg, den Clan, Annes Verwaltung des Landes – die Feindschaft prägte alle Bereiche ihres Lebens. Sie retteten sich in ein Gespräch über das Wetter, sprachen aber nicht darüber, was geschehen würde, wenn der Frühling endlich Einzug hielt. Sie unterhielten sich über den Gesundheitszustand des Viehs, vermieden aber die Erwähnung, dass es wegen der Rationen für die einquartierten Truppen immer weniger wurde. Sie sprachen über das Kind, das Jessie und Will erwarteten, aber nicht darüber, was das junge Paar entzweit hatte. Die Gesprächslücken wurden von Elizabeth gefüllt, die munter über das Essen, Kleider und die Begeisterung ihrer Mutter für Schnupftabak plauderte.

Aeneas konnte nur wenig Interesse an diesen Themen

haben, aber er schien ganz gefesselt vom Gespräch, stellte Fragen, machte Scherze und sorgte dafür, dass die Gläser stets gut gefüllt waren. Jedes Mal, wenn Anne in seine Richtung sah, glaubte sie, dass er sie anblickte; dann schaute sie fort, gespielt gleichgültig, aber mit gerötetem Gesicht. Gegen Ende der Mahlzeit, als er ein weiteres Mal hinter ihr stand, um nachzuschenken, verspürte sie den überwältigenden Drang, ihr Gesicht an seinen Körper zu schmiegen, die harten Bauchmuskeln an ihrer Wange zu fühlen, Umhang und Hemd beiseitezuschieben und ihren Mund auf seine Haut zu drücken, seine Wärme zu spüren, seinen Geruch einzuatmen.

«Nein danke.» Elizabeth legte die Hand auf ihr Glas, als er ihr ebenfalls nachschenken wollte. «Ich hatte genug.» Sie erhob sich. «Bitte entschuldigt mich, ich gehe zu Bett.» Ihre Röcke raschelten, und fort war sie. Mit einem Klacken fiel die Tür hinter ihr ins Schloss.

Jetzt war Anne mit ihm allein. Sie merkte, wie Panik in ihr aufstieg. Sie konnte ihm kaum in die Augen sehen, obwohl sie spürte, dass seine Aufmerksamkeit ganz ihr galt. Das Beste, was sie tun konnte – das Einzige –, war, eilends den Raum zu verlassen, ehe noch etwas geschah, das nicht nur ihre Position schwächen, sondern das sie auch bitter bereuen würde.

«Die Austern waren eine entzückende Überraschung», vernahm sie.

«Die Seeblockade der Marine beeinträchtigt nicht unsere Gastfreundschaft», versetzte sie und rettete sich damit in die üblichen Formeln der Höflichkeit. Sie starrte auf den Wein in ihrem Glas und das darin gefangene Kerzenlicht. Als sie bemerkte, dass er sich vorbeugte, schaute sie auf und sah direkt in seine leuchtenden dunklen Augen.

«Ich dachte, du würdest mir die Austern vielleicht erst

mit den Fingern reichen», sagte er langsam, «und dann mit dem Mund, mit deiner Zunge auf meine legen, sodass der salzige Geschmack in unseren Lippen die Begierde nach dem Geschlecht des anderen weckt.»

«Aeneas!» Hatte er das wirklich gesagt, oder hatte sie sich verhört?

Ruckartig schob er den Stuhl zurück und trat zu ihr.

«Glaubst du, ich hätte die offensichtlichen Manipulationsversuche deiner Schwester nicht bemerkt?» Er schob die Hand in ihr Mieder, zwischen die Brüste, packte den Rand des Mieders und zog sie zu sich hoch. «Anne, wenn das alles ist, was du von deinem Mann willst, dann kannst du es haben. Hier und jetzt. Dazu braucht es den Wein von unserer Hochzeit nicht, nicht den Rosenduft oder das, was wir damals aßen, als wir uns zum ersten Mal liebten.» Er zog sie in seine Arme und drückte sie gegen die Tischkante. «Nach dieser langen Zeit ist mein Hunger nach dir so groß, dass mein Appetit nicht erst angeregt werden muss.»

Sein Mund legte sich hart und verzweifelt auf den ihren. Sie wehrte sich gegen den Kuss und dessen Heftigkeit, aber je dringlicher sein Begehren wurde, desto stärker erwachte auch ihr Verlangen. Das war ihr Ehemann, der Mann, den sie kannte, nach dem sie sich noch immer sehnte, der ihr so gefehlt hatte, es war der Mund, den sie auf dem ihren spüren wollte, der Körper, nach dem sie sich verzehrt hatte. Sie küssten sich, auf das Gesicht, den Hals, den Mund, fuhren mit den Händen über Nacken und Rücken des anderen, drängten sich aneinander, berührten sich, streichelten sich, erneuerten das Wissen um die Vertrautheit ihrer Körper, flüsterten ihre Namen und diese halb ausgesprochenen, sinnlosen Worte des Begehrens. Als er ihr Gesäß umfasste und sie auf den Tisch setzte, schlug sie ihre Röcke hoch, blind vor Verlangen nach der Vereinigung, danach, dass er sich ihr schenkte, sich in ihr verlor, in der sinnlichen Hitze der Leidenschaft wieder zu dem Ihren wurde.

Doch das geschah nicht. Er machte keine Anstalten, seinen Kilt beiseitezuschieben. Stattdessen hielt er sie fest umklammert, so fest, dass sie kaum noch Luft bekam, presste seine heiße Wange gegen die ihre, und sein Körper war hart und angespannt, zitternd vor Begehren.

«Aeneas?»

Sie hörte nur sein Keuchen an ihrem Ohr, spürte, wie seine Brust sich mit jedem Atemzug hob und senkte.

«Aeneas, was ist denn?» Sie küsste sein Ohrläppchen. «Ich will dich so sehr.»

«Ich weiß», sagte er heiser. Er beugte sich zurück, ohne sie loszulassen, seine Hüften waren immer noch zwischen ihren Schenkeln. «Aber ich lege keinen Wert darauf, meinen Hunger mit dem zu stillen, was ein anderer Mann übrig gelassen hat.» Seine Augen waren so schwarz wie eine mondlose Nacht.

Es dauerte ein paar Sekunden, bis seine Worte zu ihr durchgedrungen waren. Dann stieß sie ihn zurück, holte aus und schlug ihm mit voller Kraft ins Gesicht. Der Schlag war so heftig, dass sein Kopf zur Seite gerissen wurde. Annes Handfläche brannte wie Feuer.

«Jessie!», schrie sie und sprang vom Tisch. «Will! Donald!»

Donald Fraser, der an diesem Abend Wache im Haus hielt, war zuerst im Raum, in einer Hand die Pistole, in der anderen das Schwert. Jessie und Will folgten dichtauf.

«Ich habe niemanden gesehen», sagte Fraser erschrocken. «Wo sind sie?»

«Ich will, dass Captain McIntosh eingesperrt wird!», befahl Anne. «Sofort! Auf der Stelle!»

«*Dè*, das Clanoberhaupt?»

«Der Gefangene», herrschte Anne ihn an. Sie konnte Aeneas nicht ansehen, aber sie spürte, dass es sich wieder auf seinen Lippen abzeichnete, dieses angedeutete Lächeln, das einen rasend machen konnte. Wenn sie hinsah, würde die Demütigung sie zwingen, ihn zu erschießen. «Steckt ihn in den Keller», befahl sie. «In den Weinkeller. Soll er sich da zu Tode trinken!»

# 29

Als Elizabeth am nächsten Morgen die Treppe heruntergesprungen kam, war Anne bereits in der Halle, zum Ausgehen gekleidet, Schwert und Dolch am Gürtel.

«Was soll das denn?», fragte sie. «Willst du ihn jetzt mit Waffengewalt niederwerfen?»

Anne konnte darüber nicht lachen.

«Ich reite nach Inverness. Jessie und die Wachen haben bereits ihre Anweisungen. Deine ist, dass die Spaziergänge gestrichen sind.»

«Entschuldige bitte, aber ist mir etwas entgangen?» Elizabeth schaute sich um. «Wo ist Aeneas?» Dann lachte sie. «Er schläft wohl noch, wie? Erschöpft ...»

«Sehr komisch», unterbrach Anne sie. «Er hat nur mit uns gespielt, Elizabeth, mit uns beiden. Ich habe ihn in den Keller sperren lassen, und dort wird er auch bleiben.» Sie griff nach ihrem Umhang.

«Nein, warte», bat Elizabeth. «Ich komme mit.» Mit diesen Worten rannte sie wieder nach oben, um sich Reisekleidung anzuziehen.

Anne befahl derweil Will, ihr Pferd abzusatteln und stattdessen anzuspannen. Neuschnee war gefallen, nass und matschig, und bei dieser feuchten Kälte würde der Wagen für ihre Schwester angenehmer sein. Obwohl sie sich nach außen hin gefasst gab, kochte Anne vor Wut. Zwar durfte eine Frau sich ihrem Mann verweigern, wenn er brutal war, betrunken oder unsauber, wenn sie sich über ihn geärgert hatte oder ihn einfach nicht wollte – aber das, was Aeneas getan hatte, war unerhört. Männer ehrten ihre Frauen, mehr gab es dazu nicht zu sagen. Er konnte nicht einfach die Regeln ändern, weil es ihm in seiner Übellaunigkeit so passte.

Als Elizabeth bereit war und zu ihr auf den Kutschbock stieg, hatte Anne sich erneut in ihre Wut hineingesteigert, die sie schon die halbe Nacht wach gehalten hatte. Sie schob einen Beutel mit frischen Kokarden für die Truppen hinter den Sitz und lenkte den Wagen in halsbrecherischer Geschwindigkeit vom Hof. Nachdem sie minutenlang durch aufspritzenden Schneematsch, durch Schlaglöcher und über Steine gerumpelt und geholpert waren, hatte Elizabeth ihre Sprache wiedergefunden.

«Anne», sagte sie, wobei ihr die Zähne aufeinanderschlugen, «könntest du vielleicht ein bisschen langsamer fahren und mir sagen, was eigentlich geschehen ist?»

Beschämt hörte Anne auf, das Pferd anzutreiben, und zog die Zügel an. Sie hatte das Tier zu sehr gejagt, war gefährlich schnell gefahren und hatte in den Kurven das Leben ihrer Schwester und ihr eigenes aufs Spiel gesetzt.

«Aber das kann er doch nicht machen!», rief Elizabeth aus, als sie Annes Erklärung gehört hatte. Trotz angestrengten Nachdenkens fiel keiner von beiden auch nur ein annähernd ähnlicher Vorfall ein, wie ein Mann sich seiner Frau absichtlich verweigert hätte. Von so etwas hatten sie noch nie gehört. Dass die Manneskraft versagte, kam vor, denn das Trinken von *uisge beatha* war beliebt, und das eine führte zum anderen so sicher, wie die Nacht auf den Tag folgte. Aber das war eine unvermeidliche Folge des Getränks und des Alters. Eine Ehefrau nahm sich für gewöhnlich einen Liebhaber, wenn übermäßiger Alkoholgenuss ihren Mann unfähig machte, sie zu beglücken.

«Das ist es!», kreischte Elizabeth plötzlich so laut, dass das Pferd scheute und der Wagen beinahe von der Straße abgekommen und umgekippt wäre.

«Was ist was?», fragte Anne, als sie das Pferd beruhigt hatte und sie wieder sicher auf der Straße fuhren.

«Er hat gesagt, du hättest ihn in seiner Männlichkeit gekränkt.»

«Aeneas fehlt es keineswegs an Manneskraft», schnaubte Anne. «Mittlerweise weiß ich ziemlich gut, ob sich unter einem Kilt etwas regt oder nicht.»

«Nein, aber er ist wütend, weil es so aussehen könnte. Andere Leute werden glauben, dass er bei seiner Frau versagte.»

«Und dafür bestraft er mich?»

«Du hast dir einen Liebhaber genommen.»

«Ich habe einen Anspruch darauf, dass meine Lust gestillt wird, und Aeneas war nicht da.» Anne geriet in Harnisch. «Er hat mich verlassen, vergiss das nicht!»

«Ich weiß, ich weiß», sagte Elizabeth beruhigend. «Aber er sieht es nicht so.»

«Kann man es denn anders sehen?»

«Anne, denk nach. Er glaubt, dass du ihn verlassen hast, ohne ihn auch nur anzuhören. Du bist einfach in den Kampf geritten und nicht zurückgekehrt.»

Anne zog die Stirn in Falten. Das konnte sie nicht leugnen. Sie hatte ja nach Moy zurückkehren wollen, mehrmals. Dazu war es nicht gekommen, aus Gründen, die ihr damals zwingend erschienen waren. Gründe, die Aeneas nicht kennen konnte.

«Siehst du?» Elizabeth nutzte ihren Vorteil aus. «Er konnte dir schlecht ein Ehemann sein, wenn du nicht da warst.»

Männlicher Stolz war eine heikle Sache. Anne hatte den Clan zu den Waffen gerufen, gegen seinen Willen. MacGillivray hatte ihn gefangen genommen. Mit vereinten Kräften hatten sie ihn in seiner männlichen Würde verletzt. Er hatte seine Stellung als Clanoberhaupt verloren, seinen Ruf als unbesiegbarer Krieger und, ohne jede Berechtigung, den als guter Liebhaber. Der Gedanke, unfähig zu erscheinen, war Aeneas zweifellos verhasst.

«Kein Wunder, dass er so grausam war», erkannte Anne. «Boshaftigkeit ist alles, was ihm geblieben ist.»

In Inverness und in der Umgebung herrschte helle Aufregung. Der März war vorbei, und trotz des wechselhaften, kalten Wetters wussten alle, dass die nächste Schlacht – vielleicht die letzte – unmittelbar bevorstand. An der Stelle, wo das verhasste Fort George gestanden hatte, klaffte eine große Lücke. Die Jakobiten hatten vollendet, was die Stadtbevölkerung begonnen hatte, und es in die Luft gesprengt. Die Schwestern fanden MacGillivray auf dem Marktplatz, wo er gerade Männern ihre Quartiere zuwies. Elizabeth sprang vom Kutschbock und rannte auf ihn zu.

«MacGillivray!», rief sie und warf sich in seine ausgebreiteten Arme. «Du hast uns so gefehlt.» Im Flüsterton fügte sie hinzu: «Mir jedenfalls.» Sie schlang die Arme um seinen Hals, küsste ihn auf die Wangen und den Mund. Dann entdeckte er Anne, die zögernd stehengeblieben war. Die beiden standen da und schauten einander an, und Elizabeth, die erkannte, dass weitere Küsse oder Umarmungen sinnlos wären, löste sich von ihm und trat zurück.

«Könntest du der Witwe diesen Brief überbringen?», bat Anne ihre Schwester.

«Aber ich will hierbleiben.»

«Und ich will eine private Unterredung mit meinem Befehlshaber führen.»

«Über militärische Fragen?» Elizabeth blieb hartnäckig.

«Nimm den Wagen und fahr los», beharrte Anne.

Beleidigt rauschte Elizabeth davon, und Anne musterte

MacGillivray nachdenklich, der salutiert hatte und sich nun weigerte, sie anzusehen.

«Du kannst nicht einfach so aus meinem Leben verschwinden, Alexander.»

«Ich werde dir bis in den Tod dienen, das weißt du, aber ich bin Aeneas etwas schuldig.»

«Aber du schuldest nicht mich. Ich gehöre mir selbst.»

«Mein Leben. Ich verdanke ihm mein Leben.»

«Ich verstehe nicht. Du hast ihn doch gefangen genommen.»

Endlich sah er ihr in die Augen und versuchte, es ihr begreiflich zu machen.

«Er hätte mich töten können, wenn er gewollt hätte.»

Sie schaute auf seinen Arm. An dem Tag, an dem er ihr Aeneas übergeben hatte, war er zusammengezuckt, als sie seinen Arm berührt hatte.

«Es ist Blut geflossen?»

«Erst hat er versucht, mich dazu zu bringen, ihn zu töten.»

«Hat er dein Leben verlangt?»

«Nein, er hat nichts verlangt. Ich habe es ihm angeboten, aber er wollte es mir nicht nehmen.»

«Also hat er uns beide gedemütigt!», brach es aus Anne heraus.

«Der Tod wäre wahrscheinlich besser gewesen», stimmte MacGillivray zu, aber er konnte ein Lächeln nicht unterdrücken. Aeneas hätte ihn ebenso wenig töten können wie er Aeneas. Zwischen ihnen war jetzt alles geklärt. Das Übrige war jetzt an Anne.

«Ich sollte ihn im Weinkeller schmoren lassen, bis in alle Ewigkeit.»

«Er sitzt im Weinkeller?» MacGillivray schüttelte den

Kopf und lächelte. «Welch furchtbare Strafe für einen Mann.»

Anne lachte. Man konnte nie lange verärgert über MacGillivray sein, und sie wusste, er war erleichtert, dass Aeneas nicht das Bett mit ihr teilte.

«Wenn ich zurückkomme, lasse ich ihn in Ketten legen.» Dann wurde sie wieder ernst. «Wir können uns nicht einmal im selben Raum aufhalten, ohne dass es Streit gibt. Wenn der Krieg gewonnen ist, kehre ich vielleicht nach Invercauld zurück.»

Hoffnung flammte in MacGillivray auf.

«Wenn du ihn verlässt, dann komm zu mir nach Dunmaglas.»

Das konnte sie ihm jedoch nicht versprechen. Die letzte Nacht hatte ihr gezeigt, dass die Leidenschaft zwischen ihr und Aeneas noch lebendig war – und stark genug, sie beide zu zerbrechen. Sie waren aneinander gebunden, bis der gegenseitige Groll erloschen war.

«Es ist noch nicht vorbei», sagte sie. «Ich kann erst zu dir kommen, wenn die Bande zwischen uns endgültig gelöst sind. Nicht vorher, nicht noch einmal.»

Als sie sah, wie die Hoffnung in ihm erstarb, krampfte sich ihr Inneres zusammen. Ihre Liebe zu MacGillivray war voller Freude und unbeschwert. Nicht so unberechenbar wie die zu Aeneas. MacGillivray hatte den Schmerz nicht verdient, den sie ihm bereitete.

«Er hat gesagt, solange er lebt, wirst du nie mein sein.»

«O Gott, Alexander, es war nie meine Absicht, dir das anzutun.» Sie legte ihm die Hand auf die Brust. «Vermutlich ist es am besten, wenn du dir eine andere Frau suchst, die du lieben kannst.»

Er bedeckte ihre Hand mit der seinen und verschränkte seine Finger mit ihren. «Das geht nicht, ich habe keine

Wahl. Mein Herz hat seinen eigenen Willen, wie auch deins. Wir müssen ihm folgen, solange es für den anderen schlägt.»

Sie stellte sich auf die Zehenspitzen und drückte ihm einen Kuss auf den Mund.

«Ich bin so froh, dass es dich gibt, Alexander. Zweifele nie daran. Du hast ganz recht, in der Liebe kann man nichts erzwingen. Aber sei gewiss, dass du mein Leben unendlich bereicherst.»

«Dann pass gut auf mich auf.»

«Das werde ich», versprach sie. «Dieses Abenteuer ist noch lange nicht vorbei.»

Nachdem sie sich noch einen Moment lang in die Augen gesehen hatten, besannen sie sich auf ihre Pflichten und besprachen strategische Fragen. Der Prinz hatte das McIntosh-Regiment aufgefordert, Inverness zu halten. Andere Regimenter waren im fernen Ruthven stationiert oder noch weiter weg, weil nur so die Versorgung gewährleistet werden konnte. Die übrigen Regimenter besetzten weitere Teile des Landes. Sie würden zurückgerufen werden, sobald Cumberland Aberdeen verließ. Sollte das Wetter mitspielen, könnte alles in wenigen Wochen vorüber sein.

«Werden wir denn die vollständige Truppenstärke zusammenbringen?» Anne runzelte die Stirn. Dass die jakobitischen Truppen so weit verstreut waren, bereitete ihr Sorge, denn so war unter gewissen Umständen das rechtzeitige Zusammenziehen der Truppen unmöglich. Clunys Macphersons waren immer noch in Atholl. Also würden ihre verminderten Chatton-Clan-Truppen, die in Inverness geblieben waren, an vorderster Front stehen.

«Die Regimenter in Perth und im Norden werden eine Weile brauchen, bis sie hier sind, und bis dahin müssen wir eben dafür sorgen, dass wir nicht auf Cumberland treffen. George ist kein Narr. Er wird schon den richtigen Tag und den richtigen Ort wählen.»

Als Anne schließlich von MacGillivray Abschied nahm, redete sie sich im Innern ein, dass alles in bester Ordnung war.

«Ich werde da sein, wenn ich gebraucht werde», versicherte sie MacGillivray.

«Ich benachrichtige dich, wenn es so weit ist.»

Nachdem die Dinge zwischen ihr und MacGillivray geklärt waren, ließ sie sich von der zuversichtlichen Stimmung in der befreiten Stadt anstecken. Als sie durch die Straßen zum Haus der Witwe ging, winkten die Leute ihr zu, riefen sie an oder blieben stehen, um sich mit ihr zu unterhalten. Sie war immer noch ihre Heldin. Die Leichtigkeit, mit der sie in Moy die verhassten Regierungstruppen in die Flucht geschlagen hatte, verstärkte die allgemeine Siegeserwartung. Eigentlich hatte Anne vorgehabt, den Prinzen zu bitten, sie von der Aufgabe zu entbinden, Aeneas zu bewachen, aber nun, in beruhigender Distanz zu der bedrückenden Atmosphäre in Moy Hall, schien dies plötzlich nicht mehr so wichtig. Folglich war sie nicht enttäuscht, als sie erfuhr, dass ihr königlicher Anführer mit O'Sullivan Truppen inspizierte und nicht in der Stadt weilte. Nicht einmal der Gedanke an Elizabeth, die schmollte, weil sie wie ein kleines Kind mit einem Auftrag weggeschickt worden war, konnte ihre Hochstimmung dämpfen.

«Und wie geht es Aeneas?», fragte die Witwe, als sie Anne in Empfang genommen und sie erfreut in die Arme geschlossen hatte.

«Er ist an einem sicheren Ort», antwortete Anne.

«Das ist gut. Durch die ewige Streiterei zwischen dem Prinzen und George herrscht in meinem Haus eine unerfreuliche Atmosphäre, die ich keinem wünschen würde. Es ist ein wahrer Segen, dass heute beide auswärts sind. Aber nun komm, wir wollen essen.»

Rasch war ein Festessen zu Annes Ehren arrangiert worden, und in der Halle hatten sich viele alte und neue Freunde eingefunden. Der Provost und die übrigen Würdenträger von Inverness rühmten sie als Befreierin und überschütteten sie mit Angeboten: Sie solle einen Sitz im Rat bekommen, sich dieser oder jener Gilde anschließen. Die französischen Offiziere der königlich-schottischen Garde machten ihr Komplimente, erklärten sie für *magnifique* und bezeichneten sie als *notre guerrière héroïque*. Margaret Johnstone und David Ogilvie waren gekommen, Greta Fergusson und Sir John, und auch Robert Nairn, ihr Gefährte aus Edinburgher Tagen.

«Du hattest vollkommen recht, Anne», sagte Robert, als er sie begrüßte. «Hier im wilden, freimütigen Hochland lebt es sich viel besser als unten bei den sauertöpfischen, kostverächtenden *Sasannaich*.»

«Also, wer ist der Glückliche, Robert?» Lachend schaute Anne sich um und versuchte zu erraten, welcher der Anwesenden wohl im Augenblick seine Gunst genießen mochte.

«Ich», versicherte er ihr. «In dieser Stadt wimmelt es nur so von muskulösen Kriegern, und ein, zwei kleine Politiker danach können auch nicht schaden.»

«Verliebst du dich denn nie?»

«Doch, alle fünf Minuten.» Sein Miene wurde ernst. «Ich bin verliebt, wusstest du das nicht? Aber im Augenblick zieht er einen großen Schmeichler vor.»

Einen Moment lang wusste Anne nicht, wovon er sprach. Dann fiel ihr Stirling ein, der Prinz, betrunken und launenhaft, der nur auf O'Sullivan hörte und keinen anderen Gefährten duldete, keine anderen Ratschläge beachtete.

«Wenn man den nicht haben kann, den man liebt, muss man eben den lieben, den man kriegen kann. Machen wir das nicht beide so?» Robert grinste sie an.

Als sie in der Dämmerung durch leichtes Schneetreiben nach Hause fuhr, erwärmt vom Wein und den guten Wünschen lieber Freunde, Elizabeth neben sich, die sich wegen der Kälte an sie kuschelte, dachte Anne über diesen Satz nach. Liebte sie Aeneas? Wenn man Liebe daran messen wollte, wie viel Ärger sie hervorrufen konnte, wenn sie enttäuscht wurde, dann liebte sie ihn. Was sie beide verband, hatte eine brutale Härte, etwas Unausweichliches, Wütendes. Sollte Liebe nicht eigentlich zärtlich und voller Freude sein, so wie es mit MacGillivray war – ohne ständige Kämpfe oder Herausforderungen? Aeneas konnte weder vergeben noch annehmen, er verlangte das Äußerste von ihrer Verbindung: Mit Kopf, Leib und Seele sollte sie ihm gehören.

Hol ihn der Teufel! Zweimal hatte er MacGillivrays Schicksal in der Hand gehabt: auf dem Schlachtfeld von Prestonpans, als er glaubte, dass er und Anne Liebende waren, und später, bei seiner Gefangennahme, als er darüber Gewissheit hatte. Und zweimal hatte er ihm das Leben geschenkt. Aber ihr schenkte er nichts.

Der Wagen rumpelte über ein Schlagloch, und die schlafende Elizabeth prallte gegen Anne. Sie schaute in das hübsche junge Gesicht ihrer Schwester. Sicher, sie liebte sie, und sie zweifelte nicht daran, dass Elizabeth diese Liebe erwiderte. Aber diese Liebe war mit der Freundschaft zwischen Aeneas und MacGillivray nicht zu vergleichen. Loyalität zwischen Frauen gab es nur in guten Zeiten; man konnte sich nur darauf verlassen, solange sie nicht mit anderen Wünschen in Konflikt geriet. Die enge Verbundenheit zwischen Männern war viel edler und selbstloser. Männer stellten keine Forderungen aneinander, urteilten nicht und wandten sich nicht voneinander ab. Sogar Robert Nairn, der den Prinzen liebte und begehrte, konnte ihm ohne Verbitterung dienen und erwartete nichts für sich selbst.

So bedingungslos könnte sie vielleicht ein Kind lieben, aber keinen Mann. Aeneas täuschte sich: Es spielte keine Rolle, ob sie ihn liebte. Entscheidend war, dass er sie liebte.

# 30

«Können wir ihn nicht wenigstens foltern?»

«*Isd!* Schsch!» Anne, die sich hinter einem Busch duckte, nahm ihr Ziel ins Visier.

«Es würde jedenfalls mehr Spaß machen als das hier.» Elizabeth sprach in einem fast lautlosen Flüsterton.

Dann krachte Annes Gewehr, das von Elizabeth kurz darauf.

«*Siuthad!* Los!», befahl Anne dem Hund neben sich. Der schwarz-braune Setter sprang in das dunkler werdende Wasser des Sees, um das geschossene Tier zu apportieren. «Wir haben beide getroffen», sagte sie zu ihrer Schwester. «Du bist eine gute Schützin!»

«Ich hatte ja auch eine gute Lehrerin.» Elizabeth schlängelte sich aus dem Gebüsch heraus.

«Ich dachte, du hättest alles vergessen. Warum gehst du nicht öfter auf die Jagd?»

«Weil ich –» ihre Schwester klaubte sich Zweige und Blätter aus dem Haar und von der Kleidung, «mich lieber um Angelegenheiten kümmere, die einer Dame gut zu Gesicht stehen.»

Anne lachte und holte die erste Gans aus dem Maul des Setters. «Wie zum Beispiel das Foltern von Gefangenen?» Sie hielt den schweren Vogel an seinem schlaffen, glitschigen Hals gepackt und reichte ihn Elizabeth.

Die verzog angewidert das Gesicht, als sie ihn entgegennahm. «Nein, bei denen man nachher nicht voller Blut, Matsch und nasser Federn ist. Warum haben wir nicht Will oder Lachlan mitgenommen? Die hätten das doch gerne übernommen.»

«Die haben zu tun.» Anne nahm dem Hund die zweite Gans ab, und sie machten sich auf den Heimweg.

«Folter wäre zumindest eine Abwechslung», bemerkte Elizabeth, während sie durch das Wäldchen bei Moy spazierten. «Er sitzt jetzt seit mehr als einer Woche da unten. Ihm muss doch eiskalt sein.»

«Hat er sich schon entschuldigt?»

«Bei wem, der Wand?»

«Er könnte es Jessie sagen», beharrte Anne. «Sie bringt ihm täglich drei Mahlzeiten hinunter. Da werden sie doch sicher auch mal ein Wort wechseln.»

«Wir müssen die Gänse doch nicht auch noch rupfen, oder?» Elizabeth erhielt keine Antwort. «Nun komm schon, Anne.» Immer noch nichts. «Also gut, Jessie hat zu tun, aber es gibt doch genug andere Leute.»

«Das Fest ist für sie. Deswegen sollen sie ja gerade nicht die ganze Arbeit selber tun.»

«Es muss doch jemanden geben, der nicht in die Schlacht zieht.» Elizabeth gab nicht auf. «Und der nicht eingeladen ist.»

«Ja, einen gibt es. Er sitzt im Keller.»

«Ich glaube, ich leiste ihm Gesellschaft.»

Sie gingen weiter, während der Hund hechelnd und mit hängender Zuge neben ihnen herlief; dann und wann schüttelte er sich und bespritzte sie.

Plötzlich blieb Elizabeth stehen. «Aber ich nehme die Gans nicht aus.» Anne reagierte nicht. «Auf keinen Fall», bestätigte die Jüngere. «Anne!»

Eine Viertelstunde später schnitt sie eine Grimasse über das schmatzende Geräusch, das entstand, als sie mit der Hand die warmen Eingeweide aus dem Tier herauszog. Sie stand mit Anne in der Küche, sortierte sorgfältig Magen, Herz und Leber aus, die später zubereitet werden würden. Der Rest der blutigen Innereien wurde dem Hund vorgeworfen, der geduldig vor der Küchentür gewartet hatte. Das war seine Belohnung, eine willkommene Abwechslung von der Hafergrütze, die er sonst bekam. Er schlang alles rasch herunter und lief in den Stall zurück.

«Deine Mutter wäre stolz auf dich.» Anne wusch ihre ausgenommene Gans innen aus, bevor sie den Vogel mit zusammengebundenen Beinen in der kühlen Speisekammer aufhängte.

«Ich werde ihr schreiben, was für einen Spaß ich hier habe.» Elizabeth verzog das Gesicht. «Ich dachte, wir wollten sie auch noch rupfen?»

«Morgen. Wildgeflügel sollte eigentlich länger abhängen, aber das können wir jetzt nicht ändern.»

«Wie ich mich darauf freue», stöhnte Elizabeth. «Wunde Hände, schmerzende Finger, Federn in der Nase und sonst wo.»

«Das gibt Gänsedaunen für Kopfkissen», sagte Anne. «Wenn du heiraten willst, musst du auch denken wie eine gute Hausfrau. Spare in der Zeit, so hast du in der Not, heißt es.»

«Ich werde es versuchen», versetzte ihre jüngere Schwester. «Aber wenn man kein gutes Füllmaterial verschwenden darf, wie verhält es sich dann mit ungestilltem Verlangen oder einem überzähligen Ehemann?»

Anne seufzte. Das Mädchen war einfach nicht zu bremsen. «Ich kann ihn nicht zwingen, sich mir hinzugeben.»

«Ich weiß. Es ist nicht gerecht. Wir haben das Begehren und die Männer die Mittel, es zu stillen. Sind die Götter verrückt, was denkst du?»

«Boshaft», antwortete Anne. «Eine Frau, die geliebt wurde, will noch einmal geliebt werden. Männer wollen schlafen. Wenn wir uns unsere Lust einfach nehmen könnten, würden sie binnen einer Woche vor Erschöpfung sterben.»

*«Gu sealladh orm!»*, rief Elizabeth aus. «Kennst du einen, der eine Woche durchhalten würde?»

Beide mussten lachen. Anne schenkte ihnen einen Krug Ale ein. «Jedenfalls», fuhr sie ernster fort, «ist das Begehren bei Aeneas vorhanden, er will ihm nur nicht nachgeben, aus purem Trotz. Also bleibt er im Keller, bis seine Laune sich bessert.»

«Ein bisschen Folter könnte durchaus helfen», wiederholte Elizabeth ihren Vorschlag.

Das Fest fand zwei Tage später statt. Zwei Tage lang war gesotten und gebraten, gekocht und gebacken worden. Hammel drehten sich am Spieß, die Gänse waren gerupft, mit Maronen und Hafermehl gefüllt und gebraten. Es wurde aufgetischt, was Speisekammer und Küchengarten hergaben, das Ale floss reichlich, und an Dudelsackspielern mangelte es nicht. Es war ein Abschiedsfest für die Männer, die einquartiert worden waren und am folgenden Tag zu ihrer Truppe zurückkehren sollten, sowie für ihre eigenen Krieger, die zu Hause gebraucht worden waren, jetzt aber wieder zu MacGillivray stoßen würden.

Die gesamte Umgebung hatte sich eingefunden, alle, die gehen konnten, und so mancher, der getragen werden musste. Moy Hall war voller Leben. Kohlebecken standen im Hof, gefüllt mit glühenden Torfscheiten. Es wurde gesungen, getanzt, getrunken, gegessen, und Geschichten wurden erzählt. Anne und Elizabeth banden sich Schürzen um und bedienten. Jessie hätte eigentlich freihaben und sich als Gast fühlen sollen, aber sie weigerte sich, nahm ein Tablett und half, wo sie nur konnte. Will, dem Jessie immer noch die kalte Schulter zeigte, zerlegte den Hammel. Er war ein stiller Junge, der wenig sagte, und Anne tat es in der Seele weh, sein jugendliches Schmachten mit ansehen zu müssen.

«Lass ihr Zeit», sagte sie zu ihm, als sie ihn wieder dabei ertappte, wie er das Mädchen sehnsüchtig anstarrte. «Wenn das Kind kommt, wird sie jemanden brauchen, an den sie sich anlehnen kann.»

«Sie wird einen richtigen Mann wollen», meinte er traurig. «Nicht mich.»

Die alte Meg war in Begleitung ihres neuen Mannes erschienen. Der *Sasannach*-Schuhmacher Duff hatte sich bestens ins Hochlandleben eingefügt und war jetzt ein so guter Tänzer wie jeder andere.

«Vorher wusste ich gar nicht, wofür meine Füße eigentlich da sind», sagte er zu Anne, als sie seinen Krug mit Ale füllte. Oder andere Körperteile, dachte sie und lächelte beim Gedanken an Megs neuerdings schwungvollen, federnden Gang. Die beinahe sechzigjährige Meg hatte beim letzten Aufstand vor dreißig Jahren ihren Mann und zwei Söhne verloren. Ewan hatte den Platz eines Sohnes eingenommen, und auch er war jetzt tot. Sie hatte Schlimmes durchgemacht, die alte Meg. Es war eine Freude, zu sehen, dass nun auch wärmere Gefühle wieder in ihrem Herzen Platz fanden.

Anne schenkte sich selbst nach und gesellte sich zu MacBean und seiner Frau. Ihre Kate lag oben bei Drumossie, in der Nähe von Culloden House, und Anne wollte das Paar fragen, ob es noch zusätzliche Weiderechte brauchte.

«Jetzt im Winter nicht mehr», antwortete der alte Mann. «Wir haben einiges Vieh als Verpflegung an die Armee verkauft.»

«*Ich* habe es verkauft», berichtigte seine Frau. «Die Arbeit war zu viel für mich. Er muss sich ja herumtreiben und so tun, als wäre er wieder ein junger Spund.»

«Das Blut bleibt immer jung.» MacBean zwinkerte Anne zu. «Nur die Muskeln erschlaffen, wenn sie nicht ordentlich gebraucht werden.»

Seine Frau stieß ihn in die Rippen. «Du hast ihr zugezwinkert, ich habe es genau gesehen.» Sie legte die Hand auf Annes Arm. «Lasst Euch nichts weismachen. Er redet viel, lässt aber selten Taten folgen.» Dann wandte sie sich wieder an ihren Mann: «Wenn du genug Feuer zum Kämpfen und Zuzwinkern hast, kannst du auch tanzen.»

Die beiden mischten sich unter die Tänzer. Es war ein herrliches Treiben: Die Trommeln schlugen, Dudelsäcke erklangen, Füße stampften, der Rauch von den Kohlebecken lag in der Luft. Ein einarmiger Junge wirbelte herum und stieß wildes Geheul aus – es war Robbie. Anne wollte gern mit ihm sprechen und klatschte ihn ab.

«Robbie», rief sie, entzückt, ihn so guter Dinge zu sehen. «Du bist noch immer ein hervorragender Tänzer.»

«Der Hochlandtanz geht nicht mehr so gut», erwiderte er fröhlich, «da muss man schließlich beide Arme hochstrecken, aber ansonsten komme ich gut zurecht. Es ist immer für einen Lacher gut, wenn ich es vergesse und den falschen Arm ausstrecken will, oder mit dem fehlenden Arm eine Tür aufmachen will und dann dagegenrenne.»

«Ist Schamlos zurückgekehrt?»

«Das kann er wohl schlecht, oder?» Traurigkeit verdunkelte Robbies sonst so fröhliches Gesicht. «Er hat mir ja seinen Entlassungsschein gegeben. Nun ist er fort mit Lord Louden und diesen Engländern.»

«Mach dir nichts daraus», tröstete sie. «Vielleicht ist es bald vorbei, und dann wird er heimkehren.»

«Dann werde ich ihm zeigen, dass ich schon wieder meinen Namen schreiben kann. Mit der anderen Hand.»

Anne gab ihn an seine Tanzpartnerin Cath zurück und

machte sich wieder daran, die Gäste zu bedienen. Donald Fraser und Lachlan hatten sie bereits gesucht.

«Mein Junge will diesmal mit mir kommen», erklärte Fraser stolz.

«Ich schulde Euch noch etwas, weil Ihr mich lebend vom Schlachtfeld gebracht habt», fügte Lachlan hinzu.

«Dein Vater hat dich bei Prestonpans gerettet, nicht ich», rief Anne ihm in Erinnerung. «Und das hat er als Vater getan, nicht als Krieger. Ihr wisst, dass ich ungern zwei aus einer Familie nehme, und ich will nicht das Leben meiner beiden Schmiede aufs Spiel setzen.»

«Mein Rücken ist gut verheilt», beharrte Lachlan. «Und meine Mutter sagt auch, ich soll gehen.»

Anne überlegte. Es war Màiris Recht, zu bestimmen, ob ihre Männer kämpfen sollten oder nicht.

«Gut, dann bleib hier, bis die Dudelsäcke und Trommeln uns rufen, und nach der ersten Schlacht kehrst du heim. Wenn es weitere Kämpfe gibt, gehst entweder du oder dein Vater, nicht alle beide. Einverstanden?»

«Einverstanden.» Der Junge schüttelte ihr die Hand, als danke er ihr für einen Schatz. «Und diesmal pass ich auf meinen Vater auf.»

«Das werde ich nicht vergessen.» Auch Fraser schüttelte ihr die Hand. «Es wird ein gutes Gefühl sein, an der Seite meines Sohnes zu kämpfen und nicht gegen ihn.»

Das Fest dauerte den ganzen Nachmittag und bis in den Abend hinein. Dann wurde die festliche Stimmung von der Wehmut des Abschiednehmens abgelöst, und man begann zu singen. MacBeans Frau, die trotz ihres Alters die klarste Stimme besaß, war die Vorsängerin. Als der Abend mit dem aufrüttelnden Refrain der Rebellenhymne «The Auld Stuarts back Again» endete, wurden Pechfackeln an der Glut in den Kohlebecken entzündet, und man machte sich auf den Heimweg.

Anne scheuchte Jessie ins Bett, mit der strikten Anweisung, alles stehen und liegen zu lassen, wie es war, und erst morgen mit dem Aufräumen zu beginnen. Will bat sie, die erste Wache zu übernehmen, dann ging sie ins Haus, um vor dem Feuer zur Ruhe zu kommen. Sie war ein wenig berauscht von dem Ale, das sie den ganzen Tag getrunken hatte, aber die geöffnete Flasche Wein, die am Kamin auf sie wartete, war ein willkommener Anblick. Auch Becher standen bereit. Wie zuvorkommend von Elizabeth, dachte Anne. Von ihrer Schwester war allerdings nichts zu sehen. Anne schenkte sich einen Becher ein, schob den Schürhaken ins Feuer, und als er rot glühte, steckte sie ihn in den Wein, bis dieser zischte. Dann lehnte sie sich zurück, legte die Beine hoch und nahm genüsslich einen Schluck. Es war ein schöner Tag gewesen, ein wunderbares Fest und ein gelungener Abschied.

Als Anne den zweiten Becher schon halb geleert hatte, erschien Elizabeth, einige Papiere in der Hand.

«Oh», sagte sie, offenbar erschrocken. «Ich dachte, du verabschiedest noch die Gäste.»

«Sie sind alle fort», sagte Anne. «Einen Becher Wein?»

«Gleich.» Elizabeth legte die Schriftstücke auf den Tisch und setzte sich zu Anne ans Feuer.

«Was sind das für Papiere?», fragte Anne. «Und wo hast du gesteckt?» Dann hatte sie eine Ahnung. «Warst du im Keller? Elizabeth –» Sie versuchte, ernst zu klingen, aber irgendwie fiel es ihr schwer, nicht zu nuscheln. «Hast du etwa meinen Mann gefoltert?»

«Ich habe es versucht.» Elizabeth machte ein entschuldigendes Gesicht. «Aber er wollte sich auf nichts einlassen.»

«Nun, das wissen wir ja!», kicherte Anne.

«Nein, ich habe ihm etwas zu essen gebracht. Jessie hatte zu viel mit den Gästen zu tun.»

«Du bist so gut, Elizabeth. Deshalb liebe ich dich auch so sehr.» Sie beugte sich vor und fragte sachte: «Wie geht es ihm?»

«Er ist wohlauf. Schließlich sitzt er im Weinkeller.» Elizabeth füllte ihren Becher und schenkte Anne nach. «Ich habe versucht, ihn zu überreden, eine Entlassung auf Ehrenwort anzunehmen und die entsprechenden Papiere zu unterzeichnen.»

«Warum?»

«Weil er dann hochkommen und uns Gesellschaft leisten könnte. Er wäre kein Gefangener mehr.»

«Und was hat er dazu gesagt?», fragte Anne neugierig.

«Er sagte, die Genugtuung würde er dir nicht gönnen.»

Anne lachte auf. «Na, auch das wissen wir!» Leicht schwankend erhob sie sich. «Gut, sag ihm, er soll in mein Zimmer kommen.»

«Wieso? Was hast du vor?»

«Ich werde ihn ein bisschen foltern – wie du es vorgeschlagen hast.» Sie griff nach ihrem Becher und der Weinflasche. «Ich werde von ihm Satisfaktion verlangen.»

«Du willst dich mit ihm duellieren?» Elizabeth war entsetzt.

«Nein, nein, nein.» Anne schüttelte den Kopf. «Er soll meine Lust befriedigen.»

«Anne, du weißt, dass du das nicht einfordern kannst.»

«Ich werde ihm sagen, es sei seine Pflicht. Seine Ehre als mein Gatte und als Mann steht auf dem Spiel. Wenn er mich nicht beglückt, nehme ich mir morgen zwei Liebhaber und schicke ihn aufs Altenteil.»

«Ich glaube kaum, dass das eine gute Idee ist.»

Doch Anne hörte nicht mehr zu. Ihr Entschluss stand fest. «Meine Pistolen liegen neben dem Bett», sagte sie. «Will kann sich hier unten hinsetzen. Gib ihm den Kellerschlüssel, wenn du Aeneas hochgeschickt hast. Stellt er mich nicht zufrieden, soll Will ihn wieder einsperren.»

Vorsichtig erklomm sie die Stufen. Zweimal stolperte sie, aber es gelang ihr, den Wein nicht zu verschütten.

Elizabeth schaute ihr nach, unschlüssig, was sie nun tun sollte. Wäre Anne nüchtern gewesen, hätte sie diesen Vorschlag nie gemacht. Dieses Vorhaben konnte furchtbar enden. Wenn sie einfach sitzen blieb, den Wein trank und abwartete, würde ihre Schwester das Ganze vielleicht vergessen und einschlafen. Andererseits, gestattete die Trunkenheit Anne nicht etwas, was die Vernunft ihr verbot? Das könnte eine gute Gelegenheit sein – vielleicht die einzige Gelegenheit –, die beiden wieder zusammenzubringen, bevor das Ende des Krieges ihnen die Trennung ermöglichte. Und das würde MacGillivray wiederum zeigen, dass er nicht länger auf eine Frau zu warten brauchte, die ihm nie ganz gehören würde. Er würde traurig sein, aber Elizabeth könnte ihn trösten. Ihm den Schmerz versüßen. Dieser Gedanke überzeugte sie schließlich. Elizabeth nahm noch einen kräftigen Schluck Wein, stand auf, zog den Schlüssel aus der Tasche, strich ihre Röcke glatt und marschierte in den Keller.

# 31

Im Schlafzimmer brannte ein Torffeuer im Kamin, das eine wohlige Wärme verbreitete. Obwohl ihre Hand ein wenig unsicher war und der Holzspan flackerte, gelang es Anne, die Kerzen anzuzünden. Schwieriger war es, das Kleid aufzuhaken und das Mieder abzulegen, aber als es klopfte, stand sie im Hemd am Frisiertisch. Sie griff nach dem Weinbecher und nahm einen kräftigen Schluck.

«Herein», rief sie, so ruhig wie möglich.

Die Tür ging auf, und Aeneas trat ein. Wenn ihre mangelnde Bekleidung ihn überraschte, so zeigte er es nicht. Allerdings wirkte er nicht halb so wohlauf, wie Elizabeth behauptet hatte.

«Deine Schwester sagte, du wolltest mich sprechen», sagte er.

«Ja.» Sie sah ihm fest in die Augen und umklammerte den Weinbecher. «Schließ die Tür.»

Obwohl sie ein wenig vom Alkohol benebelt war, spürte sie seine körperliche Stärke, sobald er den Raum betreten hatte. Es war, als durchflutete ein wilder, animalischer Geruch den Raum. Ein Schauer der Furcht überlief Anne: Wie ein wildes Tier könnte er jederzeit etwas völlig Unberechenbares tun. Seine physische Überlegenheit wurde ihr auf beunruhigende Weise bewusst.

«Also, was willst du?», fragte er, als er die Tür geschlossen hatte.

Sie blinzelte, um sich besser konzentrieren zu können, die Worte richtig und deutlich auszusprechen. Er würde hier nicht die Führung übernehmen, nicht dieses Mal. Sie würde ihm sagen, was zu tun war.

«Du bist mein Mann und mein Gefangener», antwortete sie.

Er neigte den Kopf zur Seite, und Belustigung blitzte in seinen Augen auf.

«Zudem bist du Captain», rief sie ihm in Erinnerung.

«Willst du mir jetzt etwa Befehle erteilen?» Sein Blick wurde noch amüsierter.

«Ich mache dich lediglich darauf aufmerksam, dass du mir gegenüber Verpflichtungen hast – in verschiedenster Hinsicht.»

«Das ist wohl wahr.»

«Und wenn ich dich um etwas ersuche, musst du meinem Wunsch nachkommen.» Wusste er eigentlich, wie anziehend er war, wenn er sie so ernsthaft anschaute, schoss es Anne durch den Kopf, wie sinnlich ihm das Haar ins Gesicht fiel, wie weich ihre Knie plötzlich wurden?

«Du brauchst nur zu fragen.» Seine Stimme wurde dunkler, tiefer.

«Dann bestehe ich darauf, dass du mir deine Liebesdienste erweist.» Sie hatte es tatsächlich über die Lippen gebracht. «Jetzt sofort», fügte sie sicherheitshalber hinzu.

Aeneas' Blick flackerte nur ganz kurz, dann hielt er ihn fest auf sie gerichtet. Er trat auf sie zu, blieb vor ihr stehen, nahm ihr den Becher aus der Hand und stellte ihn auf den Frisiertisch. Ein Schauer durchfuhr sie, ließ sie ihre Lippen öffnen, schneller atmen. Wie verletzlich sie sich plötzlich fühlte, wie verwundbar gegenüber seinem Hohn. Sie sah ihm zu, wie er die Bänder löste, die ihr Hemd an den Schultern festhielten. Mit einem leisen Rascheln glitt es über ihren Körper zu Boden. Er ließ seinen Blick über ihre nackten Brüste wandern, ihren Bauch, ihre Schenkel. Die Zeit schien stillzustehen, und als ihre

Blicke sich trafen, öffnete er seinen Gürtel und ließ den Umhang fallen, sodass er fast nackt vor ihr stand, nur mit einem langen Leinenhemd bekleidet.

«Das Vergnügen, Colonel», sagte er, «wird ganz auf meiner Seite sein.»

Er hob sie hoch, so mühelos und sanft, als wäre sie ein Schmetterling, und legte sie aufs Bett. Noch ehe sie spüren konnte, wie die kühle Seidendecke sich unter ihrem Körper erwärmte, hatte er sein Hemd ausgezogen und sich auf sie gelegt, sein Gewicht lastete auf ihr, seine Arme lagen zu beiden Seiten ihrer Schultern. Sie war eingezwängt zwischen diesen Armen, spürte seine Hitze auf ihrer Haut, als sein Brustkorb sich gegen ihre Brüste presste, sein Mund sich auf ihren legte, seine Zunge die ihre suchte.

Ihre Angst, zurückgewiesen zu werden, war verflogen. Dies war ihr Ehebett, und die Nähe, die sie hier erlebt hatten, war wieder da, vertraut, als wäre sie nie fort gewesen. Plötzlich steigerte sich ihr Verlangen nach ihm ins Unermessliche, sie bäumte sich auf, schmiegte sich an ihn, erwiderte seine Küsse. Ihre Hände glitten über die straffen Muskeln seiner Arme, seines Rückens, seines Gesäßes, suchten die Vertrautheit seines Körpers. Sie küsste ihn auf den Mund, auf die Augen, die Ohren, die Rundung seiner Schulter, atmete seinen Geruch ein, vergrub das Gesicht in der Wärme seines Halses.

Seine tiefe, dunkle Stimme raunte ihr Worte der Liebe und des Begehrens ins Ohr, des schmerzhaften Verlangens, sein heißer Atem streifte ihre Haut, sein Mund und seine Hände berührten und liebkosten ihr Gesicht, die Arme, ihre Brüste. Als sie versuchte, seine Erektion zu berühren, ihn zu streicheln, wich er aus, um sie zuerst zu beglücken, und sie gab sich ganz dieser Empfindung hin. Und es gab keine Stelle an ihrem Körper, die er nicht berührte, streichelte, küsste oder sanft mit den Zähnen reizte. Es war eine Neu-, eine Wiederentdeckung der Liebe und eine ganz neue Erfahrung, dabei so passiv zu bleiben, die innige Liebe und Verehrung zuzulassen. Sie bewegte sich, wenn er sie bewegte, drehte sich, wenn er sie drehte, spreizte ihre Schenkel, wenn er nur den leisesten Druck ausübte.

Er ließ seine Finger in sie gleiten und streichelte sie, bis sie fast wahnsinnig vor Verlangen war. Dann senkte er den Kopf zwischen ihre Schenkel und liebkoste sie mit seiner Zunge. Mühelos hielt er sie in süßen Qualen gefangen, unterbrach seine Zärtlichkeiten, um sie auf den Bauch zu küssen, ihre Schenkel zu lecken und zu streicheln, um dann zurückzukehren, immer wieder, bis eine Woge sinnlicher Begierde über sie hereinbrach, ihren zitternden Körper durchflutete und beben ließ. Sie rief seinen Namen, wieder und wieder, und sie tauchte aus der Wirklichkeit an jenen Ort, wo es nichts gibt außer Verlangen. Und er hielt sie dabei fest, sein Gesicht an ihrem Bauch vergraben und seine Arme um sie geschlungen.

«Anne, *a ghràigh*», hörte sie ihn flüstern. Ihre Brust wogte, langsam beruhigten sich ihre tiefen, keuchenden Atemzüge; doch gleichzeitig kehrte nun auch das schmerzliche Begehren in ihr Bewusstsein zurück, ihn in sich zu spüren, jetzt sofort, stärker denn je, das Verlangen, sich mit ihm zu vereinen. Er hatte sich neben sie gelegt und ließ die warme Hand sanft über ihre prickelnde Haut gleiten, wie um die nachlassenden Zuckungen ihres Körpers zu beruhigen.

«Und nun, da ich dich beglückt habe», sagte er mit weicher, schwerer Stimme, die Augen dunkel und ernst im Kerzenschein, «möchte ich dich gerne um etwas bitten.»

Wie konnte er annehmen, dass er bitten musste, wo sie sich nach nichts mehr sehnte, als ihn in sich zu spüren, die Stöße seiner harten Männlichkeit zu fühlen, ihn als Ehemann zu besitzen, während er sich ihr ganz hingab, so wie sie sich eben an ihn verloren hatte. Sie legte eine Hand auf seinen Nacken und zog ihn zu sich herunter.

«Oh, mein Liebster», flüsterte sie, schmiegte sich dichter an ihn, ihren Mund auf seiner Schulter, «was immer du von mir verlangst, du sollst es haben.»

Sie ließ die Hand über seine Brust gleiten, hinab, über seinen Bauch, bis zu seinem harten Geschlecht, und spürte, wie ein Schauer ihn überlief.

«Ich werde dich lieben, wie auch immer du geliebt werden willst.» Ihre Lippen streiften über seine Haut. «Ich würde alles tun, um dir Vergnügen zu bereiten.»

Sowie sie dies gesagt hatte, schwang er sich aus dem Bett, stand auf und zog sich das Hemd über den Kopf.

«Dann, wenn es keine Unannehmlichkeiten bereitet», sagte er, knapp und gefühllos, «habe ich einige Briefe in meinem Zimmer zurückgelassen, die ich gern wiederhaben möchte.»

Anne war fassungslos. Sie starrte ihn ungläubig an, dann sprang sie aus dem Bett, hüllte sich in das seidene Laken, um ihre Blöße zu bedecken, drängte sich an ihm vorbei zur Schlafzimmertür und riss sie weit auf.

«Will! Will!», schrie sie, fuhr herum und sah ihren Mann aus hasserfüllten Augen an; der stand nur da und beobachtete sie mit jenem angedeuteten Lächeln im Gesicht, das sie rasend machte. «Wie kannst du es wagen!»

«Ich kann mich also auf dein Wort verlassen?», fragte er, wobei er eine Augenbraue hob.

In diesem Moment kam Will hereingestürzt. «Ist alles in Ordnung?», fragte er, als er Anne und Aeneas sah.

«Nein, nichts ist in Ordnung!», zischte sie. «Bring den Captain wieder in den Keller. Sofort!»

Verwirrt starrte Will sie an. Da verlor Anne die Kontrolle: Sie schoss an Aeneas vorbei und riss die Nachttischschublade auf, in der sie die Pistolen aufbewahrte.

«Nein, mach dir nicht die Mühe», schrie sie. «Ich erschieße ihn gleich hier auf der Stelle.» Sie griff sich eine der Pistolen und wirbelte herum.

«Es ist wohl besser, wenn wir jetzt gehen», sagte Will und zerrte Aeneas am Hemd. Der beugte sich rasch hinunter und hob im Vorbeigehen seinen Umhang auf.

Anne richtete die Pistole auf ihn, aber ihre Hand zitterte, und sie wusste, wenn sie schoss, könnte sie den falschen Mann treffen.

«Und hol Donald», rief sie hinter ihnen her. «Hol ihn aus dem Bett und bring ihn umgehend zu mir!» Sie schleuderte die Tür ins Schloss, warf die Pistole auf das Bett und sich daneben, und dann weinte sie.

Elizabeth, die durch das Geschrei aufgewacht war, erschien noch vor Donald. Sie umarmte ihre Schwester und versuchte, sie zu trösten.

«Er demütigt mich», schluchzte Anne, weinend und verzweifelt. «Er demütigt mich!»

Nachdem Aeneas wieder im Keller eingeschlossen worden war, hüllte er sich in seinen Umhang und ließ sich auf die Pritsche fallen, auf der er geschlafen hatte. Stöhnend vergrub er das Gesicht in den Händen. Was zum Teufel hatte er getan? Er schlang die Arme um sich, um die Kälte fernzuhalten, und schaukelte vor und zurück, um den Schmerz in seinen Lenden zu lindern. Was für ein verdammter Narr er doch war, dass er sich aus Stolz zu einer derartigen Tat hatte verleiten lassen, obwohl es das Letzte war, was sein Körper oder seine Gefühle wollten.

Schon zum zweiten Mal hatte er Anne wie aus einem Zwang heraus Schmerz zugefügt, anstatt ihre Liebe zu erneuern.

Er stand auf und lief rastlos auf und ab. Wäre er nicht so verrückt vor Liebe zu ihr, würde er sie nicht so sehr begehren, wäre es ein Leichtes gewesen, sie einfach zu nehmen. Aber er wollte, dass sie am eigenen Leib erfuhr, wie es sich anfühlte, zurückgewiesen zu werden, diese Zerrissenheit im Herzen zu spüren, ihre innige Verbundenheit in die Niederungen der bloßen Lust hinabgezogen zu sehen. Was für ein Narr er doch war.

Er hatte sich wieder auf die Pritsche gesetzt und das Gesicht in den Händen vergraben, als über ihm eine Tür klappte. Er sah Licht, und jemand kam die Kellertreppe herunter. Hoffentlich war es Anne! Dann würde er Gelegenheit haben, sie um Verzeihung zu bitten, bevor sie ihn erschoss. Sie sollte nicht weiterleben müssen, ohne zu wissen, dass er alles zurücknehmen würde, wenn er könnte, dass er alles ganz anders machen würde, wenn er diese Minuten noch einmal durchleben könnte ... Aber es war Donald, der hereinkam, eine Laterne in der Hand und beladen mit Werkzeug.

«Ich soll Euch in Ketten legen», sagte er etwas verschämt. «Die Kette soll so lang sein, dass Ihr den Nachttopf erreichen könnt. Aber nicht so lang, dass Ihr an den Wein kommt.» Er setzte Laterne und Werkzeug ab. «Tut mir leid, Häuptling. Es war nicht meine Idee. Ich bin sicher, mit der Zeit beruhigt sie sich wieder.»

«Ich habe es! Ich habe es!»

Cumberland legte das Messer hin, wischte sich den Mund mit einer Serviette ab und schaute sich nach dem Störenfried um. Es war General Hawley, der ins Zelt gestürzt kam.

«Was, den Tripper von den Marketenderinnen?», knurrte der Herzog. «Und deshalb stört Ihr mich beim Frühstück?»

«Das, wonach Ihr gesucht habt!» Hawley war zu aufgeregt, um auf die Bemerkung einzugehen. Er rollte die Karte aus, die er bei sich trug, und schob dabei in seinem Eifer Cumberlands Teller einfach beiseite. «Dort», sagte er und zeigte mit dem Finger auf die Stelle.

Stirnrunzelnd blickte der Herzog auf die Karte. Sie hatten Aberdeen inzwischen verlassen und rückten auf Inverness vor.

«Moorland, ziemlich hoch gelegen», erklärte Hawley triumphierend und stieß erneut mit dem Finger auf die betreffende Stelle. «Von Steinmauern eingegrenzt. Hier, und hier. Und feucht. In diesem Teil sogar sumpfig.»

«Wenn wir hier –» Cumberland sah, was sein General im Sinn hatte, und wies auf die Karte, «Stellung beziehen – ist der Boden fest genug für die Kanone und die Geschütze? Wir brauchen die Artillerie.»

«Hier drüben ist es trocken.» Hawley fuhr mit der Hand über das Gebiet. Er verdankte die Information einem einarmigen Bettler, den er auf den Straßen Aberdeens getroffen hatte. Der Mann, Dùghall hieß er, triefte vor Hass gegen den Clan, dessen Land an das Moor grenzte. «Und das Beste ist, wir wären praktisch vor der Türschwelle dieser Hexe. Colonel Anne», er spie die Worte nur so aus, «wird einen Logenplatz haben.»

«Habt Ihr dafür jemandem die Daumenschrauben angelegt?» Cumberland sah seinen spindeldürren General an. Fast glaubte er, die Knochen klappern zu hören. Die hämische Freude dieses Mannes war beinahe widerwärtiger als seine Bosheit.

«Ja, mit Gold geschmiert», sagte Hawley. «Die Währung des Verrats.» Der Bettler hatte nicht viel gekostet;

aber sein neuer Spitzel verlangte einen hohen Preis. Er stieß mit dem Finger auf das Moorland. «Da durch werden sie nicht stürmen, ich wette mein Leben darauf.»

Cumberland zog sich die Serviette aus dem Kragen und warf sie auf den Tisch. «Das glaube ich gern», meinte er. «Mit Sicherheit nicht.» Seine Stimme erhob sich wütend. «Denn George Murray wird bestimmt nicht so töricht sein, seine Truppen aufzustellen wie Enten, die nur darauf warten, abgeschossen zu werden!»

«Aber», sagte Hawley, verlagerte sein Gewicht auf die Fersen und verzog die Lippen zu einem höhnischen Lächeln, «das Beste kommt erst.»

«Habt Ihr den Verstand verloren, Sir?» George Murray sah den Prinzen zornig an. «Dieses Gebiet taugt nicht für Hochlandkrieger.» Am Vortag hatten sie Inverness verlassen, im Wissen, dass Cumberland nicht mehr weit war. Nun hatten sie im Culloden House Quartier bezogen. Forbes, dem das Haus gehörte, war mit Lord Louden aus Inverness geflohen.

«Es ist flach und offen, und wir sind auf beiden Flanken durch diese Steinmauern geschützt.» Der Prinz zeichnete die Wälle auf der Karte mit dem Finger nach.

«Aber im Winter ist der Boden nass.» MacGillivray runzelte die Stirn. «Darauf werden wir keinen Halt finden.»

«Doch nicht auf dieser Höhe über dem Meeresspiegel», widersprach O'Sullivan.

«Wir könnten die Steinmauern niederreißen», schlug Lovat vor.

«Das Gelände öffnen.» Balmerino nickte.

«Und unsere Flanken ungeschützt lassen?», gab O'Sullivan zu bedenken.

«Besser, als eingekesselt zu sein», fuhr Lord George

ihn an. «Sir –» Er wandte sich an den Prinzen: «Ich rate Euch dringend davon ab, hier Stellung zu beziehen. Unsere Truppen im Norden brauchen mehr Zeit, um hierherzugelangen. Überquert den Nairn. Das Gebiet ist besser geeignet, und wenn wir die Schlacht noch einen Tag hinauszögern, werden Clunys Truppen aus dem Süden zu uns stoßen.»

«Immer ratet Ihr zu Ausweichmanövern, Lord George.» Der Prinz war ungehalten. «Euer letztes hat uns London gekostet. Wir werden Euch in dieser Frage nicht folgen. Ich werde persönlich das Kommando übernehmen. O'Sullivan hat das Terrain gewählt, und ich stimme ihm zu.»

Entsetzen machte sich im Kriegsrat breit.

«Lord George verdanken wir den Sieg bei Prestonpans und Falkirk», sagte Margaret Johnstone.

«*Mais oui* –» Der Prinz schaute sie herablassend an. «Der Rat der Frauen. Nun, Lady Ogilvie, dies sollte Eurer weiblichen Empfindsamkeit zusagen. Mein Cousin hat heute Geburtstag. Soll er ihn feiern, solange er noch kann. Morgen wird er unser verspätetes Geburtstagsgeschenk erhalten.» Er stieß mit dem Finger auf die Karte. «Genau hier werden wir kämpfen.» Er musterte die Gruppe. «Wenn ich es allein tun muss, ohne Unterstützung durch meine Truppen, so sei es. Aber morgen werden wir hier Stellung beziehen.»

«Das wird böse enden», verkündete George Murray.

# 32

Elizabeth saß allein im Esszimmer vor ihrem Teller. Das Essen, Reste vom gestrigen Fest, schmeckte fade. Was Aeneas auch bezweckt haben mochte, für sie hatte er damit alles verdorben. Sie hatte versucht, Jessie den Schlüssel abzupressen, um in den Keller zu gehen und ihren Schwager zur Rede zu stellen, aber diesmal hatte Jessie sich geweigert, ihn herzugeben. Noch in der gestrigen Nacht hatte Anne befohlen, ihr Mann dürfe keinen Besuch empfangen und solle auf halbe Ration gesetzt werden.

Aus der Küche waren laute Stimmen zu hören, erst Wills und Jessies, dann die eines Fremden. Die Tür zum Küchentrakt wurde geöffnet, und Jessie führte einen Mann herein: den einarmigen Jungen, der auf dem Fest beinahe ununterbrochen getanzt hatte.

«Er will unbedingt zu Anne», sagte Jessie.

«Ich muss sie sprechen», erklärte der Junge. «MacGillivray schickt mich.» Er zog einen Brief aus den Falten seines Umhangs. «Das soll ich ihr geben.»

«Ich kümmere mich darum, Jessie», verkündete Elizabeth. «Geh und koch eine Kanne Tee, ich bringe ihn ihr hinauf.» Als Jessie den Raum verlassen und die Tür hinter sich geschlossen hatte, sah Elizabeth den Jungen an. «Zeig mir den Brief.»

Er zögerte. «Ich soll ihn Colonel Anne persönlich überbringen.»

«Es geht ihr nicht gut», erklärte Elizabeth. «Ich bin ihre Schwester und stehe MacGillivray sehr nahe. Gib mir ruhig den Brief, ich bringe ihn ihr hinauf.»

Zögernd reichte Robbie ihr das Kuvert.

«Sie versammeln sich auf dem Moor», sagte er. «Dort habe ich sie getroffen.»

«Musst du zu ihnen zurück?» Vielleicht erwartete MacGillivray eine Antwort.

«Nein, ich tauge nicht mehr zum Kämpfen. Morgen, wenn die Engländer kommen, gehe ich hin und schaue zu. Mein Freund Schamlos ist vielleicht da.»

Morgen schon? Die Sache war also dringlich, dachte Elizabeth. «Ich sorge dafür, dass sie den Brief bekommt», versprach sie Robbie. «Und jetzt geh.»

Sobald er aus der Tür war, riss sie den Brief auf und überflog die wenigen Zeilen: MacGillivray bat Anne, zu ihm nach Drumossie Muir zu kommen. Es war von Krieg die Rede und davon, dass Annes Vetter des Kommandos enthoben worden war. Das alles berührte Elizabeth wenig, sie war schließlich nicht mit den Murrays verwandt; für sie waren nur die Bekundungen unsterblicher Ergebenheit am Ende des Briefes von Interesse. Was hatte Anne nur an sich, dass ihr die Männer so zu Füßen lagen?

Als Jessie mit dem Tee kam, steckte Elizabeth den Brief in ihre Tasche, nahm das Tablett und brachte es nach oben. Anne würde zu MacGillivray gehen, noch heute, und so zerstritten, wie sie und Aeneas im Moment waren, würde sie wahrscheinlich bei ihm bleiben. Das wäre das Ende der Ehe ihrer Schwester und das Ende von Elizabeths Hoffnungen. Offenbar konnte sie nichts mehr tun, um die Dinge noch zu wenden und MacGillivrays Liebe zu erringen. Es war zu spät.

Anne war bereits gewaschen und angezogen und packte einige Sachen zusammen.

«Ah, Tee», sagte sie, als Elizabeth eintrat. «Wahrscheinlich genau das Richtige.»

Elizabeth stellte das Tablett ab und schenkte ihrer Schwester eine Tasse ein. «Was tust du?»

«Ich gehe», antwortete Anne. «Hier hält mich nichts mehr. Ich würde nur bitter und rachsüchtig werden, wenn ich bliebe.»

«Aeneas hätte das wirklich verdient», versicherte Elizabeth.

«Aber ich nicht. Ich war eine Närrin und habe eine törichte Entscheidung getroffen. Liebe ist nicht hart und unversöhnlich, sondern großzügig und gut. Das hat Alexander mir gezeigt.»

«Du gehst zu ihm.» Es war keine Frage.

Anne nickte. «Morgen können meine Sachen nach Dunmaglas gebracht werden. Ich schließe mich wieder meinen Truppen an.» Sie stellte die Teetasse ab und umarmte Elizabeth. «Sei nicht enttäuscht», sagte sie. «Du wirst jemanden finden – er war nie der Richtige für dich.»

«Aber er hat mich auch gern. Das ist so ungerecht, du liebst ihn doch gar nicht.»

«Doch, das tue ich, und meine Liebe zu ihm ist viel unmittelbarer als meine Liebe zu Aeneas. Alexander gibt mir nichts als Güte. Mehr noch, er kann meine Liebe annehmen.» Aeneas dagegen stieß sie von sich weg. Ein Mann, der nicht geliebt werden wollte, der nicht verletzlich sein konnte, der zu jeder Zeit Kontrolle haben wollte, war ein Mann, der nicht lieben konnte. Sie tätschelte Elizabeths Arm. «Beide sehnen wir uns nach einem Mann, der sich nichts aus uns macht. Auf Dauer ist das ein zu hartes Bett, um darin zu liegen, glaub mir.» Sie schaute sich im Raum um. «So viele Sachen – ob ich damit heute noch fertig werde?» Dann öffnete sie die Tür und rief nach Jessie.

Elizabeth trat ans Fenster und schaute in Richtung Moor, doch aus dieser Entfernung war nichts zu erkennen. Der Brief in ihrer Tasche lastete auf ihr. Warum hatte sie ihn Anne nicht gegeben? Es spielte jetzt ohnehin keine Rolle mehr, ob ihre Schwester heute oder morgen aufbrach.

«Jessie», rief Anne, als das Mädchen eintrat. «Will muss sofort nach Inverness reiten und vor Einbruch der Nacht zurück sein. Morgen früh hat er einen Karren zu beladen.»

Jessie war den Tränen nahe. Sie zerrte an ihrer Schürze, die sich mittlerweile fest über ihrem anschwellenden Bauch spannte.

«Er ist fort», sagte sie. «Er will kämpfen.»

«Aber Will ist kein Krieger», meinte Anne.

«Ich weiß, das hab ich ihm auch gesagt.» Jessie begann zu weinen. «Er hat gesagt, er würde mir zeigen, dass er ein ganzer Kerl ist.»

«Ach, herrje.» Anne zog das Mädchen in ihre Arme. «Nicht weinen. Ich werde morgen nach ihm suchen und ihn zurückschicken.»

«Wirklich?» Jessies Miene hellte sich auf.

«Wirklich», nickte Anne. «Dein Kind wird nicht ohne Vater aufwachsen. Kommt, wir trinken jetzt alle einen Tee, und dann machen wir uns ans Packen.»

«Was brauchst du denn aus Inverness?», fragte Elizabeth ängstlich. Ihr Herz hatte sich zusammengekrampft: Das Moorland lag zwischen Moy und Inverness.

«Ach, das kann warten.» Anne schenkte Tee ein. «Aeneas' Tante muss erfahren, dass sie wieder Hausherrin auf Moy ist – zumindest bis Aeneas eine Frau gefunden hat, mit der er zusammenleben kann. Wenn es denn irgendeine mit ihm aushält.»

«Ihr verlasst uns?», fragte Jessie.

«Ja», sagte Anne, «und nicht weinen, bitte. Ich habe schon keine Tränen mehr.»

«Ich könnte doch nach Inverness reiten», bot Elizabeth an. «Es macht mir nichts aus, und um die Wahrheit zu sagen, mal wieder andere Luft zu atmen käme mir nicht ungelegen.»

«Du willst den ganzen Weg reiten und vor Einbruch der Nacht wieder zurück sein?»

«Ja, wenn es dir nützt.»

Anne legte die Arme um ihre Schwester und küsste sie auf die Wange. «Du bist ein Segen für mich. Aber das kann ich nicht zulassen, ich kann dich nicht ganz allein losziehen lassen. Du bist erst neunzehn, und», sie lächelte, «wir sind mitten im Krieg.»

«Mir wird schon nichts passieren», beharrte Elizabeth. «Die Straße führt direkt nach Inverness, ich kann mich also nicht verirren.»

Und so wurde es beschlossen. Elizabeth würde die Witwe wissen lassen, dass Moy Hall ab dem nächsten Morgen ohne Herrin sein würde. Jessie und Anne würden packen. Morgen, wenn der Karren beladen war, würde Elizabeth ihn nach Dunmaglas begleiten und dann nach Invercauld zurückkehren. Anne würde wieder zu den Truppen stoßen. Es war alles ganz einfach – nur dass Elizabeth nicht die Absicht hatte, nach Inverness zu reiten. Ein Abend blieb ihr, ein Abend, an dem sie MacGillivray vielleicht doch noch davon überzeugen könnte, nicht Anne zu heiraten, sondern sie. Die Aussichten waren gering, aber es war die einzige Möglichkeit, die sie sah. Sie würde nach Drumossie reiten, ihn suchen und damit vielleicht ihrer beider Leben verändern.

MacGillivray war nicht schwer zu finden. Tausende von Männern bezogen auf dem Feld Stellung, aber seine Statur und das goldblonde Haar ließen ihn hervorstechen. Er stand neben einem Versorgungszelt, als Elizabeth ihn entdeckte. Sein Gesicht strahlte, als sie auf ihn zuritt – für einen Moment hatte er sie für Anne gehalten. Als er seinen Irrtum erkannte, machte er ein besorgtes Gesicht.

«*Ciod e?* Kommt Anne nicht?», fragte er, noch ehe Elizabeth absitzen konnte.

Sie streckte die Arme aus, um sich vom Pferd helfen zu lassen. Vielleicht war es an der Zeit, sich dumm zu stellen. Immer galt sein erster Gedanke ihrer Schwester. Er besaß nicht einmal den Anstand, sie ordentlich zu begrüßen.

«Sie kommt morgen», sagte sie, als sie vor ihm stand und in sein besorgtes Gesicht blickte. Er sollte sich lieber Gedanken um sie machen, dachte sie. Schließlich war sie durch ganze Heerscharen fremder Männer geritten.

«Sie hat also keine Einwände?»

«Warum sollte sie?»

«Ich dachte, sie würde vielleicht verlangen, dass wir abziehen.» Kopfschüttelnd schaute er sich um. «Das ist kein gutes Gelände, und jetzt, wo Lord George des Kommandos enthoben ist …» Er verstummte.

«Aber sie erwartet, dass du für diesen albernen Prinzen kämpfst.»

Er fuhr herum und sah sie eindringlich an. «Hat sie das gesagt?»

Elizabeth bereute den Ausrutscher sofort – sie hatte nur deutlich machen wollen, wie wenig Anne sein Überleben am Herzen lag.

«Sie hat nicht gesagt, dass der Prinz albern ist», stellte sie richtig. «Das ist meine Ansicht.»

«Aber sie will, dass wir kämpfen?»

«Selbstverständlich.» Elizabeth legte die Hand auf seine Brust. «Deswegen hat sie sich für dich entschieden, damit du kämpfst. Aeneas hat sich ja geweigert. Du solltest dich lieber an mich halten: Ich würde dich auf der

Stelle von diesem Ödland wegbringen und dich an einem wärmeren, schöneren Ort verwöhnen.»

«Dieses Angebot könntest du einmal zu oft machen», warnte er sie mit einem Lächeln.

Elizabeths Herz machte einen Sprung. Ja, das war der MacGillivray, den sie wollte, der Mann, der lachte, scherzte, der sie mit solch unverhohlener Frechheit ansah.

«Dann nimm mich doch beim Wort.» Sie warf ihm einen herausfordernden Blick zu.

Aber er war schon wieder ernst geworden. «Genau dafür kämpfen wir ja, dafür, dieses Land zu einem besseren Ort zu machen. Wir wollen ein freies Volk sein und in Selbstbestimmung leben.» Er lächelte und legte ihr die Hände auf die Schultern. «Damit starke und beherzte Frauen wie du gefahrlos einem Mann wie mir ihre Liebe erklären können.» Er hob ihr Kinn, beugte sich herab und küsste sie leicht auf den Mund.

Elizabeth schwirrte der Kopf. Er könnte ihr gehören, wenn Anne nicht ständig im Wege stünde.

«Bist du jetzt auch hinter meiner jüngeren Schwester her?», ertönte eine mürrische Stimme hinter ihnen. Es war James, ihr Bruder – sie hatte ganz vergessen, dass er ebenfalls hier sein würde. Zudem befand er sich in Begleitung von Baron Bàn, ihrem Vetter Francis.

«Ich wollte mich nur bedanken», antwortete MacGillivray, offenbar völlig unberührt von der Frage. «Sie ist gekommen, um uns alles Gute zu wünschen.»

«Gerade noch rechtzeitig», sagte Francis und begrüßte Elizabeth mit einem Kuss. «Lord George hat vorgeschlagen, dass wir Cumberland nach Einbruch der Dunkelheit in seinem Lager angreifen.»

«Ich dachte, George sei in Ungnade gefallen», sagte MacGillivray.

«Dann hofft er, das vor Morgen wieder zu ändern», erwiderte Francis. «Der Prinz hat zugestimmt. Die Idee, dem König zum Geburtstag eine Niederlage zu bereiten, noch während ausgelassen gefeiert wird, sagt ihm zu. O'Sullivan war nicht erfreut.»

«Dann bin ich dafür», erklärte MacGillivray. «Wir übernehmen die Führung.» Er rief Donald Fraser herbei und ordnete an, das Regiment einsatzbereit zu machen.

«Du solltest umgehend nach Invercauld reiten», sagte ihr Bruder zu Elizabeth. «Dort ist es sicherer.»

«Ich breche morgen auf», erwiderte sie, schnitt aber hinter seinem Rücken eine Grimasse, als er mit Francis davonging, um die Farquharsons für den Nachtangriff vorzubereiten.

«Das ist ein guter Rat», sagte MacGillivray. «Cumberland steht nur zehn Meilen von hier entfernt. Wenn seine Truppen zerstreut werden, könntest du flüchtenden Soldaten in die Quere kommen.»

«Du sorgst dich also um mich?» Elizabeth neigte kokett den Kopf zur Seite, schaute ihm in die Augen und ließ eine Hand seinen Arm emporwandern.

«Natürlich sorge ich mich um dich.»

Mehr brauchte sie nicht zu hören. Sie schlang die Arme um ihn, schob seine Waffen und die mit Fell besetzte Tasche zur Seite, die er vorne über dem Kilt trug, und schmiegte sich an ihn.

«Dann bleib bei mir.» Sie sprach leise, mit kehliger Stimme, reckte sich hoch und streifte mit den Lippen seinen Hals. «Lass doch die anderen Krieg spielen, wenn sie wollen.» Sie umarmte ihn und presste ihren Körper gegen den seinen. «Ich werde dich besser lieben, als du es dir vorstellen kannst.»

«Das hieße die Situation ausnutzen.»

«Wen kümmert das?» Sie spürte, dass sich unter seinem Kilt etwas regte. «Wir sind beide frei, wir können es treiben, mit wem wir wollen.» Sie hob den Saum seines Kilts an – keine Frage, er wollte sie.

«*Trodhad.* Komm.» Er zog sie ins Versorgungszelt und befahl den erstaunten Vorratsverwalter hinaus.

Sobald sie sicher und ungestört hinter Zeltwänden verborgen waren, drückte Elizabeth sich wieder an ihn, küsste ihn auf den Mund und fasste unter seinen Kilt, um ihn zu berühren. Er ergriff ihre Arme, sanft, aber entschieden, und schob sie von sich weg.

«Kannst du ein Nein nicht akzeptieren?», fragte er.

«Aber du willst mich doch.»

«Mein Körper folgt seinen eigenen Gesetzen», sagte er. «Leg mir einen Strick um den Hals, mach mir Angst oder bring mich dazu, jemanden verletzen zu wollen, und du wirst dieselbe Reaktion bekommen.»

«Hast du mich deshalb hier hereingebracht? Um mich abzuweisen?»

«Ich wollte dich nicht vor aller Augen demütigen», erklärte er ruhig. Er trat wieder einen Schritt näher und strich ihr über das Haar. «Elizabeth, ich liebe deine Schwester. Begreif doch, was das bedeutet.»

Sie schob seine Hand fort, und zornige Tränen stiegen ihr in die Augen. «Aber sie liebt dich nicht!», schrie sie ihn an. «Deshalb ist sie nicht gekommen. Sie ist zu sehr beschäftigt damit, sich den Liebkosungen ihres Mannes hinzugeben!»

Als er das hörte, fuhr Alexander zusammen. Das Wissen, dass sie ihn verletzt hatte, war zumindest eine kleine Genugtuung. Aber als er wieder aufschaute und sie seinen niedergeschlagenen Blick sah, wünschte sie, sie hätte es zurücknehmen können.

«Dann ist alles so, wie es sein sollte.» Er schluckte schwer. «Hat sie dich geschickt, um mich zu trösten?»

Sie senkte den Blick und starrte auf das matschige Gras zu ihren Füßen. Sie empfand tiefe Scham, und schließlich schüttelte sie den Kopf. «Anne weiß nicht, dass ich hier bin.»

Er tat einen Schritt auf den Ausgang zu und blieb davor stehen. «Geh nach Hause, Elizabeth», sagte er mit heiserer, brüchiger Stimme. «Und bevor du dir einen Mann nimmst», er räusperte sich, «solltest du begreifen, dass auch Männer keine seelenlosen Wesen sind.» Mit diesen Worten schlug er die Zeltklappe hinter sich zu.

Anne schnallte gerade den Riemen um die letzte Kiste, als sie hörte, wie Elizabeth die Treppe hinauflief, in ihr Zimmer eilte und die Tür hinter sich zuwarf. Sie überlegte, ob sie ihr nachgehen sollte, entschied sich aber dagegen. Es wäre freundlicher, ihre Schwester nicht merken zu lassen, dass sie sie durchschaut hatte, sie nicht zu dem Geständnis zu zwingen, dass MacGillivray sie abgewiesen hatte. Und das musste er getan haben, denn anderenfalls wäre sie sofort zu Anne ins Zimmer gestürzt, um ihre Eroberung zu verkünden. Arme Elizabeth – als ob sie je nach Inverness reiten würde, um jemand anderem einen Dienst zu erweisen als sich selbst.

Anne erhob sich und sah sich im Raum um. Außer ihren Reitsachen, die für morgen bereitlagen, war alles verpackt. Sie machte ihrer Schwester keinen Vorwurf, war sie doch selbst einst ganz ähnlich gewesen; auch sie hatte die Welt verändern wollen, sie passend machen, anstatt sich in die Welt einzufügen. Schließlich machte sie sich auf den Weg nach unten in die Halle.

Dort standen bereits sämtliche Kisten, die alles enthielten, was sie mit in die Ehe gebracht hatte. Morgen, wenn Aeneas aus dem Keller befreit wurde, sollte nichts mehr an sie erinnern. Annes Blick verharrte einen Augenblick lang auf ihrer Habe, dann hastete sie nach draußen. Will war fort, und jemand musste Elizabeths Pferd absatteln, abreiben und füttern. Es wurde langsam dunkel, und Schneeregen hatte eingesetzt.

# 33

Als Anne am Morgen dieses Apriltages erwachte, drang graues Licht ins Zimmer, und der Wind trieb Schneeregen vor sich her. Sie hatte die Fensterläden offen gelassen, um rechtzeitig geweckt zu werden, aber der bleierne Himmel machte es schwer, einzuschätzen, wie spät es sein mochte. Eisiger Regen schlug gegen das Fenster wie dünne, scharfe Klingen. Sie blieb noch eine Weile liegen und schaute in das Schneetreiben, beobachtete, wie die Kristalle an der Scheibe zu weißen Rinnsalen zusammenliefen und dann fortgewaschen wurden. Sie empfand keinerlei Triumph über das, was sie heute tun würde, lediglich grimmige Entschlossenheit. Das Wetter passte hervorragend. Die Erleichterung würde kommen, wenn alles geklärt war. Auf diesen letzten Wintereinbruch würde der Frühling folgen und neues Leben bringen, so wie es sein sollte.

Im Keller drehte Aeneas sich in unruhigem Halbschlaf herum. Die Schatten der Weinregale und Fässer waren eine trügerische Gesellschaft. Eine Kette war an seinem rechten Knöchel befestigt, eine weitere an seinem linken Handgelenk. Donald Fraser hatte ganze Arbeit geleistet: Aeneas würde einen Schmied brauchen, um diese Fesseln wieder loszuwerden. Sie waren stark genug, ihn festzuhalten, aber nicht so schwer, dass sie ihn niedergedrückt hätten. Und jedes Mal, wenn er sich umdrehte, bewegte oder aufstand, rasselten sie. Ketten, die seine Frau ihm hatte anlegen lassen. Wie lange wollten sie wohl noch so weitermachen? Er für seinen Teil glaubte, seine Wut überwunden zu haben, und hatte beschlossen, Anne um eine

Unterredung zu bitten, sobald Jessie mit dem Frühstück kam; er würde sich bei Anne entschuldigen, zugeben, dass er im Unrecht gewesen war. Sie hatte gewonnen, nicht weil sie ihn hatte anketten lassen, sondern weil sie ihm nichts Schlimmeres angetan hatte. Anne blieb sich selbst treu. Sogar wenn sie ihn zur Weißglut trieb, bewunderte er sie dafür. Durch das Fenster hoch oben drang blasses graues Licht herein. Es war noch früh am Tage.

Doch so früh war es nicht mehr, das Licht täuschte. In den dürren Gehölzen und einfachen Gebäuden um Culloden House schliefen Tausende erschöpfter Hochländer, die Schutz gesucht hatten, wo sie konnten. Sie lagen zusammengezwängt in Versorgungszelten, unter Wagen und den wenigen leichten Kanonen, die zu ihrer Ausrüstung zählten. Diejenigen, die keinen Unterschlupf gefunden hatten, kauerten unter ihren Umhängen. MacGillivray hatte sich dafür entschieden, draußen zu bleiben, bei seinen Leuten. Da sie das Gebiet am besten kannten, hatten sie gestern den Marsch nach Nairn angeführt, bis zu zwei Meilen vor Cumberlands Lager. Es war unfassbar, aber die große Mehrzahl der Truppen war nicht nachgerückt. Ständig mussten sie mit Lord George haltmachen und auf den Prinzen und O'Sullivan warten, die in der Nachhut marschierten. Das hatte sehr viel Zeit gekostet, und schließlich war es zu spät gewesen, um weiterzugehen und vor Tagesanbruch anzugreifen. Sie mussten kehrtmachen und zurückmarschieren – die Nacht war vertan. Erst kurz vor der Morgendämmerung hatten sie sich zum Schlafen niederlegen können.

Plötzlich waren eilige Schritte zu hören, und ein Cameron rüttelte MacGillivray wach.

«Sie kommen! Sie kommen!», rief der Mann und rannte weiter, in Richtung Culloden House. MacGillivray war sofort auf den Beinen und weckte seine Leute. Dudelsäcke und Trommeln riefen zu den Waffen. Es war elf Uhr vormittags.

In ihrer Kate am Rande des Moors knetete MacBeans Frau Brotteig. Ihr Mann gürtete sich das Schwert um und blieb unsicher hinter ihr stehen. Als sie genug davon hatte, drehte sie sich um und drückte ihm einen warmen, nassen Kuss auf den Mund.

«Nun geh schon. Geh, wenn es denn sein muss», grummelte sie und wandte sich wieder ihrem Brotteig zu, damit sie die Liebe in seinen Augen nicht sah. «Und jetzt lass mich in Ruhe backen.» Hinter ihr ging die Tür auf, Wind und Regen fuhren ins warme Innere. «Du wirst etwas essen wollen –», die Tür klappte zu –, «wenn du zurückkommst.»

Anne saß am Frühstückstisch vor ihrem Haferbrei, als sie aufhorchte. Bei diesem Wetter trugen Geräusche nicht weit, die Wand aus vom Wind getriebenem Schneeregen dämpfte alles. Sie lauschte angestrengt – Trommeln, Dudelsäcke, für einen Moment war sie sich ganz sicher, dann war alles wieder still. Vermutlich sammelten sich die Truppen und verließen Inverness. Annes Entscheidung war gerade noch rechtzeitig gefallen; in Kürze würde MacGillivray nach ihr schicken. Sie starrte zum Fenster hinaus und horchte wieder, als Elizabeth hereinkam, angekleidet und übernächtigt – sie musste kaum geschlafen haben. Anne wünschte, sie könnte mit ihrer Schwester über den gestrigen Abend sprechen und über ihren Ritt nach Inverness damals, in jener stürmischen Februarnacht. Aber es war wohl besser, wenn Elizabeth von sich aus beichtete.

«Freust du dich darauf, bald wieder zu Hause zu sein?», fragte sie stattdessen.

«Jetzt schon», versetzte Elizabeth traurig, «wo du gehst.»

Anne schenkte Tee ein, aber ihre Schwester zog die Nase kraus, denn sie trank morgens lieber Ale. Jessie brachte dicken, dampfenden Haferbrei für sie und teilte Anne mit, sie hätte einen alten Mann und einen jungen Burschen aufgetan, die bereit seien, den Karren nach Dunmaglas zu bringen und dann Elizabeth nach Invercauld zu begleiten.

«Sie werden bald hier sein», sagte Jessie. Im Sprachgebrauch der Hochländer konnte das mehrere Stunden bedeuten.

«Hast du auch Dudelsäcke und Trommeln gehört?», fragte Anne. «Ich war mir nicht sicher, vielleicht haben meine Ohren mich getäuscht.»

«Ja, vor einer halben Stunde», bestätigte Jessie. «Jetzt hat es aufgehört. Die Truppen sammeln sich auf dem Moor. Da ist Will hingegangen, zum Moor.»

Also hatte sie recht gehabt, sie sammelten sich. Kämpfen würden sie auf Drumossie Muir aber vermutlich nicht, es sei denn, sie wollten verlieren. George würde die Truppen bestimmt auf diese Seite des Nairn führen, wo das Gelände trocken, hügelig und rau war. Wenn Anne wartete, bis sie den Fluss überquerten, brauchte sie nicht so weit zu reiten, eine halbe Stunde in gemächlichem Trab statt der doppelten Zeit. Aber sie wollte fort, sie wollte so schnell wie möglich bei den Truppen sein. Dort fühlte sie sich jetzt mehr zu Hause als hier. Sie stand abrupt auf, ging hinaus und spannte den Karren an. Als Elizabeth mit dem Frühstück fertig war, begannen sie, den Karren mit Kisten und Kästen zu beladen. Da Jessie nicht mehr schwer tragen durfte, packte sie ihnen Wegzehrung ein.

Auf Drumossie Muir peitschte der Schneeregen den Kriegern ins Gesicht. Die Sicht war schlecht. Seit mehr als einer Stunde standen sie jetzt aufgestellt in Schlachtformation, müde, hungrig und zunehmend ausgekühlt. Zwischen den Büscheln groben Ödlandgrases sammelten sich Krusten von eisigem Weiß.

«Habt Ihr nach Anne geschickt?», fragte Donald Fraser, der links neben MacGillivray stand.

«Habe ich», antwortete er grimmig. «Vielleicht hält Aeneas sie in Moy fest.»

«Dazu müsste sie ihm erst die Ketten abnehmen», meinte Fraser lachend. «Ich glaube kaum, dass er den Keller verlassen kann, bevor Lachlan oder ich zurückkommen.»

«Du hast ihn in Ketten gelegt?»

«Meine letzte Tat, bevor ich herkam», bestätigte Fraser. «Er hat es sich endgültig mit ihr verscherzt, da ist wohl nichts mehr zu retten.»

MacGillivray war verwirrt. Wie Anne ihren Mann behandelte, war ihre Sache. Obwohl er sich nicht vorstellen konnte, was Aeneas getan haben mochte, um das zu verdienen. Ein Lächeln huschte über sein Gesicht – Anne zu widersprechen genügte wahrscheinlich. Aber sonderbar war es trotzdem; es passte nicht zu dem, was Elizabeth erzählt hatte. Zum ersten Mal fragte er sich, ob sein Brief auch in die richtigen Hände gelangt war. Anne hätte auf seine Nachricht nie geschwiegen. Und doch war sie in Moy angekommen, denn Elizabeth hatte gewusst, wo er zu finden war.

«Ich glaube, ihre Schwester hat meinen Brief unterschlagen», sagte er zu Fraser. «Ich bezweifle, dass Anne ihn je zu Gesicht bekommen hat. Anne würde ihre Leute nicht im Stich lassen.»

Mit zusammengekniffenen Augen spähte er durch

den dichten Schneeregen über das Feld. Lord George und seine Atholl-Männer waren am rechten Flügel aufgestellt, während der Prinz und O'Sullivan von hinten die Schlacht befehligten. Die Loyalität gegenüber der gemeinsamen Sache hatte bei George schließlich den Sieg davongetragen, wider sein besseres Wissen – sie würden kämpfen. Vielleicht war es gut, dass Anne nicht kam. Es würde ein schwer errungener Sieg werden, wenn es denn überhaupt gelang. Auf jeden Fall würde die Schlacht blutig werden. Besser, sie fand es erst später heraus.

Trotz des Wetters waren Zuschauer gekommen. Ganze Scharen von Leuten aus Inverness standen ein gutes Stück entfernt. Ein Haufen Knaben, die eigentlich in der Schule hätten sein sollen, war auf einen nahen Hügel geklettert. Die Frauen und Kinder der Krieger befanden sich weit hinter den Linien, wo sie nicht zu Schaden kommen konnten. Einige Kommandeursfrauen, angeführt von Margaret und Greta, standen jedoch in der Nähe des Prinzen. Will drängte sich zwischen MacGillivray und Fraser.

«Kann ich neben Donald stehen?», fragte Will, dessen an die Seite gegürtete Waffen nicht recht zu ihm passen wollten.

«Nein, kannst du nicht», antwortete MacGillivray. «Den Platz in vorderster Front muss man sich verdienen.» MacBean stand zu seiner Rechten. Die älteren, erfahrenen Krieger gingen zuerst in die Schlacht, um die Jüngeren hinter ihnen zu Mut und Tapferkeit anzuspornen. «Geh wieder zurück», befahl er Will, «hinter Lachlan, da, wo du hingestellt worden bist.»

Der Junge hastete davon, und MacGillivray schritt die Reihen des Chatton-Clans ab, von den McIntoshs zu den Farquharsons. Als Kommandeur des Chatton-Clans befehligte er beide Regimenter, und er wollte sich mit den Anführern, Annes Bruder und ihrem Vetter, besprechen, ehe der Feind anrückte. Doch noch während er mit James und Francis sprach, hörten sie die Kesselpauken. MacGillivray spähte durch den Schneeregen und sah das erste Aufblitzen roter Röcke in der Ferne.

Anne legte ihr Reitkleid aus blauem Samt mit Tartanbesatz zurecht, das sie getragen hatte, um den Clan zu den Waffen zu rufen, als sie zum ersten Mal von Aeneas fortgeritten war. Sobald der Karren beladen war, würde sie sich umziehen. Es schien ihr angebracht, dieses Kleid zu tragen, wenn sie zum letzten Mal von ihrem Mann fortritt. Sie befestigte eine frische weiße Kokarde an ihrer blauen Hochlandmütze. Diesmal würde es keine Rückkehr geben. Das Ehebett war mit frischen Leinenlaken und -bezügen versehen – nicht einmal ihr Duft würde zurückbleiben. Aeneas würde das Bett ganz für sich allein haben, wenn sie weg war. Er konnte seine Sachen, die sich in einer Kammer befanden, wieder ins Schlafzimmer schaffen. Jessie hatte außerdem Donalds Werkzeug. Die beiden konnten das Lösen der Ketten allein bewerkstelligen oder warten, bis der Schmied zurück war.

Der alte Mann und der Junge, die Jessie angeheuert hatte, waren eingetroffen und hatten beim Beladen des Karrens letzte Hand angelegt. Anne überprüfte noch einmal, ob sie auch nichts vergessen hatte, und schaute in alle Schränke und Schubladen. Beim Anblick des Kastens mit Aeneas' Briefen, der sich unten im Kleiderschrank befand, bemerkte sie, dass sie ihre Heiratsurkunde vergessen hatte; die gehörte schließlich ihr genauso wie ihm. Sie stellte den Kasten auf den Frisiertisch und öffnete ihn. Obenauf lagen Papiere, die sie noch nie zu Gesicht bekommen hatte. Neugierig entfaltete sie sie und las.

Aeneas erhob sich unter Kettengerassel, als die Kellertür aufging. Eine Frau kam die Treppe herunter, ihre weißen Röcke streiften die Stufen. Anne. Jetzt konnte er sie endlich um Vergebung bitten, seinen Frieden mit ihr schließen.

«Anne», sagte er, sobald er ihr Gesicht sah, «Gott sei Dank. Jessie sagte, du würdest fortgehen. Ich befürchtete schon, du würdest aufbrechen, ohne mich anzuhören.»

«Ich bin nicht gekommen, um dich anzuhören», fuhr sie ihn an. Sie war weiß vor Zorn. «Ich bin gekommen, um dir zu sagen, was ich von dir halte.» In der Hand hielt sie die Schriftstücke – die Bestätigung, dass Moy Hall und die Ländereien des Clans schuldenfrei waren, sowie die Besitzurkunde. Bebend vor Wut hielt sie ihm die Papiere hin. «Du hast uns verkauft! Du hast unsere Sache verkauft, unseren Clan und unsere Ehe – und wofür? Für Steinmauern und ein bisschen Grund und Boden! Jetzt weiß ich, warum du zur Schwarzen Garde gegangen bist, warum du dich gegen uns gestellt hast!»

«Ich habe den Erlass der Schulden weder verlangt noch erwartet.»

«Dein Name steht darauf! Diese Papiere machen dich zum Eigentümer von Moy, was du niemals warst und nie sein kannst. Das Land gehört dem Clan!»

«Anne, willst du mich ausreden lassen!» Die Wut, die er überwunden geglaubt hatte, stieg erneut in ihm hoch. «Mein Name steht auf dieser Urkunde, weil es die Gepflogenheiten der Engländer eben so verlangen. Das weißt du! Du kämpfst schließlich gegen das Eigentumsrecht.»

«Weil sie es einsetzen, um uns zu kontrollieren!»

«Ich weiß. Forbes hat gedroht, uns Moy wegzunehmen. Aber nach Prestonpans, als er dachte, dass wir verloren hätten, hat er diese Urkunde aufsetzen lassen. Er hat sie mir gegeben, damit ich gehen konnte!»

«Damit hat er dir etwas zum Geschenk gemacht, was ihm nicht gehörte, und du hattest kein Recht, es anzunehmen», sagte sie mit Verachtung in der Stimme. «Und als du die Urkunde in Händen hieltest, bist du da zu deinem Clan zurückgekehrt, zu deiner Frau? Nein, ich denke nicht!»

Aeneas sah sie zornig an.

«Meine Frau lag in den Armen eines anderen Mannes.»

«Da noch nicht. Erst als ich dachte, du hättest Ewan hängen lassen. Erst nach Falkirk.» Sie trat einen Schritt näher. «Aber jetzt gehe ich zu ihm. Und das kannst du dir in deine Felltasche stecken!» Sie schleuderte ihm die Schriftstücke vor die Füße.

Donner krachte, ein lautes Dröhnen folgte. Beide schauten unwillkürlich zu dem kleinen Fenster über ihnen. Das Donnern wurde zu Kanonensalven, fern, aber unverkennbar. Elizabeth erschien oben an der Kellertür.

«Anne, hörst du das?», rief sie ängstlich und kam ein paar Schritte die Treppe herunter.

«Das muss oben auf dem Moor sein.» Aeneas sah Anne an.

«Das kann nicht sein.» Sie schaute von ihm zu Elizabeth. «MacGillivray hätte nach mir geschickt.»

Elizabeth brach in Tränen aus und sank auf den Stufen nieder. «Das hat er auch. Gestern Morgen», schluchzte sie. «Ich habe es nicht böse gemeint. Er sagte auch, du würdest nicht wollen, dass sie dort kämpfen.»

Das Dröhnen der großen Geschütze, fast sieben Meilen entfernt, war so laut wie grollender Donner.

«Du hast ihn in dem Glauben gelassen, dass ich nicht kommen würde?» Außer sich vor Wut, rannte Anne die Stufen hinauf.

«Hol mich hier raus.» Aeneas zerrte an seinen Ketten. «Ich komme mit dir!»

«Dafür ist es zu spät!», schrie sie ihn an. Sie zog ihre Schwester auf die Füße und drängte sie hinaus. Die Kellertür wurde zugeschlagen und der Schlüssel im Schloss gedreht.

# 34

Dichter Pulverqualm umhüllte MacGillivray, der an der Spitze seiner Leute stand. Feindliche Geschosse pfiffen über ihn hinweg, und Granaten aus den Geschützen explodierten in den Reihen der Jakobiten. Weiter hinten wieherten Pferde laut und kläglich, und Männer schrien, wenn die Kugeln ihr Ziel fanden.

«Die Reihen schließen, die Reihen schließen», hörte er die Anführer hinter sich brüllen. Die Lücken, die durch den Kugelhagel geschlagen wurden, mussten schnellstmöglich gefüllt werden. Zehn Minuten standen sie jetzt schon da und warteten auf das Signal zum Stürmen. Lord George hatte seinen Posten verlassen und war nach hinten gegangen, um einen Angriffsbefehl vom Prinzen zu erhalten. Mit finsterem Gesicht wartete MacGillivray. Als eine Granate in der Phalanx hinter ihm einschlug, fuhr er leicht zusammen. Er drehte sich nicht um, um zu sehen, wen es niedergerissen hatte, er hörte nur den Einschlag und das grässliche, dumpfe Geräusch von aufplatzendem Fleisch und brechenden Knochen. Keine Schreie; wen auch immer es getroffen hatte, er war bereits tot.

«Die Reihen schließen, die Reihen schließen!», brüllte Donald Fraser hinter ihm.

Anne galoppierte an Loch Moy vorbei und auf die Hügel zu. Sie trieb Pibroch stärker an, als es ratsam war, aber selbst im Galopp war Drumossie gute zwanzig Minuten entfernt. Wie gut sie das Gelände auch bewältigte, es ging über Hügel und Bäche und durch Sümpfe, und schließlich war noch der Nairn zu überqueren. Das alles verlangsamte ihr Vorankommen. Mit jedem Schritt wurden der Kanonendonner und die dumpfen Einschläge der Geschütze lauter. Würde sie bei dem Sperrfeuer und den antwortenden Musketensalven das Kriegsgeschrei der angreifenden Hochländer hören? Wenn MacGillivray bereits stürmte, konnte sie ihre Leute nicht mehr aufhalten, sondern nur noch hoffen, sich irgendwie bemerkbar zu machen, damit sie wussten, dass sie doch noch gekommen war, dass sie nicht in Sicherheit zu Hause saß, während ihre Leute im Kampf ihr Leben einsetzten. «Nicht stürmen», betete sie, «noch nicht.»

«Wir müssen die Steinmauer zu unserer Rechten einreißen», schrie Lord George den Adjutanten an. «Der Feind nutzt sie, um unsere Flanke zu umgehen!»

O'Sullivan hielt den Blick starr nach vorn gerichtet und ignorierte ihn. Lord George wandte sich an den Prinzen.

«*Pour la pitié*, befehlt den Angriff», drängte er. «Oder sollen wir uns da draußen einfach abschlachten lassen?»

Der Prinz drehte sich auf seinem Pferd um und schaute ihn an. Unentschlossenheit lag in seinem Blick.

«Der Feind sollte zuerst vorrücken», sagte er.

«Und wenn er es nicht tut?» Beim Anblick des Prinzen wurde Lord George kalt bis ins Mark. Der Mann hatte keine Ahnung, wie man eine Armee befehligte, obwohl er sich das Kommando angemaßt hatte. «Hochländer stürmen», erklärte er erneut, wiederholte das Offensichtliche. «Das ist ihre Stärke.»

Die Regierungsgeschütze donnerten. Eine Kanonenkugel schlug mitten in Lord Elchos Kavallerie ein, gefährlich nahe beim Prinzen. O'Sullivan beugte sich vor und sagte Charles Edward etwas ins Ohr.

«Lasst erst die Geschütze ihre Arbeit tun», erklärte er. «Danach werden sie vorrücken.»

«Unsere Geschütze richten nicht viel aus!», wütete Lord George. «Allein die feindliche Artillerie tut ihre Arbeit!»

«Wir können warten», versicherte der Prinz. *«Noblesse oblige.»* Dabei sah er O'Sullivan um Bestätigung heischend an. Der Adjutant nickte und bedeutete der Kommandotruppe, sich weiter zurückzuziehen, hinter die französischen Reserven, außer Reichweite. Schon wurden auch die hinteren Reihen getroffen, und der Geruch nach Blut und Tod machte sich breit.

Lord George gab auf, wendete sein Pferd und kehrte in die vorderen Schlachtreihen zurück.

MacGillivray biss die Zähne fester zusammen. Zwanzig Minuten standen sie jetzt schon hier, und immer noch kein Angriffsbefehl. Die Regierungsartillerie dröhnte. Kugeln zischten durch die Luft und mähten die Jakobiten nieder. Hinter sich hörte er Männer seines eigenen Clans schreien.

«Die Reihen schließen, die Reihen schließen!», brüllte Fraser hinter ihm. Der Befehl wurde nach hinten weitergegeben, und die Überlebenden traten vor, um die Plätze der Gefallenen einzunehmen.

«Jetzt reicht es», murmelte MacGillivray. Sie hatten genug hingenommen. Er schob die Mütze über die Brauen und zückte den großen Zweihänder, den er auf den Rücken geschnallt trug.

«An die Waffen!», brüllte er.

Erleichterung lief durch die Reihen der McIntoshs und des Chatton-Clans. Die kampfbereiten Männer schoben ihre Mützen ebenfalls über die Brauen und zogen die Pistolen. MacGillivray hob sein Schwert.

«Loch Moy», brüllte er. Der Kriegsschrei wurde von den Männern weiter hinten aufgenommen, und dann stürmten sie vorwärts, rannten über das Feld auf die dichten Reihen der Rotröcke zu.

Dort hörte man sie kommen, und sofort wurden die Geschütze mit Hagelgeschossen geladen, die Kanone wurde mit Nägeln und Metallfetzen bestückt und das Rohr auf das unmittelbar vor ihnen liegende Feld gerichtet. Als Lochiel MacGillivray stürmen sah, zog auch er sein Schwert und rief seine Camerons mit wildem Schrei in die Schlacht. Lord George, der gerade wieder an der Spitze seiner Atholl-Truppe angelangt war, sah, dass die McIntosh-Männer dem Prinzen die Entscheidung aus der Hand genommen hatten, und gab den Befehl zum Angriff.

Die erste Kartätsche mähte MacGillivrays Leute nieder, als sie stehenblieben, um ihre Pistolen abzufeuern. Viele von ihnen stürzten zu Boden, aber ihre Kugeln hatten getroffen. Die noch auf den Beinen waren, ließen nach dem ersten Schuss die Pistolen fallen und zogen mit scharfem Klirren Schwerter, Äxte und Dolche. Die erste Reihe der Regierungsfußsoldaten feuerte und sank auf die Knie, um nachzuladen, während die zweite Reihe die Hochländer ins Visier nahm.

«Loch Moy», rief MacGillivray und setzte den Vorstoß fort.

Über Pibrochs Hals gebeugt, jagte Anne am Fuße der Hügel dahin. Sie hörte, dass der Kanonendonner anders klang, und da sie den Grund nicht kannte, hoffte sie, es bedeutete, dass einige der größeren Geschütze zum Schweigen gebracht worden waren. Dann hörte sie Musketenfeuer, schnelle, sich wiederholende Salven. Es war zu spät. Der Angriff hatte begonnen. Ihre Leute rannten in diese Salven hinein, die McIntoshs und die anderen Männer des Chatton-Clans, die sie zu den Waffen gerufen hatte, die Farquharsons und die Atholl-Männer – Menschen, die sie ihr ganzes Leben lang gekannt hatte, die ihr viel bedeuteten; Menschen, die sie liebte. Ihre drei Familien, die ihrer Mutter, die ihres Vaters und die ihres Mannes, stürmten Seite an Seite. Anne betete zu allen Mächten, die der Menschheit bekannt waren, dass sie sie sicher beisammenhalten und stark machen mögen. Inzwischen war der halbe Weg zum Nairn geschafft. Sie trieb Pibroch mit Schreien und Zurufen an, immer schneller trommelten seine Hufe über das Grasland.

MacGillivray lief über das Ödland, gab das Tempo vor. Kugeln pfiffen an seinem Kopf vorbei, als er vor sich eine sumpfige Stelle sah. Wenn seine stürmenden Krieger da hineingerieten, würde der Angriff zum Stillstand kommen. Er schwenkte nach rechts ab, um die Stelle zu umgehen, und verlor an Schwung, während seine Männer es ihm gleichtaten. Ihre Flanke war dem Kreuzfeuer ausgesetzt, und mehrere Männer hinter dem Dutzend Anführer fielen, hinterließen Lücken in den vorstürmenden Reihen.

Die vorpreschenden Camerons und Atholl-Männer, die folgten, sahen sich in ihrem Ansturm auf den Feind durch die Reihen der abschwenkenden McIntoshs behindert, was sie dichter an die Steinmauer zu ihrer Rechten zwang. Hinter ebendieser Mauer befahl General Hawley seinen Truppen, die Steine niederzureißen und auf die Atholl-Flanke zu feuern. In der vorderen Linie der Jakobiten zog Francis von Monaltrie seinen Zweihänder und rief die Farquharsons zum Angriff. Annes väterlicher Clan folgte dem ihres Mannes und stürmte auf die dichten Reihen der Regierungstruppen zu. Hinter Francis wartete ihr Bruder James darauf, die zweite Reihe in die Schlacht zu führen. Auf dem linken Flügel drängte Lord Drummond die MacDonalds, sich dem Angriff anzuschließen, aber die, zornig darüber, dass ihnen die Ehrenstellung am rechten Flügel – die nun Lord George einnahm – diesmal versagt worden war, weigerten sich. Sie standen, stoisch und streng, die Waffen geschultert und in der Scheide, als ein Kugelhagel sie niedermähte. Ein Drittel ihrer Leute lag Sekunden später tot im Moorgras.

MacGillivray stürzte sich auf den Feind, ließ seinen Zweihänder niedersausen und köpfte den nächststehenden Fußsoldaten mit einem Streich. Um ihn herum durchbrachen seine Leute die erste Reihe des Gegners, hieben und stachen, versuchten, eine Bresche zu schlagen und die Wand feindlicher Gewehre zu schwächen. MacGillivray holte erneut aus und spaltete den Schädel eines Rotrocks bis zum Hals. Als der Mann fiel, sah MacGillivray sich um. Nur ein Dutzend seiner Leute waren mit ihm durchgekommen. Die Reihen der Regierungssoldaten schlossen sich in ihrem Rücken und feuerten weiter auf die anstürmenden Krieger. MacBean und Donald Fraser neben ihm parierten Bajonette mit ihren Schilden, holten mit ihren Schwertern aus und stachen zu. Hinter ihm durchbohrte Duff, der Schuhmacher, mit seinem Schwert den Hals eines Rotrocks, aber dann stieß ihm ein Dragoner sein Bajonett in den Bauch, und Duff ging zu Boden.

Will, der schnell gelaufen war, um so nahe wie möglich bei Fraser zu bleiben, ließ den Schild fallen, mit dem er gar nicht richtig umgehen konnte, und hackte wild mit dem Schwert drauflos. Er stach einen Soldaten nieder und versetzte einem anderen einen Hieb ins Gesicht. Ein Offizier zückte sein Schwert und zog es Will über den Arm, dann über die Kehle. Als der Junge fiel, ließ MacGillivray seinen Zweihänder niedersausen und trennte Schwert und Hand des Offiziers ab. Er wehrte Fußsoldaten ab, zerrte Will näher zu sich heran und blieb über dem Jungen stehen, während der Rest seiner Leute sich dichter um das Clanoberhaupt scharte. Fraser, der die schützende Bewegung sah, drehte sich um, um MacGillivray Rückendeckung zu geben. Da wurde ihm ein Bajonett in die Rippen gestoßen. Der Schmied taumelte, ein Schwerthieb glitt vor seinem Gesicht hinab, und er ging zu Boden. Ein anderer Hochländer stürzte auf ihn nieder.

MacGillivray ließ seinen Zweihänder fallen, zog das Schwert und hielt den Dolch hinter dem Schild bereit. Er stieß dem nächsten Soldaten das Schwert in die Kehle und holte mit dem Dolch aus, um einen Dragoner zu seiner Linken niederzustrecken. Zu seiner Rechten stieß ein Bajonett zu. Er fühlte, wie es ihm in die Seite drang, und erschauderte, als es wieder herausgezogen wurde. Mit einem Streich durchtrennte MacBean den Arm des Dragoners, der sein Clanoberhaupt verwundet hatte. Der Lauf einer Muskete schwenkte in seine Richtung ein, und der Schuss ging los. Die Kugel durchschlug MacBeans Brust. Zuckend fiel er zu Boden, und Blut quoll aus seinem Rücken. MacGillivray war auf die Knie gesunken, er atmete schwer und röchelnd. Aus seiner Seite strömte Blut und bildete auf dem Gras eine rote Lache. Ein englischer Leutnant trat hinter ihn, hob sein Schwert und stieß es dem verwundeten Clanoberhaupt zwischen die Schulterblätter. Es war James Ray. MacGillivray fiel vornüber, Ray stellte einen Fuß auf den breiten Rücken des Hochländers und zog die Klinge heraus.

Eine halbe Meile entfernt, hinter den jakobitischen Reihen, ergriff O'Sullivan das Pferd des Prinzen am Zügel, um sich von den dezimierten Truppen zu entfernen. Da kam Lord Elcho herangaloppiert; Rumpf und Beine seines Pferdes waren blutbespritzt. Wie Lord George hatte er um den Befehl zum Angriff gebeten, aber seine Kavallerie war vom Kugelhagel brutal in Stücke gerissen worden, während sie noch immer auf ihren Einsatz wartete.

«Gebt Ihr den Befehl zum Rückzug?», schrie er den Prinzen an.

Der königliche Oberbefehlshaber schaute ihn entgeistert an, und Tränen liefen ihm über die Wangen. «Rette sich, wer kann!», rief der Prinz. «Wir sind geschlagen. *Nous sommes défaits.*»

«Du greinender, verwöhnter Feigling», schimpfte Elcho. «Ja, lauf nur weg. Geh wieder dahin, wo du hergekommen bist. Es wäre besser für Schottland gewesen, du wärst nie gekommen!» Er warf sein Pferd herum und suchte nach einem Trommler, der noch am Leben war und zum Rückzug schlagen konnte. Die irische Truppe und die Écossais Royaux gingen voran, um den Rückzug zu decken, und die Kommandotruppe verließ im schnellen Galopp das Schlachtfeld. O'Sullivan schloss sich dem Prinzen an.

Anne trieb Pibroch in den Nairn. Obwohl das Wasser flach und der Boden des Flusses mit Kieselsteinen bedeckt war, scheute das Pferd, und sie hieb ihm die Fersen in den Bauch. Pibroch machte zwei Schritte, dann versuchte er, zum Ufer zurückzukehren. Sie zog die Zügel straff und ließ nicht zu, dass er den Kopf wandte. Sie waren jetzt so nahe, dass sie die Schreie von Menschen und Tieren hören konnte, Kanonendonner und Musketenfeuer, Salve um Salve.

«Komm schon, Pibroch», drängte sie und gab ihm die Sporen. «*Siuthad, a-nis!*» Das Pferd ging weitere vier Schritte, warf den Kopf zurück, wieherte und blieb endgültig stehen.

Der heftige Graupelschauer war vorbei. Die Wolken hatten sich verzogen, als wären sie nie da gewesen. MacGillivray, das Gesicht auf dem nassen Boden, starrte auf die Füße von Soldaten, die sich neu formierten, ohne auf die Gruppe sterbender Männer in ihrer Mitte zu achten. Er fühlte nichts außer einer kalten, starren Ruhe. Sein Atem stockte, setzte dann wieder ein, Blut rann aus seiner Brust. Auch aus Wills durchschnittener Kehle sickerte noch Blut. MacBean robbte Stück für Stück auf MacGillivray zu und versuchte, seinen Häuptling zu erreichen, ihn mit seinem Körper zu schützen. Er streckte die Finger aus, fast wäre es ihm gelungen, dann fiel seine Hand ins Wasser des Moorbachs, der ihn von seinem Anführer trennte, Blut lief seinen Arm herunter. MacGillivray starrte durch das befleckte, feuchte Gras und sah zu, wie das Moorwasser sich allmählich verdunkelte.

Anne sprang ab, behielt aber die Zügel fest in der Hand. Sie landete knöcheltief im Wasser und versuchte, das Pferd vorwärts zu ziehen, aber es rührte sich nicht vom Fleck. Sie starrte ins Wasser, suchte nach einer Gefahr, einer Untiefe, die das Tier spürte, sie aber nicht sehen konnte. Doch da war nichts, nur Kieselsteine, über die das Wasser floss, das langsam trübe wurde. Sie blickte zum jenseitigen Ufer. Strahlen der warmen Aprilsonne fielen durch die überhängenden Bäume, unter denen Hagelkörner noch weiß zwischen den Grasbüscheln lagen. Das Wasser schwappte gegen das Ufer und färbte sie rot. Sie schaute auf Pibrochs weiße Beine, die rötlich schimmerten. Dann blickte sie auf ihre weißen Röcke, die im Wasser schleiften, und sah, wie der nasse Stoff langsam rot wurde. Sie und ihr Pferd wateten in Blut.

Ein Röcheln entwich MacGillivrays Brust. Die Halme vor seinen Augen, rot von Blut, waren dicht wie ein Wald. Er konnte Anne auf dem Hügelkamm sehen, Anne auf ihrem weißen Pferd, Schnee fiel um ihre Schultern, und dieses Lächeln, für das Männer sterben würden, war auf ihren Lippen. Er hoffte, sie würde stolz sein, nicht traurig ... Seine Lider begannen zu flattern.

«Augen nach vorn, Soldat», sagte eine Stimme. «Achte nicht auf sie, die können uns nichts mehr anhaben.»

MacGillivray lag im Sterben. Nichts würde ihm mehr wehtun. Frieden durchströmte seinen Körper. Die alten Mythen hatten recht: Der Tod war die letzte Liebe, mit der ein Mann sich niederlegte. Er war gekommen, ihn zu empfangen, füllte die Leere aus, die das Leben ausgehöhlt hatte.

Stille erfüllte Annes Ohren, ein Dröhnen des Nichts. Sie riss den Blick gewaltsam von dem blutigen Wasser los und schaute in Pibrochs wilde Augen. Die Zügel, die sie umschlungen hielt, brannten in ihrer Handfläche, als das Pferd an ihnen zerrte. Der Lärm der Geschütze war verstummt. Eine seltsame Stille legte sich über das Gelände, unterbrochen durch Schreie und Rufe von weit jenseits des anderen Ufers. Anne hob den Blick. Eine gelbe Rauchwolke stieg über den Bäumen am Ufer empor.

Oben auf dem Moor hatte Cumberland befohlen, das Feuer einzustellen. Seine Soldaten hatten sich großartig geschlagen. Er hatte sich ein Beispiel am Hochlandbrauch genommen und in die erste Reihe seine flämischen Veteranen gestellt, Männer, die sich nicht drücken, wanken oder fliehend das Feld verlassen würden. Durch den aufsteigenden gelben Qualm starrten seine Soldaten auf das Feld vor ihnen, das unheimlich durch die vom Rauch verhüllte Sonne beleuchtet wurde. Zuckende, stöhnende, schreiende, wimmernde Hochländer, aufgetürmte Leichenberge bedeckten das Land. Selbst diese abgehärteten Söldner hatten nie ein solches Gemetzel gesehen. Die Hochländer hatten den Angriff fortgesetzt, mit furchtbarem Mut, eine Welle nach der anderen, auch als sie bereits über ihre eigenen Verwundeten springen mussten, ehe sie selbst niedergeschossen wurden. Wenige hatten die Verteidigungsreihen erreicht, noch weniger hatten sie durchbrochen. Die Regierungstruppen hatten standgehalten.

Cumberland hatte sein Pferd neben den Earl of Louden getrieben. Die beiden blickten sich um, als Hawley auf sie zutrabte, an den Trümmern der Steinmauern vorbei – die er hatte niederreißen lassen, um die Atholls in der Flanke anzugreifen – und sich ihnen anschloss. In einer Gruppe gefallener Hochländer hinter den Verteidigungsreihen würgte ein massiger älterer Krieger Galle und Blut.

«Erledigt den Mann», befahl Cumberland dem Grafen.

Der Schotte warf seinem Kommandeur einen Seitenblick zu. «Ich stelle Euch meine Dienste zur Verfügung, Sir», sagte er. «Aber nicht meine Ehre.»

Hawley zog seine Pistole, zielte und feuerte ab. Der Körper des Hochländers zuckte und lag dann still.

«Säubert das Schlachtfeld, Hawley», ordnete Cumberland an. «Tötet die Verwundeten und treibt die Offiziere zusammen, die noch laufen können. Ansonsten wird kein Pardon gegeben.»

# 35

Anne wandte den Blick von dem Rauch, der den klaren blauen Himmel verhüllte, drehte sich zu Pibroch um, packte die Zügel mit beiden Händen und zerrte. Sie musste zum Moorland auf der anderen Seite, sie musste dieses sture Tier durch den Nairn bringen.

«Komm schon, Pibroch. *Siuthad!*»

Hinter ihr rutschte jemand das Ufer herunter und kam spritzend durch das Wasser. Eine Hand packte sie an der Schulter und riss sie herum. Die alte Meg stand vor ihr, die Heugabel in der Hand, ihr Blick verstört.

«Lauft weg!» Sie griff Anne am Arm. «Sie bringen alle um.»

Am Flussufer tauchten immer mehr Menschen auf, Frauen und Kinder, die um ihr Leben rannten. Weiter stromaufwärts bahnten Krieger sich einen Weg durch das Unterholz, Hochländer, die vom Schlachtfeld flohen.

«Schnell, weg von hier!» Meg versuchte, Anne zum anderen Ufer zurückzudrängen.

Pibroch wollte umdrehen, er stampfte rückwärts auf das Ufer zu, von dem sie gekommen waren. Doch Anne hielt ihn fest am Zaumzeug.

«Ich muss dorthin!» Sie versuchte, sich aus dem eisernen Griff der älteren Frau zu befreien.

«Ihr könnt nichts mehr tun, glaubt mir!» Meg zog sie am Handgelenk.

«Der da lebt noch!» Die dünne Stimme kam von hoch oben. Hufe stampften auf durchweichtem Gras. Lebloses Gewicht lastete schwer auf ihm. Donald Fraser öffnete die Augen. Der Arm eines anderen Mannes lag über seinem Gesicht. Dort, wo ein Stück Himmel zu sehen war, gewahrte er einen englischen General, einen Schatten auf einem schwarzen Pferd, der auf ihn zeigte. Dann tauchte ein weiterer Mann, dieser in dunklem Tartan, in seinem Blickfeld auf. Es war Schamlos, der auf ihn herabschaute. Erkennen huschte über sein Gesicht, ein kurzes Lächeln. Dann hob der McIntosh-Bursche seine Muskete, holte aus, und sein Bajonett durchbohrte den leblosen Körper, der quer über Frasers Brust lag.

«Jetzt ist er tot, Sir», meldete Schamlos.

Rückwärts stapfte Pibroch aus dem Fluss, bis seine Hufe festen Halt auf dem Gras fanden. Anne folgte, gezerrt von ihrem Pferd und Meg. Sie waren umringt von flüchtenden Frauen, die Anne drängten, wegzulaufen, sich zu verstecken. Direkt vor ihr rannte eine Frau durch den Nairn, ein Kind von sieben oder acht Jahren hinter sich herziehend. Sie stürzten. Die Mutter packte den Jungen, zog ihn hoch und versuchte, ihn zu tragen. Doch das Gewicht des durchnässten Wollstoffs seines Umhangs erschwerte ihr Fortkommen. Schließlich stieg Anne auf ihr Pferd, beugte sich zu der verängstigten Frau hinab und hob das Kind vor sich auf den Sattel.

«Steig hinter mir auf», sagte sie zu der Mutter und brachte die beiden zu ihrer Kate, die eine gute Meile entfernt war. Sofort ritt sie zurück und nahm eine andere Frau, die ein kleines Kind hinter sich herzog, zu sich aufs Pferd, um sie in Sicherheit zu bringen und gleich wieder umzukehren. Einmal sah sie ein Kind, das die Mutter hinter sich herzerrte, voller Angst, stehenzubleiben, und zu ängstlich, allein weiterzugehen. Dann nahm Anne eine ältere Frau mit, die sich den Fuß verstaucht hatte und mit angeschwollenem Knöchel mühsam versuchte, vorwärts zu kommen, während die anderen in den Hügeln verschwanden. Als Anne noch ein letztes Mal zurückritt, sah sie, dass es auf dem gegenüberliegenden Ufer des Nairn von Regierungstruppen nur so wimmelte. Alle Frauen und Kinder waren verschwunden. Kein einziger Krieger war zu sehen, die Hügel rundum waren leer.

In ihrer Kate am Rande von Drumossie nahm MacBeans Frau ein sauberes Geschirrtuch, holte den zweiten Laib Brot aus dem Ofen und legte ihn auf den Tisch, um ihn abkühlen zu lassen. Durch das Brotbacken hielt sie sich beschäftigt; der Kampfeslärm hatte schon vor einer halben Stunde aufgehört. Da näherten sich Schritte. Die Tür wurde aufgestoßen, und James Ray stolzierte herein, in Begleitung zweier Rotröcke, die rasch den Raum durchsuchten.

«Es ist niemand hier», sagte die alte Frau.

Ray hob das Schwert und schwang es in Schulterhöhe. Blut spritzte auf den Laib Brot, und die alte Frau sackte vor dem Herd zusammen.

Stimmt, jetzt nicht mehr, dachte Ray und verließ die Kate.

Als die Rotröcke durch den Nairn wateten, wendete Anne ihr Pferd und ritt nach Moy zurück. Es war warm geworden, die Sonne schien von einem blau-weißen Frühlingshimmel. Da sprangen ihr die Farben von buntem Tartan unter einem Baum ins Auge. Sie ritt hinüber und fand Lachlan; sein Gesicht war böse zugerichtet, eine stark blutende Wunde klaffte am Oberschenkel. Offenbar hatte er sich bis hier vorgekämpft, ehe er zusammengebrochen war. Anne sprang vom Pferd.

«Kannst du stehen?»

Lachlan schüttelte den Kopf.

«Nein, reitet weiter. Ich bin hier gut aufgehoben.» Er schnitt eine Grimasse. «Schließlich habe ich neun Leben, so heißt es doch von denen, die dem Chatton-Clan angehören.»

«Sie jagen die Leute und bringen jeden um, der ihnen über den Weg läuft», erklärte Anne. Die Soldaten waren fächerförmig ausgeschwärmt, und sie näherten sich; sie würden ihn ebenso leicht finden wie sie. «Komm, ich bringe dich nach Hause.» Sie schlang sich den Arm des Jungen um den Hals, zerrte ihn auf die Füße und hievte ihn auf Pibrochs Rücken. Ein Schuss von hinten ließ ihn auf dem Hals des Pferdes zusammensacken.

Anne fuhr herum. Der Rotrock, der gefeuert hatte, war weit vor den anderen und rannte auf sie zu. Hastig zog sie eine ihrer Pistolen aus dem Sattel, zielte und feuerte. Das Gesicht des Mannes wurde zerfetzt. Anne stieg hinter Lachlan auf, packte den Jungen am Umhang, damit er nicht vom Pferd rutschte, und trieb Pibroch an. Trotz seiner Müdigkeit galoppierte das Tier eine halbe Meile, bevor es in Trab fiel. Obwohl kein Leben mehr in dem Jungen vor ihr war, wollte Anne ihn nicht zurücklassen. Zornig hielt sie ihn fest, bis sie zur Schmiede kam, wo sie nach Màiri rief und der verzweifelten Mutter den toten Sohn in die Arme legte.

Robert Nairn kroch schwerverletzt über das Ödlandgras, als er jemanden neben sich schwer atmen hörte. Er schaute sich um, doch niemand war zu sehen. Als er nichts mehr hörte, kroch er weiter. Sein rechter Arm schleifte leblos auf dem Boden. Da setzte der keuchende Atem wieder ein, und Robert bemerkte, dass es sein eigener war, schwer und röchelnd. Sein Kopf stieß gegen einen Stein. Qualvoll drehte er sich um, rollte sich im Schutz der Grenzmauer zusammen und schloss die Augen.

Müde und mit schwerem Herzen führte Anne das erschöpfte Pferd nach Moy Hall und ließ es selbst den Weg in den Stall finden. Sie würde es später absatteln und abreiben. Vor der Tür stand noch der beladene Karren. Nichts hatte sich verändert, seit sie fortgeritten war.

Elizabeth und Jessie fuhren erschrocken zusammen, als Anne eintrat, und eilten dann erleichtert auf sie zu.

«Bist du verletzt?» Elizabeth starrte auf ihre blutverschmierte Kleidung.

Anne schüttelte den Kopf. «Wir sind geschlagen», sagte sie.

«Habt Ihr Will gesehen?», fragte Jessie eindringlich.

Anne schüttelte den Kopf. «Ich habe das Schlachtfeld nicht erreicht», erklärte sie. «Lachlan ist tot; ich habe ihn heimgebracht. Was aus den anderen geworden ist, weiß ich nicht.» Sie wandte sich an Elizabeth. «Du solltest sofort nach Invercauld aufbrechen.»

«Ich kann jetzt nicht weg, nicht, bevor ich Bescheid weiß. Aber wir können ja nun zusammen fahren.»

«Ich muss bleiben.» Anne machte sich daran, ihr blutverschmiertes Kleid abzustreifen. «Unsere Leute müssen wissen, wo ich zu finden bin, wenn sich alles wieder beruhigt hat. Ich will nicht, dass sie glauben, ich wäre weggerannt.» Bei diesen Worten brach sie in Tränen aus.

Elizabeth nahm sie in die Arme und hielt sie fest. «Nicht weinen, bitte nicht weinen.» Sie strich ihrer Schwester über den Rücken und wiegte sie hin und her. «Wie sollen wir denn mit allem fertig werden, wenn du weinst?»

Eine Reihe Trommler marschierte vor Cumberland, als er hoch zu Ross in Inverness einzog, General Cope neben ihm. Die roten Uniformen waren makellos, die Messingknöpfe glänzten. Das Regiment, an dessen Spitze er ritt, brach in Hochrufe aus und forderte die wenigen Leute, die die Straßen säumten, auf, einzustimmen.

«Vor allem dürfen wir ihnen jetzt keine Ruhepause gönnen, Johnny», sagte er. «Wir erledigen die Ratten, solange sie auf der Flucht sind, und zwar jede einzelne.»

Lord Boyd, der die Stadt vorab erkundet hatte, ritt auf sie zu. «Die beste Unterkunft ist in dem Haus, das der Prätendent bewohnt hat», meldete er.

Cumberland nickte. «Wenn es gut genug für meinen Cousin war, ist es auch gut genug für mich.»

Vor dem Haus stand bereits die Witwe McIntosh, um ihn willkommen zu heißen. Er warf ihr einen verachtungsvollen Blick zu. Die Hochländer waren ungeschlacht und undurchschaubar, die reinsten Wilden; und ihre Weiber waren noch schlimmer.

«Werft diese Frau ins Gefängnis», befahl er.

Anne stand vor dem Feuer, gewaschen und in ihrem sauberen Reitkleid, dem einzigen Kleidungsstück, das nicht eingepackt war, und trank aus einem Krug Ale. Die Kisten mit ihren Besitztümern waren wieder ins Haus geschafft worden, den Mann und den Jungen hatte man heimgeschickt. Noch war nicht alles verloren. Hunderte von Kriegern waren vom Schlachtfeld geflohen und in sämtliche Himmelsrichtungen gelaufen, die andere Hälfte der jakobitischen Armee war noch nicht einmal eingetroffen. Der Prinz hatte die Schlacht viel zu früh gesucht. Sie würden den Kampf aufs Neue aufnehmen – sie hatten vielleicht eine Schlacht verloren, aber noch lange nicht den Krieg.

«George wird die Truppen wieder sammeln», sagte sie. Ihr Onkel würde nicht so leicht aufgeben.

«Wenn er überhaupt noch am Leben ist», erwiderte

Elizabeth. «Und hier in Moy sammeln sie sich bestimmt nicht. Wir hätten nach Hause fahren sollen. Worauf wartest du denn?»

Anne sah ihre Schwester an, die unruhig auf und ab ging. Sie sollte die Antwort kennen. «Auf MacGillivray», sagte sie schlicht. Sie empfand nicht viel Hoffnung, aber da sie ihn im Kampf im Stich gelassen hatte, würde sie eben warten. Für sie war es eine Art Buße. Er würde zu ihr kommen, oder zumindest eine Nachricht von ihm. Bis dahin würde sie bleiben.

Elizabeth blieb stehen, griff in ihre Tasche und zog einen Brief hervor.

«Sein Brief», sagte sie und reichte ihn ihrer Schwester. Schamesröte brannte in ihrem Gesicht.

Menschen rannten aus ihren Katen. Soldaten zu Pferde feuerten auf sie, Fußsoldaten verfolgten sie und metzelten sie nieder. Die Hütte der alten Meg ging in Flammen auf, die Fackelträger eilten bereits zur nächsten. Das Kind verzweifelt an die Brust gedrückt, flüchtete Cath aus Ewans Kate. Drinnen lag der alte Tom hustend auf seinem Strohsack, hinter ihm kauerten Ewans kleine Töchter. Die Tür wurde zugeworfen. Ein Soldat schob einen Holzstab durch den Türgriff und verkeilte sie, ein anderer hielt die Fackel an das Torfdach. Cath stürzte die Anhöhe hoch, hielt sich, Halt suchend, am Heidekraut fest. Zwei Rotröcke rannten hinter ihr her. Einer hob seine Muskete und ließ den Kolben auf ihren Kopf niedersausen. Betäubt fiel sie zu Boden. Er entriss ihr das schreiende Kind und warf es seinem Gefährten zu, schlug ihr die Röcke hoch und spreizte grob ihre Beine. Der zweite Soldat rammte seine Muskete in den felsigen Boden, sodass das Bajonett gen Himmel zeigte, hob den strampelnden, laut schreienden Säugling hoch über den

Kopf und spießte ihn auf der Klinge auf. Das Schreien erstarb.

Während Anne noch MacGillivrays Brief las, stürzte Jessie aus der Küche herein. Die beiden Schwestern sahen sie alarmiert an.

«*Isd!* Hört ihr die Gewehre?», fragte Jessie.

Alle drei lauschten. Schwach war der scharfe Knall vereinzelter Schüsse zu hören, die in den Hügeln widerhallten.

«Das werden Gruppen von Soldaten sein, die gegen unsere Krieger kämpfen», versicherte Anne beruhigend. «Das würden wir auch tun: versuchen, so viele Gefangene wie möglich zu machen.»

Angsterfüllt drehte Elizabeth sich zu ihr um. «Warum musstest du dich auch an so etwas beteiligen?», klagte sie.

«Ich musste unseren Leuten dünne Suppe bringen, als sie Fleisch gebraucht hätten. Armut ist alles, was wir von dieser Union erwarten können. Sie nutzen uns nur aus!»

«Jetzt bringen sie uns um. Ist das besser?»

«Elizabeth –» Anne ergriff die Hand ihrer Schwester und redete beschwörend auf sie ein. «Die Engländer machen Sklavinnen aus ihren Frauen. Sie geben ihnen keine Rechte, keine Macht, nicht einmal Namen. Ihre Körper, ihre Kinder, ihre Häuser, alles gehört den Männern. Wenn wir diesen Krieg nicht gewinnen, droht uns dasselbe Schicksal.»

«Das ist doch Unsinn», versetzte Elizabeth. «Kein Mann könnte mich davon abhalten, das zu sein, was ich bin, oder zu tun, was ich will.»

Die Haustür wurde aufgerissen, und Donald Fraser taumelte herein, blutig und schwer verwundet.

Anne schob MacGillivrays Brief in ihr Mieder. «Hol

Wasser und Handtücher, Jessie.» Dann eilte sie zu dem Schmied.

«Keine Zeit», stieß Fraser hervor, als sie und Elizabeth ihm auf einen Stuhl geholfen hatten. «Sie sind in Moy.»

*«Dè?»*, fragte Elizabeth. «Wer?»

«Die *Sasannaich.*»

«Wir haben Schüsse gehört», sagte Anne. «Warst du schon in der Schmiede?»

«Nein, sie jagen uns, töten die Verwundeten. Dank Schamlos bin ich entkommen.» Er hielt inne und hustete Blut. «Ich bin gekommen, um Euch zu warnen. Sie werden bald hier sein.» Er brach ab, als ein neuer Hustenanfall ihn überfiel.

Jessie eilte mit einer Schüssel Wasser herbei, doch Fraser lehnte die Hilfe durch heftiges Kopfschütteln ab.

«Ich kann nicht bleiben. Wenn sie mich hier finden, werdet ihr alle erschossen.»

«Hast du Will gesehen?», fragte Jessie.

Unsicher kam der Schmied auf die Beine und streckte den zerfetzten, blutverschmierten Tartanumhang aus, den er über dem Arm trug.

«Sein Gürtel wurde zerschnitten; er ist gefallen.» Donald Fraser schüttelte den Kopf. «Er ist mit nach vorn gestürmt, an meiner Seite. Hat fünf oder sechs von ihnen getötet, bevor er …» Er sackte in sich zusammen; Anne konnte ihn gerade noch auffangen.

«Er kann nicht wieder nach draußen», sagte Elizabeth. «Sie würden ihn schon bald erwischen.»

Aeneas saß immer noch gefesselt im Keller und horchte angestrengt. Er war sich ziemlich sicher, Schüsse in Moy gehört zu haben, vermutlich bei den Katen, die nordwestlich von hier lagen. Doch dann vernahm er Schritte auf den Stufen, und der Schlüssel wurde ins Schloss gesteckt. Aeneas erhob sich unter Kettengerassel, um die Treppe besser sehen zu können, als die Kellertür aufging und das Licht einer Lampe den Gang erhellte.

«Anne!» Die Erleichterung, die er bei ihrem Anblick empfand, wurde allerdings schnell getrübt, als er den verwundeten Schmied sah, dem sie die Stufen herunterhalf. «O Gott, Donald!»

Elizabeth, die die Lampe sowie eine Waschschüssel und einige Tücher trug, folgte dichtauf.

«Wir müssen ihn hier verstecken», sagte Anne. «Vorsichtig», mahnte sie Fraser, als sie die unterste Stufe erreicht hatten. Sie führte ihn zu Aeneas' Pritsche.

«Wenn du mir die Ketten abnimmst, kann ich helfen.» Aeneas packte sie am Arm.

«Dazu ist keine Zeit!» Anne nahm ihrer Schwester die Tücher und die Waschschüssel ab. «Hier.» Sie drückte ihm beides in die Hand und folgte Elizabeth, die bereits wieder die Treppe hinaufeilte. Auf halbem Wege blieb sie stehen und schaute sich um. «Was auch immer du hörst, schweig, sonst finden sie ihn.» Die Kellertür fiel zu, der Schlüssel wurde im Schloss gedreht.

Jessie hatte sich nicht von der Stelle gerührt. Weinend hielt sie Wills zerrissenen Umhang an sich gedrückt. Draußen war Hufgeklapper zu hören.

Anne ließ den Schlüssel wieder in Jessies Tasche gleiten. «Verrate nicht, dass du ihn hast», bat sie. «Niemandem.»

Eine Sekunde später wurde die Haustür aufgestoßen. James Ray trat ein, zwei Rotröcke flankierten ihn, ein halbes Dutzend bewaffneter Soldaten der Schwarzen Garde folgte. Er musterte Anne von oben bis unten, und ein Lächeln breitete sich auf seinem Gesicht aus.

«Colonel Anne», sagte er und schlug die Hacken zusammen.

«Könnt Ihr nicht anklopfen, wie es sich gehört, Lieutenant?», fragte Anne.

«Nehmt sie fest.» Ray wies beiläufig mit dem Kopf auf sie.

Zwei Soldaten der Schwarzen Garde ergriffen sie, die übrigen schwärmten aus und durchsuchten das Haus. Anne sah ihnen bebend vor Wut nach.

«Sorgt dafür, dass Eure Leute mein Haus mit geziemendem Respekt behandeln», sagte sie zu Ray.

Einer der Rotröcke trat vor und stieß ihr den Gewehrkolben heftig gegen die Brust. Anne krümmte sich vor Schmerz. Der Soldat der Schwarzen Garde rechts neben ihr hob sogleich seine Muskete und richtete sie auf den Rotrock.

«Rühr Mylady nicht noch einmal an», mahnte er.

Als sie die Stimme des Soldaten hörte, sah Anne ihm zum ersten Mal ins Gesicht.

«Schamlos!»

«Diesmal haben wir gewonnen», sagte er grinsend. «Jetzt kann ich wieder nach Hause.»

«Ja, das kannst du.» Es hatte keinen Sinn, zu erklären, dass er nie hätte gehen sollen.

«Schluss mit dem Austausch von Höflichkeiten», bellte Ray. «Stillgestanden!»

Schamlos und der Rotrock gehorchten. In diesem Moment bewegte sich ein Schatten an der Tür, und ein dünner Mann in Schwarz, gefolgt von zwei weiteren Rotröcken, betrat die Halle. Es war General Hawley, der lässig das Schwert schwang.

«Sieh einer an», höhnte er. «Das Nest der Viper.»

«Ich bitte vielmals um Entschuldigung, General», sagte Anne. «Ich hätte Euch zu Tisch bitten sollen.»

«Falkirk ist weit weg.» Hawley schob sein Gesicht dicht an Annes heran. «Und Miss Forbes ebenfalls.» Das dünne Lächeln kehrte zurück, und es schien Anne noch furchteinflößender als sein Zorn.

«Habt Ihr eine richterliche Erlaubnis dafür, in meinem Haus zu sein?» Sie bemühte sich, gefasst und ruhig zu klingen.

«Sehr amüsant.» Er zog einen Befehl aus seinem Rock. «Ein Haftbefehl. Unterzeichnet von keinem Geringeren als Seiner Königlichen Hoheit Prinz William, dem Herzog von Cumberland.» Er schob das Schriftstück in die Tasche zurück und sah Elizabeth an. «Seid Ihr Elizabeth Farquharson?»

Sie nickte. Darauf schnippte Hawley mit den Fingern und befahl den beiden Wachen neben ihm, sie abzuführen.

Sofort traten die Rotröcke vor und packten Elizabeth am Arm.

«Sie hat nichts getan!», protestierte Anne. «Ich bin es, die Ihr sucht. Meine Schwester ist regierungstreu!»

«Ganz im Gegenteil», sagte Hawley. «Sie ist von Moy nach Inverness geritten, in der Nacht des sechzehnten Februar, und hat den Köder für die Falle gelegt, die Ihr Lord Loudens Truppen gestellt habt.»

Elizabeth griff nach Annes Arm. «Ich wollte nicht, dass dir etwas passiert. Ich wollte doch nur MacGillivray, das musst du mir glauben.»

«Ich weiß, ich weiß. Mach dir keine Vorwürfe – ich wusste es schon lange.»

«Ein Hennenkampf um den blonden Wilden also.» Hawley grinste anzüglich.

«Habt Ihr ihn gefangen genommen?», fragte Anne.

«Ihr werdet ihn noch früh genug sehen.» Hawley wandte sich an Elizabeths Wachen. «Sie wollte einen

Mann», sagte er voller Spott, «also gebt sie den Männern.»

Die beiden Wachen rissen das verängstigte Mädchen von Anne los.

«Nein!», schrie Anne und versuchte, ihre Schwester festzuhalten. «Sie hat *mich* verraten, nicht Euch!»

Hawley setzte ihr die Spitze seiner Klinge an die Kehle, damit sie stillhielt, während die sich wehrende und um Gnade flehende Elizabeth hinausgezerrt wurde. Schamlos und der andere Soldat schwenkten ihre Musketen, sodass sie sich vor Anne kreuzten, vielleicht um sie zurückzuhalten, vielleicht zu ihrem Schutz. Hawley sah von einem Hochländer zum anderen. Beide schauten stur geradeaus. Dann ertönten polternde Schritte, als die übrigen Soldaten der Schwarzen Garde von der Durchsuchung der übrigen Räume zurückkehrten. Hawley senkte das Schwert und wandte sich an James Ray.

«Euer Captain McIntosh sitzt als Gefangener irgendwo in diesem Haus», sagte er. «Findet ihn und gebt ihm die Freiheit, wenn wir abgezogen sind.» Wieder musterte er Anne. «Wie ich gehört habe, seid Ihr eine hervorragende Tänzerin, Mistress McIntosh.»

«Farquharson», sagte Anne. «Colonel Anne Farquharson, Lady McIntosh.»

«Welchen Decknamen Ihr auch immer vorzieht, *Colonel*», sagte er höhnisch. «Ich werde Euch tanzen sehen, und zwar am Ende eines Seils.» Er trat zur Seite und bedeutete ihr vorauszugehen.

Von draußen waren Trommelschläge zu hören – die Sterbetrommel für all diejenigen, die zu Grabe getragen wurden. Anne holte tief Luft, straffte die Schultern und trat hinaus.

# 36

Die helle Nachmittagssonne, die immer noch Wärme spendete, stand über Loch Moy. Je zwei Trommler, die auf beiden Seiten der Treppe standen, schlugen die Sterbetrommel. Pibroch war gesattelt worden. Das Pferd wieherte leise, als Anne zu ihm trat. Als sie grobe Rufe, Gelächter und Schreie vom Stall her hörte, blieb sie wie angewurzelt stehen. Sie wollte sich umdrehen, aber eine Hand riss brutal an ihrem Haar und hielt ihren Kopf fest.

«Was ist, wollt Ihr zusehen?», zischte Hawley. «Seid Ihr deshalb stehengeblieben?»

«Lasst sie gehen. Ich bitte Euch.»

«Steigt auf, oder ich lasse Euch danebenstehen und zusehen, bis jeder einzelne Mann hier mit Eurer Schwester fertig ist!»

Er ließ sie los. Mit gesenktem Kopf und Tränen in den Augen stellte Anne den Fuß in den Steigbügel und schwang sich in den Sattel. Ein Rotrock führte das Tier am Zügel, während zwei weitere mit geschulterten Waffen sie links und rechts flankierten. Die vier Trommler, die immer noch gleichmäßig den Takt schlugen, nahmen hinter ihnen Aufstellung. Schamlos und der andere Soldat der Schwarzen Garde reihten sich am Ende des Zuges ein. Hawley übernahm die Führung. Seine Miene drückte tiefste Befriedigung aus.

Anne zwang sich, nicht zu der Gruppe bei den Ställen zu sehen. Männern war ihre Stärke gegeben, um Frauen und Kinder zu beschützen. Nicht dafür. Niemals dafür. Kaltes Entsetzen befiel sie. Sie konnte nicht sprechen, nicht aufschreien, nicht weinen, sondern saß nur im Sattel, den Rücken kerzengerade, die Augen nach vorn gerichtet. Der Schock bot eine gewisse Gnade; er richtete Barrieren des Unglaubens gegen das auf, was nicht zu ertragen war.

James Ray stand da, beobachtete Jessie und hörte zu, wie der Klang der Trommeln und das Hufgeklapper sich entfernten. Das Mädchen war gegen die Wand gesunken und hielt einen blutigen, zerlumpten Umhang umklammert. Er wartete, bis die Trommelschläge verklungen waren und nur noch das Geschniefe des schwangeren Mädchens und das Gejohle der Rotröcke draußen zu hören waren.

«Anne!» Ein gedämpfter Ruf erklang, wieder und wieder.

Ray lächelte und ging an der Wand der Halle entlang, bis er zu einer Tür kam; er drehte den Knauf. Abgeschlossen. Er kehrte zu Jessie zurück.

«Wo ist der Schlüssel?» Als sie keine Antwort gab, musterte er den Umhang, den sie über ihrem dicken Bauch hielt. «Der Fetzen gehörte wohl dem, der dich geschwängert hat», sagte er, ließ die Hand unter das schäbige Tuch gleiten und legte die gespreizten Finger auf ihren geschwollenen Bauch. Es war etwas ganz und gar Abstoßendes an dieser jungen Frau mit ihren verquollenen Augen, der triefenden Nase und den wogenden Brüsten. Sie glich einem Tier, hatte nichts Menschliches an sich. Er ballte die Faust, holte aus und schlug ihr in den Bauch, so heftig er konnte. Sie krümmte sich und brüllte vor Schmerz, und der schmutzige Umhang fiel zu Boden.

«Wo ist der Schlüssel?», wiederholte er. Vielleicht verstand sie kein Englisch? Die meisten dieser Barbaren beherrschten es nicht. Er langte in ihre Taschen, um sie zu durchsuchen, aber sie bäumte sich auf und schmetterte ihm die geballte Faust ins Gesicht. Er packte sie an den Armen, und sie spuckte ihm ins Gesicht. Erneut schlug er ihr in den Bauch, mit aller Wucht, immer wieder. Dann trat er mit dem Stiefel zu. Sie würgte, und er hockte sich hin, um ihre Taschen zu durchwühlen. Dann schloss sich seine Hand um einen Schlüssel.

Er hockte rittlings über ihren bloßen, zitternden Beinen, betrachtete ihre nackten Schenkel und zog ihren Rock höher, um das Gesäß zu entblößen. Diese Hochländer trieben es ständig und überall. Deshalb waren sie auch so gekleidet, ohne jeden Anstand. Gerüchten zufolge paarten sie sich ab Mai überall in der Heide, wie die Kaninchen. Die hier hatte zweifellos bereits einen Mann in sich gehabt. Einen Ring trug sie auch nicht, war also niemandes Eigentum. Sein Geschlecht regte sich. Er hatte noch nie eine Schwangere gehabt, und wenn sie noch etwas Kampfgeist in sich hatte, würde es ihm weitaus mehr Vergnügen bereiten als mit seiner Frau, die pflichtgemäß alles über sich ergehen ließ. Für die Unterwerfung der Eingeborenen wurde er schließlich bezahlt – sie mussten lernen, wer nun Herr war im Hochland. Er ließ den Kellerschlüssel in seine Tasche gleiten – der Captain würde sich noch ein wenig gedulden müssen.

Hawley bog nicht auf die Fahrstraße nach Inverness ein, sondern führte seine Gefangene über kleinere Wege durch die Ländereien von Moy. Zwei Kundschafter gingen voraus, damit sie nicht von der Route abkamen, die er vorgesehen hatte. Anne sah starr geradeaus, der Trommelschlag dröhnte in ihren Ohren. Zwischen den Bäumen stieg überall dünner schwarzer Rauch auf. Langsam zogen sie an zwei brennenden Katen vorüber. Sie wandte den Blick von dem verkohlten Haufen ab, der in der schwelenden, qualmenden Türöffnung lag, und ihr graute vor dem Anblick, der sie erwartete, wenn sie die Katen nordwestlich von Moy Hall erreichten.

Als sie dort angelangt waren, ließ Hawley den Zug langsamer werden, und es ging im Zickzackkurs zwischen den erschossenen und niedergemetzelten Menschen hindurch, damit Anne jedes Detail sah. Cath lag vergewaltigt und erschossen auf halbem Weg einen Abhang hinauf. Ganz in der Nähe lag ihr totes Kind. Ewans Kate schwelte noch; der alte Tom würde drinnen sein, oder das, was von ihm übrig war. Die anderen Katen brannten noch immer, auch Megs. Ob sie wohl daheim gewesen war? Beißender Rauch brannte Anne in der Nase, der Geruch von verkohltem Fleisch. Hawley sagte kein Wort, verfolgte aber gierig, wie der Anblick der Toten sie traf wie ein betäubender Schlag. Sie starrte auf Pibrochs weiße Mähne und fühlte sich, als ob sie durch die Hölle ritt.

Weiter und weiter ging es, unter stetigem Trommelschlag schlängelten sie sich über die Hügel, die Abhänge hinunter, an dem Baum vorbei, unter dem sie Lachlan gefunden hatte. Als sie am Nairn angelangt waren, ein Stück flussaufwärts von der Stelle, wo sie am Vormittag versucht hatte, den Fluss zu überqueren, fragte sie sich kurz, ob Pibroch wieder verweigern würde, aber er tat es nicht, sondern folgte Hawleys Pferd durch das Wasser, geführt von dem Rotrock, der die Zügel hielt.

Auf der anderen Seite des Flusses schlug ihnen zunächst ein süßlicher metallischer Geruch entgegen, dann hörten sie ein Summen – das Summen von unzähligen Fliegen, die auf langsam gerinnendem Blut und offenen Wunden saßen, ihre Eier in tote Augen legten, in die zerfetzten Eingeweide krochen. Hatte sie eben einen Vorgeschmack auf die Hölle erlebt, so war dies die Hölle selbst. Auf dem

Schlachtfeld flatterten die Krähen. Hier und dort regte sich noch etwas, war ein Stöhnen zu hören. Regierungssoldaten gingen durch die Reihen der rund zweitausend Gefallenen und sahen nach, ob noch jemand am Leben war. Dumpfe Schläge hallten, wenn ein Verwundeter zu Tode geknüppelt wurde. Hin und wieder krachte ein Schuss und scheuchte die Krähen auf.

Jedes Mal, wenn Pibroch die Hufe hob, gab es ein schmatzendes Geräusch; sie wateten durch Blut. Wenn Anne die Augen schloss, blieb der Zug stehen und wartete, bis der Gestank, das Krächzen der Krähen und das Gesumme der Fliegen sie wieder in die Realität zurückholten. Um die zerfetzten Glieder, zermalmten Körper und starrenden Augen nicht mehr sehen zu müssen, blickte sie gen Himmel, bis die kreisenden Krähen sie schwindlig machten. Sie musste sich zusammenreißen, das war die Strafe, die ihr auferlegt war. Die Toten hatten ihre respektvolle Aufmerksamkeit verdient. Vor ihnen ragten Hügel auf, die ihr unerklärlich waren, bis sie im Näherreiten begriff, dass dies aufeinandergestapelte Leichen waren. Und es waren die Toten ihrer Clans. Da sie die Schlachtaufstellung kannte, konnte sie erahnen, wo jeder gefallen war. Nur die MacDonalds waren am falschen Platz, zu ihrer Linken; aber ihre eigenen Leute waren da, wo sie sie erwartet hatte.

Unfähig, sich abzuwenden, suchte sie unter den gefallenen Farquharsons nach ihrem Bruder oder Francis – vergeblich. Aber immer wieder sah sie Gedichter, die sie kannte: Dauvit, den Wahrsager; den Vater der kleinen Catríona; einen Schäfer, den sie zuletzt gesehen hatte, als er einem verwaisten Lamm ein blutverschmiertes Vlies umband. Manche der Toten waren schwer zu erkennen, denn ihre Gesichter waren zerschmettert oder mit getrocknetem Blut beschmiert. Die Vorstellung traf sie zutiefst, dass sie auf ihren Bruder blicken könnte, den ruhigen, sanften James, ohne ihn zu erkennen. Nun kamen sie an den McIntoshs vorbei. Würde sie MacGillivray im Tode erkennen? All diese Männer, die gestern noch gelebt und geliebt hatten, die mit solcher Hoffnung marschiert waren und gekämpft hatten, waren nicht mehr.

Endlich ließen sie die Leichenberge hinter sich. Nun lagen nur noch vereinzelt Regierungssoldaten auf dem Feld, die gerade auf einen Karren geladen wurden, um beerdigt zu werden. Hawley führte sein Pferd an einer Gruppe Toter vorbei, hielt an, drehte sich im Sattel um und musterte Anne hämisch. Vor ihnen lagen keine Rotröcke. Sie würde nicht hinsehen, sie wollte nicht hinsehen – und doch tat sie es. Es waren McIntosh-Männer, eng zusammengedrängt inmitten der Feinde. Duff lag am Rande der Gruppe, daneben MacBean, einen Arm ausgestreckt nach Will, dem armen, toten Will, und – oh, grundgütiger Himmel ... Sie konnte nicht hinschauen. Sie wandte den Kopf ab und blickte direkt auf Hawley, der ihr ins Gesicht starrte und sichtlich die Qualen genoss, die er ihr zufügte.

Es schnürte ihr die Kehle zu. Ihre Augen brannten, schmerzten vor Tränen, die nicht kommen wollten. Konnte sie nicht mit Blindheit gesegnet werden, nicht einmal durch erlösende Tränen?

Aber noch weniger konnte sie gehen, ohne ihn angesehen zu haben. Sie wandte den Kopf und blickte auf das goldblonde Haar hinab, das in Morast und Blut lag, auf den tapferen, starken Körper, den sie so geliebt hatte. Wenn er nur sehen könnte, dass sie gekommen war, wenn er nur erfahren könnte, dass sie bei ihm gewesen war. Sie hatte nur einen Wunsch: seine toten Augen zu schließen, zum Schutz vor den Krähen, sein Gesicht zu streicheln. Aber noch ehe sie den Gedanken zu Ende gedacht hatte, gab Hawley ein Kommando, und die beiden Soldaten an ihrer Seite packten sie an den Beinen; es wurde ihr nicht erlaubt abzusteigen. Nicht einmal Trauer wurde ihr gestattet.

Ihre Nägel bohrten sich in die Handflächen, bis sie bluteten. Als Hawley sich im Sattel umdrehte, setzte sich der Zug wieder in Bewegung.

Ohne auf seine blutenden Handgelenke zu achten, stemmte Aeneas die letzte Kette mit Frasers Dolch auf, schüttelte die Armschellen ab und rannte die Stufen hinauf. Gerade als er oben angekommen war, drehte sich der Schlüssel im Schloss, und die Tür wurde aufgestoßen. Überrascht sprang James Ray einen Schritt zurück.

«Captain.» Er salutierte.

Aeneas stieß ihn beiseite. Panisch schaute er sich in der Halle um, als sein Blick auf Jessie fiel, die zwischen der Wand und den Stühlen lag. Eine leichte Bewegung verriet ihm, dass sie noch lebte. Er hob den Dolch und drehte sich um, um Ray die Kehle durchzuschneiden.

«Ich war es nicht, Captain», protestierte Ray und hob die Hände. «Ich habe Euch lediglich befreit.»

«Wo ist Anne?», schrie Aeneas.

«Hawley hat sie mitgenommen.» Ray wies auf die Haustür.

Aeneas griff nach Rays Schwert, zog es aus der Scheide und rannte los. Der Lieutenant lief hinterher. Aeneas riss die Vordertür auf, sprang die Stufen hinunter und sah eine Gruppe Männer in roten Röcken mit gelben Aufschlägen, die vor den Ställen herumlungerten und etwas beobachteten, das auf dem Boden lag. Es dauerte eine Sekunde, bis Aeneas begriff, dann hörte er das Grunzen, das wiehernde Lachen, erkannte die ruckartigen Bewegungen, sah die Röcke der Frau. Brüllend stürmte er auf die Männer los. Die wandten überrascht ihre Köpfe – außer dem einen, der beschäftigt war.

Sie waren zu zehnt, er allein. Drei ergriffen die Flucht, einer, ihr Sergeant, zog die Pistole aus seinem Gürtel. Die anderen packten ihre Musketen, die an der Stallwand lehnten. Aeneas holte aus und schlug dem Sergeanten die Pistole aus der Hand und trennte ihm dabei den Daumen ab. Die übrigen Soldaten versuchten, ihre Musketen auf ihn zu richten, aber Aeneas war bereits über ihnen. Ein harter, schneller Hieb mit dem Schwert genügte, um zwei niederzustrecken und einen beinahe zu köpfen. Gleichzeitig rammte er einem Dritten den Dolch in die Eingeweide.

Seine blutende Hand umklammernd, ergriff der Sergeant die Flucht. Der Mann, der auf dem Boden gelegen hatte, sprang hoch, seine Männlichkeit noch zu voller Größe aufgerichtet. Aeneas hieb ihm mit dem Schwert das Geschlecht ab, dann stieß er ihm den Dolch in die Kehle. Eine Muskete wurde abgefeuert, und der Schuss streifte Aeneas' rechten Arm. Aber es war die letzte Tat jenes Soldaten, denn sein Atem setzte aus, als die Luftröhre von Aeneas' Dolch durchschnitten wurde. Der sechste Mann stieß mit dem Bajonett zu, das Aeneas mit dem Schwert abwehrte. Der Speer durchbohrte jedoch seinen Umhang und verwundete ihn am Bein. Als der Soldat floh, warf Aeneas seinen Dolch – er traf den Laufenden zwischen den Schulterblättern.

Erst jetzt blickte Aeneas auf die Frau, die am Boden lag. Es war Elizabeth.

«Oh, mein liebes kleines Mädchen.» Er beugte sich zu ihr hinunter. Sie war grau im Gesicht, ihr Kopf war seltsam verrenkt. Sie war tot. Er schlug ihre Röcke herunter, um sie zu bedecken, stand auf und stieß einen schrecklichen Schrei aus, als er hörte, wie hinter ihm ein Pferd davongaloppierte. James Ray hatte die Flucht ergriffen. Aeneas rannte zu dem sechsten Mann hinüber, zog den Dolch aus seinem Rücken, drehte ihn mit dem Fuß um und schnitt ihm in blinder Wut die Kehle durch.

«Häuptling!»

Es war ein hoher, zittriger Aufschrei. Aeneas blickte zum Haus und sah Jessie, vornübergebeugt, den Türrahmen umklammernd. Er schob die Waffen in seinen Gürtel und humpelte zu Elizabeth zurück. So behutsam er konnte, hob er sie auf und trug sie zum Haus. Als er näher kam, sah er eine Lache um Jessies Füße.

Als sie am Stadtrand von Inverness angelangt waren, ließ Hawley den Zug erneut langsamer werden. Die Menschen, die die Sterbetrommel hörten, spähten aus dem Fenster und kamen auf die Straße. Beim Anblick Annes, die an ihnen vorbeigeführt wurde, verstummten sie. Ihre Heldin war gefangen, und die Trommeln verkündeten, dass sie zum Schafott geführt wurde. Stumm schauten sie ihr hinterher, bis sie außer Sicht war. Erst folgten ein paar wenige dem Zug, dann wurden es immer mehr. Hawley hörte die Schritte hinter sich und sah sich um. Er vermutete, sie wollten die Hinrichtung sehen, aber es war schon spät am Tag. Die Sonne ging bereits unter. Die Gaffer würden enttäuscht werden.

Cumberland hatte ein Zimmer im Haus der Witwe zu seinem Hauptquartier gemacht. Er saß am Tisch und trank Wein, guten Wein, aus ihrem Keller. Seine Köche waren in der Küche damit beschäftigt, ein Festmahl zuzubereiten. Und was für eine Feier es geben würde! Soeben hatte Lord Boyd ihm eine Liste der Gefangenen von Rang gebracht. Einige Namen fehlten zwar noch, aber im Großen und Ganzen war es ein höchst befriedigendes Tagewerk gewesen.

«General Hawley ist eingetroffen», meldete Lord Boyd.

Als der General den Raum betrat, trug er einen triumphierenden Ausdruck auf dem Gesicht, der auf Cumberland beinahe unheimlich wirkte.

«Ich habe die Rebellenhure, Anne McIntosh», verkündete der General. «Eine ziemliche Menschenmenge ist uns gefolgt – ich vermute, sie wollen die Hinrichtung sehen.»

Cumberland ging zum Fenster und blickte hinaus. Mehrere hundert Einwohner von Inverness drängten sich schweigend vor der Tür und auf der Straße, die Hüte in der Hand.

«Wohl kaum», sagte er grimmig und fügte an Lord Boyd gewandt hinzu: «Zerstreut die Menge, und wenn ihr hineinschießen müsst.» Er kehrte zu seinem Stuhl zurück und machte es sich bequem. «Also, Henry, bringt Eure Gefangene herein.»

Kurz darauf stand die Rebellin vor ihm, und Cumberland war einen Augenblick lang sprachlos: Eine junge, zierliche, außerordentlich hübsche Frau hatte er nicht erwartet. Ihre Haltung war von einer seltsamen Würde, wie er es schon oft bei diesen Hochländern beobachtet hatte. Er wusste, dass sie ein paar Jahre jünger war als er, aber trotzdem hatte er sich irgendwie eine reifere Frau vorgestellt, etwas derb vielleicht, nicht so ein feines, anmutiges Mädchen. Sie blieb vor seinem Schreibtisch stehen und schaute starr geradeaus, ohne ihn anzusehen. Obwohl sie bleich war, schien sie gefasst, so als fühle und fürchte sie nichts.

«Ich habe sie durch Moy und über Culloden geführt», berichtete Hawley, «und ihr unter die Nase gerieben, was sie angerichtet hat. Aber ich bezweifle, dass sie ihre Verfehlungen einsieht.»

«Spricht sie Englisch?»

«Das tue ich», erwiderte Anne und sah ihn zum ersten Mal an. Ihre Augen waren ausdruckslos.

«Dann werdet Ihr begreifen, dass Ihr eine Gefangene der Krone seid», sagte er. «Angeklagt des Hochverrats und der Anstiftung zum Aufruhr. Darauf steht die Todesstrafe. Habt Ihr irgendetwas zu Eurer Verteidigung vorzubringen?»

Während er sprach, hatte sie den Blick nicht von ihm gewandt, aber keinerlei Reaktion gezeigt. Jetzt holte sie tief und hörbar Luft und richtete sich noch gerader auf.

«Ihr habt ein trauriges Blutbad unter meinem Regiment angerichtet», sagte sie. «Es wird mir eine Ehre und ein Privileg sein, ihm in den Tod zu folgen.»

# 37

Das Fruchtwasser lief an Jessies Beinen herunter, als Aeneas sie vorsichtig in die Küche trug. Dort war es warm, und es gab ein Feuer, Wasser, Ale und jede Menge Tücher. Er legte sie auf die Bank, holte ein paar Kissen aus dem Wäscheschrank und stopfte sie ihr in den Rücken. Normalerweise wäre er jetzt gegangen, um eine Frau zu holen, die etwas von Geburten verstand, aber die Wehen hatten bereits eingesetzt. Zudem war Jessies seelische Not so groß, dass er sie nicht alleinlassen durfte. Die tote Elizabeth lag in der Halle. Donald Fraser war noch im Keller – schlafend, bewusstlos oder tot. Aeneas hatte die Wunden des Schmieds gewaschen und verbunden, ehe er sich befreite. Das würde vorhalten müssen, solange Jessie ihn brauchte.

Aeneas tat, was seines Wissens nach getan werden musste: Er wusch ihr das Gesicht mit kaltem Wasser und rieb ihr mit einem warmen, nassen Tuch Bauch und Schenkel ab. Er war selbst in einer Kate aufgewachsen und hatte schon oft gesehen, wie Kinder geboren wurden, obwohl er nie eines auf die Welt geholt hatte. Erwachsene Männer wurden für gewöhnlich hinausgescheucht, wenn es so weit war. Aber mit Pferden, Kühen und Schafen kannte er sich aus, und so viel anders würde es hier auch nicht sein. Wenn Jessie stöhnte und sich vor Schmerzen wand, rieb er ihr den Nacken und sprach beruhigend auf sie ein, wie er es mit einem verängstigten Tier getan hätte. Als die Zeit zum Pressen kam, hielt er ihre Hand, legte ihr den Arm um die Schultern und redete ihr gut zu.

Wills kleine Tochter wurde kurz vor Sonnenaufgang geboren. Sie war so winzig, dass sie in Aeneas' Hand passte. Er hielt sie Jessie hin, damit sie ihr Kind sehen konnte. Die Ärmchen des Säuglings bewegten sich, er streckte die Beine, drehte das Köpfchen. Voller Ehrfurcht schauten sie beide zu. Jessie, auf die Kissen gestützt, streichelte ihr Kind sanft mit einem Finger. Der kleine Mund öffnete und schloss sich, aber es konnte noch nicht atmen – es war zu früh geboren. Als die Bewegungen verebbten, küsste Jessie das kleine, tote Gesichtchen, und Aeneas legte das Geschöpf in den Eimer, der neben dem Bett stand.

«Siehst du, du hast es geschafft», sagte er zu der erschöpften jungen Mutter, «du hast ein vollkommenes Kind geboren. Es war nur noch nicht bereit für diese Welt.» Er hielt ihr eine Tasse Ale an die Lippen und ließ sie einen Schluck nehmen. «Aber das war noch nicht alles.»

«Ich kann nicht mehr.»

«Doch, du kannst», sagte er, «weil du leben willst.» Er legte die Hand auf ihren Bauch. «Ich helfe dir, so gut ich kann, aber du musst die Nachgeburt herauspressen.»

Sie war siebzehn, tapfer und stark, und die Anforderungen der Natur brachten auch den Mut mit sich, sie zu ertragen. Als der Schmerz kam, biss sie die Zähne zusammen und tat, was getan werden musste.

«Pressen, Jessie», drängte er und drückte die Hand auf ihre Bauchmuskeln, um sie zu unterstützen. «So fest du kannst, dann ist es bald vorbei.» Leichter, als beide angenommen hatten, glitt die Nachgeburt aus ihr heraus. Jessie sank völlig erschöpft auf die Kissen zurück. Aeneas wischte Jessie ab und wusch ihr das Gesicht. Dann gab er ihr noch einen Schluck Ale zu trinken und ließ sie schlafen. Als er den Eimer nach draußen gebracht und den Inhalt am See vergraben hatte, war er vollkommen entkräftet. Er rollte sich auf Wills Lager beim Feuer zusammen und schloss die Augen.

Wenig später rüttelte ihn Donald Fraser wach.

«Ich dachte, Ihr wärt ebenfalls tot», sagte er, als Aeneas sich aufsetzte und ihn verwirrt anstarrte, «so, wie Ihr ausseht.»

«Jessie?» Aeneas blickte zur Bank hinüber.

«Sie schläft.» Donald zuckte gequält zusammen. Frisches Blut aus seiner Brustwunde sickerte durch das Hemd.

«Leg dich hin.» Aeneas stand auf und drückte Fraser auf das Lager nieder. «Die Wunde ist tief, und du hast schon zu viel Blut verloren. Ich hole Màiri.»

Ohne auf die Leichen der Rotröcke vor dem Stall zu achten, sattelte er ein Pferd und ritt zur Schmiede. Im Norden hatte er gestern Rauch aufsteigen sehen, als er die Soldaten verfolgte, aber in der Nähe der Schmiede gab es keine Anzeichen von Verwüstung. Offenbar waren die Truppen nicht bis hinter Moy Hall vorgedrungen. Sie hatten nur seine Frau holen wollen.

Màiri starrte ihn bestürzt an, als er hereinkam, blutverschmiert, wie er war. Sie saß neben Lachlan, der auf seinem Bett aufgebahrt lag.

«Seid Ihr gekommen, um ihm die letzte Ehre zu erweisen», fragte sie und erhob sich langsam, «oder bringt Ihr Nachricht von meinem Donald?»

Aeneas nahm die Mütze ab und trat ans Bett. Einmal war der Junge schon von den Toten zurückgekehrt, aber diesmal hatte er einen Kopfschuss davongetragen. Aeneas breitete das Laken über ihn und wandte sich an Màiri. Er war wie ein Vater für seine Leute, gleichviel, wie jung oder alt sie waren. Das war seine Aufgabe, aber auch sein Herzensanliegen.

«Dein Verlust schmerzt auch mich. Er war ein guter

Sohn, für dich, für seinen Häuptling und für den Clan.» Er setzte die Mütze wieder auf. «Donald lebt, er ist in Moy. Gute Pflege wird ihn am Leben erhalten. Ich bin gekommen, um dich zu ihm zu bringen.»

Máiri vergaß vorübergehend ihren Schmerz, als die Angst sich in Hoffnung verwandelte. Sie holte ihre Töchter, und gemeinsam kehrten sie nach Moy zurück. Dort trafen sie auf Schamlos. Er hatte eine Leiche gesehen, am Rande des Schlachtfelds, die er für Robbie gehalten hatte, und war dorthin zurückgekehrt, um nachzusehen, und tatsächlich der Tote war Robbie gewesen. Nachdem Schamlos seinen Freund nach Hause gebracht hatte, war er weitergeritten.

«Ich gehe nicht wieder zurück», sagte er entschieden. «Nicht nach dem, was sie Robbie und den anderen in Moy angetan haben. *Gonadh!*», fluchte er. «Sie sind schlechte Menschen.»

«Du brauchst nicht zurückzugehen», sagte Aeneas zu dem Jungen. «Du stehst unter meinem Kommando, und ich brauche dich hier.» Sie packten ein paar Lebensmittel ein, sattelten ein zweites Pferd und brachen zu den Katen auf.

Ein schrecklicher Anblick bot sich ihnen. Von den dreißig Bewohnern und ihren Kindern hatten lediglich sechs überlebt. Die nur leicht Verwundeten hatten begonnen, die Toten aufzubahren. Aeneas und Schamlos hoben ein Grab nahe der Stelle aus, wo Seonag und Calum zur letzten Ruhe gebettet worden waren. Von der alten Meg fand sich keine Spur, auch nicht in ihrer ausgebrannten Kate. Die Toten wurden begraben, Cath mit ihrem Kind an der Brust, der alte Tom mit seiner Enkelin. Das ältere Mädchen hatte wunderbarerweise überlebt, obwohl es an Gesicht und Körper schreckliche Verbrennungen davongetragen hatte. Eine der beiden Frauen, die mit dem

Leben davongekommen waren, kümmerte sich um es. Bei ihr würde es auch bleiben, wie es im Clan üblich war. Das Kind von einem war das Kind aller.

Die Rotröcke hatten die Kühe und Schafe fortgetrieben, den Speicher geplündert, alles Werkzeug und Hausgerät verbrannt oder zerschlagen und die Häuser schließlich in Brand gesteckt. Nur ein umgestürzter Melkeimer war den Bewohnern geblieben, um Wasser zu holen. Die niedergebrannten Hütten waren nicht mehr zu retten, aber in der einen noch halbwegs intakten Kate ließ sich eine behelfsmäßige Unterkunft einrichten. Die wenigen, die körperlich dazu in der Lage waren, halfen, so gut sie konnten. Dennoch schliefen in dieser Nacht alle draußen. Am nächsten Tag, als die Kate bewohnbar gemacht und für die Verletzten alles Mögliche getan war, ritten Aeneas und Schamlos weiter nach Drumossie, um dort nach Überlebenden zu suchen.

Das Schlachtfeld wurde jedoch bewacht. Noch immer waren Soldaten dabei, alles zu töten, was sich regte. Der betäubende Blutgestank hatte nachgelassen, der Verwesungsgeruch noch nicht eingesetzt. Überall auf dem Moor lagen Tote, grau, leblos, seltsam verrenkt, wie Haufen zerbrochener Gegenstände, die weggeworfen worden waren.

«Warum haben sie nicht den Nairn überquert?», fragte Aeneas, ohne eine Antwort zu erwarten. Sie waren auf dem Land seines Clans, Land, das ihm so vertraut war wie sein eigener Körper. Das Gebiet war völlig ungeeignet für einen Kampf der Hochländer; es begünstigte den Feind über alle Maßen. Wäre er dort gewesen, er hätte die Truppen über den Fluss geführt. Die übrigen Clanoberhäupter hätten auf seine Ortskenntnis vertraut und sich nach ihm gerichtet. Diese sinnlose Metzelei hätte so leicht verhindert werden können.

Es wurde ihnen jedoch nicht gestattet, zwischen den Toten umherzugehen. Ein barscher englischer Offizier, unterstützt von einem Kommando Soldaten, hielt sie mit vorgehaltener Waffe davon ab. Also machten sie sich schon bald wieder auf den Heimweg. Als sie in Moy ankamen, fühlte Aeneas sich aller Hoffnung und aller Kraft beraubt.

Bevor er ins Haus ging, riss er sich die dreckigen Kleider vom Leib und stürzte sich in den See, säuberte sich von Blut und Tod, von Dreck und Rauch. Die Graugänse waren schon fort – bald würden die Enten zurückkehren. Nicht so seine Leute. Sie waren gegen die Unterdrückung aufgestanden, und er war nicht an ihrer Seite gewesen. Er tauchte unter, kam wieder hoch, wusch sich das Haar und tauchte erneut unter. Der Streifschuss an seinem Arm schmerzte, die Schnittwunde am Bein brannte. Aber die Wunden an seinem Körper würden heilen.

Als Aeneas schließlich ins Haus kam, waren Máiri und die Mädchen in der Küche, und das Haus wirkte fast normal – als könnten sie alle zur Normalität zurückkehren. Feuer brannte im Kamin, Essen wurde zubereitet, die Kranken wurden versorgt. Aber all dies konnte von den Bildern der Grausamkeit und der Schlächterei nicht ablenken, die ihn verfolgten. Tote Gesichter, hingemetzelte Körper. Seinem Clan waren große Verluste beigebracht worden, seine Frau saß im Gefängnis. Eine tiefe, schreckliche Leere tat sich in ihm auf. Was hatte er nur getan? Er trat in die Halle, wo Elizabeths Leiche gewaschen, angekleidet und in ein Leichentuch gehüllt lag. Morgen, wenn er die Soldaten draußen begraben hatte, würde er sie nach Invercauld überführen.

Das Gefängnis von Inverness war völlig überfüllt. Anne saß in ihrer kleinen, ummauerten Zelle und starrte auf den mit Stroh ausgelegten Boden. Als die Nacht hereinbrach, legte sie sich auf die harte Pritsche und betrachtete durch das winzige vergitterte Fenster hoch oben, wie Mond und Sterne vorbeizogen. MacGillivrays Brief, den sie in ihr Mieder geschoben hatte, drückte gegen ihre Brust. Noch immer hatte sie nicht eine Träne vergossen. Um sich herum hörte sie Geflüster: Eine Gruppe von Jungen, die sich den Kampf hatte ansehen wollen, war abgeschlachtet worden, ebenso wie andere Schaulustige aus Inverness. Überall im Gefängnis fragten Stimmen, wer noch lebte, wer gestorben, wer eingesperrt war, bis der Schlaf oder die Trauer sie verstummen ließ.

Am Morgen verteilten die Gefängniswärter Wasser in Blechbechern. Anne erhielt einen Korb mit Brot – von Freunden geschickt, wie der Wärter sagte. Denn im Gefängnis bekam man nur etwas zu essen, wenn man von draußen mit Lebensmitteln versorgt wurde. Anne reichte die Brotlaibe durch die Gitterstäbe an Hände in benachbarten Zellen weiter. Das Brot wurde von Zelle zu Zelle weitergegeben, immer kleinere Stücke, bis alle etwas abbekommen hatten.

«Noch wissen nur wenige, dass wir hier sind», sagte die Frau in der Zelle rechts neben Anne.

«Margaret? Bist du das?»

«Ja», kam die verwirrte Antwort, und dann: «Anne!» Margaret war auf dem Schlachtfeld aufgegriffen worden. Von ihrem Mann David, Lord Ogilvie, hatte sie keine Nachricht, sie wusste nicht, ob er noch am Leben oder tot war.

Die übrigen Gefangenen gaben sich zu erkennen: Die Witwe, immer noch fassungslos über ihre Verhaftung, war vier Zellen weiter eingesperrt, zwischen Lady Gordon und Lady Kinloch. Nebenan, bei den Männern, saßen die Lords Lovat und Balmerino sowie Sir John Murray von Broughton. Niemand wusste, wo Greta Fergusson geblieben war, Sir Johns hinreißende Frau. Annes Bruder James und ihr Vetter Francis wurden nicht erwähnt.

Jeden Tag trafen Nahrungsmittel für Anne ein – Brot, Fleisch, Ale –, die sie mit allen teilte. Auch kurze Briefe kamen, von Fremden oder Menschen, die sie kaum kannte; sie wurden von einem der Wärter gebracht oder durch das Zellenfenster geschoben. Die Verfasser sprachen ihr Mitgefühl aus und machten ihr Hoffnung oder berichteten voller Zorn Neuigkeiten: dass die Armee niemanden auf das Schlachtfeld ließ; dass niemand nach den toten Söhnen, Ehemännern und Vätern suchen durfte; dass die Toten nicht zur Bestattung freigegeben wurden; und dass die Verwundeten, die hatten fliehen können, gejagt wurden. Waren es Offiziere, wurden sie eingesperrt, ansonsten wurden sie auf der Stelle erschossen. Härteste Strafen trafen die, die den Flüchtigen halfen oder sie versteckten: ihre Güter und ihr Vieh wurden gestohlen, ihre Häuser geplündert und über ihren Köpfen niedergebrannt. Dann kam die Nachricht aus Moy – Elizabeth war tot. Als sie das erfuhr, starrte Anne tagelang vor sich hin. Weinen konnte sie noch immer nicht.

Gegen Ende der zweiten Woche wurde die Witwe freigelassen, gegen die nichts vorzubringen war. Ihre junge Nichte, die hochschwangere Lady Gordon, durfte mit ihr gehen. Am nächsten Tag kehrte die Witwe zurück, um Anne zu besuchen, und berichtete zornig darüber, dass sie nicht in ihr eigenes Haus konnte, weil Cumberland darin Quartier bezogen hatte.

«Ich war gezwungen, mich Freunden aufzudrängen, um ein Bett für die Nacht zu haben», klagte sie. Dann sprach sie von den Sorgen anderer. Lady Gordons Freilassung war lediglich eine Falle für ihren Mann gewesen; Truppen warteten beim Haus ihrer Mutter, wo das Kind zur Welt kommen sollte. Bislang war die Falle aber noch nicht zugeschnappt. «Es geschah also nicht aus purer Menschlichkeit», meinte die Witwe bitter. Lovat, Balmerino, Sir John Murray, Lady Kinloch und ihr Mann wurden nach England gebracht, wo ihnen der Prozess gemacht werden sollte, wie die Wachen sagten.

Mit ausdruckslosem Gesicht hörte Anne zu. Keiner von ihnen erwartete, dass die Gerichte gnädiger sein würden als die mörderische siegreiche Armee. Culloden hatten die Engländer die Schlacht getauft, nach Forbes' Haus auf dem Moor.

«Gib nicht auf», bat die Witwe eindringlich und umfasste Annes kalte Hände. «Sie mögen deinen Körper töten, aber lass nicht zu, dass dein Geist vor Trauer stirbt.» Leise, damit die Wachen sie nicht hörten, fügte sie hinzu: «Ich habe Nachricht von Lord George.»

«Er lebt?» Erleichterung schwang in Annes Stimme mit, aber keine Kraft oder Leidenschaft.

«Ja.» Die ältere Frau nickte. «Er und die übrigen Offiziere, die entkommen konnten, haben die Truppen bei Ruthven versammelt, dreitausend Mann stark. Weitere sind auf dem Weg.»

«Dann werden sie weiterkämpfen.» Anne konnte nicht verstehen, warum sie in die Schlacht gezogen waren, obwohl die halbe Armee noch nicht eingetroffen war. Noch dazu bei Culloden. Es war ein Rätsel, das sie nicht lösen konnte.

«Nein», erwiderte die Witwe zornig. «Der Prinz hat einen Brief geschickt und den Truppen befohlen, sich aufzulösen. Rette sich, wer kann, schrieb er. Auf wessen Seite steht er eigentlich?»

«Auf seiner eigenen», sagte Anne.

Im Haus der Witwe McIntosh lehnte Cumberland sich auf seinem Stuhl zurück und musterte seinen Besucher. Es war spätabends – Spitzel ziehen die Dunkelheit der Nacht vor.

«Hawley war ziemlich großzügig mit unseren Mitteln», sagte er. «Und mit seinen Versprechungen.»

«Ich habe Wort gehalten. Ihr habt Euren Sieg, und die verbleibenden Truppen haben sich aufgelöst.»

«Und doch haben Eure Landsleute den Rückzug der Hochländer gedeckt, bevor sie sich ergaben. Viel mehr müssen zusammengetrieben werden, als ich gehofft hatte.»

«Nun, man kann nicht alle kaufen. Und vergesst nicht, dass sie als Söldner des Königs von Frankreich Kriegsgefangene sind, keine Hochverräter.»

«Morgen kommen sie an Bord eines Schiffes, das sie nach Frankreich bringt», bestätigte Cumberland. «Eure Belohnung geht mit ihnen. Ich hoffe, Ihr vertraut den Überbringern.»

«Mit meinem Leben.»

«Und nun hofft Ihr, Euch selbst eine sichere Überfahrt zu sichern, samt Eurem Herrn?»

«Das war Teil des geforderten Preises.»

Cumberland erhob sich und ging im Raum auf und ab. Wenn er durchführen wollte, was er beabsichtigte, nämlich dieses barbarische Volk auszumerzen und seine Nation in die Knie zu zwingen, musste eine gewisse Bedrohung bestehen bleiben.

«Das Problem ist», sagte er, «dass es schon jetzt weiche Herzen gibt, die nach Gnade und Barmherzigkeit schreien. Diese Stimmen werden zunehmen, wenn er fort ist. Ich kann nicht zulassen, dass er das Land verlässt, bevor meine Aufgabe getan ist.»

«Wenn Ihr ihn fangt, macht Ihr ihn zum Märtyrer,

und das Volk wird sich erneut um ihn scharen. Frankreich und Spanien werden sich nicht zurücklehnen und zusehen, wie er in Stücke gehauen wird.»

«Sagt mir nicht, wie ich meine Arbeit zu erledigen habe», fuhr Cumberland ihn an. «Ein Prinz im Tower, das ist eine Vorstellung, die meinem Vater überhaupt nicht gefällt, und dem Parlament ebenso wenig. Aber noch weniger gefällt ihnen die Vorstellung von einem Stuart in Freiheit, der in Frankreich oder Italien Unruhe stiftet, bis ein neuer Aufstand ausbricht.»

«Mein Einfluss –»

Cumberland schnitt ihm das Wort ab. «Wird nicht ewig währen. Über kurz oder lang wird ein anderer Schmeichler Euren Platz einnehmen. Nein. Er wird das Land erst verlassen, wenn ich sage, dass die Zeit gekommen ist. Und das wird erst der Fall sein, wenn jeder verräterische Adlige einen Kopf kürzer ist, alle Aufständischen gehängt wurden, alle Parteigänger deportiert und alle Güter derjenigen, die den Aufstand finanziert haben, konfisziert sind.» Er setzte sich wieder und erklärte, was als Nächstes geschehen würde. Der Prinz würde durch das Hochland fliehen, von Ort zu Ort. Unter dem Vorwand, ihn zu verfolgen, würde die Armee hinterherkommen und die Anhänger der Jakobiten ausmerzen. «Es gibt noch mehr Ratten, die aufgescheucht werden müssen.» Wenn das schottische Hochland und die Inseln endlich unterworfen waren, dann, erst dann, würde ihn ein Schiff nach Frankreich bringen. «Versteht Ihr mich?»

Er erhielt keine Antwort. Der längere Aufenthalt unter den ungeschliffenen Barbaren blieb offenbar nicht ohne Auswirkungen. Cumberland beugte sich vor.

«Es kann ohne weiteres eine stille Hinrichtung arrangiert werden», sagte er. «In den öden nördlichen Hügeln würden ein paar anonyme Gräber mehr oder weniger nie entdeckt werden.» Er lehnte sich zurück. «Habt Ihr mich jetzt verstanden?»

Der Mann nickte.

«Dann sind unsere Geschäfte für heute beendet. Von Zeit zu Zeit werdet Ihr Instruktionen erhalten und erfahren, welchem Gebiet wir uns als Nächstes zuwenden wollen.» Er schenkte sich ein Glas Wein ein, während sein Gast sich zur Tür wandte.

«Einen Augenblick noch», rief Cumberland ihm nach. «Ich bin neugierig. Englands Triumph kann nicht der Wunsch von König Louis sein.»

«‹Schottland den Schotten› war es auch nicht.»

«Aber er wäre nicht abgeneigt gewesen.»

«Wir hätten London einnehmen und die Krone Britanniens erringen können, aber die Hochländer wollten sie ihm nicht geben. Also habe ich dafür gesorgt, dass sie Schottland nicht bekamen.»

«Es war also Rache.» Cumberland nickte. Das verstand er. «Nun, jetzt könnt Ihr zusehen, wie *ich* Vergeltung übe.»

Die Tür schloss sich hinter dem nächtlichen Besucher. Kurze Zeit später kehrte Hawley zurück, der den Spitzel heimlich hinausbegleitet hatte, ohne dass ihn jemand gesehen hätte.

«Sonderlich erfreut wirkte er nicht.»

«Sollte er aber.» Cumberland lächelte. «Er wird das sprichwörtliche Glück der Iren genießen. Immer einen Schritt voraus.»

Allmählich sickerten auch einige gute Nachrichten durch: Zumindest manche hatten überlebt. Cluny Hall war niedergebrannt worden, aber Macpherson war entkommen. Die Angehörigen der Écossais Royaux wurden als Kriegsgefangene behandelt und nach Hause geschickt. Die Wildgänse, die irischen Söldner, die ebenfalls im Dienste des Franzosenkönigs standen, begleiteten sie. Die beiden Regimenter hatten den Rückzug der Hochländer vom Schlachtfeld gedeckt – ein tapferer Einsatz, der das Leben vieler Schotten gerettet hatte. Es war eine Erleichterung, dass zumindest sie verschont wurden.

Auch von Greta Fergusson erfuhr man Neues: Wie es hieß, war die Schwangere in Sicherheit und versteckte sich bei Freunden in Edinburgh. Ihr Mann, Sir John Murray, war nach London gebracht worden; um sich zu retten, würde er gegen Lord Lovat aussagen. Er erkaufte sich sein Leben mit dem alten Groll gegen den Mann, der seine Anverwandte vergewaltigt hatte. Lovat wurde zusammen mit Lord Balmerino im Tower festgehalten; Lord Kilmarnock, von Edinburgh nach London verlegt, ebenfalls.

Vielen war die Flucht ins Ausland gelungen. Sir William Gordon war nicht in die ihm gestellte Falle getappt, sondern geflohen, ohne seinen Erstgeborenen gesehen zu haben. Lochiel, Lord Elcho und Margaret Johnstones Mann, Lord Ogilvie, hatten sich nach Frankreich abgesetzt. Schließlich hatte Schottland schon immer eine innige Beziehung zu Frankreich gehabt, und unter der *Auld Alliance* besaßen Schotten und Franzosen das Bürgerrecht beider Länder. In Frankreich würden die Flüchtlinge sicher sein.

In dieser Nacht hörte Anne, wie Margaret in ihrer Zelle weinte, aus Erleichterung, weil ihr Mann am Leben war, und vor Einsamkeit, weil sie die letzten Tage ihres Lebens ohne ihn würde durchstehen müssen. Auch andere Frauen weinten, aus Angst um ihr Leben oder vor Trauer. Anne kam ihre Zelle noch bedrückender vor als sonst. Sie lag da, lauschte dem Schluchzen und sehnte sich nach der Erleichterung, die der Tod bringen würde.

Doch am nächsten Morgen kam die Witwe McIntosh ganz aufgeregt hereingeeilt.

«Anne!» Mit strahlendem Gesicht legte sie ihr die Hand auf den Arm. «Dein Bruder und dein Vetter leben!»

Anne starrte sie an. Nachdem sie wochenlang um die beiden getrauert hatte, fiel es ihr schwer, das Gesagte zu begreifen.

«James und Francis sind frei?»

«Nein.» Die Witwe wurde wieder ernst. «Sie wurden als Verwundete auf dem Schlachtfeld gefangen genommen. Sie sind aber nicht allzu schwer verletzt», versicherte sie. «Sie werden gesund gepflegt, deshalb sind sie nicht im Gefängnis. Ihre Wunden sind jetzt fast verheilt, und ...» Ihre Stimme erstarb. «Bald werden sie nach Süden gebracht.»

Die jubelnde Freude, die in Anne aufgestiegen war, erlosch. Wie grausam, die beiden von den Toten zurückzuerhalten, nur um sie sogleich wieder zu verlieren. Der sanfte, freundliche James. Der starke, selbstsichere Francis. Beiden wäre ein rascher Tod auf dem Schlachtfeld lieber gewesen als die Erniedrigung eines Prozesses und die Schande einer Hinrichtung wegen Hochverrats. Sie sank in sich zusammen.

Die Witwe seufzte. Es waren schlimme Zeiten, wenn gute Nachrichten nur noch mehr Schmerz mit sich brachten.

«Ich hatte zwei Königssöhne unter meinem Dach», sagte sie mit brüchiger Stimme. «Ich hoffe inständig, ich werde nie wieder einen Prinzen zu Gesicht bekommen.»

Ihr Haus war noch immer von Cumberland besetzt, daher hatte sie beschlossen, nach Moy umzuziehen. Vor der Zelle wartete ein junges McIntosh-Mädchen mit einem Krug Wasser und einer Waschschüssel. Die Witwe rief sie herein.

«Morag hat sich bereit erklärt, jeden Tag vorbeizukommen und sich um dich zu kümmern», verkündete sie. «Sie wird dich frisieren, dir saubere Kleidung bringen und dir bei der Toilette helfen. Es ist eine Schande, Menschen wie Tiere zu behandeln.» Noch einmal versuchte sie, Anne aus ihrer Trauer aufzurütteln. «Die beiden sind am Leben», sagte sie eindringlich. «Solange es Leben gibt, gibt es Hoffnung.»

«Hoffnung worauf?», fragte Anne.

Die Prozesse hatten begonnen. Im kalten Steinkerker der gotischen Burg von Carlisle wurden die Gefangenen in kleinen Gruppen abgefertigt, zuerst die englischen Jakobiten, dann kamen die Schotten an die Reihe. Jeden Tag wurde das Los gezogen. Wer den Kürzeren zog, der kam vor Gericht.

«Mein Vater kann das nicht mitmachen», wandte Clementina ein. «Er ist krank.»

Der Gefangene, der die Aufgabe hatte, die Ziehung durchzuführen, streckte die Strohhalme aus.

«Wir müssen alle losen», sagte er.

Clementina zog zuerst, dann ihr Vater, danach der Rest ihrer Gruppe.

«Ich habe das kurze Ende!», rief das Mädchen.

«Du hast den Halm abgeknickt», sagte der Vater. Die anderen stimmten zu, ja, sie hätte ihren Halm absichtlich geknickt. Ihr Vater hielt den eigentlichen kurzen Strohhalm in der Hand. Erstaunlicherweise war es immer ein Mann, der vor Gericht landete, niemals eine Frau oder ein Kind.

«Sag ihnen, sie hätten dich gezwungen», rief Clementina und hielt ihn fest umklammert. «Sag ihnen, es wäre unter Zwang gewesen, dass du gekämpft hast, das sagen alle anderen auch.»

Die meisten Gefangenen leugneten tatsächlich, die Waffen gegen König und Vaterland erhoben zu haben. Sie brachten vor, ihre Frauen hätten sie zum Kämpfen aufgefordert, andere sagten, ihr Clanoberhaupt. Für die englischen Richter, die aus einer Gesellschaft kamen, in der Frauen keinen Einfluss hatten, und denen die Verpflichtungen des Clan-Systems ein Rätsel waren, hatten diese Entschuldigungen jedoch keinerlei Bedeutung. Viele Gefangene sagten, was immer ihnen einfiel, um verschont zu werden: dass sie unter Androhung der Todesstrafe gezwungen worden seien, sich den Jakobiten anzuschließen, dass ihre Familien eingeschüchtert worden wären oder man ihnen gedroht hätte, ihre Häuser niederzubrennen. Schuldig bekannten sich die wenigsten. Denn die Verurteilten wurden aufgehängt, halb tot wieder abgenommen, kastriert und ausgeweidet, und die herausgerissenen Eingeweide verbrannt. Man riss ihnen das Herz aus dem lebendigen Leibe und hielt es hoch, damit die Menge es sehen konnte. Ihre Köpfe wurden vor den Stadttoren aufgespießt, als Warnung vor dem Schicksal, das Verrätern blühte. In den Städten Nordenglands, wo die meisten Gerichtsverfahren stattfanden, waren die neu errichteten Galgen täglich in Betrieb, oft drei gleichzeitig. Dass ein Angeklagter für unschuldig befunden wurde, kam so gut wie nie vor. Strafmilderung, wenn sie denn gewährt wurde, bedeutete, dass der Verurteilte nicht kastriert und ausgeweidet, sondern nur aufgehängt wurde.

Als Clementinas Vater sie küsste, war es ein Abschied für immer. Er ging zum Schafott, sie wurde deportiert. Im überfüllten Frachtraum des Schiffes wünschte sie, sie könnte an Deck gehen, unter die knatternden Segel, nur um die heimatlichen Gestade noch einmal zu sehen. Denn sie wurden in die Fremde gebracht, und eine Rückkehr würde es nicht geben. Neben ihr wiegte sich eine

Frau aus dem Hochland, deren Mann gehängt worden war, im Rhythmus der Wellen hin und her und sang leise, wie zu sich selbst, ein Schlaflied:

*Wenn ich einsam bin, liebes weißes Herz,*
*Wenn schwarz ist die Nacht und wild die See,*
*Scheint das Licht der Liebe, und mein Fuß findet*
*Den alten Pfad zu dir.*

# 38

Von Morag hatte Anne ein Kopfkissen erhalten, und nachts schob sie MacGillivrays Brief darunter. Morgens, wenn sie sich gewaschen und frische Kleidung angelegt hatte, steckte sie das Briefchen wieder in ihr Mieder, wo es sich an ihre Brust schmiegte. Sie würde es mit ins Grab nehmen. Allein das Wissen, dass ihr Leben bald enden würde, bewahrte sie davor, den Verstand zu verlieren.

Die Zellen leerten und füllten sich stetig. Hunderte von Gefangenen wurden nach England geschickt, wo sie der Prozess erwartete, darunter auch Annes Bruder und ihr Vetter. Andere wurden gleich am Ort ihrer Gefangennahme verurteilt und hingerichtet. Tausende wurden deportiert. Auf den Westindischen Inseln würde man sie gegen Höchstgebot verkaufen, und dort würden sie bis ans Ende ihrer Tage schuften müssen. Auch die Deportierten mit kürzeren Freiheitsstrafen würden niemals die Mittel erlangen, um nach Hause zurückzukehren. Die Verbannung in die Sklaverei war lebenslänglich.

Annes Besucher wurden immer zahlreicher. Die Situation hatte etwas Groteskes: Morgens brachte die junge Morag das Teezeug mitsamt zierlichen Porzellantassen, die so gar nicht an diesen trostlosen Ort passen wollten.

«Ihr werdet mit Eurem Besuch Tee trinken wollen», sagte das Mädchen zu Anne.

Auch Lord Boyd war unter Annes Besuchern. Der junge Mann war bedrückt, vermochte aber trotzdem noch zu erröten, wenn ihre Blicke sich trafen.

«Wie schön, Euch zu sehen», sagte Anne. «Wie geht es Eurer Mutter?»

«Sie ist untröstlich wegen meines Vaters», erwiderte er und setzte sich. Lord Kilmarnock sollte zusammen mit Lord Lovat und Lord Balmerino auf dem Tower Hill hingerichtet werden.

«Also keine Gnade?»

«Nur, dass es schnell gehen wird.» Die Lords unter den schottischen Jakobiten sollten enthauptet werden, ein leichterer Tod als der Galgen, der denjenigen bevorstand, die nicht von so hohem Stand waren.

«Mit Lovat habe ich wenig Mitleid», stellte Anne nüchtern fest, «und vielen wird es ähnlich gehen. Sein Ende ist längst überfällig – schließlich ist er vor Jahren ungeschoren davongekommen, als er die Witwe seines eigenen Bruders vergewaltigte. Aber das Schicksal Eures Vaters schmerzt mich. Er ist so ein liebenswürdiger, vornehmer Mann.» Während Anne ihrem Besuch Tee einschenkte, wurde ihr bewusst, dass sie sich kaum noch an eine Zeit erinnern konnte, in der Gespräche sich um das Leben und die Liebe, Geburten oder landwirtschaftliche Fragen gedreht hatten.

«Nächste Woche reise ich ab, um bei der Hinrichtung dabei zu sein», erklärte Lord Boyd, «aber vorher wollte ich Euch noch sprechen.»

«Kann ich etwas tun?»

«Nein, das nicht. Aber ich dachte, Ihr würdet vielleicht gerne etwas über einen Freund von Euch erfahren. Robert Nairn.»

«Ihr kennt Robert?» Anne war überrascht. Erinnerungen an die Wochen in Edinburgh überfluteten sie, an eine Zeit, in der sie alle so voller Leben und großer Hoffnung gewesen waren.

«Geht es ihm gut?»

«Er ist schwer verwundet. Ich habe ihn zwei Tage nach der Schlacht gefunden und in die Stadt gebracht.»

«Das war sehr großherzig von Euch. Nach allem, was ich höre, hätten andere ihn wohl eher umgebracht.»

«Zu dem Zeitpunkt wusste ich noch nicht, dass er mit dem Strang rechnen muss.» Lord Boyd machte es sichtlich zu schaffen, dass er auf der Seite derer stand, die ein so grausames Schreckensregiment führten. «Er wird von einer Frau gepflegt, die Ihr ebenfalls kennt, sie stammt von Skye und heißt Nan McKay.»

«Ja, die ist mir wohl bekannt. Sie hat einmal mein Pferd versorgt, in ihrer Küche. Ihr Mann ist zum Kämpfen hergekommen. Hat er überlebt?»

«Seit der Schlacht hat man nichts mehr von ihm gehört, doch Nan hat noch Hoffnung. Aber heute haben die Totengräber angefangen, bei Culloden große Gruben auszuheben. Ich glaube, sie hofft vergeblich.»

Anne rührte ihren Tee um. Auch MacGillivray würde man in eine dieser Gruben werfen wie einen fauligen Kadaver, ihn und so viele andere. Er würde in einem namenlosen Massengrab liegen – eine Vorstellung, die ihr unerträglich war.

«Aber Robert ist hier in Inverness und noch am Leben?»

«Ja, noch.» Ernst beugte Lord Boyd sich vor. «Ihr habt viele Freunde, Anne. Sie tun, was sie können.»

Dem Duke von Cumberland waren die Aktivitäten dieser Freunde ein Ärgernis: Auf seinem Schreibtisch stapelten sich Bittschriften für Annes Freilassung. An diesem Tag hatte er Forbes von Culloden zu Besuch, den höchsten Richter Schottlands. Der beklagte sich, dass die Schlacht nach seinem Familiensitz benannt worden war; außerdem war er zornig, weil gegen verbrieftes Recht verstoßen wurde.

«Auch nach der Union mit England hat das schottische Recht autonome Gültigkeit behalten. Schotten werden in Schottland vor Gericht gestellt, nicht in England.»

«Damit Ihr sie wieder freilassen könnt?», höhnte Cumberland.

«Sie ist doch nichts weiter als ein junges Mädchen», protestierte der alte Richter.

«Aber dafür umso gefährlicher. Schaut Euch das hier an.» Der Herzog verteilte den Stapel Briefe auf seinem Schreibtisch. «Wir verfolgen schon die Krieger. Sollen wir jetzt auch noch jedem Schreiberling nachjagen?»

General Cope, der neben General Hawley saß, stellte sein Glas Portwein ab. «Sie wollen doch nur einer Frau die gebührende Ehre erweisen, die sie als Heldin betrachten», sagte er ruhig.

«Zum Teufel mit der Hexe», knurrte Hawley, sprang auf und ging unruhig auf und ab. «Ich werde ihr die gebührende Ehre erweisen, und zwar mit einem Galgen aus Mahagoni und einem seidenen Strick!»

«Dazu muss sie erst einmal verurteilt werden», gab Cope zu bedenken. «Wenn sie mir eine so schwere Niederlage beigebracht hätte, würde ich nicht wollen, dass die ganze Welt es erfährt.»

Cumberland sah ihn nachdenklich an. Colonel Anne vor Gericht – das würde zweifellos Aufmerksamkeit erregen.

«Wir tun uns keinen Gefallen damit, dass wir so hart und unerbittlich vorgehen», sagte Forbes. «Unsere Truppen sind grausam. Sie ermorden die Männer, vergewaltigen die Frauen und metzeln sie und ihre Kinder nieder. Die Alten werden aus den Betten gezerrt oder in ihren Häusern verbrannt.»

«Damit die Aufständischen sich nicht neu formieren können», erklärte Cumberland.

«Also den Hass noch weiter schüren?», gab Forbes zu bedenken. «Was ist nur aus uns geworden?»

«Ohne ihre Frauen und Bälger können sie sich nicht fortpflanzen», stellte Cumberland fest. «Sie sind wie bösartige Wilde, die sich wieder erheben werden, wenn wir sie nicht ausmerzen.»

«Das kann nicht im Ernst Euer Ziel sein.» Der Richter war bleich geworden.

«Ihr redet wie ein weinerliches altes Weib, Forbes.»

«Lieber ein altes Weib als ein Schlächter.» Forbes war erschüttert. «Ich werde dem König und dem Parlament schriftlich Bericht hierüber erstatten.»

«Nur zu», sagte Cumberland ungerührt, griff sich eine Handvoll Bittschriften und fuchtelte Forbes damit vor der Nase herum. «Da werdet Ihr nicht der Einzige sein. Aber erwartet kein Mitleid. Ich bin beauftragt, mit aller Härte durchzugreifen und das Wiedererstarken der Aufständischen ein für allemal unmöglich zu machen!»

Ein paar Tage nach Lord Boyds Besuch empfing Anne einen unerwarteten Gast, nämlich die Frau von Lieutenant James Ray.

«Anne!» Helen ergriff ihre Hände. «Meine Liebe, es tut mir so leid. Wenn ich nur daran denke, dass mein Mann beteiligt war ...»

«Er tat nur seine Pflicht.»

«Und hat es genossen», sagte Helen. «Dessen bin ich mir sicher. Es ist einfach zu schrecklich, ich könnte weinen. Wie es heißt, sollt Ihr gehenkt werden.»

«Seid nicht traurig. Ich habe mich damit abgefunden. Andere haben weit mehr gelitten.»

«Ihr habt Euch damit abgefunden?» Helen war entsetzt. «Aber das dürfen wir nicht zulassen. Meine Liebe,

Ihr wart eine Inspiration für uns alle. Ich habe all meinen Freundinnen von Euch geschrieben. Sogar bei Hofe wird über Euch gesprochen.»

«Zweifellos wird dort unsere Niederlage gefeiert – und meine. Ich bin schließlich ihr Feind.»

«Ach, Unsinn. Glaubt bloß nicht alles, was Ihr hört. Die Zeitungen lieben Sensationen, so ist das nun mal. Gewiss, nach Culloden gab es ein Feuerwerk und Siegesfeiern, aber das ist vorbei. Wisst Ihr, nachdem die Bewohner von Carlisle drei Tage lang zugeschaut hatten, wie starke junge Männer unter schrecklichen Qualen auf dem Schafott starben, haben sie sich abgewandt und sind gegangen.»

«Können sie selbst nicht verkraften, was sie anderen antun?»

«Nicht die Grausamkeiten.» Helen setzte sich auf Annes schmale Pritsche und breitete ihre Röcke aus. «Die Engländer sind warmherziger, als Ihr denkt. Wir sind nicht alle solche Schlächter wie Cumberland.»

«Helen, seid vorsichtig!» Anne blickte sich um, voller Sorge, ein Wärter könnte zuhören.

«Schon gut», beruhigte Helen sie. «Die Wachen stehen am Tor, ich weiß schon, wann ich meine Zunge hüten muss. Übrigens etwas, was auch Ihr lernen solltet.»

«Das bezweifle ich. Meine werden sie ganz ohne mein Zutun zum Schweigen bringen.»

«Mag sein. Aber dafür besteht keine Notwendigkeit mehr. Die Union ist gerettet.» Helen hielt inne und lächelte. «Darüber bin ich froh, das muss ich gestehen. Denn ihr Schottinnen habt eigene Titel, Besitz, Häuser und Ländereien. Ihr genießt eine hohe Stellung, und ihr könnt euch scheiden lassen! England kann viel von euch lernen. Ich zumindest tue es, seit ich hier angekommen bin. Allerdings», verschwörerisch tätschelte sie Annes

Hand, «muss ich Euch noch beibringen, wie man mit englischen Männern umgeht. Sie haben es gern, wenn man ihnen nachgibt. Wenn Frauen fügsam und schwach sind, können sich die Männer stark und klug fühlen. Wenn man es erst einmal heraushat, kann man sie mühelos um den kleinen Finger wickeln.» Sie sah sich nach Morag um, die den Tee hereinbrachte. «Es freut mich, dass man zumindest den Anstand hatte, Euch eine Bedienstete zuzugestehen.»

Verdutzt runzelte Anne die Stirn.

«Morag ist keine Dienerin», erklärte sie dann. «Sie ist eine McIntosh, sie gehört zur Familie, zum Clan.» Ihre Besucherin sah sie verständnislos an.

«Sie hilft mir, weil sie es so möchte. Wir haben weder Bedienstete noch Sklaven. Der Clan versorgt uns mit allem, was wir brauchen.»

«Das ist ja sehr freundlich. Aber sollten die Leute nicht zuerst sich selbst helfen?»

«Wir sind alle verpflichtet, uns gegenseitig zu helfen», erklärte Anne. «Niemand braucht zu hungern, jeder hat ein Dach über dem Kopf und wird gepflegt, wenn es nötig ist. Wir alle tragen unseren Teil bei.»

«Ich verstehe», sagte Helen, obwohl das offensichtlich nicht der Fall war. «Ja, so ähnlich machen wir es auch. Eine meiner Freundinnen besucht immer Euren Vetter Francis im Gefängnis von Southwark. Sie hat wohl Gefallen an ihm gefunden. Ein vornehmer, gutaussehender Mann, sagt sie. Ich glaube fast, da bahnt sich eine Romanze an.»

«Aber er ist zum Tod durch den Strang verurteilt.»

«Nicht, wenn Elizabeth es verhindern kann.»

«Elizabeth?» Mit Schaudern vernahm Anne den Namen ihrer toten Schwester.

«Elizabeth Eyre. Sie stammt aus einer wohlhabenden

Familie und ist eine Kämpfernatur. Sie hat bereits an die Mätresse des Königs geschrieben und inständig um das Leben Eures Vetters gebeten.»

«Nicht an den König selbst?» Anne war erstaunt.

«Nein, nein, nein.» Helen lächelte. «Ihr habt nicht zugehört. Bittet einen Mann um etwas, und er wird es Euch abschlagen, einfach weil er es kann. Also umgehen wir die Männer. Wenn die Gräfin von Suffolk der Meinung ist, dass Euer Vetter begnadigt werden sollte, wird der König schon bald überzeugt sein, dass es von Anfang an seine Idee war.»

«Aber ist das nicht heuchlerisch?»

«Was spielt das für eine Rolle? Ihr seht ja, wohin Eure Aufrichtigkeit Euch gebracht hat.»

Noch in derselben Woche nahm Helen an einem festlichen Abendessen bei Cumberland teil. Für die Dauer von Lord Boyds Abwesenheit war ihr Mann wieder zum Stab des Herzogs versetzt worden. Dieses Mahl würde das letzte sein, bevor der junge schottische Hofbeamte nach London aufbrach.

Der einzige andere Schotte bei Tisch war Lord Louden. Forbes war in Ungnade gefallen und hätte eine Einladung vermutlich auch nicht angenommen. Das Gespräch drehte sich um den Prätendenten und seine Flucht vor den Truppen, die ihn verfolgten. Die Armee hatte Aberdeenshire und die Mearns durchkämmt, hatte dabei das Land verheert, geplündert und Aufständische erschossen. Laut Berichten von Spitzeln waren der Prätendent und seine Gefährten jetzt nach Norden geflohen, auf die Hebriden.

«Dann hofft Ihr sicherlich, ihn dort bald zu fangen», bemerkte Helen.

«Damit hat es keine Eile», meinte Cumberland lächelnd. «Er führt uns zu Anhängern der Jakobiten, die wir sonst vielleicht nie verdächtigt hätten. Natürlich hat er keine Ahnung davon.»

«Ich war neulich bei Lady McIntosh zum Tee», sagte Lord Boyd. «Sie ist wirklich eine sehr schöne Frau. Schade, dass sie eine Rebellin ist.»

«Nicht mehr lange», erwiderte Hawley. «Nächste Woche wird ihr der Prozess gemacht.»

«Zum Tee?» Cumberland runzelte die Stirn. «Sie sitzt im Gefängnis – wie kann sie da Hof halten?»

«Sie bekommt sehr viel Besuch, Sir», warf Cope ein. «Die Leute stehen draußen Schlange, darunter mehrere unserer eigenen Offiziere.»

«Und ihre Frauen.» Helen lächelte und wandte sich kokett an den Herzog. «Lord Cumberland», sagte sie, «ich wollte Euch um die Erlaubnis bitten, dem Prozess beizuwohnen.»

«Ihr könnt gegen sie aussagen?»

«Nein, das nicht», versetzte Helen unschuldig, «aber ich will unbedingt die Geschichten hören, die sie zu erzählen hat. Meine Freundinnen in London brennen bereits darauf, das Neueste von ihr zu erfahren.»

«Ach, tatsächlich?» Cumberland war nicht gerade erfreut.

«Stellt Euch vor, sie hat den Clan ihres Mannes gegen seinen Willen zu den Waffen gerufen, und sie hat gegen ihn gekämpft. Und dann –» fuhr Helen mit einem fröhlichen Lachen fort «– hat sie ihn gefangen gehalten. Unter seinem eigenen Dach! Das ist einfach zu köstlich.»

Cumberland warf James Ray einen zornigen Blick zu. Ray wiederum sah seine Frau kühl an.

«Es gäbe viel weniger Rebellengattinnen», fuhr er auf, «wenn ihre Hannoveraner Ehemänner sie besser unter Kontrolle hielten.»

«Kennen wir diesen Mann, den Ehemann?», fragte Cumberland.

«Einer meiner Hauptleute, Sir», erwiderte Lord Louden. «Tapfer und loyal. Er hat bei Prestonpans gekämpft und die kleine Schar Soldaten gerettet, die entkommen konnte. Außerdem war er an meiner Seite, als wir versuchten, den Prätendenten aus Moy Hall zu holen – seinem eigenen Haus –, was seine Gattin, Colonel Anne, vereitelt hat. Danach wurde er gefangen genommen.»

«Der Prätendent hat ihn unter die Aufsicht seiner Frau gestellt», fügte Ray hinzu. «Nach ihrer Festnahme habe ich ihn im Keller gefunden, eingeschlossen und in Ketten.»

«Große Liebe scheint zwischen den beiden dann wohl kaum zu herrschen», sinnierte Cumberland. «Ich erinnere mich nicht, ein Bittgesuch von ihm erhalten zu haben. Wird er gegen seine Frau aussagen?»

«Er weiß wenig von ihren Kriegsabenteuern, nur vom Hörensagen», sagte Louden. «Die beiden lebten ja voneinander getrennt. General Hawley hat mehr belastendes Beweismaterial. Er kann berichten, welche Rolle sie bei seiner Niederlage in Falkirk gespielt hat.»

«Ich hoffe, dass Ihr aussagen werdet, General», wandte Lord Boyd sich an Hawley. «Sonst hat sich niemand gemeldet, obwohl wir sie bereits seit sechs Wochen festhalten. Sie hat uns alle lächerlich gemacht.»

Cumberland zog die Stirn in Falten, während er seinen General beobachtete; Hawley schien die Aussicht auf einen Auftritt vor Gericht nicht zu behagen.

Cope schenkte ihm Wein nach. «Nur Mut, Henry», meinte er. «Euer guter Ruf wird schon wiederhergestellt werden.»

«Zeugen sind gar nicht nötig», sagte Helen. «Sie wird gestehen, die ganze Geschichte von Anfang bis Ende. Ach, ich freue mich schon darauf.»

«*Will* sie etwa hängen?», fragte Cumberland. «Die anderen Hochverräter leugnen sämtlich, etwas mit diesen Verbrechen zu tun gehabt zu haben. Wenn man sie so hört, könnte man meinen, wir hätten uns den Kampf gegen die blutrünstigen, mörderischen Wilden, die in unser Feuer hineingelaufen sind, nur eingebildet. Offenbar haben sie alle nicht gezögert, für eine Sache zu sterben, von der sie jetzt nichts mehr wissen wollen.»

«Der Tod scheint ihr nichts auszumachen, Sir», erwiderte Lord Boyd. «Sie wirkt ganz gefasst, so als hätte sie ihren Frieden gefunden.»

Cumberland hatte das bleiche, aber dennoch schöne Gesicht nicht vergessen, die ruhige Würde dieser Frau.

«Wie die Jungfrau von Orléans!», rief Helen aus. «Stellt Euch nur vor», ehrfurchtsvoll schaute sie den Herzog an, «Ihr könntet sie zu einer großen schottischen Nationalheldin machen, wenn Ihr sie sterben lasst.»

# 39

Es war der erste Tag im Juni. Das klare Wasser des Ness glitzerte in der warmen Sommersonne. Auf dem einst mit Blut getränkten Feld von Culloden grünte es wieder. Doch die friedliche Idylle war trügerisch, denn es gab keinen Frieden, kein Vogel sang über der Stätte des Gemetzels. Sieben Wochen waren vergangen, und allmählich heilten die Wunden, die die Verletzten vor Aburteilung und Hinrichtung bewahrten. Die Galgen in den kleinen und großen Städten knarrten zwar seltener, waren aber noch immer in Betrieb. Der Prinz wurde nordwärts gejagt, auf die Hebriden, von Insel zu Insel, und wieder zurück aufs Festland, gefolgt von Truppen, die Häuser plünderten und die Bewohner vergewaltigten und ermordeten. Die Hochlandkrieger waren mittlerweile fast alle tot oder geflohen, die bekannten Anhänger der Jakobiten gefasst und verurteilt. Dieser Tage konnte man bereits wegen einer unvorsichtigen Äußerung verhaftet werden, wegen Tragens der Farbe Weiß oder Mitleidsbekundungen mit den Verurteilten.

Cumberland hatte einen Brief von seinem Vater erhalten, in dem dieser ihn dafür lobte, dass er das Reich und seine vereinigten Königreiche so erfolgreich geschützt habe. «*Allerdings ist uns sehr daran gelegen, keine Märtyrer zu schaffen*», stand in dem Schreiben, «*insbesondere nicht unter den Angehörigen des schönen Geschlechts, dessen Einfluss nicht zunehmen sollte.*» Weibliche Aufständische, wie hochstehend sie auch sein mochten, sollten in Schottland verurteilt und zur Bestrafung nach Süden geschickt werden. Denn ihre Taten wurden als so schockierend empfunden, dass man die Bürger Englands nicht damit konfrontieren wollte. Der Brief des Königs bestätigte die Strategie, die der Herzog sich bereits zurechtgelegt hatte. Lord Louden stand bereit, um den entsprechenden Befehl entgegenzunehmen. Nur Hawley teilte die Einschätzung nicht.

«Diese Order werdet Ihr Aeneas McIntosh aushändigen, dem Oberhaupt des Chatton-Clans», sagte Cumberland, während er die Feder in die Tinte tauchte und dann seine Unterschrift unter das Geschriebene setzte. «Damit drehen wir den Spieß auf elegante Weise um.»

«Von gerechter Strafe kann dabei wohl kaum die Rede sein!», beschwerte Hawley sich.

«Wenn Ihr die Dame hängtet, verschaffte ihr das Ruhm und Bedeutung noch nach ihrem Tod», erwiderte Cumberland und löschte die Tinte ab. «Offenbar sucht sie genau diesen Tod. Aber das hier wird sie aus der Geschichte ausradieren.» Triumphierend überreichte er Louden das Schreiben. «Bald wird sie in Vergessenheit geraten sein. Und ich bezweifle, dass sie in Zukunft viel Frieden finden wird.»

Als Louden sich entfernte, um seinen Auftrag auszuführen, lächelte Cumberland. Er hatte eine angemessene Lösung für das Problem Colonel Anne Farquharson, Lady McIntosh, gefunden, und das hatte er seinem Cousin, dem Prätendenten, zu verdanken. Der Gerechtigkeit war Genüge getan.

Hell blitzte die Schneide der gewaltigen Axt auf, als der Henker sie hob. Die Menge auf dem Tower Hill sog hörbar die Luft ein und hielt den Atem an. Lord Kilmarnock, der auf den Knien lag, spürte, wie das harte Holz des Richtblocks gegen seine Kehle drückte. Die Axt sauste nieder.

An dem Morgen, an dem Margarets Prozess begonnen hatte, war ein Geistlicher in Annes Zelle gekommen, um ihr in ihren letzten Lebenstagen Trost zu spenden.

«Wo du hingehst, da will auch ich hingehen; wo du bleibst, da bleibe auch ich», las er vor. «Dein Volk ist mein Volk, und dein Gott ist mein Gott. Wo du stirbst, da sterbe ich auch, da will ich auch begraben werden.»

Anne blickte zum Fenster der Zelle hinauf. Bald würde man auch sie holen. Sie fürchtete sich vor dem Sterben, aber nicht vor dem Tod. Aller Schmerz, aller Kummer würden vorbei sein; im Grab würde es keine Qualen mehr geben. Das Gerichtsverfahren würde die Last ihrer Schuld mildern, zumindest ein wenig. Sie würde alles gestehen und ihren Frieden machen. Hoffentlich gelang es ihr, gefasst zum Schafott zu schreiten. Andere, die sie als tapfere Seelen gekannt hatte, waren nicht fähig gewesen, mit Würde von ihrem Leben zu lassen. Ihre Schreie waren bis in die Zellen zu hören gewesen. Sie musste an Ewan denken, an sein Leiden, das ihr erspart geblieben war. Lass mich wie betäubt sein, betete sie. Lass nicht zu, dass ich die Toten entehre, weil mein Körper leben will. Lass mich bei meiner letzten Pflicht nicht versagen.

Das Rasseln des Schlüssels, der in das Schloss ihrer Zellentür gesteckt und umgedreht wurde, unterbrach ihre Gedanken. Die Stimme des Geistlichen verstummte. Dann war es nun wohl so weit. Anne schloss kurz die Augen, holte tief Luft und drehte sich um. Lord Louden stand in der Tür.

«*Trobhad*», sagte er. «Ihr sollt mitkommen.»

Als Anne aus dem Gefängnis trat, wurde sie vom Tageslicht geblendet. Wie finster und trübe war es drinnen gewesen. Aber selbst mit der schützenden Hand über den Augen erkannte sie die Hufe, die Fesselgelenke, die Beine und den Rumpf des Tieres, auf das man sie zuführte: Es war Pibroch. Jemand half ihr in den Sattel, hinauf auf den vertrauten, warmen Leib des Pferdes. Beinahe wäre sie zusammengebrochen – wie grausam sie doch waren! Es wäre einfacher gewesen, zu Fuß zum Gericht zu gehen. Aber Louden und seine Soldaten hielten nicht am Gerichtsgebäude – sie ritten weiter, quer durch die Stadt. Die Leute blieben stehen, schauten ihr nach und steckten die Köpfe zusammen.

Dann schlugen sie den Weg zum Hafen ein. Von dort aus segelten Schiffe nach Süden und brachten die Gefangenen, denen in England der Prozess gemacht werden sollte, nach Berwick oder London. Einige Besucher hatten Anne erzählt, die Regierung scheue sich davor, sie hier im Hochland zu verurteilen, denn man befürchte öffentliche Unruhen. Andere hatten gemeint, man habe Angst, sie überhaupt zu Wort kommen zu lassen. Auch die Schiffe mit den Deportierten legten dort ab. Hatte man vor, sie zu einem Leben in Sklaverei zu verdammen, fern von ihrer Heimat, in den Kolonien?

Anne fragte die Soldaten, die neben ihr ritten, erhielt aber keine Antwort. Auch Lord Louden, der vorwegritt, drehte sich nicht um. An der Kreuzung nahmen sie jedoch nicht die Straße zur Küste, sondern schlugen den Weg nach Süden ein. Also würde es keinen Prozess geben, sondern nur einen raschen Tod? Sollte sie, wie so viele andere auch, an einen entlegenen Ort gebracht und erschossen werden? Wenigstens würde es schnell gehen. Die armen Soldaten, dachte Anne mit einem Blick auf ihre Wachen – so jung die meisten, fast noch Kinder –, dass sie zu solcher Untat gezwungen werden.

Sie bemühte sich, nicht an das zu denken, was ihr bevorstand. Stattdessen nahm sie, nachdem ihre Augen sich an das Licht gewöhnt hatten, alle Schattierungen des Grüns der schottischen Landschaft in sich auf, das dunkle Heidekraut, die zartgrünen Bäume. Unter sich spürte sie Pibrochs starken Rücken, seine Muskeln, die an ihren Beinen zuckten. Der Himmel über ihr war tiefblau, durchzogen von feinen weißen Wolkenstreifen. Lerchen sangen, stiegen auf, bis sie nicht mehr zu sehen waren. Ein warmer, leichter Wind strich ihr über die Haut und spielte in ihrem Haar. Hier draußen gab es keine Verurteilungen, nur die Gesetze der Natur. Die Grausamkeit, dieser Schönheit noch einmal ausgesetzt zu sein, traf Anne tief. Es würde schwer sein, diese Welt zu verlassen.

Auf dem Tower Hill gebot Lord Balmerino den Entschuldigungen des Scharfrichters Einhalt.

«Ihr braucht mich nicht um Verzeihung zu bitten, es ist lobenswert, dass Ihr Eure Pflicht erfüllt.» Er schenkte dem Mann drei Guineen, alles, was er noch besaß, zog seinen Mantel und die Weste aus und legte sie auf den bereitgestellten Sarg. «Manche mögen mein Verhalten als tapfer ansehen», fuhr er fort, «aber ich sage Euch, es entspringt dem Vertrauen auf Gott und einem reinen Gewissen.» Er kniete nieder, legte den Kopf auf den Block und rief dem Henker zu, er solle seines Amtes walten.

Die Schneide der Axt blitzte im Sonnenlicht auf, als Aeneas ausholte. Zusammen mit Donald Fraser und Schamlos arbeitete er draußen am Hang oberhalb von Loch Moy. Sie fällten Bäume, um die ausgebrannten Katen neu zu decken. Die Bewohner, die ihr Zuhause verloren hatten, würden wieder einziehen, sobald die Arbeiten beendet waren. Und in Steinkaten mit Fenstern ließ es sich besser wohnen als in den alten Hütten mit den Torfdächern. Die Wunde des Schmieds war zwar gut verheilt, aber er musste noch vorsichtig sein, damit sie nicht wieder aufbrach. Daher schwang Aeneas die Axt. Schamlos hieb die Äste von den umgestürzten Bäumen ab, Fraser stapelte sie auf. Wieder blitzte die Schneide in der Sonne, und der Schlag, mit dem sie ins Holz fuhr, warf sein Echo durch das Tal. Späne flogen. Aeneas zog die Axt heraus und schwang sie erneut.

«Häuptling», rief Fraser, «seht nur, dort!» Er deutete mit dem Kopf zur Straße nach Inverness, die jenseits des Sees in der Ferne zu sehen war. Von dort näherten sich Reiter und Fußsoldaten.

Sofort drehte Aeneas sich um und rannte zum Haus, indem er sich einen Weg durchs Unterholz bahnte. Fraser und Schamlos folgten ihm auf den Fersen. Er stürzte in die Halle und schreckte seine Tante auf, die lesend am Fenster saß.

«Was um Himmels willen geht hier vor? *Ciod e?*», fragte sie, als er sich eilig mit Schwert, Dolch und Pistole bewaffnete. Schamlos und Fraser taten es ihm gleich.

«Truppen im Anmarsch», keuchte Aeneas.

Jessie, die den Lärm gehört hatte, kam aus der Küche und griff nach der Axt.

«Hat es nicht schon genug Tote gegeben?», fragte die Witwe, aber als draußen auf dem Hof Hufgeklapper zu hören war, griff sie nach dem Schürhaken.

«Hier jedenfalls haben sie genug angerichtet», erwiderte Aeneas. Grimmig wandte er sich zur Tür, das Schwert in der rechten Hand, die Pistole in der linken, den Dolch im Gürtel. Hinter ihm standen der Schmied und der junge McIntosh.

Es klopfte an der Tür, dann wurde sie geöffnet. Die drei Männer hatten sich bereits in der geräumigen Halle verteilt, als Lord Louden hereinmarschierte.

«Aeneas», sagte er mit einem Lächeln, «ich wünsche Euch einen guten Tag.» Er sah die Schusswaffen und die Klingen, die auf ihn gerichtet waren. «Gibt es Ärger?»

«Das hängt davon ab, ob Ihr welchen bringt», versetzte Aeneas.

«Ich bringe eine Order für Euch – und eine Gefangene», erklärte Louden. «Inwieweit das Ärger bringt, mögt Ihr selbst entscheiden. Führt sie herein!», rief er den Männern draußen zu.

Anne wurde in die Halle gebracht. Die Stille, die sie empfing, wurde schließlich von der Witwe gebrochen, die den Schürhaken fallen ließ.

«Anne!», rief sie und eilte auf die junge Frau zu.

Während seine Tante Anne in die Arme schloss und die anderen ihre Waffen wegsteckten, war Aeneas wie erstarrt. Er konnte nicht fassen, dass Anne vor ihm stand. Sie war blass, aber es schien ihr gutzugehen.

Louden hielt ihm den Befehl hin.

«Lady McIntosh bleibt in Eurem Gewahrsam, bis sie einsieht, welche Irrwege sie eingeschlagen hat, und sie eines Besseren belehrt ist», fasste er den Inhalt zusammen.

«Als meine Gefangene?» Aeneas steckte die Pistole in den Gürtel und das Schwert in die Scheide, um das Schreiben entgegenzunehmen.

«Ja, Captain. Der Herzog hat den Spieß umgedreht, diesmal hoffentlich auf eine etwas angenehmere Weise.» Er nickte der Witwe McIntosh zu und verließ mit seinen Leuten das Haus.

Aeneas überflog das Schriftstück, kaum fähig, den Inhalt zu begreifen. Anne sollte so lange seine Gefangene bleiben, bis sie ein anständiges, sittsames Verhalten an den Tag legte, so, wie es sich für eine Frau, die ihrem Gatten, dem Gesetz und der Krone untertan war, geziemte. Sie durfte für nichts eintreten, das er ablehnte, und er wurde beauftragt, dafür Sorge zu tragen, dass sie ihren früheren ungesetzlichen Aktivitäten entsagte, jetzt und zukünftig.

Aeneas hob den Kopf und sah seine Frau an. Sie hatte sich nicht gerührt, auch auf die Herzlichkeit seiner Tante nicht reagiert, sondern stand reglos vor ihm, angespannt und unnahbar, die Augen niedergeschlagen, als wäre sie nur körperlich anwesend.

«Geht es dir gut?», fragte die Witwe sie besorgt.

«Ja, danke», erwiderte Anne.

Ihre ruhige Höflichkeit ließ ihn frösteln. Sie hätte eine Fremde sein können, die ein fremdes Haus betreten hatte.

Sieben Wochen lang, von dem Moment an, als Schamlos ihm erzählt hatte, dass man sie lebend und unverletzt nach Inverness gebracht hatte, hatte Aeneas nicht an sie denken können, ohne in Zorn darüber zu geraten, dass er nichts für sie tun konnte. Und nun war sie hier. Seine Tante hatte um ihre Freilassung ersucht und viele andere auch. Er selbst nicht, dadurch hätte er seine Leute nur noch mehr in Gefahr gebracht. Das Einzige, was Moy jetzt noch schützte, war die Tatsache, dass er Hauptmann der britischen Armee gewesen war – eine Rolle, die ihn beschämte. Es gab nichts, was er seiner Frau hätte sagen können.

«Würdest du Anne in ihr Zimmer bringen?», bat er Jessie.

Anne hob den Kopf und sah ihn erschrocken an.

«Keine Angst, Mylady», sagte er schroff. «Ich werde mich auf andere Räumlichkeiten beschränken.»

Sofort senkte sie den Blick wieder, doch er hatte die Erleichterung in ihren Augen gesehen.

«Wie du wünschst», murmelte sie.

«Wie ich es wünsche?», entfuhr es ihm. «An dieser ganzen traurigen, bedauerlichen Lage ist nichts, aber auch gar nichts so, wie ich es wünsche!»

Die Umstehenden hielten die Luft an.

Anne hielt den Kopf gesenkt. «Ich bin nicht aus freien Stücken hier», sagte sie.

Aeneas schnaubte. Noch nicht einmal Dankbarkeit empfand sie, so unerträglich war ihr also seine Gegenwart.

«Wir alle können uns nicht mehr frei entscheiden», fuhr er sie an und kehrte ihr den Rücken zu, während Jessie sie nach oben brachte. Als sich die Tür hinter ihnen schloss, trat seine Tante zu ihm.

«Aeneas, hab doch ein bisschen Mitleid. Sie lebt!»

«Aber offensichtlich wäre sie lieber tot als hier.»

«*Isd*, nein! Das ist nur der Schock. Sie war darauf gefasst, gehängt zu werden. Kannst du nicht etwas nachsichtiger sein?»

Aeneas warf sein Schwert auf den Boden. «Ich muss Bäume fällen», sagte er und packte die Axt, die Jessie an die Wand gelehnt hatte. «Wir haben Häuser zu bauen.» Damit ging er hinaus. Fraser und Schamlos tauschten einen Blick und folgten ihm.

Auf dem Richtblock zog Lord Lovat das Tuch näher heran, das seinen Kopf auffangen sollte, als der Henker die Axt hob. Die dichtgedrängte Menge auf dem Tower Hill hielt erwartungsvoll den Atem an. Manche flüsterten, dieser alte Mann hätte wegen früherer Verbrechen schon fünfmal hängen sollen. Jetzt würde er gleich sein gerechtes Ende finden. Blitzartig fuhr die Axt herunter.

Während sie auf Moy zuritten, war Anne irgendwann klargeworden, wohin sie unterwegs waren. Doch bevor der Gedanke an eine Hinrichtung in ihrem eigenen Haus hatte Form annehmen können, hatte Lord Louden sich im Sattel umgedreht und gesagt:

«In Moy wird man sich freuen, Euch wiederzuhaben.»

Ein Anflug von Schwäche hatte sie überkommen. Das alles war verkehrt. Die Hoffnung schmeckte bitter, wenn sie ungewollt und unverdient war. Die weißen Rosen neben der Tür, deren pralle Knospen kurz vor dem Aufbrechen waren, hatten auf sie wie Hohn gewirkt. Die schreckliche Erinnerung an die Rotte Soldaten vor den Ställen war in ihr aufgestiegen. Auch drinnen hatte alles wie eine Anklage auf sie gewirkt: Jessie ohne ihr Kind, Donald ohne seinen Sohn, Schamlos ohne Robbie, Aeneas, der Hunderte seines Clans verloren hatte.

Jetzt war sie wieder in ihrem Schlafzimmer, und Jessie redete auf sie ein, als wäre etwas höchst Erfreuliches passiert.

«Ich habe Eure Sachen ausgepackt», sagte sie. «Auch als wir alle glaubten, Ihr wärt für immer fort, habe ich noch gehofft, dass Ihr wiederkommt.»

«Wie kannst du dir das wünschen, Jessie?» Schwerfällig ließ Anne sich auf das Bett fallen. «Bedenk doch, was ich angerichtet habe.»

«Nicht Ihr.» Jessie hockte sich vor ihr auf den Boden und blickte ihr ernst in die Augen. «Wir haben unsere Entscheidung alle selbst getroffen. Ich sage mir immer, dass auch mein Kind sich entschieden hat; dass es lieber bei seinem Vater sein wollte, wo die Helden sind, als hier.» Tränen stiegen ihr in die Augen. «Sogar Will ...»

Anne legte dem Mädchen den Finger auf den Mund. Bei der Erwähnung seines Namens erinnerte sie sich an das Gesicht des jungen Burschen, wie er in Blut und Schlamm lag. Bilder von all den Toten, in Stücke gehauen und niedergemetzelt, durchfluteten sie.

«*Isd*, sei still», sagte sie, verzweifelt um Selbstbeherrschung ringend. «Ich trage sie alle in mir, aber wenn ich von ihnen spreche oder um sie weine, werden sie meinem Ruf folgen, wie sie es schon einmal getan haben.»

«Aber Ihr könnt sie nicht in Euch halten. Nicht so viele.»

«Doch. Ich muss.»

Jessie stand auf, setzte sich neben Anne auf das Bett und legte den Arm um sie.

«Ein Leben ohne Schmerz gibt es nicht.»

«Es tut mir so leid, Jessie.»

«Nun hört schon auf», sagte das junge Mädchen, «sonst bringt Ihr mich wieder zum Weinen. Euer Leben ist gerettet. Und das muss Euch Grund zur Freude geben.»

In diesem Augenblick erschien die Witwe mit einem Tablett, auf dem eine Flasche Wein und Gläser standen.

«Ein Schluck würde dir jetzt sicher guttun», meinte sie. «Und wenn nicht dir, mir ganz bestimmt.»

«Und ein Bad werdet Ihr auch nehmen wollen!», rief Jessie und sprang auf. «Bestimmt kann man im Gefängnis nicht baden.»

«Wäre es möglich», fragte Anne, «dass ich Papier, Feder und Tinte bekomme?»

Jessie und die Witwe wechselten einen Blick.

«Ich wüsste nicht, was dagegen sprechen sollte», antwortete Aeneas' Tante.

«Ich bringe Schreibzeug mit», sagte Jessie fröhlich, «wenn das Bad fertig ist.»

Als sie gegangen war, schenkte die Witwe Wein ein und drückte Anne ein Glas in die Hand.

«Was willst du denn schreiben?», erkundigte sie sich beiläufig.

Anne starrte auf den Wein. Die Fenster waren weit geöffnet, und der Duft der in der Sommerwärme aufblühenden Rosen unten im Hof erfüllte den ganzen Raum.

«Was ich irgend kann», sagte sie leise, «um zu verhindern, dass noch mehr Menschen sterben.»

# 40

«Ich kann nicht zulassen, dass du diese Briefe abschickst.» Aeneas legte die Bögen auf den Tisch und sah Anne an. «Du darfst nicht über das sprechen oder schreiben, was du getan hast. Nicht einmal, um andere freizubekommen.»

Fast zwei Wochen waren seit Annes Rückkehr vergangen, und noch immer konnte er sich nicht an ihr neues Verhalten gewöhnen. Sie stand mit gefalteten Händen vor ihm, schaute mit gesenktem Kopf zu Boden und wollte ihn nicht ansehen.

«Anne.» Er bemühte sich um einen sanfteren Tonfall. «Wenn du schreibst, dass dein Bruder und deine Vettern nur getan haben, was du von ihnen verlangt hast, ist das keine Entschuldigung, selbst wenn es die Wahrheit wäre. Die Engländer verstehen die Gesetze unserer Clans nicht.»

«Was soll ich dann schreiben?» Selbst ihre Worte klangen nicht nach Anne. Früher hatte sie stets gesagt, was sie zu tun beabsichtigte, und es dann getan. Jetzt wirkte sie irgendwie verloren.

«Bitte um Gnade für sie. Schreib, dass sie irregeführt wurden. Weise darauf hin, was ihr Verlust für andere bedeuten wird. Wenn du die Aussagen von Kronzeugen in Zweifel ziehen kannst, tu es. Aber beschuldige ein Clanoberhaupt nur, wenn es tot oder sicher im Ausland ist. Und betone immer wieder, mit welch unverbrüchlicher Treue die Hochländer für den Clan oder ihren Häuptling eintreten.»

«Also darf ich es versuchen?» Ganz kurz sah sie ihn an.

«Ja.» Aeneas nickte. «Margaret Johnstone –» Er hielt inne. Jetzt war er es, der Anne nicht anschauen konnte. «Lady Ogilvie ist zum Tode verurteilt worden. Vielleicht möchtest du ein Gnadengesuch verfassen?»

Anne machte auf dem Absatz kehrt und verließ das Zimmer. Die Witwe, die lesend am offenen Fenster saß, hatte das Gespräch verfolgt.

«Was ist nur los mit ihr?», fragte Aeneas sie.

«Wieso?»

«Die Art, wie sie spricht – als hätte sie all ihre Tatkraft verloren. Selbst als sie hörte, dass ihre Freundin die Todesstrafe erwartet, hat sie nicht reagiert. Sie trägt diese Fügsamkeit wie ein Leichentuch.»

«Sie ist eine Gefangene.»

«Ich bitte dich! Die Anne, die ich kenne, hätte sich wütend dagegen aufgelehnt.»

«Warum fragst du sie nicht einfach?» Die Witwe schaute ihn über die Zeitung hinweg an.

Weil er es schlicht und ergreifend nicht konnte. Fügsamkeit war den Hochländern fremd. Ihr Problem war üblicherweise der Stolz. Seines war, dass er sich schuldig fühlte.

«Liegt es an mir, an irgendetwas, was ich getan habe oder noch tue?»

«Du hast gerade ihre Briefe gelesen.»

«Das muss ich doch.» Aeneas legte sie in den Kamin und zündete sie an. «Sonst bringt sie uns noch alle an den Galgen.»

«Der Herzog ist ein kluger Mann: Wir sind Schotten, aber du musst jetzt nach englischen Regeln leben, die bestimmen, dass du der Herr deiner Frau bist.»

«Das ändert nichts an der Tatsache, dass sie mich hängen und Moy übernehmen würden. Was dich im Übrigen ohne einen Weinkeller zurücklassen würde, den du plündern kannst.» Aeneas hatte nicht widerstehen können, der Witwe diese Spitze zu versetzen.

«Du solltest in der Tat neuen Wein bestellen.» Sie blieb völlig ungerührt. «Wir haben die Dinge schleifen lassen. Dein Onkel würde sich noch im Grabe umdrehen.»

Als sie ein paar Tage später beim Frühstück saßen, billigte Aeneas die neuen Briefe, die Anne geschrieben hatte.

«Das ist sehr gut.» Sie hatte Bittgesuche für ihren Bruder, ihren Vetter, Margaret Johnstone und Jenny Cameron verfasst, aber auch für Menschen, denen nur noch wenige Fürsprecher blieben, weil ihre Clanoberhäupter entweder tot, ins Ausland geflohen waren oder im Gefängnis saßen. Mit jedem Wort, das er las, wurde Aeneas' Scham über die Indiskretion größer. «Ich hoffe, dass es etwas nützen wird.»

Anne hielt den Kopf gesenkt, aß ihren Haferbrei und schwieg.

«Ich sage Schamlos, dass er sie zur Post bringen soll», fügte Aeneas hinzu.

«Könnte ich das vielleicht übernehmen?», fragte Anne, ohne ihn anzusehen.

«Was, nach Inverness fahren?»

«Bitte», sagte sie. «Margaret wird bald fort sein. Ich würde sie gern noch ein letztes Mal sehen. Jessie könnte mich begleiten.» Sie schaute das junge Mädchen an, das ihr gerade Tee einschenkte, und senkte wieder den Blick. «Natürlich nur, wenn sie will.»

«Ja, sehr gerne», sagte Jessie. «Ich bin seit, nun ja, seit Monaten nicht rausgekommen.»

«Kaum drei Monate, Jessie», gab Aeneas zu bedenken. «Ich möchte nicht, dass du deine Gesundheit gefährdest.»

«Seit Morag hier ist und das Saubermachen übernimmt, ist die Arbeit ja nicht mehr so anstrengend», beruhigte sie ihn.

«Es wird ihr schon nicht schaden», bestätigte die Witwe. «Wenn sie gesund genug zum Kochen ist, kann sie auch in einem Wagen sitzen. Lass Anne Abschied nehmen.»

Damit war es beschlossene Sache. Kurze Zeit später spannte Schamlos an. Der Umgang mit Pferden lag ihm nicht so im Blut wie Will, aber er gab sich Mühe. In der Küche, außer Hörweite, half Anne Jessie, Körbe mit Lebensmitteln für die Gefangenen zu packen.

«Du brauchst das nicht für mich zu tun, Jessie», sagte sie eindringlich. «Es könnte gefährlich werden.»

«Ich tue es für mich», erwiderte Jessie. «Ich habe noch eine Rechnung mit den *Sasannaich* zu begleichen. Ein Leben gegen ein Leben, das scheint mir ein guter Tausch zu sein.»

Aeneas bestand darauf, dass Schamlos zu ihrem Schutz mitkam. Aeneas setzte ein knappes Schreiben auf, das den Auftrag erläuterte; und damit der junge Bursche ungestraft Waffen tragen konnte, legte er seine Uniform an. Aeneas war keineswegs überzeugt, dass dieser Ausflug klug war, aber er hoffte, dass es Anne helfen würde. Lieber hätte er ihren Zorn ertragen, als dieser jämmerlichen Unterwürfigkeit ausgesetzt zu sein.

Immerhin war es ein schöner Tag, als sie losfuhren. Jessie hatte sich mit frischer weißer Haube und Schürze zurechtgemacht, Anne hatte das blaue Sommerkleid angezogen, das sie am liebsten trug. Erst als sie vom Hof rollten, bemerkte Aeneas, dass er Angst hatte, sie würden nicht wiederkommen.

Am Rande von Inverness machten sie zum ersten Mal halt – vor Nans Haus, bei der Anne ihr Pferd zurückgelassen hatte, bevor sie Zeugin von Ewans Tod geworden war. Der Wachposten vor der Tür kontrollierte den Korb mit Lebensmitteln, den Jessie trug, ehe er die beiden Besucherinnen durchließ. Nan McKay hatte mehrere verwundete Jakobiten gesundgepflegt, denen bald der Prozess gemacht werden würde. Mittlerweile hatte sie nur noch einen Patienten: Robert Nairn, den Zahlmeister der jakobitischen Armee.

«Anne, *a ghraìdh*!», rief er von seinem Krankenbett, als sie eintrat. «*Fàilte!* Ich habe schon gehört, dass man dich freigelassen hat. Inverness ist dir wohl sehr ans Herz gewachsen, dass du so bald zurückkehrst.»

«Die Menschen in dieser Stadt liegen mir tatsächlich am Herzen», gab Anne zurück. «Wie geht es dir?»

«Meine Genesung macht rasche Fortschritte, zu rasche, wenn man bedenkt, dass der Galgen wartet.» Er lächelte schief, denn eine breite Narbe zog sich quer über seine Wange. «Der Arm hier ist kaum noch zu gebrauchen, aber es ist ein Wunder, dass ich ihn überhaupt noch habe – und das verdanke ich Nan. Mein gutes Aussehen ist allerdings dahin.»

«Kein bisschen», widersprach Anne. «Du siehst jetzt», sie überlegte, «ungewöhnlich und verrucht aus.»

«Dann solltest du erst den Rest von mir sehen», meinte Robert grinsend. «Ich habe den ungewöhnlichsten Körper, den ein Mann sich wünschen kann, aber leider keinerlei Möglichkeit, damit etwas Verruchtes zu treiben.»

Anne lächelte. Es war angenehm, in der Gesellschaft eines Menschen zu sein, der keine Schuldgefühle in ihr auslöste. In Aeneas' Gegenwart empfand sie immer Scham, tiefe Scham.

«Wie lange hast du noch, bevor sie dich für verhandlungsfähig erklären?»

«Einen Monat, vielleicht länger. Nan sagt, sie will mich so lange krank halten, wie sie irgend kann. Sie plant sogar, ein Fieber ausbrechen zu lassen, aber richtig angst und bange wird mir beim Anblick des Tranchiermessers.»

Sie unterhielten sich noch, bis die Mittagsstunde längst vorüber war – darüber, wer noch hier war, wer fort war oder wer fortgehen würde. Robert erinnerte sich an Schamlos und wollte ihn gerne sehen, aber diesen Besuch verschoben sie auf ein andermal. Mit seinem übermütigen Auftreten überspielte Robert, dass er noch große Schmerzen litt; er hatte schwere innere Verletzungen davongetragen. Anne ließ ihm eine Flasche Whisky da, gab ihm einen Kuss und versprach wiederzukommen. Bevor sie das Haus verließ, trat sie in die Küche, um sich noch kurz mit Nan zu unterhalten. Jessie plauderte derweil draußen mit dem Wachposten.

Ihre nächster Halt war das Gefängnis. Auch hier wurde der Korb durchsucht. Der Posten erkannte Anne sogleich wieder. Als er das Haupttor aufschloss, um sie einzulassen, scherzte er, sie könne gern ihr altes Zimmer wiederhaben, wenn sie wolle. Er folgte den beiden Frauen nicht nach drinnen, denn Margarets Zelle war bereits für andere Besucher geöffnet worden: ihr Bruder Tom und ihre Schwester Susan waren bei ihr. Sie alle waren niedergeschlagen – in zwei Tagen sollte Margaret zur Hinrichtung nach Süden gebracht werden. Da Lord Ogilvie entkommen war, war ihr Tod eine Strafe, die beiden Eheleuten galt.

«Ich bezweifele, dass man sie begnadigen wird», erklärte Tom Johnstone. «Sie sind entschlossen, ein Exempel an ihr zu statuieren.»

«Nachdem sie sich bei mir dagegen entschieden haben», fügte Anne hinzu.

«Wegen Aeneas», erwiderte Tom etwas betreten, «weil er für die Union gekämpft hat.»

«Nicht nur das», fügte Susan hinzu. «Deine Geschichte wollten sie nicht in einem öffentlichen Verfahren breittreten. Sich gegen den König aufzulehnen ist schon schlimm genug, aber sich gegen den eigenen Mann zu stellen ... Sämtliche englischen Männer hätten sich bedroht gefühlt.»

«Wenn ich daran denke, wie ich dich um deinen David beneidet habe ...», sagte Anne zu ihrer Freundin.

«Wenigstens ist er frei. Vor Gericht hat mein Anwalt ihm die Schuld an meiner Beteiligung am Aufstand gegeben, aber in Wirklichkeit war es umgekehrt. Wenn ich jetzt meinen Kopf verliere, habe ich es mir selbst zuzuschreiben.»

«Vielleicht lässt sich das ja noch verhindern», sagte Anne. «Jessie?»

Jessie, die wartend in einer Ecke der Zelle gestanden hatte, löste ihre Schürzenbänder, knöpfte ihr Kleid auf und ließ es fallen. Darunter trug sie eine zweite Schürze und ein zweites Kleid, und zudem hatte sie zwei Hauben übereinander getragen. Anne erklärte ihr Vorhaben.

«Was meint ihr?», fragte sie die drei, als sie geendet hatte.

«Ich habe nichts zu verlieren», stellte Margaret fest, «aber was ist mit euch?»

«Dich erwartet eine Prügelstrafe oder Schlimmeres, wenn sie dich erwischen», meinte Tom zu Jessie.

«Mein Rücken hält einiges aus», versetzte das Mädchen.

«Und wir würden eine Geldstrafe erhalten oder ins Gefängnis kommen», überlegte Susan. «Aber den Kopf abschlagen wird man keinem von uns. Also machen wir es!»

Während Margaret sich umzog, verteilte ihr Bruder die mitgebrachten Lebensmittel in den anderen Zellen. Anne und Jessie rollten das dünne Polster auf der Pritsche zusammen und zogen das Laken darüber. Wenn noch das Kissen als Nachahmung des Kopfes dazukam, konnte man die Rolle in der düsteren Zelle durchaus für eine schlafende Frau halten. Ihre Schwester frisierte Margaret so, wie Jessie das Haar trug, und steckte die Haube darauf fest. Sie verrieben Schmutz auf ihrem Gesicht und den Händen, um die blasse Haut, die zehn Wochen lang keine Sonne gesehen hatte, dunkler zu machen. Mit Jessie hatte Anne eine gute Wahl getroffen, denn das Mädchen war ungefähr so groß wie Margaret und hatte eine ähnliche Haarfarbe. Als Tom zurückkam, begutachteten sie das Ergebnis.

«Es könnte gelingen», meinte Margarets Bruder bedächtig. «Wenn niemand zu genau hinsieht.»

«Dann lasst es uns wagen», schlug Anne vor.

Jessie verbarg sich in einer Ecke der Zelle, in der sie von der Tür aus nicht zu sehen war. Susan zog ihren Stuhl vor die Pritsche, setzte sich und begann, mit der Matratze zu sprechen, wobei sie gleichzeitig einen Sichtschutz bildete. Anne und Tom gingen zum Haupttor, Margaret folgte ihnen mit gesenktem Kopf dicht auf den Fersen.

Der Wachposten schloss auf und öffnete ihnen das Tor. Als die kleine Gruppe hindurchschritt, fragte er: «Kommt die Schwester der Gefangenen denn nicht mit?»

«Sie bleibt noch eine Weile», erklärte Anne, überzeugt, dass der Posten das Hämmern ihres Herzens hören und den Betrug entdecken würde. «Aber ich habe noch etwas zu erledigen.»

«Alles ist besser, als gehenkt zu werden», scherzte der Mann und versperrte das Tor hinter ihnen. Die Bedienstete, die auf der anderen Seite des Mannes stand, würdigte er kaum eines Blickes. Sie hatte Anne hineinbegleitet, jetzt begleitete sie sie wieder hinaus. Hätte er einen Blick in ihren Korb geworfen, hätte er das Kleid einer vornehmen Dame entdeckt, aber es gab keinen Grund, nachzusehen, was aus dem Gefängnis herausgebracht wurde.

Als sie sicher auf der Straße standen, nahmen sie sich nicht die Zeit, sich über die gelungene Befreiungsaktion zu freuen. Anne zitterten immer noch die Hände, als sie der ebenfalls bebenden Freundin einen Abschiedskuss gab.

«Und jetzt flieh nach Frankreich und zu David!»

Tom half ihr in seine Kutsche, und die Pferde zogen an. Es ging zur Küste, wo sie nach einer gefahrlosen Überfahrt suchen würden. Anne kehrte zu ihrem Wagen zurück, wo Schamlos wartete.

«Jessie besucht noch eine Freundin, die sie getroffen hat», erklärte Anne. «Ich habe gesagt, sie soll in einer Stunde wieder hier sein.»

Dass sie auf die Wachablösung um sechs Uhr warteten, konnte der junge McIntosh nicht wissen. Bedienstete kamen und gingen, ohne dass ihnen große Beachtung geschenkt wurde. Selbst wenn der neue Wachposten Jessie anschauen würde, gab es keinen Grund, sie zu verdächtigen. Also trollte sich Schamlos, um mit alten Bekannten zu plaudern. Die Zeit verging, und der neue Posten kam. Anne wurde immer nervöser. Warum dauerte es so lange? Dann endlich erschienen die beiden Frauen vor dem Tor. Jessie eilte die Straße entlang zum Wagen, gefolgt von Margarets Schwester, die Anne aufgeregt in die Arme nahm.

«Es lief alles nach Plan», flüsterte sie aufgeregt. «Ich habe weitergeschwatzt, als wäre Margaret noch da. Als wir dann gegangen sind, habe ich dem Wärter gesagt, sie fühle sich nicht wohl und sei eingeschlafen. Er hat kaum in die Zelle geschaut, bevor er hinter uns zugesperrt hat. Und morgen früh ist Margaret längst über alle Berge.»

Susan machte sich schließlich auf den Weg zu ihrer Unterkunft. Als Schamlos Jessie kommen sah, fand er sich wieder bei der Kutsche ein, stieg auf den Kutschbock und fuhr sie alle nach Hause. Die beiden Frauen lächelten einander verschwörerisch zu. Der Plan war geglückt, und allmählich beruhigte sich beider Herzschlag wieder. Seit Culloden hatte Anne sich nicht mehr so gut gefühlt. Wenigstens einer war gerettet.

Am folgenden Abend, als sie gerade beim Essen saßen, stattete Lord Louden Moy einen Besuch ab.

«Es tut mir leid, dass ich stören muss, Aeneas», entschuldigte er sich, «aber ich habe den Befehl, das Haus durchsuchen zu lassen.»

Während der Trupp Soldaten, der ihn begleitete, säbelrasselnd ausschwärmte, erklärte er, Margaret Johnstone, die Lady Ogilvie, sei irgendwann während der Nacht aus dem Gefängnis entflohen. «Offenbar aus einer abgeschlossenen Zelle.»

«Und was hat dieser Vorfall mit Moy zu tun?», fragte Aeneas und vermied es, seine Frau anzusehen.

«Wahrscheinlich gar nichts», antwortete Louden. «Lady McIntosh hat sie gestern besucht, aber anschließend waren noch weitere Besucher bei ihr. Als der Wärter die Zelle absperrte, war die Gefangene noch da – jedenfalls schien es ihm so.»

Louden hatte Befehl, alle Häuser durchsuchen zu lassen, in die Margaret Johnstone sich geflüchtet haben könnte.

«Ich stehe also unter Verdacht?», fragte Aeneas zornig.

«Überhaupt nicht», versicherte Louden. «Aber die Entflohene ist mit Lady McIntosh befreundet.» Er wandte sich an Anne, die mit gesenktem Kopf am Tisch saß. «Hat sie von ihren Fluchtplänen gesprochen?»

Anne blickte auf und schüttelte den Kopf. «Margaret hätte mich nie in Gefahr gebracht», entgegnete sie. «Ich bin auch nicht lange geblieben. Sie sprach fast die ganze Zeit über von ihrer Hinrichtung. Wir haben Abschied genommen und nicht erwartet, uns jemals wiederzusehen.»

«Das hat ihre Schwester auch ausgesagt.» Louden schien zufriedengestellt. «Und ihr Bruder ist verschwunden. Vermutlich hat er die Wachen bestochen.»

Als seine Leute von ihrer erfolglosen Durchsuchung zurückkehrten, wiederholte er seine Entschuldigung und verließ das Haus.

«Na, das war ja eine Überraschung», sagte die Witwe und hob ihr leeres Weinglas.

«Mit Jessie können wir bestimmt auch gleich rechnen», meinte Aeneas finster.

Im selben Moment öffnete sich die Küchentür, und Jessie kam hereingeeilt, den Blick auf Anne geheftet. Die Erleichterung auf ihrem Gesicht war offensichtlich, aber sie bemühte sich sogleich wieder um Fassung. Schon als sie die Weinflasche hob, um der Witwe nachzuschenken, war ihr nichts mehr anzumerken.

Als sie den Raum hastig wieder verlassen wollte, wurde sie jedoch von der energischen Stimme des Hausherrn zurückgerufen. «Halt, Jessie», befahl Aeneas, «bleib hier!» Mit eisiger Ruhe wandte er sich an Anne. «Du bist also nicht lange geblieben. Obwohl dieser Besuch der Grund für deine Fahrt nach Inverness war und du mehrere Stunden bei deiner Freundin verbracht haben musst.» Er hatte jede einzelne Stunde gezählt und sich danach gesehnt, sie alle wieder sicher zu Hause zu wissen.

«Wir haben noch andere Besuche gemacht», murmelte Anne, ohne ihn anzusehen.

«Sie ist nicht lange im Gefängnis geblieben», verteidigte Jessie sie. «Eine Stunde vielleicht.»

«Fängst du jetzt auch noch an, mich zu belügen, Jessie?», fragte Aeneas.

Unglücklich schüttelte das Mädchen den Kopf. «Das war keine Lüge», stellte sie klar.

«Dann sollte ich dich vielleicht bitten, mir die ganze Geschichte zu erzählen.»

«Jessie trifft keine Schuld», protestierte Anne.

Aeneas sprang auf. «So!», brüllte er. «Versteckt sich also doch meine Frau unter diesem demutsvollen Gehabe? Meine Frau, die sich immer noch einen Dreck darum schert, wessen Leben sie aufs Spiel setzt! *Taigh na Galla ort!* Ausgerechnet Jessie!» Er kam um den Tisch herum und baute sich drohend vor Anne auf. «Will ist tot, ihr Kind ist tot, ihr selbst wurde Gewalt angetan, und du, du benutzt sie für deine Machenschaften!»

«Es war meine eigene Entscheidung!», rief Jessie mit Tränen in den Augen.

«Es tut mir leid», flüsterte Anne und starrte auf ihre im Schoß gefalteten Hände.

«Leid?» Aeneas schäumte vor Wut. «Steh auf! Auf die Füße mit dir!» Als sie gehorchte, nahm er ihren Stuhl und warf ihn durch das Zimmer.

«Aeneas!» Seine Tante erhob sich. «Bitte, mäßige dich.»

«Und wie ich mich mäßige!», brüllte er. Zornig sah er seine Frau an, die nun mit gefalteten Händen auf den Fußboden starrte. «Sieh mich gefälligst an!»

Anne hob den Kopf. Wäre sie ein Mann gewesen, hätte er sie vermutlich geschlagen.

«So, du kannst mich also ansehen», tobte er. «So wie

du Louden angesehen hast. Du hast gelogen, ohne mit der Wimper zu zucken!» Sein Brustkorb hob und senkte sich, als er um Selbstbeherrschung rang. «Ich hatte eine Frau, die jedem Menschen ins Auge sehen und rückhaltlos ihre Meinung äußern konnte. Aber du? Du betrügst, täuschst, heuchelst. Ich weiß nicht mehr, wer oder was du bist.»

Anne senkte den Blick wieder. Doch dass sie keine Reaktion zeigte, erzürnte Aeneas nur noch mehr. Blitzschnell zog er den Dolch aus dem Gürtel und hob mit der Spitze der Klinge Annes Kinn an. Die anderen hielten den Atem an.

«Zeig es mir», sagte er tonlos, als ihre Blicke sich trafen. «Beweis mir, dass es wirklich meine Frau ist, die sie mir zurückgeschickt haben. Zieh dein Kleid aus!»

«Nein, Häuptling, *sguir dheth*», widersprach Jessie. «Tut das nicht.»

«Los!», befahl Aeneas, ohne die Aufmerksamkeit von Anne zu wenden. Seine Stimme war gefährlich leise geworden. «Wollen wir doch mal sehen, wie gehorsam du wirklich bist. Zieh dich aus!»

Anne löste die Bänder im Rücken ihres Kleides, dann begann sie, das Gewand vorn aufzuhaken. Als dies geschehen war, hielt sie inne und sah ihren Mann mit undurchdringlicher Miene an.

«Aeneas!», die Witwe trat einen Schritt auf ihn zu. «Hör auf damit.»

Aber er ignorierte sie und musterte Anne scharf. Er wollte herausfinden, wann sie sich endlich wehren würde, wann sie endlich Kampfgeist zeigen und nicht mehr so tun würde, als sei er ihr ausgetrieben worden. Gleichzeitig verstörte es Aeneas, dass die Gleichgültigkeit, mit der sie sich vor ihm entkleidete, ihn erregte; er wünschte, er könnte allein mit ihr sein, ihr Kleid abstreifen, ihre warme Haut berühren und sie wieder zu seiner Frau machen. Er hatte jedoch nicht vor, die Spannung des Augenblicks zu durchbrechen. Mit der Spitze der schmalen Klinge zeichnete er den klaffenden Spalt vorn in ihrem Kleid bis zum Bauchnabel nach.

«Weiter!», befahl er.

Sie schien ebenso gebannt zu sein wie er und sah ihm unverwandt in die Augen. Ihre linke Hand hob sich zu ihrer rechten Schulter und streifte die Träger ab. Als sich der Stoff von ihrer Haut löste und langsam hinabsank, hob sie die andere Hand und schob die Träger von der linken Schulter. Die blaue Seide glitt zu Boden, und ein Stück Papier, das in ihrem Mieder gesteckt hatte, flatterte heraus.

Mit einem Seufzer versuchte sie, es aufzufangen, doch Aeneas war schneller. Schon hatte er den Brief in der Hand, während Anne ihr Kleid festhielt, damit es nicht ganz zu Boden fiel. Halb nackt stand sie mitten im Raum, drückte die zerknitterte Seide an ihren Körper und streckte die andere Hand nach dem Brief aus. Jetzt konnte Aeneas den Ausdruck in ihren Augen lesen: Er war flehend. Aeneas schob den Dolch wieder in den Gürtel, faltete das Papier auseinander und begann zu lesen.

# 41

*Colonel,*
mo luaidh, *die Zeit ist gekommen. Wir sind auf Drumossie, wo es morgen vielleicht zum Kampf kommt. Lord George ist des Kommandos enthoben worden. Ich brauche vor Tagesende Deinen Rat. Im Herzen immer der Deine*
*MacGillivray*

Als er die Handschrift und den Namen unten las, taumelte Aeneas, bis ins Mark getroffen.

«Gib ihn mir zurück», flehte Anne.

Er drückte ihr den Brief in die Hand.

«Bedeck dich», sagte er mit rauer, heiserer Stimme. «Und jetzt raus. Verschwindet alle!»

Jessie eilte zu Anne, half ihr, das Kleid hochzuziehen, und führte sie aus dem Zimmer. Die Witwe griff nach Weinflasche und Glas und folgte den beiden. Als sich die Tür hinter ihnen schloss, sank Aeneas auf den nächsten Stuhl nieder, fegte das Geschirr beiseite, legte den Kopf auf die verschränkten Arme und weinte. Der Kummer, den er wochenlang unterdrückt hatte, schüttelte ihn jetzt, die Trauer um sein gequältes Volk, um die Toten seines Clans, seiner Familie, um das, was seine Leute und er selbst verloren hatten, und die Trauer um MacGillivray, seinen kühnen Freund und Bruder im Geiste. Dazu kam der Schmerz über Anne, die er verloren hatte, die nicht mehr seine Frau war und es nie mehr sein würde; seine Frau, die einen Toten liebte.

Am nächsten Morgen, gleich nach dem Aufstehen, ging Aeneas in Annes Zimmer, das Schlafzimmer, das sie einst geteilt hatten und das er sogar während ihrer Abwesenheit nicht hatte betreten wollen. Sie saß am Frisiertisch, doch bei seinem Eintreten sprang sie erschrocken auf.

«Anne, nicht doch.» Mit der Kluft, die sich zwischen ihnen auftat, konnte er nicht umgehen. «Es war falsch, was ich gestern Abend getan habe.»

Sie senkte den Kopf und schwieg.

«Wenn ich dich zurück nach Invercauld schicken könnte, dann würde ich es tun. Aber bis der Haftbefehl aufgehoben wird, musst du hierbleiben.»

«Ich weiß», flüsterte sie.

«Begreifst du denn nicht? Es gibt keinen Ausweg aus unserer Lage. Ich hoffe, dass Margaret überlebt. Aber die Ländereien der Ogilvies in Angus sind verloren, ebenso das Land der Camerons und der MacGregors, Monaltrie und Dunmaglas. Die Menschen werden von den neuen englischen Besitzern verjagt. Invercauld ist nur verschont worden, weil Forbes deiner Stiefmutter zur Seite gestanden hat. Und Isabel –» Aeneas verstummte. Isabel Haldane war nicht mehr jung und mit ihrem vierten Kind schwanger, als man sie vergewaltigte, ihr Haus zerstörte und nach der Plünderung vor ihren Augen niederbrannte. Sie und ihre Kinder waren vertrieben worden, und sie hatte das Kleine in einer Scheune zur Welt gebracht, ganz allein. Aeneas bereute seine Schroffheit, die auf seine eigenen Schuldgefühle ebenso zurückzuführen war wie auf seinen Wunsch, Anne und seine Leute zu beschützen. Als er weitersprach, schwang Trauer in seiner Stimme mit. «Ardsheil hat sich dem Aufstand angeschlossen, weil Isabel darauf bestanden hat. Jetzt haben sie und die Appin Stewarts kein Zuhause mehr. Willst du, dass hier das Gleiche passiert?»

«Es tut mir leid.» Anne sprach so leise, dass er sie kaum verstehen konnte. «Ich habe nicht nachgedacht.»

Er sehnte sich danach, sie in die Arme zu nehmen, Vergebung zu schenken und zu empfangen, aber er hätte es nicht ertragen, wenn sie noch einmal vor ihm zurückgeschreckt wäre.

«Anne, du kannst nur helfen, wenn du mit uns zusammenarbeitest. Bleib hier in Moy. Schreib deine Briefe. Wenn es dir gelingt, einen einzigen Häuptling freizubekommen, auf lauterem Wege, rettest du vielleicht einen ganzen Clan.»

Daran glaubte er allerdings selbst nicht. Hier und da ein Leben, ein Haus, ein Stück Land – das konnte man vielleicht retten. Aber die britische Regierung würde keine Milde zeigen. Feuer und Schwert trafen selbst regierungstreue Clans. Moy würde weiterbestehen, doch es würde nie mehr so sein, wie es einmal war. Es mochte ihm vielleicht gelingen, Anne zu beschützen, aber seine Leute hatte er im Stich gelassen. Es brachte ihm auch keine Befriedigung, dass er sich letztendlich durchgesetzt hatte. Ihm blieb nichts anderes übrig, als das Zimmer zu verlassen. Als er auf den Hof lief, bemerkte er, wie die letzten Blütenblätter der weißen Rose von Schottland zu Boden fielen.

Die Sommerwochen verbrachte Aeneas damit, seine Leute umzusiedeln, sie zu Pächtern zu machen und ihnen Land zuzuweisen. Es würde nicht leicht werden, denn so viele waren tot. Man würde Fremde anstellen und bezahlen müssen. Als eigenständiger kleiner Familienstaat konnten die Angehörigen seines Clans nicht länger überleben. Von nun an würden sie ihre Erzeugnisse verkaufen, Pacht bezahlen und sich und ihre Kinder allein versorgen – sofern sie das noch konnten, nachdem ihr

Vieh gestohlen, alle Geräte und Werkzeuge verbrannt und die Speicher geplündert worden waren. Verwandtschaft würde nicht mehr zählen, nur noch der Gewinn. Das Überleben würde vom Geld abhängen, nicht mehr von der Zahl der Krieger. Ihre alte Lebensweise war auf Drumossie gestorben, zusammen mit mehr als der Hälfte seiner Männer.

Anne schrieb indessen ihre Briefe. Wenn Schamlos die Post nach Inverness brachte, schickte sie Morag mit Lebensmitteln für die Gefangenen mit. Auch die ersten Antworten auf ihre Schreiben trafen ein. Jenny Cameron, die man monatelang in Edinburgh festgehalten hatte, wurde ohne Gerichtsverfahren freigelassen. Da es keinen Ehemann gab, dem man die Schuld zuschieben konnte, wollte man wohl, wie bei Anne, lieber darauf verzichten, sie vor Gericht ihre Geschichte erzählen zu lassen. Frauen, die eigenständig dachten, die Waffen getragen und Truppen angeführt hatten, um für die Freiheit zu kämpfen, waren eine zu große Bedrohung für die Stabilität Englands. Darauf hatten Jennys Fürsprecher behutsam hingewiesen, und es hatte sich ausgezahlt. Wie Anne hatte sie ihr Leben gegen Stillschweigen eingetauscht – ihre führende Rolle im Jakobitenaufstand würde totgeschwiegen werden.

Annes Bruder schrieb, seine Todesstrafe sei zu einer Verbannung aus Großbritannien abgemildert worden. Er wollte nach Frankreich, zusammen mit den Kinlochs, die ebenfalls verbannt worden waren, und hoffte, eines Tages begnadigt zu werden, um zurückkehren zu können. Auch ihr Vetter Francis war begnadigt und in die Obhut von Miss Elizabeth Eyre entlassen worden, die er zu ehelichen gedachte. Eine Rückkehr nach Schottland war ihm untersagt.

In ihren Briefen bat Anne deshalb jetzt nicht mehr

um Strafmilderung, sondern um Begnadigung. Doch mit jedem fertigen Schreiben blieb ihr weniger zu tun. Im August, als der Sommer beinahe vorüber war, begannen alltägliche Sorgen allmählich wieder ihre Aufmerksamkeit zu beanspruchen. Pibroch musste zum Beispiel zur Schmiede gebracht werden.

Draußen, im Sonnenlicht, das durch das Blätterdach der Bäume fiel, brachte Donald Fraser seiner ältesten Tochter gerade bei, wie man Pferde beschlägt. Die alten Gewohnheiten starben eben nicht so schnell.

«Halt ihn gut fest», sagte der Schmied, als das Mädchen sich bückte, um Pibrochs Huf anzuheben. «Und ordentlich stemmen. Du willst ein Hufeisen abnehmen, nicht das Pferd kitzeln.»

«Sie macht ihre Sache gut», meinte Anne.

«Ja», bestätigte Fraser stolz. «Außerdem *will* sie es lernen. Sie hat mich gebeten, es ihr beizubringen, nicht umgekehrt.»

«Ich arbeite lieber hier als im Haus», erklärte das Mädchen.

«Eine Hausfrau ist sie wirklich nicht.» Fraser verfolgte, wie seine Tochter das letzte Hufeisen löste. «Sie wird nicht brav zu allem ja und amen sagen, was ein Mann ihr anordnet. Anders als die jungen Frauen in Edinburgh, die solche neumodischen Ideen von den englischen *Sasannaich* aufschnappen.»

«Mein Vater sagt, Männer brauchen Frauen, die sich mit ihnen streiten, damit ihr Verstand scharf bleibt», fügte das Mädchen hinzu. «Es sei denn, man streitet sich mit *ihm* …»

«Mein Verstand ist schon scharf genug.» Fraser musste lächeln.

«Die neuen Häuser sind schön geworden», sagte Anne nach einer Weile. «Ich bin gestern vorbeigegangen. Ewans

Tochter war gerade draußen und putzte die Fenster. Aber der Reiz des Neuen wird irgendwann nachlassen, denke ich.»

«Den größten Teil der Arbeit hat Aeneas gemacht. Ich habe bloß die Nägel eingeschlagen.»

Bei der Erwähnung ihres Mannes senkte Anne den Kopf. Aeneas ertrug sie, weil ihm nichts anderes übrig blieb. Das hatte er unmissverständlich zum Ausdruck gebracht.

«Weißt du, was ich mir wünsche, Donald? Ich wünschte, ich wäre an jenem Tag auf dem Schlachtfeld gewesen, an MacGillivrays Seite.»

«Aber Mylady! Ihr habt Euer Leben behalten, und genau das hätte MacGillivray sich gewünscht.»

«Ein Leben, das ich kaum ertragen kann. Er hat nach mir geschickt, und ich bin nicht gekommen.» Sie sah den Schmied an. «Ich habe euch alle im Stich gelassen – das musste er doch glauben, als er starb.»

«Nein.» Fraser kratzte sich am Kopf. «Er wusste, dass Eure Schwester den Brief behalten hat, dass er nie bei Euch angekommen ist.»

*«Dé bha siud?»* Anne fühlte sich plötzlich ganz schwach. «Er hat es gewusst?»

«Ja, und er war heilfroh, dass Ihr nicht mit ansehen musstet, in welchem Schlamassel wir steckten.»

«Dann hat er nicht geglaubt, dass ich ihn im Stich gelassen habe?» Ihr wurde schwindelig.

«Als hättet Ihr uns jemals im Stich gelassen!» Fraser sah, wie bleich sie geworden war, und legte ihr die Hand auf den Arm. «Als könntet Ihr das jemals tun.» Er führte sie zu einer Bank, rief nach Màiri und bat sie, Ale zu bringen.

Während Anne ihren Krug austrank, erzählte Fraser ihr alles, woran er sich erinnern konnte, von Elizabeths

Besuch auf dem Feld am Abend zuvor, über den sinnlosen Nachtmarsch der Truppen nach Nairn und zurück und über den Morgen der Schlacht.

«Lord George ist geblieben, also haben wir das auch getan», sagte er. «Es war der Wille der Mehrheit. Wir wussten, dass es blutig enden würde, aber wenn der Prinz den Angriffsbefehl gegeben hätte, wären wir viel früher gestürmt, und vielleicht wären wir dann zu ihrer Artillerie durchgebrochen. MacGillivray hat getan, was er konnte, aber wir hatten keine Chance, weil wir nur noch so wenige waren und unsere Flanken vom Kartätschenbeschuss aufgerieben wurden.»

«Ich bin losgeritten, um euch vom Feld zu holen.» Annes Augen füllten sich mit Tränen. «Aber es war zu spät.»

«*Isd*, quält Euch nicht mehr. Ihr habt nichts getan, wofür Ihr um Vergebung bitten müsstet.»

Dann stand er auf, um nachzusehen, wie es mit dem Beschlagen voranging, und klopfte jeden Hufnagel noch einmal nach, damit seine Tochter sich nicht zu viel auf ihre Arbeit einbildete.

Anne wischte sich die Tränen ab. Trauer war etwas, was sie sich nicht leisten konnte, dafür war ihre Schuld zu groß. Sie hatte Freiheit und Unabhängigkeit höher bewertet als Menschenleben, wie sie den Clan zu den Waffen rief. Das konnte sie sich nicht verzeihen.

Als sie in Moy ankam und Pibroch an Schamlos übergab, der ihn absatteln und zu den anderen Pferden auf die Weide bringen sollte, saßen Aeneas und seine Tante bereits bei Tisch. Auf Annes Platz lag ein Brief.

«Willst du ihn nicht öffnen?», fragte Aeneas. «Vielleicht sind es wieder gute Nachrichten.»

Anne schüttelte den Kopf. Sie hatte die Schrift erkannt und wollte lieber warten, bis sie allein war.

«Auch ich habe gute Neuigkeiten», verkündete die Witwe. «Cumberland hat endlich mein Haus geräumt und ist nach London zurückgekehrt.»

«Schade, dass er seine Truppen nicht mitgenommen hat», bemerkte Aeneas.

«Mit denen werden wir wohl noch eine Weile leben müssen. Schließlich könnte sich ja unter jedem Stein ein falscher Prinz verstecken», erwiderte seine Tante. «Aber zumindest habt ihr das Haus jetzt wieder für euch allein.»

«Wie?» Aeneas schmunzelte. «Obwohl der Weinkeller noch nicht leer getrunken ist?»

«Noch heute Nachmittag fahre ich ab», bestätigte die Witwe, um mit einem schelmischen Lächeln hinzuzufügen: «Wer weiß, vielleicht ist der Keller bis dahin leer.»

Sie hatte es eilig, nach Inverness zu kommen und mit eigenen Augen zu sehen, in welchem Zustand Cumberland ihr Haus zurückgelassen hatte. Aeneas bot ihr an, sie zu begleiten, aber sie wollte nichts davon hören.

«Schamlos kann mich hinbringen», meinte sie.

Anne hatte sich inzwischen in ihr Zimmer zurückgezogen. Sie trat ans Fenster und öffnete den Brief – er war von Robert Nairn. Der Militärarzt hatte ihn für verhandlungsfähig erklärt. Robert schrieb:

> *Die Seeluft wird mir guttun. Viele der Engländer, die wir in Edinburgh auf Ehrenwort freigelassen haben, erinnern sich offenbar noch so gut an mich, dass sie gegen mich aussagen können. Das wird mich lehren, mit dem Feind herumzutändeln. Hoffentlich bin ich der letzte schottische Mann, der dafür gehängt wird!*

Es folgten gute Wünsche für Anne, Dank für ihre Hilfe und Freundschaft und für das gute Essen, das sie ihm während seiner Genesung geschickt hatte. Sie dürfe nicht denken, dass das seine Gesundung befördert habe, falls sie sich nun Vorwürfe mache, aber es habe die langen Wochen im Bett erträglicher gemacht. Morgen werde er auf ein Schiff nach Berwick gebracht, wo der Prozess stattfinden sollte. Er schloss mit den Worten:

> *Ich rechne damit, die Bekanntschaft mit einem gewissen lustfeindlichen Pastor zu erneuern. Zweifellos hat er sich schon einen Sitzplatz in der vordersten Reihe gesichert. Lebe wohl und liebe, Anne, denn das ist alles, was wir auf dieser Welt haben.*
> *Dein leider genesener Robert*

Anne ließ die Hand, in der sie den Brief hielt, sinken und schaute nach draußen. Diese lange Genesungszeit, und wofür? Robert Nairn war der Zahlmeister der jakobitischen Armee gewesen. Trotz seiner Scherze bedurfte es keiner freigelassenen Kriegsgefangenen, um ihn zu hängen. Auch ohne diese Zeugen würde es Beweise genug geben, um ihn hundertmal aufzuknüpfen. Auf der anderen Seite des Sees, zwischen den Bäumen, sah sie Aeneas fortreiten. Unten im Hof spannte Schamlos an. Die Witwe war vermutlich in ihrem Zimmer und packte.

Anne legte den Brief auf ihren Frisiertisch, verließ das Zimmer und hastete lautlos den Flur entlang zu den Räumen, die Aeneas bewohnte. Ihr Herz begann heftig zu schlagen, als sie die Tür zu seinem Zimmer öffnete. Sein Bett war zwar gemacht, aber man sah an den zerknitterten Laken, dass jemand darin geschlafen hatte. Auf der Kommode standen eine Flasche Whisky, dreiviertelvoll, und ein Glas. Aeneas' Geruch hing in der Luft, und das Gefühl seiner Gegenwart war so überwältigend, dass Anne meinte, er müsse hinter ihr stehen, wenn sie sich umdrehte. Es war beängstigend. Als sie seinen Kleiderschrank durchwühlte, kam sie sich vor wie ein Verbrecher, obwohl er das, was sie suchte, niemals vermissen würde. Sowie sie es gefunden hatte, wandte sie sich zum Gehen. Ihr Blick fiel auf die Whiskyflasche, und sie nahm sie ebenfalls mit.

Später beäugte Jessie kritisch den zugedeckten Korb. «Warum habt Ihr ihn erst mit hochgenommen?»

«Ich habe eine Überraschung eingepackt», antwortete Anne, während sie durch die Öffnung in dem Tuch, das den Korb bedeckte, Lebensmittel hineinlegte. «Hast du Rindersülze?»

«Aber in den Katen ist niemand krank», wandte Jessie ein, als sie ein kleines Töpfchen Sülze holte.

«Ich weiß. Aber ich sollte etwas mitbringen, wenn ich die Leute besuche.»

In diesem Moment kam Schamlos in die Küche, der die Reisekiste der Witwe zum Hinterausgang trug. Er hatte sich nicht stadtfein gemacht.

«Fährst du nicht mit?», fragte Jessie ihn.

«Nein, Aeneas hat mich zwar darum gebeten, aber die Witwe hat es sich anders überlegt. Ihr kennt sie ja.»

«Frauen!» Mitleidig schnalzte Anne mit der Zunge.

Draußen wartete die Witwe in ihrem Einspänner darauf, dass Schamlos die Kiste hinter den Sitz hob.

«Ich sollte mitfahren», brummte er.

«Ich bin schon allein herumkutschiert, als du noch nicht mal auf der Welt warst», erwiderte die Witwe. «Und die englischen Soldaten lassen Moy bekanntlich in Frieden. Also gib Ruhe und lass mich fahren.»

Anne wartete neben dem Wagen, den zugedeckten Korb zu ihren Füßen.

«Ich möchte mich verabschieden und Euch danken», sagte sie und umarmte die Witwe. *«Tapadh leat.»* Darauf griff sie nach dem Korb und machte sich auf den Weg zu den Steinkaten, während die Witwe von Jessie und Morag Abschied nahm.

Zehn Minuten später, als sie ungefähr eine Meile gefahren war, zügelte die Witwe das Pferd, hielt unter einer Baumgruppe an und wartete. Es dauerte nicht lange, und Anne trat aus dem Wald. Sie stellte ihren Korb neben die Reisekiste und stieg in den Wagen.

# 42

«Da möchte man ja selbst Gefangener sein», beschwerte sich der Wachposten, als er den Whisky im Korb sah.

«Der ist nicht für ihn. Er ist für Nan. Schließlich hat sie den Mann so gut wiederhergestellt, dass man ihn jetzt aufhängen kann. Vielleicht gibt sie dir ja ein Schlückchen ab, wenn du willst.»

«Aber erst, wenn es dunkel ist, sagt ihr das», versetzte der Posten, «dann erwischen sie mich nicht.»

Nans kleineres Kind hatte Angst und versteckte sich unter dem Tisch. Das ältere lugte hinter dem Vorhang des Schrankbettes hervor. Nan saß mit Robert am Tisch und war traurig, weil sie ihren Patienten verlieren würde. Der versuchte sie zu überzeugen, dass sie ihre Sache gut gemacht hatte und es nicht ihre Schuld war, wenn die Regierung ihr Werk bald zunichte machen würde – sondern seine. Doch als Anne den Korb auspackte, griff er als Erstes nach dem Whisky, nicht nach den Leckereien.

«*Uisge beatha*», sagte er. «Lebenswasser.»

«Ich hoffe, dass er seinem Namen Ehre machen wird», sagte Anne. «Aber der ist für Nan. Das Essen ist für die Kinder. Und das hier –» sie zog aus den Tiefen des Korbes ein Tuch hervor «– ist für dich.» Darunter lagen, ordentlich zusammengefaltet, ein Oberrock aus Leinen und ein ziemlich zerbeulter Hut. «Aeneas trägt diese Sachen nicht.» Sie schnitt eine Grimasse. «Vielleicht stammen sie noch aus seiner wilden Jugend in Frankreich.»

«Wohl kaum, die Franzosen haben einen besseren Geschmack», scherzte Robert. «Allein für das Tragen dieser Kleidungsstücke hätte ich den Galgen verdient.»

«Du wirst nicht hängen», sagte Anne. «Du wirst hier herausspazieren, und zwar in diesen Hosen.» Sie zog die zum Oberrock passenden Kniehosen aus, die sie unter dem Kleid getragen hatte. «Man wird nämlich nach einem Hochlandkrieger im Kilt suchen.»

«Bezaubernd.» Robert musste lächeln. «Wie schön, dass die Hosen wenigstens zum Rock passen.»

«Ich habe noch ein Stück steifes weißes Leinen», meinte Nan. «Daraus könnte ich einen Kragen nähen – dann würdest du als Geistlicher durchgehen.»

Der Plan war einfach: Kurz vor der Sperrstunde um zehn Uhr, sobald es dunkel genug war, würde Nan den Wachposten ablenken, indem sie mit ihm Whisky trank. Währenddessen konnte Robert aus der Tür schlüpfen. Wenn er erst einmal auf der Straße war, würde ihn niemand mehr beachten. Anne würde am Stadtrand mit dem Einspänner warten und ihn noch in der Nacht nach Portsoy bringen, einer kleinen Hafenstadt, in der er vielleicht ein Schiff finden würde, das ihn nach Frankreich bringen konnte.

«Heute Nacht? Aber man wird dich vermissen.»

«Erst, wenn es schon zu spät ist», beruhigte Anne ihn. «Und Aeneas wird mich schon nicht an die Engländer ausliefern.»

«Verliebt wie am ersten Tag», seufzte Robert.

«Nicht ganz», meinte Anne trocken. «Aber ausliefern wird er mich nicht. Er hat zu viel zu verlieren.»

Das stundenlange Warten würde ihr schwerfallen, dachte Anne, als sie zum Haus der Witwe zurückkehrte. Die hatte in ihrer Reisekiste einen *arasaid* und Annes Pistolen aus Moy mitgebracht. Aber um die langen Stunden bis zur Sperrstunde zu vertreiben, machten sich die beiden Frauen sogleich an die Arbeit, sämtliche Spuren Cumberlands im Haus zu beseitigen.

Als Aeneas sich zum Essen umzog, bemerkte er, dass die Whiskyflasche von seiner Kommode verschwunden war. Seine Tante war wirklich unverbesserlich, dachte er. Wenigstens seinen Schlummertrunk hätte sie ihm lassen können. Er begab sich in die Halle, doch da war niemand. Während er auf Anne wartete, las er die Post. Der erste Brief war von Forbes und enthielt eine Abschrift des Entwaffnungsgesetzes. Es war kürzlich vom Parlament verabschiedet worden, womit der Richter nicht einverstanden war. Er schrieb:

*Über schottisches Gesetz sollte Schottland entscheiden. Das hier ist ein Hohn der Union.*

Es war schlimmer, als Aeneas erwartet hatte. Jede einzelne Waffe des Hochlands wurde aufgeführt und verboten: «Breitschwert, Dolch, Kurzschwert oder Dolchmesser, Pistole, Gewehr oder andere Waffen». Nördlich des Clyde sollten alle Waffen eingesammelt und vernichtet werden. Männer oder Frauen, die eine Waffe behielten, trugen oder benutzten, sollten ins Gefängnis geworfen werden, bis sie eine hohe Geldstrafe bezahlt hatten. Männer, die nicht bezahlen konnten, sollten nach Amerika geschickt werden, um dort für die britische Armee zu kämpfen. Frauen würden sechs Monate lang inhaftiert bleiben. Ein zweiter Verstoß gegen das Gesetz bedeutete für beide Geschlechter die Deportation in die Kolonien und sieben Jahre Zwangsarbeit. Weiterhin verbot das Gesetz das Tragen der Hochlandtracht, das Tragen von Wappen und Farben der Clans sowie Dudelsäcke, außer beim Militär. Bei Zuwiderhandlung drohten ähnlich strenge Strafen. Alle Lehrer wurden gezwungen, einen Treueid auf die Krone zu leisten.

Es war niederschmetternd. Ihre Kultur würde ausgelöscht werden, denn auch die gälische Sprache wurde verboten. Und den Kindern würde man in der Schule Lügen beibringen.

Seine Ohnmacht bedrückte ihn. Er selbst hatte dazu beigetragen, dass es so weit gekommen war. Sie hatten alle zugesehen, wie die Vorherrschaft der Engländer seit dem Unionsabkommen immer mehr zugenommen hatte, wie ihre alte Stammeskultur Stück für Stück zerstört wurde. Er hatte sich bemüht zu retten, was zu retten war. Anne dagegen hatte gekämpft. Sie hatte recht gehabt.

Er wünschte, sie würde nach unten kommen. Wenn der Zorn sie packte, würden sie vielleicht endlich offen miteinander reden. Aeneas warf einen Blick auf den zweiten Brief. Es war ein Bogen mit vornehmem Briefkopf und kam vom englischen Königshof. Aeneas und seine Gemahlin wurden nach London befohlen, wo sie anlässlich der Wiederherstellung des Friedens zu einem festlichen Ball eingeladen waren.

«*Taigh na Galla ort!*», fluchte Aeneas. «Erst vernichten sie uns, dann lassen sie uns tanzen!» Er warf den Brief auf den Tisch, rief Jessie und schickte sie nach oben, um Anne zum Essen zu holen. Jessie war schnell wieder zurück.

«Sie ist nicht da.»

«Ist sie denn ausgegangen?»

«Gleich nach dem Mittagessen, als die Witwe abgefahren ist. Sie wollte zu den Katen.»

«Aber du hast gesehen, dass sie wiedergekommen ist?»

Jessie schüttelte den Kopf. «Ich habe mir nichts dabei gedacht. Aber so lange kann sie nicht ausgeblieben sein. Es ist ja schon fast dunkel.»

«Sag Schamlos, er soll mir ein ausgeruhtes Pferd satteln.» Mit einem unguten Gefühl im Bauch rannte

Aeneas nach oben in Annes Zimmer. Der Brief, den sie vor ein paar Stunden bekommen hatte, lag auf ihrem Frisiertisch. Als Aeneas ihn im schwindenden Tageslicht entzifferte, zogen sich seine Brauen zusammen. Mittlerweile bezweifelte er sehr, dass seiner Frau ein Unglück zugestoßen war. Er riss die Schublade auf, in der sie ihre Pistolen aufbewahrte – sie waren fort. Dann eilte er in sein eigenes Zimmer, zog die Uniform der Schwarzen Garde an, gürtete sein Schwert um, steckte sich eine Pistole in den Gürtel und lief wieder nach unten, wo er auf sein Pferd sprang.

Vor dem Haus schenkte Nan McKay dem Wachposten erneut ein und goss sich selbst nach. Sie hatte dafür gesorgt, dass er mit dem Rücken zur offenen Tür saß. Das Poussieren war nicht Nans Stärke, und da er Engländer war und sie nur Gälisch sprach, war es doppelt schwierig. Aber Robert hatte ihr Unterricht gegeben, und sie tat ihr Bestes: Sie lächelte, zuckte mit den Schultern, schaute dem Mann tief in die Augen, stellte Fragen und antwortete, obwohl weder er sie verstehen konnte noch sie ihn. Aber es schien ihm zu gefallen. Während er herzlich lachte – offenbar über einen Witz, den er selbst gemacht hatte –, spähte Robert vorsichtig aus der Tür. Nan stimmte in das Gelächter des Wachpostens ein, als wüsste sie, worum es ging. Robert nutzte den Moment und schlüpfte aus dem Haus und auf die Straße, wo er schnell in der Dunkelheit verschwand. Darauf goss Nan dem Wachposten noch einen großzügigen Schluck Whisky in seinen Zinnbecher, stieß mit ihm an und kehrte, als die Sperrstunde eingeläutet wurde, ins Haus zurück.

Am Stadtrand saß Anne wartend im Einspänner. Sie wickelte sich fester in ihren Tartanumhang, um die Abendkühle abzuhalten, und tastete nach den Pistolen in dessen Falten. Zehn Uhr, hatten sie gesagt. Mittlerweile war es nach zehn und gefährlich, sich draußen aufzuhalten. Dann stand Robert plötzlich da und kletterte neben sie in den Wagen. Er wirkte durch und durch wie der Geistliche, der er beileibe nicht war. Anne lächelte ihn erleichtert an, zog an den Zügeln und fuhr langsam an. Es fiel ihr schwer, das Pferd nicht zum vollen Galopp anzutreiben, aber das wäre zu auffällig gewesen. Doch sobald sie außer Sichweite der letzten Häuser waren, ging es in raschem Trab ostwärts in Richtung Küste.

«Wir haben es geschafft!», rief Robert.

«Ja.»

«Colonel Anne, du bist eine Heldin.»

«Nein», widersprach sie. «Das eigentliche Risiko hat Nan auf sich genommen.»

«Aber sie können nicht beweisen, dass Nan mir geholfen hat, oder?»

«Nein. Man wird sie zwar verhören, aber sie ist so arm, dass sie dir weder Kleidung kaufen noch ein Pferd hätte beschaffen können. Solange sie alles abstreitet, können sie ihr nichts anhaben.»

«Meine Familie wird dafür sorgen, dass es ihr nie wieder an etwas fehlt.» Das Mondlicht fiel auf das mit Narben überzogene Gesicht des jungen Mannes, der ernst geworden war. «Das werde ich euch niemals vergessen. Hoffnung, Hoffnung auf Leben.» Seine Augen füllten sich mit Tränen. «Ich wusste nicht, was es bedeutet, etwas so Selbstverständliches zu verlieren.»

«Weine nicht», sagte Anne und zügelte das Pferd, damit sie einen Arm um ihn legen konnte. «Wenn du mich erst damit ansteckst, höre ich vielleicht nie wieder auf.»

In diesem Moment hörten sie beide den Hufschlag eines galoppierenden Pferdes hinter ihnen. Anne umfasste die Zügel fester.

«Nicht schneller fahren», flüsterte Robert. «Wir haben nichts zu verbergen. Lass ihn einfach vorbeireiten, wer immer es auch ist.»

Doch der Reiter überholte sie nicht. Als er am Kopf des Kutschpferdes angekommen war, verlangsamte er das Tempo, streckte den Arm aus, packte das Zaumzeug und brachte das Gespann zum Stehen. Anne zog eine Pistole aus ihrem Umhang. Sie zielte auf seinen Rücken, doch da drehte er sich um – es war Aeneas.

*«Plus ça change»*, sagte er und hob eine Augenbraue. «Nichts ändert sich, außer dass ich diesmal nicht gehen werde. Du wirst schon schießen müssen.»

Anne ließ die Waffe sinken.

«Bitte, Aeneas», flehte sie. «Er wird sterben, wenn ich ihn nicht wegbringe.»

«Ist das dein Mann?», fragte Robert.

«Der bin ich», erwiderte Aeneas. «Und da Ihr sie ohnehin schon kompromittiert habt, warum sollte es mich scheren, ob Ihr lebt oder sterbt?»

«Für die Ehre Eurer Frau besteht von meiner Seite her keine Gefahr.»

Aeneas hob die Hand, um Schweigen zu gebieten, und horchte. «Aber für ihr Leben», fuhr er Robert tonlos an.

Jetzt hörten Anne und Robert es auch: marschierende Schritte, die auf sie zukamen.

Aeneas schwang sich aus dem Sattel in den Wagen und hängte die Zügel seines Pferdes über den Peitschenhalter. «Hinter den Sitz, schnell!»

Robert wurde über die Bank nach hinten verfrachtet und legte sich flach hin. Aeneas schob Anne auf den freigewordenen Platz, setzte sich neben sie, zog sie in seine Arme und küsste sie.

Seine plötzliche Nähe erschreckte sie, die Wärme seines Körpers, seine Arme, die sie hielten, sein Gesicht, so nah, sein Mund, sein Atem an ihrer Wange. Da löste Aeneas seine Lippen von den ihren und schob seinen Mund dicht an ihr Ohr.

«Versteck die Pistole», murmelte er, «und versuch so zu tun, als hättest du Spaß daran.»

Anne schob die Waffe tief in die Falten ihres Umhangs, und als Aeneas' Mund wieder ihre Lippen fand, schlang sie die Arme um seinen Hals. Sein Mund, der ihre Lippen öffnete, rief ein vertrautes Verlangen wach, das wie eine Erinnerung in ihr aufstieg und zu verzweifeltem Begehren anwuchs. Er rückte näher, drückte sich heftig an sie und hielt sie mit dem rechten Arm fest umschlungen. Gleichzeitig schob er seine linke Hand zu der Pistole an seinem Gürtel. Die Marschtritte von Männern waren jetzt ganz nah. Vielleicht würden sie einfach vorbeimarschieren.

«Halt!» Die Soldaten blieben stehen. «He, ihr!», rief eine Stimme.

Aeneas richtete sich auf und wandte sich um. Seine Augen leuchteten im Dunkeln.

«Gerade wenn es interessant wird», sagte er, und das fast vergessene angedeutete Lächeln zeichnete sich auf seinem Gesicht ab. Er sah den Sprechenden an, ohne Anne loszulassen, sodass sein rechter Arm, der um ihre Taille geschlungen war, seine Pistole verdeckte.

Auch Anne schaute auf. Der Mann, der sie angerufen hatte, war ein Sergeant und hielt eine Muskete in der Hand. Drei Rotröcke begleiteten ihn, einfache Soldaten mit geschulterten Gewehren. Einer stand hinter dem Sergeanten, der neben das Reitpferd getreten war und Aeneas musterte. Die beiden anderen blieben bei dem Kutschpferd stehen. Der gelbe Besatz an ihren roten Röcken verriet, dass sie zu Wolfes Regiment gehörten; sie waren eine Wachpatrouille, die nach Inverness zurückkehrte.

Alle vier schienen sich köstlich zu amüsieren. Anne spürte, wie Aeneas' linke Hand die Pistole fester packte. Doch ziehen und schießen konnte er erst, wenn der Sergeant feuerte. Sie ließ die Hände in die Falten ihres Umhangs gleiten und griff nach ihren beiden Waffen.

«Ihr seid Captain, nicht wahr?», sagte der Sergeant, nachdem er Aeneas' Uniform gemustert hatte. «Dann habt Ihr sicherlich auch einen Namen und die Erlaubnis, zu dieser späten Stunde unterwegs zu sein.»

Seine Leute grienten. Offenbar hielten sie das Stelldichein auf dieser abgelegenen Straße für genau das, was es zu sein vorgab, nämlich ein ehebrecherisches Rendezvous.

«Wäre es möglich», erwiderte Aeneas und ließ Anne los, «dass ihr einfach weiterzieht, anstatt die Dame in Verlegenheit zu bringen?»

Erneutes Grienen der drei Fußsoldaten. Auch der Sergeant grinste, als lache er über den Witz. Er hob die Muskete. Der Daumen der rechten Hand fehlte ihm.

«Um die Dame kümmern wir uns schon», röhrte er, während hinter ihm johlendes Gelächter losbrach. «Sorgt Euch lieber um Euch selbst.»

Anne feuerte durch das Tartantuch, und der Sergeant sank mit einem Loch in der Stirn zu Boden. Aeneas zog seine Pistole, zielte und feuerte auf den Soldaten dahinter. Dann sprang er vom Wagen und zog sein Schwert, während Anne ihre andere Pistole zückte, zielte und auf den dritten Mann schoss. Aeneas schwang das Schwert und schnitt dem vierten die Kehle durch. Alle drei sackten auf der Straße zusammen.

Hinter dem Sitz regte sich Robert. Er hob vorsichtig den Kopf und blickte hinunter. Staunend betrachtete er die vier leblosen Männer, die zu beiden Seiten des Kutschpferdes so verrenkt dalagen, wie sie zu Boden gegangen waren.

Er stieß einen leisen Pfiff aus. «Bin ich froh, dass wir auf derselben Seite sind.»

«Diese Männer sind mir schon einmal begegnet.» Aeneas steckte sein Schwert in die Scheide und zerrte die Leiche des daumenlosen Sergeanten vom Pferd weg. «Diesem hier jedenfalls. Sein Tod war längst überfällig.»

«Wir müssen rasch handeln», sagte Anne, «falls jemand die Schüsse gehört hat.»

«Könnt Ihr reiten?», fragte Aeneas Robert.

Er nickte und stieg aus dem Wagen.

«Dann nehmt mein Pferd.» Aeneas hielt ihm die Zügel hin. «Reitet durch Nairn nach Elgin. Der Hufschmied dort wird Euch Geld für das Tier geben und Euch in Lossiemouth auf ein Fischerboot bringen.»

«Ihr beide kommt zurecht?»

«Sofern wir hier wegkommen, ohne dass uns jemand sieht», sagte Aeneas. «Ihr werdet jedenfalls einen Ruf als exzellenter Kämpfer genießen, wenn Eure Flucht entdeckt wird und man die Rotröcke hier findet.»

Robert kam zu Anne geritten, die noch im Wagen saß, beugte sich hinab und küsste sie.

«Wenn du jemals mit ihm fertig sein solltest», sagte er augenzwinkernd, «schick ihn zu mir.»

«Reit los, Robert», drängte sie, während Aeneas wieder neben ihr Platz nahm. «Viel Glück.» Aus unerklärlichen Gründen füllten ihre Augen sich mit Tränen.

Der junge Zahlmeister wendete das Pferd und gab ihm die Sporen. Indes hob Aeneas die Zügel, und sie fuhren los.

Wie sehr Anne sich auch die Augen wischen mochte, sie war blind vor Tränen; ihre Kehle war wie zugeschnürt.

Sie vergrub das Gesicht im warmen Wolltuch ihres Umhangs und weinte, als wollte ihr das Herz zerbrechen, während Aeneas das Pferd ausholen ließ und sie durch die Nacht fuhren, nach Hause, zurück nach Moy – heil und unversehrt.

Als Aeneas im Hof hielt, weinte sie noch immer bittere, quälende Tränen. Aeneas rief nach Schamlos und trug ihm auf, das Pferd zu versorgen, dann hob er Anne aus dem Wagen und brachte sie ins Haus. Dort trug er sie nach oben in ihr Zimmer und legte sie aufs Bett. Sie zitterte am ganzen Leib und vergrub das Gesicht im Kopfkissen. Es dauerte nicht lange, und Jessie brachte Ale und Wein.

«Ich koche auch noch Tee», sagte sie, als sie zum Bett trat. Da bemerkte sie das Brandloch in Annes Umhang. «Ist sie verletzt? Angeschossen?»

«Nein.» Aeneas schüttelte den Kopf. «Ihr Herz schmerzt, aber verletzt ist sie nicht. Mach dir mit dem Tee keine Mühe.»

«Sie hat vieles zu betrauern», sagte Jessie. «Es ist gut, wenn sie endlich weinen kann.» Damit ließ sie die beiden allein.

Die ganze Nacht lang blieb Aeneas bei Anne, hielt sie, streichelte ihr Haar und murmelte liebevolle, tröstende Worte. Allmählich wurde ihr Schluchzen leiser und verebbte schließlich. Erschöpft schlief sie in seinen Armen ein. Er aber lag noch lange wach, die Wange an ihren Kopf geschmiegt, und atmete ihren Duft ein, den Duft seiner schlafenden Frau. Selbst als sie gedacht hatte, er würde ihre Rettungsaktion gefährden, hatte sie nicht geschossen, hatte es nicht fertiggebracht. Stattdessen hatte sie ihn um Hilfe gebeten. Er hatte sie also nicht verloren. Anne war es gewesen, die den ersten Schuss abgegeben hatte, um ihm das Leben zu retten. Damit hatte sie selbst auf ihre Deckung verzichtet und darauf vertraut, dass er sie unterstützen würde. Nein, er hatte sie nicht verloren – er hatte sie verstoßen. Stundenlang lag Aeneas wach, von Schuldgefühlen geplagt, bis er endlich einschlief. Als er wieder aufwachte, war sie fort.

# 43

Anne führte Pibroch über das Schlachtfeld. Still lag es in der Morgensonne, so ruhig und friedlich. Zwischen dem violetten Heidekraut spross in dichten Büscheln das kräftige Moorgras. Selbst die langen Gräberreihen waren schon nicht mehr als solche auszumachen, die Natur hatte ihr Land wieder zum Leben erweckt. Langsam ging Anne an den Gräbern entlang. Sie wusste, dass er hier irgendwo liegen musste, hatte aber keinen Anhaltspunkt, wo genau. Doch sie war auf der Suche nach der Stelle, wo er die letzten Augenblicke seines Lebens verbracht hatte. Sie wusste nicht, ob sie den Platz wiederfinden würde, bis sie den Stein sah.

*Brunnen der Toten* stand darauf. *Hier fiel das Oberhaupt der MacGillivrays.*

Anne kniete vor dem großen Gedenkstein nieder, zog ihren Dolch, schob die Klinge in den Boden und öffnete so das Erdreich. Sie holte seinen Brief hervor und schaute ihn noch einmal an. MacGillivray war in seiner charaktervollen Handschrift gegenwärtig, dem eigenhändig geschriebenen Namen. Lange kniete Anne vor dem Stein, den Brief in der Hand. Dann drückte sie das Papier an die Lippen, faltete es wieder zusammen und schob es in den Spalt im Boden.

«Damit du weißt, dass ich gekommen bin», flüsterte sie.

Mit dem Griff des Dolchs drückte sie die Erde über dem Spalt fest, schloss die Wunde im Boden über dem Brief.

Sie wischte die Klinge im Gras ab, steckte den Dolch in den Gürtel und beugte sich vor, um die Inschrift auf dem großen Stein mit den Fingerspitzen nachzuziehen.

*«Slàn leat, mo luaidh»*, sagte sie. «Lebe wohl, mein Liebster.»

Sie erhob sich und nahm Pibrochs Zügel. Als sie aufsah, bemerkte sie Aeneas, der nicht weit entfernt stand. Auf dem feuchten Boden hatte Anne weder seine Schritte noch die Huftritte seines Pferdes gehört. Sie ging auf ihn zu und blieb so dicht vor ihm stehen, dass sie ihn hätte berühren können. Sie schauten sich an.

«Es ist ein schöner Stein», sagte sie, im Wissen, dass er ihn aufgestellt hatte.

«Auch ich habe MacGillivray geliebt.»

«Ich weiß.» Letzte Nacht hatte er ihr zur Seite gestanden, hatte sein Leben für einen Mann riskiert, den er nicht kannte, um sie zu retten. Und das war es, was Aeneas von jeher getan hatte: Er hatte versucht, die Menschen zu beschützen, die ihm am Herzen lagen.

«Es tut mir so leid», sagte sie. «Ich habe dazu beigetragen, dass unsere Welt zerstört wurde und so viele von uns ihr Leben verloren haben.»

Einen Moment lang schloss er die Augen; sie wusste nicht, ob vor Schmerz oder aus Erleichterung. Dann legte er ihr die Hände auf die Schultern.

«Nein, Anne, *'s mis a tha duilich*», sagte er. «Ich bin es, den es reut und der sich schämt. Wenn wir gemeinsam für die Sache gekämpft hätten, hätte es nicht hier und nicht auf diese Weise geendet. Mein Platz wäre an deiner Seite gewesen.»

Sie umarmte ihn und zog ihn an sich, und als sie den Kopf an seine Brust legte, hörte sie seinen kräftigen Herzschlag.

«Ist es vorbei?»

«Nein.» Aeneas sah sie an. «Besiegt sind wir erst, wenn wir aufgeben. Es wird andere Wege geben.»

Anne war sich nicht sicher, welche Frage Aeneas beantwortet hatte, nicht einmal, wie ihre Frage gemeint gewesen war. Sie waren unzertrennbar aneinandergebunden, weil andere das so entschieden hatten; sie war seine Gefangene. Konnten sie sich aufrichtig füreinander entscheiden, wenn sie gar keine andere Wahl hatten? Sie legte ihre Hand in die seine, und gemeinsam führten sie ihre Pferde an den Rand des Moorlandes.

«Gestern Nacht», sagte Anne, als sie aufsaßen, «hattest du einen Fluchtweg parat.»

«Er war für uns gedacht. Wenn sie versucht hätten, dich zu hängen oder zu deportieren, wären wir jetzt in Frankreich. Dann würde Moy einem Engländer gehören.»

Also hätte er Moy für sie aufgegeben, ihr Wohl über sein eigenes gestellt, über das seines Clans und dessen Land. All die langen Wochen im Gefängnis war sie nicht allein gewesen: Aeneas hatte über sie gewacht. Er hatte ihr Morag geschickt und sie mit Lebensmitteln versorgt, und er hatte einen Fluchtweg organisiert. Selbst dann noch hatte er sich für sie entschieden, so wie von Anfang an und trotz allem, was sie getrennt hatte; so, wie er es geschworen hatte: sein Schwert und sein Clan zu ihrer Verteidigung. Jetzt würde nur noch der Tod sie und ihn scheiden. In diesem Augenblick wusste sie besser denn je, dass sie mit diesem Mann zusammenleben wollte.

«Lass uns nach Hause reiten», sagte sie.

Nach dem Frühstück brachen James Ray und seine Frau in ihrem vollbepackten Kutschwagen aus Inverness auf. Rays Dienstzeit war um, und sie würden wieder nach Hause fahren, gen Süden.

«Könnten wir nicht in Moy Hall haltmachen?», fragte Helen. «Es wäre doch schön, deinem Captain und seiner Frau Lebewohl zu sagen.»

«Nein», erwiderte Ray barsch. «Je schneller ich dich in die Zivilisation zurückbringe, desto besser. Seit unserer Ankunft hier legst du ein Betragen an den Tag, über das ich alles andere als glücklich bin.»

«Wir hätten auch mit dem Schiff fahren können», sagte Helen scheinheilig. Ihr Mann litt unter Seekrankheit und hatte es gar nicht gern, wenn man ihn daran erinnerte. «Oh, sieh mal.» Sie deutete auf die zerstörten Torfkaten, an denen sie gerade vorbeifuhren. Nur eine war noch heil; Rauch stieg durch das Loch im Dach auf. «Sind das nicht die Katen, an denen wir auf dem Hinweg vorbeigekommen sind? Wo wir Colonel Anne zum ersten Mal begegnet sind? Was hier wohl passiert ist?»

«Sei still!» Ray hielt an. Er schaute in die entgegengesetzte Richtung, die sanfte Anhöhe auf der anderen Straßenseite hinauf. Auf halber Höhe hockte eine Frau und melkte eine Kuh. Sie kam ihm irgendwie bekannt vor. Ray hielt die Kutsche an und stieg aus, zog sein Schwert und ging den Hügel hinauf.

Die alte Frau saß vornübergebeugt neben der Kuh, den Kopf zur Seite gedreht und gegen die Flanke des Tieres gedrückt. Rhythmisch zog sie an den Zitzen. Helle, rahmige Milch schoss in den Holzeimer. Aus dem Augenwinkel sah sie den Mann mit gezücktem Schwert heranschleichen. Nun zog er seine Pistole.

«Heda!», rief er, als er nahe genug herangekommen war.

Sie antwortete nicht, aber ihr Blick fiel auf die Heugabel, die neben ihr im hohen Gras lag. Jetzt stand der Mann direkt hinter ihr.

«Bist du taub?», brüllte er.

Sie sprang auf, packte die Heugabel und stieß zu. Die Zinken fuhren tief in den Bauch des Mannes. Mit einem wahnsinnigen, zahnlosen Grinsen drückte die Alte sie ruckartig tiefer.

Ray erschauerte. Sein Körper zuckte, seine Augen weiteten sich. Das Schwert fiel ihm aus der Hand. Sein Mund öffnete sich, Blut sickerte heraus. Er versuchte, mit der Pistole zu zielen.

«*Danns, a Sasannaich!*», knurrte Meg und drehte die Gabel.

Der Schuss ging los, in die Luft.

Als Helen einen Knall hörte, stand sie im Wagen auf und blickte die Anhöhe hinauf; sie sah, wie ihr Mann mit einer Frau sprach. Geduldig setzte sie sich wieder hin und wartete.

Oben auf dem Hügel ließ die alte Frau die Leiche des Engländers fallen, indem sie die Heugabel aus dem leblosen Körper zog und in die Erde stach, um sie zu reinigen. Dann nahm sie ihren Melkeimer und machte sich eilig davon.

Eine Kultur lag im Sterben. Gewissermaßen über Nacht verschwand der Tartan aus dem Land. Garnfärber leerten Fässer voll leuchtender Farben aus, und auf den klappernden Webstühlen wurden fleißig Braun- und Grautöne verarbeitet. Schottische Mützen, Gürtel und Broschen wurden weggelegt, Dudelsäcke verbrannt. Man tanzte nicht mehr; die alten Lieder starben aus. Die Männer legten die unmännliche Kleidung der Tieflandschotten an und fluchten dabei über deren Unbequemlichkeit. Die Frauen verwandelten ihre *arasaidean* in Wolldecken und verrenkten sich fast die Zungen, um neue Wörter zu lernen – Gälisch wurde nur noch heimlich und hinter verschlossenen Türen gesprochen. Die Waffen wurden zur

Vernichtung abgeliefert. Dennoch begann die britische Armee, systematisch jedes Haus nach nicht abgegebenen Waffen zu durchsuchen, wobei es erneut zu Plünderungen und grausamen Gewalttaten kam.

In Moy übernahm Aenas selbst die Aufgabe, die Waffen einzusammeln. Seine Leute sollten keine Überfälle mehr erleiden. Als der August in einen milden September überging, machten er und Schamlos mit dem Fuhrwerk die Runde bei den kleinen Höfen und Katen und bedankten sich bei den Männern und Frauen für die Mithilfe, während sie sich bemühten, deren Beschämung zu übersehen.

«Aus Schwertern werden Pflugscharen», sagte Donald voller Trauer, als sie die Waffen in der Schmiede ablieferten, «wie es im Buch der Bücher heißt.» Aber keiner von ihnen glaubte daran, dass aus tiefster Demütigung etwas Gutes erwachsen könne.

Anne hatte begonnen, den Bewohnern von Moy die englische Sprache beizubringen. Die Kinder lernten in der Schule ohnehin schnell, denn die Lehrer ließen nicht zu, dass ihnen im Unterricht auch nur ein einziges Wort ihrer Muttersprache über die Lippen kam. Es war keine schöne Aufgabe, auch wenn Anne in den ersten Tagen mehr gälische Flüche lernte, als sie in ihrem ganzen bisherigen Leben gehört hatte. Die königliche Einladung war daher beinahe eine willkommene Abwechslung.

«Du kannst doch nicht allen Ernstes *gerne* hinfahren wollen!» Aeneas schaute kopfschüttelnd zu, wie Anne die letzten Sachen in die Reisekiste packte.

«Doch», erwiderte sie. «Ich will die Leute sehen, die uns vorschreiben, wie wir zu sprechen, uns zu kleiden und zu leben haben. Und ich will, dass sie uns sehen.» Mit einer Geste forderte sie ihren Mann auf, sich auf den Deckel der Kiste zu setzen, damit sie die Riemen schließen konnte. «Außerdem haben wir gar keine andere Wahl.»

Aeneas trug den Kilt, der zur Uniform der Schwarzen Garde gehörte. Am liebsten hätte er den Dienst quittiert, aber dann wäre ihm das Tragen von Waffen und seines Umhangs verboten gewesen. Nur dem Militär war es noch erlaubt, Tartan zu tragen.

«Ich fühle mich wie ein Verräter, wenn ich diese Uniform anhabe.»

«Wenigstens einer von uns sollte auf der Reise bewaffnet sein», meinte Anne, während sie den Lederriemen um die Kiste festzog. «Das ist sicherer.»

«Erwartest du Schwierigkeiten?»

«Nicht im Geringsten», antwortete sie, lächelte und küsste ihn auf den Mund. Dann machte sie sich daran, den zweiten Riemen zu schließen.

«Ich würde mich wohler fühlen, wenn du eben nicht gelächelt hättest. Du wirst dich benehmen müssen da unten im Süden.»

«Das werde ich», versicherte Anne. «Ich will schließlich einen Herzog beeindrucken.» Ihre Haft würde nämlich erst aufgehoben werden, wenn Cumberland einwilligte.

«Da, du lächelst schon wieder.» Aeneas zog sie an sich und legte die Arme um sie.

«Dieser Teil des neuen Gesetzes muss mir entgangen sein: ‹Lächeln ist verboten. Jeder Schotte, der nördlich von Stirling beim Lächeln ertappt wird, wird auf der Stelle erschossen.›»

Er warf sie aufs Bett und hielt sie fest. «Man darf nur nicht ohne Grund lächeln», meinte er und schob ihren Rock hoch.

«Jetzt tust du es selbst», sagte Anne lachend. «Lächeln ohne Grund.»

«Oh, ich habe Grund genug», murmelte Aeneas und

küsste sie auf den Hals, «und ein Heilmittel, wenn auch nur ein kurzfristiges.» Er ließ seine Hände über ihre Schenkel gleiten. «Und wenn ich damit fertig bin –», seine Lippen streiften sanft ihren Mund, «– werde ich wenigstens wissen, warum du lächelst.»

In diesem Moment wurde die Schlafzimmertür geöffnet, und Jessie trat ein.

Sie errötete beim Anblick, der sich ihr bot, fasste sich aber sogleich wieder und sagte aufgeregt: «Nan McKay wurde vor drei Tagen verhaftet. Sie lassen sie weder essen noch schlafen, und sie darf sich nicht einmal setzen, bis sie sagt, wer Robert Nairn zur Flucht verholfen hat.»

«Vor drei Tagen?» Anne war erschüttert. Sie war fest davon überzeugt gewesen, dass Nan wegen ihrer Armut nicht verdächtigt werden würde. «Warum hat uns denn niemand Bescheid gegeben?»

«Die Witwe hat es selbst gerade erst erfahren und die Nachricht geschickt.»

Im Einspänner auf dem Weg nach Inverness konnte Anne sich nicht beruhigen. «Robert Nairn zur Flucht zu verhelfen war meine Idee. Ich kann nicht zulassen, dass Nan dafür bestraft wird.»

«Dein Geständnis würde daran nichts ändern.»

«Aber es würde das Verhör beenden.»

«Dann würdest du hängen, und ich gleich daneben.»

«Nein», widersprach sie. «Dich halte ich da heraus.»

«Das kannst du nicht, selbst wenn ich es zuließe; du bist meine Gefangene. Ich werde für alle deine Taten verantwortlich gemacht werden.»

Anne war erschrocken. In Moy erschien es ihr mittlerweile nur noch lästig, dass sie eine Gefangene und Aeneas ihr Wächter war. Doch außerhalb dieser kleinen Welt bekam sie die Ohnmacht zu spüren, zu der sie

Cumberlands Befehl verdammt hatte: Sie war zur Hilflosigkeit verurteilt, stellte eine Belastung, keine Gefährtin mehr dar, war nicht ebenbürtig, nicht in der Lage, zu handeln oder Verantwortung für ihre Handlungen zu übernehmen; sie war wie ein kleines Kind oder ein ungezogener Hund. Wenn sie sich unpassend äußerte oder falsch verhielte, würde Aeneas darunter leiden müssen, und mit ihm auch ihre Leute. Die Unfreiheit, in der sie leben musste, war niederschmetternd.

«Was können wir denn dann nur tun?»

«Sie wollen Opfer, keine Gerechtigkeit.» Aeneas griff mit einer Hand nach Annes. «Einer aus dem Clan wird gestehen, wenn es sein muss. Es wird nur eine Gefängnisstrafe geben.»

«Und wenn nicht?»

«Ein Schritt nach dem anderen. Wir werden sehen, was kommt. Nur sag auf keinen Fall etwas, was wir nicht vorher miteinander abgesprochen haben.»

Im Gefängnis ließ man sie nur in den Verhörraum, weil Aeneas Hauptmann der Armee war. Fünf Minuten, sagte der Wärter. Nan McKay ging es schlecht. Ihre Beine waren vom langen Stehen geschwollen und aufgedunsen, und sie war am ganzen Körper mit blauschwarzen Blutergüssen übersät, weil man sie geschlagen hatte, um sie wach zu halten.

*«Uisge»*, bat sie. Ihre Lippen waren schon ganz aufgesprungen.

Anne holte ihr etwas Wasser aus dem Eimer. Die Warnung, nicht Gälisch zu sprechen, hätte keinen Sinn gehabt – trotz der schauerlichen Geschichten über abgeschnittene Zungen, die angeblich zur Warnung an die Türen öffentlicher Gebäude genagelt wurden. Wie die meisten Frauen aus dem Hochland und von den Inseln konnte Nan kein Englisch. Vermutlich besaß sie ihre Zunge nur noch, weil man wollte, dass sie aussagte.

«Wir holen dich hier heraus», versprach Anne, während die Gefangene aus dem Zinnbecher trank.

«Ich sage nichts», flüsterte die gequält zwischen zwei Schlucken. «Was sie mir auch antun mögen, ich sage nichts.»

«Wir lassen dich nicht im Stich», bekräftigte Aeneas. «Wir sorgen dafür, dass das hier bald ein Ende hat.»

Als Anne und Aeneas die Amtsräume von Lord Louden betraten, war der in ein erhitztes Gespräch mit Richter Forbes verwickelt. Der Earl hob die Hände über den Kopf.

«Ich nehme an, Ihr kommt, um ein Geständnis abzulegen?»

«Selbstverständlich nicht», gab Aeneas zur Antwort.

«Ich schon», sagte Anne.

«Zum Zeitpunkt von Robert Nairns Flucht war meine Frau bei mir.» Aeneas warf ihr einen grimmigen Blick zu.

«Wenn du mich bitte ausreden lassen würdest», protestierte Anne, «ich wollte hinzufügen: wenn ich mit einem Geständnis die Folter beenden kann.»

Der Befehlshaber stand sichtlich unter Druck. «Ich nehme an, Ihr wisst, dass Eure Tante bereits ein Geständnis abgelegt hat. Demnach hat sie Whisky, Kleidung und einen Wagen für die Flucht des Rebellen zur Verfügung gestellt.»

«Das hat sie gestanden?»

«Wie jedes einzelne Mitglied ihres Haushalts auch.» Louden schäumte vor Wut. «Einer nach dem anderen. Gleich nehme ich auch noch Forbes' Geständnis auf, und dann wird ohne Zweifel sein gesamtes Personal das Gleiche aussagen. Vielleicht möchtet Ihr Euch da einreihen?»

«Oh, nein», wehrte Aeneas ab. «Wir verpassen noch unser Schiff.»

«Dann geht beruhigt an Bord. Ich habe soeben den Befehl erlassen, dass die Folterung von Nan McKay unverzüglich einzustellen ist. Aber sie bleibt in Haft, bis die Strafe vollzogen wurde.»

«Ich bin gekommen, um gegen ihre Behandlung zu protestieren», knurrte Forbes, «nicht, um ein Geständnis abzulegen. Außerdem werde ich gegen diese Strafe Einspruch einlegen. Achthundert Hiebe kommen einer Hinrichtung gleich. Sie ist keine Angehörige des Militärs, also hat das Militär kein Recht, sie zu verurteilen oder zu bestrafen.»

«Achthundert Hiebe?» Halt suchend griff Anne nach Aeneas' Arm.

«Ich habe selbst soeben mit der Frau gesprochen», sagte er. «Sie hat nichts Unrechtes getan.»

«Das behaupten sie alle», erklärte Louden. «Aber der Wachposten hat ausgesagt, dass sie ihn abgelenkt hat. Die Strafe ist außergewöhnlich hart, das kann ich nicht leugnen; ich kann das Urteil jedoch nicht aufheben.»

«Der Herzog von Cumberland kann es», bemerkte Forbes.

«Dann werden wir ihn darum bitten», sagte Aeneas. «Wann soll die Strafe vollzogen werden?»

«Ende des nächsten Monats», antwortete Louden. «Fahrt nach London. Ich sorge dafür, dass der Frau nichts geschieht, bis Ihr zurückkommt.»

Darauf tranken sie alle einen Whisky, und Forbes führte seine Kritik an den Repressionsgesetzen aus. Gerade wurde ein neues Gesetz ausgearbeitet, das die spezifisch schottische Erbgerichtsbarkeit abschaffen sollte. Wenn es verabschiedet war, würden die Clanoberhäupter keine Autorität mehr über ihre Leute haben.

«Ihr werdet zu bloßen Grundherren degradiert. Mit den Clans ist es vorbei.»

«Sie können nicht verhindern, dass du das Oberhaupt bist, oder?», fragte Anne. «Die Leute haben dich doch gewählt. Nur sie können dich absetzen.»

Aeneas schüttelte den Kopf. Dieses Gesetz war ein Schlag, vielleicht der härteste, den man ihrer Kultur versetzen konnte. Es löste die Bande zwischen den Clansleuten und nahm ihnen die Möglichkeit, selbst zu bestimmen, wer an ihrer Spitze stehen sollte.

«Wenn ein Häuptling nicht mehr die Macht hat, Streitigkeiten beizulegen, welche Bedeutung hat er dann noch? Die Leute werden sich an den Staat wenden. Es wird keinen Grund mehr geben, einen Häuptling zu haben.»

«Bald wird es hier außer Rindern und Schafen ohnehin nichts mehr geben», klagte Forbes. Er war enttäuscht: Um die Regierung zu unterstützen, hatte er aus eigenen Mitteln Clanoberhäupter bestochen und Abteilungen der Schwarzen Garde finanziert, doch eine Entschädigung hatte er dafür nicht erhalten. Und nun wurden seine Gerichte umgangen.

Clanangehörige, die von den verlorenen Ländereien verdrängt wurden, flohen in die großen Städte. Andere verließen das Land aus freien Stücken, weil sie die Veränderungen, die ihnen aufgezwungen wurden, nicht ertragen konnten. Jeden Tag legten Schiffe nach Amerika ab, auf denen sich entrechtete Clansleute drängten.

Doch das Schlimmste war für Forbes, dass der Name seines Hauses von nun an nicht mehr für achtbare Rechtsprechung stehen, sondern als Bezeichnung für eine Stätte blutigen Gemetzels in die Geschichte eingehen würde, für eine Schlacht, die eine noch blutigere Befriedung eingeleitet und zur Vernichtung eines ganzen Volkes geführt hatte: Culloden.

Louden schenkte dem Richter noch einen Whisky ein und brachte Anne und Aeneas schließlich zur Tür.

«Habt Ihr schon gehört, dass Euer Lieutenant umgebracht wurde?», fragte er. «Wir haben die Leiche letzte Woche auf ein Schiff nach Süden verladen, in Begleitung seiner Frau. Es ist ganz in der Nähe von Moy geschehen.»

«Hat es ein Scharmützel gegeben?» Aeneas runzelte die Stirn.

«Nein.» Loudens Stimme klang müde. «Es war das Werk eines einzelnen Schurken. Die übliche Geschichte, kein Mensch hat etwas gesehen. Ray hat seine Frau in der Kutsche warten lassen und ist losgegangen, um mit einem alten Weib zu reden. Und ist nicht wiedergekommen. Zwei Stiche, wohl mit einem Bajonett, meint der Wundarzt.» Nach einer Pause fügte er hinzu: «Ich habe die Wunden gesehen. Das Seltsame ist, ich könnte schwören, dass sie von den Zinken einer Heugabel stammen. So viel zum Waffenverbot.» Er wünschte den beiden eine gute Reise und schloss die Tür.

Anne und Aeneas sahen sich an. Seit dem Überfall auf die Katen war eine gewisse alte Frau nicht mehr gesehen worden. Daher hatte man angenommen, sie sei tot.

«Meg», sagten beide wie aus einem Munde.

# 44

London war für Anne und Aeneas überwältigend. Das Häusermeer erstreckte sich schier endlos und wurde nur durch den Fluss unterbrochen, der mitten durch die Stadt strömte. Sogar diese Wasserstraße schien voller Menschen zu sein, es wimmelte von Booten, Schiffen und Lastkähnen; ein unaufhörlicher, rastloser Strom von Kutschen und Sänften zog sich über die zahlreichen Brücken. Es gab elegante Plätze mit hochherrschaftlichen Steinhäusern, abgesperrt mit schmiedeeisernen Gittern. Dazwischen duckten sich ärmliche Absteigen. Auf den Bürgersteigen drängten sich Bettler, Händler und Hausierer. An jeder Ecke gaben Verfasser politischer Flugschriften und Straßenprediger ihre Ansichten zum Besten. Rauch hing in der Luft; dazu kamen die Gerüche aus Garküchen und Bäckereien, Zuckerraffinerien und Textilfabriken, Brauereien und Branntweinbrennereien und der Gestank der Metzgerläden und der Abwässer, die aus den überfließenden Sickergruben unter den Häusern auf die Straßen rannen. London war weitaus herrschaftlicher als Edinburgh, aber auch verkommener.

«Geht es dir gut?», fragte Aeneas und trat zu Anne, die aus dem Fenster ihrer Unterkunft das geschäftige Treiben beobachtete.

«Sie sind sehr klein», sagte sie.

«Aber es sind viele», versetzte er trocken. «Wie Ameisen.»

«Ich kann den Männern in die Augen sehen, ohne den Kopf heben zu müssen, und die meisten Frauen reichen mir nur bis an die Nasenspitze.» Sie warf ihm einen Blick zu. «Du musst dir ja wie ein Riese vorkommen.»

«Ich fühle mich fehl am Platz. Aber du hast meine Frage nicht beantwortet. Dieses Grüblerische steht dir nicht.»

«Ich fürchte, ich habe Angst.»

«Wovor?»

«Um Nan. Aus allem, was ich tue, entsteht Böses.» Ihre Augen trübten sich. «Wird Cumberland dich empfangen?»

«Ich habe ihn darum ersucht, und er ist der Gastgeber des morgigen Balles. Dort können wir bestimmt kurz mit ihm sprechen.»

«Du jedenfalls.» Anne sah wieder zum Fenster hinaus. «Helen sagt, ich darf nur dann mit Leuten sprechen, die über mir stehen, wenn sie zuerst das Wort an mich richten.»

Aeneas legte ihr die Hände auf die Schultern und drehte sie zu sich herum.

«Leute, die über dir stehen, werden nicht anwesend sein», sagte er, «weil es keine gibt. Nimm das nicht einfach so hin. Daheim sprichst du mit Stallburschen, Bediensteten und Schmieden ebenso wie mit Prinzen, Grafen und Herzögen; du behandelst sie alle gleich, wie sie auch dich alle gleich behandeln. Das ist unsere Art zu leben. Wenn sich die Gelegenheit zu einem Gespräch mit Cumberland ergibt, dann ergreif sie.»

Sie nickte, aber ohne rechte Überzeugung.

Sie waren Gäste in Helen Rays Haus. Trotz ihres kürzlich erlittenen Verlustes hatte die Engländerin darauf bestanden, Anne darin zu unterweisen, wie man sich bei Hofe zu benehmen hatte. Aeneas war ein hoffnungsloser Fall. Er weigerte sich strikt, eine höfische Verbeugung zu machen. Ein kurzes Nicken für Cumberland war alles, was er sich abringen lassen würde, und das auch nur, weil Nans Leben davon abhängen konnte.

«Sie wollten Hochlandschotten sehen, also werde ich mich auch benehmen wie einer», sagte er.

Helen kam aufgeregt ins Zimmer. «Ihr habt Besuch», verkündete sie. Hinter ihr zog ein hochgewachsener blonder Mann in Stadtkleidung den Kopf ein, als er durch die Tür trat, und blieb stehen. Ihm folgte eine zierliche, jüngere Frau.

«Francis!» Anne hauchte ungläubig seinen Namen, dann lief sie durchs Zimmer, warf sich in seine Arme und rief: «Francis!»

«Anne!» Francis wirbelte sie durch die Luft und zerdrückte sie fast in seinen Armen. «Es ist so lange her. Ich dachte, wir würden uns nie wiedersehen.»

Aeneas schloss sich dem Willkommen an. «Wenn du irgendwann meine Frau absetzt», sagte er, «würde ich dir gerne die Hand schütteln.» Sie schlugen sich auf den Rücken und umarmten sich – und es gab jede Menge Scherze wegen der ungewohnten Londoner Kleidung.

Francis, Baron Bàn, war ein Mann, der von den Toten zurückgekehrt war. Die Todesstrafe war zu einer Verbannung aus Schottland auf Lebenszeit abgemildert worden.

«Dass ich noch lebe, habe ich deinen Bittschriften zu verdanken – und meiner Frau», sagte Francis. «Darf ich vorstellen: Mistress Elizabeth Eyre, Lady Monaltrie.»

Als Aeneas nach ihrer Hand griff, um sie zu schütteln, versank sie in einem Knicks.

«Hoppla», sagte er und griff nach ihrem Arm. Erst dann erkannte er, dass sie nicht gestolpert war, sondern die seltsame Prozedur vollführt hatte, die hier bei solchen Gelegenheiten üblich war. Alle lachten herzlich.

«Ich habe die beiden gebeten, zum Essen zu bleiben», erklärte Helen. «Ihr werdet euch vieles zu erzählen haben.»

Annes erste Sorge galt ihrem Bruder, der mittlerweile in Frankreich im Exil lebte.

«Hast du James noch gesehen, bevor er abgefahren ist?»

Francis nickte. «Ich habe ihn zum Schiff begleitet. Wenn Elizabeth nicht gewesen wäre, hätte auch ich ins Exil gehen müssen. Er sagte, sein Leben habe er dir zu verdanken. Hat er dir das nicht geschrieben?»

«Doch, natürlich, aber du weißt ja, wie sparsam er mit Worten umgeht. Geht es ihm gut?»

«Er hinkt leicht, aber er ist bei guter Gesundheit. Sein Gemütszustand ist eine andere Sache.»

«Wir werden uns weiterhin um eine Begnadigung bemühen», versprach Aeneas, «damit er heimkehren kann, und du auch.»

«Francis redet die ganze Zeit von seinem geliebten Hochland», sagte Elizabeth. «Ich nehme an, die arme Helen empfindet ganz ähnlich, schließlich hat sie ebenfalls ihr Zuhause verloren.»

«Ach, das ist nicht dasselbe», meinte Helen. «Mein Bruder hat angeboten, mich aufzunehmen. Zumindest werde ich in London bleiben können. Mit Verbannung ist das nicht zu vergleichen.»

«Du willst also nicht in diesem Haus bleiben?», fragte Anne.

«Ich kann nicht bleiben», erklärte Helen. «Es ist mein Elternhaus, mein Vater hat es mir vererbt, aber natürlich ist es in den Besitz meines Mannes übergegangen, als wir heirateten. Es gehört jetzt seinem Neffen.»

Da sie einige Zeit im schottischen Hochland verbracht hatte, kam das überraschte Entsetzen ihrer Besucher nicht unerwartet. «So schlimm ist das nicht», fügte sie hinzu. «Die Häuser eurer Clanoberhäupter gehen schließlich auch auf den Erben über.»

«Aber keine Frau verliert ihr Heim, wenn der Mann stirbt, sei sie die Ehefrau oder nicht», sagte Aeneas, «und die Witwe eines Clanoberhaupts bekommt ein eigenes neues Haus sowie ein Einkommen für den Rest ihres Lebens. Ich hoffe, dein Neffe hat vor, für dich zu sorgen.»

«So ist das hier leider nicht», sagte Helen. «Aber ich werde wahrscheinlich wieder heiraten», setzte sie munter hinzu. «Ich bin schließlich noch jung und hübsch genug.»

Das stimmte zweifellos, und doch verstummten die drei Hochlandschotten peinlich berührt. Eine Kritik an den Sitten und Gebräuchen ihrer Gastgeber wäre ein Affront gegen die Gastfreundschaft. Aber wenn in einer Ehe die Frauen ihres Besitzes beraubt wurden, war das in ihren Augen Diebstahl.

«Erzähl ihnen von Lady Broughton», bat Elizabeth ihren Mann, ein taktvoller Versuch, das Gespräch in andere Bahnen zu lenken.

«Meine Frau sollte die Geschichte selbst erzählen», sagte Francis, «sie ist ganz fasziniert davon.» Aber Elizabeth senkte schüchtern den Kopf, und so erzählte er: Nach Culloden hatte Greta Fergusson sich mit Hilfe verschiedener Freunde in Edinburgh versteckt gehalten. Dort hatte sie auch ihr Kind zur Welt gebracht, aber es wurde zu früh geboren und starb. Zweimal war ihr Versuch fehlgeschlagen, von Leith nach Frankreich überzusetzen, also war sie südwärts gereist und hatte in verschiedenen Häfen versucht, auf den Kontinent zu gelangen. Schließlich war sie in London gelandet.

«Aber sie wird immer noch gesucht», rief Anne besorgt. «Wurde sie gefangen genommen?»

Elizabeth vergaß ihre Schüchternheit. «Nein!», erwiderte sie. «Aber nur, weil Francis sie überzeugt hat, die Suche nach ihrem Mann aufzugeben.»

«Aber John Murray würde seiner Frau doch sicher helfen», sagte Aeneas. «Er hat jedenfalls bewiesen, dass er in der Lage ist, sich selbst zu helfen.» Sir John war zum Kronzeugen geworden und hatte den verhassten Lord Lovat verraten, um die eigene Haut zu retten.

«Das bezweifle ich», widersprach Francis. «Er hat seinen Titel und seine Güter zurückbekommen, und das würde er nicht aufs Spiel setzen, nicht wegen Greta. Nach seiner Freilassung hat er sich mit einem Quäker-Mädchen eingelassen, das er jetzt als Lady Broughton ausgibt.»

«Aber die echte Lady Broughton ist in Sicherheit», endete Elizabeth triumphierend. «Mein Vater kennt einen Kapitän, der bereit war, ihr zu helfen, und gleich am nächsten Tag ist sie nach Frankreich gesegelt.»

«Wie aufregend!», rief Helen aus. «Ich weiß wirklich nicht, warum sie die Leute immer noch verfolgen müssen. Schließlich ist es vorbei. Genau das feiern wir ja morgen.»

«Es war eine Einladung, die wir kaum ablehnen konnten», bemerkte Aeneas.

«Nein, nicht wenn Eure Frau der Ehrengast ist», sagte Elizabeth. Als sie den Blick sah, den die beiden wechselten, fragte sie: «Wusstet Ihr das etwa nicht?»

Anne schüttelte den Kopf. Die Erinnerung daran, dass sie morgen die kritische Musterung durch Englands Höflinge über sich ergehen lassen musste, verunsicherte sie schon; und das Wissen, dass die Aufmerksamkeit sich auf sie konzentrieren würde, steigerte dies noch erheblich.

«Ich glaube kaum, dass der Duke von Cumberland vorhat, mich zu ehren.»

«Ach, vergesst ihn», meinte Helen. «Er stolziert umher wie ein siegreicher Held, aber dass er diese Schlacht gewonnen hat, war doch reines Glück. Zuvor hat er noch nie einen Sieg davongetragen, und wir wären alle höchst überrascht, wenn es ihm je wieder gelänge.»

«Wenn England vor einer Invasion sicher ist, dann wegen der Marine», sagte Francis, «nicht wegen der Armee. Ich bezweifle, dass sie in der Lage sein werden, die Besitzungen in den Provinzen der Neuen Welt gegen die Franzosen und die Spanier zu halten.»

«Doch, das werden sie, wenn diese Armee aus Clanangehörigen besteht», entgegnete Aeneas, «und genau das sollen die Verbote bewirken: Wir können die Hochlandkleidung und unsere Kriegskünste nur bewahren, wenn wir in die britische Armee eintreten. Dieser Ball morgen soll uns doch nur ködern.»

«Ihr seid sehr misstrauisch, Aeneas», schalt Helen. «Es ist eine Friedensfeier.»

«Zu der der Feind geladen wird?»

«Der besiegte Feind», fügte Anne hinzu.

«Ihr seht das falsch», sagte Elizabeth. «Ganz London will Euch sehen. Jetzt, wo Ihr keine Bedrohung mehr seid, können alle es kaum erwarten, die kühne Kriegerin zu treffen, vor der man solche Angst hatte.»

Anne senkte den Blick. Jene Frau gab es nicht mehr. Was immer die Leute erwarten mochten, sie würde es ihnen nicht bieten können.

«Hofft man, diese Zurschaustellung von Reichtum und Macht würde als Mut durchgehen und uns einschüchtern?», fragte Aeneas bitter.

«Manche schon», erwiderte Francis. «Andere finden, dass eine Wiedergutmachung angebracht wäre. Aber die meisten sind schlicht neugierig.» Er sah Anne nachdenklich an. «Du brauchst niemandem etwas zu beweisen. Sie haben dich mit einer exotischen Aura versehen, das ist alles. Und dafür bin ich dankbar. Denn das bedeutet, dass ich endlich einmal wieder anständige Sachen anziehen kann.»

Es wurde noch ein langer, geselliger Abend. Kummer und Leid wurden durch die Freuden des Augenblicks gemildert. Erst spät verfiel Anne in Schweigen. Helen mochte ihn als Gockel abgetan haben, aber Cumberland hatte noch immer Macht über sie – und durch sie über Aeneas, Moy und sämtliche Bewohner von Moy. Cumberland galt es morgen auf dem Ball zu beeindrucken – nicht die klatschsüchtige Menge.

Im Palast drängten sich aufgeregte Lords und Ladys. Gepuderte Perücken wurden gerichtet, über bestickten Unterröcken aus Satin wippten Reifröcke aus feinster Seide. Überall sah man französische Spitzen und Fächer. Sogar die Kabinettsminister trugen neue Röcke mit passenden Kniehosen. Alle, die etwas galten, waren erschienen und hielten die begehrten Einladungen umklammert.

Anne und Aeneas standen in der Reihe der Geladenen und warteten darauf, vom Haushofmeister angekündigt zu werden, um dann die breite, geschwungene Treppe zum Ballsaal hinabzuschreiten. Die wenigen Hochlandschotten, die in London aufzutreiben waren, standen direkt vor ihnen. Als Ehrengäste kamen die McIntoshs ganz zuletzt.

«Es wird alles gutgehen», flüsterte Aeneas ihr ins Ohr.

*«Tha mi an dòchas»*, sagte sie. «Das hoffe ich.»

«Wir sollten Englisch sprechen.»

Betroffen senkte sie den Kopf.

«Ich weiß schon, wann ich meinen Mund halten muss», murmelte sie.

Er hätte sich auf die Zunge beißen können. Das Verbot der gälischen Sprache galt nur nördlich von Stirling.

«Dazu wird es noch reichlich Gelegenheit geben.» Er warf einen anerkennenden Blick auf ihre Aufmachung. «Aber dein Kleid wird für dich sprechen.»

Sie trug das Weiß der Rebellen, eine Robe aus Seide und Batist mit tiefem Ausschnitt, weitem Rock und einer blauen Schärpe um die Taille. In ihrem dunklen hochgesteckten Haar steckte eine weiße Rose. Nicht die Rose der Jakobiten, die blühte um diese Jahreszeit nicht mehr, aber zumindest war sie weiß. Ein weißer Spitzenfächer und eine Tanzkarte hingen an ihrem Handgelenk.

«Ich gebe ihnen das, was sie erwarten», sagte sie. «Wie du auch.»

Er stand im Kilt, mit Adlerfedern, Mütze und Silberbrosche neben ihr und trug sogar sein Schwert mit dem silbernen Korbgriff am Gürtel, wofür er um eine offizielle Genehmigung nachgesucht hatte. Die Erlaubnis war ihm allerdings nur erteilt worden, weil er während des Konflikts ein loyaler Offizier der britischen Armee gewesen war.

Francis, der seine Frau bereits in den Ballsaal geleitet hatte, war ebenso prächtig angetan, trug aber als verurteilter Feind kein Schwert.

Während sie in der Reihe vorrückten, krampfte sich Annes Magen zusammen. Sie würden als Kuriositäten begafft werden, als wilde, aufständische Hochländer aus einem Land, das jetzt sicher befriedet worden war. Obwohl Aeneas die ruhige Würde ausstrahlte, um die sie sich ebenfalls bemühte, wusste sie, dass ihm genauso unbehaglich zumute war. Was sonst auch geschehen mochte, sie mussten unbedingt erreichen, dass die Vollstreckung von Nans Urteil ausgesetzt wurde.

Unten stand Englands plaudernde Hofgesellschaft. Einige stießen sich gegenseitig an, flüsterten untereinander und versuchten, einen Blick auf die Ehrengäste zu erhaschen. Mittlerweile standen nur noch wenige vor ihnen und warteten darauf, die Treppe hinabschreiten zu können. Hinter den riesigen Flügeltüren stieß der Haushofmeister zweimal mit dem Stab auf den Boden.

«Sir John Murray of Broughton und Lady Broughton.»

Anne musterte das unscheinbare junge Mädchen neben dem früheren Sekretär des Prinzen. Greta hätte diesen Abend genossen. Glanzvoll wie immer, mit Federn im Haar, wäre sie majestätisch am Arm ihres Mannes die Treppe hinuntergeschritten, hocherhobenen Hauptes. Nie wäre es ihr in den Sinn gekommen, sich geschlagen zu geben oder sich zu unterwerfen. Sie würde in Frankreich schon ihren Weg machen.

Aeneas griff sich den Bleistift von Annes Tanzkarte und kritzelte etwas auf ihre Einladung.

«Was tust du da?», zischte sie.

«Das wirst du schon sehen.» Er zwinkerte ihr zu.

Der Stab wurde zweimal auf den Boden gestoßen.

«Der sehr Ehrenwerte Lord Boyd.»

Lord Boyd schaute sich kurz nach Anne um und wünschte ihr mit einem Nicken viel Glück. Sein Gesicht war leicht gerötet, wie immer in ihrer Gegenwart. Dann schritt er die breite Freitreppe hinunter. Trotz seiner Loyalität zu dieser Regierung waren drei der vier Titel, die er geerbt hätte, verwirkt, und sein Vater war hingerichtet worden. Anne fragte sich kurz, ob er vor Schüchternheit oder aus Scham errötet war, als Aeneas dem Haushofmeister ihre Einladung reichte und sich zu ihr umdrehte.

«Und wenn es das letzte Mal ist», sagte er. «Sie sollen hören, wie es richtig lautet.»

Der Stab wurde das nächste Mal auf den Boden gestoßen.

«Der Ehrenwerte Captain Aeneas McIntosh von

McIntosh, Oberhaupt des Chatton-Clans und –», ein kurzes Zögern, «– Colonel Anne Farquharson, die Lady McIntosh.»

«Aeneas!», protestierte Anne. Ihr militärischer Rang und die schottische Form der Namensnennung könnten als Herausforderung aufgefasst werden.

«Sei, wer du bist», sagte er und bot ihr seinen Arm.

Bei den Worten des Haushofmeisters hatte sich jeder einzelne Kopf im Saal zu ihnen gedreht. Ein Stimmengewirr brandete ihnen entgegen.

«Das ist sie.»

«Sie ist hier.»

«Da sind sie.»

«Hübsches kleines Ding.»

«So zart.»

«Dieses Mädchen? Ich kann es kaum glauben.»

«Wie eine Wilde sieht sie nicht aus.»

«Das ist also die himmlische Lady McIntosh.»

Die Kommentare, abgegeben hinter vorgehaltener Hand oder dem Fächer oder aber ganz offen heraus, vervielfachten sich, als Aeneas sie die Treppe hinunterführte. Hinter ihnen donnerte wieder der Stab, um Zuspätkommende anzukündigen, doch niemand achtete mehr darauf. Aller Augen waren auf das Paar aus dem schottischen Hochland gerichtet, das die Treppe hinabschritt und den Saal durchquerte, um dem Gastgeber, dem Duke von Cumberland, seine Reverenz zu erweisen. Anne vergrub die Finger in Aeneas' Arm.

«Ich komme mir so albern vor.»

«Da drüben ist jemand wirklich albern.» Er wies mit dem Kopf auf einen geckenhaften Höfling.

Anne konnte ihr Lachen kaum unterdrücken. Sie hielt sich den Fächer vors Gesicht und kicherte.

«O weh», sagte eine Frau, an der sie gerade vorbeikamen, «ich glaube, sie wird von ihren Gefühlen übermannt.»

Ein Mann trat ihnen in den Weg. «McIntosh», sagte er mit einem Nicken. «Ist es wahr, dass Eure vornehme, zarte Frau diese Wilden in die Schlacht geführt hat?»

«Aye», antwortete Aeneas. «Und danach hat sie die Toten gefressen.»

Verärgert trat der Mann in die Reihen seiner Freunde zurück, die alle wissen wollten, was der Hochlandschotte gesagt hatte.

«Anne!» Eine Frau in Schwarz winkte. Es war Helen, die sich aufgeregt Luft zufächelte. Sie war als Mistress Helen Ray angekündigt worden; die Nennung ihres eigenen Vornamens zeigte an, dass sie Witwe war.

Cumberland verfolgte mit stiller Genugtuung, wie das Paar auf ihn zukam. Er drehte sich zu dem hinter ihm stehenden General Hawley um, der immer noch wütend darüber war, dass er Anne nicht hatte hängen dürfen.

«Seht Ihr? Heute Abend werden wir einer bekehrten, gehorsamen Frau begegnen. So gebessert und langweilig, dass jedermann sich schon morgen anderem Klatsch und Tratsch zuwenden wird. Sie wird ganz schnell vergessen sein.»

Henrietta Howard, die Gräfin von Suffolk, rauschte auf den Duke zu.

«William, mein Lieber», sagte sie, «Ihr müsst mich unbedingt Eurer kleinen Rebellin vorstellen. Wie ich höre, hat sie mit mehr Männern das Bett geteilt als ich. Wir könnten unsere Erfahrungen austauschen.»

Die Gräfin war Cumberland von Herzen zuwider, ebenso wie Hawley. Die vorstehenden Augen des Duke glitzerten. Wie es schien, würde er heute Abend zahlreiche Scharten auswetzen können.

«Ihr werdet feststellen», bemerkte er, wobei seine Wangen leicht bebten, «dass sie es aus purem Vergnügen tut.»

«Wirklich?»

«Wie ich gehört habe, Henrietta, ist das bei den Schottinnen gang und gäbe.»

Nachdem Lady Suffolk das sich nähernde Paar begutachtet hatte, drehte sie sich zu Cumberland um und musterte ihn nachdenklich. «Was für eine Verschwendung», meinte sie kühl.

Als Aeneas vor dem Herzog angekommen war, begrüßte er ihn mit einem kurzen Nicken. Anne tat, was Helen ihr beigebracht hatte, und versank in einem tiefen, eleganten Hofknicks.

«McIntosh», nickte Cumberland. «Lady McIntosh.» Mit einer Handbewegung fuhr er fort: «Gestattet mir, Euch die Gräfin von Suffolk vorzustellen.»

«Also, McIntosh», sagte Lady Suffolk, «Ihr seht ganz so aus, wie ich mir Euch vorgestellt habe. Und Eure Gattin –», sie warf einen Blick auf Anne, «ist in der Tat ganz reizend.»

«Vielen Dank», erwiderte er, so glatt, als würde er immer für seine Frau sprechen, und zuckte zusammen, als Annes Nägel sich in seinen Arm bohrten, was er rasch mit einem Lächeln kaschierte. Zumindest hatte Helen mit ihren Bemühungen verhindert, dass sie über die Gebräuche überrascht waren. Sie wären nie auf die Idee gekommen, dass es üblich war, einen Mann auf seine Frau anzusprechen, als sei sie gar nicht anwesend, oder dass Anne erst das Wort ergreifen durfte, wenn sie direkt angesprochen wurde. Die Gräfin war eine mächtige Frau, Auge und Ohr des Königs. Sie hatte diese Macht auf die einzige Art erlangt, wie Frauen sie in diesem Land erlangen konnten: durch einen mächtigen Mann. Sie hatte sich gewissermaßen hochgedient, und jetzt war sie die Mätresse des Königs.

«Langweiligerweise», bemerkte Cumberland, «obliegt es mir, den Ball zu eröffnen.» Er wandte sich an Aeneas. «Ihr habt sicher nichts dagegen, wenn ich Eure Gattin, den Ehrengast, auffordere.»

«Nicht im mindesten», sagte Aeneas, dem es diesmal schneller gelang, sein Zusammenzucken zu verbergen. Wenn Anne so weitermachte, würde sein Arm fürs Leben gezeichnet sein.

Der Herzog führte sie zur Mitte der Tanzfläche. Als sie einander gegenüberstanden, eine Armeslänge voneinander entfernt, setzte wie aufs Stichwort die Musik ein.

«Ein höchst passender Beginn für den Ball, denke ich», sagte er.

Es war die Melodie seines schottischen Kriegsliedes, «Ye Jacobites by Name», das geschrieben worden war, um dem Duke Lob zu singen und die Niederlage der Jakobiten zu preisen. Ein Raunen ging durch den Saal. Aeneas' Miene verfinsterte sich.

«Grundgütiger Himmel», sagte Lady Suffolk. «Er hat ja wirklich vor, es ihr unter die Nase zu reiben.»

Francis, der bei der Familie seiner Frau stand, griff automatisch nach dem Schwert, fand aber nur die leere Scheide. Zweifellos würde Anne die Tanzfläche verlassen.

Das tat sie jedoch nicht. Sie hielt die Augen auf ihren Tanzpartner gerichtet, die Miene ausdruckslos, als bedeute die Melodie ihr nichts. Cumberland streckte mit fragendem Blick den Arm aus. Ohne zu zögern, hob Anne die Hand und legte sie leicht auf die seine. Während ein Sänger das Lied anstimmte, machten sie die ersten Tanzschritte.

*You Jacobites by name, now give ear, now give ear.*
*You Jacobites by name, now give ear.*
*You Jacobites by name, your faults I will proclaim,*
*Your doctrines I will blame, you shall hear.*

Die Anwesenden waren fassungslos über die Demütigung, die ihrem Gast aus dem Hochland angetan wurde. Es dauerte ein paar Minuten, ehe sie reagierten.

«Sie müssen sie auf Laudanum gesetzt haben», flüsterte Helen ihren Freundinnen zu.

«Vielleicht sollten wir uns ihnen anschließen», schlug Lady Suffolk Aeneas vor.

Zum Triumphlied des Herzogs zu tanzen war das Letzte, wonach Aeneas der Sinn stand, aber wenn Anne es konnte, konnte er es auch. Er bot der Gräfin seinen Arm, und sie betraten die Tanzfläche. Kaum hatten sie das getan, drängten weitere Paare hinzu; die meisten bemühten sich, näher an Anne und Cumberland heranzukommen, eifrig bestrebt, deren Gespräch zu belauschen.

«Ihr seid wirklich eine so gute Tänzerin, wie immer behauptet wird», sagte Cumberland artig, als er Anne herumdrehte.

«Das Kompliment kann ich erwidern», sagte sie, trat zurück und wieder vor.

«Euer Mann hat hervorragende Arbeit geleistet. Ich muss ihn beglückwünschen.»

«Ihr seid sehr freundlich.» Anne neigte den Kopf.

Helen Ray tanzte hinter ihnen mit ihrem Bruder. «Es ist furchtbar, dass er sie so quält.»

«Sicher will er nur, dass sie weiß, wo ihr Platz ist.»

Eine Atmosphäre von Enttäuschung und Ernüchterung hing über dem Saal, obwohl niemand genau hätte sagen können, was er erwartet hatte. Eine wohlerzogene junge Frau, die sich unter der Knute des Herzogs beugte, das war nicht die Sensation, auf die sie gehofft hatten.

Anne verschloss ihre Ohren, als der Sänger von Papismus sang und den Prinzen als Sohn eines Räubers und Diebs bezeichnete. Sie hatte ein Ziel, das sie erreichen musste. Aeneas hatte gesagt, sie sollte jede Gelegenheit nutzen. Mit der Koketterie, die sie Helen im Gespräch mit Männern hatte anwenden sehen, lächelte sie Cumberland an, während sie umeinander herumschritten.

«Im Gefängnis von Inverness sitzt eine Frau», sagte sie leichthin. «Nan McKay.»

«Der Pöbel geht mich nichts an», versetzte Cumberland.

«Sie soll achthundert Peitschenhiebe erhalten.»

«Wohl kaum. Wenige würden auch nur fünfhundert überleben.»

Aeneas hatte indessen den Versuch aufgegeben, zu hören, was Anne und Cumberland miteinander besprachen, und wandte die volle Aufmerksamkeit seiner Tanzpartnerin zu.

«Wie ich höre, hat Eure Frau bei Culloden ein Dutzend Männer getötet», bemerkte Lady Suffolk.

«Meine Frau war gar nicht dort. Sie war zu Hause, bei mir.»

«Wie außerordentlich langweilig.»

«Das Leben mit ihr mag vieles sein», sagte Aeneas. «Aber langweilig ist es nie.»

«Und was ist mit Euch, McIntosh?» Sie streichelte seine Wange mit ihrem Fächer, während sie einen Pas ausführten. «Ist das Leben mit Euch langweilig?»

«Das müsstet Ihr schon meine Frau fragen», schlug er vor.

Der Sänger ging zur nächsten Strophe über:

*When Duke William does command, you must go,*
*you must go;*
*When Duke William does command, you must go;*
*When Duke William does command,*
*Then you leave the land,*
*Your conscience in your hand like a crow.*

Anne schob den Gedanken an ihren geliebten Bruder und all die anderen, die aus ihrer Heimat vertrieben worden waren, zur Seite und konzentrierte sich auf ihre Aufgabe. Sie und Cumberland taten einen Tanzschritt vor und einen zurück und schritten dann wieder umeinander herum.

«Ich kann Euch also nicht bewegen, Euren Einfluss geltend zu machen?»

«Gebt mir keinen Anlass, meine Meinung zu ändern», warnte Cumberland. «Ich bin sicher, McIntosh kann alles regeln, was anliegt.»

«Meine Dankbarkeit wäre Euch sicher», sagte sie mit einem Lächeln, überzeugt, ihr Gesicht würde gleich in Stücke reißen.

«Das hoffe ich.» Cumberland drehte sie herum. «Politik ist Sache der Männer, zerbrecht Euch nicht darüber das Köpfchen. Eine Frau sollte eine Zierde in ihrem Hause sein, Lady McIntosh. Haltet Euch ans Tanzen.»

Der Tanz näherte sich dem Ende. Der Sänger holte zum letzten Satz aus.

*They ought to hang on high for the same.*

Es war lange her, dass Anne die Stimme des alten MacBean gehört hatte, aber jetzt erinnerte sie sich an seine Worte. Der Mensch soll dem Tod auf ehrenhafte Weise begegnen, hatte er gesagt. Nan war bereit zu sterben, wie

Anne einmal dazu bereit gewesen war, und sie konnte es wieder sein. Ohne Ehre und Würde war der Mensch ein Nichts.

Sie führten einen letzten Pas aus. Die Musik verstummte. Der Herzog verneigte sich, Anne knickste. Alles applaudierte. Cumberland reichte ihr den Arm, um sie von der Tanzfläche zu geleiten.

Aber Anne nahm ihn nicht, sondern blieb reglos stehen. Sie hatte sich wie eine Engländerin benommen, und sie war wie eine behandelt worden. Ein Bild blitzte in ihrer Erinnerung auf, ein kleines Kind, das mit Fäusten und Füßen auf die Erde trommelte, gegen seinen eigenen Schatten kämpfte. Sie war froh, diesmal die Schlacht verloren zu haben, froh über den Rückschlag.

Der Applaus erstarb. Niemand rührte sich. Nicht, bevor der Herzog die Tanzfläche verlassen hatte. Er bedeutete Anne erneut, sie solle seinen Arm nehmen, doch sie tat es nicht. *Sei, wer du bist,* hatte Aeneas gesagt. Es war auch sinnlos, jemand anders sein zu wollen. Sie reckte leicht das Kinn und sah Cumberland direkt in die Augen.

«Sir», sagte sie, und ihre Stimme hallte fest und klar wie eine Glocke durch die Stille, «ich habe zu Eurer Melodie getanzt. Wollt Ihr jetzt zu meiner tanzen?»

# 45

Aeneas fuhr zusammen und griff automatisch nach seinem Schwert. Lady Suffolk legte die Finger um sein Handgelenk und schüttelte kurz den Kopf, während sie ihn eindringlich ansah. Francis fasste den nächsten Gardisten ins Auge, dessen Waffe er sich bemächtigen könnte, und zog seine Frau an sich. Helens Mund blieb offen stehen, und so ging es den meisten im Saal. Keiner wagte zu atmen, aus Angst, die Antwort des Herzogs zu verpassen.

Der Herzog zögerte – nur eine Sekunde lang, aber es war die längste Sekunde, an die der Hof sich erinnern konnte –, dann neigte er den Kopf und nahm die Aufforderung zum Tanz höflich an. Anne wandte sich zu den Musikern um.

«Könnt ihr ‹The Auld Stuarts back Again› spielen?», fragte sie.

Die versammelte Menge im Saal hielt den Atem an: Anne hatte um die Hymne der Rebellen gebeten. Mehrere Frauen fielen in Ohnmacht und mussten von ihren Männern aufgefangen werden. Helen war außer sich vor Begeisterung, Lord Boyd schüttelte lächelnd den Kopf, das Gesicht gerötet vor Bewunderung. Elizabeths Hand fuhr an ihren Mund. Sie hatte begriffen, was hier geschah, und Tränen traten ihr in die Augen. Sir John Murray starrte voller Scham über die eigene Feigheit unbehaglich zu Boden.

Der Dirigent nickte. Es war vielleicht das letzte Mal, dass er einen Kopf besaß, mit dem er nicken konnte, dennoch antwortete er:

«Ja, Mylady, das können wir. Das können wir.»

«Dann spielt», sagte sie ruhig und drehte sich wieder zu dem Herzog um. Als der einleitende Akkord ertönte, versank sie in einem tiefen Knicks. Sie legte ihm die Hand um die Taille und zeigte ihm, wie man die ersten Hüpfschritte machte. Die anderen Paare fielen mit ein. Dieser Tanz war schneller und wilder, und damit die Figuren gut ausgeführt werden konnten, musste der Partner von Zeit zu Zeit eng gehalten werden. Sogar die Zuschauer am Rande der Tanzfläche ertappten sich dabei, wie sie mit den Füßen den Takt klopften, wie ihre Beine zuckten und sie in die Hände klatschten. Lady Suffolk drückte Aeneas' Handgelenk. Sie hatten sich nicht gerührt, obgleich die anderen Tänzer um sie herumwirbelten.

«Ihr seht, McIntosh», sagte sie, «es bestand keine Gefahr. Bei Hof sind gute Manieren alles. Der Herzog konnte es ihr nicht abschlagen.»

Aeneas lächelte. Vielleicht würde ihm befohlen werden, seine Frau zu töten, wenn er sie nach Hause brachte, falls er sie wieder nach Hause bringen durfte, aber im Augenblick war er voller Stolz. Ihm war nach Feiern zumute, und feiern konnte er jetzt und hier nur, indem er tanzte. Er zog die Gräfin in seine Arme.

«Meine Güte», sagte sie. «Meine Frisur wird sich auflösen.»

«Dann lasst sie», erwiderte Aeneas und wirbelte sie herum.

Cumberland war ein ziemlich steifer und gedrungener junger Mann, aber er war leichtfüßig und lernte schnell. Sobald er die Schrittfolge gemeistert hatte, übernahm er die Führung. Die schottischen Tänze waren einfach zu lernen – Fehler wirkten wie absichtliche Neuerungen. Bis sie den Tanz zur Hälfte hinter sich gebracht hatten, beherrschte er die Figuren vortrefflich. Anne flog in seine

Arme zurück, legte ihre Wange an die seine und flüsterte ihm ins Ohr: «Hatten die englischen Männer eigentlich schon immer Angst vor Frauen?»

«Ich kenne keinen, auf den das zuträfe», antwortete er.

Sie bog den Kopf zurück, während sie sich drehten, um ihm ins Gesicht schauen zu können.

«Warum müssen sie sie dann beherrschen?»

Sie tanzten vor und zurück und zur Seite, klatschten in die Hände und kreisten eng umschlungen.

«Frauen sind das schwächere Geschlecht, Lady McIntosh. Sie brauchen Führung.»

«Achthundert Hiebe, die Hälfte davon einer Toten verabreicht? Für mich klingt das nach Angst, nicht nach Führung.»

«Ihr seid hartnäckig, das muss ich Euch zugestehen.»

Da sie ihren Atem für den Tanz brauchten, führten sie die Figuren schweigend aus, bis die Damen zum Schluss mit wehenden Röcken im Kreis herumgeschwenkt wurden und die Musik endete. Die Herren verneigten sich, die Damen erwiderten die Schlussverbeugung mit einem Knicks. Der Herzog bot Anne seinen Arm, und diesmal nahm sie ihn.

«Wenn Euer Gatte mich morgen Vormittag aufsucht», sagte er, «wird ihm eine Order ausgehändigt werden, die das Urteil zu einer kurzen Gefängnisstrafe umwandelt.»

Sie waren beide ein wenig außer Atem, als er sie von der Tanzfläche führte. «Ich gestehe eine widerstrebende Bewunderung für McIntosh ein, der es über sich bringt, mit Euch verheiratet zu bleiben. Aber diese Kapriole, Colonel Anne, wird Eure letzte sein. Verstehen wir uns?»

«Ja.» Anne lächelte. «Ja, Sir, wir verstehen uns.»

An der Westküste Schottlands stand der Vollmond über Loch nan Uamh und spiegelte sich auf dem Wasser. Bei Borrowdale legte ein kleines Boot ab – im Bug saß ein Prinz mit seinem Gefolge. Weiter draußen, im tieferen Wasser, schaukelten zwei französische Fregatten, die unter der falschen Flagge britischer Kriegsschiffe segelten. Mehrere Clanoberhäupter waren bereits an Bord, Hochlandschotten, die nicht nach Hause zurückkehren konnten, denn die Ländereien ihrer Clans – und ihr Leben – waren verwirkt. Das Boot ächzte und knarrte, dann stieß Holz gegen Holz, als das kleine Gefährt längsseits ging. Füße erklommen die schmale Leiter, Ankerketten wurden rasselnd hochgezogen. Die Segel wurden losgemacht und blähten sich im Wind, der sie hinaus aufs Meer tragen würde. Die Fregatten, die den Gezeitenstrom nutzten, gewannen an Fahrt. Hinter ihnen blieb das Land im grauen Schein des Mondlichts zurück.

Im Gefängnis von Inverness lag Nan McKay in ihrer Zelle auf der Pritsche und schaute auf die dünnen Strahlen der späten Oktobersonne, die durch das kleine Fenster hoch oben fielen. Die Schwellungen in ihren Beinen waren zurückgegangen, die Blutergüsse zu blassen blauen Flecken verheilt. Jeden Tag kam Essen für sie, sodass sie nicht zu hungern oder zu dürsten brauchte. Sie war eine geduldige Frau. Geduldig hatte sie auf die Rückkehr ihres Mannes gewartet, lange nachdem sie wusste, dass er nicht mehr kommen würde. Geduldig hatte sie Robert Nairn gepflegt, obwohl sie wusste, dass sie ihn nur für den Galgen rettete.

Nun wartete sie geduldig auf die Heimkehr von Anne und Aeneas. Das Schicksal hatte ein dunkles Gesicht und ein helles, und man wusste nie, welches es einem zuwenden würde. Also bewahrte sie sich ihre Geduld, indem sie

Bilder von Skye heraufbeschwor, davon, wie sie mit ihren Kindern auf die Insel zurückkehren, wie sie mit ihren wenigen Besitztümern vom Hafen zu dem Haus emporeilen würde, in dem sie geboren worden war. Währenddessen murmelte sie alte, verbotene Weisen, die einen Traum näher an die Wirklichkeit bringen konnten.

Bis eines Tages der Schlüssel im Schloss klirrte. Nan setzte sich hastig auf. Aber weder Anne noch Aeneas kamen herein, sondern die Witwe McIntosh, die ein Päckchen aus ihrem Umhang zog und es auswickelte, sobald der Wärter gegangen war. Darin befand sich eine Flasche mit einer schimmernden goldgelben Flüssigkeit.

«*Uisge beatha?*» Nan runzelte die Stirn.

«Whisky, Nan.» Kopfschüttelnd legte die Witwe den Umhang ab, griff nach Nans Becher und schenkte ihr ein. «Wir müssen dich wirklich dazu bringen, Englisch zu sprechen.»

«Warum sollte ich mir die Mühe machen? Nur Überbringer schlechter Nachrichten bringen Whisky mit.»

Anne und Aeneas waren noch nicht wieder eingetroffen. Ihr Schiff hätte eigentlich schon vor sieben Tagen in Inverness anlegen sollen. Welche Nachrichten sie auch haben mochten, wenn sie sich nicht beeilten, würde es zu spät sein.

«Ich habe nichts von ihnen gehört.» Die Witwe reichte Nan den Becher. «Sie sind noch nicht zurück.»

«Ich habe nur den einen Becher.»

«Ich trinke einfach aus der Flasche. Wir bleiben hier zusammen sitzen, bis sie leer ist.»

«Sie werden doch nicht in einen Sturm geraten sein, nicht im Erntemond.»

«Nein, wahrscheinlich eher in eine Flaute.»

«Wenn die *Sasannaich* sie überhaupt haben gehen lassen.»

«Robert Nairns Familie hat dafür gesorgt, dass sich jemand um deine Kinder kümmert.» Die Witwe vermied es, auf die Anspielung einzugehen. «Sie haben versprochen, die Reise nach Skye zu bezahlen und dir eine Pension auszusetzen –», sie zögerte, «auf Lebenszeit» zu sagen, denn die mochte sehr kurz bemessen sein. «Bis die Kinder erwachsen sind» war auch nicht besser, denn das deutete an, dass sie vielleicht ohne Mutter sein würden. Also entschied sie sich für «solange es nötig ist». Sie ließ sich auf der Pritsche nieder und stieß mit Nan an. *«Slàinte mhòr»*, sagte sie und trank.

Lord Louden studierte die Pläne, die auf dem Tisch vor ihm ausgebreitet lagen. Das neue Fort George würde sich über die gesamte Halbinsel Ardersier erstrecken, die in den Moray Firth hinausragte. Es sollte die alte Festung in Inverness ersetzen, die von der Bevölkerung zerstört worden war, als die Jakobiten Einzug gehalten hatten. Aus Groll darüber, dass seit der Union eine Garnison dort stationiert war, als wären sie ein besiegtes Volk, hatten sie es mit bloßen Händen niedergerissen. Jetzt waren sie tatsächlich ein besiegtes Volk, und die prachtvolle neue Befestigungsanlage würde sie noch Jahrhunderte später daran erinnern. Es würde die mächtigste Artilleriefestung von ganz Großbritannien sein. Und sie zu befehligen war sein Traum.

Der Wachposten draußen klopfte und öffnete die Tür. «Captain McIntosh und Lady McIntosh, Sir», meldete er.

«Führ sie herein.»

Es war schon spät, als Anne und Aeneas endlich nach Moy zurückfuhren. In der Dämmerung konnte man die Gänse rufen hören, die auf den See zuflogen, die ersten

Graugänse, die zur Überwinterung eintrafen. Die Heimreise war beschwerlich gewesen, sogar als nördlich von Berwick endlich Wind die Segel blähte. Ständig hatten sie befürchtet, es könnte eine erneute Flaute geben. Letztendlich war es ihnen aber gelungen, Cumberlands Befehl zur Umwandlung von Nans Urteil rechtzeitig zu überbringen. Sie hatten beim Gefängnis gehalten, um ihr zu sagen, dass sie in einem Monat frei sein würde. Zum Abendessen waren sie bei der Witwe gewesen und hatten sich ausführlich über die neuesten Entwicklungen informiert, die Louden zuvor angedeutet hatte. Jetzt saßen sie in ihrem Einspänner, und Aeneas lenkte das Pferd mühelos über die vertrauten Wege, während hoch oben die Graugänse über den verblassenden rötlichen Himmel zogen und schließlich auf dem See landeten.

Die Heimkehr hätte freudig sein sollen. Nach dem Ball war Anne die Heldin der Stunde gewesen, beneidet und bewundert in der Londoner Gesellschaft. Aber während die Räder der Kutsche den Staub aufwirbelten, wirbelten ihr auch die Tänzer wieder durch den Kopf. All diese Verbeugungen und Kratzfüße statt schlichter Höflichkeit, die Frauen, die poussierten und die Männer umschmeichelten im Bemühen, sie zu manipulieren, weil sie ohne sie machtlos waren. Sogar Helen, verzweifelt bestrebt, ihre Stellung in der Gesellschaft zurückzugewinnen, war passenden Verehrern um den Bart gegangen. So könnte auch Schottlands Zukunft aussehen, als Bittsteller in einer unpassenden Ehe. Diese Gewohnheiten und Gebräuche würden sich immer weiter in der schottischen Gesellschaft verbreiten und sie verändern, bis die Leute vergaßen, wer sie waren, wer sie einmal gewesen waren.

Anne hatte nicht erwartet, auch zu Hause damit konfrontiert zu werden. Zorn stieg in ihr auf: Ihre eigene Lage hatte sie ganz vergessen. Wie diese englischen Ehefrauen, die die Leibeigenen ihrer Männer waren, hatte Aeneas vollkommene Macht über sie. Sie war immer noch seine Gefangene.

Er fuhr auf den Hof, hielt an, sprang aus dem Einspänner und machte Anstalten, ihr aus dem Wagen zu helfen.

«Ich kann allein aussteigen», fauchte sie.

«He!» Er trat einen Schritt zurück. «Was ist denn jetzt los?»

«Sei gefälligst nicht so herablassend.» Mit ihren Röcken kämpfend, stolperte sie heraus.

«Es ist spät», sagte er. «Geh schon nach oben, ich bringe dann den Wein.»

«Um mich umzustimmen?»

Er fasste sie am Arm und zog sie an seine Seite. «Wovon redest du überhaupt?»

«Ich habe einmal gesagt, ich sei keine englische Ehefrau, die man besitzen und herumkommandieren kann. Aber hör dich doch an: *Benimm dich. Sag nichts. Sprich Englisch. Sei du selbst. Geh ins Bett.*»

«So war das nicht –»

«Bestimmt willst du jetzt auch das Bett mit mir teilen!»

«Nein, natürlich nicht.»

«Ich bin niemandes Haustier», tobte sie. «Sogar die jämmerliche calvinistische Kirche sagt, dass Mann und Frau zwischen den Laken gleich sind. Also kommst du erst wieder in mein Bett, wenn wir ebenbürtig sind. Ich werde keine Kriegsbeute sein!» Damit drängte sie sich an ihm vorbei und stürmte ins Haus.

Aeneas hob die Hand und wollte Anne zurückrufen. Doch als die Tür laut zuschlug, ließ er den Arm wieder sinken und stieß die Luft aus. Sein Mund zuckte, und er schüttelte den Kopf. Leise in sich hineinlachend, machte er sich daran, das Pferd zu versorgen.

Anne warf die Schlafzimmertür hinter sich zu, hielt einen Kienspan an ein Torfscheit, das im Kamin glomm, und zündete die Kerzen an. Sie entledigte sich ihrer Reisekleidung, hüllte sich in ein Nachtgewand und setzte sich an den Frisiertisch, um das Haar zu lösen. Als es ihr lose um die Schultern fiel, bürstete sie es gründlich aus. Dabei beruhigte sich ihre Wut allmählich und verwandelte sich in Empörung. Sie hatten beide mit Cumberland gesprochen; Anne hatte Nans Freilassung erreicht. Aber Aeneas war nicht einmal der Gedanke gekommen, den Herzog um die Freilassung seiner Frau zu bitten. Offenbar war er mit der Situation zufrieden. Solange konnte er in seinem eigenen Zimmer schlafen. An das Alleinsein war sie mittlerweile gewöhnt. Ihr Volk mochte vielleicht demütig vor seinen Herrn und Meister treten, die Mütze in der Hand, um Gefälligkeiten bitten und Unterwürfigkeit lernen. Sie aber würde das nicht tun.

Dann stand Aeneas in der Tür. «Anne, ich werde dir niemals ebenbürtig sein», sagte er.

«Das ist zweifellos wahr», fauchte sie.

«Ich habe einen Fehler gemacht.»

«Einen großen Fehler», bestätigte sie.

«Die Antwort ist Ja», sagte er.

«Was, ja?»

«Ja, ich will das Bett mit dir teilen.» Er schloss die Tür und kam zu ihr.

Unwillkürlich stand sie auf. Kein Stück Papier würde ihm erlauben, sich ihrer zu bemächtigen. Wenn er einen Kampf wollte, so konnte er ihn haben.

«Aber da du meine Frau bist und meine Gefangene –» dieses angedeutete Lächeln zeichnete sich auf seinen Lippen ab, während er die Bänder löste, die ihr Nachtgewand zusammenhielten «– und ich dein Clanoberhaupt bin –» in seinen leuchtenden Augen spiegelte sich das Kerzenlicht «– werde ich mich damit zufriedengeben, dass du mich beglückst», schloss er.

«Aeneas», stöhnte sie.

«Ihr habt dieses Spiel erfunden, Mylady.» Mit dem Rand des zusammengerollten Schriftstücks, das er in der Hand hielt, strich er ihr zart über den Hals, bis sich das Nachtgewand öffnete. «Soweit ich mich erinnere, habe ich dir gut gedient, als die Reihe an mir war.»

Sie erinnerte sich. Ihr Körper erinnerte sich, und eine Woge des Begehrens durchfuhr sie. Er ließ das Papier weiter nach unten gleiten und zeichnete die Rundung einer Brust nach.

«Als ich beim Herzog war, hat er mir das Papier übergeben, das dich zu einer Strafgefangenen macht.»

«Warum hast du mir das nicht gesagt?»

«Ich wollte warten, bis wir hier sind, in unserem Heim. Daher der Wein, zum Feiern.» Er kam so nahe, dass ihre Körper sich fast berührten. «Wenn du mich also heute Nacht zufriedenstellst», bot er an, jetzt ganz ernst, «kannst du das hier morgen früh verbrennen.» Im Widerschein des Feuers funkelten seine dunklen Augen.

Sie hätte ihn schlagen können. Sie hätte ihm den herzoglichen Befehl aus der Hand reißen und ins Feuer werfen können. Aber sie erkannte, dass ihm dieses Papier nichts bedeutete. Er bot sich ihr an, machte sich verletzlich. Sie könnte ablehnen, ihn verspotten, ihn herabsetzen oder schelten, sich rächen. Aber sie tat nichts dergleichen. Sie neigte den Kopf und reckte das Kinn ein wenig. Ein Lächeln deutete sich an.

«Das Vergnügen, Aeneas», sagte sie, «wird ganz auf meiner Seite sein.»

Draußen stand der Mond hoch über dem See. Graugänse ließen sich auf dem Wasser nieder. Oben auf den Hügeln jagte eine einsame Wildkatze, über den Baumkronen schwebte eine Eule. Zwischen den Ruinen der Katen im Nordwesten glühte ein Torfscheit im einzigen noch verbliebenen Herd, während Meg sich auf ihrem Strohlager vor dem Feuer im Schlaf drehte. In einer der neuen Steinkaten schlief Ewans Tochter, die vernarbte Seite ihres Gesichts ins Kissen gedrückt, und träumte von der Ernte am nächsten Morgen. Auf dem Lager in der Küche zog Jessie sich die Decke um die Schultern und richtete sich für die Nacht ein, beruhigt, da ihr Clanoberhaupt und seine Frau heil aus dem heidnischen Süden zurückgekehrt waren. Morgen würde es viel Arbeit geben.

Lange vor der Morgendämmerung waren die Torfscheite im großen Schlafzimmer von Moy zu grauer Asche zerfallen. Eine letzte Glut glomm schwach. Anne und Aeneas lagen da, aneinandergeschmiegt, streichelten sich, flüsterten sich Zärtlichkeiten ins Ohr und schmiedeten Pläne. Sie konnte spüren, wie ihr Herz an seiner Brust schlug, stetig wie eine Trommel. Viele von denen, die ihnen am Herzen lagen, waren tot. Ihre Art zu leben, die ihnen teuer war, war mit ihnen verloren, aber ihre Liebe war geblieben. Die köstliche Ironie, dass der Herzog zur Hymne der Rebellen getanzt hatte, stellte noch keinen Sieg dar. Aber es erweckte Hoffnung, dass sich doch noch ein Funke entfachen lassen würde: Eine Nation starb nicht, solange ihr Geist lebendig blieb. Sie hatte kleine Zugeständnisse errungen – darin kündigte sich ein Wechsel an. Das Leben ließ sich nicht aufhalten. Gesetze konnten aufgehoben werden, und es würde sich eine neue Lebensform finden lassen. Freiheit war eine Idee – man konnte sie nicht zerstören.

# Nachbemerkung

«Frauen sind die Hälfte der Welt.»
*Margaret Oliphant, 1828–1897*

Colonel Anne Farquharson, Lady McIntosh, blieb politisch aktiv. 1763 wurde sie zur Ehrenbürgerin und Gildeschwester der unabhängigen Stadt Inverness gewählt. Als ihr Mann 1770 starb, zog sie nach Leith bei Edinburgh. Nach ihrem Tod 1787 wurde sie auf dem Friedhof der Kirche St. Ninian an der Coburg Street begraben. Eine im Jahre 2001 angebrachte Plakette erinnert an ihre Beteiligung am Aufstand von 1745. Neben das Grab wurde ein Rosenstrauch gepflanzt, die weiße Rose Schottlands – die Rose der Jakobiten.

Von Annes Geschichte sind lediglich Bruchstücke überliefert. Den ersten Hinweis auf sie fand ich in Rennie McOwens Buch «Stories of the Clans», mehr erfuhr ich in Maggie Craigs «Damn' Rebel Bitches», aus zeitgenössischen Erlebnisberichten und anderen historischen Darstellungen. Daraus formte sich für mich ein erkennbarer Charakter, eine historische Figur: Wie die meisten Schottinnen war sie eine Kämpferin, ein echtes Vorbild. In der Geschichtsschreibung ist der Mythos verbreitet, dass Männer die Welt gestalten und Frauen darunter zu leiden haben, was nicht nur offensichtlich falsch ist, sondern womit man auch beiden Geschlechtern keinen guten Dienst erweist. Männer und Frauen machen gemeinsam Geschichte, sie arbeiten gemeinsam daran, die jeweilige Gesellschaft zu erhalten, die sie sich aufgebaut haben. Die Frauen, die sich dem Aufstand von 1745 anschlossen, waren keine Opfer, sondern aktive Teilnehmerinnen an einem Bürgerkrieg, der durch einen Genozid beendet wurde. Um diese Geschichte zu erzählen, musste ich vereinfachen. Am Anfang und am Ende wurde die Zeit gerafft, der Feldzug der Jakobiten auf die wichtigsten Schlachten beschränkt, Nebenfiguren verschmolzen. «Die Rebellin der Rose» bezieht Stellung für die Jakobiten, aber die Taten Annes und anderer sind nicht erfunden; sie wurden ihnen damals so von der britischen Regierung zugeschrieben. Das Bedürfnis nach Selbsterhaltung, verbunden mit den Schuldgefühlen der Briten über die grausamen Bluttaten während der Befriedung, führte dazu, dass die Geschichte bald umgeschrieben wurde, und dies gilt auch für die Frage, wer am Aufstand beteiligt gewesen war. Zeitgenössische Berichte und spätere Geschichtsschreibung sind widersprüchlich. Aber der Herzog von Cumberland berichtet über Annes Gefangennahme und bezeichnet sie als eine der «vier führenden Damen» der Jakobiten. Colonel Anne, *la belle rebelle*, die Heldin, eine sehr schöne Frau, die himmlische Lady McIntosh, die verdammte Rebellin, ein männlicher Geist, Hochverräterin, eine verdammte Rebellenhure: Sie war all das, eben einer der Helden von 1745.

1747 gab es eine Amnestie. Monaltrie wurde nach zwanzig Jahren begnadigt, andere nie. Das Verbot des Tragens der Hochlandkleidung wurde 1782 aufgehoben. Das Gesetz, welches das Tragen von Waffen aller Art verbot, blieb bestehen, die spezifisch schottische Erbgerichtsbarkeit wurde abgeschafft. Das Clan-System wurde zerstört und durch den Kapitalismus ersetzt. Die Frauen verloren viele ihrer Rechte, das schottische Hochland wurde entvölkert, die Menschen in alle Winde zerstreut.

1997 stimmte eine überwältigende Mehrheit der

Schotten für ein eigenes schottisches Parlament, das 1999 zum ersten Mal seit 1707 (als die Union mit England geschlossen wurde) wieder tagte. Vielleicht wäre es nun an der Zeit, dass die Nation ihre eigene Geschichte zurückerhielte.

Janet Paisley
August 2006

## Danksagung

Ich danke dem Scottish Arts Council für die finanzielle Unterstützung, Judy Moir, meiner Lektorin, für ihre stets guten Ratschläge, Rennie McOwan, Maggie Craig und Pamela Fraser für Sekundärliteratur, Lucy Conan und Johanna Hall von der BBC für Erfahrungen im Dramatisieren von Geschichte, Kevin McNeil für seine entscheidende Hilfe beim Gälischen und Eirwen Nicholson für die Überprüfung der historischen Fakten.

# Glossar

## Gälisch

*arasaid:* ein langes breites Stück Tartanstoff, in Falten gelegt und gegürtet, über der Kleidung der Frauen getragen

*Bheir me ò, horo bhan o;*
*Bheir me ò, horo bhan i*
*Bheir me ò, o horo ho:* der Kehrreim des Liedes «Gradh Geal Mo Chridh» («Eriskay Love Lilt»)
*… o cruit mo chridh:* O Harfe meines Herzens

*Cha dèan iad sin:* Das würden sie nicht tun.
*Creag Dhubh!:* Schwarzer Fels!
*Chan eil! Chan eil idir!:* Überhaupt nicht!
*Ciod e:* Was ist los?; was ist?
*clan:* Familie, Kinder, Clan
*co-dhiù:* jedenfalls, auf jeden Fall, was auch immer

*Danns, a Shasannaich!:* Tanz, Sassenach!

*Dè?:* Was?
*Dèbha siud?:* Was war das?

*Greas ort:* Beeil dich!
*Gu dearbh, fhèin, chan fhuirich:* Es kann nicht warten, es kann ganz bestimmt nicht warten

*fàilte:* willkommen

*fàilte oirbh:* willkommen (Plural, formell)
*fuirich:* warte, bleib

*Gonadh!:* Verdammt!
*Gu sealladh orm!:* Du meine Güte!

*Isd!:* Still!, Pst!
*Isd, a ghràidh!:* Pst, mein Liebes!
*Isd, no!:* überhaupt nicht, keineswegs (wörtlich: Sei still, nein!)

*mo chridhe:* mein Herz
*mo ghaoil:* meine Liebste/r, meine Liebe

*Na can sin!:* Sag das nicht!
*Nì sinn dannsa, a Shasannaich:* Wir tanzen, Sassenach.

*O mo chreach:* Du liebe Zeit!; ach je!

*Peighinn rìoghail:* Flohkaut
*Pòg mo thòn:* Leck mich am Arsch (wörtlich: Küss meinen Arsch)

*Rinn mi a' chùis!:* Ich hab's geschafft!

*Sasannach:* Bewohner(in) des Südens (eines Landes), bezeichnet jeden, der nicht aus dem Hochland kommt; Plural: *Sasannaich*
*'s coma leam:* Das ist mir egal.
*Seachdnar!:* Sieben Männer!
*seadh:* genau, ja
*Seadh, a-nis:* Ach, tatsächlich?
*Sgian dhubh:* Messer mit Griff aus schwarzem Eichenholz

*Sguir dheth!:* Aufhören!
*Siuthad!:* Los! Geh schon!
*slàinte:* Gesundheit!
*slàinte mhòr!:* Auf beste Gesundheit!
*Slàn leat, mo luaidh:* Leb wohl, mein Liebster
*'s mis' a tha duilich:* Nein, mir tut es leid.

*Taigh na Galla ort:* Geh zur Hölle; Verdammt seist du.
*Tapadh leat:* danke
*Tapadh leibh:* meinen Dank (formell)
*Tha e crùbach:* Es lahmt.
*Tha mi an dòchas:* Ich hoffe.
*Tha mi sgìth:* Ich bin müde.
*Tha mi uamhasach duilich:* Es tut mir so leid.
*torr-sgian:* Torfspaten
*trobhad:* Komm
*trobhad an-seo:* Komm her

*uisge beatha:* Whisky (wörtlich: Lebenswasser)
*uisge:* Wasser

## Schottischer Dialekt

*brae:* Hügel
*burn:* Bach oder Fluss
*firth:* Trichtermündung
*glen:* Tal
*guid-dochters:* Schwiegertöchter
*kirk:* Kirche
*loch:* See
*Provost:* Haupt des städtischen Magistrats, Bürgermeister
*strath:* breites Flusstal